ハヤカワ・ミステリ

DONATO CARRISI

ローマで消えた女たち

IL TRIBUNALE DELLE ANIME

ドナート・カッリージ
清水由貴子訳

TOKYO HAYAKAWA BOOKS

A HAYAKAWA
POCKET MYSTERY BOOK

装幀／水戸部 功

「誰より恐るるべき目撃者、容赦のない告発者は、すべての人の心にある良心である」

——ポリュビオス（古代ギリシャの歴史家）

ローマで消えた女たち

おもな登場人物

マルクス……………………………神父（教誨師）
アウグスト・クレメンテ…………神父、マルクスの友人
ルカ・デヴォク……………………神父、マルクスの師
サンドラ・ヴェガ…………………ミラノ県警の写真分析官
デミチェリス警部…………………サンドラの上司
ダヴィド・レオーニ………………サンドラの夫、報道カメラマン
トーマス・シャルバー……………インターポール捜査官
カムッソ……………………………ローマ県警の分署長
ジェレミア・スミス………………連続殺人犯
モニカ………………………………〈ジェメッリ〉総合病院の内科医
テレーザ……………………………モニカの双子の妹
ラーラ………………………………行方不明のローマ大学の学生
ロリエーリ…………………………ローマ大学の美術史助手
ラッファエーレ・
　アルティエーリ…………………十九年前に母親を殺害された青年
ヴァレリア・アルティエーリ……ラッファエーレの母親
グイド・アルティエーリ…………ラッファエーレの父親、弁護士
ラニエリ……………………………私立探偵
フェデリコ・ノーニ………………妹を殺害された青年
ジョルジア・ノーニ………………フェデリコの妹
ニコラ・コスタ……………………連続襲撃・殺人事件の犯人
ピエトロ・ツィーニ………………盲目の元警察官
ミケーレ・フエンテ………………〈カリタス〉の神父
アルベルト・カネストラーリ……外科医
アストル・ゴヤシュ………………ブルガリア人のブローカー
ブルーノ・マルティーニ…………行方不明の娘を捜す父親
カミッラ・ロッカ…………………行方不明の息子を捜す母親
ニコライ・ノルジェンコ…………心理学者
ディーマ……………………………ウクライナ出身の少年
アナトリー・ペトロフ……………タービン技術者
ハンター……………………………連続殺人犯を追う謎の人物

七時三十七分

死体は目を開けた。

ベッドに仰向けに横たわっている。部屋は朝の光に照らされて白い。目の前の壁には、木製の十字架のキリスト像がかけられていた。

脇に添って伸ばした両手が、真っ白なシーツの上に置かれているのが見える。自分のではなくて、まるで他人の手のようだ。片方――右手――を持ちあげ、目の前に持ってきて、よく見ようとした。その拍子に頭をおおっている包帯に触れる。怪我をしているが、痛みは感じない。

窓に目を向けた。ガラスに自分の顔がかすかに映って見える。その瞬間、不安がこみあげた。疑問が脳裏にこだまして耐えがたくなる。だが、さらに苦しいのは、それに答えられないとわかっていることだった。

ぼくは誰だ？

五日前

零時三分

その住所は郊外だった。悪天候と、運転手が道に迷ったせいで、陸の孤島さながらの場所にたどり着くまでに三十分以上かかった。並木道の入口に小さな街灯が灯されていなかったら、廃屋だと思ったにちがいない。

救急車は荒れ果てた庭をゆっくりと進んだ。点滅する救急灯に照らされて、苔におおわれたニンフや手足のない女神の像が暗闇からよみがえり、優雅でありながら、どこか不完全さの否めない歪んだ笑みで彼らを出迎える。彼らのためだけに、その場から動かずに踊っている。

やがて、嵐が吹き荒れるなか、古い家が姿を現わした。窓からは明かりひとつ見えない。だが、ドアは開いていた。

その家は彼らを待っていた。

総勢三名。今夜の救急当番医を務める若い内科医のモニカ。救急現場への出動経験が豊富な看護師のトニー。そして、ふたりがとりあえず家の様子を見にいくあいだ、運転手は救急車で待機する。ふたりは中に入る前に、住人に聞こえるように大声で呼びかけた。返事はない。彼らは家に足を踏み入れた。

かび臭いにおい。暗い壁にはさまれた長い廊下をところどころ照らすランプの、かすかなオレンジ色の光。右側には二階へ上る階段がある。

突き当たりの部屋に、生気のない体が見えた。

ふたりが駆けこむと、そこは居間で、家具はすべて白い布でおおわれていた。ただひとつ、部屋の真ん中に置かれている擦り切れたひじ掛け椅子を除いて。椅子の前には旧式のテレビ。実際、部屋の中はすべてが時代がかっているように見えた。

モニカは床に横たわった男性の上に四つん這いになり、かろうじて息があることを確かめると、必要な器具を抱えたトニーを隣に呼んだ。

「チアノーゼが出ているわ」モニカは言った。

トニーは男性の気道を確保してから、口にバッグバルブマスクを当て、その間にモニカは懐中電灯で虹彩を照らした。

年齢はせいぜい五十歳、意識はない。ストライプのパジャマに革スリッパを履き、ガウンをはおっている。外見はお世辞にもきちんとしているとは言えず、ひげは何日も剃った形跡がなく、少ない髪はくしゃくしゃだ。片方の手には、救急コールセンターに電話をかけて激しい胸の痛みを訴えたときのまま、携帯電話が握りしめられていた。

ここから最も近い病院は〈ジェメッリ〉だった。識別救急《トリアージ》で最優先治療のカテゴリーに分類される場合、その日の当番医が最初に出動する救急車に同乗する決まりになっていた。

モニカがここにいるのは、そのためだった。

サイドテーブルは引っくり返り、ボウルが割れ、牛乳とビスコッティがそこらじゅうに散乱して尿と混ざっている。おそらく男性はテレビを見ていて気分が悪くなり、仰向けに倒れたのだろう。珍しいことではない、とモニカは考えた。ひとり暮らしの中年男性が心臓発作を起こし、助けを求めることができないと、たいていの場合は近所の住民が異臭に気づいて、遺体で発見されることになる。だが、このように孤立した家ではそうもいくまい。親しい親族がいなければ、誰かが彼の死に気づくのは、ひょっとしたら何年もあとのことかもしれない。いずれにしても、この男性もそうした光景が脳裏をよぎって苦しんだにちがいない。だが、モニカがそう思ったのも、心臓マッサージをするためにパジャマの上着の前を開くまでのことだった。男性の胸部にタトゥーが彫られていた。

〝オレを殺せ〟

モニカもトニーも見て見ぬふりをした。ふたりの使命は命を救うことだ。だが、その瞬間から、彼らの手つきが目に見えて速くなる。

「酸素飽和度が低下している」パルスオキシメーターの数字を見て、トニーが言った。肺に空気が達していないのだ。

「挿管しないと危ないわ」モニカは鞄から喉頭鏡を取り出して、患者の頭の後ろに移動した。

その拍子にトニーの視界が広がる。モニカは彼の目がふいにきらめくのを見逃さなかった。そして、説明のつかない、とまどいの表情が浮かぶのを。トニーはありとあらゆる状況で経験を積んだ専門家だ。にもかかわらず、彼は何かに動揺していた。モニカの背後にあるものに。

病院では、若い女医とその妹の話を知らない者はいなかった。誰も言葉には出さなかったものの、モニカは周囲の同情のまなざしを肌で感じ、彼らの心が手に取るようにわかった――あんなつらい経験に、いったいどうやって耐えているのか。

切迫したこの瞬間にも、看護師の顔には、まさにその表情が浮かんでいた。だが、そこには恐怖も混じっていた。とっさに振り向いたモニカは、トニーが目にしたものを見た。

部屋の隅に、ローラースケート靴が片方落ちていた――地獄からやって来た靴が。

金めっきのバックルがついた、真っ赤な靴だった。もちろん左右でペアだが、もう片方はそこにはない。別の家の、別の持ち主のもとにある。モニカはつねづねこのスケート靴をちょっぴり悪趣味だと思っていたが、妹のテレーザは昔風でかっこいいと言い張って聞かなかった。かくいう彼女たちも双子《ペア》だった。そのせいで、十二月のある寒い朝、川のほとりの空き地で妹の遺体が見つかったときには、モニカはまるで自分を見ているような錯覚にとらわれた。

まだ二十一歳、喉を掻き切られていた。

双子というのは、たとえ何キロ離れたところにいても、もう片方の感じたことを感じるものだとよく言われる。だが、モニカはそれを信じていなかった。日曜の午後、テレーザが友だちとスケートに行った帰りに誘拐されたとき、モニカは恐怖も危険もいっさい感じなかったのだ。遺体は一カ月後、姿を消したときとまったく同じ服装で発見された。

どういうわけか、片足にあの赤いスケート靴を履いて。

六年間、モニカは考えつづけた——もう片方のスケート靴はどうなったのか。いつか、ひょっこり見つかるのではないか。テレーザを殺した犯人の顔を何度、思い浮かべようとしたことか。街で行き交う人のなかに、何度、その顔を捜したことか。いつしかそれはゲームのようになっていた。

そしていま、おそらく、ついに答えを見つけた。

モニカは目の前に横たわっている男を見た。ぶよぶよしてひび割れた手、鼻毛のはみ出した鼻、ズボンの股の部分にできた尿の染み。想像していたような凶悪犯にはとても見えない。ただの肉体。ごくありふれた人間、しかも心臓の弱い。

トニーの声に、モニカはわれに返った。「きみが何を考えているかはわかる」彼は続ける。「きみがそうしたいのなら、処置をやめよう。このまま待って、成り行きに任せても構わない……ひと言、そうすると言うだけでいい。誰にもばれやしない」

見かねたトニーが言った。喘いでいる男の口の上で、彼女が喉頭鏡を持ったままためらっているのに気づいたからだろう。モニカはもう一度、男の胸を見た。

〝オレを殺せ〟

おそらく、これが家畜のごとく喉を掻き切られた妹の目に映った最後のものにちがいない。どんな人間にとっても、生きつづけるための励みとなる温かい言葉ではない。むしろ殺人者は、これを見せつけて彼女を嬲《なぶ》ろうとした。そして、そのことに喜びを覚えた。ことによったらテレーザ自身、すべてが早く終わるのなら、いっそのこと死にたいと願っていたかもしれない。怒りのあまり、モニカは指の関節が白くなるほど咽頭鏡を握りしめた。

〝オレを殺せ〟

この臆病者は、みずからの胸にこんなタトゥーを彫っていながら、いざ苦しくなると助けを求めた。他の人間と何ら変わりない。彼も死を恐れているのだ。

モニカはこれまでのことを思い出した。テレーザを知る者は皆、モニカを蠟人形館の人形のようにしか見ていない。死者の生き写しとしてしか。両親にすら、モニカは妹のテレーザが為しえなかったことをしていると思われている。父も母も、年を重ねるモニカの姿にテレーザを重ね見ていた。いまこそ、長いあいだ囚われてきた双子の幻影から逃れ、ひとりの人間として認識されるチャンスだった。わたしは医師よ、モニカは自分に言い聞かせる。目の前に横たわっている男に、わずかながらでも憐れみをかけるべきだわ。あるいは職業倫理や、それに準ずるものを尊ばなければならない。けれども現実には、そうした気持ちはいっさい持てなかった。そこで、この男はテレーザの死とはまったく無関係だと必死に思いこもうとした。それでも、赤いローラースケート靴がここにある理由はひとつしか考えられなかった。

〝オレを殺せ〟

その瞬間、モニカはすでに自分の心が決まっていることに気づいた。

六時十九分

雨は、陰鬱な葬儀さながらローマの街を包みこんでいた。旧市街地区の建物に長い影が落ち、建ち並ぶファサードは無言で涙を流している。腸のごとくうねるナヴォーナ広場周辺の路地に人影はなかった。だが、ブラマンテによって建築された大聖堂から数本の道を隔てたところにある、老舗の〈カフェ・デッラ・パーチェ〉の窓ガラスは、つややかな通りに光を反射させていた。

店内には赤いビロード張りの椅子、灰色の筋の入った大理石のテーブル、ネオルネサンス様式の像が置かれ、常連客が座っている。大半はアーティスト、とりわけこの中途半端な夜明けに落ち着かない様子の画家や音楽家たちだ。だが、ほかにも通り沿いの店を開ける前にくつろぐ商店や骨董屋の主人、劇場での稽古を終え、帰って寝る前にカプチーノを飲みに立ち寄った役者たちの姿もある。誰もが、この不快な朝に少しでも心の慰めを見出そうと、話に夢中になっていた。入口の前の小さなテーブルに追いやられるように座っている、黒い服の見慣れぬふたり連れに注意を払う者はいなかった。

「偏頭痛はどうだ？」年下に見えるほうの男が尋ねた。

もう一方の男は、空のエスプレッソカップのまわりに散らばった砂糖の粒を指先でかき集めるのをやめ、無意識に左のこめかみにある傷跡に触れた。「ときどき眠れないこともあるが、だいぶましになった」

「あいかわらず、あの夢を見るのか？」

「ああ、毎晩」男は深く陰鬱な青い目を上げて答えた。

「そのうち、見なくなるさ」

「そうだな」

続く沈黙は、エスプレッソマシンの放つ長い蒸気音に遮られた。

「マルクス、いよいよだぞ」若いほうの男が言った。

「まだ準備できてない」

「これ以上、待つわけにはいかないんだ。上層部にきみのことを訊かれたよ。きみがいま、どんな状態なのか、知りたがっている」

「ぼくは回復している、そうだろう？」

「ああ、そのとおりだ。毎日、少しずつよくなっている。それは確かだ。ぼくを信じてほしい。だが、われわれもずいぶん待っている。どうしてもきみの力が必要なんだ」

「そもそも、ぼくに関心を持っているのは、いったい誰なんだ？　直接会って、彼らと話したい。ぼくが知っているのはきみだけだ、クレメンテ」

「そのことについては、すでに話しただろう。無理だ」

「なぜだ？」

「それがわれわれのやり方だからだ」

不安なときにいつもそうするように、マルクスはまたしても傷跡に触れた。

クレメンテは身を乗り出して、彼の目を自分に向けさせた。「きみの身を守るためでもあるんだ」

「彼らの身、だろう」

「そういう言い方もできるが」

「ぼくはお荷物になる可能性もある。それだけは避けたい、違うか？」

クレメンテはマルクスの皮肉を意に介さない。「いったい何が問題なんだ？」

「ぼくはこの世に存在していない」

苦痛に満ちた口調だった。

「きみの顔を知っているのはぼくだけだ。つまり、きみは自由に行動できる。わからないのか？　彼らはきみの名前しか知らない。それ以外のことは、すべてぼくに任されているんだ。だから、何をしても構わない。きみを知らなければ、彼らは妨害することもできないからな」

「なぜだ?」マルクスはまたしても強い口調で尋ねた。

「ぼくたちが捜しているものは、彼らの身にも危険を及ぼしかねないからだ。たとえ他の方法がすべて失敗に終わっても、築いた障壁が役に立たないとわかっても、まだ目を光らせている人物がいる。彼らにとって、きみは最後の手段なんだよ」

マルクスの目が挑むようにきらめく。「ひとつ訊きたい。ぼくのような人間は、ほかにはいないのか?」

一瞬の沈黙ののち、クレメンテは答えた。「わからない。ぼくには知る由もない」

「ぼくはあのまま病院にいるべきだった……」

「それを言うな、マルクス。ぼくを失望させないでくれ」

マルクスは外に目を向けた。雨宿りをしていた人々が、ひとり、またひとりと歩き出すのが見える。クレメンテに訊きたいことは、まだたくさんあった。この身に直接関わることや、もはや自分の知りえないことを。目の前の男は、彼にとって世界との唯一の接点だった。というよりも、クレメンテが世界のすべてだった。マルクスには話し相手も友人もいない。それでもマルクスは、できれば知らずにいたかったことを知っていた。あらゆる人間に、そして悪に対して起こりうることを。いかなる自信をも揺るがし、どんな心をも永遠に汚すような残酷なことを。周囲には、そうしたことに気づかずに生きている人もいる。そんな彼らが羨ましかった。クレメンテは自分を救ってくれた。だが、それは同時に、闇の世界に足を踏み入れることを意味した。

「なぜ、ぼくなんだ?」視線をそらしたまま、マルクスは尋ねた。

クレメンテはほほ笑んだ。「犬は色を見分けられない」彼が決まって口にする言葉だった。「じゃあ、協力してくれるか？」

マルクスはただひとりの友人に向き直った。「ああ、協力するよ」

それ以上は何も言わず、クレメンテは椅子の背にかけてあったレインコートのポケットに手を入れた。そして封筒を取り出すと、テーブルに置いてマルクスに差し出した。マルクスはそれを手に取って、慎重な手つきで封を開けた。どんなときにも慎重を期すのが彼の習慣だった。

中には写真が三枚入っていた。

一枚目は海岸で遊ぶ若者たち。いちばん手前に、たき火の前でビールで乾杯する水着姿の娘がふたり写っていた。二枚目では、そのうちのひとり――髪を後ろで束ね、眼鏡をかけた娘――が、エウル地区にある新古典主義の象徴、イタリア文明館を笑顔で指さしている。三枚目では、その同じ娘が年配の男性と女性――おそらく両親――を抱きしめていた。

「誰だ？」マルクスは尋ねた。

「名前はラーラ。二十三歳。ローマで勉強しているが、出身はほかの街だ。建築学科の四年生だ」

「その彼女が、どうしたんだ？」

「まさにそれが問題なんだ。誰も知らない。もう一カ月近く、行方不明になっている」

マルクスは周囲の話し声も何もかも忘れ、ラーラの顔に見入った。いかにも地方から大都市に出てきたといった感じの娘だ。とてもかわいらしく、上品な顔立ちで、化粧っ気はない。おそらく美容院へ行く余裕がないので、いつもポニーテールにしているのだろう。ひょっとしたら、節約のために、髪を切りに行くのは実家に帰ったときだけなのかもしれない。服装も、お世辞にも垢抜けているとは言えない。おそらく流行を意識しないですむように、ジーンズにTシャツという軽装だ。その表情から察するに、毎晩遅くまで勉強しているか、あるいは夕食はツナの缶詰――一カ月の生活費を使い果たして、両親からの仕送りを待つ地方出身の学生にとっては頼みの綱の食料――ですませているにちがいない。はじめてのひとり暮らし。ホームシックと闘いつつ、建築家になる夢を追いかけている。

「説明してくれ」

クレメンテはメモ帳を取り出すと、エスプレッソのカップをわきにどけてページをめくりはじめた。「姿を消した日は、夜まで大学の友人と一緒にいた。彼らによれば、ラーラの様子はふだんと変わりなかったそうだ。いつものように、たわいないおしゃべりをして、九時ごろ、ラーラは〝疲れたから帰って寝たい〟と言い出した。それで、仲間のうちのふたりが――彼らはカップルだが――車で家まで送って、彼女が玄関に入るのを見届けた」

「どこに住んでいるんだ？」

「中心街の古い建物だ」

「住人はほかには？」

「二十人ほど。大学が学生に貸しているアパートメントだ。ラーラの部屋は一階で、八月までは友人とシェアしていたが、その友人がいなくなって、新たなルームメイトを探しているところだった」

「彼女の行動はどこまでつかめてる？」

「帰宅してから数時間、部屋にいたことは、地元の無線基地局の記録で確認できた。彼女の携帯電話からの発信記録が二件残っている。一件は二十一時二十七分、もう一件は二十二時十二分。最初の通話は十分間で、相手は母親。次は親友だ。通話は二十二時十九分に終了し、その後は電源が切られたままだ」

若いウエートレスがカップを下げにやって来た。彼女はもう一杯注文させようと、わざとぐずぐずしていたが、マルクスもクレメンテも注文せず、ふたたびふたりきりになるまで黙りこんだ。

マルクスが尋ねる。「いなくなったとわかったのは、いつのことだ？」

「次の日の夜だ。彼女が講義に現われないのを心配して、クラスメイトが朝から電話をかけていたが、ずっと留守電になっていた。それで、夜の八時ごろに部屋を訪ねたが、ブザーを押しても誰も出てこなかった」

「警察の見解は？」

「姿を消す前日、彼女は銀行口座から家賃の四十ユーロを引き出している。だが、管理人は受け取っていない。母親の話では、クローゼットから服が何着か、それとリュックサックがなくなっている。携帯電話も見当たらない。そこで、警察は自発的な失踪だと判断した」

「きわめて安易な判断だ」

「こうしたケースはどうなるか、知っているか？　最悪の事態を懸念する理由がなければ、しばらくして捜索は打ち切られる。あとは、ひたすら待つだけだ」

　ことによると死体が発見されるのを、とマルクスは考えた。

「ラーラの生活はきわめて規則的だった。一日の大半を大学で過ごし、いつも決まった仲間と一緒にいた」

「仲間はどう考えているんだ？」

「ラーラは衝動的な行動をとるようなタイプではないと。もっとも、最近は少し様子が違っていたようだ。どこか疲れた感じで、うわの空だったらしい」

「恋人やボーイフレンドはいなかったのか？」

「携帯の通話記録からは、家族や友人以外の人物は特定できなかった。それに、誰も恋人の話は聞いたことがないそうだ」

「インターネットは？」

「大学の図書館か、駅の周辺のネットカフェで利用していたが、受信箱に怪しいメールは見当たらなかった」

　そのときカフェのガラスのドアが開いて、新しい客が入ってきた。それとともに突風が舞いこんでくる。

誰もが顔をしかめたが、マルクスはひとり考えにふけっていた。「ラーラはいつものように帰宅した。そして、そのころしばしばそういう様子が見られたように、疲れていた。世間と最後に接触したのは、二十二時十九分に電話を終えたときだった。その電話は彼女と一緒に消えて、電源はずっと切られたまま。現時点でわかっているのは、それだけだ。数着の服と現金、それにリュックサックがなくなっている。そのため警察は自発的な失踪だと考えている……彼女は家を出て、姿を消した。ひとりで、あるいは誰かと。目撃者はいない」マルクスはクレメンテを見据えた。「どうして、彼女の身に何か悪いことが起きたと考えなければならないんだ？　つまり、なぜぼくたちが？」

　クレメンテの目が物語っていた。話はいよいよ本題に入る。異変――結局のところ、自分たちの求めているのはそれだ。ありふれた話の些細な綻《ほころ》び。警察による捜査の論理の引っかかり。そうしたちょっとした不備には、しばしば別のものが潜んでいる。想像もつかない、まったく異なる真実へと通ずる道筋。自分たちの任務はそこから始まる。

「ラーラは家を出ていないんだ、マルクス。玄関のドアには内側から鍵がかかっていた」

　クレメンテとマルクスは現場へ向かった。その建物は、十六世紀の小さな教会が建つサン・サルヴァトーレ・イン・ラウロ広場からほど近いコロナーリ通りにあった。一階の住居部分には難なく入ることができた。ふたりに気づく者は誰もいなかった。

　ラーラのアパートメントに足を踏み入れるなり、マルクスは周囲を見まわした。まず、壊れたドアチェーンが目に入った。警察は中に入る際にドアを破らなければならず、内側からかけられたドアチェーンに気づかなかったのだろう。チェーンは側柱からぶら下がっていた。

全体はせいぜい六十平方メートルの広さで、ふたつの部分に分かれている。一方はキッチンと居間になっており、壁ぎわにレンジフード付きの電気コンロが備えつけられていた。その横にはカラフルなマグネットのついた冷蔵庫が置かれ、その上の花瓶に活けられたシクラメンはすでに枯れている。テーブルが一台と椅子が四脚、テーブルの中央にはティーセットのトレーがあった。部屋の隅にソファがふたつ、テレビの前に置かれている。壁は緑色で、よくある絵画やポスターではなく、建築の世界では有名な設計図が貼ってあった。唯一の窓は、ほかのアパートメントと同じく中庭に面し、鉄格子がはめられている。そこからは誰も出入りできない。

　マルクスは細かい部分まで頭に刻みこんだ。そして黙ったまま、験《げん》を担ぐ意味で十字を切ると、クレメンテも同じことをした。マルクスはさっそく部屋を歩きはじめた。ありとあらゆるものに目を走らせる。一つひとつ手のひらで軽く触れる動作は、あたかもそこから発せられるエネルギーや無線信号を感じ取っているかのようだった。部屋に置かれた物が知っていることや目撃したことを聞き出そうとするかのように。棒で地面を叩いて地下に隠れた水脈を発見する棒占い師さながらに、マルクスは無生物の深い沈黙に耳をかたむけた。

　その様子を、クレメンテは離れたところから邪魔をしないように見守っていた。マルクスは少しもためらいを見せず、取りつかれたように集中している。これは、ふたりそれぞれにとって大きな意味があることだった。マルクスはといえば、教えこまれた任務を遂行する力が衰えていないことを自分で確かめていた。一方のクレメンテは、彼の回復力を信じた自分の目に狂いはなかったと、あらためて実感した。

　マルクスは部屋の奥まで行き、そこにあるドアを開けた。ドアの向こうは小さなバスルームで、白いタイルが張られ、蛍光灯が取りつけられている。シャワーブースは洗面台とトイレのあいだにあった。洗濯機が置かれ、キャビネットには洗剤や箒《ほうき》が入れられている。ドアの裏側にはカレンダーが貼ってあった。

マルクスはバスルームを出て、居間の左側に目を向けた。上階へ続く階段がある。二段飛ばしで上がると狭いスペースに出て、目の前に寝室がふたつあった。

手前の部屋は、新たな住人のために用意されたもので、むき出しのマットレスと小さな椅子、それに整理だんすがあるだけだった。

もうひとつの部屋がラーラの寝室だ。鎧戸《よろいど》は開いている。隅にはパソコンを置いたテーブルと、本がぎっしり詰まった棚。マルクスは本棚に歩み寄って、ずらりと並んだ建築書の背表紙を手でかすめた。続いて、未完成の橋の設計図に触れる。瓶に突っこまれた鉛筆を一本手に取って、においを嗅いでみる。練り消しゴムも同様にして、文房具だけが呼び覚ますことのできる、ひそかな喜びを味わう。

このにおいは、ラーラの世界の一部だった。この場所で、彼女は幸福を感じていた。彼女の小さな王国。

クローゼットの扉を開け、ハンガーにかかった服をかき分けた。何もかかっていないハンガーもいくつかあった。上部の棚に靴が三足置かれている。二足はスニーカーで、もう一足は特別な機会のためのパンプス。さらに一足分のスペースがあったが、そこは空だった。

ベッドはシングルサイズで、枕もとにクマのぬいぐるみが置いてある。おそらく、ラーラが幼いころから彼女の毎日を見守っていたのだろう。だが、いまはクマだけが取り残されてしまった。

ナイトテーブルには、両親と一緒に写ったラーラの写真が飾られ、ブリキの箱が置かれていた。箱の中身は小さなサファイアの指輪、琥珀《こはく》のブレスレット、そのほかにもアクセサリーがいくつか。マルクスは写真をじっと見つめた。見覚えのある顔だ。〈カフェ・デッラ・パーチェ〉でクレメンテに見せられた写真に写っていた若者のひとりだ。あの写真では、ラーラは十字架のキリスト像がついた金のネックレスをつけていたが、ブリキ箱の中には見当たらなかった。

クレメンテが階段の下で待っていると、しばらくしてマルクスが下りてきた。「どうだった？」

マルクスは足を止めた。「彼女は連れ去られたのかもしれない」そう言いながらも、口調は断定的だった。

「なぜ、そう言える？」

「あまりにもきちんとしすぎている。見当たらない服や携帯は、まるで単なる演出のようだ。だが、犯人はドアの内側からかけられたチェーンを見落としていた」

「しかし、どうやって……」

「それも想像がつく」マルクスは遮った。そして、その場で起きたことを思い描きながら、部屋の中央に進み出た。彼の頭はすばやく回転していた。目の前でモザイクの小さな断片が組みあわされはじめる。「ラーラのところに、誰かが訪ねてきた」

いま起きていることを、クレメンテは理解していた。マルクスは一体化している。それが彼の才能だった。

侵入者の見たものを見ているのだ。

「その人物は、ラーラの留守中に来た。ソファに座り、ベッドのやわらかさを確かめ、彼女の持ち物を調べた。写真を見て、思い出の品々を物色した。歯ブラシに触れ、彼女の香りを求めて服に鼻をつけた。彼女が洗うつもりでシンクに置きっぱなしだったグラスで水を飲んだ」

「どういうことだ……」

「彼はどうするべきか心得ていた。ラーラのすべてを知っていた。スケジュールも習慣も」

「だが、ここには誘拐を示唆するようなものは何もない。揉みあった形跡もなければ、悲鳴や助けを求める声を聞いた住人もいない。それでもさらわれたと言うのか？」

「ああ、なぜなら、彼女は眠っているあいだに連れ去られたからだ」

クレメンテは何か言いかけたが、マルクスが先んじた。

「砂糖を探すのを手伝ってくれ」

彼が何を考えているかはさっぱりわからなかったものの、クレメンテは言われたとおりにした。そしてキッチンの上のラックに〝ＳＵＧＡＲ〟と書かれた容器を見つけた。一方のマルクスは、テーブルのティーセットの横に置かれた砂糖入れを確かめる。

どちらも空っぽだった。

ふたりとも容器を手にしたまま、しばらく動かなかった。漠然とした疑念が確信へと変わりはじめる。単なる偶然ではない。マルクスはまぐれで当てたわけではなかった。彼は確かな根拠のある直観力を有しているのだ。


「砂糖は睡眠薬を紛れこませるのにうってつけだ。薬の味を隠すから、毎日飲んでいても本人は気づかない」

「友人たちによれば、当時のラーラは、いつも疲れた様子だった」クレメンテははっとした。だとすれば、状況は一変する。だが、いまはマルクスの話を遮るわけにはいかなかった。

「睡眠薬は少しずつ混入されていた。一度に大量ではなく」マルクスは続ける。「つまり、彼女を連れ去った人物は、失踪した晩より以前からここに入りこんでいたことになる。そして、服や携帯と一緒に、睡眠薬の入った砂糖も持ち去った」

「だが、ドアチェーンのことは忘れていた」クレメンテはつけ加えた。そうした些細なことから、あらゆる説が打ち砕かれる。「いったい、どこから侵入して、そして何よりも、ふたりでどこから出ていったというんだ？

マルクスはあらためて周囲を見まわした。「ぼくたちはどこにいる？」ローマは世界で最も大きな人の住む遺跡だ。街は幾重もの地層の上に築かれ、数メートルも掘れば、前の時代や文明の跡が現われる。表層で営まれているわれわれの生活も、歳月とともに積みあげられたものであることを、マルクスはよく理解していた。どんな場所にも、さまざまな歴史があり、ひとつ以上の目的がある。「ここはどういう場所だ？　ヒントを出そう。この建物は十八世紀に建てられたと、きみは言った」

「コスタルディ侯爵家の邸宅のひとつだった」

「ああ。彼らは上階で暮らして、ここには仕事場や倉庫、馬小屋があった」マルクスは左のこめかみの傷跡に触れた。この記憶がどこからたぐり寄せられたものなのか、理解できなかった。なぜそのことを知っている？　みずからの脳に刻まれた情報は、そのほとんどが永久に消されてしまった。だが、なかには漠然とした不安とともに、突如よみがえるものもある。自分の中のどこかに、たしかに何かが存在するが、それは陰に潜んだままだった。そして、ときおり浮かびあがっては、その霧に包まれた場所の存在をささやきかける。それと同時に、その場所はけっして見つけることができないという事実を。

「そのとおりだ」クレメンテは言った。「この建物は長らく昔の状態のままだったが、十年前に大学の機関に遺贈されて、学生用アパートメントに改築された」

　マルクスは床に目を落とした。寄せ木細工の床は継ぎ目がなく、どこも剝《は》がれていない。板はしっかり組みあわされている。ここじゃない、彼は心の中でつぶやいた。それでも気を落とさずにバスルームへ向かう。クレメンテもあとに続いた。

　マルクスは箒の入っているキャビネットからバケツをひとつ取り出すと、シャワーの下に置いて、半分ほど水を入れた。それから一歩後ろに下がった。彼の背後で、クレメンテは訳がわからないまま突っ立っている。

マルクスはバケツをかたむけて、タイルの床に水を流した。そして、足もとにできた水たまりを固唾《かたず》をのんで見守った。

ほどなく、水は減りはじめた。

まるで手品のようだった。まさに密室から姿を消した娘のごとく。だが、これには種明かしがあった。

水は地下に漏れていた。

タイルの隙間に小さな気泡が現われ、やがて正方形を描き出した。一辺の長さは一メートルほどだ。

マルクスは四つん這いになり、指先でタイルを撫でまわして裂け目を探した。そして、それらしきものを探り当てた。起きあがって、何か梃子《てこ》になるものはないか探し、棚に小さなはさみを見つけた。正方形のタイルを引きあげるにはじゅうぶんだ。隙間に手を差し入れて持ちあげると、はたして石の揚げ戸が現われた。

「待て。手を貸そう」クレメンテが言った。

戸を揚げると、地下へ下りる数メートルの古びたトラバーチンの階段があり、その先に廊下が続いていた。

「侵入者はここを通った」マルクスは言った。「少なくとも二度。入ったときと、ラーラを連れて出ていったときと」そして、つねに携帯しているペンライトを取り出すと、スイッチを入れて戸の奥を照らした。

「下りるのか？」

マルクスはクレメンテを見た。「ぼくに選択の余地があるのか？」

ペンライトを片手に、マルクスは石の段を下りた。最後まで下りると、建物の下を通るトンネルが左右に伸びていた。まさしく地下通路だ。だが、いったいどこへ通じているのか。

「大丈夫か？」上に残ったクレメンテが声をかける。

「ああ」マルクスは短く答えた。十八世紀には、この地下道はおそらく危険が迫ったときの逃げ道だったにちがいない。彼はためらうことなく一方の道へと足を踏み出した。そちらを選んだのは、遠くから土砂降りの雨のような音が聞こえたからだ。何度かぬかるみに足を取られながらも、五十メートルほど進む。ときおり大きなネズミが走り抜け、ぬるぬるした生温かい体で足首をかすめたかと思うと、たちまち闇の中へ消えていった。やがて、轟音の正体は、ここ数日降りつづいている雨で増水したテヴェレ川の音だと気づいた。むせるような川のにおいは、全速力で走らされる競走馬のそれに似ている。さらに進むと、少しして、大きな格子窓から朝の灰色の光が射しこんでいるのが見えた。だが、そこからは外に出られない。マルクスは引き返して、今度は反対側の通路を行ってみることにした。地下道の入口を過ぎたときに、足もとの泥の中で何かが光るのに気づいた。

マルクスは身をかがめた――十字架のキリスト像がついた金のネックレスだった。

ナイトテーブルに飾られていた両親と一緒の写真で、ラーラが身につけていたものだ。これで彼の心の目に見えた光景が正しいことが証明された。

クレメンテの目に狂いはなかった。これこそマルクスの才能だった。

ネックレスの発見に興奮するあまり、マルクスはいつのまにかそばに来ていた友人に気づかなかった。ふと顔を上げると、クレメンテはすぐ横に立っていた。

マルクスはネックレスを差し出した。「見ろ……」

クレメンテは手に取って、じっくりながめた。

「彼女はまだ生きているかもしれない」マルクスは希望の光を見出して言った。「犯人は足跡を残した。うまくいけば正体をつかめる」だが、彼はクレメンテが喜んでいないことに気づいた。むしろ動揺しているように見える。

「すでにわかっていたことだ。単なる確認にすぎなかったんだ……そして、残念ながら裏づけがとれたよ」

「どういうことだ？」

「砂糖に混入された催眠剤だ」

マルクスは訳がわからなかった。「いったい、何が問題なんだ？」

クレメンテは彼を真顔で見つめた。「そろそろ、ジェレミア・スミスについて知っておくべきだろう」

八時四十分

サンドラ・ヴェガが学んだ最初の教訓は、家はけっして嘘をつかないということだ。

人は、自身について語る際に、うわべをうまく飾って周囲に信じこませることもできる。だが、生活するために選んだ場所は、いやがおうでもその人のすべてを物語る。

仕事柄、サンドラはこれまでに数多くの家を訪ねた。そして敷居をまたぐたびに、許可を求めなければならないような気がしてならなかった。訪問の目的を考えれば、呼び鈴を押す必要さえないというのに。

この仕事を始める以前には、夜に列車に乗ると、明かりの灯された窓をながめながら、あのガラスの向こうでは何が起きているのかと考えを巡らせたものだった。どんな人生が、どんな物語が繰り広げられているのか。ときおり、偶然に垣間見えることもあった。テレビを見ながらアイロンをかけている女性。ひじ掛け椅子に座って、煙草の煙で輪っかを作るのに夢中になっている男性。椅子の上に立って食器棚の中を探しまわっている子ども。小さな窓から見える映画のひとコマ。そして列車は走り去る。彼らの生活も、それぞれの場所で営まれていく。

　すべてはそうしたのぞき見の延長だと、サンドラはつねに考えるようにしていた。車窓から見た人々よりも、もっと身近な人物のあとをこっそりつける。ごくありふれた職場で彼らの様子を観察する。水族館の魚を見るように。

　そして家々を訪れるたびに、自分が入る前にそこで何が起きていたかを想像するのが彼女の習慣だった。どんな喜び、諍《いさか》い、悲しみが人知れず生じていたのか。

　ときには、その場所に隠された惨劇や恐怖について思いめぐらすこともある。たとえそうした出来事があっても、家はすぐに忘れる。住人は変わり、すべてが新たに始まる。

　だが、そうはいかずに過去の痕跡を残している場合もある。バスルームのキャビネットに置き去りにされた口紅。棚の古い雑誌。物置の靴。引出しの奥に隠された、レイプ被害者支援団体の電話番号を記したメモ。

　そのような些細な痕跡から、誰かの物語がふたたび語られることもある。

　そうした探求が職業になるなど、サンドラは夢にも思わなかった。だが、ひとつだけ違いがある。彼女が訪れる場所には、かならず何かが隠されているということだ。

　サンドラは採用試験を経て警察に入り、通常の研修を受けた。規定された武器を携行し、射撃の腕も折り紙付きだ。だが、彼女の制服は科学捜査班の白衣だった。専門コースの受講後に、写真鑑識のプロになる道を選んだのだ。

　時間を止めるのを唯一の目的として、サンドラはカメラを手に犯行現場に足を踏み入れる。あらゆる物をフラッシュの閃光で凍結する。レンズが照準を定めた瞬間から、何ひとつ変わることはない。

　サンドラ・ヴェガが学んだふたつ目の教訓は、家も人間と同じく死ぬということだ。

　そして家の運命は、住人がもはや起きあがれなくなったときに、彼らの最期を看取ることにほかならない。乱れたベッド、シンクにたまった皿、床に脱ぎ捨てられた靴下——そういったものが、その緩やかな死の兆候となる。まるで住人が、突如訪れる世界の終わりから逃れるために、すべてを散らかしたまま置き去りにして逃げ出したかのように。しかし実際には、世界はその壁の内側で終わる。

　そういうわけで、ミラノ近郊の大きな集合住宅の五階のアパートメントに入った瞬間、サンドラは、自分を待ち受けているのが容易には忘れられそうにない犯行現場だと悟った。最初に目に飛びこんできたのは、クリスマスはまだだいぶ先だというのに、きれいに飾りつけられたツリーだった。サンドラは瞬時にその理由を察した。彼女の妹も、五歳のときに、クリスマスが過ぎて飾りを片づけようとする両親を必死に止めようとした。午後じゅう、泣いたり叫んだりした挙句に、両親はついに折れて、いずれ気がすむだろうとそのままにしておいた。ところが、小さなライトや色とりどりのボールが飾られたプラスチックのモミの木は、翌年の夏が過ぎて秋になっても部屋の隅に置かれたままだった。そのことを思い出して、サンドラはたちまち胃が締めつけられるのを感じた。

　彼女は確信した。この家には子どもがいる。

　その気配は空気にも感じられた。というのも、サンドラが学んだ三つ目の教訓は、家にはにおいがあるということだったからだ。そこに住む人のにおいで、同じものはふたつと存在しない。住人が変われば、古いにおいは消えて、新たなにおいのための空間ができる。そうしたにおいは、さまざまな香り――柔軟剤、コーヒー、教科書、観葉植物、床用の洗剤、キャベツのスープなど、化学的なものも自然なものも含めて――が時間とともに堆積して作られ、やがてそれが家庭の、家族一人ひとりのにおいとなる。たとえ本人は自分のまとっているにおいに気づかなくても。

　そしていま、目の前のアパートメントとほかの裕福ではない家庭の住居を区別しているのは、その鼻による感覚のみだった。三部屋とキッチン。そのときどきの経済状況に応じて、ばらばらに購入された家具。フォトスタンドに飾られた、おもに夏のバカンスの写真――それが精いっぱいの贅沢だったのだろう。テレビの前の格子縞のソファ。家族で毎晩、眠くなるまでそこに押しあうように座ってテレビ番組を見ていたにちがいない。

　サンドラはそれらの光景を頭に刻みこんだ。その後、ここで起きたであろうことの予兆は感じられなかった。誰も気づかなかったのだろう。

　警官たちが予期せぬ客のように各部屋をうろつきまわり、それだけで、どこにでもある日常的な風景をぶち壊している。だが、サンドラは以前から、自分が侵入者だと思わないようにしていた。

　このような犯行現場では、誰ひとり口をきく者はいなかった。恐怖でさえ法のもとに置かれている。沈黙の舞台では、言葉は余計だった。一人ひとりが自分の役割をきちんと理解しているからだ。

　だが、いつでも例外はある。そのひとつがファビオ・セルジだった。実際、いまもアパートメントのどこかで彼が文句を言っているのが聞こえた。

「ちくしょう。そんなはずはない」

　サンドラはその声を追うだけでよかった。それは窓のない狭いバスルームから聞こえてきた。

「どうしたの？」器材の入ったふたつの鞄を廊下の床に置き、ビニールのシューズカバーを履きながら、サンドラは尋ねた。

「今日は本当にすばらしい日だ」彼は振り向きもせずに皮肉っぽく答えた。携帯ガスストーブにカセットボンベを取りつけるのに必死になっている。「このおんぼろめ、ちっとも動かない」

「爆発させるつもりじゃないでしょうね？」

セルジがにらみつける。そのひどく不機嫌な様子に、サンドラは口をつぐんだ。そして、ドアとトイレのあいだの空間を占めている男の死体に目を向けた。男はうつ伏せで、全裸だった。推定年齢四十歳。身長百八十センチ、体重は九十キロ。首が不自然な恰好で曲がり、頭に斜めの裂傷がある。白と黒のタイルに黒ずんだ血だまりができていた。

男は両手に拳銃を握りしめていた。

死体の横に、洗面台の左角とおぼしき陶器のかけらが落ちている。おそらく体が当たって欠けたのだろう。

「そのストーブをどうするつもり？」サンドラは尋ねた。

「現場を復元する必要がある。この男はシャワーを浴びていて、バスルームを暖めるためにこれをそばに置いていた。もう少ししたら水も流す。急いで荷物を片づけておけ」彼はぶっきらぼうに答えた。

サンドラはセルジのやろうとしていることを理解した。蒸気によって、床に残された足跡が浮きあがる。そうすれば、部屋の中での被害者の動きを再現できるというわけだ。

「ドライバーを取ってくる」鑑識官は吐き捨てるように言った。「すぐに戻る。おまえはなるべく壁ぎわを歩くようにしろ」

サンドラは言い返さなかった。こうした状況には慣れている。証拠となる血液や組織などを検出する専門家は、自分だけが犯行現場を保存することができると自負しているものだ。それに加えて、サンドラはまだ二十九歳で、しかも典型的な男社会で働いているという事実もある。同僚たちのそうした家父長主義的な態度には、しばしば性差別による偏見が隠されていた。セルジとはきわめて折り合いが悪く、サンドラは彼と一緒に仕事をするのが好きではなかった。

　セルジがいない隙に、サンドラは鞄から一眼レフカメラと三脚を取り出した。床に跡を残さないように、それぞれの脚をスポンジで保護する。続いて、レンズを上方へ向けてカメラを三脚に取りつけた。そして、レンズが曇らないようにアンモニアに浸したガーゼで拭いてから、ワンショットで三百六十度の全方向が撮影可能なパノラマ機材を装着した。

　全体を把握してから細部を明らかにする――いつもどおりの手順だった。

　カメラは連続自動撮影で現場の全光景を捉える。その後、さらに細かい部分の写真を手動で撮影するが、その際に、証拠品に番号を付した同じ大きさの札を割り当てる。これは撮影の順序を明らかにすると同時に、写真を見る者にそれぞれの証拠品の大きさを示すためでもある。こうして、ようやく事件の再現が完了する。

　サンドラは、バスルームの中央に一眼レフカメラを設置すると、棚に置かれた小型の水槽に気づいた。中には小さなカメが二匹いる。それを見て、彼女は胸が痛んだ。この家族の誰かが水槽の横の箱に入った餌をやり、数センチ程度の水を定期的に換えて、小石とプラスチックの椰子《やし》でつくりあげられたカメの環境をきれいに整えていたのだ。

　大人ではないだろう。

　そのとき、セルジがドライバーを手に戻ってきて、ふたたび携帯ガスストーブと格闘しはじめた。さいわいにもストーブはすぐについた。

「おれの手にかかれば、こんなものさ」彼は喜んだ。

バスルームは狭く、死体はほとんどの空間を占めていると言っても過言ではなかった。そこにどうにか三人で入りこんでいる。こんな状態では、とてもスムーズにはいくまい、とサンドラは考えた。「どうやって始めるの?」

「まずは、ここをサウナ状態にする」そう言うと、セルジはシャワーの湯の蛇口を全開にした。そして、いっときでも彼女を追い払うべく、つけ加えた。「そのあいだに、おまえはキッチンに取りかかってくれ。向こうに〝双子〟がいる……」

通常、犯行現場というのは第一と第二に分けられ、犯罪行為が行なわれた場所と、単に関連のある場所――死体が隠されていた場所、凶器が発見された場所など――を区別する。

この家に〝双子〟がいると聞いて、ふたつ目の第一現場のことだとサンドラはぴんときた。つまり、その意味することはただひとつ――別の犠牲者だ。彼女の脳裏にカメとクリスマスツリーがよみがえった。

サンドラはキッチンの入口から動けなかった。こうした状況では、心を落ち着かせるためにも、マニュアルどおりに手順を踏むことが大切だ。混乱を整理するためのちょっとしたヒント。たとえ気休めだとしても、彼女にはそれが必要だった。そう信じていた。

ライオンのシンバが、森のほかの住人とともに歌いはじめる前に目配せする。そんな画面を映し出しているテレビを消したかったが、そうもいかなかった。

たいしたことではない、そう自分に言い聞かせながら、サンドラはすべての手順を記録するためにベルトにICレコーダーを取りつけた。そして、栗色の長い髪を後ろにやって、いつも手首にはめているゴムで結わく。続いて頭にヘッドホンマイクをつけて両手を空け、鞄から二台目の一眼レフを取り出して構えた。カメラを持つと、自分と目の前にあるものとのあいだに一定の距離を保つことができた。

写真撮影は、通常、右から左、下から上へと行なわれる。

時計に目をやってから、サンドラは録音を始めた。最初に一般的なことを述べる——場所、日付、記録を始める時刻。そして、いよいよ撮影開始。目で見ると同時に解説をする。

「テーブルは部屋の中央にあり、朝食が用意されている。椅子が一脚、床に引っくり返っていて、その横に最初の遺体。性別は女性、年齢は三十から四十のあいだ」

女性の着ている明るい色のネグリジェは腰までめくれあがり、脚と下腹部があらわになっていた。髪は花の形のヘアクリップで簡単にまとめている。スリッパは履いていない。

「全身に銃創あり。片方の手に一枚の紙を持っている」

買い物リストを書いていたのだろう。ペンはテーブルの上に置かれたままだ。

「遺体はドアのほうを向いている。殺人者が現われたのを見て、制止しようとしたと思われる。テーブルから立ちあがったものの、一歩しか動けなかった模様」

その間にも、一眼レフのシャッター音が絶え間なく響く。あたかもメトロノームに合わせる音楽家のごとく、サンドラはその音に耳をかたむけていた。そして、現場の詳細を捉えながら、それらをデジタルの記憶装置とともに、みずからの記憶に刻みこんでいく。

「二番目の遺体。男性、年齢はおそらく十歳から十二歳くらい。ドアに背を向けて座っている」

この少年には、何が起きているのかわからなかっただろう。だが、死ぬときに痛みを感じなかったというのは、生きている者にとっての慰めにすぎないと、サンドラはつねづね考えていた。

「青いパジャマ。テーブルに突っ伏して、顔はコーンフレークのボウルに浸かっている。首筋に深い銃創が一カ所」

サンドラにとって、この現場で死を示しているのは、銃弾に傷つけられたふたつの遺体ではなかった。そこらじゅうに飛び散った血や、彼らの足もとで少しずつ乾きつつある血だまりでもなかった。何も見ていないガラスのような目でも、彼らをこの世から追いやった行為でもなかった。まったく別のものだった。死というのは、何気ない日常に身を潜めることができるものだと、サンドラはこれまでの経験で学んだ。彼女がカメラで明らかにしようとしているのは、まさにそれだった。凄惨《せいさん》な現場が発見されたあと、誰かが火を消すまで沸騰しつづけて、コンロの周囲に吹きこぼれたコーヒー。あいかわらず食べ物を新鮮に保ちつづけている冷蔵庫の低いモーター音。にぎやかな動物のアニメを放映している、つけっぱなしのテレビ。残虐な殺人が起きても、人工的な生活は平然と虚しく続いている。死は、まさしくこうしたまやかしに隠れているのだ。

「一日の始まりには悪くないだろう？」

サンドラはレコーダーを止めて振り向いた。

キッチンの入口に、デミチェリス警部が腕を組んで立っていた。口にくわえた煙草は火が消えている。

「きみがバスルームで見た男は、貴重品輸送会社の民間警備員だった。あの拳銃は、彼がいつも携帯しているものだ。一家の収入源は彼の給料だけ。車などのローンの支払いに、月末はやや苦労していたようだ。だが、多かれ少なかれ、誰でもそんなものだろう」

「なぜこんなことを？」

「近所で聞き込みをしている。夫婦喧嘩はしょっちゅうだったが、警察を呼ぶほど激しくはなかったらしい」

「家庭に問題があったと？」

「そのようだ。夫はタイ式ボクシングをやっていて、県大会で優勝したが、筋肉増強剤の使用で失格になり、その後やめたようだ」

「妻に暴力を振るっていたんですか？」

「法医学者の判定を待たないとはっきりとは言えないが、ひどく嫉妬深い性格だったそうだ」

サンドラは下半身に何も着けずに床に横たわっている女性に目を向けた。死者には嫉妬できない、と彼女は思った。もう二度と。

「彼女は浮気をしていたんですか？」

「おそらく」デミチェリスは肩をすくめ、話題を変えた。「バスルームはどうなっている？」

「一眼レフを設置して、すでに撮影を開始しています。それが終わるか、あるいはセルジの気が向いて、彼に呼ばれるまで待っているところです」

「この事件は見かけだけではわからない……」

サンドラはデミチェリスを見つめた。「どういうことですか？」

「男は自殺じゃないな。薬莢《やっきょう》の数を数えたところ、全部キッチンにあった」

「では、いったい何が？」

デミチェリスは煙草を手に取り、キッチンに足を踏み入れた。「彼はシャワーを浴びていた。そして裸のままバスルームを出て、玄関に置いてあった拳銃を取った。制服に装着したホルスターに入っていたんだ。それからキッチンへ行き、いま、きみがいるあたりで息子に向かって銃を発射した。弾は首筋に命中した。至近距離だった」彼は身ぶりで示す。「続いて妻を撃った。その間、わずか数秒。そして彼はバスルームに戻った。床はまだ濡れていた。彼はすべって転び、洗面台に頭を強打した。ぱっくり割れるほど強く。即死だった」そして、警部は皮肉っぽくつけ加えた。「神はときに些細な復讐をして、威厳を保つ」

神はいっさい手を下さなかった、サンドラは少年を見つめながら考えた。今朝は、天上から傍観していただけだった。

「七時二十分には、すべてが終わっていた」

サンドラはひどく不快な気分でバスルームに戻った。デミチェリスの言葉に思いのほかショックを受けていた。ドアを開けたとたん、中にこもっていた蒸気が吐き出される。セルジはすでにシャワーの蛇口を止め、試薬の容器の前に四つん這いになっていた。

「ブルーベリー、問題はつねにブルーベリーだ……」

サンドラには何のことだかさっぱりわからなかった。とにかく、彼は没頭しているようだったので、試薬による反応が気になりながらも、深く追求しないことにした。そして、パノラマ写真が撮影されていることを確認してから、一眼レフを三脚から取り外した。

バスルームを出る前に、サンドラは同僚を振りかえった。「メモリーカードを交換してくるわ。さっそく細部の分析に取りかかりましょう」彼女は周囲を見まわして言った。「窓はないし、照明もじゅうぶんではないようだから、光量を抑えたライトが必要かもしれないわ。どう思う？」

セルジは顔を上げた。「どう思うかって？　たまにはああいうバイク乗りにあばずれみたいにいたぶられてみたいもんだ。それがおれの望みさ」

彼の卑猥な言葉に、サンドラは一瞬ひるんだ。冗談なのかどうか判断しかねたが、いまの状況を考えると大声で笑う場面でもなさそうだ。すると、セルジは何ごともなかったかのように、ふたたび試薬を塗布しはじめた。サンドラは廊下に出た。

とてもまともとは思えない同僚のことは頭から追い払い、サンドラは一眼レフの液晶ディスプレイで写真を確認した。バスルームの三百六十度のパノラマ写真は、比較的良好な状態で撮影されていた。三分間ずつで合計六枚。蒸気の効果で男の裸足の足跡が浮きあがって見えるが、あまり鮮明ではない。最初は、夫婦喧嘩が高じて殺人に至ったのではないかと考えた。だが、そうだとすれば、バスルームに妻のスリッパの跡もあるはずだ。

これはテキストに記されている法則に反していた。その理由を考える必要がある。どんなに矛盾しているように思えても、サンドラの任務はレンズを通して見た事実を報告することだった。たとえ根拠を見出せなくても、つねに客観的でいなければならない。

だが、この五ヵ月間はそれが難しかった。

サンドラは画像をズーミングし、細部まで目を凝らして根拠を見つけようとした。

ディスプレイにパノラマ写真が表示される――鏡の下の棚に立てかけられた剃刀《かみそり》。クマのプーさんの入浴剤。干されたストッキング。平凡な家族の日常的な行為、ちょっとした習慣。悲惨な出来事を目撃した無害な品々。

それらは口がきけないわけではない。物は静寂の世界から語りかけてくる。われわれは、ただ耳をかたむけるだけでいい。

さまざまな思いが脳裏を駆けめぐるなか、いったい何がこのような暴力の鎖を解き放したのか、サンドラは考えつづけていた。先ほどから感じている不快感が吐き気となり、頭痛もひどくなってきた。やがて視界がぼやける。彼女は知りたかった。

なぜこんな小さな家で惨事が起きたのだろう。

一家は七時少し前に起きる。女は息子のために朝食の用意をする。最初にバスルームを使うのは男だ。息子を学校へ送ってから、自分も会社へ行かなければならない。寒いので、携帯ガスストーブを持ちこむ。

シャワーを浴びているあいだに、いったい何が起きたの？

湯が勢いよく流れ、それとともに怒りが増す。ことによると、ひと晩じゅう、眠れなかったのかもしれない、とサンドラは考えた。彼は何かに動揺していた。心配、妄想……嫉妬？ 妻に愛人がいることに気づいた？　ふたりはしばしば喧嘩をしていた、とデミチェリス警部は言っていた。

けれども、今朝は口論は起きなかった。なぜ？　男はバスルームを出て、拳銃を手にキッチンへ向かう。発砲する前に言い争った形跡はない。彼の頭の中で、粉々に砕けたものは何か？　耐えがたい苦悩、不安、恐怖——通常、発作的な犯行の兆候と言われるもの。

ディスプレイ——壁にかけられた三着のバスローブ。大きい順に隣り合わせに。コップには三本の歯ブラシ。その何気ない光景に、サンドラは小さなひびを探した。崩壊につながる、ちょっとした割れ目を。

七時二十分には、すべてが終わっていたと、警部は言った。その時刻に周囲の住民が銃声を聞いて、警察に通報したのだ。シャワーが流れていたのは長くても十五分間。そのあいだに、すべてが決まった。

ディスプレイ——水槽の中の二匹のカメ。餌の箱。プラスチックの椰子。小石。

カメ、サンドラは心の中で繰り返した。

彼女はすべてのパノラマ写真を確認し、細部を残らずズーミングした。一枚の写真に三分間かけて三百六十度を撮影し、それが全部で六枚ある。セルジは湯の蛇口を全開にし、バスルームは蒸気に満ちていた……にもかかわらず、カメは動いていない。

物は語りかける。死は細部に潜んでいる。

ふいに視界が晴れ、一瞬、サンドラはめまいを覚えた。目の前に、とつぜんデミチェリスが現われる。

「気分でも悪いのか？」

その瞬間、サンドラはすべてを理解した。「ガスストーブ」

「何だと？」警部には訳がわからない。

だが、説明している時間はなかった。「セルジをすぐに連れ出さなきゃ」

建物の周辺には、何台もの消防車と、セルジを運ぶための救急車が停まっていた。バスルームに駆けつけたとき、鑑識官は意識を失っていた。だが、さいわいにも手遅れにならずにすんだ。建物の前の歩道で、サンドラは死んだカメの入った水槽の画像をデミチェリスに見せ、順を追って説明した。

「わたしたちが到着したとき、セルジはガスストーブをつけようとしていました。あのばかは、もう少しで命を落とすところでした。窓がまったくないんです。消防士の話では、バスルームには一酸化炭素が充満していたそうです。セルジは単に現場を再現しようとしていた。つまり、こういうことになります——まさに今朝、あの男性がシャワーを浴びているあいだにも同じことが起きたと」

デミチェリスは眉をひそめた。「理解できないんだが」

「一酸化炭素は、燃焼が起きたときに発生する気体です。しかも無臭で無色、味もありません」

「それは知っているが……拳銃も正常に作動するのか？」警部が皮肉を言う。

「一酸化炭素中毒の症状をご存じですか？ 頭痛、めまい、稀に幻覚や妄想を引き起こすこともあります……閉めきったバスルームで一酸化炭素を吸いこんで、セルジは錯乱していました。ブルーベリーがどうとか、下品なことまで言ったんです」

デミチェリスは顔をしかめた。この手の話は好きではないのだ。「いいか、サンドラ。きみがその推理で何を言わんとしているかはわかるが、根拠がない」

「あの男性も、発砲する前にバスルームに閉じこもっていました」

「それは証明できない」

「ひとつの仮説です。その可能性がなきにしもあらずということは、認めてください。男性は一酸化炭素を吸いこんで混乱し、幻覚を抱いて、妄想にとらわれた。

けれども、セルジのようにすぐには気絶せずに、裸のままバスルームを出て、拳銃を手にして、妻と息子を撃った。そしてバスルームに戻ってから、酸素不足になって意識を失い、転倒して頭を打った」

デミチェリスは腕を組んだ。その態度にサンドラは腹を立てたが、警部がこれほどまでに大胆な仮説を認めないことはよくわかっていた。何しろ長年の付き合いだ。彼にとっても、こうした辻褄《つじつま》の合わない死の責任を家族以外の殺人犯に押しつけるほうが、気が楽なのは確かだった。無理もない。証拠がないのだ。

「法医学研究所に言っておこう。男性の遺体の毒物検査をしてくれるだろう」

何もしないよりはましだわ、とサンドラは考えた。

デミチェリスは慎重なタイプだ。優秀な警官で、一緒に仕事をするのは楽しい。芸術愛好家であることも、感性が豊かなしるしだった。彼女の知るかぎり、子どもはおらず、休暇には妻と美術館を訪れる計画を立てる。あらゆる作品には意義があり、それを探し求めるのが愛好家の使命だ、というのが彼の主張だった。つまり、何ごとも第一印象で満足するような警官ではない。

「われわれは、ときに現実を認めたくないこともある。そして、状況を変えられないのなら、自分なりの解釈をしようとする。もっとも、かならずしもうまくいくとは限らないがね」

「わかってます」答えてから、サンドラはすぐに悔やんだ。その現実を、何度となく見直したものの、結局は受け入れることはできなかったのだ。彼女はそのまま立ち去ろうとした。

「待ってくれ。言っておきたいことがある……」デミチェリスは白髪交じりの髪をかきあげながら、ふさわしい言葉を探した。「きみの身に起きたことは気の毒に思っている。この半年間、きみがどんな気持ちで過ごしてきたか……」

「五カ月です」サンドラは言い直した。

「ああ、とにかく、もっと早く対処すべきだったが……

……」

「ご心配なく」サンドラは答えて、無理に笑みを浮かべた。「いまのままで大丈夫ですから」

彼女はくるりと背を向けると、自分の車へ向かった。けっして離れることのない、それでいて他人に気づかれることもない、あの奇妙な感覚を胸に秘め、早足で歩く。それは不安であり、同時に苦痛の入り混じった怒りだった。ねばねばするゴムの塊のような。彼女は〝それ〟と呼んでいた。

認めたくはなかったが、この五カ月間、〝それ〟はサンドラの心に巣くっていた。

十一時四十分

ふたたび激しい雨が降りはじめていた。すれ違う人々に逆らうように、マルクスとクレメンテは大きな大学病院の構内をゆっくりとした足取りで歩いていた。〈ジェメッリ〉は街の基幹病院だ。

「正面の入口には警官が立っている」クレメンテが言った。「監視カメラも避けなければならない」

細い道を通って左に曲がると、彼はマルクスを白い小さな建物へと促した。張り出し屋根の下には、大きな洗剤の缶と汚れたシーツが積まれた台車が置かれていた。鉄の階段が入口へ続いている。ドアは開いていて、洗濯場の保管庫に簡単に入ることができた。昇降機を利用して二階へ上ると、狭い通路が安全扉で仕切られていた。中に入る前に、ワゴンに用意された無塵衣、マスク、シューズカバーを身につけなければならなかった。次に、クレメンテはマルクスに磁気カードを渡した。これを首から下げていれば、不審に思われることはない。ふたりはカードを使って電子ロックを開錠し、ようやく中に入った。

　目の前に、青い壁にはさまれた廊下が伸びていた。エタノールと床用洗剤のにおいがする。

　他の科とは異なり、この集中治療科はしんと静まりかえっていた。歩きまわる医師や看護師の姿はなく、廊下を移動する人はけっして急がず、音も立てずに歩いている。聞こえるのは、患者の命を維持するための機器の低い音ばかりだ。

　それにもかかわらず、静寂に包まれたここでは、生と死のあいだをさまよう過酷な戦いが繰り広げられている。戦士のひとりが力尽きるときには、騒ぐこともなければ、叫び声をあげることもない。それを知らせるためには、アラーム音も鳴らず、ただナース・ステーションの赤い警告ランプが点灯するのみだ。それだけで、生命の機能が停止したことが示される。

　他の科では、命を救うための絶え間ない時間との戦いを強いられる。しかし、ここではまったく異なる。まるで誰もいないかのように、無限の広がりを見せているだけだ。

　だが、ここで働く者のあいだでは、この場所は〝国境〟だと考えられていた。

「越える者もいれば、引き返す者もいるからだ」クレメンテはマルクスに説明した。

　やがて、ふたりはガラスで仕切られた蘇生室の前に来た。部屋の中にはベッドが六台並んでいる。

　使われているベッドは一台だけだった。

　五十歳くらいの男性が人工呼吸器につながれていた。その光景を見て、マルクスは自分自身のことを思い出した。やはり同じようなベッドで、光と闇の世界を行き来しながら戦っているときに、この友人が見つけにきてくれたときのことを。

　彼は引き返すことを選んだ。

　クレメンテはガラスの向こうを指さした。「ゆうべ、心臓発作の通報を受けて、救急車が郊外に出動した。救急センターに電話をかけてきた男の家から、いくつかの物が発見された。髪を結ぶリボン、珊瑚《さんご》のブレスレット、ピンク色のマフラー、ローラースケート靴――いずれも未解決の連続殺人事件の犠牲者のものだ。男の名前はジェレミア・スミス」

　ジェレミア――穏やかな雰囲気の名前だ、マルクスはまず最初にそう思った。連続殺人犯には似つかわしくない。

　クレメンテはレインコートの内ポケットから二つ折りのファイルを取り出した。表紙には〝c.g.97-95-6〟とだけ記されている。

「六年のあいだに犠牲者は四人。喉を掻き切られた。いずれも女性で、十七歳から二十八歳のあいだだ」

　クレメンテが一般的かつ無意味なデータを挙げているあいだに、マルクスはベッドに横たわる男の顔をじっと見つめていた。騙されてはいけない。この体は仮の姿なのだ。人目を引かないための手段。

「医者は昏睡状態だと言っているが」クレメンテはマルクスの心の中を見抜いたように言った。「彼を発見した救急隊員は、ただちに挿管処置を行なっている。ちなみに……」

「何だ？」

「運命のいたずらか、看護師と一緒に、最初の犠牲者の姉がその場に居合わせた。二十七歳、医師だ」

　マルクスは驚きの表情を浮かべた。「自分が助けた男の正体を知っていたのか？」

「ローラースケート靴があることを報告したのは彼女だった。六年前に殺された双子の妹のものだ。いずれにせよ、ふつうでは考えられない点がもうひとつある

「……」

クレメンテはファイルから写真を出してマルクスに見せた。写っているのは男の胸部で、〝オレを殺せ〟という言葉が彫りこまれている。

「街をうろついている連中の半分は、こんなタトゥーを入れているものだ」

「いや、これは二重人格の象徴だ」マルクスは考えこむように言った。「結局のところ、外見から見抜く方法はごく限られている。通常は、相手を判断する際には表層、つまり服を着た状態で判断するからだ。皮膚の、それもいつ誰に見られてもおかしくない部分に記されていたとしても、真実は隠されている。誰にも気づかれない。ジェレミア・スミスの場合も同じだ。街ですれ違っても、誰も彼を危険人物だとは思わなかったはずだ。実際には凶悪犯だったにもかかわらず」

「そして、この言葉には挑戦の意味もあった。〝殺せるものなら殺してみろ〟というね」

マルクスはクレメンテを見た。「いま、この男が挑んでいるのは？」

「われわれがラーラの救出に成功するかどうかだ」

「彼女がまだ生きていると、なぜ言える？」

「ほかの犠牲者は、発見されるまで、少なくとも一カ月は生かされていた」

「ラーラをさらったのがこいつだという証拠は？」

「砂糖だ。ほかの女性たちも薬を飲まされていた。みんな、同じ方法で連れ去られている。ある日、とつぜん近づいて、飲み物をご馳走すると話しかける。飲み物からは、毎回ガンマ《G》ヒドロキシ《H》酪酸《B》が検出された。ルーフィーという名で知られている。いわゆる〝デートレイプ薬〟だ。睡眠作用のある薬で、それを飲むと思いどおりに動けなくなる。警察の科学捜査班が、ジェレミアが最初の犠牲者に声をかけた店で、プラスチックのコップからその薬を検出した。三番目の誘拐現場に残された小瓶からもだ。要するに署名のようなものさ。あるいは一種の暗号と言ったほうがいいかな」

「デートレイプ薬」マルクスは繰り返した。「つまり、動機は性的なものか？」

クレメンテは首を振った。「誰ひとりレイプされていない。暴行の跡もない。六人とも縛られて、一カ月間生かされたのちに、喉を掻き切られている」

「だが、ラーラは家から連れ去られた」マルクスは反論した。「それはどう説明するんだ？」

「連続殺人犯のなかには、時間がたつにつれて、衝動をつのらせる残忍な空想をどんどん広げる奴もいる。そういう奴は、ときに特別なこだわりを見せるものなんだ。自分の楽しみを増やすものにね。やがて殺人は、みずからに課された義務となり、腕を磨きたいと考えはじめる」

クレメンテの説明はもっともらしく聞こえたが、マルクスはどこか腑に落ちなかった。だが、とりあえずその点は気にしないことにする。「ジェレミア・スミスの家について教えてくれ」

「目下、警察が捜索中だから、まだ見にいくことはできないが、どうやら犠牲者たちがそこに連れてこられた形跡はないようだ。つまり、別の場所に監禁されていたんだ。その場所がわかれば、ラーラを発見できる」

「だが、警察は彼女を捜しているわけではない」

「おそらく、あの家で何か彼女に関連のあるものも見つかるだろう」

「警察に彼女の足取りを追わせる必要はないのか？」

「ああ」

「なぜだ？」マルクスは疑いの目を向けた。

クレメンテはきっぱりと答えた。「それは、われわれの任務ではない」

「ラーラはまだ助かるかもしれないんだぞ」

「警察官がいると目障りかもしれないが、きみには行動の自由が必要だ」

「行動の自由？　どういう意味だ？」マルクスは問いかえした。「いったい、どこから始めればいいんだ？」

クレメンテは彼の真正面に立ち、じっと目を見つめた。「そんなことは不可能だとか、自分にはまったく経験がない、ときみは思っているんだろう。だが、実際には、はじめてではない。これまで、きみはすばらしい働きをしてくれた。だから、今度もかならずできると信じてるよ。ラーラを発見できるのは、きみしかいないんだ。何よりもまず、そのことを理解してくれ。なぜなら、ぼくの考えでは、ラーラに残された時間は多くないからだ」

マルクスはクレメンテの背後に目を向けた。人工呼吸器につながれ、生死の境をさまよっている男に。すると、その光景に重なって、光の加減でみずからの顔がガラスに映って見えた。マルクスは困惑して目をそらした。だが、それは怪物の姿のせいではなかった。鏡を見ることに耐えられなかったのだ。自分でも、なぜなのかはわからなかった。「もし失敗したら、ぼくはどうなるんだ？」

「自分の身を心配しているのか？」

「だが、ぼくはもう自分が誰だかわからないんだ、クレメンテ」

「大丈夫だ、すぐにわかるさ」クレメンテはファイルを差し出した。「われわれはきみを信頼している。だが、これからは単独で行動してもらおう」

二十時五十六分

三つ目の教訓は、家にはにおいがあるということだ。そこに住む人のにおいで、ふたつと同じものはない。住人が去れば、においも消える。だからこそ、サンドラ・ヴェガはナヴィッリにあるアパートメントに入るたび、すぐにダヴィドのにおいを探し求めた。

アフターシェーブ・ローションと、アニスの香りの煙草。

遅かれ早かれ、帰ってきてにおいを嗅いでも何も感じない日が来ることはわかっていた。ひとたび、においが消えれば、もはやダヴィドは本当にここからいなくなる。永久に。

そう考えると、サンドラは絶望に打ちひしがれた。そして、できるかぎり外にいるようにした。自分がいることで部屋を汚染しないように。自分のにおいを染みこませたくなかったから。

正直なところ、最初はダヴィドがいつもスーパーマーケットで買う安物のアフターシェーブ・ローションが嫌いだった。においがきつすぎたのだ。三年間、一緒に暮らしているあいだに、何度も替えさせようとした。誕生日、クリスマス、記念日のたびに、プレゼントと一緒に、新しい香りのローションを贈った。ダヴィドは一週間それを使ってから、バスルームの戸棚にしまいこんだ。毎回、同じ言い訳をして――「悪いけど、ジンジャー、ぼくにはもったいないよ」。そう言いながらウインクをする彼に、サンドラは腹が立ってしかたがなかった。

まさか彼がいつものローションを二十本も買いだめて、アパートメントのいたるところに置いているとは夢にも思わなかった。まして、その買いだめの理由が、いつか店頭から消えてしまうのではないかというばかげた不安だとは。それだけではなかった。ダヴィドはアニスの煙草も驚くほどたくさん買いこんでいた。それをあちこちの灰皿に火がついたまま置きっぱなしにする。だが、それだけでは錬金術は完成しなかった。そうした香りに意味を持たせていたのはダヴィドであり、この世に彼が存在するという事実だった。ふたりの結びつきを特別なものにしていたのは、彼の肌、息、汗だった。

長い一日を終え、家のドアを閉めてから、サンドラはしばらくのあいだ暗闇にたたずんでいた。そして、やっとのことで夫のにおいを鼻に感じた。

玄関のひじ掛け椅子のわきにバッグを置く。きちんと片づけなければならなかったが、何もやる気になれなかった。夕食のあとで考えればいい。彼女はとりあえず風呂の準備をして、指にしわができない程度に熱い湯に浸かった。そして青いTシャツに着替えて、ワインのボトルを開けた。気を紛らわせるには、これに限る。テレビをつけるのは億劫《おっくう》で、本を読む気力もなかった。こうして毎晩、ネグラマーロのグラスを手にソファに座って、さまざまな光景をまぶたの裏に思い浮かべる。

二十九歳の若さで、自分を未亡人だと思うことはできなかった。

サンドラ・ヴェガが学んだふたつ目の教訓は、家も人間と同じく死ぬということだ。

ダヴィドが死んでから、物の中に彼の存在を感じることがなくなった。この家のほとんどが彼女の物で埋め尽くされているせいかもしれない。

夫はフリーの報道カメラマンで、世界じゅうを飛びまわっていた。彼女と出会う前は、家を持つ必要などなく、ホテルの部屋か、とりあえず雨露をしのげる場所があればじゅうぶんという生活だった。ボスニアでは墓地の地下墓所で眠った、という話も聞いたことがある。

　ダヴィドの所有物は、すべて緑色のキャンバス地の大きな袋ふたつに詰めこまれていた。クローゼットには夏物と冬物の服が少しだけ。取材でどこへ派遣されるか、まったくわからなかったからだ。それ以外には、肌身離さず持ち歩いていた傷だらけのノート型パソコンが一台。そして万能ナイフや携帯電話のバッテリーから、飲み水が手に入らない場合に用いる尿の精製キットまで、さまざまな道具。

　とにかく、持ち物は必要最低限にとどめていた。たとえば、本は一冊も持っていなかった。読書量は半端ではなかったものの、読み終えるたびに人にあげていたからだ。だが、サンドラの家で暮らしはじめてからは変わった。彼女が夫のために収納場所を空けると、本の収集に興味を示すようになった。ダヴィドにとって、それは根を下ろすことにほかならなかった。葬儀のあと、ダヴィドの友人たちはサンドラの家を訪ね、それぞれ彼にもらった本を持ってきた。なかにはメモが書きこまれていたり、しるしをつけるために角が折られていたり、小さな焦げ跡やエンジンオイルの染みがついているものもあった。それを見て、彼女は頭に思い描いた――どこかの荒野で灼熱の太陽のもと、故障したオフロード車にもたれ、助けてくれる人が通りかかるのを待ちながら、煙草を手に心静かにイタロ・カルヴィーノを読んでいるダヴィドの姿を。

　彼はこれからもずっとそばにいる、友人たちは口をそろえてそう言った。彼の存在感を消し去るのは難しいと。けれども、実際にはそうではなかった。どんなに耳を澄ましても、自分の名前を呼ぶ彼の声は聞こえなかった。無意識のうちに食卓に余分な皿を用意することなど、ありえなかった。

　日常生活に、ぽっかりと穴が開いた。何でもない日課を繰り返す、ちょっとした時間が失われた。

　いつも日曜日には、目を覚ますと、彼はすでにキッチンに座っていて、三杯目のコーヒーとともにアニスの煙に包まれて新聞をめくっていた。テーブルにひじをつき、指先に持った煙草から灰が落ちるのも構わずに、夢中になって読んでいる。顔をしかめて入口に現われた妻に気づくと、くしゃくしゃの髪をかきあげる。無視して朝食の用意をしようとしても、ダヴィドは例の呆けたようなうすら笑いを浮かべてじっと見つめているので、こらえきれずに吹き出してしまう。それは前歯が一本欠けているせいだった。七年前、自転車で転倒して折ったのだ。セロハンテープでくっつけた偽べっ甲縁の眼鏡をかけて、イギリスの老婦人のように見えたダヴィド。少しして妻を膝の上に抱き寄せ、首筋に湿ったキスをするダヴィド。

思い出しながら、サンドラはワインの入ったグラスをソファの横のテーブルに置いた。そして携帯を手に取って、留守番電話サービスの番号を押した。

いつもと同じく、録音の声がすでに再生されたメッセージが一件あることを告げる。五カ月前のものだ。

「もしもし。何度もかけたんだけど、ずっと留守電になっていた……あまり時間がないから、手っ取り早く、いまぼくが恋しいと思っていることを挙げる……ベッドに入ってきたときに、毛布の下でぼくを探すきみの冷たい足。冷蔵庫の中のものが腐っていないかどうか、味見させられること。夜中の三時に、こむら返りを起こしたと言って大声でたたき起こされること。それから、信じてもらえないだろうけど、きみがぼくの剃刀で脚の毛を剃って、それをぼくに黙っていること……とにかくオスロは寒くてたまらない。一日も早く帰りたいよ。愛してる、ジンジャー」

ダヴィドのこの最後の言葉は、どこをとってもみごとな調和を為していた。蝶と雪の小片と、ほんのひと握りのタップダンサーだけが為しうる調和。

サンドラは携帯電話を閉じた。「わたしも愛してるわ、フレッド」

このメッセージを聞くたびに、例の感覚がこみあげてくる。郷愁、悲しみ、愛おしさ、そして不安。この最後の言葉に、自分が答えるつもりがあるかどうかわからない問いが潜んでいることに、サンドラは気づいていた。

〝とにかくオスロは寒くてたまらない。一日も早く帰りたいよ〟

サンドラは、ダヴィドが旅に出ることには慣れていた。それが彼の仕事、人生だった。それはわかっていた。彼を引きとめたいと、何度思ったことか。それでも、そのたびに行かせてやるべきだと自分に言い聞かせた。

それが、彼を自分のもとに帰らせるための唯一の方法だったからだ。

報道カメラマンという職業柄、彼はしばしば紛争地帯へ赴いた。いったい何度、命を危険にさらしたことだろう。けれども、ダヴィドは恐れなかった。それは生まれながらの性質だった。どんなものでも、自分の目でじかに見て、手で触れずにはいられなかった。戦争を伝えるためには、炎から上がる煙のにおいを感じ、砲弾が何に当たったかによって音が異なることを知る必要があった。たとえ敵に回すことになっても、大手新聞社に情報を独占させようとは思わなかった。誰かの言いなりになることには我慢がならないのだ。そしてサンドラは、不安を心の奥に封じこめて、悪い考えを頭から追いやることを学んだ。工場労働者や会社員と結婚したつもりになって、できるだけふつうに暮らそうとした。

彼女とダヴィドとのあいだには、暗黙の了解のようなものがあり、やや変わった行事が恒例となっていた。それが互いのコミュニケーションの手段だった。ときには彼が長期間ミラノに留まり、ようやく夫婦らしい生活が始まることもあった。そしてある晩、サンドラが帰宅すると、ダヴィドは少なくとも五種類の野菜を使った名物の魚介のスープと、塩味のパン・ディ・スパーニャを用意している。彼の得意料理だ。だが、それは同時に翌日に旅立つことを伝えるための方法でもあった。そして、いつものように、ふたりで話をしながら食事をして、ダヴィドは彼女を笑わせ、ベッドで愛を交わす。翌朝、サンドラはひとりきりで目を覚ます。ダヴィドが家を空けるのは数週間のときもあれば、数カ月に及ぶときもあった。そしてある日、彼は玄関のドアを開け、ふたたび元の生活が始まる。

ダヴィドが行き先を告げることはなかった。最後のときを除いては。

サンドラはグラスに残っていたワインを飲み干した。ひと息に。ダヴィドの身に何かよくないことが起きるかもしれないとは、考えないようにしていた。彼が危険を冒しているとは。彼が死ぬとしたら、戦火に巻きこまれるか、日ごろから調査している犯罪組織に命を奪われるかのどちらかだった。ばかげているとわかっていたものの、平凡な死に方をするとはとても思えなかったのだ。

とりとめもなく考えを巡らしながら、サンドラはいつしかうとうとしていた。そのとき、ふいに携帯が鳴り出した。画面を見たが、発信者の番号に心当たりはない。十一時になろうとしていた。

「ダヴィド・レオーニの奥さんですか？」

ドイツ語訛《なま》りの男の声だった。

「そうですけど、どなたですか？」

「インターポールのシャルバーといいます。いわば同業者ですね」

サンドラは目をこすりながら起きあがった。

「こんな時間に悪いとは思いましたが、たったいま、あなたの番号が判明したので」

「明日まで待てなかったんですか？」

電話の向こうから大きな笑い声が聞こえた。シャルバーがどんな男にせよ、少年のような声の持ち主であるのは確かだった。「すみません、居ても立ってもいられなかったものですから。気になることがあると、すぐに行動せずにはいられない性質《たち》なんです。夜も眠れなくなって。そういうこと、ないですか？」

サンドラはこの男の口調を判断しかねた。敵意がこめられているのか、あるいは単に失礼なだけか。とにかく、手早くすませることにしよう。「どんなご用件ですか？」

「ご主人の死について調べていて、いくつか疑問点がありましてね」

たちまち気分が塞ぐ。「ただの事故です」

おそらくその答えを予想していたのだろう、シャルバーは動じる様子はなかった。「警察の報告書を読みました。ちょっと待ってください……」シャルバーが書類を見ながらページをめくる音が聞こえる。

「ああ、ここです。ご主人は五階から転落しましたが、即死ではなく、何時間もたってから、転落時の骨折と内出血が原因で死亡したと書いてある……」彼は言葉を切った。「さぞつらい思いをされたことでしょう。そう簡単に受け入れられることではない」

「あなたにはわからないわ」冷淡な答えが口をついて出たが、サンドラはすぐに後悔した。

「警察によると、シニョール・レオーニは写真を撮るために、見晴らしのよい建設中の建物に上ったそうですが」

「ええ、そのとおりです」

「あなたは、ご自分でその場所を見ましたか？」

「いいえ」サンドラは困惑して答えた。

「ぼくは実際に行きました」

「何が言いたいんですか？」

やや長すぎる沈黙ののちに、シャルバーは答えた。

「ご主人のカメラは転落の際に壊れました。せっかくの写真が見られなくて残念です」どこか皮肉めいた口調だった。

「いつからインターポールが事故死を扱うようになったのかしら？」

「もちろん、今回は例外です。ですが、ぼくが気になっているのは、ご主人の死亡状況だけではありません」

「というと？」

「はっきりしない点がいくつかあります。シニョール・レオーニの荷物はあなたのところに送られていますね？」

「袋がふたつ」サンドラはだんだんと苛立ってきた。いったい全体、何が目的なの？

「点検させてほしいと要請しましたが、どうやら間に合わなかったようです」

「何のために？　あなたは何が知りたいんですか？」

一瞬の間があった。「ぼくは独身ですが、結婚寸前までいったことは何度かあります」

「それがわたしと何か関係でも？」

「関係あるかどうかはわかりません。でも、誰かを配偶者のような特別な存在と認めて、自分の人生を委ねたら……とりあえず、相手について疑問に思わなくなることがあるはずです。たとえば、一緒にいないときに何をしているのかとか。それを信頼と呼ぶ人もいるが、現実には、ただの恐れにすぎない……答えを聞くのが怖いんだ」

「ダヴィドについて、わたしは何を疑問に思うべきだったというんですか？」だが、それはサンドラ自身がよくわかっていた。

シャルバーの口調が重苦しくなる。「誰にでも秘密があります、ヴェガ捜査官」

「ダヴィドの人生について、わたしはくわしいことは知らなかったけれど、彼がどんな人かはわかっていたわ。わたしにはそれでじゅうぶんよ」

「ええ、ですが、彼があなたに真実をすべて話していないかもしれないと考えたことはないんですか？」

サンドラは思わずかっとなった。「わたしに疑いを抱かせようとしても無駄よ」

「そのつもりはありません。なぜなら、あなたはすでに疑いを抱いているから」

「わたしのことなんて何も知らないでしょう？」彼女は言い返した。

「彼の荷物は五ヵ月前にあなた宛てに送られたというのに、いまだに警察署の保管所に置かれたままです。なぜ引き取りに行かないんです？」

サンドラは苦い思いで笑った。「あれが手もとに戻ってくるのが、どんなにつらいことか、説明しないといけないの？　あの荷物を引き取ったら、本当にすべてが終わったと認めなければならないのよ。ダヴィドは二度と帰ってこない、それは誰にもどうすることもできないと」

「嘘だ。自分でもわかっているはずだ」

あまりに無神経な言葉に、サンドラは呆然として、しばらく何も言えなかった。やがて、激しい怒りが爆発する。「いいかげんにして、シャルバー」

彼女は電話を切った。怒りがおさまらなかった。目についた空のワインのボトルをつかんで、思わず壁に投げつける。どこの馬の骨ともわからない男に、あんなことを言われる筋合いはない。そもそも相手をしたのが間違いだった。さっさと電話を切るべきだった。サンドラは立ちあがって、苛立たしげに部屋を歩きはじめた。いままで頑《かたく》なに認めようとしなかったが、まさしくシャルバーの言うとおりだった。彼女は怖かった。いまの電話はとくに驚くべきことではなかった。心のどこかで予期していたのだ。

ありえないわ、サンドラは自分に言い聞かせた。あれは事故だった。事故。

そして、心を落ち着けようとした。周囲を見まわす。本棚の一角に並んだダヴィドの本。机の上に置かれたアニスの煙草の箱。バスルームの棚には安物のアフターシェーブ・ローション。日曜の朝にダヴィドが座って新聞を読んでいたキッチンの椅子。

サンドラ・ヴェガが学んだ最初の教訓は、家はけっして嘘をつかないということだ――〝とにかくオスロは寒くてたまらない。一日も早く帰りたいよ〟。だが、おそらく彼女の家は嘘をついた。なぜなら、ダヴィドはローマで死んだからだ。

二十三時三十六分

死体は目を覚ました。

周囲は闇に包まれている。寒い。困惑と不安がこみあげる。だが、どういうわけか懐かしさを覚えた。

拳銃の衝撃、火薬、そして焦げた肉のにおいを思い出す。それと同時に、筋肉が体を支えきれずに地面に倒れたことを。ふと腕を伸ばせることに気づいて、伸ばしてみる。てっきりあたりは血の海だと覚悟していたが、そうではなかった。自分は死んだものと思っていたが、死んではいなかった。

まずは名前。

「ぼくはマルクス」自分に向かって言う。

その瞬間、現実が襲いかかってきて、自分がまだ生きている理由を思い出す。ここはローマの家のベッドで、ついさっきまで眠っていたことを。次第に鼓動が速まり、どうやっても鎮めることができない。全身が汗ばみ、息が苦しかった。

だが、またしてもあの夢から無事に生還した。

パニックに陥らないように、ふだんは明かりをつけっぱなしにする。けれども、今日は忘れていた。急に眠気に襲われたのだろう。服も着たままだ。ランプのスイッチを入れて、時間を確認する。眠っていたのは、わずか二十五分間。

じゅうぶんだ。

枕もとに置いてあるサインペンを取って、壁に記す――〝粉々のガラス〟。

折りたたみベッドの横の白い壁は、彼の日記だった。部屋はまったく飾り気がない。何ひとつ思い出がない、このセルペンティ通りの屋根裏部屋を選んだのは、日々の生活を記憶に刻みこむためだ。部屋はふたつ。ベッドとランプを除けば家具はない。服は床に置いたスーツケースに脱ぎ捨てている。

夢から目覚めるたびに、頭の中に何かが残る。イメージ、言葉、音。今回は、粉々に砕けたガラスの音だった。

だが、何のガラスなのか？

ひとつの場面。いつも同じ。すべて壁に書きとめている。この一年で、さまざまな細部が明らかになったが、あのホテルの部屋で起きたことを再現するには、まだじゅうぶんではない。

自分がそこにいて、デヴォク――自分のためならどんなことでもしてくれる、最も大切な仲間――も一緒だったことはわかっている。彼は困惑し、心配しているように見えた。理由は言わなかったが、何か重大なことが起きたにちがいない。危険を察したことは覚えている。おそらくデヴォクはそれを知らせようとしていたのだ。

だが、ふたりだけではなかった。第三の人物もいた。いまのところぼんやりとした影にすぎず、顔はわからない。その人物から脅威を感じた。男だった――それは確かだ。けれども、誰だかはわからない。なぜあそこにいたのか？　彼は拳銃を持っていて、ある時点で取り出して発砲した。

デヴォクが撃たれた。スローモーションで仰向けに倒れる。倒れながらこちらを見つめる目は、すでに虚ろだった。両手で胸を押さえている。心臓のあたりを。指のあいだからどす黒い血が飛び散る。

そして二発目の銃声。ほぼ同時に稲妻が光った。弾が到達する。頭蓋骨が破裂するのがはっきりとわかった。骨が砕け、その異物がぐにゃぐにゃの指のごとく脳を貫き、傷口から熱くどろりとした血が流れ出た。

その頭の黒い穴は、あらゆるものをのみこんだ。マルクスの過去、人格、無二の仲間。そして、何よりも敵の顔を。

本当にマルクスを苦しめていたのは、自分をひどい目に遭わせた人物の姿を思い出せないことだった。

逆に言えば、その男を見つけたければ、捜さないようにしなければならない。裁きを下すには、昔のマルクスに戻る必要があるからだ。そのためには、デヴォクの身に起きたことを考えてはならない。もう一度、最初からやり直して、自分を見つけなければならなかった。

その唯一の方法は、ララの居場所を突きとめることだ。

粉々のガラス。とりあえずそのことは頭の片隅に追いやり、クレメンテの最後の言葉について考える。

〝これからは単独で行動してもらおう〟。いまでもまだ、自分たち以外にこの件に関わっている人間がいることさえ疑わしく思えることがある。あの病院のベッドで――なかば死にかけ、記憶を失った状態で――唯一の身元引受人と顔を合わせ、自分が誰かということを教えられたときには、にわかには信じられなかった。その考えに慣れる時間が必要だった。

「犬は色を見分けられない」すべてが事実だと納得するために、マルクスはその言葉を繰り返した。そして、ジェレミア・スミスの事件のファイル――c.g.97-95-6――を手に取ると、ベッドに座って、行方不明の女子学生に関する手がかりを求めて中身を読みはじめた。

まずは殺人犯の簡単な経歴に目を通す。五十歳、独身。裕福な家に生まれ、イタリア人の母親とイギリス人の父親はすでに他界。両親は街に五軒の織物店を所有していたが、八〇年代ごろに店をたたんでいる。ジェレミアはひとり息子で、近い親戚はいない。少なからぬ保険金を受け取っていたおかげで、これまで一度も働かずに過ごしてきた。経歴はそこで終わっており、私生活の欄は空欄になっている。プロフィールの最後の二行には、再度、彼がローマの丘陵地帯の一軒家にひとりで暮らしていることが簡潔に記されていた。

とりたてて注目すべき点はない、マルクスはそう考えた。それでも条件はそろっていた。それはジェレミアという人間を思い描けば、わかる。孤独、情緒面での未熟さ、隣人とのコミュニケーション能力の欠如――にもかかわらず、誰かのそばにいたいという欲求を抱えている。

女性の関心を引くためには、誘拐して監禁するしかないとわかっていた。そうだろう？　もちろん、そうに決まっている。それで、何を手に入れるつもりだった？　おまえの目的は何だったのか？　セックスをするために彼女たちを連れ去ったわけではない。レイプも虐待もしていない。

そうではなく、家族が欲しかった――。

共同生活を強いるための企てだったのだ。おまえは人並みの生活を送ろうとした。模範的な夫に扮して、彼女たちを愛そうとした。だが、相手はすっかり怯え、それどころではなかった。女性をさらってきては一緒に暮らそうとしたが、一ヵ月もすると無理だと悟った。それは病んだ、歪んだ愛情にすぎないことに気づいたのだ。自分の心の中にしか存在しないものだと。そして――おそらく――腹を立てて女性の喉にナイフを突き立てた。そうやって、結局は殺してしまった。だが、おまえは単に……愛を求めているだけだった。

たとえそうだとしても、そんな考えは誰にとっても許しがたいにちがいない。しかしマルクスは、それを見抜いたばかりか、理解することさえできた。なぜだろう――彼は自分に問いかけたが、答えはわからなかった。これも自分の才能の一部なのか。そう考えると、ときどき恐ろしくなった。

次に、彼はジェレミアの犯行手口について分析した。ジェレミアは六年間、誰にも邪魔されることなく行動し、そのあいだに四人の女性を殺した。ひとり殺すたびに、しばらくは満たされて落ち着いた日々を過ごす。みずから犯した暴力行為の記憶が新たなうちは、ふたたび自分を相手に印象づけたいという衝動を抑えることができるからだ。だが、やがてその効果が薄れると、新たな妄想が孵化《ふか》を始め、次なる誘拐へと駆り立てられる。それは計画したものではなく、正真正銘の生理学的なプロセスだった。

ジェレミアが狙ったのはいずれも女性で、年齢は十七歳から二十八歳のあいだ。決まって昼間に物色している。口実を作って近づき、何かご馳走すると持ちかけては、飲み物に催眠剤を入れた――ＧＨＢ、またの名を〝ルーフィー〟、デートレイプ薬である。意識を朦朧《もうろう》とさせれば、外に連れ出すのも訳ないだろう。

だが、そもそも声をかけられたときに、女性たちはなぜ断わらなかったのか？

マルクスにはその点が腑に落ちなかった。ジェレミアのようなタイプの男――中年で、どう見ても容姿端麗ではない――は、ふつうは何か下心があるのではないかと怪しまれる。にもかかわらず、彼女たちは一緒に飲み物を飲んでいる。

彼に気を許している。

ひょっとしたら金か、あるいは何らかのチャンスをちらつかせたのかもしれない。誘拐犯などは、仕事や簡単な儲け話を紹介すると約束したり、美人コンテストへの出場や、映画やテレビ番組への出演を持ちかけたりするというテクニックをよく用いる。だが、そうした手口には、人付き合いをそつなくこなす能力が必要だ。社交性に欠け、世捨て人のように暮らしていたジェレミアの性格とは明らかに相反する。

いったい、彼はどうやって女性たちを騙したのか？　それに、ジェレミアが彼女たちに声をかけたことに、なぜ誰も気づかなかったのか？　ラーラ以前にも、公共の場所で四件の誘拐が発生しているにもかかわらず、目撃者はひとりもいない。彼の〝求愛〟には少なからぬ時間がかかったというのに。だが、この疑問にはすでに答えが含まれていた。ジェレミア・スミスはこれといって目立つ特徴がないために、人目につかなかったのだろう。

おまえはひそかに街中を歩きまわっていた。だが、何も恐れることはなかった。なぜなら、誰にも姿を見られなかったから。

彼の胸に彫りこまれた言葉を思い出す――〝オレを殺せ〟。あれを見たとき、〝結局のところ、外見から見抜く方法はごく限られている〟と、自分はクレメンテに言った。そして、こうも続けた。〝皮膚の、それもいつ誰に見られてもおかしくない部分に記されていたとしても、真実は隠されている〟

おまえはパーティの最中に床を走りまわるゴキブリのようだ。誰も気づかず、誰ひとり関心を示さない。だから、叩きつぶされないように、ただ待っているだけでいい。これまでは、じつにみごとな手並みを見せてきた。だが、ラーラに対しては別の手段を取ることにした。彼女は自宅のベッドから連れ去った。

その女子学生の名前を思い浮かべただけで、マルクスの心に次々と切実な疑問がこみあげる。彼女はいま、どこにいるのか？　まだ生きているのかどうかは誰にもわからない。仮に生きていたとして、何をしているのか？　閉じこめられている場所に、水や食料はあるのか？　いつまで耐えられるのか？　意識はあるのか、それとも薬で眠らされているのか？　怪我はしていないか？　縛られているのか？

　マルクスはそうした雑念を頭から追い払った。冷静に考えなければならない。無心になって。なぜなら、ジェレミア・スミスがラーラに対して手口を一変させたのには、何らかの理由が存在するはずだから。ジェレミアについて、クレメンテはこう主張していた——連続殺人犯は、自分の楽しみを増やすために特別なこだわりを見せる場合もあると。だとすれば、女子学生の誘拐は、いわば〝ひとつの主題による変奏曲〟とも解釈できる。だが、マルクスにはそうは思えなかった。それにしては、変化があまりにも唐突で極端だからだ。

　ひょっとしたら、ジェレミアは目的を達するための面倒なやり方にうんざりしていたのだろうか。あるいは、その誘惑のゲームがいずれうまくいかなくなるとわかっていたのかもしれない。相手が事件のことを知っていれば、彼が犯人だと気づく可能性もある。事件はニュースでも取りあげられ、正体を見破られる危険が高まっていたのは確かだ。

　いや、違う。おまえが作戦を変更した理由は、ほかにあるはずだ。ラーラが他の女性たちと異なる点は何だ？

　さらに厄介なことに、それまで連れ去られた四人の女性にも、何ひとつ共通点はなかった。年齢も違えば、容姿もさまざまだ。ジェレミアには、女性に関して特定の好みはなかったようだ。マルクスの頭に浮かんだのは〝偶然〟という言葉だった。彼女たちは不運にも選ばれてしまった。そうでなければ、四人とも似ているはずだ。殺された女性たちの写真を見れば見るほど、犯人は、単にその場に居合わせたという理由で狙ったとしか思えなかった。容易に近づくことができる状況にあったから。だからこそ彼女たちは昼間に、公共の場から連れ去られたのだ。もちろんジェレミアとは面識もなかったはずだ。

だが、ラーラは特別だった。ジェレミアは彼女を逃がすわけにはいかなかった。だから彼女は自宅から、しかも夜にさらわれたのだ。

マルクスはファイルを置き、折りたたみベッドから立ちあがって窓ぎわに歩み寄った。夜の帳《とばり》が下りると、ローマの街のさまざまな形の屋根は真っ暗な波立つ海のように見える。一日のうちで、彼の最も好きな時間だ。ひたすら奇妙な静寂に包まれて、あたかも何ごともなく平穏に生きているような気分になる。心が落ち着いたおかげで、マルクスは自分がどこで間違えていたのかがわかった。ラーラのアパートメントを訪れたのは昼間だったが、本来なら夜に行くべきだったのだ。なぜなら、彼女を連れ去った犯人もそうしたから。

ジェレミアの思考回路を理解したければ、彼が行動した状況を正確に再現する必要がある。

そのことに気づいたマルクスは、レインコートをつかんで屋根裏部屋を出た。もう一度、コロナーリ通りのあの家へ行かなければならない。

一年前　パリ

狩人《ハンター》は時間が重要だと理解していた。彼の最たる才能は忍耐力だった。おかげで状況を把握して、その間に、勝利の喜びを思い浮かべながら、来るべき時に備えることができる。

そよ風がテーブルクロスをめくりあげ、隣のテーブルでグラスがちりんと音を立てる。沈みゆく太陽の光を味わいながら、彼はパスティスのグラスに口をつけ、ビストロの前の車の往来をながめていた。足早に通り過ぎる歩行者は、彼に目もくれない。

紺のスーツに青いシャツ、仕事帰りに飲みに寄った会社員のようにネクタイを緩めている。ひとり客は目立つとわかっているので、隣の椅子に、バゲットとパセリ、色のついた棒状のキャンディがはみ出した紙袋を置いて、いかにも家族がいるように装う。おまけに結婚指輪までつけていた。

だが、彼には誰もいなかった。

ここ数年は、最低限の必需品で質素な生活を送っていた。修行僧のようだが、けっして不満はない。唯一の目的に役立たない欲求は捨て去って、つねに気が散らないように心がけてきた。求めているものは、ただひとつ。

獲物。

幾度となく取り逃がしてきたが、最新の情報で、この街にいることがわかった。彼は確かめる間もなくやって来た。新たな狩り場について調べる必要があった。相手の見るものを見て、同じ通りを歩き、そうとは知らずに、いま、この瞬間にも相手とすれ違っているかもしれないというスリルを味わう。互いに同じ空の下にいると実感する。そうしなければならない。それによって、遅かれ早かれ獲物を狩り出すことができると信じていた。

なるべく目立たないように、三週間おきに滞在場所を変え、つねに小さなホテルか貸し部屋を選び、少しずつマークする地域を広げた。そうやって餌をまいて回ったが、いつか獲物はかならずひとりで姿を現わすと確信して、それ以上は何もしなかった。

ひたすら待ちつづけた。

少し前から、六区の〈サンペール・ホテル〉に泊まっている。部屋には、長い期間にたまった新聞が山積みになっていた。この耐えがたい闇と沈黙の壁に穴を開ける糸口――どんな小さなものでも構わない――を探して、どの新聞にもびっしりと線が引いてある。

この街に来て、すでに九カ月になろうとしていたが、まったく成果はなかった。自信が揺らいだ。ところが、思いがけず待ちに待った出来事が起きた。手がかり。彼にしか読み取ることのできないもの。ひたすら耐えて、みずから課した規律に忠実に行動してきた。その努力がついに報われたのだ。

二十四時間前、バニョレのマルメゾン通りにある建設現場で、作業員たちが死体を発見した。

男性、推定年齢は三十歳前後。全裸で所持品もなかった。死後およそ一年が経過している。検視結果が出るまでは、誰もとりたてて疑問は抱かなかった。時間がたっていることから、国家憲兵隊は未解決事件として処理した。証拠は――仮にあったとしても――すでに原形をとどめていないにちがいない。

死体が郊外で発見されたことから、この事件は麻薬取引に絡んだ組織間の争いだと推測された。警察に見つからないように、わざわざ死体を隠したのだろう。

経験豊かな警官の目から見れば、そうした隠蔽工作は日常茶飯事だった。したがって、本来なら警戒すべき凄惨な事実が明らかになっても、彼らはまったく怪しまなかった。

発見された男には顔がなかった。

単なる残虐行為でも、敵に対する制裁でもない。死体の顔は、すべての筋肉と骨が周到に砕かれていた。そこまでやるには、よほど強い動機があったからにちがいない。

ハンターが待っていたのは、まさにそれだった。

この街にやって来た日から、大きな病院の死体安置所に運ばれてくる死体をチェックしつづけた。今回の死体発見の情報を入手したのも、そのおかげだ。情報をつかんでから一時間後、ハンターは白衣を盗んで、サンアントワーヌ病院の冷蔵室に忍びこんだ。そして採取用のスタンプで死体の指紋を採り、ホテルに戻ってから、その指紋をスキャナーで読み取って、政府のデータベースに侵入するハッキング・プログラムで照合した。ひとたびインターネットに情報が入力されれば、もはやそれを消去することは不可能だと、ハンターにはわかっていた。人間の頭と同じだ。些細なきっかけで、忘れたことを思い出すように、記憶に働きかけるシナプスが目覚めるのだ。

インターネットはけっして忘れない。

闇のなかにひとり座り、ハンターは答えを待っていた。祈りながら。ここにたどり着くまでの道のりを思い返しながら。最初にメンフィスで損傷の激しい死体を見てから、七年の歳月が過ぎていた。その後はブエノスアイレス、トロント、パナマと続いた。それからヨーロッパ——トリノ、ウィーン、ブダペスト。そして、ついにパリ。

少なくともそれまで見てきたのは、身元が判明したケースだった。ハンターには、通常なら探り当てられないことまでを明らかにすることができた。これらの殺人事件は、それぞれ場所が離れ、時期もさまざまだったため、彼を除いて、すべてを関連づけて考える者は誰ひとりいなかった。

獲物は、それ自身が捕食者だった。

当初、ハンターはその捕食者を〝巡礼者〟だと考えていた。すなわち、みずからの犯罪を隠すために各地を旅する連続殺人犯だと。したがって、捕まえるには生活の拠点を特定するだけでよいと高をくくっていた。言うまでもなく欧米人で、大都市で暮らしているはずだ。巡礼者というのは、社会に組みこまれている。家族や子どもがいて、それに旅費をまかなうための経済的な余裕がある。抜け目なく、慎重で、仕事の出張と偽って巡礼の旅に出る。

ところがそのうちに、一連の犯罪について、最初は見逃していた小さな事実に気づいた。それによって見方が百八十度変わった。

犠牲者の年齢が、だんだんと上がっているのだ。

そのとき彼は、犯罪行為に至る犯人の心理が予想以上に複雑で恐ろしいものだと気づいた。次々と標的を求めて殺すのではない。みずからの生存のために殺している。

だから、今度こそパリで尻尾をつかむことができるかもしれない。あるいは、これまで何度も経験してきたように、またしても失敗に終わるか。数時間後、政府のデータベースから答えが返ってきた。

郊外で発見された顔のない死体は、犯罪者のデータベースに登録されていた。

麻薬密売人などではなく、若気の過ちを犯しただけの平凡な男だった。十六歳のときに、収集家のあいだで知られた店からブガッティの模型を盗んだ。当時、警察は未成年者の指紋も採っていたが、やがて告訴は取り下げられ、事件は決着した。しかし彼の犯罪記録は、フランスの裁判所にこそ保管されていないものの、政府の関連団体の記録保管所に引き渡され、最近になって、青少年による違法行為に関する統計調査に利用された。

今回、獲物はミスを犯したというわけだ。顔のない死体の名前が判明したのだから。

ジャン・デュエ。

名前がわかれば、それ以外の情報を得るのも簡単だった。三十三歳、独身。両親を交通事故で亡くし、アヴィニョン在住でアルツハイマー病を患う年老いた叔母のほかに身寄りはない。彼は自宅でインターネットを用いてちょっとしたビジネスをしていた。収集家向けの車の模型の販売だ。人間関係はごく限られ、仲間も友人もいない。持っていたのは、ミニチュアのレーシングカーに対する情熱だけ。

まさに理想的だった。ジャン・デュエがいなくなっても、誰も気づかない。そして何より、誰も捜さないだろう。

これだけ条件がそろっていれば申し分ない。これまでの犠牲者とも共通する。顔がわからず、これといった特徴もない。特別な素質や能力を必要としない仕事。引きこもった生活。知り合いはなく、誰かと接することも稀で、人間嫌い、あるいは対人恐怖症と言っても過言ではない。近い親戚も、家族もいない。

ハンターは獲物の巧妙さに満足した。みずからの腕を過信していると言われようと、相手に不足はないだろう。

彼は時計に目をやった。もうすぐ七時だ。ビストロには、早い時間に夕食の予約をした常連客たちが姿を見せはじめた。ウエートレスに合図して会計を頼む。ひとりの少年がテーブルを回って、夕刊の最終版を配っていた。ハンターは一部を買い求めたが、ジャン・デュエの死体発見のニュースは明日まで掲載されないとわかっていた。つまり、現時点では獲物より優位に立っていることになる。興奮を抑えきれなかった。ついに長年の努力が報われようとしている。狩りはいよいよクライマックスだ。ただし、あとひとつだけ確認すべきことがある。そのために彼はここにいる。このビストロに。

そよ風がふたたび通りを吹きわたり、角の花屋から花粉が舞いあがった。パリの春がこれほど美しいことを、すっかり忘れていた。

ハンターは身震いした。しばらくすると、地下鉄の階段からあふれ出す群衆のなかに彼は獲物の姿を見つけた。紺のウインドブレーカーに灰色のコーデュロイのズボン、スニーカー、野球帽といういでたちだ。通りの反対側の歩道を歩く姿を目で追う。獲物は終始うつむき加減で、両手はポケットに突っこんでいた。誰かに狙われているなどとはまったく思っていないのだろう。とくに急ぐわけではなく、警戒している様子も見せない。すばらしい、ハンターは心の中でつぶやきながら、ゆっくりとラマルク通りの緑の門へ向かう獲物を見つめた。

ウエートレスが伝票を持ってやって来た。「パスティスはいかがでしたか？」

「おいしかったよ」彼は笑顔で答えた。

ハンターがポケットから財布を出すころには、ジャン・デュエは彼の存在にはまったく気づかずにアパートメントに入っていった。

犠牲者の年齢は、だんだんと上がっている、ハンターは頭の中で繰り返した。獲物に行き当たったのは、ほとんど偶然だった。世界の各地で発見された顔のない死体について考えるうちに、その間、誰かが彼らになりすまして生活していたのではないかと思い当たったのだ。殺人者は少しずつ年を取っていく。だからこそ、服のサイズさながらに犠牲者の年齢も上げているのではないだろうか。

獲物は、いわば生物変移型の連続殺人犯なのだ。

この特異な行動の動機はまだわからなかったものの、いずれ——きわめて近いうちに——解明できるだろう。

買い物袋を手に、ハンターは緑の門から数メートル離れたところに立ち、建物の中に入るため、住人が出てくるのを待った。

　やがてチャンスが訪れた。出入口に、茶色のコッカースパニエルを連れた老人が現われたのだ。厚手の外套につば広の帽子、分厚い眼鏡という恰好だ。しかも、しきりに公園のほうへ行きたがる犬に気を取られている。彼は閉まりかけた門を手で押さえ、老人に気づかれることなく中に入った。

　階段の吹き抜けは狭くて真っ暗だった。彼は耳を澄ました。アパートメントから聞こえる人の声や物音が混ざりあって響いている。郵便受けを見た――ジャン・デュエの住居は3Qだ。

　買い物袋を階段の下に置き、バゲットとパセリを取り除いて、底からベレッタM92Fを取り出す。アメリカ陸軍用に麻酔銃に改造されたもので、エルサレムで外国人傭兵から譲り受けた。鎮静剤は瞬時に効き目が表われるため、頭か心臓、あるいは鼠蹊部《そけいぶ》を狙えば間違いないだろう。薬莢を取り出して再装塡《そうてん》するのに五秒かかる。そんな余裕はない。つまり、一発で命中させなければならないということだ。相手も武器を持っていないとは限らない。だとすれば、本物の銃弾だろう。だが、彼は懸念を振り払った。麻酔銃があればじゅうぶんだ。

　死なせるわけにはいかない。

　相手の習慣を調べている暇はなかったが、これまでに、規則正しさを常とする人物だということはわかっていた。獲物は、みずから決めた日課から大きく外れるようなことはしないにちがいない。いつでも決まった順序で慎重に行動していれば、誰にも気づかれない可能性が高いだけでなく、ひそかに周囲の様子をうかがうこともできる――それもまた、獲物から学んだテクニックだった。言ってみれば、ハンターにとって彼は、ある種の模範的な存在だ。規律と自己否定の価値を示したのだから。たとえ相容れなくとも、自分の置かれた状況に順応する。まるで、光が届かず、冷たさと水圧でまたたく間に人間の命を奪う深海に生きる生物のように。そこは、生命の存在すべき場所ではない。だからこそ、生物は決死の覚悟で臨んでいる。獲物も同じだ。それ以外に前に進むための手段を知らない。そんな相手に対して、ハンターは感嘆の念さえ覚えた。結局のところ、それは生き抜くための戦いなのだ。

麻酔銃を握りしめると、彼は三階まで階段を上った。そして、ジャン・デュエの家のドアの前に立ち、難なく鍵を開けた。静寂のなか、振り子時計の鐘の音だけが響く。それほど広いアパートメントではなく、せいぜい八十平方メートルで、部屋が三つにバスルーム。目の前に短い廊下がある。

唯一閉まっているドアの下から明かりが漏れていた。ハンターは音を立てないよう、体の重心に気をつけて足を運びながら奥へ進み、最初の部屋の手前まで来た。銃を構えてすばやく入口に立つと、そこはキッチンで、誰もいなかった。隅々まで清潔で、きちんと片づいている。食器棚には皿が重ねられ、トースターが置かれ、オーブンの取っ手には布巾がかけられていた。獲物の小さな隠れ家に足を踏み入れ、彼の世界に触れているかと思うと、妙な気分だった。続いてバスルームへ向かう。そこにも誰もいなかった。白と緑のチェックのタイル。一本だけの歯ブラシ。偽べっ甲の櫛。次の部屋には大きなダブルベッドがあった。つややかなワイン色の羽根布団。ナイトテーブルには水の入ったグラス。革のスリッパ。壁ぎわの棚には、自動車の模型のコレクションがぎっしり並んでいる——ジャン・デュエが唯一、情熱をかたむけているものだ。

その部屋を出ると、ハンターはとうとう閉じたドアの前にたどり着いた。耳を澄ます。ドアの向こう側からは何の音も聞こえない。彼は床に目を落とした。足もとに広がる弱い黄色の光が見える。だが、それを遮る影は通らない。おそらく誰かがいるのだろう。ところが、彼はこれまでに見たこともないような跡に気づいた。

輪っか状になった暗褐色の染み。

血だ、ハンターはそう考えたが、いまは確かめることはできない。躊躇したり、気を散らしたりしている時間はない。獲物は無慈悲で、ひと筋縄ではいかない相手だ――それを忘れてはいけない。どれだけ魅了されようと、彼の心に広がる深海に出口がないことはわかっていた。そこにうごめく生き物と戦うつもりはない。

唯一の可能性は、先に行動を起こして不意打ちをかけることだ。いよいよその時が来た。ついに狩りが終わろうとしている。すべてに意味があるかどうかは、あとになってみなければわからない。

一歩後ろに下がる。そして側柱を蹴ってドアを破った。瞬時に標的が目にとまるものと思い、麻酔銃を構える。だが、狙いどおりにはいかなかった。反動でドアが閉まり、手で押さえなければならなかったからだ。彼は中に入ると、すばやく部屋じゅうを見まわした。

誰もいなかった。

アイロン台。古いラジオと、つけっぱなしのランプが置かれた家具。衣類のかかったハンガー。

彼はハンガーに近づいた。どういうことだ？　獲物がこの建物に入ったときに着ていたのと同じものだ。紺のウインドブレーカー、灰色のコーデュロイのズボン、スニーカー、野球帽。ふと床に目を落とすと、部屋の隅に器が置いてあるのに気づいた。

縁に〝フェドール〟と書いてある。彼の脳裏に、コッカースパニエルを散歩させるために出てきた、あの老人の姿がよみがえった。

「ちくしょう」ハンターはつぶやいた。しかし次の瞬間、みごとに騙されたことに気づいて、思わず大声で笑った。あの生物変移体が用心のために考えた手口に感心する。彼は毎日、家に帰ってから、あの変装をして犬を公園へ連れていくのだ。そして、そこから家を監視する。

つまり、ジャン・デュエ——正確には、彼になりすましている卑劣な男——は、すでにこちらの存在に気づいているということだ。

四日前

一時四十分

嵐がおさまると、旧市街の路地では野良犬がわが物顔でうろつきはじめた。犬たちの群れは鳴き声も立てず、壁すれすれに歩いていく。マルクスがコロナーリ通りに出ると、向こう側から犬の集団がやって来た。群れを率いているのは、片目が見えない赤毛の雑種だ。一瞬、目が合って、互いの存在を認めあったが、マルクスも犬もすぐに目をそらし、ふたたびそれぞれの道を進みはじめた。

数分後、マルクスはふたたびラーラのアパートメントに足を踏み入れた。

ジェレミア・スミスと同じく、暗闇のなかで。

電気のスイッチに手を伸ばしたが、ふと思い直した。誘拐犯はおそらく懐中電灯を持っていたはずだ。そこで、マルクスはポケットからペンライトを取り出して、部屋を見まわりはじめた。光の輪が家具や備品を闇からよみがえらせる。

何を捜しているのかは、自分でもはっきりとはわからなかったが、若い女子学生とジェレミアのあいだに何らかのつながりがあるはずだという確信はあった。ラーラは単なる被害者ではなく、欲望の対象だった。ふたりを結びつけたものを突きとめる必要がある。彼女が囚われている場所を発見するためには、それしか方法がない。それはあくまで希望的観測だったが、いまはまだ、どんな可能性も除外するつもりはなかった。

遠くから野良犬の吠える声が聞こえてくる。

その陰鬱なＢＧＭとともに、マルクスは下の階から探索を始めた。まずは、誘拐犯が侵入した揚げ戸のある小さなバスルームを調べる。シャワーブースの横に棚板があり、その上に、同じ大きさの入浴剤、シャンプー、リンスの容器がきちんと並べられている。こうした几帳面さは、洗面台のわきに置かれた洗剤にも表われていた。洗面台の上の鏡の裏は戸棚になっていて、中には化粧品や薬の類。ドアに貼られたカレンダーは最新の月にめくられている。

外で犬たちがうなったり吠えたりしはじめた。喧嘩でもしているようだ。

マルクスはキッチンの付いた小さな居間へ向かった。ジェレミア・スミスは上階へ向かう前に、テーブルの中央にある砂糖入れと、キッチンラックの〝SUGAR〟と書かれた容器の中身を空にして、催眠剤の痕跡を消した。一つひとつを、慌てず落ち着きはらって片づけている。けっして危険は冒さなかった。ラーラが眠っているあいだ、時間はたっぷりあった。

それほど頭がいい奴なら、ミスは犯さないだろう。それでも何か手がかりが残されているはずだ。マルクスにはわかっていた。連続殺人犯が手柄を世間に示そうと自分を追う相手に挑戦状を突きつける、というのは、注目を集めるためにマスコミが考え出した作り話にすぎない。連続殺人犯は、単に自身の行為を楽しんでいるだけだ。だから、その行為をできるかぎり長く続けたいと考えている。有名になることには関心がない。むしろそれは妨げとなるだろう。それでも、ときには足跡を残すこともある。メッセージを伝えるためではなく、自分以外の誰かと行為を共有したいのだ。

おまえはぼくに何を残したのか？　マルクスは心の中で問いかけた。

ペンライトの光をキッチンラックに向ける。一角にレシピの本が並んでいた。実家で暮らしていたころは、おそらく食事の支度をする必要はなかったのだろう。けれどもローマに出てきてからは、料理をはじめ、あらゆることを自分でやらなければならなくなった。よく見ると、カラフルな背表紙のなかに一冊だけ黒い本が混ざっている。マルクスは近づくと、頭を下げてタイトルをのぞきこんだ。聖書だった。

おかしい、とっさに彼は思った。

手に取って、赤い繻子の栞《しおり》がはさまったページを開く。パウロによるテサロニケの信徒への手紙のヵ所だ。

〝主の日は盗人のようにやって来る〟

ぞっとするような皮肉だ。もちろん偶然ではあるまい。何者かがここにこの本を置いたのか？ この言葉は最後の審判の日を示しているが、一方で、まさしくラーラの身に起きたことにも当てはまる。誰かがここに持ってきたのだ。盗人は――今回は――人を盗み出した。若い女子学生は、自分の周囲で影のごとく動いていたジェレミア・スミスの存在に気づかなかった。

マルクスはあたりを見まわした。ソファ、テレビ、テーブルの上の雑誌、マグネットのついた冷蔵庫、すり減った古い寄せ木張りの床。この小さな家は、ラーラが安心して過ごせる場所だった。それでも彼女を守ることはできなかった。どうしたら、気づくことができただろう？ どうしたら、予期することができただろう？ 人間は、生まれつき楽観主義であると言われる。潜在的な危険を意識せず、差し迫った危険だけに集中して生き抜くための知恵だ。

人は恐怖のなかで生きることはできない。

希望を抱いていれば、人生でしばしば経験する逆境や苦しみに負けずに前に進める。ただひとつ不都合があるとすれば、その際に悪をおおい隠してしまうことだ。

そのとき、野良犬の吠え声がぱたりとやんだ。だしぬけに別の音が聞こえ、マルクスの首筋に冷たい震えが走る。ほとんど聞きとれないほどの、床板が軋む音。

主の日は盗人のようにやって来る――その言葉を思い出しながら、彼は最初に上階を確認しなかったのは失敗だったと悔やんだ。

「それを消せ」

　声は背後の階段から聞こえた。手に持っているペンライトのことにちがいない。マルクスは振り向かずに従った。何者にせよ、自分が来たときには、すでにこの家の中にいたのだ。彼はあたりの静寂に耳を澄ました。男はせいぜい数メートルしか離れていない。いったい、いつからこちらの様子をうかがっていたのか？

「こっちを向け」声が命じる。

　マルクスはゆっくりと言われたとおりにした。窓の格子のあいだから中庭の外灯の光が弱々しく射しこみ、壁に網目模様を描き出すさまは、あたかも檻のようだった。そこに閉じこめられているのは、猛獣のごとく恐ろしげな黒い輪郭を持った生き物だ。闇に刻みこまれた影。男は自分より少なくとも二十センチは背が高く、がっしりした体つきをしている。互いに無言のまま、長いこと動かずにいた。やがて、またしても暗闇から声が響く。

「おまえか？」少年のような声音だった。その口調に、マルクスは怒りだけでなく恐れも聞きとった。

「おまえか、ちくしょう」

　武器を持っているかどうかはわからない。マルクスは何も言わずに相手にしゃべらせた。

「もうひとりの男とここに来ただろう。昨日の朝」

　クレメンテと一緒にはじめてここを訪れたときのことだ、とマルクスは気づいた。

「おれは二日間、この場所を見張っている。おまえたちの目的は何だ？」

　マルクスはその言葉の意味を理解しようとしたが、いくら考えてもわからなかった。おまけに、これから何が起きるのかも予想がつかない。

「おれを出し抜こうとしているのか？」

　影が一歩前に出る。マルクスは相手の手をすばやく見て、武器を持っていないことを確かめた。そこで、思いきって言い返した。「何のことだかわからない」

「とぼけるつもりか？」

「ここを出て、落ち着いて話をしたほうがよさそうだ」マルクスは何とか話し合いに持ちこもうとした。

「話ならここでできる」

　彼は単刀直入に尋ねた。「おまえがここにいるのは、行方不明の娘の件か？」

「娘なんか知らない。おれには無関係だ。おれを引っかけようとしているのか？」

　嘘ではなさそうだ。仮に、この男がジェレミア・スミスの共犯者だとしたら、ここに戻ってくるなどという危険を冒すはずがない。

　マルクスは黙ったまま、何を言うべきか考えあぐねていた。すると男はふいに歩み寄り、彼の襟をつかんで壁のほうを向かせた。そして、そのまま押さえつけながら、もう片方の手で封筒を取り出すと、彼の鼻先で振ってみせた。「このいまいましい手紙をよこしたのは、おまえだろう？」

「違う」

「だったら、ここで何をしている？」

　まずは、いまの状況がラーラの失踪とどう関係するのかを理解する必要がある、とマルクスは考えた。

「よかったら、その手紙について教えてほしい」

　だが、男には会話の主導権を譲るつもりはないようだった。「ラニエリがよこしたんだな？　あいつはおれを見限ったのか？」

「ラニエリなどという人間は知らない。本当だ」

　マルクスは逃れようとしたが、しっかりと押さえつけられていた。話はまだ終わっていないようだ。

「警察か？」

「違う」

「それなら、あの記号は？　誰も知らないはずなのに」

「何の記号だ？」

「手紙にあったやつに決まっているだろう」

手紙と記号。マルクスはそれらの情報を頭にメモした。たったそれだけだが、ひょっとしたら男の目的を理解するのに役立つかもしれない。あるいは、相手は単に混乱しているだけなのだろうか。とにかく、この状況から脱することが先決だ。「手紙の話はもうやめろ。ぼくは何も知らない」

男はしぶしぶ折れた。「いったい、おまえは誰なんだ？」

マルクスは答えずに、相手が落ち着くのを待った。だが、気づいたときには床にたたきつけられ、男の重みで押しつぶされていた。押しのけようとしたが、若い男は胸ぐらをつかんで力いっぱい殴ってきた。マルクスはとっさに両腕で頭を守ったが、続けざまの強打で次第に朦朧となる。口の中に血の味が広がった。意識が遠のき、いつ攻撃が終わったのかもわからなかった。目を開けると、アパートメントのドアを開けて出ていく男の姿が見えた。中庭の明かりのなか、男が一瞬、振りかえる。そしてドアが閉まった。足早に立ち去る足音が聞こえた。

しばらく待ってから、マルクスは起きあがった。ぐるぐると目が回り、耳鳴りもする。痛みは感じない。あくまで、いまのところは、だ。やがて強烈な苦痛に襲われることはわかっていたが、それまでに少し間がある。いつもそうだった。殴られていないヵ所も含めて、体じゅうが、どこかしっくりしない感じだ。過去のどのような経験によって、こうした記憶がよみがえったのかはわからなかったが、とにかく身に覚えのある感覚だった。

マルクスは体を起こして座ると、頭の中を整理しようとした。黙って立ち去らせるくらいなら、どうにかして引きとめる方法を見つけるべきだった。だが、結局のところ冷静に判断することなど無理だったのだと、自分に言い聞かせる。いずれにしても、収穫はあった。

格闘の最中に、手紙の存在を聞きつけたからだ。

マルクスは床を探り、どこかに転がったペンライトを探した。そしてやっと見つけると、スイッチを二回押して光を〝強〟にしてから封筒を照らした。

　差出人は記されておらず、宛名は〝ラッファエーレ・アルティエーリ〟となっている。消印の日付は三日前。中には紙が一枚入っていて、そこにはコロナーリ通りのラーラのアパートメントの住所が書いてあるだけだった。だが、マルクスは署名のように添えられた記号に目をとめた。

　三つの赤い小さな点が三角形に並んでいた。

六時

　結局、一睡もできなかった。シャルバーとの電話のあと、何時間もベッドの中で寝返りを打っていたが、ついに五時にセットした目覚ましが鳴り、サンドラは起きあがった。

　急いで身支度をすると、タクシーを呼んで県警本部へ向かう。同僚に自分の車を見られたくなかった。もちろん説明を求められることはなかったものの、しばらく前から視線を感じてうんざりしていた。未亡人。わたしはそう呼ばれているの？　いずれにしても、周囲が自分をそう見ているのは確かだった。誰かとすれ違うたびに、同情の視線がまとわりついて離れない。最悪なのは、何か声をかけなければならないと考えている人間だ。いまの状況については、すでにさんざん訊かれた。そして、たいていの場合、〝元気を出して。ご主人も、きみが強く生きることを願っているはずだ〟という言葉が返ってきた。サンドラはそれらをすべて録音して、他人の苦しみに無関心な例として世間に示してやりたかった。代わり映えのしない世の中に活を入れてやりたかった。

　だが、おそらくは思い過ごしだろう。苛立っているのかもしれない。とにかく、夜勤の交替時間になる前に証拠保管室にたどり着きたかった。

　目的地に着くのに二十分かかった。まずはバールに寄って、テイクアウトのクロワッサンとカプチーノを買ってから、仕事を終えて帰宅しようとしている同僚をつかまえた。

「やあ、ヴェガ」カウンターで近づいてくる彼女に気づいた同僚が挨拶した。「こんな時間に何しているんだい？」

　サンドラは笑みを浮かべず、真顔で返事をした。

「朝食を持ってきたわ」

　彼はサンドラの手からありがたく紙袋を受け取った。

「助かるよ。ゆうべは大忙しだったんだ。ランブラーテ駅の前で麻薬を売っていたコロンビア人のグループが摘発されてね」

　サンドラはどうでもいい話で時間を無駄にしたくなかったので、すぐに本題を切り出した。「五カ月前からここに置きっぱなしにしてある袋を引き取りたいの」

　同僚は驚いてサンドラを見たが、ためらうことなくうなずいた。「すぐに持ってくるよ」

　彼は保管庫の長い廊下へと向かった。探しながら、何やらぶつぶつ言う声が聞こえてくる。サンドラは苛立ちを覚えたが、どうにか心を落ち着けようとした。最近は、あらゆることが煩わしい。妹によれば、それは死別のあとに続く四段階のひとつということだった

——本に載っていたんだけど、順番はよく覚えていないから、それがどの段階なのか、そして、そのうちすべてを乗り越えられるのかどうかはわからないけどね。

信憑性には欠けたが、サンドラはあえて反論しなかった。ほかの家族も、皆そんな調子だった。彼女の身に起きたことを本気で心配などしていなかった。冷たいわけではなく、二十九歳の未亡人に対して、どんな助言をすればよいのか、まったく見当がつかないのだ。だから、雑誌で読んだことを持ち出したり、遠い知り合いの経験を引き合いに出したりするほかはなかった。それが彼らの正直な気持ちで、サンドラにとってもそれでじゅうぶんだった。

　五分後、同僚がダヴィドの大きな袋ふたつを持って戻ってきた。

　彼は持ち手をつかんで運んできたが、同じ袋をダヴィドはいつも肩にかけていた。ひとつを右側に、もうひとつを左側に。おかげで足取りが覚束《おぼつか》なかったものだ。

「ロバみたいよ、フレッド」

「だけど悪くないだろう、ジンジャー？」

　その袋を見つめながら、サンドラは胸の奥に封じこめていたものがこみあげるのを感じた。その感情を、彼女はずっと恐れていた。あの袋の中には、わたしのダヴィドがいる。彼の世界のすべてが入っている。ずっとここでわたしを待っていた。そしていつか、誰かの手によって、もはや役に立たない証拠品とともにうっかり処分されてしまうかもしれなかった。けれども昨晩、シャルバーからの電話をきっかけに、ダヴィドが嘘をついていたことに気づいてから霧のごとく心にわだかまっていた疑念がはっきりと形になった。もちろん、夫が誰かに疑われていることには我慢がならない。だが、それよりも、自分が夫を疑っていると認めたくなかったのだ。

「ほら、これだよ」同僚はそう言って、袋をカウンターにどさりと置いた。

好意で置かせてもらっていただけだったので、受領証にサインをする必要はなかった。事故のあと、ローマ県警から送られてきたのに、どうしても引き取りに行く気になれなかったのだ。

「なくなっているものがないか、中身を確認するかい?」

「いいえ、このままでいいわ」

だが、同僚はふいに悲しげな表情を浮かべて、じっと彼女を見つめた。

やめて! サンドラはとっさに心の中で叫んだ。

しかし彼は口を開いた。「元気を出せよ、ヴェガ。ダニエルもきみが強く生きることを望んでいるはずだ」

ダニエル? いったい誰のこと? 精いっぱい笑みを浮かべながら、サンドラは内心、皮肉っぽく問いかける。そして同僚に礼を述べると、ダヴィドの袋を持ち帰った。

三十分後、サンドラはふたたび家に戻った。ドアの前に袋を置いて、そのままにする。そしてその場を離れたが、目は離さなかった。餌を与えられ、食べても大丈夫かどうか様子をうかがいながら周囲をうろつく野良犬のように。しかし彼女の場合は、この試練に向きあうための勇気を奮い起こそうとしていた。少し近づいては、ふたたび離れる。しばらくして紅茶を淹《い》れ、カップを手にソファに腰を下ろしてから、じっと袋を見つめた。そして、今朝、自分が成し遂げたことの意味をようやく実感した。

ダヴィドを家に連れ帰った。

この五カ月間、おそらく心のどこかで願っていた。思い描いていた。信じていた――いずれ彼が帰ってくると。もう二度と愛を交わすことがないと思うと、気が狂いそうだった。ときおり彼が死んだことを忘れ、何かがあると、〝これはダヴィドに言わなくちゃ〟と思った。そして次の瞬間、われに返って、またしても悲嘆に暮れた。

ダヴィドはもういない。どこにも。

サンドラは、はじめてその現実に向きあった日のことを思い返した。いつもと変わらない穏やかな朝、自宅の玄関先でのことだった。ふたりの警官をドアの前に立たせたまま、彼らがそこにいるかぎりは、その境界を越えて中に入ってこないかぎりは、ダヴィドの死の知らせは事実とならないはずだと信じていた。一方で、いまにも家に入りこもうと待ち構えているものに立ち向かうつもりもなかった。一つひとつを傷つけるのでなく、一瞬にしてすべてを破壊する嵐に。そんなことは無理だと思っていた。

それなのに、わたしはいま、こうしている。シャルバーがあの荷物に関心を示しているのには、何か理由があるはずだわ。

サンドラはティーカップを床に置くと、意を決して袋に近づいた。まずは軽いほうを手に取ってみる。中には衣類が入っているだけだった。袋を逆さまにして、中身を全部出した。シャツ、ズボン、セーターの山。たちまちダヴィドのにおいが襲いかかってくるが、気づかないふりをした。

あなたに会いたい、フレッド。

サンドラは涙をこらえた。そして、自棄《やけ》になったように衣服の山を引っかきまわした。それでも、それらを身に着けたダヴィドの姿が目に浮かぶ。ともに過ごした日々が。懐かしく思うと同時に腹が立ち、しまいには激しい怒りがこみあげた。

服のなかには、とくに変わったものはなかった。袋の内側と外側も見てみる。何もない。

ふいに疲労感にとらわれたが、よりつらいほうは片づいた。あとは仕事のものが入った袋だけだ。これらは思い出とは無関係だった。むしろ、ダヴィドがもはやいない理由を示すものだ。だから、それほど厄介ではないだろう。

　取りかかる前に、サンドラは中身のリストがあることを思い出した。ナイトテーブルの引出しに入っていたはずだ。荷造りをする際に、いつも彼はそのリストを持ち物のメモとして利用していた。サンドラはそれを取ってきてから、確認作業を開始した。

　まずは、二台あるうちの一方の一眼レフカメラを取り出す。もう一台は彼が転落したときに壊れてしまった。キヤノンのカメラだったが、サンドラはニコンのほうが好きだった。そのことで、しばしばふたりで議論したものだ。

　電源を入れる。メモリは空だった。

　リストの〝一眼レフ〟をペンで消すと、彼女は作業を続けた。五カ月間、手つかずだった電子機器はバッテリーが切れていたため、コンセントに差しこんでから確かめる。衛星電話は最後に使用してからかなり時間がたっていて、とくに目を引く点はなかった。携帯電話は、遺体の確認でローマを訪れた際にすでに確認している。ダヴィドが電話を使ったのは、タクシーの予約と、最後に妻の留守電にメッセージを吹きこんだときだけだった――〝とにかくオスロは寒くてたまらない〟。それ以外では、彼は世界から隔絶されているようだった。

　次にノート・パソコンを開く。少なくとも、ここには何か手がかりがあるはずだ。ところが、保存されているのは古くてどうでもいいようなファイルばかりだった。電子メールの受信箱にも、これといって興味をそそられるものや目新しいものはなかった。どのファイルやメールからも、ダヴィドがローマにいた理由はわからなかった。

　なぜそんなことを秘密にしていたのだろうか。ひと晩じゅう考えて眠れなかった疑念が、ふたたびよみがえる。

夫の誠実さが信じられないというの？　それとも、この嘘には何かとんでもないことが隠されているの？

「あのシャルバーのせいだわ」この不安の種を蒔いた男を思い出して、サンドラは彼を罵《ののし》った。

そして、ふたたび袋に向き直り、万能ナイフや望遠レンズといった、もはや彼女にとって無意味なものを取り出していくうちに、革表紙の手帳を見つけた。縁の部分が擦り切れた、かなり古いものだ。毎年、ダヴィドは中身だけを入れ替えていた。つねに身につけていたもののひとつだ。靴底の擦り減った茶色のサンダルや、いつもパソコンに向かうときに着ていた毛玉だらけのセーターのように。そうしたものを、サンドラは何度となく処分しようとした。そのたびにダヴィドは、数日間は気づかないふりをしても、いつのまにか隠した場所を探し当てていた。

そんなことを思い出して、サンドラは思わずほほ笑んだ。ダヴィドはいつもそうだった。ほかの男性なら、ただちに抗議するだろうが、彼の場合は妻のささやかな職権乱用に文句ひとつ言わなかった。黙って拾いあげ、そのまま何ごともなかったかのように使いつづけるのだ。

サンドラは手帳を開いた。ダヴィドがローマにいた期間のページに、いくつかの住所が書きこまれ、街の小さな地図にも印がつけられている。全部で二十あった。

何の場所かしら？　いぶかしく思いながら、サンドラは袋の中に見慣れないものを見つけた。リストにも記されていない。ＣＢ無線機だ。無意識に周波数を確かめる——チャンネル81。何も聞こえない。

ダヴィドはトランシーバーを何に使っていたのだろうか？

だが、残りの荷物を調べるうちに、今度は足りないものがあることに気づいた。いつもダヴィドが持ち歩いていた小さなＩＣレコーダーだ。サンドラは古い記憶を呼び覚ました。だが、事故当時のダヴィドの所持品にＩＣレコーダーはなかった。どこかに紛れてしまったのかもしれない。彼女は頭の片隅にメモをした。

ここで作業の手を止めて、袋の中を探る強制捜査のこれまでの成果をざっとまとめる。

手帳に記された住所と、ローマの地図につけられた印。謎の周波数に設定されたトランシーバー。そしてダヴィドがメモ代わりに使っていたＩＣレコーダーの紛失。

これらの要素が互いにどう結びつくのかを考えながら、サンドラはふいに絶望的な気持ちになった。事故のあと、ロイターやＡＰ通信――日ごろ夫が写真を提供していた通信社――に問い合わせ、彼がローマでの仕事を請け負っていたかどうかを尋ねた。答えはどちらもノーだった。ダヴィドは単独で行動していた。もちろん、条件のよい話にすぐに応じられるように、前もって撮影や調査を行なうこともある。だが、今回はそれだけではないような気がして、サンドラは胸騒ぎを覚えた。知らないほうがいい何かがあるように思えてならなかった。

悪い予感を振り払うように、彼女はふたたび袋の中身に意識を集中させた。

底のほうからライカＩが出てきた。一九二五年製のカメラで、オスカー・バルナックの頭脳とエルンスト・ライツの英断が結実して生まれた製品だ。このカメラの誕生で、はじめて乾板を使用せずに写真を撮影することが可能となり、そのきわめて高い操作性のおかげで戦争写真の分野に革命が起きたと言われている。

まさしく完璧なカメラだった。フォーカルプレーンシャッター、スピードは二十分の一から五百分の一秒、焦点距離五十ミリの固定レンズ。蒐集家にとっては、まさに垂涎《すいぜん》の的だろう。

このカメラは、サンドラが最初の結婚記念日にダヴィドに贈ったものだった。包み紙を開けたときの彼のはフィルムが入っている。

　ダヴィドはこのカメラで写真を撮っていた。

　驚いた顔は、いまでも覚えている。もちろん、ふたりの収入を合わせても簡単に買えるような代物ではない。それは、写真が趣味だった祖父からサンドラが譲り受けたものだった。

　いわば家宝とも言うべき品だったが、ダヴィドにはそのことは黙っていた。ただ、幸運のお守りだと言って渡した。

　でも、あなたの命を救うのには役立たなかった、彼女はぼんやりと考えた。

　カメラは革のケースに入っていた。もともとのケースに、ダヴィドのイニシャル〝DL〟を彫ってもらったのだ。サンドラはケースを開け、これを見るときのダヴィドの目を思い出しながらカメラを見つめた。彼は手に取るたびに、子どものように目を輝かせていた。カメラを戻そうとして、サンドラはシャッターの動きを操作するレバー――正式には何と言ったかしら？――が巻きあげられているのに気づいた。カメラの中に

七時十分

その場所は俗に〝避難所〟と呼ばれていた。いわば後方支援として、街のいたるところに用意された安全な家で、緊急事態の際に一時的に駆けこむだけでなく、単に気分転換や休憩に利用することもできる。たいていは、入口のブザーの上に架空の会社名が掲げられていた。

マルクスはそうしたアパートメントのひとつに入った。以前、クレメンテとともに滞在したことがある場所だ。クレメンテによれば、ローマには教皇庁が所有する地所が数えきれないほどあるという。鍵はドアの隙間に隠されていた。

予想どおり、夜明けとともに痛みが一気に襲いかかってきた。あちこちに殴られた跡がある。息を吸うたびに今夜の出来事を思い出すのは、肋骨の打撲のせいでだ。それ以外にも、ぱっくり割れた傷が一ヵ所と、頬骨が腫れていた。おまけに、こめかみに傷跡があるとあっては、傍《はた》から見たら不審に思われるにちがいない。

避難所には通常〝食料、ベッド、湯、それに寄付された服の箱、偽の身分証明書、それにインターネットに接続されたパソコンがある。だが、マルクスの選んだアパートメントには何もなかった。家具ひとつなく、ブラインドは下ろされている。部屋の床に電話機が一台だけ置かれ、線がつながっていた。

この場所の目的は、その電話の番をすることだった。クレメンテは、自分たちは携帯電話を持つべきではないと説明した。きみはいっさい痕跡を残してはならない、と。

ぼくは存在しない、そうつぶやいてから、マルクスは番号案内サービスに電話をかけた。

数分後、愛想のよいオペレーターがラッファエーレ・アルティエーリの住所と電話番号を教えてくれた。ラーラの家で不意打ちを食らわされた男だ。マルクスはいったん受話器を置いてから、男に電話をかけた。鳴りつづける呼び出し音は、家に誰もいない証拠だ。

そうとなったら、直接訪ねてみるしかない。

しばらくすると、降りしきる雨のなか、マルクスは高級住宅の建ち並ぶパリオーリ地区のルーベンス通りの一角に降り立ち、四階建ての建物に目を向けていた。

車庫を横切って中に入ると、目的のアパートメントは三階にあった。ドアに耳を押し当てて、中に誰もいないことを確認する。物音ひとつ聞こえない。マルクスは思いきって侵入することにした。襲撃者の正体を突きとめなければならない。

鍵を壊して中に入った。

広いアパートメントだった。家具はどれも趣味がよく、いかにも高級品といった感じだ。価値のありそうな骨董品や絵画も飾られている。床はつややかな大理石で、ドアは白に統一されていた。暴力的な人間の住まいには見えないということを除けば、とくに興味深い点はなかった。

マルクスは中を見まわりはじめた。急がなければならない。いまにも誰かが帰ってくるかもしれない。

最初の部屋は、さながらトレーニングルームだった。ベンチプレス、肋木《ろくぼく》、ウォーキングマシンをはじめ、ありとあらゆる種類の運動器具がそろっている。ラッファエーレ・アルティエーリは肉体改造の信奉者なのだ。マルクスは、その熱意の効果を身をもって知っていた。

キッチンは単身生活を物語っていた。冷蔵庫の中には無脂肪牛乳とバランス栄養食品だけ。棚にはビタミン剤の箱とサプリメントの容器が並んでいる。

三つ目の部屋を見ると、男がどんな日常を過ごしているのかがわかった。乱れたシングルベッド。スター

・ウォーズの柄のシーツ。ヘッドボードの上には、ブルース・リーの特大ポスターが貼ってある。それ以外にも、壁のあちこちにロックバンドやモトクロスのポスター。棚にはステレオが置かれ、部屋の隅にはエレキギターが立てかけてあった。

まるでティーンエージャーの部屋だ。

ラッファエーレは何歳なのか？　その答えは、四つ目の部屋に入ったときにわかった。

壁ぎわに机と椅子が置いてある。家具はそれだけだった。机の正面に、何枚もの新聞記事の切り抜きが貼られていた。紙は黄ばんでいるが、保存状態はよい。いずれも十九年前の記事だった。

マルクスは近づいて目を凝らした。日付の古い順に、左からきちんと並んでいる。

二重殺人が起きていた。被害者はヴァレリア・アルティエーリ――ラッファエーレの母親――とその愛人。マルクスは当時、すでにグラビア印刷だった日刊紙の記事の写真に目をとめた。タブロイド紙は、この残酷な事件をセンセーショナルに書き立てていた。

だが、それだけの要素はそろっていた。

ヴァレリア・アルティエーリは美しくエレガントな女性で、贅沢三昧の暮らしを送っていた。夫のグイド・アルティエーリは著名な事務弁護士で、海外への出張も多かった。裕福で公明正大、きわめて有能な人物だ。マルクスは妻の葬儀に参列する彼の写真を見た。スキャンダルの嵐のなか、真顔で落ち着きはらった様子で、当時三歳だった息子のラッファエーレの手を握ったまま棺を見つめている。そのときのヴァレリアの愛人は、数々のレガッタの大会でチームのスキッパーを務めて優勝した有名な選手だった。彼女より年下の、いわゆるジゴロタイプの男だ。

被害者が有名人だっただけでなく、襲撃当時の状況からも、事件は大きく取沙汰《とりざた》された。ふたりはベッドの中で襲われた。警察の捜査によって、犯人は少なくともふたり組であると特定されたが、逮捕されるどころか、容疑者さえ浮かばなかった。彼らの正体は謎に包まれたままだった。

ふと、マルクスは読み飛ばしていた記事があることに気づいた。その凄惨な事件はまさにここで起きていたのだ。ラッファエーレが二十二歳になった現在も住みつづけている、この家で。

母親が殺されたとき、彼は自分のベッドで眠っていた。

殺人犯は彼に気づかなかったか、あるいは見逃してやることにしたのだろう。しかし翌朝、三歳のラッファエーレは目を覚ました。寝室に入ると、全身に六十カ所以上も刺し傷のある、ふたりの血まみれの死体を目の当たりにした。幼いせいで、目の前の光景を理解できないにもかかわらず、絶望的な状況に置かれたら、いったいどのような感情が爆発するのか、マルクスは想像しようとした。ヴァレリアは愛人を迎え入れるために、メイドに休暇を取らせていたため、父親のアルティエーリ弁護士がロンドンへの出張から帰宅するまで事件は発覚しなかった。

幼い子どもが丸二日間、ひとりきりで死体とともに閉じこめられていたのだ。

どれだけ考えても、マルクスはそれよりひどい状況が存在するとは思えなかった。彼の記憶の底から何かがよみがえる。誰からも見放された孤独感。

いったいいつ経験したのかはわからなかったが、その感覚は、彼の心の中にもたしかにあった。その記憶の由来を尋ねようにも、両親はすでにこの世にいない。ふたりを失った悲しみさえ忘れていた。だが、おそらくそれは、記憶喪失にかかったことの数少ないプラス面なのかもしれない。

マルクスはわれに返り、今度は机の上に目を向けた。紙の束が山積みになっている。腰を下ろしてじっくり内容を確かめたかったが、時間がない。この家に長く滞在すれば、それだけ危険が増すので、すばやく見まわって全体を頭に入れる程度にとどめるつもりだった。

写真、警察の調書、証拠や容疑者の一覧表がある。本来ならここにあるべきではない書類だ。さまざまなメモや、ラッファエーレ・アルティエーリが自分の考察を書き散らしたノートもあれば、民間の調査報告書もあった。また、机の上に探偵事務所の名刺を見つけた。

「ラニエリ」そこに記された名前を読みあげる。

そういえば、ゆうべラッファエーレはこんなことを口走った――ラニエリがよこしたのか？ あいつはおれを見限ったのか？

マルクスは念のためその名刺をポケットに入れると、ふたたび壁の新聞記事に目を向け、事件の概要を把握しようとした。海千山千の探偵は、ほかのことはいっさい目に入らないほど追いつめられている若者から、いったいどれだけの金を巻きあげるつもりなのか。

母親を殺した犯人を捜し出す。

これらの記事の切り抜きや報告書やメモは、ラッファエーレが強迫観念を抱いていることを物語っていた。みずからの幼年時代を冒瀆《ぼうとく》した怪物の正体を暴こうとしているのだ。子どもの頭の中には、空気と粉と影でできた敵、真っ黒な男、悪いオオカミが住んでいるものだ、とマルクスは考えた。そうした連中がおとぎ話から出てくるのは、いたずらをした子どもたちへのお仕置きとして両親に呼び出されるときだけだ。だが、すぐに消えていなくなり、本来の闇の世界に戻る。

ところがラッファエーレの場合、そういった連中がずっと留まっているのだ。

最後にもうひとつ、確認しなければならないことがある。マルクスは例の記号の意味を明らかにするものを探しはじめた――ラーラのアパートメントでラッファエーレが取り出した手紙の下部に記されていた、三つの赤い小さな点。
〝それなら、あの記号は？　誰も知らないはずなのに〟。たしか、彼はそう言っていた。

やがてマルクスは、紙束の山から、まさにその記号について書かれた検事局の書類を探し当てた。ところが、肝心の部分が省略されている。ある意味では、予想していたことだった。取調官というのは、メディアや世論に対して事件の詳細を隠すことがある。嘘の証言や、たまに見られる虚言癖を見破るためだが、犯人に対し、捜査の手がまだ及んでいないと思わせるという目的もある。ヴァレリア・アルティエーリの殺害事件の場合、犯行現場であとから重要な証拠が発見された。しかし警察は、何らかの理由で公開しないことに決めたのだ。

この件が、ジェレミア・スミスとラーラの失踪にどう関係するのか、マルクスにはまだわからなかった。何しろ十九年前の事件だ。警察はいまだに犯人を突きとめてはいないが、すでに迷宮入りしていると考えることもできる。

犯行現場はもはや当時のままではない。

マルクスは時計に目をやった。ここに来てから、すでに二十分がたっている。またしてもラッファエーレと鉢合わせするのはごめんだ。だが、少なくともヴァレリア・アルティエーリが殺された寝室は見ておくべきだろう。はたしていまはどうなっているのか。

中に入った瞬間、マルクスは自分が間違っていたことに気づいた。

最初に目に飛びこんできたのは、血だった。

青いシーツのかかったダブルベッドは血まみれだった。あまりにも大量で、殺害時に被害者がどんな恰好で寝ていたのかがわかるほどだった。マットレスと枕は体の形にくぼんだままだった。怒りに燃えた犯人がふたりに殺意をむき出しにするあいだ、絶望に打ちひしがれながら抱きあっていたにちがいない。

ベッドには、白いカーペットをおおう溶岩のごとく血液が広がっていた。じわじわとあふれ出て生地に染みこんだ血は、およそ死という概念とは相容れない、つややかで美しい赤色にベッドを染めあげていた。犯人が手を振りまわして、無防備な肉体に幾度となくナイフを突き立てた際に飛び散った血が、怒りと勢いと激しさを壁に描き出していた。その血しぶきはどこか規則的で、一カ所に集中しているように見えた。狂乱の憎悪から生まれた瀆聖《とくせい》のハーモニーだ。

その血を用いて、ベッドの上の壁に文字が書かれていた。

ただひと言。

〝EVIL〟

英語で〝悪〟の意味だ。

すべて過去のことであり、もはや変えることはできない。それでも、あまりにも鮮烈で、あまりにも生々しかった。あたかも、この部屋でたったいま殺人が起きたばかりであるかのように。そのドアを開けただけで、マルクスは過去にタイムスリップしたような錯覚にとらわれた。

ありえない。マルクスはつぶやいた。

十九年前の悲劇が起きた日のまま、部屋が保存されているなど考えられなかった。

唯一この状態を説明できるのは、隅に置かれたニスの入ったバケツと刷毛、それに警察の科学捜査班が撮影した写真だった。それを見ながら、ラッファエーレは実際の現場を再現しようとしたのだろう。最初に部屋に入った人物が目にしたはずの光景を。

三月のある穏やかな朝に帰宅した、グイド・アルティエーリ弁護士。

その後は混乱を極めたにちがいない。警察が出動しただけでなく、恐怖の痕跡を消して日常を取り戻すために、現場検証の直後に部屋を清掃して元の状態に戻した人物がいるはずだった。

暴力による死の現場では、つねに行なわれることだ。遺体が運び出され、血痕が拭き取られる。そして人々は何も知らずに、以前のようにその場所に集いはじめる。ふたたび生活が始まり、失われた空間が戻ってくる。

そうした記憶を好き好んで残しておく者はいない。もちろんぼくも、とマルクスは考えた。

だが、ラッファエーレ・アルティエーリは犯行現場を正確に再現しようと決めた。悪夢に突き動かされ、おぞましい聖域をつくりあげたのだ。悪を閉じこめ、そのまま彼も閉じこもった。

この緻密な演出を利用すれば、いくつかの結論を引き出して、何か有益な手がかりを得ることもできるかもしれない。そこでマルクスは幸運を祈ってゆっくり十字を切ると、部屋に足を踏み入れた。

生贄《いけにえ》を捧げる祭壇さながらのベッドに近づきながら、彼は犯人が少なくともふたりでなければならない理由を理解した。

被害者たちには逃げ道がなかった。

ヴァレリア・アルティエーリと愛人は、無慈悲な暴力によって、突如、夢の中で襲われた。はたして彼女は悲鳴をあげたのか、それとも隣の部屋で眠っていた愛するわが子を起こさないように我慢したのか。息子が走ってきて、恐ろしい光景を目にしないように。息子の命を救うために。

ベッドの右側の足もとには濃い血だまりがあった。左側には、三つの小さな印が輪になっていることにマルクスは気づいた。

近づいてよく見ると正三角形で、それぞれの辺の長さは五センチほどだった。

記号。

その印の意味を考えながら、ふと顔を上げたマルクスは、最初に見落としていたものに気づいた。

カーペットに、素足の小さな足跡が本物そっくりに描かれている。

わずか三歳のラッファエーレが、事件の翌朝に部屋をひょいとのぞきこんだ場面を想像した。その意味もわからずに、恐ろしい光景を目の当たりにしたところを。血だまりに足を突っこんでベッドに駆け寄る。母親を起こそうとして、死んでいるのもお構いなしに必死に揺り動かす。マルクスには、血が染みこんだシーツの上の小さな体まで想像できた。何時間も泣きつづけてから、母と愛人の死体の横にうずくまり、眠りこんでしまったにちがいない。

父親が見つけて連れ出すまで、二日間もこの家で過ごした。ひとりぼっちで、いつ果てるとも知れない夜の闇に二度も立ち向かった。

子どもというのは、物ごとを記憶する必要はない。忘れる方法を身につけるものだ。

だが、その四十八時間で、ラッファエーレ・アルティエーリの人生は永久に決まった。

マルクスはその場から動けなかった。パニックに陥らないように深呼吸を繰り返す。これがぼくの才能なのか？ 悪がさまざまなものに植えつけた陰鬱なメッセージを理解するのが。死者の無言の声を聞き、人間の悪意が繰り広げるショーを、ただ黙って見ていることだけが。

〝犬は色を見分けられない〟

だからこそ、マルクスはラッファエーレについて誰ひとり気づかないことを理解した。あの三歳の子どもは、いまでも助けを求めているのだ。

九時四分

「世の中には自分の目で見るべきものがあるんだ、ジンジャー」

彼の危険な仕事を巡り口論になるたびに、ダヴィドはそう言った。サンドラにとって、カメラは欠かせない防具だった。そのおかげで、毎日のように報道されている暴力行為の衝撃をいくらかでも弱めることができる。けれども彼にとっては、ただの道具にすぎなかった。

そのことを思い出したのは、ダヴィデが何度もそうしていたように、バスルームを一時的に暗室にしたときだった。

ドアと窓を塞ぎ、鏡の上の電球を赤いセーフライト

に取り換える。屋根裏からは、引伸機と、ネガの現像液と定着液を入れるタンクを持ってきた。それ以外は手近なもので代用する。現像処理に必要な三つのバットは、下着をすすぐのに使っているものだ。そしてキッチンからトングとはさみ、レードルを取ってきた。印画紙や薬品は使いかけのものがあり、まだ使用期限が過ぎていないので、そのまま使っても問題ないだろう。

ライカIは一三五（三五ミリ）フィルムを用いる。サンドラはフィルムを最後まで巻きあげた。

作業は完全に光を遮断した状態で行なう必要がある。彼女は手袋をはめると、カメラの裏のふたを開けてフィルムを取り出した。古い記憶を頼りに、はさみでフィルムの端を切ってリールの中心部に引っかけ、ゆっくりと巻いていく。巻き終えたら、リールごと現像タンクに収める。そこにあらかじめ用意しておいた現像液を注いで、時間を計りはじめる。定着液でも同じ工

程を繰り返してから、流水で水洗いをし、水洗推進剤を数滴垂らして作業時間を短縮する。最後にフィルムを取り出して、浴槽の上で乾燥させた。

サンドラは時計のタイマーをセットすると、タイルの壁にもたれかかった。そして、ため息をついた。暗闇のなかで待つのは体力を消耗した。どうしてダヴィドはこの古いカメラで写真を撮影したのかしら、彼女は自問した。とくに意味はないのではないかとも思った。この唐突な死を受け入れられないせいで、幻想を抱いているだけだと。

サンドラは自分を愚かだと思いたかった。

ライカを使うのは試し撮りをするときだけだ、ダヴィドはそう言っていた。彼にとって、写真は趣味であると同時に仕事でもあったため、ふたりで一緒に写っているものは一枚もない。折に触れて、彼女はそのことを指摘したが、夫が生きていたころは、とくに不思議だとは思わなかった。その必要はないと、自分に言い聞かせていた。現在が充実していれば、過去など何の役にも立たないと。だから、まさか思い出をかき集めるようになるなどとは夢にも思っていなかった。いつか、それらを拠りどころにして生きる日が来るかもしれない。けれども、前に進めば進むほど、思い出の数は減る。統計上の残された寿命にくらべると、ともに過ごした日々はあまりにも短かった。そのあいだに、ふたりで何をしたというの？　彼が経験したことに対して、わたしは同じように感じられていたのかしら？

タイマーの音に、サンドラはわれに返った。ようやく赤い電球をつける。さっそく吊るしていたネガを取って、光にかざして見た。

彼はライカで五枚の写真を撮っていた。

その状態では、それぞれを判別するのは不可能だった。サンドラは印画紙に焼く準備を始めた。バットを三つ用意する――ひとつ目には現像液、ふたつ目には酢酸を水で薄めて作った停止液、そして三つ目には、やはり水で薄めた定着液。

引伸機を用いてネガを印画紙に投影し、焼きつける。次に、一枚目の印画紙を現像液の入ったバットに浸し、軽く揺り動かすと、少しずつ液体の中に画像が浮かびあがってきた。

真っ黒で何も見えない。

撮影に失敗したのかと思ったが、そのまま停止液と定着液のバットに浸し、トングで引きあげる。残りのネガも同じように処理した。

二枚目の写真は、鏡に映った上半身裸のダヴィドだった。片手で顔の前にカメラを構え、反対側の手は挨拶をするように掲げている。だが、笑顔ではなかった。むしろ真剣な表情だった。背後にはカレンダーがあり、彼が死んだ月になっている。たぶんこれが生きているダヴィドの最後の写真にちがいない、サンドラはそう思った。

幻影による重苦しい別れ。

三枚目は建設現場の写真だった。建設中の建物のむき出しの柱が写っている。まだ壁は造られておらず、周囲にも何もない。ダヴィドが転落した現場かもしれない。言うまでもなく、それ以前に撮影されたものだが。

なぜライカを持ってここに行ったのかしら？

ダヴィドの転落事故が起きたのは夜だった。けれども、この写真は昼間の光景だ。あるいは実地調査を行なっていたのかもしれない。

四枚目は奇妙だった。十七世紀のものとおぼしき絵画が写っている。だが、これは作品全体の一部にすぎない、サンドラにはそう思えてならなかった。そこには、振り向きながら逃げる子どもが描かれていた。怖いもの見たさなのだろう、目はじっと後ろに向けたままだ。驚き慌てた表情で、口をあんぐり開けている。

サンドラはこの絵に見覚えがあった。だが、どこで見たのか思い出せない。ふと、デミチェリス警部が芸術や絵画に造詣が深いことに思い当たった。彼に訊いてみよう。

ひとつだけ確かなことがあった——この絵はローマにある。ローマへ行かなければならない。

今日の勤務は十四時からだったが、何日かの休暇を申請すればいいだろう。よく考えたら、ダヴィドが死んでから、私用の休暇はいっさい取っていなかった。高速列車に乗れば、ローマまで三時間もかからないはずだ。ダヴィドが言っていたように、みずからの目で見たかった。自分自身で理解する必要がある。彼がこの写真を撮ったのには、かならず理由があるはずだから。

頭の中でローマ行きの計画を立てながら、サンドラは最後の写真の現像に取りかかった。最初の四枚を見たかぎり、それまで抱いていた疑問はますます深まるばかりだった。

ひょっとしたら、五枚目に何らかの答えがあるかもしれない。

それまで以上に慎重に処理を行なうと、やがて印画紙に画像が現われた。明るい背景に黒っぽい染み。だんだんとはっきりするにつれ、細部が明らかになった。十年間、暗闇に包まれた深海に沈んでいた残骸が徐々に浮かびあがるように。

それは顔だった。

横顔。隠し撮りで、写真を撮られていることには気づいていない。この男が、ダヴィドがローマで行なっていたことに関係があるのかしら。ひょっとしたら彼の死に関わったの？　とにかく、この人物の正体を突きとめなければならない。

黒髪に黒い服、落ちくぼんだ陰鬱な目。

そして、こめかみに傷跡があった。

九時五十六分

マルクスは城のテラスから眼下に広がるローマの風景をぼんやりながめていた。背後には翼を広げて剣を振りかざす大天使ミカエルの像がそびえ、人間を果てしない苦難から守っている。そのブロンズ像の左側には哀れみの鐘があり、サンタンジェロ城が教皇領の牢獄だった時代には、その音で死刑囚が処刑されることを知らせた。

　この苦悩と絶望の場所は、いまではすっかり観光地となっている。太陽が雲のあいだから顔をのぞかせ、雨に濡れた街を照らすと、旅行客たちはさっそく記念写真を撮っていた。

　クレメンテがやって来て、景色に目を向けたままマルクスの横に並んだ。

「どうしたんだ？」

　ふたりはボイスメールを使って待ちあわせた。相手に会いたいときには、時間と場所を指定したメッセージを残すだけでよい。

「ヴァレリア・アルティエーリの殺害事件だ」

　答える前に、クレメンテは彼の腫れあがった顔をじっと見つめた。「きみをこんな目に遭わせたのは誰だ？」

「ゆうべ、彼女の息子のラッファエーレと知りあった」

　クレメンテはうなずきながらマルクスの手短な説明を聞いた。「ひどい話だ。あの事件は、いまだに解決していない」

　その口調は、いかにも事件について熟知しているようだった。当時、クレメンテは十歳そこそこだったはずだ。そのため、マルクスにはやや奇妙に思えた。つまり、考えられる理由はひとつ――この件は自分たちにも関係がある。

「記録は残っているのか？」

その事件について、クレメンテは公の場で口にしたがらなかった。「用心しろ」彼はマルクスに注意した。「とても大事なことなんだ。きみは何を知っている？」

「ふたつの説があった。どちらもグイド・アルティエーリが関わっていた。不倫がらみの殺人事件では、第一容疑者は夫と相場が決まっている。あの弁護士には、たとえ殺人を犯しても、うまく法の網をくぐり抜ける知識と手段があった」

　グイド・アルティエーリが犯人だとしたら、ただアリバイを作るために、息子を二日間も死体と一緒に放置したことになる。マルクスには信じられなかった。

「ふたつ目は？」

「当時、アルティエーリは仲介の仕事を請け負っていて、とある大企業の合併を成立させるためにロンドンにいた。しかし実際には、その合併には裏の目的があった。石油と武器の密輸だ。どちらも莫大な利益がかかっていた。現場のベッドの上に書かれていた〝ＥＶＩＬ〟という英語は、弁護士に向けたメッセージだと解釈することもできる」

「脅迫か」

「ああ。だが、いずれにしても犯人は息子の命を助けた」

　そのとき、数人の子どもがわきを駆け抜けていった。悩みごととは無縁の様子を羨ましいと思いながら、マルクスは彼らの後ろ姿を目で追った。

「どちらの糸口も解決につながらなかったのは、なぜだ？」

「前者については、グイドとヴァレリア・アルティエーリは離婚寸前だった。ヴァレリアは、あまりにも自由奔放で、例のスキッパーと付き合う前にも多くの男と浮名を流していた。弁護士は立ち直りが早かったようだ。何しろ事件の数ヵ月後には再婚している。その後、彼には子どもが生まれて別の家庭を築いた。仮にアルティエーリのような男が妻を殺したいと思ったら、あれほど血生臭い方法は選ばないだろう」

「それで、ラッファエーレは？」

「父親とは何年も音信不通だ。ぼくが知っているかぎり、彼はひどく不安定で、精神科の病院に入退院を繰り返してきた。すべて父親のせいだと思いこんでいる」

「国際的な陰謀説は？」

「可能性はなきにしもあらずだが、結局は証拠がなかった」

「現場に指紋や痕跡はいっさい残されていなかったのか？」

「一見、激情にかられた殺人のようだが、犯人は冷静で几帳面だった」


たとえそうでなくても、事件が起きた当時、警察の捜査は古いやり方で行なわれていたはずだ、とマルクスは考えた。ＤＮＡ鑑定といった科学捜査の手法が採り入れられるようになったのは、比較的最近のことだ。しかも、犯行現場は子どもが四十八時間も留まっていたために〝汚染され〟、その後、跡形もなく片づけられた。マルクスは、ラッファエーレ・アルティエーリが答えを見つけるために再現した現場を思い浮かべた。十九年前、本物の現場をつくりあげた人物を突きとめられなかったせいで、捜査の成果は水の泡と消えた。いまとなっては、犯行の動機を探ることはきわめて困難だ。

「もうひとつ説があった。そうだろう？」

マルクスはすでに気づいていた――それが、自分たちがこの事件に関わっていることを示す理由だ。クレメンテがなぜそのことに触れなかったのかはわからない。むしろ、彼は話をそらそうとした。「その件が、ジェレミア・スミスやラーラの失踪と何の関係があるというんだ？」

「まだわからない。だが、ゆうべラッファエーレ・アルティエーリはラーラのアパートメントにいた。誰かに手紙で呼び出されたんだ」

「誰かって？　誰だ？」

「見当もつかない。しかし、ラーラの家の棚に、料理の本に混じって聖書があった。最初に調べたときには見落としていた。暗闇のほうが、いろいろなものがよく見えることもある。だから昨晩、もう一度あのアパートメントへ行ってみた。ジェレミアが行動したときと同じ状況を再現したかったんだ」

「聖書？」クレメンテは訳がわからないといった様子だ。

「パウロによるテサロニケの信徒への手紙の箇所に栞がはさまっていた。〝主の日は盗人のようにやって来る〟……ひょっとしたら、何者かがぼくたちをラッファエーレ・アルティエーリと引きあわせようとして、メッセージを残したのかもしれない」

　クレメンテは顔をこわばらせた。「われわれのことは誰も知らないはずだ」

「ああ」そうだろうとも、マルクスは悲哀まじりに心の中でつぶやいた。

　クレメンテは急かすように言った。「ラーラを救い出す時間は、あまり残されていない。それはわかっているだろう」

「きみは直感に従えと言った。彼女を見つけられるのはぼくだけだと。だから、そうしているんだ」マルクスは譲らなかった。「三番目の説について話してくれ。犯行現場には、〝ＥＶＩＬ〟という言葉のほかに、被害者の血で三つの点が描かれていた。三つを結ぶと三角形になる」

　クレメンテは、いまから言うことに対して加護を求めるかのように、大天使のブロンズ像を振りかえった。

「それは秘教の記号だ」

だとしたら、その件について警察が調書への記載を省略したとしても不思議ではない、とマルクスは考えた。警察官というのは現実的な人間だ。捜査がオカルトの世界へ逸脱することは好まないだろう。こうした事実を法廷で論拠として用いるのは難しい。逆に被告に対して、精神疾患を主張するという逃げ道を与えてしまう。加えて、裁判官に対して印象を悪くすることも避けられない。

それでも、クレメンテはその説を真剣に捉えているようだった。「ある情報筋によれば、あの寝室で儀式が行なわれたそうだ」

儀式殺人というのは、一般に異常な犯罪に分類される。このなかには快楽殺人やセックス殺人も含まれる。クレメンテが記録保管所からアルティエーリ事件のファイルを入手するのを待つあいだ、マルクスはさっそく三角形の記号の意味を調べにかかり、唯一、答えが見つかるであろう場所へ赴いた。

アンジェリカ図書館はサンタゴスティーノ広場にあり、もとは聖アウグスチノ修道会の修道院だった。十七世紀から修道士たちが本の収集、分類、保存に力を入れはじめ、いまでは古書から現代書まで、およそ二十万冊もの貴重な本を所蔵している。開架式の図書館としてはヨーロッパ最古だ。

マルクスは閲覧室――十八世紀にこの建物を改修した建築家の名にちなんで〝ヴァンヴィテッリアーノの箱〟と呼ばれている――の席に座った。周囲には本のぎっしり詰まった棚が並んでいる。その部屋に入るには、アルカディア派の有名な絵画が飾られた入口の間を通る。そこには蔵書目録が置かれ、さらに奥に、きわめて貴重な細密画が保管されている鍵のかかった部屋があった。

アンジェリカ図書館には禁書も保管されているため、

何世紀にもわたって宗教論争の舞台にもなった。マルクスの目的はそれらの本だった。彼は何冊かの記号学の書物の閲覧を申請した。

人間の皮膚は弱酸性なので、手で触れると紙が傷む恐れがある。そのため、マルクスは白い綿の手袋をはめてページをめくった。広間に響くのは、蝶が羽をはためかせるのにも似たその音だけだった。異端審問所のあった時代なら、そうした本を読むだけで命を犠牲にしていただろう。一時間ほど調べたところで、彼は三角形の記号の起源を突きとめた。

キリスト教の十字架に対抗して生まれたこの形は、たちまち悪魔を崇拝する一部のカルト教団の紋章となった。考え出されたのは、コンスタンティヌス帝の改宗の時代に遡る。それを機にキリスト教徒に対する迫害はやみ、彼らは地下墓地《カタコンベ》から日の当たる場所に出た。それに対して異教徒は避難を強いられた。

こんにちの悪魔崇拝が当時の偶像崇拝に端を発するものだと知って、マルクスは驚いた。悪魔の像は、キリスト教の主と真っ向から対立する存在として、時代とともに異教の神々に取って代わった。こうしたカルト集団の信仰は違法行為と見なされ、信者は周囲から隔絶した場所――通常は屋外――で集会を行なった。彼らは地面の上に棒で線を描いて神殿と見なした。そうすれば、見つかっても簡単に消すことができる。生贄として幼児を殺害する際には、信者どうしで血の契約を交わすことが定められていた。だが、それには儀式を偏重すること以外にも、現実的な目的が隠されているように思えた。

わが命令で人を殺させれば、もはや一生離れることはできない。血の契りは、そのようにして相手を拘束するためのものにちがいないとマルクスは推測した。集団を離脱したら、殺人罪で告発される恐れがある。

図書館の目録に、そういった信者たちの現代に至るまでの変遷を解説している書物を何冊か見つけた。いずれも最近出版されたものなので、彼は手袋を外して、それらの犯罪学の本に没頭した。

　悪魔崇拝の原型はさまざまな犯罪に現われている。だが、たいていの場合は倒錯した性のはけ口にすぎない。精神病質者の殺人犯のなかには、逆らうことのできない何かが自分にささやきかけていると信じている者もいる。血生臭い儀式にすがるのは、そうした呼びかけに応える手段なのだ。そして、死体は使者となる。

　最も有名なのが、デイヴィッド・リチャード・バーコウィッツ――〝サムの息子〟という名で知られている――の事件だろう。七〇年代後半にニューヨークを恐怖のどん底に陥れた連続殺人犯だ。逮捕されたとき、警察の取り調べに対して彼はこう語った――邪悪な霊が近所の犬に取りついて、自分に人殺しを命じたと。

　ヴァレリア・アルティエーリの事件では、病的な犯罪ではないと考えても構わないだろうとマルクスは判断した。むしろ、責任能力があるとおぼしき人物の仕業に思えたのだ。

　だが、複数犯による殺人は悪魔崇拝の場合には珍しくない。人数が増えるほど、非難されるべき行為を実行する勇気がわき、逆に単独ではできなくなる。団結することで歯止めがきかなくなり、共同責任が罪の意識をかき消すのだ。

　信者が麻薬を常用し、洗脳されやすい状態となった〝薬物〟の悪魔崇拝グループも存在する。彼らは服装から容易に判別がつく。黒が主体で、悪魔に由来する象徴を身に着けているからだ。そうした着想は冒瀆的な書物から得たもので、ヘヴィメタルのバンドなどにも多く見られる。

　ヴァレリア・アルティエーリの寝室の壁に書かれていた〝ＥＶＩＬ〟の文字も、こうした類のものかもしれない、とマルクスは考えた。だが、この手のグループはめったに人間を殺したりはしない。せいぜい黒ミサを真似て、哀れな動物を生贄に捧げるだけだ。

真の悪魔崇拝は、これほど低俗ではないと、彼は確信していた。その根拠は秘密のヴェールに包まれている。崇拝者の存在を示す具体的な証拠はなく、真偽の不明な矛盾だらけの手がかりのみである。実際、悪魔崇拝による殺人事件は、そのほとんどが狂信者や心の病を抱えた者による犯行だと言っても過言ではない。そして最も知られた事件は、ほかならぬイタリアで起きていた——いわゆる〝フィレンツェの怪物〟事件だ。

　マルクスは事件の短い概要を注意深く読んだ。一九七四年から八五年のあいだに八組のカップルが殺害された連続殺人事件を、単独ではなく複数犯の仕業だと考えて、捜査官は数名の容疑者を逮捕したが、魔術から派生したカルト集団的なものと関わりのある主犯格の存在を恐れ、その集団の特定は言うまでもなく、それ以上事件を追究することもなかった。犯行の動機は、儀式か何かで呪物として用いる人間の死体を手に入れるためだったと考えられていた。

　その報告のなかで、マルクスは役に立ちそうな記述を見つけた。〝フィレンツェの怪物〟が、つねに郊外で若いカップルを狙った理由に触れている部分だ。最高の死は、性的興奮の最中に訪れるもので、これは〝正しき死〟とも呼ばれる。まさにその瞬間に、魔術の儀式の効果を高める特殊な力が沸き起こると信じられているのだ。

　特別な事例として、暦にきっちり従って行なわれる殺人もある。キリスト教の祝祭日に先立つ日、とりわけ新月の晩が多い。

　マルクスはヴァレリア・アルティエーリと愛人が殺された日付を確かめた。三月二十四日の晩、受胎告知の祝日の前夜だった。福音書によれば、大天使ガブリエルが処女マリアに神の御子キリストの受胎を告げた日である。しかも新月だった。

　悪魔崇拝による殺人の要素がすべてそろっている。そうとなれば、二十年近く止まったままの捜査をその方向から再開させることになるだろう。当時の状況について、よく知っている人物がいるはずだとマルクスは考えた。だが、何らかの事情で口を閉ざしていると。彼はポケットからラニエリの名刺を探し出した。ラッファエーレ・アルティエーリの机にあったものだ。

まずは、この探偵に当たってみよう。

ラニエリの事務所はプラーティ地区の小さな建物の最上階にあった。探偵は緑色のスバルから降りてきた。探偵事務所の業務を案内するインターネットのサイトにあった写真とくらべると、かなり老けて見える。マルクスは運悪くラニエリ本人と鉢合わせしてしまった。認識力を売りに仕事をしている相手なら、顔を覚えることなど朝飯前だ。だが、ラニエリは彼に関心を示すそぶりは見せなかった。

あとについて建物の中に入ろうとして、マルクスはふと、停められた車に大量の泥がはねているのに気づいた。たしかにずっと雨は降りつづいていたものの、ローマでこれほどの状態になるとは考えられない。つまり、探偵は街の外にいたということだ。

守衛は新聞を読むのに夢中で、マルクスが通っても呼び止めなかった。ラニエリはエレベーターには乗らず、階段を上るその様子から、かなり急いでいるようだった。

ラニエリは事務所に入ったが、マルクスは一階に留まり、壁のくぼんでいる部分に身を潜めた。そこに隠れてラニエリが出てくるのを待ってから、事務所に忍びこみ、なぜ彼があれほど急いでいたのかを突きとめるつもりだった。

今朝、マルクスが図書館で調べ物をしているあいだに、クレメンテは約束どおり事件のファイルを入手した――コード番号はc.g.796-74-8。事件の関係者全員の調書が含まれている。ファイルは、とある大きなマンションの郵便受けに入れられていた。書類のやりとりをする場合には、つねにこのような方法が用いられる。マンションの住人宛ての郵便に見せかけるというわけだ。

ラニエリが事務所に現われるのを待つあいだ、マルクスは彼のプロフィールを熟読した。

探偵としての評判は芳しくなかったが、それはとりたてて驚くことではない。ラニエリは不正行為のため、私立探偵名簿から削除されていた。どうやら探偵業は彼の唯一の仕事ではないようだ。過去には詐欺の片棒を担いだり、偽小切手の使用で有罪判決を受けたりもしている。ラッファエーレ・アルティエーリは上客で、長年にわたってラニエリは彼から多額の金を受け取っていたが、調査報告書の作成は中断されたままだった。プラーティ地区の事務所は、何も知らない客をおびき寄せて金を搾り取るために借りているにすぎず、秘書もいなかった。

そのことについてマルクスが考えを巡らせていると、突如、階段の吹き抜けに女性の悲鳴が響きわたった。悲鳴は最上階から聞こえたようだった。

訓練で徹底的にたたきこまれたはずだ――こういう場合には、ためらうことなく逃げなければならない。ひとたび身の安全を確保すれば、警察に通報できる。最も重要なのは、自分の正体を知られないことだ。マルクスにとって、それは何があっても死守すべき点だった。

ぼくは存在しない――彼は自分に言い聞かせた。

建物にいる誰かが、いまの悲鳴に気づいたかどうか様子をうかがう。だが、誰も廊下に出てこなかった。マルクスは我慢できなかった。もし本当に女性の身に危険が迫っているのであれば、助けないわけにはいかない。最上階へ向かって階段を上ろうとしたとき、事務所のドアが開いて、ラニエリが階段を下りてきた。マルクスが慌ててくぼみに隠れると、探偵は彼に気づくことなく目の前を通り過ぎた。手には革の鞄を持っている。

ラニエリが建物を出たことを確認してから、マルクスは手遅れにならないことを祈りつつ階段を駆けあがった。

最上階に着いて事務所のドアを蹴り開けると、そこは狭い待合室になっていた。廊下の奥に部屋がひとつだけある。マルクスは急いだが、部屋の前ではたと足を止めた。何やら大きな物音が聞こえる。そっと中をのぞきこむと、窓が開いていて、風でばたばたと音を立てていた。

女性はいなかった。

だが、中にもうひとつドアがある。マルクスは閉じられたドアに用心深く近づいた。取っ手に手をかけ、恐ろしい光景に直面する覚悟で思いきって開けてみる。ところが、そこはただの小さなバスルームだった。そして誰もいなかった。

悲鳴をあげた女性はどこにいるのか？

医者からは幻聴について聞かされていた。記憶喪失にともなう症状だ。実際、これまでにも経験している。一度は、セルペンティ通りの屋根裏部屋で、電話が執拗に鳴っているような気がした。だが、部屋に電話はなかった。そのほかにも、デヴォクに名前を呼ばれるのが聞こえた。本当に彼の声だったかどうかはわからない。思い出せなかった。だが、いずれにしてもマルクスはその声とデヴォクの顔を結びつけた。そして、そのことに、いつか記憶が戻るかもしれないという一《いち》縷《る》の望みを託していた。医師は一様に否定した。通常、大脳の損傷による記憶喪失が回復することはなく、彼の場合は心理的な原因ではないと。それでも、奥深く埋もれた遺伝子情報としての記憶を取り戻す可能性はあった。

大きく息を吸うと、マルクスは女性の悲鳴のことは忘れようとした。それよりも、この部屋で何が起きたのかを突きとめる必要がある。

彼は開け放たれた窓に近づいて、下を見た。ラニエリが緑色のスバルを停めていた場所には何もなかった。車に乗って出かけたのなら、すぐには戻ってこないだろう。つまり、しばらくは時間があるということだ。

アスファルトには油の染みができていた。車体の泥はねとあわせて考えると、探偵は今朝、でこぼこ道を走ってスバルを汚したり傷つけたりしたのだろう。

マルクスは窓を閉めると、事務所を調べはじめた。

ラニエリがここにいたのは、せいぜい十分程度だった。いったい何をしに来たのか？

それを知るための方法がひとつある。マルクスはクレメンテの教えを思い出した。犯罪学者や犯罪心理分析官が〝空室の謎〟と呼ぶ考え方だ。それは些細なことも含め、あらゆる出来事は痕跡を残すが、時間の経過とともに消えてしまう、という前提から始まる。だとすると、この部屋には何もないように見えても、実際にはそうではない。さまざまな情報が含まれている。だが、それらを発見して、ここで起きたことを突きとめるには、急がなければならない。

最初のアプローチは視覚だ。マルクスは部屋を見まわした。本棚はほとんど空で、銃の雑誌と法律書がわずかに並んでいるだけだ。埃が積もっているところを見ると、単なる飾りにちがいない。擦り切れたソファ、机と回転椅子の前に小さな椅子が二脚。

プラズマテレビにビデオレコーダーという時代錯誤の組み合わせにも気づいた。おそらく、これらのがらくたが使われなくなるのも時間の問題だろう。だが、意外にも室内にビデオテープは一本もなかった。

細かな部分まで頭に刻みこみながら、マルクスはさらに周囲を見まわした。壁には、調査のテクニックに関する専門的な研修を受けたことを示す証書が何枚か貼られていた。期限切れの探偵免許。だが、額縁は逆さまになっている。それを直した拍子に、彼は小さな隠し金庫を見つけた。扉が半分開いている。中をのぞいた。空だ。

マルクスはラニエリが事務所から出てきたときに持っていた革の鞄を思い出した。彼は何かを持ち出したのかもしれない。金か？　逃げるつもりか？　何から、あるいは誰から？

彼は頭の中で自問した。ここに来たときには窓が開いていた。なぜ、ラニエリは開けっ放しにしたのか？

換気するためだ。マルクスはとっさににおいを嗅いだ。かすかだが、焦げたようなにおいがする。クロロフィルだ。すぐさまゴミ箱を調べてみる。

焼け焦げた紙が一枚。

ラニエリは事務所から何かを持ち出しただけでなく、出ていく前に何かを処分した。マルクスはゴミ箱の底から燃え残った紙を拾いあげ、慎重に机の上に置いた。

そして、ふたたびバスルームへ行くと、液体石鹸のラベルを確かめて手に取った。指先に石鹸をつけ、それと同時に、できるかぎり紙を広げ、何かが書かれていたにちがいない黒っぽい部分に石鹸を垂らした。続いて、机にあったマッチ箱からマッチを一本取り出して――おそらくラニエリがつい先ほどしたのと同じように――もう一度、紙に火をつける準備をした。だが、その前に手を止めて集中した。万が一、失敗したら、すべてが台無しになってしまう。

偏頭痛や幻聴やめまいを別にすれば、記憶喪失には少なくともひとつだけ利点がある――驚くほど記憶力が上がるのだ。すぐに覚えることができるのは、脳に隙間ができたからだとマルクスは考えていた。しかも、あらゆるものを詳細に記憶することができる。

その能力をうまく発揮できればいいが――。

マルクスはマッチを擦ると、紙切れを取って炎に近づけ、文章を書く方向に、左から右へと動かした。

インクが石鹸に含まれているグリセリンに反応しはじめた。残りもゆっくりと燃やしながら、マルクスはある種の恋歌を紡いでいた。手書きの文字が、つかの間、現われては消える。彼は目を走らせて、浮かびあがる文字や数字をとらえた。紙は灰色の煙を上げて、またたく間に燃え尽きる。マルクスは求めていたものを得た。そこに書かれていたのは住所だった――コメーテ通り十九番地。だが、すべてが焼失する前に、彼は三角形を成す三つの小さな点に気づいた。

記された住所は異なるものの、ラッファエーレ・アルティエーリの持っていた手紙と同じだった。

十四時

「いい考えだとは思えないが」

電話で、デミチェリス警部は率直に意見を述べた。サンドラは彼に打ち明けたことを後悔しかけた。雨のせいでローマ市内は渋滞しており、駅前で拾ったタクシーは少し動いては止まるの繰り返しだった。

警部は彼女の力になろうとしていたが、直接、現地へ足を運ぶ必要があるとは思っていなかった。

「自分が正しいことをしていると断言できるのか？」

サンドラはキャリーバッグを用意して、そこに数日間家を空けるのに必要なものを詰めこんだ。さらに、ライカのフィルムを現像した写真と、夫が謎の住所を書き記した手帳、それに彼の袋に入っていたトランシーバーも持ってきた。

「ダヴィドは危険な仕事をしていたんです。お互いに了解のうえで、いつも彼は行き先をわたしに告げないことになっていました」〝前線に向かう兵士の妻の不安〟を味わわせたくないというのが夫の口癖だった。「だったら、留守電のメッセージでなぜあんな嘘をついたんでしょう？　どうして、わざわざオスロにいると言う必要があったんでしょう？　わたしはすっかり勘違いしていました。彼はわたしに何かを隠したかったんじゃない。わたしの注意を引こうとしたんです」

「たしかに、彼は何かを発見して、きみを守ろうとしたのかもしれない。にもかかわらず、きみはいま、ひとりで危険を冒そうとしている」

「そうとは思えません。ダヴィドは危険をじゅうぶん承知のうえで行動していました。そして自分の身に何か起きたら、調べてほしかったんです。だから、わたしに手がかりを残したんです」

「古いカメラに何かが入っていたと言っていたが？」

「その件でお尋ねしたいんですが、逃げる子どもが描かれた絵をご存じですか？」

「それだけでは何とも言えない。その絵を見ないことには」

「メールで送ったはずですが」

「知ってるだろう、わたしがパソコンを苦手にしているのを……部下にダウンロードしてもらうよ。わかったら、すぐに知らせるから」

警部が頼りになることは知っていた。ダヴィドの死に対して哀悼の意を表するのに五カ月もかかったとはいえ、優秀な人物であることには変わりない。

「警部……」

「何だ？」

「結婚して何年になりますか？」

デミチェリスは笑った。「二十五年だ。なぜだ？」

サンドラはシャルバーの言葉を思い出していた。

「失礼だとは思いますが……奥さんを疑ったことはありますか？」

警部は咳払いをした。「以前、バルバラが友人に会いにいくと言って出かけたことがあったが、わたしには嘘だとわかっていた。われわれ警察官は第六感が働くことを知っているか？」

「ええ、何となくわかります」サンドラは話の続きを聞くべきかどうか迷った。「ですが、話したくなければけっこうです」

デミチェリスはその言葉を無視して続けた。「それで、あたかも犯罪者扱いをして妻を尾行したんだ。もちろん彼女は気づかなかった。だが、しばらくしてから立ち止まって、自分のしていることを考えた。それで引き返すことにした。怖気づいたと思われてもしかたがないが、そういうわけでもない。じつのところ、彼女に騙されても構わないという気になったんだ。本当に友人の家へ行ったとしたら、わたしは妻を裏切ったことになる。わたしに貞節な妻を持つ権利があるように、バルバラも自分を信頼する夫を持って当然だ」

サンドラは直感的に思った――この年上の同僚は、おそらく誰にも打ち明けたことのない話をいま、自分に教えてくれたのだ。そう考えて、彼女は思いきってすべてを打ち明けることにした。「警部、もうひとつお願いがあるのですが……」

「まだあるのか？」彼はうんざりした声を出してみせた。

「昨晩、インターポールのシャルバーという男がわたしに電話をかけてきました。ダヴィドが何かきな臭いことに関わっていると考えていて、正直、不愉快だったのですが」

「わかった。こちらでその男の情報を集めてみよう。それだけか？」

「はい。よろしくお願いします」サンドラはほっとして言った。

だが、デミチェリスは電話を切らなかった。「ところで、きみはいまどこに向かっているんだ？」

すべてが終わった場所です、サンドラはそう答えたかった。「ダヴィドが転落した建設中の建物です」

一緒に暮らそうと言い出したのは、サンドラのほうだった。だが、ダヴィドは喜んで賛成した。少なくとも、そう見えた。まだ知りあって数カ月のころで、サンドラは、愛する男性のことを自分が理解しているのかどうか、自信がなかった。ダヴィドはときにはひどく気難しく思えることもあった。自分と違い、感情をおもてに出すタイプではない。意見が対立したときに、声を荒らげて興奮するのは決まってサンドラのほうだった。ダヴィドはどこかあきらめたような、心ここにあらずといった態度を貫いた。正確には、サンドラはひとりで口論していたと言うべきかもしれない。ダヴィドの無関心さは、じつはまずは相手に感情を吐き出させ、それから怒りを静めざるをえないように導くための緻密な作戦なのではないかと、考えずにはいられなかった。

ダヴィドの考えがさらにはっきりしたのは、彼がサンドラのアパートメントに引っ越してきて一カ月後のことだった。

ある週末を境に、ダヴィドは妙によそよそしく、口数も少なくなった。サンドラは、ふたりで家にいるあいだも避けられているような気がしてならなかった。その間、彼は仕事が入っていなかったにもかかわらず、つねに何かをしていた。スタジオにこもったかと思えば、コンセントの配線を変えたり、洗面台の詰まりを直したりといった具合だ。サンドラは何かがおかしいと感じていたが、訊くのが怖かった。時間をかけることが必要だ、そう自分に言い聞かせた。ダヴィドは家と呼べる場所を持つことに慣れていないばかりか、共同生活をした経験もないのだから。だが、ダヴィドを失ってしまうのではないかという不安を覚えると同時に、その逃げるような態度に腹が立ってしかたがなかった。サンドラはまさに爆発寸前だった。

そしてある晩、眠っていると、彼の手に揺り起こされるのを感じた。まだ午前三時だと気づき、なかば寝ぼけながら、彼女は思わず「いったい何なの？」と叫んだ。ダヴィドは明かりをつけて、ベッドから起きあがった。そして、ぼんやりと視線をさまよわせながら、しばらく考えていたにちがいないことを表わす言葉を探していた――この状態を続けるわけにはいかない、どうにも居心地が悪い、このままでは、いずれ身動きができなくなってしまう、と。

サンドラはその言葉の意味を精いっぱい理解しようと努めた。だが、思い当たることはひとつしかなかった。このばかは、わたしを捨てようとしている。彼が翌朝まで待てずに逃げ出そうとしたことが信じられず、自尊心を傷つけられたサンドラは、腹を立てて起きあがると、言ってはならないことを並べ立てて彼を侮辱し、罵倒した。怒りのあまり、床にあった物を手当たり次第に投げつけた。そして、リモコンが落ちた拍子にテレビがついた。その時間に放映されているものといえば、昔の白黒映画くらいで、そのときはフレッド・アステアとジンジャー・ロジャースが共演したミュージカル『トップ・ハット』をやっていた。甘いメロディとサンドラのヒステリーが相まって、何とも珍妙な場面となった。

なお悪いことに、ダヴィドはいっさい言い返さず、ただうつむいて罵詈雑言を浴びていた。怒りは最高潮に達していたが、それでもサンドラには彼が枕の下に手を入れて青いベルベットの箱を取り出し、不敵な笑みを浮かべてベッドに置くのが見えた。不意を突かれた彼女は、中に入っているものが何かを知っていながら、その小さな箱をじっと見つめた。自分がばかみたいに思え、驚きのあまり、ぽかんと開いた口が塞がらなかった。

「こう言うつもりだった」ダヴィドが切り出した。「この状態を続けるわけにはいかない、思うに、ぼくたちは結婚すべきなのではないかと。なぜなら、ぼくはきみを愛しているから、ジンジャー」

　その言葉を、彼はフレッドの歌う『チーク・トゥ・チーク』の調べに乗せて言った——そのときはじめて、サンドラは彼が口ずさんでいる言葉の意味を理解した。はじめて〝ジンジャー〟の愛称で呼ばれた。

〝天国、そう、まるで天国にいるみたいだ
　口もきけないほど、鼓動が高鳴っている
　探し求めていた幸せを、やっと見つけたような
　気がする
　きみと頬を寄せて踊っていると〟

　サンドラは自分でも気づかないうちに泣いていた。そしてダヴィドの腕に身を投げ出した。どうしても抱きしめてもらう必要があった。彼の胸ですすり泣きながら、サンドラは服を脱ぎはじめた。いますぐ愛を交わしたかった。ふたりは夜明けまで愛しあった。その晩の出来事を表わす言葉は見つからなかった。ただ喜びに包まれていた。

　そのときサンドラは、ダヴィドと一緒に暮らすかぎり、心穏やかにはいられまいと悟った。互いに感情をぶつけあって、何のわだかまりもなく生活する必要があると。けれども、彼女の心にはすでに不安が芽生えていた。まさにそのせいで、すべてがまたたく間に燃え尽きてしまうのではないか。

　案の定、恐れていたとおりになった。

　あの二度とない晩から三年五カ月と数日後、サンドラは工事が中断されたままの建物の建設現場に立っていた。ダヴィド——彼女のダヴィド——の体が転落の果てに押しつぶされた、まさにその地点に。雨に洗い

流され、血の跡はもう残っていない。花を持ってこようかとも思ったが、あまり感傷的になりたくなかった。ここに来たのは、真実を突きとめるためだ。

転落したあと、ダヴィドは瀕死の状態でひと晩じゅう放置された。翌朝、自転車に乗った男性がたまたま通りかかって救急車を呼んだが、すでに手遅れだった。彼は病院で死亡した。

ローマの同僚から事故について説明を受けたとき、サンドラはほとんど質問しなかった。たとえば、そのあいだじゅう、彼に意識があったかどうかも尋ねなかった。多数の骨折と内出血による死亡ではなく、即死だと聞かされたほうがましだった。だが何よりも、最も恐ろしい疑問を頭から追い払うのに必死だった。

誰かがもっと早く死にかけた男性が倒れているのに気づいていたら、ダヴィドは助かったのかしら？

即死ではなかったことによって事故の可能性が高まり、殺人者が確実に任務を遂行したという仮説は非現実的なものと考えられた。

サンドラは右手の階段を見やると、荷物をその場に残したまま上りはじめた。手すりがないので慎重に歩を進める。五階には間仕切り壁はいっさいなく、天井を支えるための柱だけが立っている。彼女はダヴィドが足をすべらせた欄干に近づいた。彼は夜間にここに来ている。昨晩のシャルバーとの電話での会話が脳裏によみがえった。

〝警察によると、シニョール・レオーニは写真を撮るために、見晴らしのよい建設中の建物に上ったそうですが……あなたは、ご自分でその場所を見ましたか？〟

〝いいえ〟サンドラは困惑して答えた。

〝ぼくは実際に行きました〟

〝何が言いたいんですか？〟

だが、シャルバーは皮肉っぽくつけ加えた。〝ご主人のカメラは転落の際に壊れました。せっかくの写真が見られなくて残念です〟

あの晩、ダヴィドの目の前に広がっていた光景を実際に見て、サンドラはインターポール捜査官の皮肉の意味を理解した。そこは建物に囲まれたアスファルトの広い空き地だった。なぜこんな場所の写真を撮ろうとしたのかしら？　彼女は疑問に思った。しかも真っ暗なときに。

ライカのフィルムに残されていた五枚の写真のうち、一枚を取り出す。間違いない。昼間だが、たしかにこの建設現場だ。これを現像したときには、ダヴィドは実地調査のためにここを訪れたのだと思っていた。

サンドラは周囲を見まわした。何か目的があったはずだ。あたりに人影はなく、見たところ、とくに重要なものがあるようにも思えなかった。

だとしたら、ダヴィドはなぜここに来たの？

別の視点から考える必要がある。警察学校で科学捜査の教官に言われたように、焦点をずらしてみるべきだ。

真実は細部にある、サンドラは心の中でつぶやいた。

そして細部こそ、答えを探すべき場所だ。そこで、日ごろ、みずからのカメラで犯行現場を調べるときと同じ気持ちになって取りかかることにした。現場を読む。下から上まで。全体像から細部まで。ダヴィドがライカで撮った写真と、どこが違うのか。

写真に写っている各部分を一つひとつ確かめなければならない、とサンドラは自分に言い聞かせた。同じように見える二枚のイラストの違いを見つける、間違い探しのように。

写真の構図と見比べながら、まずは床から始めた。一メートル単位に区切って視線を這わせ、少しずつ目を上に向ける。そして、手がかりを探した。コンクリートに何かが刻まれているかもしれない。だが、何も見つからなかった。

次に柱が並び立っている場所に移る。一度に一本ずつ。なかには、この五ヵ月間のうちに小さな傷がついたものもあった。塗装されていないせいで、少しずつ摩耗しているのだろう。

　右から左へと移動し、欄干から一本手前の柱まで来たとき、サンドラは写真とは異なる点を見つけた。些細なことだが、ひょっとしたら何か意味があるかもしれない。ダヴィドが写真を撮ったときには、その柱の下部に隙間があったのだが、いまは塞がれている。

　サンドラは顔を近づけてよく見た。何かが埋めこまれている。細長い石膏ボードだ。何かを固定するために、わざわざ挟んだようだ。それを取り除いた瞬間、彼女は唖然とした。

　細い隙間に、ダヴィドのＩＣレコーダーが押しこまれていた。彼が荷造りの際に使っていたリストに記されていたが、袋の中には入っていなかったものだ。

　サンドラはそれを引っ張り出して埃を払った。十センチほどの薄型レコーダーで、デジタル化した音声をメモリに記録することができる。ひと昔前のカセットレコーダーに代わり、いまではもっぱらこうしたタイプが利用されている。

　手のひらにのせたレコーダーを見つめながら、サンドラは自分が恐れていることに気づいた。この中に何があるかは神のみぞ知るだ。おそらくダヴィド自身がここに隠し、念のために隠し場所を写真に撮ったのだろう。そして取りに戻ってきて、転落した。あるいは、まさにこの場所で何かを録音した。ことによると自分が死んだ夜に。そう考えて、サンドラはこのレコーダーが離れた場所から操作できることを思い出した。音さえ聞こえれば録音を始められる。

　決断しなければ。これ以上、待つわけにはいかない。ダヴィドが事故死だったという事実が変わるかもしれない。だが、まさにそれがわかっているからこそ、サンドラは踏ん切りがつかなかった。しかし何よりも大事なのは、あきらめてしまわないことだ。つねに真実を追い求めること。何も知らずに一生を過ごすほうがつらい。

もはやためらうことなく、サンドラはレコーダーのスイッチを入れて待った。

咳払いが二回。明らかに離れたところから録音している。やがてダヴィドの声。遠く、くぐもっていて、ノイズで聞きとりにくい。しかも途切れ途切れだった。

「……ほかにはいない……ずっと待っていた……」

落ち着いた口調だった。むしろサンドラのほうが、懐かしい夫の声を耳にしていたたまれなかった。もう二度と自分に話しかけてくることはないと、ずっと考えていたのだ。いまにも感情の波にのみこまれてしまいそうだった。冷静になるべきだというのに。これは通常の捜査よ、科学捜査官としてのアプローチを忘れてはいけないわ、サンドラは懸命に自分に言い聞かせた。

「……見当たらない……てっきり……当てが外れた……」

あまりに途切れているせいで、何のことだかさっぱり理解できなかった。

「……ぼくは知っている……何もかも……ずっと前から……ありえない……」

断片的な情報は意味を成さなかった。だが、ふいにはっきり聞こえる。

「……長いあいだ探してきて、ようやく見つけた……」

ダヴィドは何について話しているの？　誰に対して？　サンドラには見当もつかなかった。

ひょっとしたら、このデータを移し替えて音声技師に聞かせれば、ノイズを除去してもらえるかもしれない。現時点では、それが唯一の可能性だった。だが、スイッチを切ろうとした瞬間、別の声が聞こえた。

「……そうだ、おれだ……」

サンドラはふいに寒気を覚えた。そして悟った――

ダヴィドはひとりではなかった。だから、この会話を録音していたのだ。続く声は興奮していた。何らかの理由で状況が変わったのだ。夫の口調は恐怖に満ちていた。

「……待て……とんでもない……信じてくれ、本当だ……ぼくは……ただ……何をする……やめろ！……」

殴りあう音。体が地面に打ちつけられる。

「……待て……おい、待ってくれ！……」

そして、耳をつんざくような絶望的な悲鳴が長々と響きわたり、少しずつ遠ざかって、やがて静寂にのみこまれた。

レコーダーが手から落ちて、サンドラはコンクリートに両手をついた。動揺のあまり、彼女は吐いた。一度、二度。

ダヴィドは殺された。誰かに突き落とされたのだ。

サンドラは大声で叫びたかった。そこから逃げ出したかった。そもそもダヴィドと出会わなければよかった。彼のことなど何も知らなければ。愛さなければよかった。考えただけでぞっとしたが、それが本音だった。

足音が近づいてきた。

サンドラははっとしてレコーダーを見た。機械は動きつづけ、あいかわらず彼女の注意を引こうとしていた。あたかも殺人者がマイクの存在を知っていたかのように。

足音が止まった。

少しして、ふたたび例の声が聞こえた。だが、今度は話し声ではなかった。歌っていた。

〝天国、そう、まるで天国にいるみたいだ
口もきけないほど、鼓動が高鳴っている
探し求めていた幸せを、やっと見つけたような
気がする
きみと頬を寄せて踊っていると〟

十五時

コメーテ通りは郊外にあった。マルクスは少しばかり時間をかけ、公共の交通機関でそこへ向かった。やや離れたバス停で降りて、二百メートルほど歩く。あたりは荒れ放題の畑や工場の倉庫ばかりだ。ところどころ集合住宅が建っていて、コンクリートの群島を形成していた。真ん中にぽつんと現代風の教会があったが、何世紀にもわたって街の中心を飾り立ててきた洗練された美しさとはかけ離れている。大通りを行き来する車は、きちんと信号を守って走っていた。

十九番地には、いかにも寂れた感じの工場の倉庫があった。ラニエリの事務所で見つけたメモに、三角形の記号とともに記されていた住所に何があるのか、中に入って確かめる前に、マルクスは周囲の様子を確認した。無駄な危険は冒したくない。通りの反対側には、洗車機と、バールのわきにガソリンの給油ポンプが備えつけられていた。客はひっきりなしにやって来るが、誰も工場には関心がないようだ。マルクスは、遅れている約束の相手を待つようなふりをして、少しずつ給油機に近づいた。そして、そのまま三十分ほど様子をうかがってから、ようやく工場は監視されていないと確信した。

倉庫の前は空き地になっており、雨のせいでぬかるんでいた。そこにタイヤの跡がくっきりと残っている。おそらくラニエリの緑色のスバルだろう、マルクスは泥で汚れた車を思い出して、とっさに推測した。

あの探偵はここにいた。その後、メモを処分するために事務所へ戻り、隠し金庫から何かを持ち出して出かけた。

マルクスはそれらの要素を組みあわせてパズルを完

成させようとした。だが、ラニエリの急かされるような様子がどうしても気になって頭から離れない。

あれほど急いでいたのは、何かを恐れていたからではないか、と彼は考えた。いったいラニエリは何を見たのか？

マルクスは倉庫の正面の入口は使わずに、裏口を探した。長方形の低い建物を囲む茂みに沿って歩く。板金の屋根の倉庫は飛行機の格納庫のようだった。ほどなく彼は防火扉を見つけた。半開きになっているところを見ると、おそらくラニエリもここから入ったにちがいない。やや力を入れて、両手で取っ手を引っ張ると、じゅうぶんに通れるほどの隙間ができた。

中に入ると、白い明かりに照らされて、広々とした倉庫を舞う埃が見える。積み重ねられた機械と、天井から吊り下げられた滑車のほかは、ほとんど何もなかった。屋根から漏れている雨が黒っぽい小さな水たまりを作っている。

マルクスはゆっくり歩きながら中を調べてまわった。静まりかえった空間に足音が響く。いちばん奥に鉄の階段があって、中二階の小さな事務室へ続いている。近づいてみると、彼はすぐに、あることに気づいた――手すりにはまったく埃が積もっていない。誰かがわざわざ拭いたのだ。おそらく自分の指紋を消すために。あの上に何かが隠されているにちがいない。

足もとに注意しながら、マルクスは階段を上りはじめた。半分ほど上ったところで、においに気づいた。間違えようのないにおいだ。一度嗅いだら、どこにいても思い出す。最初にその臭気に遭遇したのが、いつ、どこでだったかは覚えていなかったものの、心の奥深くに埋もれた記憶はその腐敗ガスを忘れていなかった。それが記憶喪失の不可解なところだ。覚えていたいのは薔薇や母親の胸のにおいなのに、実際に思い出すのは死体のにおいだった。

レインコートの袖で鼻と口をおおいながら、マルクスは階段を上った。事務室の入口からふたつの死体が見えた。重なりあうようにして倒れている。ひとりは仰向けに、もうひとりはうつ伏せに。ふたりとも頭に銃弾が貫通した跡があった。教科書どおりの銃殺だ、彼は冷静に判断した。

すでに腐敗が進んでいるところに、火が状態を悪化させていた。何者かがアルコールかガソリンで死体を燃やそうとしたが、炎は上半身のみを焼いて、下半身は無傷のままだった。犯人が誰にせよ、結局は死体を身元不明にするにとどまったというわけだ。ある部分に目をとめて、マルクスはこのふたりが前科者にちがいないと考えた。犯罪者として記録されていなければ、なぜわざわざ手を切り落とす必要があるのか？

吐き気を覚えながらも、彼は近づいてよく見た。ふたりとも手首のところで切断されており、皮膚組織は引き裂かれているようだが、骨に引っかいたような傷が見える。のこぎりのように歯のある道具を使用した場合に残る傷だ。

一方のズボンをめくって足首を出してみた。そこには火傷の跡はなかった。土色の皮膚から判断して、死後およそ一週間といったところだろう。死体はむくんでいるが、胸郭もビア樽状になっている。五十歳を過ぎた男性の典型的な体型だ。

おそらく身元は判明しないだろう。だが、マルクスは彼らの正体について見当をつけた。この男たちは、十中八九、ヴァレリア・アルティエーリとその愛人を殺した犯人にちがいない。

問題は、誰が彼らを殺したのか、しかも、なぜいまになって、ということだ。

ラッファエーレが匿名の手紙によってラーラのアパートメントに呼び出されたように、ラニエリは例のメモでこの工場へ来るように仕向けられた。マルクスが彼の事務所で読み取った、あのメモによって。

それとも、探偵がふたりの男を捜し出して、似たような方法でここにおびき寄せて殺したのだろうか。

いや、それはありえない。

ラニエリは数時間前にここに来た。ふたりが一週間前に殺されたとしたら、何をしに戻ってきたのか？　火をつけるためか、手を切り落とすためか、あるいは単に状況を確かめに来ただけか。だとしても、なぜわざわざこんな危険を冒してまで？　それに、なぜ怯えていたのか？　なぜ逃げ出したのか？　誰から？

ふたりを殺したのは別の人物だ、とマルクスは結論づけた。そして、死体を始末しなかったということは、ラニエリに発見させるつもりだったのだ。

このふたりは重要人物ではないはずだ。おそらく命令されて殺しを実行しただけだろう。マルクスはまたしても考えた――ひょっとしたらアルティエーリの殺害を依頼した人物がいるのかもしれない。あるいはグループが。その可能性は否定できなかったものの、この説については、マルクスは懐疑的だった。寝室で行なわれた儀式を考えると、どうしてもカルト集団の仕業に思えてならなかった。そうした集団なら、たとえ信者をふたり殺してでも、みずからの関与を示す証拠を消しかねない。

次の瞬間、マルクスはふたつの相反する事実に直面していることに気づいた。一方で、匿名の手紙の送り主を突きとめて謎を解き明かす必要がある。ところが、肝心の送り主は姿を現わさず、その目的も定かではない。

このふたつを結ぶことができるとしたら、それはラニエリだけだ。

あの探偵は何かを知っていると、マルクスは確信していた。それは、ジェレミア・スミスとラーラの失踪にも関連があるはずだ。

この事件では、不気味な陰の力が働いている。マルクスは、自分がまさにチェスの駒のように動かされているような気がした。みずからの役割を明確にしなければならない。そのためにはラニエリと対決する必要がある。

これ以上、死体の悪臭を嗅がされるのはごめんだった。立ち去る前に、マルクスは無意識に十字を切ろうとしたが、思いとどまった。おそらくこのふたりには無駄だろう。


ラニエリは匿名のメッセージによってこの倉庫に呼び出された。彼は今朝、ここに来て死体を目にした。そして事務所へ戻り、メモを燃やした。その後、隠し金庫に入れていた物を持って、急いで出ていった。

マルクスは一連の出来事について何度となく考えた。だが、まだ重要な何かが欠けているように思えてならなかった。

その間に、ふたたび雨が降り出していた。彼は倉庫を出て、正面の空き地を横切った。ぬかるみの泥がはねないように注意しながら歩いていると、先ほどは見落としていたものに気づいた。

地面に黒っぽい染みがある。そして、その少し先にもうひとつ。今朝、ラニエリの事務所が入った建物の前にも同じような染みがあった。緑色のスバルが停めてあったアスファルトに。

雨で洗い流されないところを見ると、油性の物質にちがいない。マルクスは身をかがめ、それがエンジンオイルであることを確かめた。

つまり、廃工場の前にも車が停められていたことになる。だが、それについては泥だらけの車体からすでに推測していた。最初、マルクスは車の傷と泥は同時についたものだと考えていた。ところが、あたりを見まわしても、車を傷つけるような穴や突き出した岩はどこにも見当たらない。ということは、ラニエリはあらかじめ別の場所で車を傷つけたことになる。

ここに来る前、彼はどこに寄ったのか？

マルクスはこめかみの傷跡に触れた。頭が大きく脈打ち、またしても偏頭痛に見舞われそうだった。鎮痛剤と、何か食べるものが欲しかった。袋小路に追いつめられたような気分だった。前に進むための方法を見つけなければならない。バスが来るのが見えて、彼は停留所へ急いだ。バスに乗りこみ、最後列の座席に腰を下ろす。隣に座っている買い物袋を抱えた老婦人が、ラッファエーレ・アルティエーリの攻撃によって腫れた頬骨と切れた唇をじろじろ見ていたが、マルクスは無視し、胸の前で腕を組んで、前の座席の下に脚を伸ばした。目を閉じて、頭を殴りつけるハンマーに身構えようとする。やがて軽い眠気が訪れた。周囲の話し声や物音のせいで、なかば眠って、なかば起きているような状態だったが、こうしているかぎり夢を見ずにすむ。こうやってバスや地下鉄に乗って、いったい何度うとうとしたことだろう。目的地もなく、始発駅から終点までを行ったり来たりしながら、幾度も見たデヴォクとともに死ぬ夢から逃れて、しばし身を休める。ゆっくりと揺れる乗り物は揺りかごのようだった。見えない手に抱かれているようだった。そうしていると、安心できた。

　マルクスは目を開けた。少し前から心地よい揺れがやんでいた。周囲の乗客たちがふいに興奮しはじめている。

　実際、バスは止まっていた。このあと乗り継ぎの予定がある乗客が、時間に遅れてしまうと文句を言っている。マルクスは窓の外を見て、現在位置を確かめようとした。似たような建物が環状に並んでいる。彼は席を立つと、しっかりとした足取りでバスの前方へ向かった。運転手はエンジンを切ってはいなかったものの、腕を組んで座っていた。

「どうしたんですか？」マルクスは尋ねた。

「事故です」運転手はそれだけ答えて、くわしくは説明しなかった。「しばらくかかるでしょう」

　マルクスはバスの前方で列を成している車を見た。複数の乗用車が巻きこまれたらしい事故現場のわきの狭い空間を、一度に一台ずつ通り抜けていく。

バスは断続的に前に進んでいた。ようやく現場の手前まで来ると、交通警察官が誘導棒で早く行くように指示する。運転手は窮屈な道にバスを乗り入れた。マルクスは運転席の横に立ったまま、ひしゃげて焼け焦げた鉄板の山に目を向けた。消火活動はほぼ終わりかけていた。

そのとき、焼け残った緑色のボンネットの一部が目に飛びこんできた。ラニエリのスバルだ。車の中に、白い布をかぶせられた運転者の遺体がある。

マルクスは、探偵が停車するたびに油の染みを残していた理由を理解した。自分は誤解していた。ラニエリが工場の前に立ち寄った場所と、スバルの傷は無関係だった。あれはブレーキオイルだった。何者かが故意にホースを傷つけたのだ。

これはただの事故ではない。

十七時七分

あの歌は彼女に向けられたものだった。メッセージは明らかだ。放っておけ。何も調べるな。それがおまえのためだ。あるいは、正反対なのか。

おれを捜してみろ。

シャワーの湯が首筋に降りかかる。サンドラは目を閉じて、両手をタイルについたまま動かなかった。頭の中で、『チーク・トゥ・チーク』のメロディに混じって、ＩＣレコーダーに録音されたダヴィドの最後の言葉が鳴り響いている。

〝待て！　おい、待ってくれ！〟

すべてが終わるまでは、もう二度と泣くまい、彼女はそう心に誓った。怖かったが、いまさら引き返すわけにはいかない。すでに知ってしまったのだ。

何者かが夫の死に関わっている。傷心の妻としては、この事実によって過去を翻すことができると思いたかった。どういうわけか、不条理で不当な喪失を少しでも埋めるために何かができると考えるだけで、悲しみが癒やされた。

サンドラの宿泊している一つ星の安ホテルはテルミニ駅近くにあり、カトリックの総本山を訪れるためにやって来た巡礼者の団体がひっきりなしに出入りしていた。

ダヴィドはローマに来るたびに、ここを定宿としていた。彼女は夫がいつも使っていた部屋――幸運にも空室だった――を頼んだ。捜査を正しく進めるためには、彼の置かれていた状況をできるだけ再現する必要がある。

だが、なぜレコーダーを見つけてすぐに警察に事実を知らせに行かなかったのか。同僚に対して不信感を抱いているわけではない。それは確かだ。むしろ彼らは、警察官の夫が殺されたのだから、捜査を優先してくれるだろう。それは、いわば〝名誉の掟〟といった暗黙の慣例だった。少なくともデミチェリス警部には話しておいたほうがいい。じゅうぶんな証拠を集めたいと訴えるべきだろう――捜査を容易にするために。けれども、真の目的は別にあった。たとえ自分では認めたくなくても。

サンドラはシャワーから出て、体にバスタオルを巻きつけた。そして、雫を滴《したた》らせながら部屋に戻り、キャリーバッグをベッドの上に置くと、中身をすべて空けて底に入っていたものを取り出した。

携行を許可された拳銃だ。弾倉と安全装置を確かめてから、ナイトテーブルの上に置き、これからはつねに所持しようと心に決める。

彼女はショーツだけはくと、残りのものはふたたびキャリーバッグに詰めこんだ。次に、棚から小さなテレビを下ろし、代わりにトランシーバーと、ダヴィドが謎の住所を記した手帳、それにＩＣレコーダーをそこに置いた。続いて、ライカから現像した五枚の写真を粘着テープで壁に貼る。一枚目は建設現場を写したもので、それはすでに利用した。次は例の真っ暗な写真だが、それもやはり貼っておくことにする。三枚目は、こめかみに傷跡がある男。そして絵画の一部と、最後に、鏡の前で上半身裸の自分を撮影しながら手を掲げている夫の写真。

　サンドラはバスルームに目を向けた。この五枚目の写真は、まさにそこで撮ったものだ。

　最初に見たときは、例のごとくダヴィドがふざけてポーズを取っているのだと思った。それまでも、ボルネオで丸焼きにしたアナコンダを昼食に食べている写真や、オーストラリアの湿原で全身をヒルにおおわれた写真を送ってきては、妻の反応を楽しんだものだった。

　だが、そうした写真とは違い、この写真のダヴィドは笑っていなかった。

　だから、陰鬱な亡霊の挨拶さながらのポーズに、何らかのメッセージがこめられているような気がしてならなかった。おそらくこの部屋も調べてみるべきだろう。ひょっとしたらダヴィドは、妻に見つけてもらうつもりで何かを隠したかもしれない。

　まずは全体をざっと見まわす。家具を動かし、ベッドや戸棚の下をのぞく。マットレスや枕に注意深く触れてみる。電話機やテレビを解体して内部を見る。床の敷板や壁の腰板も確かめる。そして最後にバスルームを隅々まで調べた。

　あまり掃除が行き届いていないことを別にすれば、何も見つからなかった。

　何しろ五カ月もたっている。持ち去られたり、処分されたりしていてもおかしくはない。なぜもっと早くダヴィドの袋の中身を確かめなかったのか、サンドラはまたしても自分に腹を立てた。

あいかわらずショーツ一枚のまま、床に座りこんだ彼女は、寒さを感じて身震いした。色あせたベッドカバーを引っ張って体に巻きつけ、冷静さを失わないように気を静めようとする。そのとき、携帯電話が鳴った。

「その後、ぼくの助言に従いましたか、ヴェガ捜査官？」

ドイツ語訛りの苛立たしい口調の持ち主を思い出すまでに、しばらく時間を要した。

「シャルバー、ちょうどあなたの意見を聞きたいと思っていたの」

「ご主人の荷物はまだ保管庫にあるんですか？ ちょっと見せてもらえませんか？」

「捜査が進行中だったら、裁判所に申請することね」

「インターポールの役割が国家警察の補助にとどめられていることを、ぼくよりもご存じのようですね。あなたたちの手を煩わせるのは本意ではない。邪魔はしたくありませんから」

「わたしは何も隠していないわ」この男はどうも神経に障る。

「いま、どこにいるんですか、サンドラ？ ところで、サンドラと呼んでも構いませんか？」

「いいえ。それに、どこにいるかもあなたには関係ないわ」

「ぼくはいまミラノにいます。よかったら、コーヒーでも飲みに行きませんか？」

サンドラは自分がローマにいることを知らせるつもりはなかった。「いいわ。明日の午後はどう？ この件について、お互いの考えをはっきりさせましょう」

シャルバーは大声で笑った。「どうやら、ふたりの意見がみごとに一致したようだ」

「誤解しないで。わたしはあなたのやり方が気に食わないの」

「さしずめ、ぼくに関する情報を収集するように上司に頼んだってところでしょう」

サンドラは黙りこんだ。

「ぼくにとっては、むしろ好都合だ。そう簡単にあきらめるタイプの人間ではないと、あなたの耳に届くでしょうからね」

その言葉は脅しのように聞こえた。だからといって、屈するわけにはいかない。「教えて、シャルバー。あなたはどういう経緯でインターポールに入ったの？」

「以前はウィーンの警察にいました。殺人課、テロ対策、麻薬取り締まり……いろいろやって手柄を立てているうちに、インターポールに呼ばれたんです」

「それで、そこでは何を？」

シャルバーは意図的に間を置いた。ふざけたような口調が消え失せる。「ペテン師どもを相手にしています」

サンドラは冗談だと言わんばかりに首を振った。

「本当なら、あなたの顔にこの電話を投げつけたいところだけど。それは聞き捨てならないわ」

「あなたに話しておきたいことがあります」

「必要だと思うならどうぞ……」

「ウィーンにいたときに、ある同僚と一緒にスラブ系の密輸グループについて調べていました。彼には、情報を共有しないという悪い癖がありました。とにかく出世欲の塊のような男だった。あるとき、奥さんをクルージングに連れていくと言って一週間の休暇を取ったんです。ところが、実際には犯罪組織に潜入し、運悪く見つかってしまった。しかし、誰も助けにいくことができずに、結局、三日三晩、拷問を受けた挙句に殺されました。もし彼が他人を信用していたら、いまでも生きていたかもしれない」

「よくできた話ね。どうせ女の子の気を引くための常套手段でしょう」サンドラは皮肉っぽく決めつけた。

「とにかく、ぼくたちはみんな誰かを必要としているということです。では、コーヒーの件は、また明日、電話します」

電話を切ってから、いまの言葉は何を意味するのか、サンドラはしばらく考えていた。わたしの必要とするただひとりの人間は、もういない。そしてダヴィドは？　彼は誰を必要としていたの？　この世から消えてしまう前に残した証拠は、本当にわたしに宛てたものなの？

生きていたころは、けっして調査の内容を話そうとはしなかった。どんな危険を冒しているのか、教えてくれなかった。でも、ローマであなたはひとりだったの？　携帯電話の履歴には、発信、着信ともに知らない番号は残されていなかった。つまり、表向きは誰とも連絡を取っていないようだった。でも、実際には誰かから何らかの協力を得ていたとしたら？

彼のトランシーバーが目にとまったとき、その疑念はますます強まった。いったいダヴィドは何をしていたの？　誰かと連絡を取る必要があったの？

サンドラは立ちあがって、棚に歩み寄った。トランシーバーを手に取り、さまざまな角度から見てみる。チャンネルは81にセットされていた。電源を入れたら、ひょっとしたら誰かが交信を試みているかもしれない。

スイッチを入れて音量を上げる。だが、何も聞こえなかった。サンドラはトランシーバーを棚に戻すと、服を取りにキャリーバッグへ向かいかけた。

そのとき、交信が始まった。

冷静かつ単調な女性の声が、ノメンターナ通りで売人どうしの乱闘が行なわれていることを告げる。パトロール隊の出動が要請されたとのことだった。

サンドラは振りかえってトランシーバーを見つめた。合わせられていた周波数は、ローマ県警のオペレーションセンターが機動隊との連絡に用いているものだった。

その瞬間、彼女はダヴィドの手帳に記されていた住所の意味も理解した。

十九時四十七分

マルクスはセルペンティ通りの屋根裏部屋に戻った。明かりはつけず、レインコートもはおったままベッドに横たわり、膝のあいだに両手をはさんで体を丸める。前の晩に眠れなかったせいで、たまっていた疲れが徐々に広がりはじめ、またしても偏頭痛の兆しを感じた。

探偵が死んだことで、調査は手詰まりになった。いままでの苦労も水の泡だ。

ラニエリは今朝、事務所の隠し金庫から何を持ち出したのか？

それが何にせよ、スバルとともに炎に包まれて灰になった可能性が高い。マルクスはポケットから〝c.

g.796-74-8〃の事件ファイルを取り出した。もはやこれも必要ない。そう思ってファイルを放り投げた拍子に、中の紙が床に散らばった。月明かりが二十年近く前の殺人事件に関わった人物たちの顔を照らし出す。真実を突きとめるには、あまりにも時間がたちすぎている、と彼は考えた。司法に代わって、やれるだけのことはやった。だが、もう一度、最初から始めなければならない。いま自分のやるべきことは、ラーラの捜索だ。

　ヴァレリア・アルティエーリが新聞の切り抜きからこちらを見つめていた。新年のパーティとおぼしき写真で、このうえなく優雅にほほ笑んでいる。金色に輝く髪、ドレスに包まれた完璧なスタイルの体。その目は、えも言われぬ魅力をたたえていた。

　この美しさゆえに命を奪われたのだ。

　彼女がもっと地味な女性だったら、おそらく誰もその死に関心を向けなかったにちがいない。

　無意識のうちに、マルクスはまたしても殺人者が彼女を選んだ理由について考えていた。ジェレミア・スミスが何らかの陰湿な理由でラーラを選んだように。最初は、ヴァレリアを単にラッファエーレの母親としか考えていなかった。だが、寝室の白いカーペットの血に染まった小さな足跡を見てからは、彼女だけの問題とは思えなくなった。

　他人の注意を引き寄せるからには、かならずそれだけの理由があると言われる。マルクスにはその理由がない。彼は誰の目にもとまらない。だが、ヴァレリアは人に見られる女性だった。

　ベッドの上の壁に書かれた〝EVIL〃の文字。被害者の体に残された無数の刺し傷。家の中で行なわれた殺人。すべてがこれ見よがしだ。この事件が衝撃的だったのは、上流社会の女性と、やはり同じくらい有名な愛人が殺されたからだけではない。その殺害の方法も驚くべきものだった。

あたかもタブロイド紙のために特別に演じられたかのようだ。もっとも、パパラッチは誰ひとり犯行の場面を記録してはいないが。

恐怖のショー。

マルクスは起きあがってベッドに座った。何かが頭に浮かびつつあった。異変。彼は明かりをつけて、床からヴァレリア・アルティエーリのプロフィールを拾いあげた。このごたいそうな苗字は夫のもので、旧姓はコルメッティといった。プライベートジェットで世界じゅうを飛びまわる金持ち連中の仲間入りをするには、いささか品位に欠ける。彼女はごく平凡な家庭に生まれ、父親は会社員だった。それなりの教育も受けたが、彼女の真の才能はその美貌で、生まれながらにして男性に冷静さを失わせるだけの魅力を持っていた。二十歳のときに、映画女優を夢見てオーディションを受けるが、結局はエキストラの役しかもらえなかった。どれだけの男が、大きな役を与えると約束して彼女をベッドに連れこもうとしたか、マルクスには容易に想像がついた。おそらく最初は、ヴァレリアも断わらなかっただろう。夢を叶えるために、うわべだけのお世辞や望まない愛撫、ちっとも喜びを感じないセックスに、いったいどれだけ耐えなければならなかったのか？

そしてある日、彼女の人生にグイド・アルティエーリが現われた。ハンサムで、少しばかり年上の青年。名の知れた由緒ある家柄の生まれ。将来が約束された弁護士。ヴァレリアは自分が誰かひとりだけを愛することなどできないとわかっていた。グイドも、この女性はけっして誰のものにもならないことに心のどこかで気づいていた――あまりにもエゴイストで、ひとりの男に一生を捧げるには、自分は美しすぎると思っていることに。それでも、彼女に結婚を申しこんだ。

すべてはそこから始まった、マルクスはそうつぶやきながら、立ちあがって、メモを取るために紙とペンを探した。結婚式は、一見、幸せそうで、誰もが羨む人生の序幕であると同時に、寝室での殺人へと至る運命の始まりにすぎなかった。

彼はメモ帳を見つけた。一枚目に例の三角形を記し、二枚目には〝ＥＶＩＬ〟と書く。

ヴァレリア・アルティエーリは、まさしく男なら誰でも手に入れたいが、誰も手に入れることのできない女だった。その欲望は、抑えがきかなくなると、男たちを自分でも想像もつかない行為へと駆り立てる。そして堕落させ、疲弊させ、場合によっては人を殺す動機にさえなるのだ。とりわけ男が危険人物と化したときには。

強迫観念――その言葉を口にしながら、マルクスはラッファエーレ・アルティエーリの心の闇について考えた。

あの青年は、ほとんど記憶にない母親のことで追いつめられている。だが、同じように追いつめられた人物がもうひとりいた。その状況において、彼が取ることのできた唯一の手段とは何だろうか？　答えを思い浮かべたとたん、マルクスは恐怖を覚えた。彼は低い声でつぶやいた。ただひと言。

「破壊」

みずからを悩ませるものを破滅させ、二度と傷つけられないようにする。そして永遠の平穏を手に入れる。そのためには、単なる死だけではじゅうぶんでないこともある。

マルクスは三角形と文字を記したメモを破り取った。そして左右の手に一枚ずつ持って、交互に見つめながら、この謎を解くための鍵を探そうとした。

ふいに背中に射抜くような視線を感じて、彼は思わず振り向いた。窓ガラスに映った自分がこちらを見つめている。マルクスは自分の姿を映すことを忌み嫌っていたが、いまは目をそらさなかった。

そして歪んだ文字――〝ＥＶＩＬ〟、悪――を逆向きに読んだ。
「恐怖のショー」彼はふたたびつぶやいた。そして、ラニエリの事務所から聞こえたような気がした女性の悲鳴が幻聴ではなかったことを悟った。あれは本当の悲鳴だった。

赤い煉瓦の大きな屋敷はオルジャータの高級住宅街の静寂と緑に包まれていた。周囲は花が咲き乱れたイギリス風の芝の庭園で、プールもある。二階建ての屋敷には明かりが灯っていた。

マルクスは玄関へ続く道を進んだ。このような邸宅の門をくぐる特権を与えられているのは、ごく限られた人間だけだ。だが、中に入るのは難しくはなかった。警報システムは作動せず、警備員も駆けつけてこない。
つまり、言えることはただひとつ。
屋敷の中にいる人物は彼を待っている。

ガラスの扉は鍵がかかっていなかった。中に入ると、そこは洗練された居間になっていた。声も物音も聞こえない。右手に階段があるのを見て、マルクスは二階へ上った。そこから先は明かりがついていなかったが、廊下の突き当たりの部屋から、わずかな赤い光が漏れている。ついに捜していたものを見つけたと確信して、彼は光のほうへと進んだ。

男は書斎にいた。こちらに背を向けて革張りのひじ掛け椅子に深々と座り、片手にコニャックのグラスを持っている。その横では、暖炉の火が燃えていた。部屋の奥には――ラニエリの事務所と同じく――プラズマテレビとビデオレコーダーの時代遅れの組み合わせが鎮座している。

男は自分がひとりではないことに気づいた。「家の者はひとり残らず追い払った。いまはほかに誰もいない」グイド・アルティエーリ弁護士は、みずからの運命に現実的に立ち向かおうとしているようだった。
「いくら欲しいんだ?」

「金ではありません」

弁護士は振り向こうとした。「誰だ？」

マルクスは遮った。「差し支えなければ、ぼくの顔は見ないでください」

アルティエーリは逆らわなかった。「自分が誰かは言いたくないが、金のために来たのではないというわけか。それなら、なぜわたしの家に来たんだ？」

「理解したいんです」

「ここにたどり着いたのなら、すべてわかっているということだ」

「まだです。ぼくに協力してもらえませんか？」

「なぜだ？」

「あなた自身の命だけでなく、罪のない人を救うことができるからです」

「聞かせてもらおう」

「あなたも匿名の手紙を受け取りましたね？　ラニエリは死んだ。ふたりの殺し屋は一発で銃殺され、その後、火をつけられた。そしていま、あなたはすべての手紙の送り主がぼくではないかと疑っている」

「わたしが受け取った手紙では、今夜、ここに訪れると予告していた」

「ぼくじゃない。それに、ぼくはあなたに危害を加えるために来たわけでもありません」

アルティエーリの手の中で、クリスタルのグラスが暖炉の炎を映してきらめく。

マルクスはひと呼吸置いてから本題に入った。「不倫がらみの殺人事件では、第一容疑者は夫と相場が決まっている」当初はあまりに単純な考えに思えたものの、彼はクレメンテの言葉を引用した。「殺人が行なわれたのは、宗教的な祝祭日の前日で、かつ新月の晩……すべては偶然の一致だった」人間は、ときとして迷信に基づいて行動する。そして、疑念の隙間を埋めるために、どんなことでも信じようとするのだ。「儀式でもなければ、カルト集団の仕業でもない。ベッドの上の〝EVIL〟の文字は脅しではなく、契約の言葉だった……逆から読めば〝LIVE〟、つまり〝上《ラ》演中《イブ》〟となります。冗談かもしれないが、そうとも限らない……このメッセージは、あなたのいたロンドンまで届いたにちがいない。殺人は依頼どおりに行なわれ、あなたは家に帰ってきても構わないという……。そして、あのカーペットに残された三角形は、秘教で用いられる記号などではない。ベッドの横の血だまりに何かを置いて、その後、それを移動させた。簡単なことです。三本の脚とひとつの目――ビデオカメラを三脚に固定して、構図を変えたんだ」

　マルクスはラニエリの事務所から聞こえた女性の悲鳴を思い出した。あれは幻聴ではない。ヴァレリア・アルティエーリの声だった。探偵が隠し金庫に保管していたビデオテープから聞こえたもので、革鞄に入れて持ち出す前に再生していたのだ。

「殺人を計画したのはラニエリだ。あなたは依頼しただけだった。だが、匿名の手紙を受け取って、殺し屋たちの死体を目にすると、何者かが真実を知っているとラニエリは確信した。尾行されていると感じて、追いつめられるのではないかと恐れた。被害妄想にとらわれた。それで急いで事務所に戻って、手紙を燃やした。二十年近くたってから、誰かが殺し屋たちを捜し当てたとしたら、その人物は隠し金庫のテープもすり換えているかもしれない。そう考えて、ラニエリは持ち出す前に確かめた……教えてください、探偵が持っていたあのテープはコピーですか、それともオリジナルですか？」

「なぜそんなことを訊く？」

「あのテープが車の事故で焼失したからです。あれがなければ、裁きは下されない」

「運のない男だ」アルティエーリは皮肉っぽく言った。

　マルクスはもう一度、プラズマテレビの下に置かれたビデオレコーダーに目をやった。「あなたの依頼だった、そうでしょう？　妻の死だけでは満足できなかった。それを見届けなければならなかった。妻に裏切られた夫を演じるという危険を冒してまで。自分が外国に出張中に、わが家の屋根の下で、夫婦のベッドの中で。世間にばかにされ、笑われるのを覚悟で。だが、結局は復讐を成し遂げた」

「おまえにはわからない」

「むしろ、あなたの気持ちは手に取るようにわかります。あなたはヴァレリアに対して病的な執着を抱いていた。離婚するだけではじゅうぶんではなかった。それでは彼女のことを一生忘れられないから」

「彼女は理性を失わせるような女だった。世の中には、ああしたタイプに魅了される男もいる。たとえ、それが自分の身を滅ぼすことになるとわかっていても。このうえなく甘美で愛に満ちた世界に思える。ひとえに世間の注目を浴びているように錯覚して。そしてあるとき、自分がまだ逃れられることに気がつく。自分を本当に愛してくれる女性、子ども、家族とともに暮らす機会があることに。だが、その時点で選ばなければならない――自分か、彼女かを」

「なぜ見届けたかったんですか？」

「自分の手で殺したと思いたかったからだ。それが本当に望んでいたことだった」

　なぜ彼女は楽しい思い出としてよみがえってこないのか。なぜ、いまなお悔やまざるをえない不幸なのか――マルクスはその点について考えた。「それで、いまのようにひとりで家にいるときに、あなたはときどきグラスにコニャックを注ぎ、その立派なひじ掛け椅子に座ってビデオテープを見ている」

「執着は、そう簡単に捨て去ることはできない」

「それを見るたびに、あなたは何を感じるんですか？　喜びですか？」

　グイド・アルティエーリは目を伏せた。「いつも後悔する……自分で手を下さなかったことを」

マルクスはかぶりを振った。どうにも納得できずに、怒りを感じる。「ラニエリは殺し屋を雇った。ふたりとも、おそらくたまたま見つけたチンピラにすぎなかった。壁の血文字はいかにも素人のやりそうなことだが、カーペットの跡は予想外の幸運だった。ビデオカメラの存在が明らかになりかねないミスが、思いがけずプラスに働いて、事件を複雑にした」マルクスは自分を笑いたくなった。実際には、ごくありきたりの証拠だったにもかかわらず、悪魔崇拝の印だと思いこんでいたのだ。

「どうやらすべてを理解しているようだな」

「犬は色を見分けられないことを、ご存じでしたか？」

「もちろんだ。だが、それが何か？」

「犬には虹が見えません。そもそも色がどんなものなのか、理解できない。でも、あなたはぼくと同じく赤や黄色、青があることを知っている。ただし、それが人間にとっても意味のないことだとしたら？　たとえぼくたちの目には見えなくても、おそらく存在するものもあるでしょう。たとえば悪のように。そして姿を現わしたときには、すでに手遅れだ」

「おまえは悪というものが何なのか、知っているのか？」

「ぼくが知っているのは人間についてです。そして、その痕跡が見えます」

「どんな痕跡だ？」

「裸足で血の中を歩きまわった小さな足……」

「あの晩、ラッファエーレは家にいないはずだった」アルティエーリは苛立ちを隠さなかった。「ヴァレリアの母親の家へ行くことになっていたんだ。だが、彼女はあいにく病気で寝こんでいた。わたしは知らなかった」

「それで、あの家にいた。そして二日間も過ごした。たったひとりで」

弁護士は黙りこんだ。マルクスは彼がそのことで傷ついていると気づいた。そして、この男がいまでも人間らしい感情を垣間見せるとわかってほっとした。

「いままでずっと、ラニエリはあなたの息子を騙して、母親の死について調査を続けているふりをしてきた。けれども、ある時点から、ラッファエーレは真実に導くことを約束する奇妙な匿名の手紙を受け取るようになった」そのうちの一枚が、ぼくのもとにもたらされた、とマルクスは心の中でつけ加えた。自分がこの事件に巻きこまれた理由はわからないにしても。「それから、あなたの息子はまず探偵をクビにした。そして一週間前、ついに母を殺した殺し屋たちを見つけ、廃工場におびき出して殺した。ラニエリの車に細工をして、彼も殺した。ということは、ここへ向かっているのはあなたの息子だ。ぼくはただ先に来ただけです」

「おまえでないとしたら、いったい誰が、すべてを仕組んだんだ？」

「知りません。ですが、つい二十四時間前に、ジェレミア・スミスという連続殺人犯が瀕死の状態で発見されました。彼の胸には〝オレを殺せ〟という文字が彫りこまれていた。彼を救助した救急隊員のなかに、犠牲者のひとりの姉がいました。みずからの手で罰を下すこともできたというのに。ラッファエーレにも、まさに同じ機会が与えられようとしています」

「おまえはなぜ、わたしを助けようとしているんだ？」

「あなただけではない。その連続殺人犯は、ラーラという名の女子学生を誘拐しました。彼女はどこかに監禁されているが、犯人は昏睡状態で、もはや話せる状態ではない」

「さっき言った罪のない人というのは、そのラーラのことか？」

「すべてを企てた人物を突きとめれば、まだラーラを救い出すことができます」

アルティエーリ弁護士はコニャックのグラスを口に運んだ。「あいにく、わたしは協力できない」

「もうじきラッファエーレがここに来ます。おそらく復讐をするために。警察を呼んで、自首してください。ぼくは彼を待って、どうにか話をするように説得してみます。おそらく何か役立つ情報を知っているでしょうから」

「洗いざらい警察に打ち明けろというのか？」あざけるような口調から、弁護士にそのつもりがまったくないことは明らかだった。「おまえは誰なんだ？　誰だかわからない相手を、どうやって信じろというんだ？」

マルクスはその問いに答える気になった。それが唯一の方法だとしたら、規則には反しないだろう。ところが口を開きかけた瞬間、銃声が鳴り響いた。彼ははっと振り向いた。背後でラッファエーレが銃を構えていた。銃弾は父親の座っているひじ掛け椅子の背に命中し、革と詰め物に穴を開けた。アルティエーリは前のめりに倒れ、コニャックのグラスが床に転がった。

なぜ撃ったんだ？　マルクスは青年に尋ねたかった。だが、彼は正義よりも復讐を選んだのだ。

「おまえのおかげで、あいつはすべてを白状した」ラッファエーレが言った。

その瞬間、マルクスはそれがこの出来事における自分の役割だったと気づいた。何者かがラーラの家で自分たちを引きあわせたのは、このためだったのだ。パズルの欠けた一ピースをラッファエーレに与える——父親の自白を。

マルクスは彼に尋ねようとした。二十年前のこの事件とジェレミア・スミス、そしてラーラの失踪がどうつながっているのかを知りたかった。だが、言葉を発する前に、遠くから聞こえてくる音に気づいた。ラッファエーレがにやりとする。パトロールカーのサイレンだった。ラッファエーレが呼んだのだろう。彼は動かなかった。最後の最後で、みずからに裁きを下したのだ。その点でも、彼は父親とは異なる道を選んだ。

もはや時間は残されていないとマルクスにはわかっていた。疑問は山ほどあったが、立ち去らなければならない。見つかるわけにはいかなかった。

自分が存在していることは、誰にも知られてはならない。

二十時三十五分

必要なものをバッグに詰めると、サンドラはジョリッティ通りの近くでタクシーを拾った。そして運転手に住所を告げてから、後部座席であらためて計画について考えた。大きな危険を冒していることは承知だった。真の目的が明るみに出れば、停職処分は免れないだろう。

タクシーは共和国広場を横切って、ナツィオナーレ通りに入った。サンドラはローマについてほとんど知らない。彼女のように北部で生まれ育った者にとって、この街は未知の世界にほかならなかった。おそらく美しすぎるのだろう。ヴェネツィアにも似て、つねに観光客であふれかえっている印象がある。こんな場所で実際に暮らしている人がいるということすら、想像するのが難しい。荘厳な街並みを日がな眺めて過ごすのではなく会社へ行き、買い物をして、子どもを学校まで送っているなんて。

車はサン・ヴィターレに入る。サンドラはローマ県警本部の前で降りた。

大丈夫、きっとうまくいくわ、彼女は自分に言い聞かせた。

受付の表示を見て、記録保管室の管理者と話がしたいと申し出ると、電話で呼び出すから待合室で待つよう、指示された。数分後に現われた男は、赤毛で半袖のシャツを着ており、口に何やら食べ物が詰まっていた。

「どんなご用件ですか、ヴェガ捜査官？」男は口を動かしながら尋ねた。シャツにパンくずがこぼれているところを見ると、パニーニにちがいない。

サンドラは笑いを噛み殺して言った。「こんな時間にすみません。今日の午後、上司からローマへ行くように言われたんです。事前に連絡するべきでしたが、時間がなかったもので」

赤毛の警察官は、やや興味を引かれたようにうなずいた。「わかりました。それで何の件についてですか？」

「調査です」

「特定の事件ですか、それとも……」

「社会組織における暴力事件の発生頻度と、警察の介入に関する統計調査です。ミラノとローマにおけるアプローチの違いに焦点を当てています」サンドラは一気に言った。

警察官は顔をしかめた。おそらく彼女に同情しているのだろう。というのも、こうした任務は通常、処罰を隠すためか、あるいはまぎれもない上司のいじめだったからだ。その一方で、調査の目的をよく理解できないようだった。「いったい誰がそんなことに関心を持つというんです？」

「わかりません。でも、数日後に署長が会議に出席する予定なので、おそらく報告の際に必要なのではないかと」

どうやらややこしいことになりそうだと、警察官は気づきはじめたようだ。そして、せっかくの静かな当直の夜を邪魔されるのはまっぴらだと思っている。顔を見れば、すぐにわかった。

「許可証を見せてもらえますか、ヴェガ捜査官？」警察官は拒否するつもりなのか、ふいに官僚らしく横柄な口調になった。

だが、サンドラはこれについても予想していた。彼女は秘密めかした態度で、低い声で言った。「じつは、ここだけの話、ぼんくら上司のデミチェリス警部を満足させるためだけに、記録保管室でひと晩を過ごすつもりはないわ」サンドラはひどく後ろめたく感じたものの、許可証はないため、上司の名を出さざるをえなかった。「それなら、こうしましょう。調査項目のリストを置いていくから、時間があるときにゆっくり調べてもらえるかしら」

サンドラは彼の手に紙を押しつけた。実際には、それは市内の観光名所の一覧で、ホテルのフロントでもらってきたものだった。だが、とにかく長ったらしいリストを見せれば、邪魔をする気が失せるだろうと踏んでいた。

案の定、警察官はリストを突き返した。「ちょっと待ってくれ」彼も敬語をやめる。「ぼくにはどこから始めればいいのか見当もつかない。話を聞くかぎり、どうやら難しい調査のようだ。たぶん、きみのほうが適任だろう」

「でも、ここの分類方法がわからないわ」サンドラは急き立てるように言った。

「大丈夫。どうなっているか、説明しよう。簡単だ」

彼女は思わず天を仰ぎ、かぶりを振って、精いっぱいうんざりしてみせた。「わかったわ。でも、明日の朝にはミラノに戻りたいのよ。遅くても午後には。だから、あなたさえよければ、すぐに始めてほしいんだけど」

「もちろんだとも」彼は手のひらを返したように協力的になって請けあった。そして、さっそく説明をはじめた。


いたるところにフレスコ画が描かれた象眼細工の高い天井の部屋には、机が六脚と、同じ数のコンピューターが置かれていた。それが記録保管室のすべてだった。紙のファイルは残らずデータベース化され、二階下の地下室のサーバーに保存されている。

ローマ県警本部の建物は十九世紀の建築で、まさに芸術作品に囲まれて仕事をしているようだった。これもローマの魅力のひとつだわ、サンドラは天井を見あげながらそう思った。

彼女は仰々しい椅子に座っていた。ほかには誰もいない。部屋全体は暗く、そばにあるランプの周囲だけがほんのりと明るくなっている。静寂のなか、物音は壁に反響して聞こえたが、外ではふたたび嵐が近づき、雷が鳴りはじめていた。

サンドラは目の前の端末に集中した。赤毛の警察官はシステムへのアクセス方法をごく簡単に説明し、仮のセキュリティコードを作成すると、さっさと行ってしまった。

彼女はバッグからダヴィドの古い革表紙の手帳を取り出した。夫はローマに三週間滞在していたが、その間のページに二十ほどの住所が記され、街の地図には印がつけられている。そして、警察の周波数に合わせられたトランシーバー。オペレーションセンターが機動隊に事件を知らせるたびに、ダヴィドは現場へ向かっていたにちがいない。

何のために？　彼は何をしようとしていたの？

サンドラは最初の住所が記されたページを開くと、日付とともに保管文書の検索エンジンに入力した。ほんの数秒で画面に結果が表示された。

〝エローデ・アッティコ通り、同居人による女性殺害〟

ファイルを開いて、調書の概略に目を通す。家庭内での口論の末に起きた事件だった。イタリア人の男性が、同居していたペルー人の女性をナイフで刺して逃走し、現在も逃亡中。ダヴィドがなぜこの事件に関心を持ったのかはわからなかったが、サンドラは次の住所と日付を検索エンジンに入力した。

〝アッスンツィオーネ通り、強奪および過失致死〟

老婦の家にとつぜん強盗が押し入り、手足を縛って猿ぐつわをかませた。老婦は窒息死。どんなに考えても、サンドラはエローデ・アッティコ通りの事件との関連は見出せなかった。暴力によって死に至った状況は言うまでもなく、場所も、関係する人物も異なる。

彼女はさらに住所と日付を入力した。

〝トリエステ大通り、乱闘に続く殺害〟

夜間、あるバスの停留所で、ふたりの外国人が些細な理由で取っ組み合いとなり、一方がナイフを取り出した。

これも何の関係があるの？　サンドラはますます困惑した。

この三件の事件だけでなく、さらに調べても、まったく共通点は見つからなかった。ひとり、または複数の被害者が殺された。奇妙な事件の地図。解決されたものもあれば、未解決のものもある。

だが、すべての事件の証拠書類には、写真鑑識による実証記録が添えられていた。

彼女の仕事は、画像をもとに犯行現場を分析することだ。したがって、文字だけの書類を読み解くことには慣れていない。さまざまな事件の写真をもとに、つねに視覚的アプローチを図る。そこで、サンドラは自分と同じ写真分析官が撮影した証拠に目を凝らすことにした。

だが、簡単ではなかった。二十件の殺人事件ともなると、写真は百枚近くにのぼる。彼女は片っ端から画面に画像を表示しはじめた。探し求めるものがわからない状態では、何日もかかるかもしれない。ダヴィドはそれ以上の手がかりは残さなかった。

どういうつもり、フレッド？　どうして何もかも謎なの？　なぜ手紙で事情を説明してくれなかったの？　あなたにとって、わたしはその程度の存在だったの？

サンドラは苛立っていた。空腹で、おまけに丸一日以上眠っていない。ローマ県警本部に着いてからは、トイレにも行っていなかった。つい昨日、インターポールの捜査官によって夫への信頼を揺るがされ、ダヴィドが事故死ではなく、殺されたことが判明し、犯人に脅迫された――最も幸せだったころの思い出が詰まったメロディを不吉な死の歌に変えて。

とても一日の出来事とは思えなかった。

外では、ふたたび雨が降りはじめていた。サンドラは意気消沈して机に突っ伏した。目を閉じて、一瞬、考えるのをやめる。みずからの肩にのしかかる責任の重さに押しつぶされそうだった。正義を貫くことは簡単ではない。だからこそ、彼女はこの職業を選んだ――歯車の一部として、事件の解決に貢献することを。だが、結果が自分の力のみにかかっているとなれば、話は別だ。

わたしにはできない、サンドラは心の中で叫んだ。

そのとき、携帯電話が震え、誰もいない部屋に着信音が響きわたった。彼女はびくっとした。

「デミチェリスだ。わかったぞ」

一瞬、上司の名を不正に使って、正当な理由もなくここに入りこんだことがばれたのかと思った。

「これには事情が――」サンドラはとっさに言った。

「何のことだ……？　待て、わたしの話が先だ。例の絵を見つけたんだ」

　警部の興奮した口調に、サンドラはようやく落ち着きを取り戻した。

「怯えて逃げる子どもは、カラヴァッジョの絵の一部だ。『聖マタイの殉教』」

　サンドラはその絵によって何かが判明するかもしれないと考えていた。もっと有益な情報を期待していたが、かといってデミチェリスの喜びに水をさす勇気はない。

「一六〇〇年から一六〇一年にかけて描かれた絵だ。フレスコ画として注文を受けたが、カラヴァッジョは油絵にすることにした。『霊感』と『召命』と合わせ、聖マタイの連作画だ。三枚ともローマのサン・ルイジ・デイ・フランチェージ教会のコンタレッリ礼拝堂に飾られている」

　だが、それだけでは何の手がかりにもならず、不十分だった。もう少しくわしく調べる必要がある。サンドラはブラウザを開いて、グーグルの画像検索でその絵を検索した。

　絵が画面に表示された。

　聖マタイが殺される場面が描かれている。刺客は憎しみのこもった目を向けて剣を振るい、聖人は床に仰向けに倒れていた。片手で刺客を制しようとしているが、もう片方の腕は、あたかも殉教の定めを受け入れるかのように傍らに置かれている。周囲には他の人物たちが描かれ、そのなかに例の怯えた子どもの姿もあった。

「興味深い点がある」デミチェリスが続けた。「この場面にいる人物のなかに、カラヴァッジョは自分自身の姿も描いているんだ」

　サンドラは左の上のほうに画家の自画像を見つけた。そのとき、彼女はふいに気づいた。

　この絵は犯行現場を描いている。

「警部、すみませんが電話を切ります」

「おいおい、まだ何も聞いていないぞ。そっちのほうはどうなっているんだ？」

「大丈夫です、何も問題ありません」

警部は何やら不満げにつぶやいた。

「また明日、電話します。ありがとうございました。おかげで助かりました」

サンドラは返事を待たずに電話を切った。しかたがない。探すべきものがわかったのだから。


　写真分析の手順は、犯行現場に加え、そのほかの状況も記録することを想定している。場所の様子や、とりわけ犯人がまだ逮捕されていない場合には、警察の非常線を越えて集まる野次馬なども含まれる。実際、地域の住民たちに紛れて、捜査の進展を確かめに来る犯人もいないわけではない。

　〝殺人犯はかならず現場に戻る〟と言われるが、それはあながち間違いではない。おかげで、かなりの数の犯人が逮捕されている。

　サンドラはダヴィドが手帳に記した二十件の事件の写真を選別し、そこに写っている野次馬の顔をひとりずつじっくり確かめた。絵画の中のカラヴァッジョのように、誰かが群衆に紛れこんでいるかもしれない。

　彼女はある売春婦の殺人事件で手を止めた。写真はエウル地区の池から遺体が引きあげられる瞬間をとらえていた。岸で、数人の捜査官が遺体を引っ張っている。露出度の高い色あざやかな服は、若い売春婦を錆《さび》のごとくおおっている土気色の肌にそぐわなかった。その表情は、昼間の光に容赦なくさらされ、おまけにおおぜいの野次馬の視線を浴びて、あたかも困惑し、恥じらっているように見えた。サンドラには彼らの声が聞こえるようだった。もっと努力していれば。別の人生を選んでいれば、こんな目に遭わずにすんだものを……。


　そして、サンドラは目当ての人物を見つけた。その男はどこか人目を避けている様子だった。歩道にたたずみ、およそ正気とは思えない目をしている。警察官が遺体を運び去る準備をしているあいだ、男は現場の真っ只中にいながら、無関係な風を装っていた。

サンドラにはその顔がすぐにわかった。ライカの五枚目の写真に写っていた男だ。黒い服を着て、こめかみに傷跡がある。

あなたなの？　あなたがわたしのダヴィドを虚空に突き落としたの？

彼女はほかの写真にも男が写っていないかどうか、探しはじめた。そして、三枚見つけた。いずれも人々のなかにいながら、ひとり浮いている。

ダヴィドは殺人が起きた場所でこの男を見つけようとしていた。それですべて説明がつく――警察の周波数に合わせた無線機、手帳の住所、街の地図。

なぜ彼について調べていたの？　この男は誰？　これらの凄惨な殺人とどんな関わりがあるの？　そしてダヴィドの死と？

サンドラは自分のすべきことを悟った。この男を見つけなければならない。でも、どこで？　おそらく夫と同じ方法を用いるしかないだろう――オペレーションセンターの無線を傍受して機動隊への出動要請を待ち、現場へ急行する。

そのとき、彼女はふいにいままで考えもしなかったことに気づいた。現時点では関係がなさそうだが、どうしても気になってしかたがなかった。

ダヴィドはカラヴァッジョの絵画全体ではなく、一部だけを写真に撮った。これでは筋が通らない。何らかのメッセージを託していたとしたら、なぜわざわざややこしいことをするのだろう。

サンドラは絵が表示されているウィンドウをもう一度開いてみた。ダヴィドはインターネットの画像を画面越しに撮影することもできたはずだ。だが、細かい部分から判断して、どうやら実物の写真を撮ったようだった。

〝世の中には自分の目で見るべきものがあるんだ、ジンジャー〟

サンドラはデミチェリス警部の言葉を思い出した――この絵はローマのサン・ルイジ・デイ・フランチェージ教会に飾られている。

二十三時三十九分

はじめてクレメンテと一緒に犯行現場に足を運んだのは、ここローマのエウル地区だった。はじめてこの目で見た犠牲者は、池から引きあげられた売春婦だった。あれからいくつもの死体を見てきたが、どの目も同じ表情をしていた。そこには疑問が隠されていた。

なぜ自分なのか？

誰もが同じように驚き、愕然としていた。信じられない思いとともに、引き返したい、テープを巻き戻したい、もう一度チャンスが欲しいという、もはや叶わない願いを訴えていた。

マルクスは確信していた。その驚きは死ではなく、二度と元には戻れないという直感と関わりがあると。

あの犠牲者たちは、最後にこう考えただろう——ああ、自分はもうじき死ぬ。それは確かだ。死にゆくのだ。それはどうすることもできないと。

プラハのホテルの部屋で何者かに撃たれたとき、おそらく自分の頭にもその考えがよぎったにちがいない。あのときは恐怖を感じたのか、それとも避けがたい運命だと自分を慰めたのだろうか。記憶喪失は、その最後の記憶から遡ってあらゆる過去を消しはじめた。新たな記憶に焼きつけられた最初の光景は、病院のベッドの前の白い壁にかけられた木の十字架だった。何日ものあいだ、彼は横たわって十字架を見つめながら、こうしているうちに周囲では何が起きているのかを考えていた。銃弾は言語や運動機能をつかさどる脳の部分からは逸れていた。したがって、会話や歩行に支障はない。だが、何を話すべきか、どこへ行くべきかがわからなかった。次に思い出すのは、クレメンテの笑顔だった。若く、つややかな顔。横で分けた真っ黒な髪に、あのやさしい目。

「やっと見つけたよ、マルクス」それが最初の言葉だった。未来への希望と、自分の名前。

クレメンテの顔は覚えていなかった。それもそのはずで、一度も会ったことはなかったからだ。彼の正体を知っているのはデヴォクだけだった。それが規則なのだ。クレメンテはふたりのあとを追ってプラハまで来た。彼は友人であると同時に、自分を死から救い出してくれた恩人でもあった。クレメンテから聞かされた話のなかで、それが最もつらいことだった。ほかのすべてと同様に、デヴォクのことはいっさい思い出せなかった。だが、いまでは彼が殺されたことを知っている。そのときマルクスは、悲しみのみが、記憶と結ばれる必要のない唯一の人間の感情であると悟った。子は両親の死を悲しむ。たとえそれが自分の生まれる前の、あるいは死というものを理解するには幼すぎるころの出来事であっても。ラッファエーレ・アルティエーリがよい例だ。

人間は幸せを感じるためだけに記憶を必要とする。

マルクスはそう考えていた。

クレメンテは辛抱強かった。マルクスが第六感を取り戻すのを待ってから、彼をふたたびローマへ連れてきた。その後は、彼の過去に関してわかっているわずかなことを教えてくれた。出身国はアルゼンチン。両親はすでに死亡。イタリアへやって来た理由。そして彼の使命について。具体的な仕事に関しては明らかにしなかった。

何年も前にデヴォクに対してそうしたように、クレメンテはマルクスを訓練した。難しいことではなかった。すでに持っている能力に気づかせて、それを発揮できるようにするだけでじゅうぶんだった。

「それがきみの才能だ」クレメンテは言った。

マルクスは、そんな自分に嫌気がさすこともあった。ごくふつうの人間に生まれたかったと思うこともあった。だが、鏡を見れば、それが叶わぬ望みであることはすぐに理解した。だから鏡は見ないようにした。傷跡は致命的な警告だった。自分を殺そうとした人物が、こめかみにこの印を残していった。なぜなら、死は唯一、無視することのできないものだったからだ。殺人事件の犠牲者を目にするたびに、マルクスは自分も何ら変わらないと思い知らされた。彼らと同じように、その孤独を味わわざるをえないと感じた。

池から引きあげられた売春婦は、まさしく自分が見ないようにしている鏡だった。

その光景を見て、彼はとっさにカラヴァッジョの絵を思い出した。『聖母の死』。息を引き取って、死体安置所の台のようなところに横たえられた聖母マリアが描かれた絵だ。周囲には宗教的な象徴はなく、聖母も神秘的な雰囲気に包まれているわけではない。通常は神と人間のあいだの存在として描かれているイメージとはかけ離れて、ただ放置された土色のむくんだ体にすぎない。画家は川から引きあげられた売春婦の死体にインスピレーションを得て描いたと言われ、そのため依頼主はこの絵の受け取りを拒否した。

　カラヴァッジョは日常の恐怖の場面を取りあげ、そこに宗教的な意味をつけ加えた。みずからの描く人物たちにさまざまな役割を与え、それらを聖人や聖母に見立てていたのだ。

　クレメンテに連れられて、はじめてサン・ルイジ・デイ・フランチェージ教会を訪れたとき、マルクスは『聖マタイの殉教』をよく見るように言われた。そして、そこに描かれた人物を神聖さと切り離してみるようすすめられた。ある犯罪現場にたまたま居合わせた、ごくふつうの人々として。

「どう見える？」クレメンテは尋ねた。

「殺人だ」マルクスは答えた。

　それが最初の教訓だった。あらゆる種類の訓練は、つねにこの絵画の前で行なわれた。

「犬は色を見分けられない」新たな師匠は言った。

「それに対して、われわれ人間にはたくさんの色が見えすぎる。余計な色を取り除いて、白と黒だけが残るまでそぎ落とすんだ。善と悪だけが残るまで」

　だが、ほどなくマルクスは他の濃淡も見えることに気づいた。犬も人間も知覚できない色調。それが彼の真の才能だった。

　当時のことを思い返すうちに、彼はふいに感傷的な気分に襲われた。だが、実際にはそれが何なのかはわからなかった。折に触れ、まったく心当たりのない感情がこみあげることがある。

　すでに深夜だったが、マルクスは帰りたくなかった。眠りに落ちて、またしても過去へ、プラハへ、自分の死んだ瞬間へと引き戻す夢を見たくなかった。

なぜなら、ぼくは毎晩、死んでいるから。

　マルクスはこの場所に留まりたかった。いつしか秘密の避難場所となった、この教会に。彼はしばしばここを訪れていた。

　だが、今夜はひとりではなかった。他の集団とともに、雨がやむのを待っていた。少し前に弦楽のコンサートが終わったが、聖職者や守衛はわずかに残った聴衆を追い出そうとする様子はない。そのため音楽家は彼らのために新たな曲を弾きはじめ、はからずも今宵の楽しみを延長することとなった。嵐が人々を引きずり出そうとする一方で、音楽は雷鳴に対抗するように軽快なテンポで場を盛りあげている。

　マルクスはいつものように周囲とは距離を置いていた。彼にとっては、サン・ルイジ・デイ・フランチェージ教会はカラヴァッジョの傑作を鑑賞する場だった。かつて、この絵をふつうの人間の目でながめたことがある。わきの礼拝堂の薄明かりのなかで、その場面を照らし出している光は絵画に描かれたものだと気づいた。そして、カラヴァッジョの才能を羨《うらや》んだ。他の人間の目には闇に映るところに、光を見出すのだ。自分の身に起きていることとは正反対だった。

　この画家の洞察力を堪能しながら、マルクスは何気なく左側に目を向けた。

　身廊の入口のところに雨でずぶ濡れの若い女性が立っていて、じっとこちらを見つめている。

　その瞬間、マルクスは自分の中で何かが砕けるのを感じた。見えないはずの自分の姿を、はじめて誰かに認識されたのだ。

　彼は目をそらすと、聖具保管室のほうへ足を向けた。女性もあとに続く。彼女から離れなければならない。マルクスはこの先にもうひとつの出入口があることを思い出した。そちらへ急ぎながらも、女性のゴムの靴が大理石の床を軋《きし》らせながら近づいてくるのが聞こえる。その音が頭の中でこだまして、彼はうろたえた。あの女性はぼくに何を求めているのか？　教会の裏側に出る前室に入ると、ドアが見えた。早足で近づいてドアを開け、土砂降りの雨のなかに出ようとしたとき、女性が声をかけた。

「待って」大声ではなく、むしろ冷静な口調だった。

マルクスは足を止めた。

「こっちを向いて」

言われたとおりにする。唯一の明かりは、かろうじて入口まで届く街灯の黄色がかった光だったが、それでも女性が拳銃を構えているのが見えた。

「わたしを知ってる？　誰だかわかる？」

マルクスは考えてから答えた。「わからない」

「わたしの夫は？　彼を知っていたの？」その言葉に怒りは感じられなかった。「あなたが彼を殺したの？」追いつめられたような口調だった。「何か知っていたら話して。でないと撃つわよ」どうやら本気のようだ。

マルクスは何も言わなかった。両腕をわきに下ろしたまま動かずに、じっと女性を見つめていたが、不思議と恐怖は感じなかった。むしろ同情を覚えた。

女性の目がきらめく。「あなたは誰なの？」

その瞬間、目もくらむような稲光が走り、直後に激しい雷鳴が轟いた。街灯の光が明滅し、やがて消えた。道も聖具保管室も闇に包まれる。

だが、マルクスはすぐには立ち去らなかった。

「ぼくは神父だ」

ふたたび街灯が灯ったときには、もはやサンドラの目の前には誰もいなかった。

一年前

メキシコシティ

タクシーはラッシュアワーで渋滞した道路をのろのろと進んでいた。暑さのせいで、どの車も窓を開けているため、ラジオから流れるラテン音楽が、列の前に並んでいる車のものと混じって聞こえる。その結果、耐えがたい不協和音が鳴り響いていたが、それぞれが自分のメロディを聞き分けていることにハンターは気づいた。彼は運転手にエアコンをつけるように頼んだが、壊れているとのことだった。

メキシコシティの気温は三十度。今夜は確実に湿度も上がりそうだ。おまけに、首都をおおうスモッグのせいで、何もかもが淀んで見える。長居はしたくなかった。できるだけ早く用事を片づけて、すぐにでもこの街から離れるつもりだった。にもかかわらず、彼はここにいることに興奮を覚えていた。

みずからの目で確かめなければならない。

パリでは、あと一歩のところで獲物に逃げられ、思ったとおり足取りを見失った。だが、この街では希望があった。ふたたび狩りを始めるには、狙う相手の周囲の人間関係をもっと理解する必要がある。

タクシーは彼をサンタ・ルチア救貧院の正面玄関の前で降ろした。ハンターは五階建ての崩れかかった白い建物を見あげた。美しいコロニアル建築にもかかわらず、窓に備えつけられた格子がこの場所の目的を物語っている。

結局のところ、これが精神科の病院における定めだ、と彼は考えた。入った者は、二度と外には出られない。

受付で彼を出迎えたのはフロリンダ・ヴァルデス医

師だった。すでに何度かやりとりしたメールで、彼ははじめてケンブリッジ大学の法廷心理学の教授を装った。

「ようこそ、フォスター教授」医師はほほ笑んで、手を差し出した。

「こんにちは、フロリンダ……この際、堅苦しい呼び方はやめにしないか？」彼はすぐに気づいた。このふっくらした四十前後の女性は、フォスター教授に媚《こ》びるような態度を取っている。いまだに結婚相手を探しているとあっては無理もない。そうしたことも含めて、彼女に接触する前に調査は怠らなかった。

「わかったわ。それで、旅は快適だったかしら？」

「ずっとメキシコを訪れてみたいと思っていたんだ」

「それならちょうどよかった。週末にあなたを案内する完璧な計画を立てていたの」

「それはありがたい」彼はいかにもうれしそうに答えた。「では、さっさと仕事を片づけることにしよう。それ以外のことに時間を取れるように」

「ええ、もちろんよ」彼女はちっとも気づかずにしゃべりつづける。「行きましょう。こっちよ」

マイアミで開かれた精神医学の会議で発言する様子をユーチューブで見たのちに、ハンターはフロリンダ・ヴァルデスに連絡を取った。彼女に行き当たったのは、パーソナリティ障害について調べている最中だった。そして、運よく自分を信用させることができただけでなく、彼女のほうから進んで協力してくれることになり、目的を果たすのが容易になった。

ヴァルデス医師が会議で報告したテーマは、『鏡の中の少女の事例』だった。

「もちろん、誰でも彼女に会わせるわけではないわ」病院の廊下を歩きながら、彼女はことさら強調して言った。あたかも、彼から特別な見返りを求めていると言わんばかりの口調だ。

「知ってのとおり、わたしは研究者としての好奇心を何よりも大事にしている。ホテルに荷物を置いてから、とりあえずここに駆けつけた。もしよかったら、あとで一緒にホテルへ戻ってから夕食に行くのはどうだろう?」

「ええ、喜んで」何を期待しているのか、彼女は顔を赤らめて答えた。だが、彼はホテルに部屋など取っていなかった。夜八時の便で出発する予定になっている。

女医の喜びは、病院の部屋から聞こえてくるうなり声にかき消された。通りすがりに部屋の中が見える。そこにいるのは、もはや人間ではなかった。顔は身につけている服と同じくらい白く、頭はシラミのせいで丸刈りにされ、鎮静剤の効果で死んだような目をしていた。裸足でうろつきまわり、流木のごとく互いにぶつかりあい、誰もが苦悩と薬の副作用を背負いこんでいる。薄汚れたベッドに革のベルトでつながれている者もいた。彼らは悪魔のような声で叫びながらもがいている。あるいはじっと動かずに、無情にもいつ訪れるとも知れない死を待っている。子どものような老人もいれば、逆に一気に老けこんだ子どももいた。

その地獄を通り過ぎるあいだ、そこに閉じこめられた暗澹《あんたん》たる悪が、いくつもの大きく見開かれた目を通してハンターを凝視していた。

やがてヴァルデスが〝特別病棟〟と呼ぶ場所にたどり着いた。そこはほかの棟から隔絶され、各部屋の患者は多くてもふたりだった。

「ここにはとくに暴れる患者が収容されているけれど、より興味深い臨床例も含まれているわ……アンジェリーナもここにいるの」精神科医は誇らしげにつけ加えた。

まるで独房のような鉄格子の扉の前に着くと、ヴァルデスは看護師に扉を開けるよう合図した。中は暗く、上のほうにある小さな窓からわずかに光が射しこむばかりだった。一歩足を踏み入れると、壁とベッドのあいだの隅に縮こまった、枯れた小枝のごとく痩せ細った体が見えた。少女は二十歳そこそこ。苦しみですっかり心を閉ざしながらも、どこか上品さを保っているようにも見える。

「これがアンジェリーナよ」女医はそう言って、まるで見世物小屋の珍しい人間を示すようにあからさまに指さした。

ハンターは数歩前に進んだ。はるばるここまで飛んできたのは、ほかならぬこの少女に会うためだ。それだけに早く顔を合わせたくてたまらなかった。だが、彼女はこちらには気づいていない様子だった。

「ティファナの近くの村で警察が売春宿に踏みこんだときに発見されたの。彼らは麻薬取引業者を捜していたんだけど、代わりに彼女がいたというわけ。両親ともにアルコール依存症で、わずか五歳で父親に売春組織に売り渡されたそうよ」

当初は、いたいけな幼女に高額を支払う顧客を確保するために、貴重な商品として扱われたにちがいない、とハンターは考えた。

「成長するにつれて価値を失って、男たちは安い料金で彼女を買えるようになった。彼女を働かせていた売春宿は、酔っ払った農民やトラック運転手が利用していたの。一日に何十人も客を取る日もあったらしいわ」

「まるで奴隷だ」

「一度も外に出たことがなくて、ずっと監禁されていたうえに、世話係の女性に虐げられていたの。口もきかないし、まわりで起きていることも理解しているかどうか怪しいわ。緊張病の症状と似ているわね」

堕落した人間のよこしまな欲求を吐き出すのにうってつけの相手だ、ハンターはそう言いかけてこらえた。あくまで専門家としての関心を装わなければならない。

「彼女の……能力に気づいたときのことを話してくれ」

「ここに連れてきた当初は、年配の患者と同じ部屋に入れたの。ふたりとも社会と断絶していたから、ちょうどいいと考えたのよ。実際、お互いにコミュニケーションを取ることはなかった」

ハンターは少女から目を離してヴァルデスを見つめた。「それから、どうしたんだ？」

「最初、アンジェラは奇妙な身体的症状を見せたわ。関節の動きはぎこちなくて苦しげで、手足もなかなか動かなかった。そこで関節炎の一種だと考えたの。ところが、次に歯が抜けはじめた」

「歯が？」

「それだけじゃない。検査の結果、内臓が著しく疲弊していることがわかった」

「最終的に何が起きているかが判明したのは？」

フロリンダ・ヴァルデスの顔が一瞬、曇った。「髪が白くなったときよ」

ハンターは少女のほうを振りかえった。一見するかぎり、ほとんど剃りあげられた髪は間違いなく黒い。

「そうした症状は、老婦人と別の部屋にすることで治まったわ」

彼は少女をじっと見つめ、その無表情な目の奥に、まだ人間らしい感情が隠されているかどうかを見抜こうとした。「カメレオン症候群、またの名をミラー症候群とも言う」彼は結論を口にした。

長いあいだ、アンジェリーナは自分を凌辱《りょうじょく》する男たちの意のままになってきた。彼らの慰みものにほかならないという状態に慣れてしまった。その結果、彼らとの関係で自己を失った。男たちの前では、ただの物となる。長年の虐待によって、アイデンティティが根こそぎ奪われた。そのため、周囲の人間の人格を借りるのだ。

「この病院には、解離性同一性障害や、漫画に登場するような、自分をナポレオンやイギリス女王だと思いこむ心の病の患者はいないわ」ヴァルデス医師は笑った。「カメレオン症候群の患者は、誰でも目の前にいる相手を完全に真似る傾向がある。医師の前では医師になるし、料理人の前では料理ができると言い張る。職業について尋ねると、漠然とだけれど、一応それらしい答えが返ってくるわ」

　ハンターはある患者のことを思い出した。その男は自分の担当の心臓専門医になりきって、心臓の異常を診断するための問診で、精密検査をしなければ正確な診断は下せないと繰り返し主張していた。

「でも、アンジェリーナの場合は単なる行動の模倣ではなかった」女医が説明する。「老婦人と接触するうちに、彼女の中で明らかに老化が始まったの。心が体の変化を促していたというわけ」

　生物変移体――ハンターは心の中でつぶやいた。その言葉の正確な意味を、ようやく理解する。「ほかに現象は？」

「いくつかあるけれど、些細なもので、ほんの数分しか現われないわ。それがこの症候群の患者の特徴なの。なぜなら、脳のごく一部に損傷を受けたか、あるいはアンジェリーナのように、同じような影響をもたらす、ある種のショックを受けているだけだから」

　ハンターは困惑したが、同時に、少女の能力にすっかり魅了されていた。これこそ、いままで自分が間違っていなかったことを示す証拠にほかならない。これで獲物に関する説に新たな確証が得られた。

　どんな連続殺人犯も、自己のアイデンティティが危機に瀕すると行動を起こすものであると、彼は知っていた。殺した瞬間に、犠牲者に自分の姿を映して確かめる。もはや何者も装う必要はない。殺人を犯しているあいだ、奥深くに潜んでいた怪物が顔に現われるのだ。だが、捕らえるべき人物――獲物――は、それをはるかに凌いでいる。真のアイデンティティは無であり、そのために、つねに他人の姿を借りていなければならない。まさに唯一無二の存在であり、精神医学においてもきわめて稀なケースだ。

生物変移型の連続殺人犯。

誰かの態度を真似るだけにとどまらず、相手そのものに変貌するのだ。そのため、本人以外、誰ひとりとしてその人物の存在を特定できない。最終的な目的は、誰かの生活環境に身を置くことではなく、相手になることだからだ。

その行動は予測がつかない。生物変移体は、きわめて優れた学習能力の持ち主だ――とりわけ言語と口調の習得において。長い年月をかけて、その方法を完全なものとする。まずは適した人物を選ぶ。自分と顔つきが似ている相手――目立った特徴がなく、身長も同じで、身振り手振りを容易に真似できることが条件だ。まさしくパリのジャン・デュエのように。だが、とりわけ必要なのは、過去がなく、人間関係も希薄であることだ。平凡で決まりきった日課をこなし、できれば在宅で仕事をしている人物。

生物変移体は、その人物の生活に入りこむ。

手順はいつも同じだ。相手を殺して、そのアイデンティティを永久に葬り去るべく、顔を判別できない状態にする。その際に、ごく基本的な、それでいてけっして譲ることのできないルールがある。

それは、自力で同じタイプの人間を選ぶことだ。

アンジェリーナは、この事実の単なる裏づけではない。彼女自身が別の生物変移体なのだ。少女を見つめながら、ハンターはいままでの努力が無駄ではなかったことを知った。ただし、まだ立証すべきことがひとつある。より困難な問題が残っているからだ。

同種の能力が、殺人の衝動と結びついたときにどうなるかを確かめる。

そのとき、フロリンダ・ヴァルデスの携帯電話が震えた。彼女は電話に出るために外に出た。いまこそ待ちに待ったチャンスだ。

ここに来る前に、ハンターはアンジェリーナについて調べていた。彼女には弟がひとりいる。五歳のときに売られたことを考えると、一緒に暮らした時期は短いだろう。だが、おそらくそれでじゅうぶんだ。彼女の中に弟に対する感情がわずかでも残っていれば。

　ハンターにとっては、それが彼女の心の牢獄へ入るための鍵だった。

　ふたりきりになると、彼は少女の目の前に進み出て、自分の顔がよく見えるようにひざまずいた。そして、ささやくように話しかけた。

「アンジェリーナ、よく聞くんだ。わたしはきみの弟を捕まえた。小さなペドロだ。覚えているか？　あのかわいらしい弟だ。だが、わたしはもうじきあの子を殺す」

　少女は何も反応しなかった。

「聞こえたか？　わたしはあの子を殺すと言ったんだ、アンジェリーナ。胸から心臓をえぐり出して、そのまま鼓動がやむまで手に持っている」彼は手のひらを開いて少女に差し出してみせた。「鼓動が聞こえるか？　ペドロは死ぬ。誰も助けはしない。ペドロはひどく苦しむだろう。やがて死ぬが、その前に耐えがたいほどの苦しみを味わわなければならない」

　だしぬけに少女が跳びかかってきて、差し出された手に嚙みついた。不意を突かれたハンターはバランスを崩した。アンジェリーナが胸におおいかぶさる。だが、重くはなかった。ハンターは少女を押しやって、嚙まれた手を振りほどいた。彼女はふたたび隅に縮こまった。血のついた口の中に、手の肉に突き刺さった鋭い歯茎がちらりと見える。歯がないにもかかわらず、少女は彼に深い傷を負わせた。

　そのときヴァルデス医師が戻ってきて、その光景を目の当たりにした。アンジェリーナは落ち着いているようだったが、彼女の訪問者は手の出血をシャツで押さえている。

「何があったの？」フロリンダは驚いて声をあげた。

「襲いかかってきたんだ」ハンターは慌てて言った。

「だが、たいしたことはない。少し縫うだけですむだろう」

「いままでこんなことはなかったのに」

「わたしには何とも言えない。ただ、話しかけようとして近づいただけなんだが」

　フロリンダ・ヴァルデスはその説明に納得し、それ以上は何も言わなかった。おそらく、フォスター教授と親しくなるチャンスを失いたくなかったのだろう。しかしハンターにとっては、もはやここに留まる理由はなかった。少女を挑発し、予想どおりの反応を得たのだから。

「どうやら病院へ行ったほうがよさそうだ」彼は大げさに顔をしかめてみせた。

　女医はとまどっている様子だった。こんなふうに別れたくはなかったものの、どうやって彼を引きとめていいのかわからないのだろう。応急手当に付き添うと申し出たが、彼は丁重に断わった。がっかりしながらも、フロリンダは言った。「じつは、まだ別の事例があるんだけど……」

　その言葉は期待どおりの効果をもたらした。というのも、ハンターは入口で足を止めたからだ。「別の事例？」

　ヴァルデス医師はわざと曖昧な答え方をした。「ずいぶん昔のことよ。ウクライナに、ディーマという名前の子どもがいたの」

三日前

三時二十七分

死体は叫びはじめた。

肺が空になって、ふたたび息を吸わざるをえない瞬間だけ夢から覚める。デヴォクが殺された。またしても。いったい何度、彼の最期を目の当たりにしなければならないのか。頭に刻まれた最も古い記憶は、自分が死ぬまでの過程だった。眠ろうとして目を閉じるたびに、繰り返し思い出した。

マルクスは枕の下に手を差しこんでサインペンを探した。そして見つけると、ベッドの横の壁に記した。

〝三発の銃声〟

またしても過去からこみあげる苦味。だが、それらはさまざまな形となって現れる。たとえば昨晩は、ガラスが砕ける場面で感じたのは音だった。だが、今回はきわめて重要な手がかりだと、マルクスは確信した。

はっきりした爆音を三度、耳にした。そのときまでは、つねに二発だった。一発は自分に、もう一発はデヴォクに向けられたもの。ところが、今夜の夢では三発目の銃声が聞こえたのだ。

ひょっとしたら、無意識のうちにプラハのホテルでの出来事を自分の思いどおりに変えようとしているだけかもしれない。ときどき夢のなかで、ありそうにない、あるいはまったく無関係な音や物をつけ加えることもある。たとえば、ジュークボックスや哀愁を帯びたメロディなどを。それは、自分の意志ではどうにもならなかった。

けれども今夜は、あたかも最初から知っていたかのようだった。

三発目の銃声は断片的に挿入されていた。これもまた、事実を再現するために、とりわけ自分の師を殺し、そのこと自体を忘れさせた人物の顔を思い出すために、かならず役立つはずだとマルクスは考えた。

三発の銃声。

つい数時間前、彼はまたしても拳銃の脅威と向かいあうはめになった。だが、あのときは違った。恐怖は感じなかった。サン・ルイジ・デイ・フランチェージ教会にいたあの女性は引き金を引いた。それは確かだった。だが、その目に浮かんでいたのは憎悪ではなく、絶望のような表情だった。助かったのは、ひとえに一瞬の停電のおかげだった。あのとき、逃げ出すこともできた。だが、そこに残って彼女に自分の正体を明かした。

ぼくは神父だ。

なぜあんなことをしたのか？　なぜ、あんなふうに言わなければならないと感じたのだろうか？　とにかく彼女に何かを与えたかった。彼女が抱えていた苦悩を少しでも癒やすようなものを。みずからの素性は最も大きな秘密だ。命をかけてでも守るべきものだ。世間は理解してくれないだろう。それは、最初の日からクレメンテに何度となく言われてきたことだった。その責任を放棄したのだ。しかも、見ず知らずの相手のために。あの女性が誰にせよ、彼女にはぼくを殺す動機があった。愛する男性を殺した犯人だと思っているのだ。それにもかかわらず、彼女を敵と見なすことができなかった。

あの女性は誰なのか？　彼女とその夫は、ぼくの過去の人生とどんな形で関わっているのか？　そして、その過去について、はたして彼女は何らかの答えを知っているのか？

おそらく彼女を捜すべきだ、マルクスは自分に言い聞かせた。話をする必要がある。

だが、とても賢明な行動とは言えない。おまけに、彼女のことはほかに何も知らない。

クレメンテには黙っていよう。こんな無謀な決断を認めるとは思えない。互いに聖なる誓いのもとに務めを果たしている身であるとはいえ、手段は異なる。若き友人は誠実かつ献身的な聖職者だが、ぼくの心では理解することのできない意志がうごめいている。

マルクスは時刻を確かめると、クレメンテに対して、いつものボイスメールにメッセージを残した。夜が明ける前に会わなければならない。ジェレミア・スミスの自宅の家宅捜索は、数時間前にいったん打ち切られたはずだ。

いまのうちに彼の家を見ておこう。

道はローマ西部の丘陵地帯に入った。数キロ先は、雨で流れの速くなったテヴェレ川河口に広がるフィウミチーノの海岸地方だ。古いフィアット・パンダは息を切らしながら坂道を上り、弱々しいヘッドライトでかろうじて目の前の車線を照らしている。周囲の田園風景は夜明けを告げながら目を覚ましつつあった。

クレメンテは方向を見定めるべく、ハンドルのほうに身を乗り出すようにして運転し、何度もギアを入れ替えた。ミルヴィオ橋付近で車に乗りこんだマルクスは、すぐに前の晩にグイド・アルティエーリの家で起きたことを手短に報告した。クレメンテがとりわけ気にかけたのは、テレビの報道についてだった。だが、息子による高名な弁護士の殺害現場に第三の人間がいたことには、いっさい触れていなかった。それを聞いて、クレメンテは安心した——いまのところ自分たちの存在を知る者はいない。

言うまでもなく、マルクスはその後の出来事については黙っていた。サン・ルイジ・デイ・フランチェージ教会で銃を持った女性に遭遇したことは。その代わり、一連の出来事がララの失踪にどう関連しているかについて、さっそく話しはじめた。

「ジェレミア・スミスは心臓発作を起こしたのではない。毒を盛られたんだ」

「毒物検査では、血液中に疑わしい物質は発見されなかった」クレメンテは反論した。

「それでも、ぼくはそうだと確信している。ほかに説明のしようがない」

「誰かが、彼の胸に彫られているタトゥーを真に受けたということか」

　オレを殺せ――マルクスは彼のタトゥーを思い浮かべた。何者かが陰で動いて、モニカ――ジェレミア・スミスによる最初の犠牲者の姉――とラッファエーレ・アルティエーリに対して、とつぜん身に降りかかった暴力死の報復をする機会を与えた。「もはや法による裁きが不可能となれば、残された選択肢はふたつ――許すか、復讐するかだ」

「目には目を」クレメンテがつけ加える。

「ああ。だが、それだけではない」マルクスは口を閉じて、前の晩に思いついたことを説明するための言葉を探した。「ぼくたちが介入するのを待ち受けていた人物がいる。ラーラの家で見つけた、赤い繻子の栞がはさまった聖書を思い出してくれ」

「パウロによるテサロニケの信徒への手紙が載っているページだろう――〝主の日は盗人のようにやって来る〟」

「もう一度言おう。誰かがぼくたちのことを知っているんだ、クレメンテ」マルクスはきっぱりと言った。「こう考えてみよう。その人物はラッファエーレに匿名で手紙を送って、ぼくたちには聖なる書を選んだ。まさしく信仰を持つ者に宛てたメッセージだ。ぼくが巻きこまれた目的はただひとつ。でなければ、なぜラッファエーレがラーラの家に呼び出されたのか、説明がつかない。結果的に、ぼくはラッファエーレを父親に関する真実へと導いた。アルティエーリ弁護士が殺されたのは、ぼくの責任だ」

クレメンテはマルクスをちらりと見やった。「いったい誰の仕業だというんだ？」

「わからない。だが、その人物は殺人事件の犠牲者たちの身内を犯人と引きあわせ、同時にぼくたちを巻きこもうとしている」

それが単なる仮説ではないことは、クレメンテにもわかっていた。それだけに彼は落ち着かなかった。とにかく、ジェレミア・スミスの家へ行ってみないことには始まらない。ふたりとも確信していた。そこに、自分たちを迷路の次の段階へと導く手がかりがあるはずだと。まだラーラを救い出せるかもしれないという希望を抱いて。そうでなければ、これほどの危険を冒したりはしない。この謎を生み出した人物も、それを知っている。だからこそ、女子学生の命を賞品として提供しているのだ。

門の前にパトロールカーが一台停まっていたが、敷地は広すぎて、一台だけで隈なく監視することは不可能だった。クレメンテは一キロ離れた細い道にフィアット・パンダを停めた。車を降りたふたりは、夜の闇に紛れて歩きはじめた。

「急がないと、あと数時間で科学捜査班の連中が戻ってくる」クレメンテはそう言って、でこぼこ道にもかかわらず歩を速めた。

ふたりは裏の窓に貼られていたテープを剥がし、そこから家に忍びこんだ。ほかにもいろいろな物を動かしたので、立ち去るときには、侵入したことに気づかれないようにすべて元どおりにしておかなければならない。彼らはシューズカバーとラテックスの手袋をはめ、持参した懐中電灯をつけて、外から見えないように、手のひらで部分的に光をおおって足もとを照らした。

アールヌーボー様式の家は、ところどころ現代風に改築されていた。ふたりはマホガニーの机と大きな本棚のある書斎に入った。調度品はどれも、この家がかつて裕福だったことを物語っている。ジェレミアはごく平凡な家庭に生まれ、両親は織物を売って、そこそこの財産を築きあげた。にもかかわらず商売に忙しく、子どもはひとりしかつくらなかった。おそらく、ひとり息子に期待して、事業もスミスの名声もすべて託すつもりだったにちがいない。ところがほどなくして、ただひとりの跡継ぎは自分たちの努力を受け継ぐことなどできず、親の自尊心を満たしてもくれないことに気づいた。

マルクスはオークのテーブルにきちんと並べられたフォトスタンドを懐中電灯で照らした。色あせた写真に、家族の歴史が要約されていた。牧場でのピクニック、二、三歳くらいのジェレミアが両親の脚の上に座り、しっかりと抱きしめられて、ふたりにしがみついている。屋敷のテニスコートで、真っ白なウェアに身を包み、ラケットを持った姿。はるか昔のクリスマスに、赤い服を着て、飾りつけたツリーの前でポーズを取る家族。

セルフタイマーを設定し、三回連続でシャッターが切られるのを緊張して待つ面持ちは、大昔の幽霊のようだった。

しかし、ある時期を境に、写真に写っている人物がひとり減った。青年となったジェレミアと母親は、そろって悲しげな笑みを浮かべている。家長は病気であっけなくこの世を去り、残されたふたりは、思い出を記録するためではなく、死の影を追い払うための対処法のようにこの習慣を続けたのだ。

とりわけ一枚の写真がマルクスの関心を引いた。というのも、死者とともにポーズを取った、どこか不気味なひとコマだったからだ。母と息子は大きな砂岩の暖炉のわきに立ち、その上には厳格な表情の父親を描いた油絵が飾られていたのだ。

「ジェレミア・スミスとラーラを結びつけるものは、

何も見つからなかった」クレメンテが背後から声をかけた。

部屋には、警察による家宅捜索の痕跡がはっきりと残っていた。物は動かされ、戸棚や引出しは隅々まで調べられている。

「だから、警察はまだ彼女を連れ去った犯人がジェレミアだとは気づいていない。彼女を捜していないんだ」

「やめろ」ふいにクレメンテの口調がこわばる。

マルクスは驚いた。まったくクレメンテらしくなかった。

「まだわからないのか？　きみはにわか探偵ではない。そこまで首を突っこむことは許されていない。せいぜい現場の様子を観察するところまでだ。真実を知りたいか？　結局、ラーラは助からないかもしれない。むしろ、その可能性のほうが高いだろう。だが、ぼくたちが何をしようと、そのこととは関係ない。だから、罪の意識を感じるのはやめろ」

マルクスは、あらためて父親の肖像画の下でポーズを取るジェレミアの写真を見つめていた。真面目で苦悩に満ちた二十歳の青年を。

「それで、どこから始めるんだ？」クレメンテは尋ねた。

「ジェレミアが死にかけた状態で発見された部屋から」

居間は、すでに科学捜査班が徹底的に調べていた。現場を照らすためのハロゲンライトが設置された三脚が並び、体液や指紋を検出する試薬が至るところに撒かれ、証拠が発見された場所には——証拠は写真を撮影してから持ち出された——英数字を記したカードで印がつけられている。

部屋の中からは、髪を結う青いリボン、珊瑚のブレスレット、ピンク色の毛糸のマフラー、それに赤いローラースケート靴が発見された——すべてジェレミア・スミスに殺された四人の犠牲者のものだ。これらの性欲対象物《フェティッシュ》は、彼が事件に関与しているまぎれもない証拠であり、捨てずに取っておくことは危険だったはずだ。しかしマルクスには、折に触れてこうした戦利品に触れる殺人犯の心境を想像することができた。これらは偉業——殺人——を達成したことの象徴なのだ。手にするたびに、そのときの陰惨なエネルギーを感じる。体の芯を揺るがす衝撃だ。あたかも暴力的な死が、それをもたらした人間を増強させる力を持っているかのように。そして、ひそかな悦びに身を震わせる。

それらはすべて居間に保管されていた。なぜなら、ジェレミアはつねに身近に置いておきたかったからだ。そうすることで、少女たちもつねにそこにいるという錯覚に陥っていた。彼とともにこの家に囚われた、苦悩の魂も。

だが、ここにはラーラのものはなかった。

マルクスはクレメンテを入口に残し、ひとりで部屋に入った。家具はすべて白い布でおおわれている。中央に——古いテレビの前に——置かれたひじ掛け椅子を除いて。サイドテーブルは引っくり返り、床には割れたボウルと、すでに乾いてくっきり跡の残った染み、それに粉々のビスコッティがそのままになっている。

この場所でジェレミアは気分が悪くなって倒れたのだろう、とマルクスは推測した。テレビの前で、牛乳とビスコッティの夕食を取っているときに。そう思うと、あらためて彼の孤独な生活が浮き彫りになった。あの怪物は隠れていたのではない。誰もが彼に無関心だったのだ。もし世間が少しでもジェレミアに関心を払っていたならば、あるいは彼は思いとどまったかもしれない。

「ジェレミア・スミスは社交性に欠けていたが、犠牲者たちをおびき寄せるために自分を変えた」ラーラのほかは、全員が昼間に連れ去られている、マルクスは頭の中で思い返した。いったいどんな手で彼女たちに近づき、信用されたのか？　言葉に説得力があったのだろう。女性たちはジェレミアを恐れていなかった。そうした能力を使って、なぜ日ごろから周囲の人々と親しく付き合わなかったのか？　彼を動かした唯一の目的は殺人だった。それによって得られるのは悪だ、とマルクスは考えた。なぜなら、悪こそが彼を善人に、信用できる人物に見せかけていたのだから。だが、ジェレミア・スミスが予想していないことがあった——どんなことにも代償がつきまとう。あらゆる人間にとって、たとえ世捨て人のように生きることを選んだとしても、最大の恐怖は死ではない。ひとりで死ぬことだ。死ぬことと、ひとりで死ぬこと。このふたつは大きく異なる。そして、それに気づくのは、まさに死を迎える瞬間だ。

誰ひとり自分のために泣いてくれない、自分がいなくても寂しく思わない、自分のことを思い出してはくれない。それはぼく自身のことでもある。マルクスはそう思わずにはいられなかった。

彼は救急隊員が蘇生措置を行なった場所を見た。そこには滅菌手袋、ガーゼ、注射器、気管カニューレが散乱していた。一刻を争う状況だったことは一目瞭然だ。

マルクスは、ジェレミア・スミスが心臓発作の症状を感じはじめる前の出来事を想像しようとした。「犯人が誰であるにせよ、ジェレミアの習慣を知っていたことは確かだ。ジェレミアがラーラに対して行なったことを、そっくり真似したんだ。ジェレミアの家に忍びこんで、日常生活を観察した。だが、薬を紛れこませるのに砂糖は選ばなかった。おそらく牛乳に何かを入れたにちがいない。ある意味では報復だ」

クレメンテは、マルクスがすべてを仕組んだ人物の頭に入りこんでいく様子を見守っていた。「だからジェレミアは気分が悪くなって、救急コールセンターに電話した」

「最も近い病院は〈ジェメッリ〉だから、そこに電話をかけるのは当然だ。ジェレミア・スミスに薬を飲ませた人物は、彼が最初に殺した女性の姉であるモニカが、おとといの晩の救急当番医だったことを知っていた。重症患者の場合には、医師が最初に出動する救急車に同乗する規則になっているからだ」マルクスは、この復讐の機会を演出した人物のみごとな手腕にショックを受けた様子だった。「行き当たりばったりではなく、用意周到に行動している」そして、彼は犯行現場を分析しはじめた——一部分ずつ、隠された筋立てを明らかにし、見えない糸を見つけ、見かけには騙されず、トリックを暴くために。「わかった。おまえはきわめて優秀だ」マルクスはそう言って、あたかも敵がそこにいるかのように振り向いた。「お次は、おまえがぼくたちのために用意したものを捜すとしよう……」

「ラーラが監禁されている場所へと導いてくれる手がかりはあるのか？」

「いや、奴はきわめて抜け目がない。たとえあったとしても、持ち去られているだろう。ラーラは賞品だ。それを忘れてはいけない。ぼくたちは勝ち取るべきなんだ」

マルクスは部屋を回りはじめた。まだ見落としているものがあるはずだと確信していた。

「では、ぼくたちはいったい何を捜せばいいんだ？」

「ほかのものとはいっさい関係のない何かだ。警察の捜査の裏をかくために、奴はぼくたちしか気づかない印を残しているはずだ」

全体を見わたすことのできる場所を見つける必要がある。そこから明らかな異変が見えるだろう。もっとも理にかなっているのは、ジェレミアが倒れていた場所だった。

「窓が開いている」クレメンテは言って、屋敷の裏側に面した大きな両開きの窓を閉めに向かった。そのとき、マルクスは懐中電灯をおおっていた手を放し、部屋全体をぐるりと照らし出した。さまざまな物の影が順々に伸びるさまは、まるでおもちゃの兵隊が指揮官の命令で立ちあがって配置につくようだった。ソファ、食器棚、食卓、ひじ掛け椅子、チューリップの絵が上に飾られた暖炉。マルクスは、ふいに既視感に襲われた。後ろに下がって、あらためて花の絵を照らしてみる。

「この絵ではないはずだ」

クレメンテは困惑したが、マルクスは砂岩でできた暖炉に見覚えがあった。書斎で見た写真に写っていたからだ。たしか、この世を去った家長の肖像画の下にジェレミアと母親が立っていたはずだ。

「別の場所へ移されている」

だが、居間には見当たらなかった。マルクスはチューリップの絵に近づくと、額をずらしてみた。長年のあいだに壁に染みついた跡は、その絵画と大きさが異なっていた。額を元の位置に戻そうとして、彼はふと気づいた。裏側の左下の隅に、数字の〝1〟が記されている。

「あったぞ」廊下からクレメンテの声が聞こえてきた。

声の聞こえたほうへ行くと、ドアの横の壁にジェレミアの父の絵が飾られていた。

「場所を交換したんだ」

マルクスは壁から絵を外して、やはり裏側を確かめてみた。今度の数字は〝2〟だった。ふたりとも同じことを考えて周囲を見まわした。そして、ふた手に分かれると、手当たり次第に壁から額を外して三枚目の絵を捜した。

「あった」クレメンテが叫んだ。田園風景が描かれた絵で、廊下の突き当たりの、二階へ続く階段の下に飾られていた。ふたりは階段を上がり、その途中で四枚目の絵も見つけ、自分たちが正しい跡をたどっていると確信した。

「彼はぼくたちに道を示している……」マルクスは言った。だが、行く手に何が待ち受けているのか、ふたりとも想像がつかなかった。

二階に上がったところに五枚目の絵があった。六枚目は小さな物置部屋で、七枚目は寝室へ続く廊下で見つけた。八枚目はとても小さな絵だった。ベンガル虎を描いたテンペラ画で、まるでエミリオ・サルガリの物語から抜け出してきたようだった。その絵は、ある部屋の奥の小さな扉の横に飾られていた。そこは、おそらくジェレミア・スミスが子どものころに使っていた部屋にちがいない。棚には鉛の兵隊がずらりと並んでいる。そのほかにも、組み立て式のおもちゃが詰まった箱やパチンコ、揺れる木馬などがあった。

どんなに恐ろしい怪物も昔は子どもだったという事実は、ともすれば忘れられがちだ、とマルクスは考えた。誰にでも、幼いころからずっと持っているものがある。それに対して、人を殺したい衝動とは、はたしてどこから生まれるのだろうか？

クレメンテが小さな扉を開けると、急な階段が現われた。どうやら屋根裏部屋へと続いているようだ。

「おそらく警察はまだこの上を調べていないだろう」

ふたりとも、次の九枚目の絵が最後だとわかっていた。彼らは不規則な段を慎重に上った。天井は低く、身をかがめなければならない。狭い石の階段を上りきると、思いのほか広い部屋に古い家具や本、トランクなどが詰めこまれていた。屋根裏の板のあいだに、数羽の鳥が巣を作っていたが、ふたりの姿に驚いて、ばたばたと部屋を飛びまわり、開いていた天窓から逃げていった。

「あまり長居はできない。もうじき夜が明ける」クレメンテは時計を見て、マルクスを急かした。

ふたりはさっそく絵を捜しはじめた。隅にキャンバス画が何枚も積み重なっている。クレメンテは近づいて確かめたが、少しして、服についた埃を払いながら「ここにはない」と告げた。

マルクスは長椅子の後ろに金めっきの帯状のものがのぞいているのに気づいた。椅子の背後に回ると、立派な装飾の施された額が壁にかけられている。裏を見て確かめるまでもなかった――これが九枚目の絵だ。だが、それが宝探しのゴールだとは、にわかに信じがたかった。

子どもの描いた絵。

ノートのページに色鉛筆で描かれた絵が、嫌でも目を向けざるをえないように、豪華絢爛《けんらん》な額に収められている。

春か夏の昼間で、豊かな緑に太陽の光がさんさんと降りそそいでいる。木々、ツバメ、花、小川。そして子どもがふたり――赤い水玉模様のワンピースを着た女の子と、手に何かを握りしめた男の子。だが、あざやかな色合いと無邪気な風景にもかかわらず、マルクスは奇妙な印象を受けた。

この絵には、どこか悪意を感じる。

彼は一歩前に出て、目を凝らして見た。すると、女の子のワンピースは水玉模様ではなくて、血の跡だと気づいた。そして、男の子が持っているのははさみだった。

隅に記された日付を見る――二十年前。そのころには、ジェレミア・スミスはすでに成人していた。つまり、これは別の誰かの病んだ空想が生み出したものということになる。マルクスの脳裏に、カラヴァッジョの『聖マタイの殉教』がよみがえった。目の前の絵には、一種の犯罪現場が描かれている。だが、完成したときには、この恐怖はまだ現実のものとはなっていなかったにちがいない。

どんなに恐ろしい怪物も、昔は子どもだった――マルクスは心の中で繰り返した。そして、この絵の怪物はいまでは大人になっている。何としてでも彼を見つけなければならない。

六時四分

警察の科学捜査班に配属された初日に、犯罪現場では、けっして偶然というものはありえないと教わった。その後も、万が一にでも忘れてはならないと、ことあるごとに聞かされつづけた。単なるミスではすまず、捜査を妨げたり、混乱させたりする恐れもあるからだと説明された。そのせいで取り返しのつかなくなった例をいくつも挙げて。

この考え方をたたきこまれたおかげで、サンドラは偶然の一致と思われるものはまず疑ってかかった。けれども実際には、ふたつの出来事が思いがけず関連していることもあり、その事実は、ときとして役に立つ。少なくとも、何もなければ見逃してしまうことに注意を向けることになる。

事実、なかにはまったく目にとまらないものもある。ふだんなら〝ただの偶然〟として片づけてしまうだろう。一方で、人生を変えてしまうほどの影響力を持つものもある。それらはもはや偶然とは言えず、〝手がかり〟と呼ばれるべきだ。それをわれわれは、自分だけに宛てられたメッセージだと解釈する。あたかも、宇宙や絶対的な存在によって選ばれたかのように。言い換えれば、自分は特別だと感じるのだ。

カール・グスタフ・ユングは、まさにこのように意味のある偶然の一致を〝共時性〟と定義し、三つの基本的な特徴を挙げた。原因があってはならない、すなわち因果関係を持たないこと。無意識の感情的な経験と一致すること。そして、きわめて象徴的な意味があること。

予想外の出来事が起こるたび、無意識のうちにその意味を探し求めて生きる人間がいると、ユングは主張している。

サンドラはそうしたタイプではなかった。だが、考え直さざるをえなかった。きっかけとなったのは、自分たちを引きあわせた一連の出来事に関するダヴィドの話だった。

聖母被昇天の祝日の二日前のこと、ダヴィドはベルリンにいた。ミコノス島で友人たちと合流し、帆船に乗ってギリシャの島々を周遊する計画だった。ところが、その日の朝にかぎって目覚まし時計が鳴らず、寝坊した。それでも急いで空港へ行き、どうにか搭乗手続きに間に合った。そのときダヴィドは、この先、何が待ち受けているのかを知らずに〝ついている〟と思ったそうだ。

目的地へ到達するには、ローマで別の便に乗り継がなければならなかった。だが、いざ乗ろうとしたときに、航空会社のスタッフから、手違いで彼の荷物がベルリンに置き去りにされていると告げられた。

旅行を中止するつもりはこれっぽっちもなかった彼は、急いで空港の店で新しいスーツケースと服を買うと、アテネ行きの直行便のチェックイン時間にカウンターに並んだ。ところが、バカンス客が集中したせいでオーバーブッキングだと判明した。

夜の十一時には、三本マストの帆船の船尾で、二週間前にミラノで知りあったインド人の美人モデルと一緒に氷入りのウーゾを味わっているはずだった。しかし現実には、旅行客でごったがえした出発ロビーで、荷物の損害賠償請求書に記入するはめになった。

翌日の朝一番の便を待つこともできたが、もはや堪忍袋の緒が切れた。そこで、彼はブリンディジの港へ行って、そこからギリシャへ渡るフェリーに乗るつもりでレンタカーを借りた。

夜通し運転して五百キロほど走ったところで、プーリアの海岸に太陽が昇るのが見えた。道路標識を見ると、目的地まであとわずかだ。ところが、ちょうどそのとき、車の調子がおかしくなりはじめた。そして、だんだんとスピードが落ち、ついにエンジンが止まってしまった。

国道の端で運命に見放されたダヴィドは、車を降りた。だが、みずからの不運をののしる代わりに周囲を見まわした。右手に、その昔、敵の攻撃を防ぐために丘の上に築かれた白い街が見える。左手は、数百メートルほど先が海だった。

彼は海岸まで歩いた。まだ朝早いせいで、人気《ひとけ》はない。波打ち際で、彼はいつものアニスの煙草を取り出し、それを口にくわえながら昇りつつある太陽をながめていた。

そのとき、ふと下を見ると、湿った砂浜に左右対称の小さな足跡が続いていた。本能的に、ジョギングをしている女性のものだと気づく。このあたりの海岸は、ところどころ入り江となっているため、足跡を残した人物はすでに姿が見えなかった。だが、ひとつだけ確かなことがある——それほど時間はたっていないはずだ。でなければ、とっくに波に消されているはずだから。

　そのとき頭によぎったことを説明するのに、ダヴィドはいつも苦労していた。とにかく、ふと、その足跡を追わなければならない衝動にかられたらしい。それで、彼は走りはじめた。

　話がそのくだりに差しかかると、サンドラは決まって、なぜ女性の足跡だとわかったのかと尋ねた。

「実際には、わかったんじゃなくて、期待していただけかもしれない。小さな男の子や、あるいは背の低い男だったかもしれないだろう?」

　その答えにサンドラは納得できなかった。なおも尋ねずにいられなかったのは、警察官としての直感だった。「それで、ジョギングをしていると思ったのはどうして?」

　しかしダヴィドは、その問いにも答えを用意していた。「砂浜の足跡は、つま先の部分が深くなっていた。つまり、走っていたということだ」

「なるほど、それならわかるわ」

　そして彼は、中断したところから話の続きを始める。百メートルほど走って、砂丘を越えたところで女性の姿が見えた。ショートパンツにぴったりとしたTシャツ、それにランニングシューズといういでたちで、金髪を後ろでひとつに結んでいる。顔は見えなかったものの、このときもやはり声をかけたい衝動にかられた。だが、名前もわからないのに、無謀としか言いようがない。

　すでに彼は足を速めていた。

　追いついたら何と言えばいいのか? 少しずつ近づきながら、どうすれば醜態をさらさずにすむのかを考えたが、何も思いつかなかった。

　そして、やっとのことで彼女と並んだ。とても美しい女性だった。彼の口からそのことを聞かされるたびに、サンドラは思わずほほ笑まずにはいられなかった。それから、ダヴィドは邪魔をしていることを詫びつつ、彼女に止まるように頼んだ。見知らぬ女性は迷惑そうな表情で言われたとおりにし、息を切らしているおかしな男をしげしげとながめた。いい印象を与えなかったのは間違いない。丸一日、同じ服を着たままで、前の晩は眠れなかったために、ひどい顔をしていた。おまけに走ったせいで汗だくだった。

「やあ、ぼくはダヴィド」彼はそう言って、手を差し出した。女性は、まるで腐った魚をすすめられたかのように手を引っこめたまま、嫌悪もあらわに彼を見つめた。だが、彼は続けた。「カール・グスタフ・ユングが偶然についてどう言っているか、知ってるかい？」そして、自分が前の日にベルリンを出発してから、どれだけひどい目に遭ったかということをいきなり話しはじめた。彼女はひと言も口をはさまず、おそらくその話のどこがおもしろいのかを理解しようとしながら、じっと耳をかたむけていた。

ひととおり話し終えると、ダヴィドは、これは本当に偶然とは見えないと繰り返した。なぜなら、自分をこの海岸へ導いた一連の出来事は意志とは無関係にもかかわらず、足跡を追いかけようと決めたのは自分なのだから。だとしたら、〝共時性〟の理論は、この出会いには当てはまらないと。

「その理論の提唱者は誰？」

「ユングだ」

ダヴィドはそう答えたものの、彼女の質問は有無を言わさない拒絶に思えた。それ以上、何を言えばよいのかわからないまま、彼は別れを告げて、すごすごと引き返した。歩きながら、彼女が本当に特別な女性だったと、願わくは運命の相手だったとわかったら、どんなによかったことかと考えつづけていた。こんなふうに恋に落ちて、これから先ずっと、このエピソードを語りつづけることができたら、一生忘れられない思い出となったにちがいない。ちょっとした災難の連続を壮大な愛の叙事詩に変えることができたら。

　すべては置き去りにされた荷物から始まった。

　だが、女性は気が変わったわと言うために追いかけてきたりはしなかった。結局、ダヴィドは彼女の名前を訊くこともできなかった。その代わり、一ヵ月待っても荷物が見つからなかったため、ミラノ県警本部へ出向いて盗難届を出した。そのときに、コーヒーの自動販売機の前ではじめてサンドラと出会い、ちょっとした言葉を交わし、互いに相手を気に入り、数週間後には一緒に暮らしはじめた。

　いまでも、重苦しい心でローマのホテルの部屋で目覚め、あのころのことを思い出すと、サンドラはほほ笑まずにはいられなかった。ダヴィドが殺されたことが判明し、犯人を見つけなければならない使命感にかられているにもかかわらず。

　ダヴィドが新しい友人にその話をするたびに、相手は砂浜の女性がサンドラだと思いこんだ。だがそれよりも、この出来事の驚くべき点は、人生はごく平凡な日々のうちに大きなチャンスに巡りあうものだということだろう。なぜなら、男も女も、〝手がかり〟がなくても心は通じあうからだ。

　ときには、無数の人間が存在するなかで、出会うだけでじゅうぶんなこともある。

　あのコーヒーの自動販売機の前で、自分が持っていたのが五ユーロ札ではなく、ダヴィドが小銭に両替してくれなければ、言葉を交わす理由はなかった。きっと、ちらりと相手を見てから、それぞれの飲み物を待つあいだ、見知らぬ者どうし離れて立っていたにちがいない。まさか愛しあっていたかもしれないとは夢にも思わず、本当に信じがたいことに、そのために思い悩むこともなく。

　自分たちの知らないうちに、同じようなことが一日にどれだけ起きているのか。どれだけの男女がたまたま出会って、互いに赤い糸で結ばれた相手であることにも気づかず、何ごともなかったかのように別れていくのだろうか。

そう考えると、ダヴィドが死んでしまったというのに、サンドラは自分が恵まれているように思えてならなかった。

それなら、ゆうべの出来事は何だったの？　こめかみに傷跡のある男との出会いに、サンドラはいまでも驚いていた。てっきり殺人犯だと思っていたが、意外にも彼は神父だった。それが事実だということを、彼女は疑っていなかった。男は、一瞬の停電のあいだに逃げることもできたのに、その場に留まって、みずからの正体を明かした。思いがけない言葉に、サンドラは引き金を引く勇気をなくした。自分を咎める母親の声を聞いたような気がしたのだ。「サンドラ、お願いだから神父さまを撃ったりしないで。ぜったいにだめよ」ばかばかしい。偶然だわ。

だが、ダヴィドとあの男の関係を突きとめる手立てはなかった。サンドラはベッドから起きあがると、ライカのフィルムを現像した写真のなかから夫の写った一枚を取り出してながめた。彼の調査に神父がどう関わっているの？　けれども、いくら写真を見ても、何かがわかるどころか、事態はますますややこしく感じられた。

そのとき、お腹が鳴った。どちらかと言えば、空腹よりも疲労を告げているようだった。もう何時間も食べ物を口にしておらず、おまけに熱もありそうだった。昨晩、雨でずぶ濡れになってホテルに戻ってきたせいだろう。

だが、サン・ルイジ・デイ・フランチェージ教会の聖具保管室で、サンドラは自分が求めているのは正義だけではないことに気づいた。漠然とした、満たすべき欲求があった。これまでの苦悩は形を変えていた。

少しずつ弱まって、より脆くなった。同時に、これからずっと抱えて生きていくかもしれない感情が強まった。他人に同じ苦しみを課したいという気持ち。あたかも、復讐がみずからの心をなだめる唯一の手段であるかのように。

そんな漠然とした後ろ暗い感情には始末をつけるべきだと、サンドラにはわかっていた。そんな人間にはなりたくない、と自分に言い聞かせる。それでも、何かが決定的に変わってしまったような気がしてならなかった。

こめかみに傷跡のある神父の写真をわきに置くと、彼女は依然として謎のままの二枚に目を凝らした。

真っ暗な写真。そして、悲しげに手を上げて鏡に映っているダヴィド。

サンドラはその二枚を目の高さに持ちあげ、関連を見出そうとした。だが、何ひとつ思い当たらない。彼女はあきらめて、写真を下ろした。その瞬間、床に目が釘づけになった。

ドアの下に紙が置いてある。

しばらくのあいだ、サンドラは身じろぎせずにそれを見つめていた。やがて、何かを恐れているかのように、すばやく拾いあげた。誰かが夜のあいだに差しこんだにちがいない。自分が眠気に屈した、ほんの数時間のあいだに。サンドラはその紙を見た。ドミニコ会修道士の姿が描かれた宗教画だった。

ペニャフォールの聖ライムンド。

裏に、その聖人の名前とともに、他人の幸せを願うための祈りがラテン語で記されていた。その祈りの一部分をかき消すように、赤いインクで文字が書かれている。それを見た瞬間、サンドラは背筋が凍りついた。

一語。署名。

フレッド。

七時

混みあった場所のほうが都合がいい。その点、この時間のスペイン広場近くのマクドナルドは申し分なかった。店内の客は、はじめてイタリアに来て、やたら甘ったるい朝食に馴染むことのできない外国人旅行者がほとんどだった。

マルクスがこの場所を選んだのは、自分のまわりに他人の存在を感じる必要があったからだ。毎日のように恐怖に支配されながらも、世の中は前に進んでいるということを実感したかった。この戦いにおいて、自分はひとりではないことを確信したかった。なぜなら、周囲の家族も——子どもを産み、愛情深く育て、将来、同じことを繰り返すように教育して——人類の救済にひと役買っているからだ。

マルクスは人目を避けて隅のテーブルにつくと、水で薄めたようなコーヒーには手をつけずに、三十分前にクレメンテから受け取ったファイルを目の前に置いた。ファイルは告解室に隠されていた——情報を交換するための、もうひとつの隠し場所だ。

ジェレミア・スミスの家の屋根裏部屋で見つけた、はさみを持った子どもの絵を見て、クレメンテはすぐに三年前の事件を思い出した。屋敷にいるあいだに、彼はマルクスにその事件の概略を語って聞かせた。そして外に出ると、そのまま記録保管所へ調べに向かった。表紙に記された番号は〝c.g.554-33-1〟だったが、マスコミが犯人を揶揄《やゆ》して名づけた〝フィガロ事件〟と言えば、間違いなく誰もがわかるだろう。被害者への配慮には欠けているにしても。

マルクスはファイルを開いて報告書を読みはじめた。現場はヌオーヴォ・サラリオ地区の庭付き一戸建て住宅だった。警察官が一帯を巡回しているこの場所で、ある金曜の晩におぞましい事件が起きた。二十七歳の青年が、二階へ上がる階段の下で、みずからの嘔吐物にまみれて倒れていた。少し離れたところでは、彼が日ごろ移動するために利用している車椅子が壊れていた。フェデリコ・ノーニは下半身が不自由で、当初、捜査官は彼が激しく転倒したと考えた。しかしその後、二階に上がった捜査官は、ぞっとするような光景を目の当たりにした。

寝室に、妹のジョルジア・ノーニの無残な死体があったのだ。

二十五歳のジョルジアは全裸で、全身をナイフで深々と切り刻まれていた。だが、致命傷となったのは、腹部を切り裂いた傷だった。

傷口を分析した結果、法医学者は凶器をはさみと断定した。クレメンテの事前の説明によれば、この被害者は不幸にも警察の注目するところとなった。というのも、病的な変質者によって同じ方法で三人の女性が続けざまに襲われていたからだ——その犯人につけられた呼び名が〝フィガロ〟だった。三人とも、すんでのところで命は助かった。だが、どうやら襲撃者は犯行をエスカレートさせて殺人犯となることを望んだようだった。

変質者というのは不完全な定義だ、とマルクスは気づいた。なぜなら、この人物はそれ以上だからだ。病的に歪んだ彼の想像の世界において、はさみで襲いかかるのは、喜びを得るために必要な行為だった。犯人は、傷口からほとばしる血に混じって、犠牲者の恐怖のにおいを嗅ぐことを欲していた。

マルクスはファイルから目を上げた。ほんの一瞬でも、平凡な世界に戻りたかった。そして、店内の少し離れたテーブルに慰めを見つけた——女の子がハッピーセットの箱を注意深く開けている。舌をちょこんと出して、興奮に目を輝かせながら。

いったい人生の分岐点はどこにあるのか、とマルクスは自問した。どの時点で引き返すことができなくなるのだろうか？　だが、かならずしも引き返す必要はない。なるようにしかならないこともあるのだから。

　その女の子の姿に、マルクスは人間に対する信頼を少しばかり取り戻した。そして、ふたたび目の前のファイルの深淵に身を沈めることができた。

　彼は、一連の出来事に関する警察の報告書に目を通した。

　殺人犯は玄関のドアから侵入した。買い物から帰ってきたジョルジア・ノーニが、不注意にも開けっ放しにしておいたのだ。大型スーパーマーケットで獲物を物色してから家まで尾行するのが、フィガロの常套手段だった。ほかの三人は、ひとりでいるところを襲われた。ところがジョルジアの場合、自宅には兄のフェデリコもいた。兄は将来を期待された陸上選手だったが、ありふれたバイクの事故で選手生命を絶たれ、歩くことさえできなくなった。彼の話によると、フィガロは背後からふいに襲いかかってきた。そして車椅子を引っくり返し、彼を思いきり床に突き倒して気を失わせた。その後、二階のジョルジアのところへ行き、他の女性に対しては未遂で終わった行為を成し遂げた。

　フェデリコが意識を取り戻すと、車椅子はめちゃくちゃに壊されていた。そして、妹の悲鳴を聞き、二階で何か恐ろしいことが起きているのに気づいた。助けを呼ぼうとしてから、腕を使って階段を這いあがろうとしたが、もはや以前のように体を鍛えているわけではなく、おまけに強く殴られたせいで、頭がぼんやりしていて上れなかった。

　この世で最も愛する人間を助けることもできずに、彼はその場でただ悲鳴を聞かされていた。いつも自分のことを心配し、おそらく一生、やさしく世話をしてくれたであろう妹を。忌まわしい階段の下で、彼は怒り狂って自分をののしりつづけた。

警察に通報したのは、悲鳴を聞きつけた近所の住人だった。パトロールカーのサイレンに気づいて、犯人は裏口から庭へ逃げた。その際の足跡が花壇の土に残されていた。

マルクスが読み終えて顔を上げると、ハッピーセットの女の子は真剣な表情でチョコレートマフィンを弟と分けあい、その様子を両親が温かいまなざしで見守っていた。こみあげる疑念に、そのほほ笑ましい家族の光景がかすんで見える。

次は、フェデリコ・ノーニが復讐を果たすように仕向けられるのか？　いまだに罰せられていない、妹を殺した犯人を見つけるために、すでに何者かがフェデリコに手を貸しているのだろうか？　そして、自分の使命は彼を止めることなのか？

そうした疑問を抱きつつも、マルクスはファイルの最後にある注記に目をとめた。おそらくクレメンテも知らない事実だ。その証拠に、クレメンテはジェレミア・スミスの屋敷で事件の概略を説明する際に、その点については触れていなかった。

もはや復讐は起こりえないだろう。なぜならフィガロは、すでに身元が判明しているからだ。そして、事件は彼の逮捕によって解決していた。

七時二十六分

　サンドラは、少なくとも二十分間は〝フレッド〟と署名された宗教画を見つめていた。まず、廃れた建設現場で彼女が発見したICレコーダーに、夫との愛を象徴する歌が、彼を殺した男のおぞましい声で録音されていた。そして、またしても夫婦の親密な関係が冒瀆された。愛情をこめてダヴィドにつけていたあだ名は、もはや彼女だけのものではなかった。

　ダヴィドを殺した犯人からのメッセージにちがいない、ドアの下に差しこまれた紙を握りしめながら、サンドラはつぶやいた。わたしがここにいることを知っている。いったい、わたしをどうするつもり？

　ホテルの部屋で、サンドラは冷静に考えようと努めた。ペニャフォールの聖ライムンドの宗教画には、祈りとともに、このドミニコ会修道士に捧げられた礼拝の場所が記されていた。

　サンタ・マリア・ソプラ・ミネルヴァ教会の礼拝堂だ。

　情報を得るために、サンドラはデミチェリス警部に連絡しようと思い立った。だが、携帯電話を使おうとして、バッテリーが切れていることに気づいた。そこで携帯は充電して、部屋の電話でかけることにした。番号を押そうとした瞬間、サンドラはふと手を止めて、受話器を見つめた。

　ダヴィドが謎に包まれた調査をするためにローマへ来たとわかって以来、彼が滞在中に誰かと連絡を取ったのではないかと気になってしかたがなかった。何らかの協力を得られる人物と。だが、ノートパソコンにも携帯電話にも、その間にメールのやりとりや電話をした形跡は残っていなかった。

どうも奇妙だ。

そのときサンドラは、ホテルの電話を確かめていなかったことに気づいた。

便利な世の中に慣れているせいで、われわれはごく初歩的なことをおろそかにしがちだ。

彼女は受話器を戻すと、9を押してフロントに電話をかけ、支配人につないでもらい、ダヴィドがこのホテルに滞在していたあいだの通話履歴を見せてほしいと頼んだ。夫の死について調べるために、またしても公務員の権限を不正に利用する。支配人は半信半疑ながらも、結局は同意した。ほどなく、仕事熱心なスタッフがリストを持ってきたが、そこに記されている番号は一件のみだった。

0039-328-39-56-7XXX

やはり思ったとおりだ。ダヴィドはこの携帯の番号に何度も電話をかけていた。はたして誰が出るのか、サンドラは確かめたかったが、最後の三桁がXで暗号化されている。

ホテルの電話交換室では、個人情報の保護のために、通常は発信も着信も番号をすべては記録しない。結局、このシステムの目的は、客に電話料金を負担させる際の証拠を残すことだけなのだ。

つまり、ダヴィドがホテルの部屋からこの番号に電話をかけていたのは確かだが、相手は誰だかわからない。なぜわざわざそんなことをしたのだろうか？

サンドラはもう一度〝フレッド〟の署名が記された宗教画を見た。

これを置いていったのが、夫を殺した犯人ではなかったとしたら？　謎の協力者の仕業だとしたら？　その可能性は大いにある。誰にせよ、ダヴィドが殺されたことを知って、自分も身の危険を感じたにちがいない。だから、慎重に行動しているのだろう。ひょっとしたら、これはサンタ・マリア・ソプラ・ミネルヴァ教会へ行けという意味かもしれない。なぜなら、そこに何らかの手がかりがあるから。〝フレッド〟の署名は、ダヴィドの知り合いだということをわからせ、わたしを安心させるためだろう。危害を加えるつもりなら、メッセージなど残さずに、身を潜めて不意打ちを食らわせるほうが簡単なはずだ。

確かなことは何ひとつなく、さまざまな謎に次々と疑念が沸きあがっているだけだと、サンドラにはわかっていた。そして、いよいよ決断を迫られていることも。いますぐ列車に乗ってミラノへ戻り、すべてを忘れるように努力すべきか。あるいは、このまま調べつづけ、何としてでも真相を突きとめるべきか。

結局、彼女は前に進むことに決めた。だが、まずはサンタ・マリア・ソプラ・ミネルヴァ教会で何が待ち受けているのかを確かめなければならない。

サンタ・マリア・ソプラ・ミネルヴァ教会はパンテオンのすぐそばにあり、ローマ神話の女神ミネルヴァに捧げられた古代の神殿の上に、一二八〇年に建てられた。

サンドラは、タクシーで正面の広場に行った。中央には、象がエジプトのオベリスクを背負ったベルニーニの手による彫像がある。言い伝えによると、この教皇お抱えの建築家は、鈍感なドミニコ会修道士たちを嘲笑しようと、わざと修道院に背を向けた動物の石像を置いたという。

サンドラは、ジーンズに、雨が降ったらかぶれるようにフード付きのスウェットシャツという恰好だった。昨晩の嵐が嘘のように、熱い空気が通りを乾かしている。乗ってきたタクシーの運転手は、悪天候が何日も続いたことを詫び、ローマは太陽の街だと請けあった。だが、まばゆい空にはすでに黒い雲が壊疽《えそ》のごとく広がりはじめている。

新中世様式のファサードの入口を入ると、内部は意外にも中世のゴシック様式で、ところどころバロック様式とおぼしき要素も加えられていた。サンドラは足を止め、青地に使徒や預言者、教会博士の姿が描かれたフレスコ画の丸天井を見あげた。

教会は扉を開けたばかりだった。入口に貼られた予定表によると、朝一番のミサは十時になるまで始まらない。主祭壇の花を準備しているシスターを除けば、見学者はサンドラひとりだったが、彼女はシスターの姿に自然と心が落ち着くのを感じた。

ペニャフォールの聖ライムンドの宗教画を取り出すと、サンドラは誰にも邪魔されることなく、絵を探して歩きまわった。身廊に沿って礼拝堂をひとつずつ見ていく。教会には全部で二十の礼拝堂があり、いずれも絢爛たるものだった。赤い碧玉で飾られていたり、あたかも生きて脈打っているかのような模様が彫りこまれたりしている。多彩色の大理石は布地のドレープのごとくなめらかに波打ち、聖人の像の肌は輝くようなつややかな象牙色だ。

目当ての礼拝堂は、突き当たりの右側にあった。他の礼拝堂にくらべると、かなり見劣りがする。

帯状装飾はなく、薄暗い隅に押しやられたような空間は、せいぜい十五平方メートルほどの広さだ。むき出しの壁は高価な大理石でおおわれてはおらず、煤《すす》で黒ずんでいる。中には墓碑がいくつかあるばかりだった。

サンドラは携帯電話を取り出して、写真分析の手順と同じように撮影を始めた。全体から細部へ。下方から始めて、徐々にレンズを上へ向ける。とりわけ礼拝堂内の絵画に注目して。

ドミニコ会の衣をまとったペニャフォールの聖ライムンドは、聖パウロとともに中央の祭壇の上に飾られた祭壇画に描かれていた。左側には聖ルチアと聖アガタの油絵がある。だが、なかでもサンドラが感銘を受けたのは、礼拝堂の右側にあるフレスコ画だった。

『最後の審判』。

その下には、無数の奉納された蠟燭《ろうそく》が並んでいる。小さな炎がかすかな風に揺れ、狭い空間を赤みがかった色に染めていた。

サン・ルイジ・デイ・フランチェージ教会の『聖マタイの殉教』と同じく、サンドラは求めている答えが見つかることを期待して、これらの絵画を写真に収めた。レンズを通せば、あらゆるものがより鮮明に見えるはずだった。科学捜査班の一員として犯罪現場を調べているときのように。だが、謎を解き明かすことはできなかった。今朝は、これで二度目だ。ホテルの電話交換室に記録されていた謎の携帯電話の番号は、あいにく下三桁が不明だった。真相の目前まで迫りながら、最後の決定的な一歩を踏み出せずにいることが歯がゆくてたまらなかった。

ダヴィドの写真のなかに、この場所に関連するものはなかっただろうか。

もう一度、残りの二枚を取り出してみる。今度も真っ暗な写真は除外して、もう一枚に集中した。ホテルの部屋の鏡の前にいる、上半身裸のダヴィド。片手で写真を撮り、もう一方の手でレンズに向かって手を上げている。一見、陽気なポーズだが、真剣な表情のせいで滑稽《こっけい》な雰囲気はまったくない。

考えながら、サンドラは撮影を中断し、何とはなしに手に持っているものに目を向けた。携帯電話と写真。この瞬間まで、ちっとも思いつかなかった。写真と携帯電話。「まさか」あまりにも初歩的なことで気づかなかった。「こんなことって……」答えは目の前にあった。しかも、いままで何度も目にしていた。彼女はバッグからホテルで入手した携帯の番号が記された紙を探し出した。

0039-328-39-56-7XX

ダヴィドは鏡に向かって挨拶をしていたわけではなかった。そうではなくて、掲げた手で数字を伝えていたのだ。まさしくこの電話番号の欠けている数字を。サンドラは最後の〝XXX〟を〝555〟に換えて、携帯電話に番号を入力した。

そして、待った。

外はまたしても曇っていた。ステンドグラス越しに、煤けた光が人目を避けるように教会に射しこんでいる。光は身廊を這って、あらゆる角やくぼみにまで広がっていた。

電話がつながった。

一瞬ののち、教会内に携帯電話の音が鳴り響く。

偶然ではあるまい。相手はここにいる。こちらの様子を観察している。

三回目で呼び出し音がやみ、電話も切れた。サンドラは主祭壇を振りかえって、先ほど見たシスターがまだいるかどうかを確かめた。だが、姿は見えなかった。ほかに誰かいないか、周囲を見まわした。誰もいない。身の危険を感じた瞬間、何かが頭上の空気を切り裂いて壁にめりこんだ。サイレンサー付きの銃だ。サンドラは携行していた銃を取り出すと同時に、とっさにうずくまった。全身の神経を研ぎ澄ませるが、恐怖に速まる鼓動を鎮めることはできなかった。二発目の銃弾は数メートル逸れた。狙撃手の位置は特定できないが、いまの場所から命中させることは難しいだろう。だが、こちらから見えないのをいいことに、すぐにもっと狙いやすい位置に移動するにちがいない。

ここから逃げ出さなければ。

銃をしっかり構え、警察学校で習ったとおり、周囲の状況から目を離さずにかかとで回る。現在の場所から数メートルのところに、もうひとつの出口を見つけた。身廊の柱の陰に身を隠しながら進めば、どうにかそこまでたどり着けるだろう。

宗教画のメッセージを信用したのは間違いだった。ダヴィドを殺した犯人は、まだ逃げまわっているというのに、なぜ自分は、懲りもせず軽率に行動したのだろう。

出口まで到達するのに十秒を見積もる。数えはじめると同時に、サンドラは飛び出した。一――弾は飛んでこない。二――すでに二メートル進んだ。三――ステンドグラスから射しこむ弱い光を横切る。四――ふたたび暗がりに身を投じる。五――あと数歩、出口は目前。六、七――背後から羽交い締めにされ、わきの礼拝堂に引きずりこまれる。八、九、十――不意を突かれて抵抗できない。十一、十二、十三――死にもの狂いでもがき、その腕からどうにか逃れようとする。十四――一瞬、手が離れた。拳銃が手から落ち、必死に走り出そうとした拍子に足をすべらせる。十五――大理石の床に頭を打ちつけたことに気づく。倒れる寸前に第六感のようなものが働き、苦痛を感じた。転倒を防ごうと、とっさに腕を伸ばしたが無駄だった。せめてもの救いは、衝撃をやわらげるために、頭を回して顔を横に向けたことだった。頬骨が冷たい床に打ち当たり、次の瞬間には床が灼熱の大理石に変わる。電気ショックのような激痛が走った。十六――目は開けていたものの、すでに全身の感覚は失っていた。自分が存在しないと同時に存在しているように感じる、奇妙な状況だった。十七――二本の手で肩をつかまれるのを感じた。

それ以上は数えられず、闇が訪れた。

九時

天の女王《レジーナ・チェーリ》刑務所は、もともと修道院だった。建物の建設は十七世紀後半にまで遡る。一八八一年以降は監獄として使われるようになったが、聖母の像に敬意を表して当初の名前が残された。

　約九百名の囚人が収容可能な建物は、犯した罪によって、さまざまな区画に分かれている。第八区画には、いわゆる〝ボーダーライン〟が集められていた。何年ものあいだ、ふつうに仕事をして、人間関係——ときには家庭——を築いて生活してきたにもかかわらず、ある日とつぜん、健全な精神に疑問を抱き、説明できる明確な動機もなく凶悪な犯罪を犯した人々のことだ。精神疾患の明らかな兆候はなく、犯罪行為を通してははじめて異常が表面化し、それでも病的な精神状態ははっきりとは認められない。〝病的〟なのは、あくまで彼らが犯した犯罪のみだ。裁判所が責任能力に関して判断を下すまで、彼らは刑務所の他の囚人たちとは別の待遇を受ける。

　すでに一年以上、この第八区画はニコラ・コスター——別名フィガロ——の居住場所となっていた。

　面会手続きを終えると、マルクスは正面の入口から中に入り、あたかも冥界へ下りていくかのごとく、刑務所の中心部への出入りを制限する柵を通り抜けて、長い廊下を進んだ。

　今日のために、彼はカソックをまとっていた。だが、喉を締めつける白い襟は言うまでもなく、歩くたびに裾がはためく僧衣は着慣れなかった。じつのところ、これまで一度も着たことはない。この司祭の服装は単なる仮装にすぎなかった。

　数時間前、連続襲撃犯が獄中にいるとわかると、マルクスはクレメンテとともに彼に会いに行く計略を巡らせた。ニコラ・コスタは、このまま刑務所で罪を贖《あがな》いつづけるべきか、それとも精神科の施設に入るべきか、裁判所が決定するのを待っているところだった。その間に、彼は改心と後悔の態度を見せはじめ、毎朝、看守棟内の小さな聖堂へ付き添われて通っている。そして、ひとりで告解を行ない、ミサに出席していた。しかしその日は、聖堂付きの司祭が、よくわからない理由で急に司教区庁に呼び出された。それが手違いだと気づくまでには、しばらく時間を要した。クレメンテはこうした計画を抜かりなく進め、マルクスを臨時の司祭代理に仕立てあげた。おかげで、マルクスは堂々とレジーナ・チェーリに入りこむことができたのだ。

言うまでもなく、彼らの極秘任務にとっては危険を伴う方法だが、ジェレミア・スミスの屋根裏部屋で見つかった絵は、事実が世間で信じられているとおりではないことを示唆していた。ひょっとしたら、フィガロ事件はまだ解決していないのかもしれない。マルクスはそれを確かめに来たのだ。

長い石の廊下の突き当たりは八角形の空間で、そこから上階へ行くことができる。二階から四階までが独房になっていた。囚人がバルコニーから飛び降り自殺をするのを防ぐために、天井まで鉄格子が張りめぐらされている。

看守はマルクスを小さな聖堂に案内すると、宗教儀式の準備をする彼をひとり残して立ち去った。聖職者の役目のひとつに聖体拝領があり、それを含めてミサを執り行なうのが司祭の日々の務めだ。しかしマルクスは、特別な職務を与えられ、こうした義務を免除されていた。それでもプラハでの一件のあと、儀式に対する自信を取り戻すために、クレメンテは彼に何度かミサを行なわせた。だから、不安はない。

いまから会う男について、深く調べる暇はなかった。

とくに、現在の心理状態に関する報告書には目を通していない。だが、〝ボーダーライン〟という定義は、善と悪とを区別する、薄い仕切りがあることを意味している。この境界には伸縮性がある。少しのあいだ悪に足を踏み入れても、再びもとの世界に戻ることは可能だ。それが度を越すと、壁が壊れて危険な抜け穴ができ、ある種の人間が難なくそこを通り抜けられるようになる。彼らは一見、ごく平凡な人間に見えるものの、そちら側の世界に一歩足を踏み入れたとたん、驚くほど凶悪な変貌を遂げる恐れがある。

　精神分析医によれば、ニコラ・コスタはそうした分析不能なタイプの人間に分類される。

　マルクスは誰もいない会衆席に背を向けて、祭壇の準備をした。やがて、手首にはめた手錠のジャラジャラいう音で、コスタがやって来たのがわかった。彼は看守に付き添われ、ぎこちない足取りで聖堂に入ってきた。ジーンズと、喉もとまでボタンをとめた白いシャツという服装だ。頭のあちこちから伸びた細い髪の房を除けば無毛で、異様な雰囲気をかもし出している。しかし最も衝撃的なのは、口唇裂のせいで、口の左側だけがつねに笑っているように見えることだった。

　囚人は長椅子のところまでやって来た。看守は腕を支えて彼を座らせると、外に出ていった。この個人的な時間を邪魔しないように、入口で見張っているのだろう。

　マルクスが少し待ってから振り向くと、男の顔に驚きの表情が浮かんだ。

「いつもの司祭はどうした？」囚人は困惑して尋ねた。

「体調がすぐれないのです」

　コスタはうなずくと、それ以上は何も言わなかった。彼はロザリオを手に握りしめたまま、聞きとれないほどの低い声で何やら祈りを唱えはじめた。ときおりシャツの胸ポケットからハンカチを取り出して、唇の裂け目から垂れる唾を拭わなければならなかった。

「ミサの前に、告解を？」

「いつもの司祭から霊的指導を受けているんだ。不安や疑念を打ち明けると、司祭は福音書を開いて答えてくれる。だが、それは彼が戻ってくるのを待ったほうがよさそうだ」

　子羊のように従順だ、とマルクスは気づいた。あるいは、うまく仮面をかぶっているのか。

「失礼、てっきり望んでいると思ったものですから」そう言って、マルクスはふたたび背を向けた。

「何を？」コスタは困惑して尋ねる。

「罪の告解を」

　それを聞くなり、彼は気色ばんだ。「どういうことだ？　まったく理解できない」

「気にしないで。落ち着いてください」

　コスタは冷静さを取り戻して、ふたたび祈りを唱えはじめた。マルクスはミサを始めるために首からストラをかけた。

「おまえのような男が、犠牲者のために涙を流すなどありえない。実際、おまえは、その醜い唇のせいで恐ろしく見える」

　その言葉に、コスタは殴られたような衝撃を受けたが、どうにか受け流した。「司祭というのは、みんな親切なのかと思っていた」

　マルクスは彼に歩み寄ると、顔を数センチの距離まで近づけてささやいた。「何もかもわかっているんだ」

　コスタの顔が仮面のようになる。見せかけの笑みは鋭い視線と相容れなかった。「おれは罪を告白して、すべてを償おうとしているんだ。感謝されるなんて思ってない。自分が悪いことをしたのはよくわかってる。でも、少しは配慮してくれてもいいんじゃないか」

「たしかに」マルクスは皮肉っぽく認めた。「おまえは女性たちを襲ったことと、ジョルジア・ノーニを殺したことを残らず告白した」本来ならどんな事件をも解決に導く証拠を、まったく信用していないと言わんばかりの口調だった。「だが、殺人の前に襲われた被害者たちは、おまえのことを何ひとつ知らない」

「目出し帽をかぶっていたんだ」みずからの罪に対する主張を押し通そうとして、コスタはまんまと引っかかった。「ところが、ジョルジア・ノーニの兄がおれの正体を見破った」

「彼にはおまえの声しかわからなかったはずだ」マルクスは即座に反論する。

「犯人は言葉が少し不自由だと言ったんだ」

「あの青年はショックを受けていた」

「そうじゃない。それはおれの……」コスタは最後まで言えなかった。

　マルクスは、たたみかけた。「おまえの何だ？　その唇のせいだと言いたいのか？」

「そうだ」彼は言葉を絞り出すように言った。みずからの障害について、こんなふうに否定的に、しかも攻撃的に言われるのは納得がいかないのだろう。

「いつでも同じだった、違うか、ニコラ？　子どものころから何も変わっていない。学校の同級生に呼ばれていたように。あだ名をつけられていた。そうだろう？」

　コスタは長椅子に座ったまま身動きをして、笑い声のような音を立てた。「〝ウサギ顔〟」おもしろそうに答える。「たいしたことじゃない。その気になれば、奴らはもっとひどいことをできたんだ」

「そのとおりだ、〝フィガロ〟」マルクスは挑発した。

　コスタは苛立ちながら、ふたたびハンカチで口を拭った。「何が目的なんだ？」

「おまえの嘘の申し立てを許すつもりはない、コスタ」

「もう帰らせてくれ」彼は振り向いて看守を呼ぼうとした。

　だが、マルクスはふたたび歩み寄ると、彼の肩に手を置いて、その目をじっと見つめた。「つねに怪物扱いされていたのなら、そうした状態に慣れるのは簡単だ。そして時がたつにつれて、それが自分を特別な存在にする唯一の方法だと気づいた。おまえはもはや無価値な人間ではない。おまえの顔は連日、新聞に掲載された。裁判所では、誰もがおまえを凝視していた。好きでそうしていた者はいない。むしろ恐怖さえ覚えただろう。おまえは周囲の無関心や軽蔑に慣れていた。ところが、にわかに注目を浴びるようになった。人々は目をそむけようとしなかった。なぜなら世間を震撼《しんかん》させたものを、この目で見なければならなかったからだ。おまえ自身ではなく、おまえが象徴するものを。そして、多くの人間が見れば見るほど、それぞれに違うことを感じるんだ。おまえは、そういった人間たちが、自分のほうが優れていると確信するための口実となった。だが、それこそが怪物の存在意義ともいえる」

マルクスは司祭服のポケットから屋根裏で見つけた絵を取り出すと、長椅子の背の上で注意深く広げて、ニコラ・コスタの目の前に置いた。緑豊かな自然のなかで笑っているふたりの子ども。女の子は血の染みがついたワンピースを着ていて、男の子は手にはさみを持っている。

「誰が描いたんだ？」囚人が尋ねる。

「本物のフィガロだ」

「フィガロはおれだけだ」

「違う、おまえは虚言症だ。みずからのつまらない存在に意味を与えるためだけに、犯してもいない罪を告白した。じつにうまくやったな。細かいところまで、よく調べている。告解を行なうというアイディアのおかげで、周囲はますます信じた。それに警察にとっては、手の中で爆発する恐れのある事件は、さっさと片づけるに越したことはない——三人の女性が襲われ、ひとりが殺されているというのに、犯人を逮捕できずにいたのだから」

「それなら、おれが逮捕されてから、ひとりも犠牲者が出ていないのは、どう説明するんだ？」それが決定的な証拠だと言わんばかりに、コスタは自信たっぷりに尋ねた。

マルクスはその反論を予想していた。「一年近くが過ぎたが、真犯人がふたたび誰かを襲うのは時間の問題だ。それまでは、おまえがこの中にいるほうが都合がいい。真犯人も、もうやめようと考えたりもしたはずだ。だが、そんなに長くは衝動を抑えられないだろう」

ニコラ・コスタは思いきり鼻をすすりながら、落ち着かない様子で聖堂の中を見まわした。「あんたが誰だか知らないし、なぜ今日、ここに来たのかも知らないが、そんなことを言っても誰も信じないさ」

「認めるんだ。おまえには、怪物になるだけの勇気などない。他人の手柄を横取りしているだけだ」

コスタは平静さを失いつつあった。「誰から聞いたんだ？　その絵の子どもは、なぜおれじゃないと言える？」

マルクスはコスタの前に絵を突きつけた。「この笑みを見ればわかるだろう？」

ニコラ・コスタは絵の描かれた紙に目を落とし、男の子の顔におかしなところはなにもないことに気づいた。「これだけでは証拠にならない」弱々しい声で言う。

「わかっている」と、マルクス。「だが、ぼくにはこれでじゅうぶんだ」

十時四分

右の頬骨に鋭い痛みを感じて目が覚めた。見ることに恐怖を覚えつつも、ゆっくりとまぶたを開く。サンドラはベッドに横たわっていた。体の下には、やわらかな赤いキルトの掛けぶとんがある。周囲にはありふれたイケアの家具が置かれ、唯一の窓は板戸が閉められていた。かすかに光が射しこんでいるところを見ると、まだ昼間にちがいない。

　予想に反して縛られてはいなかった。あいかわらずジーンズとパーカーを身につけていたが、スニーカーは脱がされている。

　部屋の奥にドアがあり、半開きになっていた。明らかに意図的な行為だ。どうやら、ここに閉じこめる気はないようだ。

　サンドラは真っ先に腰に手をやって拳銃を探したが、何もなかった。

　起きあがろうとして、すぐにめまいを覚えた。しかたなく、もう一度横になって、家具や物が回らなくなるまで、じっと天井を見つめていた。

　ここから逃げ出さなければ。

　両脚をベッドの端へ動かして、まず片足、続いてもう片方の足を下ろして床に触れる。両足をしっかり床に置いたことを確かめてから、両腕でベッドを押すようにして身を起こす。バランスを崩さないようにするためには目を開けたままにしなくてはならない。やっとのことでベッドに座ると、腕を伸ばして壁に手をつき、ナイトテーブルを利用してはずみをつけた。ようやく立ちあがった。だが、それも長続きはしなかった。見えない波に足をさらわれるように、膝が崩れてよろめく。必死に踏ん張ったが、無駄だった。思わず目を閉じ、倒れそうになった瞬間、後ろから誰かに抱えられて、ふたたびベッドに寝かされた。

「まだだ」男の声だった。

サンドラはそのたくましい腕にしがみついた。誰だかわからないが、いい香りがする。彼女は寝返りを打つと、額を枕に押しつけたままつぶやいた。「行かせて」

「まだ無理だ。いつから食べていない？」

サンドラは顔を上げた。あいかわらず視界はぼやけていたが、それでも薄明かりのなか、目の前の男の姿をとらえた。グレーがかった金髪は首までかかっている。顔立ちは上品だが男らしい。目は緑色にちがいない。猫のように光を放っているから。あなたは天使なの、そう尋ねかけて、耳障りな少年のような声とドイツ語訛りに聞き覚えがあることを思い出した。

「シャルバー」穏やかな笑みを見て、サンドラはがっかりしながら言った。

「すまなかった。ぼくが手を放した隙に、きみは足をすべらせたんだ」

「何てこと。教会にいたのはあなただったのね？」

「名乗ろうとしたら、きみに蹴っ飛ばされた」

「わたしが？」怒りで気分の悪さも吹き飛ぶ。

「ぼくがいなかったら、きみは狙撃手に心臓を撃ち抜かれていた。自分から相手のほうに向かっていたんだ。まさに恰好の標的となっていたところだよ」

「誰だったの？」

「わからない。ぼくはたまたま、きみのあとをつけていただけだ」

サンドラはついに怒りを爆発させた。「何ですって？　いつから？」

「昨晩、この街に着いたんだ。今朝、ダヴィドが泊まっていたホテルへ行った。そこにきみがいると思って。そうしたら、ちょうど出てきて、タクシーに乗るところだった」

「じゃあ、今日、ミラノでコーヒーを飲む約束は……」

「あれは空約束だ。きみがローマへ来ていることは知っていた」

「だから、しつこく電話をかけてきて、ダヴィドの荷物を確かめるように言って……ずっとわたしをからかっていたのね」

シャルバーは彼女の前のベッドに座ると、ため息をついた。「そうせざるをえなかったんだ」

サンドラは、自分がインターポール捜査官に利用されていることに気づいた。「何を隠しているの？」

「説明する前に、いくつか訊きたいことがある」

「いいえ。何が起きているのか、すぐに説明してちょうだい」

「かならず説明する、誓うよ。だけど、ぼくたちがまだ危険な状態にいるのかどうかを確認する必要がある」

サンドラは部屋を見まわして、椅子のひじ掛けにブラジャーのようなもの――もちろん彼女のではない――がかかっているのに気づいた。「待って。ここはどこ？　どういう場所なの？」

シャルバーは彼女の視線を遮るように下着を取りにいった。「散らかっていて、すまない。インターポールの所有する住居で、ゲストハウスのように利用しているんだ。いろいろな人間がひっきりなしに出入りしている。だが、心配いらない。ここなら安全だ」

「どうやってここまで来たの？」

「ぼくも何発か撃ちかえしたが、かすったかどうかも怪しい。とにかく無事に教会から出ることができた。きみを担いで外に出るのは大変だったよ。たまたま土砂降りの雨で、誰にも気づかれずに、きみを車に乗せることができた。自治体警察官や通りがかりの巡査に説明するはめになっていたら、厄介だったにちがいない」

「あら、あなたが心配していたのはそれだけ？」そう言ってから、サンドラはふと思い当たった。「ちょっと待って。どうして、まだ危険かもしれないの？」

「きみを殺そうとした人物は、ふたたび襲撃してくるはずだ」

「ホテルの部屋のドアの下に、誰かがメッセージ入りの宗教画を置いていったわ。ペニャフォールの聖ライムンドの礼拝堂には、いったい何が隠されていたというの？」

「何も。ただの罠だ」

「あなたはどうしてそれを？」

「ダヴィドがきみに残した手がかりのなかで触れられているはずだ」

その断定的な口調に、サンドラは何も言い返すことができなかった。「ダヴィドが手がけていた調査について、何か知っているの？」

「いろいろ知っている。折を見て話そう」

シャルバーは立ちあがると、隣の部屋へ向かった。何やら食器を取り出す音が聞こえてくる。しばらくして、彼はスクランブルエッグ、ジャムとトースト、それに湯気の立ったコーヒーポットをのせたトレーを運んできた。

「何か胃に入れておいたほうがいい。でないと、力が出ないだろう」

実際、サンドラはもう一日以上、何も口にしていなかった。食べ物を目の前にして、忘れていた食欲がわいてくる。シャルバーは、背を枕にもたせるようにして彼女を起こすと、膝の上にトレーを置いた。そして彼女が食べているあいだ、腕を組んでベッドの足もとに座っていた。つい数時間前までは、よそよそしい関係だったのに、いまはまるで信頼で結ばれているように見える。正直なところ、サンドラは彼の干渉に迷惑していたが、何も言わなかった。

「今朝は本当に危ういところだった。きみが助かったのは、ぼくの携帯の音に狙撃手が気を取られたからだ」

「じゃあ、あれは……」サンドラは口にものが詰まったまま言った。

「どうしてこの番号がわかったんだ？　ぼくはいつも別の番号からかけていたのに」

「ダヴィドがホテルからあなたに電話をしていたからよ」

「きみの夫は頑固者で、ぼくはまったく好きになれなかった」シャルバーはきっぱりと言いきった。

　夫のことをそんなふうに言われ、サンドラはかっとなった。「何も知らないくせに」

「厄介な男だった」彼はあくまで言い張る。「ぼくの言うことに素直に耳を貸していれば、死なずにすんだものを」

　サンドラは苛立ちをこらえきれずに、トレーをどけて立ちあがろうとした。怒りのあまり、めまいのことも忘れていた。

「どこへ行くんだ？」

「他人にそんなことを言われるなんて、我慢ならないわ」あいかわらずふらつきながら、彼女はスニーカーを探してベッドのまわりを回った。

「わかった。好きにすればいい」そう言って、シャルバーはドアのほうを示した。「だが、その前にダヴィドがきみに残した手がかりを教えてくれ」

　サンドラはあきれたように彼を見た。「あなたには何も教えるつもりはないわ」

「ダヴィドが殺されたのは、ある人物を見つけたからだ」

「その人物なら、たぶん会ったわ」

　シャルバーは立ちあがって彼女に詰め寄った。「どういう意味だ？　彼に会ったというのは？」

　サンドラはスニーカーの紐を結ぶ手を止めた。「昨日の夜よ」

「どこで？」

「くだらないこと訊かないで。神父と出くわす可能性が最も高い場所といえば、教会に決まっているでしょう」

「あの男はただの神父ではない」その言葉に、サンドラは彼の顔をまじまじと見つめた。「彼は〝教誨師《きょうかいし》〟だ」

シャルバーは窓に近づくと、板戸を開け放った。またしても黒い雲がローマをおおいつつある。「世界で最も大きい犯罪記録保管所はどこにあるか知っているか？」彼は問いかけた。

サンドラはぽかんとした。「さあ、どこかしら……インターポール？」

「違う」シャルバーは否定すると、満足げな笑みを浮かべて振り向いた。

「ＦＢＩ？」

「それも違う。じつはイタリアにある。正確には、ヴァチカンに」

サンドラはまだ状況がのみこめなかったが、相手が自分の反応を待っているような気がした。「カトリックの教会が、何のために犯罪記録を保管しているの？」

シャルバーは彼女に座るよう促しながら、説明するための言葉を探した。「カトリックは、赦しの秘跡を想定した唯一の宗教だ。信者はみずからの罪を神の使徒に打ち明けて、それと引き換えに赦しを与えられる。だが、ときには罪が重すぎて、通常の聖職者では赦しを授けられないことがある。いわゆる〝大罪〟――つまり重大な事件で、意図的な自覚のもとに犯した場合だ」

「たとえば殺人とか」

「そのとおり。そうした場合には、聖職者は告解をすべて書き記して上層部に伝える。それは高位聖職者の組織で、ローマでは、こうした問題に判決を下すために召集されるんだ」

サンドラは驚きを隠せなかった。「人間の罪を裁く組織……」

「魂の裁判所だ」

その名前に、サンドラは役割の重さを感じずにはいられなかった。そのような機関に、はたしてどんな秘密が隠されているのか。ダヴィドが何を調べようとしていたのか、彼女はようやく理解した。

シャルバーが続ける。「もともとは十二世紀に内赦院という名前で設立されたが、その目的はそれほど大それたものではなかった。当時は、教会を訪れるために永遠の都に集まった巡礼者たちを援助していたが、彼らは同時に罪の赦しも求めていた」

「それがきっかけで、歴史的に有名な免罪符が発行されるようになったのね」

「いかにも。それ以前は、懲戒罰はもっぱら教皇の手に委ねられていた。特免や恩赦も然り。教会で最も権威ある者のみが授けられることになっていたんだ。だが、教皇にとってはとてつもない重荷だった。そこで、一部の枢機卿に託すようになり、やがて内赦院が生まれた」

「よくわからないわ。それが現在にどう関わっているのか……」

「最初は、裁判所がひとたび宣告を行なえば、告解の文書は焼却されていた。しかし数年後に、内赦院は秘密の記録保管所を作ることにした……そして、その計画は続けられた」

サンドラは事の重大さに気づきはじめた。

シャルバーはさらに続けた。「およそ千年にわたって、そこには人類の犯した最悪の罪が保管されてきた。ときには、誰ひとり知ることのなかった犯罪も。ちなみに告解とは、けっして強制されるものではなく、あくまで罪を告白する者の自発的な行為だ。嘘も偽りもない。だからこそ、内赦院の場合は、世界各国の警察で閲覧できるような、単なる判例を蓄積したデータベースとは違うんだ」

「というと？」

シャルバーの緑の目がきらめいた。「悪に関して現存する、最も膨大かつ最新版の記録だ」

サンドラはむしろ懐疑的だった。「悪魔と関わりがあるとでもいうわけ？　それなら、あの神父は誰なの？　悪魔払い？」

「そうではない」シャルバーは慌てて訂正した。「教誨師というのは、悪魔の存在には関心がない。もっと科学的なアプローチを行なう——まさしく犯罪心理分《プロファイ》析官《ラー》にほかならない。保管されている記録のおかげで、ここ数年、彼らの活躍が目立ってきている。時代とともに、内赦院には、告解者による告解だけでなく、あらゆる犯罪事件の詳細な調査書も集められるようになった。それらを調べて分析し、まさに現代の犯罪学者と同じように解明するんだ」

「事件を解決するというの？」

「ときには、そういうこともある」

「そして、警察はそのことをまったく知らない……」

「秘密を守ることにかけては、彼らの右に出る者はいない。何しろ、何世紀もうまくやってきたくらいだから」

サンドラは食べ物のトレーのところへ行くと、カップにコーヒーをたっぷり注いだ。「具体的には、どうしてるの？」

「謎を解き明かすと、すぐに匿名で当局に伝える方法を見つける。あるいは、みずから事件に介入することもある」

シャルバーは部屋の隅に置いてあったスーツケースを開け、何やら探しはじめた。サンドラはダヴィドの手帳に記されていた住所を思い出した。警察の無線を傍受して手に入れた情報だ。それを利用して、夫は犯罪現場でそうした教誨師である神父を捜していたのだ。

「これを見てくれ」インターポール捜査官は一冊のファイルを手にしていた。「トリノで起きたマッテオ・ジネストラの事件だ。幼いマッテオが行方不明になって、母親は父親が連れ去ったと考えた。ふたりは離婚していて、夫は親権に関する裁判所の決定に納得していなかったんだ。最初、彼は所在がわからなかったが、やがて姿を現わして、母親から息子を奪い去ったことを否定した」

「それなら、誰が？」

「警察があくまでその線で捜査を続けるうちに、子どもは無事に帰ってきた。結局、犯人は少年グループだった——しかも、良家の息子ばかりの。彼らはマッテオを空き家に監禁して、殺すつもりだったらしい。単なる楽しみ、あるいは好奇心から。マッテオの話では、誰かが家に入ってきて、連れ出してくれたという」

「それが神父だったというの？」

「その空き家から少し離れたところで、事件の詳細が記された書類が発見された。犯人グループのひとりが良心の呵責《かしやく》にさいなまれて、教区の司祭にすべてを打ち明けたんだ。その書類には告解の内容が記されていたが、何者かによって持ち出された」シャルバーはファイルを差し出した。「隅に何が書いてあるか、わかるか？」

サンドラは読みあげた。「番号よ——c.g.764-9-44。これは？」

「教誨師の分類方法だ。数字は通し番号だと思うが、その略号は〝重要犯罪《culpa gravis》〟を意味する」

「わからないわ。何がきっかけで、ダヴィドは彼らについて調査を始めたの？」

「この事件に関する情報を得るために、ロイター通信は彼をトリノに派遣した。その書類は、彼が取材で写真を撮っている最中に発見したものだ。すべてはそこから始まった」

「それで、インターポールはどう関わっているの？」

「正義のためだと思うかもしれないが、教誨師の行為は本来、法に背いている。彼らの活動には、限度も規律もない」

　サンドラはコーヒーのお代わりを注ぐと、シャルバーを見つめながらゆっくりと飲んだ。またしても彼は、こちらの言葉を待っているようだった。「それをダヴィドがあなたたちに報告していたのね？」

「ぼくたちは、ずいぶん前にウィーンで知りあった。ダヴィドは取材をしていて、ぼくは彼に情報を渡していた。ダヴィドが教誨師について調べはじめると、彼らの活動はイタリア国外にまで及んでいることが判明したんだ。そこでインターポールが乗り出したというわけだ。彼は何度かローマから電話をかけてきて、教誨師について突きとめたことを報告した。そして死んだ。だが、もし彼が何らかの形でぼくの電話番号をきみに残したとしたら、きみがぼくに連絡を取ることを望んでいたんじゃないだろうか。ぼくなら、彼の調査を成し遂げることができるからね。ところで、その手がかりとやらはどこにあるんだ？」

　自分が気を失っているあいだに、シャルバーは身体検査をしたにちがいない。その証拠に拳銃を取りあげられている。だから、ダヴィドの残した手がかりを持っていないことは、すでに知っているのだろう。だが、サンドラはそう簡単に渡すつもりはなかった。「わたしも一緒に調べるわ」

「ぜったいにだめだ。すべて忘れてくれ。すぐに列車に乗って、ミラノへ戻るんだ。何者かが君を殺そうとしている。この街にいるかぎり、安全じゃない」

「わたしは警察官よ。自分の身を守りながら捜査を進める方法くらい知ってるわ」

　シャルバーは苛立たしげに部屋を歩きはじめた。

「ひとりのほうが身軽に動ける」

「今回ばかりは、これまでのやり方を見直すべきね」

「何て強情なんだ」彼はサンドラの目の前で立ち止まると、人さし指を立てた。「ひとつだけ条件がある」

サンドラは天井を見あげた。「わかってるわ。ボスはあなたで、つねにあなたの言うとおりに行動すること」

シャルバーは面食らった。「なぜそれを……？」

「男性ホルモンが人間のエゴに与える影響くらい、百も承知よ。さあ、どこから始める？」

彼は引出しに近づくと、サンドラから取りあげた拳銃を取り出して、彼女に返した。「手がかりは犯罪現場に関係している、そうだろう？　昨晩、ぼくはローマに着いてから、とある家へ向かった——警察の家宅捜索が行なわれている家だ。そこに盗聴器を仕掛けてきた。科学捜査班が引き払った直後に教誨師が現われるかもしれないと考えて。そして、夜が明ける前に、ある会話を録音した。ふたりだ。誰だかはわからない。その会話のなかで、彼らはフィガロという名の犯人による連続襲撃事件について触れていた」

「わかった。ダヴィドの残した手がかりを見せるわ。それから、そのフィガロについて調べてみましょう」

「完璧だ」

サンドラはシャルバーを見つめた。もはや彼に対して警戒心は抱いていなかった。「何者かが夫を殺して、今朝、わたしも同じ目に遭わせようとした。はたして同一人物の仕業なのかどうかも、それらが教誨師とどう関係しているのかもわからない。でも、おそらくダヴィドは何か決定的なことを突きとめたんだわ」

「ぼくたちがそれを突きとめさえすれば、向こうも動くはずだ」

十二時三十二分

ピエトロ・ツィーニの唯一の仲間は猫だった。全部で六匹。オレンジの木陰にいたり、トラステーヴェレの中心にあるこの家の、植木鉢と花壇のあいだや小さな野菜畑のあたりをうろつきまわっている。この一帯は、気がつくとローマの街に取り囲まれ、そこだけが取り残された地方の小さな町といった趣だった。

　書斎の開け放たれたフレンチドアから、古いレコードプレーヤーの流す調べが聞こえてくる。アントニン・ドヴォルザークの『弦楽セレナード』は、あたかもカーテンを踊らせるように鳴り響いている。彼はデッキチェアに寝転び、音楽と、まるで自分のためだけに雲の隙間から射しているような日光を楽しんでいた。

六十歳、がっしりした体格だ。いかにも一九〇〇年代なかば生まれの強靭な男らしく、腹が突き出ている。日ごろ世界を探検している手は、膝の上に置かれていた。足もとには白い杖。黒い眼鏡には、彼にとってはすでに不要な現実が映し出されている。

　見ることをやめた日から、彼は人間関係をすべて放棄した。野菜畑と家を行き来する日々を過ごしながら、ひたすら音楽の至福に浸りつづけている。闇よりも静寂を恐れていたのだ。

　一匹の猫がデッキチェアをよじ登って、彼の上で丸くなった。ツィーニがその密生した毛に手をすべらせる。猫は撫でられるたびに気持ちよさそうに体を震わせた。

「いい音楽だろう、ソクラテス？　おまえもわたしと同じなのはわかっている。哀愁を帯びたメロディのほうが好きなんだ。だが、おまえの兄弟は、モーツァルトの気取った曲がお気に入りだ」

灰色と茶色の猫で、鼻のところに白い染みがある。ふいに、ソクラテスは何かに気づいた。主人の愛情のこもった手から逃れて頭を上げ、飛びまわるハエをじっと見つめる。だが、すぐに興味を失って、ふたたび体を丸めた。ツィーニはまた猫を撫ではじめた。

「さあ、彼を呼んできてくれ」

ツィーニは落ち着きはらっているように見えた。片方の手を伸ばして、横の小さなテーブルからレモネードのグラスを取ると、ひと口含む。

「そこにいるんだろう。来たときから気づいていた。いつ声をかけてくるのか、待っていたんだ。決心はついたか？」

一匹の猫が侵入者にすり寄って、足首に体をこすりつけた。実際、マルクスはその場に二十分以上も立っていた。裏口から入って、どうアプローチするべきかを考えながら、ずっとツィーニを観察していたのだ。マルクスは、人間を理解するのは得意なものの、相手と意思疎通を図る方法は知らなかった。だが、退職した警察官が視力を失っているのを見て、むしろ話しかけやすいと感じた。そのうえ、自分の顔を見られないという利点もある――〝透明人間〟のままでいられるということだ。にもかかわらず、ツィーニは他の誰よりもマルクスをよく見ることができた。

「誤解しないでくれ。わたしは盲人になったわけではない。わたしのまわりで世界が消えただけだ」

どうやら信頼できる人物のようだ。「ニコラ・コスタの件で来ました」

ツィーニはうなずくと、一瞬、顔を曇らせたが、すぐに笑みを浮かべた。「きみも奴らの仲間なんだろう？　否定しても無駄だ。きみが正体を明かせないことはわかっている」

年老いたこの元警察官がすべてを知っているとは、マルクスには信じられなかった。

「お巡りのあいだには、いろいろな噂が流れているようだ。なかには、ただの言い伝えだと考えている奴もいるが、わたしは信じている。ずいぶん昔、わたしはある事件を担当した。一家の母親が誘拐後に殺されたが、犯人の殺害方法は前代未聞、言葉では言い表わせないほど残虐だった。ある晩、わたしのところに電話がかかってきた。電話の主は、誘拐犯を追跡するのは間違いだという。その理由を説明して、真犯人を捜すべきだと主張した。よくある匿名の電話とは違って、説得力のある口調だった。女性を殺したのは、彼女に言い寄って拒まれた男だった。われわれは犯人を逮捕した」

「フィガロはまだ捕まっていません」マルクスは間髪を容れずに言った。

だが、ツィーニは話をそらした。「殺人事件で、顔見知りによる犯行は全体の九十四パーセントにも及ぶことを知ってるか？　まったく見知らぬ相手よりも、近親や、日ごろ付き合いのある友人に殺される可能性のほうがはるかに高いということだ」

「なぜ答えてくれないんですか、ツィーニ？　過去に決着をつけたいと思わないんですか？」

ドヴォルザークの曲が終わり、レコードプレーヤーの針が樹脂の最後の溝で跳ねた。ツィーニが身を乗り出したので、ソクラテスはしかたなく地面にすべり下りて、仲間に合流した。元警察官は腕を組んだ。「医者には、ずいぶん前から、いずれ目が見えなくなると言われていた。だから、ずっと自分に言い聞かせてきた――仕事に支障をきたすようになったら、すぐに辞めようと。そして、その間に準備をした。ブライユ点字を勉強し、ときには目をつぶって家の中を歩きまわっては、物の手触りを覚えたり、杖をついて出かけたり。他人には頼りたくなかった。やがてある日、物がぼやけはじめた。細かい部分が消えて、その代わり、ほかのものが驚くほどはっきり見えるようになった。光は部屋の隅で弱まったかと思うと、別の虹色の形に姿を変えて跳ねかえってくる。まったく耐えがたかった。そのとき、わたしは早く闇が訪れるように祈ったものだ。そして一年前、やっと祈りが叶えられた」ツィーニは黒い眼鏡を外すと、太陽の光にも平然としたまま動かない瞳をさらけ出した。「ここでは、てっきりひとりでいられるとばかり思っていた。ところが、どうだ。ちっともひとりなどではなかった。闇のなかに、警察官時代に助けられなかった人間が勢ぞろいしていたんだ。家や道路で、荒れ果てた畑や死体安置所の台で、血や糞尿にまみれて横たわっている被害者の顔が見えた。わたしはここで、彼らに出会った。わたしを待っていたんだ。そして、いまは幽霊のように一緒に暮らしているよ」

「ジョルジア・ノーニもいるはずです。彼女はどうしていますか？　あなたに話しかけてきますか？　それとも、黙って見つめるだけで、あなたをいたたまれない気持ちにさせているんですか？」

ツィーニはレモネードのグラスを地面に勢いよく投げ捨てた。

「きみにはわからない」

「あなたが捜査で不正を犯したことは知っています」老いた元警察官はかぶりを振った。「あれはわたしが担当した最後の事件だった。急がなければならなかった。時間があまり残されていなかったんだよ。彼女の兄のフェデリコのためにも犯人を見つける必要があった」

「だから無実の人間を刑務所へ送りこんだんですか？」

元警察官は、あたかも彼を見つめるかのようにマルクスに目を向けた。「それは違う。コスタは無実ではない。ストーカーと迷惑行為の前科があった。彼の自宅で、インターネットから不法にダウンロードした過激なポルノ画像が発見された。テーマは決まって同じ——女性に対する暴力だ」

「想像だけでは、有罪にするのに不十分です」

「彼は襲撃を企てていた。奴がどうして逮捕されたか、知っているか？ フィガロ事件の容疑者リストに名が挙がっていて、われわれは奴を監視していたんだ。ある晩、奴はスーパーマーケットから出てきた女性を尾行した。大きなスポーツバッグを持っていた。証拠が必要だったが、急いで決断しなければならなかった。最悪の事態も覚悟で、このまま行動を起こすのを待つか、あるいはただちに阻止するか。わたしは後者を選んだ。結果的に、それは正しかった」

「バッグの中にははさみが入っていたんですか？」

「いや、着替えの服だけだった」ツィーニは認めた。「だが、そのときに着ていた服とまったく同じものが入っていた。なぜだかわかるか？」

「血がついたときに着換えて人目を引かないように」

その点については、たしかに理屈が通っていた。

「そして、彼は自白した。すべての事実と一致していた。わたしにとっては、それでじゅうぶんだ」

「襲撃事件の被害者は、誰ひとり彼が犯人だと決定づける証言をしていません。あとから彼だと認めているだけです。暴力を受けた女性は、気が動転するあまり、警察に犯人の顔を見せられると、すぐにその男だと言うことが多い。嘘をついているのではなくて、そう信じたいからです。というよりも、そうだと確信している。自分をひどい目に遭わせた人物が、まだ街をうろついていると思いながら生きていくことはできないから。何度も繰り返し味わう恐怖は、どんな正義の感情よりも強いのです。つまり、犯人は別にいるということになります」

「フェデリコ・ノーニはコスタの声に聞き覚えがあった」

「本当に？」マルクスは声を荒らげた。「あの青年は、コスタを指さすときに落ち着いていたと言えるんですか？ 彼が青天の霹靂《へきれき》のように受けたトラウマのことをきちんと考慮したんですか？」

ピエトロ・ツィーニは答えられなかった。元警察官はあいかわらず落ち着いているようだったが、心の中で何かが砕け散ったのは明らかだった。かつては、その鋭い視線で犯罪者を震えあがらせた男が、いまは驚くほど弱々しく見える。それは目の障害のせいだけではない。むしろ、そのおかげで、いっそう思慮深い印象を与えている。彼は何かを知っていると、マルクスは確信した。だからこれまでと同じように、相手がみずから話すように仕向ければいい。

「目が見えなくなると言われた日から、夕焼けに心を奪われることはなくなった。それまでは、ときどきジャニーコロの丘へ行って、太陽が沈む瞬間までそこで過ごすこともあった。世の中には、当たり前だと思って目もくれないものがある。見るたびに新鮮な驚きを感じるとしても。たとえば、星がそうだ。思えば、子どものころから地面に寝そべって、あの遠くの世界を思い描くのが好きだった。失明する前に、もう一度やってみたが、昔と同じようにはいかなかった。わたしの目は、間違ったものや恐ろしいものを数えきれないほど見てきた。最後に見たもののひとつが、ジョルジア・ノーニの死体だ」老いた元警察官は手を伸ばして、猫を近くに呼び寄せた。「われわれが、ただ苦しむためにこの世に送りこまれたと考えると、話はややこしくなる。神が善良だと言うのなら、全能であるはずがない。その逆も同じだ。善良な神は子を苦しめたりはしない。だから、苦しみを防ぐこともできない。逆にあらゆる事態を想定していたとすれば、どれだけそう見せようとしても、善良とは言えないだろう」

「ひとつ言えるのは、神の摂理はわれわれには理解できないということです。物ごとをそんなに大きくとらえられる人間は、ひとりとしていないでしょう。ですが、じつのところ、わたしにはどう答えていいのかわかりません」

「どうやらきみは正直な人間のようだ。それはすばらしいことだ」ツィーニは立ちあがった。「来てくれ。きみに見せたいものがある」

彼は杖を手に取って書斎に入った。マルクスもあとに続いた。部屋はきちんと整理整頓され、掃除も行き届いている。ツィーニが自立している証拠だ。元警察官はレコードプレーヤーに歩み寄ると、ドヴォルザークのレコードをしまった。そのあいだに、マルクスは部屋の隅に二メートルほどの長さのロープが無造作に置かれているのに気づいた。元警察官は、はたして何度、これを使いたい衝動にかられたことだろう。

「銃の携帯許可証を返却したのは間違いだった」ツィーニは言って、それ以上は何もつけ加えなかった。あたかも客の考えを見抜いたように。そして、パソコンの置いてある机の前に座った。キーボードの上にあるのは通常の画面ではなく、ブライユ点字ディスプレイで、ほかにいくつかの機器が接続されている。「これから聞くことは、おそらくきみには気に入らないだろう」

いったい彼は何を言おうとしているのか、マルクスは考えを巡らせた。

「だが、これだけは言っておきたい。あの青年――フェデリコ・ノーニ――は、すでにじゅうぶん苦しんでいた」ツィーニは深く悲しんでいるようだった。「彼が脚を使えなくなったのは、何年も前のことだった。よりによって陸上選手だった彼が。たとえば、きみがわたしの年齢で目が見えなくなったとしても、受け入れるのにそれほど抵抗はないだろう。それから、彼の妹が惨殺された。目の前と言えるぐらい間近で。そんなことは想像もつくまい。自分の無力さを思い知らされるのが、どれだけつらいことか。何ひとつ悪いことはしていないにもかかわらず、罪の意識を感じるのも無理はない」

「それが、あなたがぼくに教えようとしていることとどんな関係があるんですか？」

「関係ある。なぜなら、フェデリコには裁く権利があるからだ。相手が誰であろうと」

ピエトロ・ツィーニは口を閉じて、マルクスが理解するのを待った。「障害があっても生きていくことはできる。だが、少しでもためらいがあれば無理だ」

それだけ言うと、元警察官はキーボードを打ちはじめた。視覚障害者にとって、科学技術は大きな味方だ。ツィーニはネットサーフィンやチャット、メールのやりとりなどを、ごくふつうにこなすことができた。ネット上では誰も彼が盲目だとは気づかないだろう。仮想空間では、どんな差異も存在しなくなるからだ。

「何日か前に、一通のメールが来た」元警察官は打ち明けた。「聞いてくれ……」

ツィーニのパソコンには、彼に代わってメールを音読するソフトウェアがインストールされていた。彼は機器を操作すると、椅子の背にもたれて待った。コンピューターが合成した音声が、最初にヤフーの匿名アドレスのメールであることを告げる。件名もなかったため、音声ははっきりと本文を読みはじめた。

「カ-レ-ハ-オ-マ-エ-ト-ハ-チ-ガ-ウ……ヴィ-ラ-グ-ロ-ー-リ-コ-ウ-エ-ン-ヲ-サ-ガ-セ」

ツィーニはキーを押して操作を終了した。マルクスは、はっとした。この謎めいたメッセージの送り主は、自分をここまで導いた人物と同じであるはずがない。なぜ盲目の警察官の力を借りようとするのか？

「〝彼はおまえとは違う〟というのは、どういう意味ですか？」

「それよりも、わたしは後半の部分のほうが気になっている。〝ヴィラ・グローリ公園を捜せ〟」

ツィーニは立ちあがると、マルクスに近づき、懇願するように腕をつかんだ。「わたしは行くことができない。きみは自分のやるべきことをわかっているだろう。あの公園へ行って、何があるか見てきてくれ」

十四時十二分

ダヴィドが死んでからというもの、孤独が貴重な殻となっていた。それは状態ではなく、場所だった。正気を失ったなどと思わずに、彼と話ができる場所。サンドラは、この目に見えない悲しみの泡のようなものに閉じこもって、近づこうとするものはことごとく跳ねかえした。そこにいるかぎり、何も、あるいは誰も自分に触れることはできなかった。皮肉なことに、苦しみがわが身を守る力となっていたのだ。

今朝、ペニャフォールの聖ライムンドの礼拝堂で銃弾が体をかすめるまでは。

サンドラは死ぬのが怖かった。あの瞬間、泡が消えた。生きたかった。そのせいで、ダヴィドに対して罪悪感を覚えた。五ヵ月ものあいだ、自分の存在は中途半端なままだった。時間だけが過ぎていき、彼女は動けなかった。けれどもいま、妻はどこまで夫に寄り添うべきなのかを自問している。彼が死んだというのに、生きたいと思うのは間違っているの？　これは一種の裏切りなの？　そんなふうに考えるのはばかげていると、わかっていた。けれどもサンドラは、はじめてダヴィドと距離を置いた。

「非常に興味深い」

シャルバーの声が、彼女がさまざまな思いとともに逃げこんでいた静寂を破った。そこはサンドラの宿泊しているホテルの部屋で、インターポール捜査官はライカで撮影された写真を手にベッドに座っていた。彼はそれらの写真を何度となく見返した。

「四枚だけか？　ほかにはないのか？」

サンドラはちょっとした嘘に気づかれたのではないかと、どきりとした。こめかみに傷跡のある神父の写真は見せないことにしたのだ。結局のところシャルバーは警察官で、彼女は警察官の考え方を熟知していた――曖昧なままであることをけっして認めない。

〝正義のためだと思うかもしれないが、教誨師の行為は、そもそも法に背いている。彼らの活動には、限度も規律もない〟。この神父の正体について説明する際に、シャルバーはそう断言した。つまり彼にとっては、この男は不法行為を行なっていることになる。それについては、ぜったいに意見を曲げないだろう。

反証が見つかるまでは、すべての人物が黒であると、サンドラは警察学校で教わった。その逆はない。それどころか、誰も信用してはならない。たとえば、尋問の最中、優秀な警察官はすべての言葉を否認する必要がある。以前、サンドラは用水路で女性の死体を見つけた旅行者を尋問したことがあった。旅行者はまったく無関係なのは明らかで、ただ通報しただけだった。それでもサンドラは、無意味な質問の嵐を浴びせた。理解できないふりをして、どうにか矛盾を引き出そうと、何度も同じことを答えさせた。哀れな旅行者は、事件の解決に役立つかもしれないと無邪気に考えて、訊かれるままに辛抱強く答えつづけた。ほんのわずかな躊躇で、外に出られなくなるかもしれないとは知らずに。

あなたの考えていることはわかってるわ、シャルバー。思いどおりにはさせないから。少なくとも、あなたが完全に信用できるとわかるまでは。

「それで全部よ」サンドラはきっぱり答えた。

捜査官はその答えについて考えているのか、あるいはサンドラがうっかり真実を口にするのを期待してか、長いこと彼女を見つめていた。じっと目をそらすことなく。やがて、彼は写真に視線を戻した。サンドラは何とかうまくごまかせたと思ったが、間違いだった。

「さっき、きみは、昨晩彼らのひとりと会ったと言った。おかしいな。顔を知らなければ、なぜそうとわかるんだ？」

サンドラはミスを犯したことに気づいた。インターポールのゲストハウスにいたときに口をすべらせたのを後悔した。けれども、あれはやむをえなかった。

「ダヴィドがカラヴァッジョの絵の一部を撮った写真を確かめるために、サン・ルイジ・デイ・フランチェージ教会へ行ったの」

「それはすでに聞いた」

「そこで、その男性が絵の前にいた。わたしは誰だかわからなかったけれど、向こうがわたしに気づいて、すぐに立ち去ったわ」サンドラは嘘をついた。「追いかけて背中に銃を突きつけたら、彼は神父だと言った」

「つまり、彼はきみを知っていたということか？」

「どうしてかはわからないけれど、わたしの顔に心当たりがあるような印象を受けたわ。だから、ええ、たぶんわたしを知っていると思う」

シャルバーはうなずいた。「なるほど」

信じていないのは明らかだった。だが、いまは成り行きに任せたほうがいい。いずれにしても、うまくいったのは確かだ。これなら捜査から外される心配はないだろう。サンドラは話題を変えようとした。「その真っ暗な写真は、何を意味していると思う？」

一瞬、彼はうわの空だったが、すぐにわれに返った。

「わからない。現時点では何とも言えないな」

サンドラはベッドから立ちあがった。「わかったわ。それで、これからどうするの？」

シャルバーは彼女に写真を返した。「フィガロ」とだけ言う。「彼は逮捕された。だが、教誨師がその事件に関心を示しているのなら、その理由がかならずあるはずだ」

「どうするつもり？」

「襲撃犯は殺人犯となった。最後の被害者は死んでいる」

「まずは彼女のことから調べる？」

「兄だ——妹が殺されたときに、現場にいたんだ」

「医者には、すぐにまた歩けるようになると言われていました」

フェデリコ・ノーニは腿に両手を置いたまま、うつむいて言った。ひげは長らく剃っておらず、髪も伸びている。緑のTシャツの下には、かつての陸上選手時代の筋肉が垣間見える。だが、スウェットパンツに包まれた脚は痩せ細り、車椅子の足台にのせられたまま動かなかった。ナイキのシューズは靴底がきれいだった。

彼を観察しながら、サンドラはこうした点をすべて頭にメモした。だが、そのスニーカーには、彼の悲劇が凝縮されているようだった。新しそうに見えるが、いつ買ったものかはわからない。

彼女とシャルバーは、つい数分前にヌオーヴォ・サラリオ地区にある一軒家の玄関に着いたところだった。ドアが開くまで、ふたりは辛抱強く呼び鈴を鳴らした。フェデリコ・ノーニは隠遁《いんとん》者のような生活を送っていて、誰にも会おうとしなかった。彼を説得するために、シャルバーはサンドラにイタリア警察のバッジを出させ、テレビインターホンのモニター越しに彼に見せた。その際、シャルバーは警部を名乗った。サンドラもしぶしぶ嘘をついた。だが、インターポール捜査官のやり方は気に入らなかった。その傲慢さも、目的を果たすためなら他人を利用する手口も。

フェデリコの家は足の踏み場もないほど散らかっていた。換気をしていないせいで、においがこもり、ブラインドも、いったいいつから上げられていないのかわからない。家具は車椅子が通れるように配置されており、床にはタイヤの跡がついていた。

サンドラとシャルバーはソファに腰を下ろし、フェデリコは正面に回った。彼の背後には、二階へ上る階段があった。ジョルジア・ノーニは上階で殺された。だが、兄はその後、明らかに上へは行っていない。居間に折りたたみベッドが置かれている。

「手術は成功でした。理学療法を受ければ回復するという話だったんです。リハビリはつらかったけれど、どうにかこなしました。体を鍛えることには慣れていたから、心配はしていませんでした。ところが……」

下半身麻痺の原因についてシャルバーに訊かれ、フェデリコは何とか答えようとした。インターポール捜査官は、故意に相手を不快にさせる話題から入ったのだ。サンドラはそうしたテクニックをよく知っていた。犯罪被害者の事情聴取の際に、同じ手法を用いる同僚もいる。同情はしばしば被害者の心を閉ざす。役に立つ情報を得るためには、無関心を装うことが必要だ。

「事故に遭われたときには、バイクでスピードを出していたんですか？」

「まさか。ただの転倒です。骨折していたにもかかわらず、最初は脚を動かすことができた。だけど、数時間後には感覚がなくなりました」

サイドボードの上に、燃えるような真っ赤なドゥカティの横に立つバイクウェア姿のフェデリコ・ノーニの写真が飾られていた。ヘルメットで頭をおおい、レンズに向かって笑みを見せている。若くて生き生きとした、上品な顔立ちのハンサムな青年だった。いかにも女性が夢中になりそうなタイプだわ、とサンドラは思った。

「陸上選手だったそうですね。種目は？」

「走り幅跳びです」

「優秀だったんですか？」

フェデリコは勝ち取ったトロフィーの並んだ陳列ケースを示した。「ご想像にお任せします」

ふたりとも、部屋に入ったときからトロフィーには気づいていたが、シャルバーは時間稼ぎにその話題を利用した。彼はフェデリコを刺激しようとしている。

何らかの思惑があるのは確かだったが、どんな情報を得ようとしているのか、サンドラにはまだわからなかった。

「ジョルジアも、さぞ誇りに思っていたでしょうね」

妹の名前を耳にしただけで、フェデリコは顔をこわばらせた。「ぼくには彼女しか残されていませんでした」

「ご両親は？」

その質問にはちっとも表情を変えず、あたかもさっさと片づけるように答えた。「母は、ぼくたちがまだ小さいころに家を出ていきました。ぼくと妹を育てたのは父です。けれども甘やかしすぎて、お世辞にもいい父親とは言えなかった。ぼくが十五歳のときに死にました」

「妹さんは、どんなタイプでしたか？」

「あれほど明るい奴はいません。どんなことがあっても、へこたれなかった。おかげで周囲の人間も明るくなる。事故のあとは、ぼくの世話をしてくれました。そのうちに負担になるのはわかっていた。彼女だけが重荷を背負うのは不公平だと。それでも、あいつはやめなかった。ぼくのために、すべてをあきらめたんです」

「たしか獣医でしたね……」

「ええ、それに婚約者もいました。でも、その男は妹が引き受けた責任の大きさに気づいて、逃げ出しました。陳腐に聞こえるかもしれません。ぼく自身、何度言ったことか……けれども、ジョルジアが死ぬなんて間違ってる」

この健気なきょうだいの人生をめちゃめちゃにした悲劇的な出来事に、いったいどういう神の摂理で関わることになったのか、サンドラは自分の心に問いかけた。母親に捨てられ、父親に死なれ、兄は車椅子の生活を余儀なくされ、妹は惨殺された。サンドラはなぜか、ダヴィドが海岸で出会った女性のことを思い出した。一連の不運の末の出会い——荷物の紛失、飛行機のオーバーブッキング、目的地を目の前にしてのレンタカーの故障。もっと違った結末となっていた可能性もある。ジョギングをしていた女性が多少なりともダヴィドに関心を示していたら、あるいは好みのタイプだったとしたら、自分たちは出会っていなかっただろう。いま、彼のために涙を流しているのは、おそらく別の女性だったにちがいない。人生というのは、ときとして容赦ない挑戦を突きつけ、それは意味のあることだと言うこともできる。しかしフェデリコとジョルジア・ノーニの場合、その意味は欠けていた。

　フェデリコは、思い出したくもない過去の記憶から話をそらそうとした。「ぼくにはわからないのですが——いまさら、どうして訪ねていらしたんですか？」

「あなたの妹を殺した犯人は、おそらく大幅な減刑となるでしょう」

「自白したとばかり思っていましたが」その知らせに、フェデリコはショックを受けた様子だった。

「ええ、ですがニコラ・コスタは精神疾患を主張するつもりのようです」シャルバーは嘘で彼を追いこんだ。「そのため、彼が完全かつ明確な自覚を持って行動していたことを証明する必要があります。三回に及ぶ襲撃のあいだ、そして、とりわけ殺人のときに」

　青年はかぶりを振り、こぶしを握った。サンドラは胸が痛むと同時に、彼を騙すようなやり方に憤りを覚えた。まだ、ひと言も発していなかったものの、自分がこの場にいるだけでシャルバーの嘘は真実味を増す。いわば共犯者というわけだ。

　フェデリコは怒りに燃える目をふたりに向けた。

「ぼくにできることは？」

「事件の詳細を聞かせてください」

「また？　ずいぶん時間がたっているから、記憶も曖昧かもしれない」

「わかっています。ですが、ほかに方法がないんです、ノーニさん。あのコスタの奴は事実をねじ曲げようとするでしょう。そんなことをさせるわけにはいかない。それを制するのは、あなたです」

「彼は目出し帽をかぶっていた。ぼくが判別できたのは声だけです」

「つまり、あなたは唯一の証人です。そのことを理解していますか？」シャルバーは手帳と鉛筆を取り出して、一語一句を書きとめているふりをした。

フェデリコは顔に手をやって、ごわごわしたあごひげを撫でた。そして、何度か深呼吸をした。胸が大きく上下して、過呼吸になるかと思うほどだった。やがて、彼は事件を語りはじめた。「夜の七時でした。ジョルジアはいつもその時間に帰ってきた。買い物へ行っていたんです。その日はタルトの材料を買ってきました。ぼくが甘いものを好きだから」弁解するような口調だった。その後に起きたことが、あたかもそのせいだと言わんばかりに。「ぼくはヘッドホンで音楽を聴いていました。ジョルジアの言葉に耳を貸さずに。ジョルジアは、まるで冬眠中の熊みたいだと言って、しばらく待ってから、おだてたり脅したりして、何とかぼくのやる気を引き出そうとした……じつは、ぼくは理学療法に嫌気がさしていました。もう一度歩けるようになるという希望を失っていました」彼は言い訳をした。

「それで、何があったんですか？」

「ぼくが覚えているのは、そのあと、勢いよく床に倒れて意識を失ったことだけです。あの男は背後から襲いかかってきて、車椅子を引っくり返した」

「誰かが家に入ってきたことには気づかなかったんですか？」

「ええ」フェデリコの答えはそれだけだった。いよいよ本題だ。ここから話はいっそう複雑になる。

「さあ、話してください」

「意識が戻ったときには、まだ頭がぼんやりしていました。目を開けていられず、背中もひどく痛んだ。最初はわからなかった。でも、そのうちに二階から悲鳴が聞こえてくるのに気づいて……」ひと筋の涙が怒りの鎧を破って頬を流れ、ひげの中に消えた。「ぼくは床に横たわっていた。車椅子は数メートル離れたところにあったけれど、壊れていた。そこで、どうにかして電話を取ろうとした。ところが電話は家具の上にあって、手が届かなかった」彼は動かない脚に目をやった。「こんなざまでは、どんな簡単なことも不可能になる」

だが、シャルバーは手加減しなかった。「携帯電話は？」

「どこにあるのかわからなかった。それで、ぼくはパニックに陥った」フェデリコは階段を振りかえった。「ジョルジアが叫んで、叫んで、叫んで……助けを求めて、情けにすがって、まるであの怪物に本当にそんな心があるかのように」

「それで、あなたはどうしたんですか？」

「階段のほうへ這っていって、腕を使って上ろうとした。でも、力が足りなかった」

「本当に？」シャルバーは満足げな笑みを隠さなかった。「あなたはスポーツマンで、そのうえ体を鍛えていた。上まで這いあがるのがそんなに難しいとは、とても信じがたい」

サンドラは鋭いまなざしを向けたが、彼は無視した。

「床に頭を打ちつけたら、どんな状態になるか、あなたにはわからないんです」フェデリコ・ノーニは顔をこわばらせて言い返した。

「そうですね。失礼しました」シャルバーは納得せずに、わざと疑わしげな口調で答えた。そして、手帳に目を落として何やら書きこんだが、実際には、撒《ま》いた餌に青年が食らいつくのを待っていた。

「何が言いたいんですか？」

「いえ、何も。続きを聞かせてください」シャルバーは苛立たしげに手を振って促した。

「犯人は警察が来たのを聞きつけて、裏口から逃げていきました」

「あなたはニコラ・コスタを声で判別した、そうですね？」

「そうです」

「あなたは犯人に言語障害があったと断言した。それは、彼の唇の障害とぴったり一致する」

「それが何か？」

「だが、最初は口唇裂の影響をスラブ語の訛りと取り違えた」

「間違えたのは、あなたたち警察官のほうだ。それが、ぼくにどんな関係があるんです？」フェデリコ・ノーニはすでに保身に入っていた。

「いいでしょう。では、これで失礼します」シャルバーは、フェデリコだけでなくサンドラの不意を突くと、青年に手を差し出してから立ち去ろうとした。

「待ってくれ」

「ノーニさん、われわれには時間がないんです。あなたが真実を言わないのであれば、ここにいる意味がない」

「真実？」

　サンドラは青年が驚くのを見逃さなかった。インターポール捜査官がどんな駆け引きを挑んでいるのかはわからなかったが、それ相応の覚悟があるにちがいない。「本当に帰ったほうがよさそうね」

　シャルバーはまたしても彼女を無視すると、ノーニの前に立って指摘した。「真実とは、あなたが聞いたのはジョルジアの声だけで、犯人の声は聞いていないということだ。だから、スラブ訛りも発音障害もありえない」

「違う」

「本当は、意識を取り戻したあなたは、二階へ這いあがって彼女を助けることもできた。陸上選手だったあなたなら、訳ないことだ」

「違う」

「にもかかわらず、あなたはここに留まって、そのあいだに、あの怪物はまんまと目的を達した」

「違う！」フェデリコ・ノーニは泣きながら叫んだ。

サンドラは立ちあがると、シャルバーの腕を取って玄関へ促そうとした。「もうじゅうぶんよ。そっとしておいてあげましょう」

だが、彼はやめなかった。「実際にはどうだったのか、白状したらどうだ？ なぜジョルジアを助けに行かなかった？」

「ぼくは、ぼくは……」

「何だ？ 言ってみろ。今度こそ男になったらどうだ？」

「ぼくは……」フェデリコ・ノーニは涙まみれに口ごもった。「ぼくは……そんなつもりは……」

シャルバーは容赦なく責め立てた。「タマを見せてみろ。あの晩の雪辱を果たせ」

「お願いよ、シャルバー」サンドラは彼を落ち着かせようとした。

「ぼくは……怖かったんだ」

静まりかえった部屋に青年のむせび泣きだけが響いていた。シャルバーはようやく追及の手を緩めた。そしてフェデリコに背を向けると、ドアへ向かった。そのあとを追おうとして、サンドラは一瞬、足を止め、悲嘆に暮れて役に立たない脚を見下ろすフェデリコ・ノーニの姿を見つめた。彼を慰めたかったが、言葉が出てこなかった。

「あなたの身に起きたことは気の毒に思います、ノーニさん」ドアを開けながら、インターポール捜査官が言った。「ごきげんよう」

車へ急ぐシャルバーを、サンドラは追いかけて呼び止めた。

「いったいどういうつもり？　あそこまで追いつめる必要はなかったはずよ」

「ぼくのやり方に不満があれば、いつでも手を引いてくれて構わない」

　自分に対しても見下したような態度をとる彼に、サンドラは我慢がならなかった。「そんなふうに言わないでよ」

「言ったはずだ。ぼくは日ごろペテン師を相手にしている。黙って見逃すわけにはいかない。許せないんだ」

「そういうあなたは、あそこで正直だったの？」彼女は背後の家を指して尋ねた。「ここに着いてから、いくつ嘘をついた？　覚えてない？」

「〝終わりよければすべてよし〟という言葉を聞いたことがないか？」シャルバーはポケットに手を突っこむと、ガムの箱を取り出して、ひとつ口に入れた。

「で、その〝終わり〟が、下半身が麻痺した青年を侮辱したこと？」

　彼は腕を広げた。「いいか？　ぼくだってフェデリコ・ノーニには同情している。おそらく、あんな目に遭ういわれはないだろう。だが、耐えがたいことは誰の身にも起きる。だからといって、責任から逃れられるわけじゃない。そのことは、誰よりもきみがいちばんよく知っているはずだ」

「ダヴィドのことを言いたいの？」

「そうだ――きみは彼の死をアリバイに使ったりはしないだろう」

　口を開けたままガムを噛む態度がサンドラの気に障った。「あなたに何がわかるというの？」

「たとえきみがずっと泣き暮らしていたとしても、誰も文句は言うまい。だが実際には、きみは戦いつづけている。夫を殺されて、自分も襲われて、それでも一歩も後へは引かない」ふたたび雨が降りはじめたので、シャルバーは彼女に背を向けて車へ向かった。

サンドラは濡れるのも構わずに、その場に留まって言い返した。「あなたって、本当にむかつくわ」

シャルバーは一瞬、足を止めたが、すぐに歩き出した。「偽りの証言のせいで、あのフェデリコ・ノーニの野郎は無実の人間を刑務所に送りこんだ。自分を臆病者だと認めたくないだけの理由で。それはむかつかないのか？」

「わかったわ。誰が犯人で、誰がそうでないかを決めるのは、あなたというわけね。いつからそうなの、シャルバー？」

彼は息を弾ませて手を振りまわした。「いいか、道の真ん中で口論するつもりはない。少々やりすぎたことは認めるが、それがぼくのやり方だ。ぼくがダヴィドの死にショックを受けていないとでも思うのか？　ダヴィドの命を助けられなかったことに、これっぽっちも責任を感じていないとでも？」

サンドラは黙りこんだ。そんなふうには考えたこともなかった。ひょっとしたら、シャルバーは自分の思っているような人間ではないのかもしれない。

「ぼくたちは友人どうしではなかった。だが、少なくともぼくはダヴィドに信用されていた。それだけで、罪の意識を感じるにはじゅうぶんだ」シャルバーは言った。

その静かな口調に、サンドラは気持ちが落ち着くのを感じた。「あの青年はどうするの？　誰かに知らせるべき？」

「まだだ。いまはほかにやるべきことが山のようにある。この瞬間にも、おそらく教誨師たちは本当のフィガロを捜しているにちがいない。彼らより先に見つけなければならない」

十五時五十三分

降りつづく霧雨のせいでローマは渋滞していた。大きな公園の入口に着くと、マルクスはしばし足を止めて、ツィーニの受け取ったメールを思い返した。

〝彼はおまえとは違う。ヴィラ・グローリ公園を捜せ〟

本当のフィガロは誰なのか？　そして今度は、誰が復讐者となるのか？　ここでその答えが見つかるかもしれない。

その公園は街の緑地帯のひとつだった。最も広い公園ではないが、それでも二十五ヘクタールはある――日が沈むまでに限なく調べるには広すぎる。おまけに、マルクスには何を捜すべきなのかもわからなかった。

メッセージは盲人に送られてきた、と彼は考えた。ということは、わかりやすいものにちがいない。ことによったら、音の出るもの。だが、すぐに考え直した。違う。あのメッセージは、実際には教誨師に宛てられたものだ。ツィーニに送られてきたのは便宜上にすぎない。

犯人の足跡は、われわれのために残されている。

大きな黒い門をくぐると、目の前に坂道が続いていた。ヴィラ・グローリ公園は丘一帯に広がっている。入ってすぐに、ショートパンツとケーウェイのジャケット姿の向こう見ずなジョガーとすれ違った。そのあとに、主人と足並みをぴたりとそろえたボクサー犬が続く。マルクスは寒さを感じて、レインコートの襟を立てた。そして、何か注意を引くものがないかと周囲を見まわした。

異変。

ローマの他の公園とは違って、ヴィラ・グローリには緑が鬱蒼《うっそう》と生い茂っていた。空に向かってそびえ立つ木々が、光と影の奇妙なトリックを生み出している。その下に灌木の茂みや草むらが広がり、地面は枝や枯葉におおわれていた。

金髪の女性がひとりでベンチに腰かけていた。片手に傘を握り、もう片方の手には開いた本を持っている。そのまわりを一匹のラブラドール・レトリバーがぐるぐる回っていた。散歩に行きたいのだろう。だが、飼い主はそれを無視して、読書に夢中だった。マルクスは彼女の視線を避けようとしたが、そばを通り過ぎようとしたとき、女性は見知らぬ相手が危険人物ではないかどうかを確かめようとして、本から目を上げた。マルクスが歩を緩めずに進むと、犬がリードを引きずりながらあとをついてきた。遊んでほしいのだ。彼は立ち止まって犬を待ち、頭を撫でた。

「さあ、いい子だから主人のところへお帰り」

ラブラドールはその言葉を理解したように、すばやく後ろに引き返した。

どこを捜すべきか、手がかりとなるものが必要だった。それは、この自然の中に隠されているかもしれない。

ローマの公園で最も鬱蒼とした森。ピクニックを楽しめるような場所ではないが、ジョギングやサイクリングにはうってつけだ……そして、犬を走らせるのにも。

犬——それが答えだ。ここに何かがあるとすれば、かならず犬が嗅ぎ分けるはずだ、マルクスはそう考えた。

彼はふたたび丘の頂上へと続く道を上りながら、地面をおおうアスファルトを丹念に調べた。百メートルほど行ったところで、ぬかるみに足跡のようなものを見つけた。

よく見ると、動物の足跡がそこらじゅうに残されている。

一匹が通っただけで、こんなに足跡が残るはずがない。何匹もの犬が好奇心を持って森の奥へ入りこんだ結果だ。

　マルクスは歩道を折れ、茂みをかき分けるように進んだ。聞こえるのは、ごくかすかな雨の音と、濡れた落ち葉を踏む自分の足音だけだった。足跡を見失わないようにしながら、百メートルばかり進む。ここ数日の嵐にもかかわらず、すぐに新たな足跡がつけられているようだ。犬はひっきりなしに通っている、と彼は考えた。しかし周囲を見まわしても、手がかりらしきものは何もない。

　ふいに足跡の道が途切れ、そこからはかなり広い一帯を取り囲むように足跡が散らばっていた。あたかも犬たちが嗅覚の信号を感じられなくなったかのように。あるいは、そのにおいがあまりにも強烈で、発生源を特定できなかったのかもしれない。

　空は曇っている。物音も街の明かりも分厚い枝葉のカーテンに遮られて届かない。文明から最も離れた、真っ暗な未開の地のようだった。マルクスはポケットからペンライトを取り出してスイッチを入れた。みずからの不運を呪いながら、光を旋回させる。今日のところは引き返し、明日の朝、出直すべきかもしれない。だが、朝の公園は人が多すぎて、任務を果たせない恐れもある。捜索を中断しかけたとき、彼は一瞬、数メートル先の地点を照らした。最初は折れた枝かと思った。だが、それにしてはまっすぐで、形もきれいだ。もう一度、ペンライトを向けてよく見た瞬間、彼は自分のやるべきことを悟った。

　一本の木にスコップが立てかけてあった。

　マルクスは、スコップの先が指し示している部分を照らし出す角度で、ペンライトを地面に置いた。そして、いつも持ち歩いているラテックスの手袋をはめると、地面を掘りはじめた。

　暗闇のせいで、森の中の音は余計に大きく聞こえた。

スコップが地面を穿《うが》つたび、威嚇的な響きを帯びた音が死霊のごとくわきを通り過ぎ、枝を揺らす風とともに消え失せる。スコップの刃はやわらかな腐葉土に沈みこんだ。マルクスは足を使ってスコップを押しこんでは、どこまで掘りつづけるのかも考えずに、ひたすら泥と葉の混じったものを取り除いていった。そこに埋められているものを早く見たかったが、頭の片隅ではすでに答えを知っていた。思った以上に困難な作業だった。だんだんと体が汗ばみ、服が背に張りついて、息も切れてくる。だが、彼は手を止めなかった。予想が裏切られることを願っていた。

神よ、どうか恐れているとおりになりませんように。

だが、ほどなくマルクスはにおいを感じはじめた。甘ったるい、つんとするようなにおいだった。息を吸うたびに、それは鼻孔や肺を満たした。液体のごとくどろりとして、飲めそうなほどだった。それが胃液と混じって吐き気を催した。マルクスは手を止めて、レインコートの袖を口もとへ持っていき、汚れた空気が入るのを防がずにはいられなかった。だが、彼はすぐに作業を再開した。足もとに開いた穴は直径五十センチ、深さは一メートルほどに及んだ。それでもスコップはやわらかな土に沈みつづけた。さらに五十センチほど掘る。すでに二十分以上たっていた。

やがて、石油のようにどろどろした黒っぽい液体がにじみ出てきた。腐敗物の残りだ。マルクスは穴の前にひざまずいて、今度は手袋を外した手で掘りはじめた。黒い液体で服が汚れたが、気にしなかった。ふいに土よりも硬いものが手に触れた。なめらかで、部分的に繊維状になっている——骨だった。周囲のものを取り除くと、土色の皮膚の一部が見えた。

間違いない、人間だ。

マルクスはふたたびスコップを手にすると、できるかぎり死体を掘り起こそうとした。脚が現われ、続いて骨盤があらわになる。女性だった。全裸の。腐敗の過程は進んでいたものの、死体の保存状態はよかった。年齢ははっきりとはわからなかったが、若いのは確かだった。胸全体に深い切り傷があり、腰の周囲も傷つけられている。おそらく刃物にちがいない。

はさみ。

ようやくマルクスは手を止めた。尻もちをつくように後ろに転び、大きく息を吸いこみながら、俗悪な死と暴力の展示を見つめる。

彼は十字を切って手を合わせ、この見知らぬ女性のために祈りはじめた。彼女の夢、生きる喜びを思い描いた。この年齢では、死をはっきり意識することはなかったにちがいない。まったく縁のないものだったはずだ。マルクスは神にこの魂を受け入れるように懇願した。誰かに聞かれていようが、ひとりでしゃべっていようが構わなかった。彼にとって恐ろしい現実は、記憶喪失によって、記憶だけでなく信仰も奪われたことだった。教会の人間として、日々の出来事にどう接するべきかがわからなかった。神父らしく振る舞うには、どのような感情を抱くべきかが。だが、この哀れな魂のために祈ることによって、彼の心は癒やされた。いま、こうして悪を目の前にしたときに、神の存在は唯一の慰めだったから。

この女性がいつ死んだのかは断定できなかった。しかし、埋められた場所の環境や遺体の保存状態を考えると、それほど時間がたっているようには思えない。この目の前の死体は、ニコラ・コスタがフィガロではないことを示す証拠だと、マルクスは結論づけた。この娘が殺されたときには、あの口唇裂の男はすでに刑務所にいたはずだ。

犯人は別にいる。

世の中には、たまたま人間の血の味を知ってしまい、太古の捕食者としての本能をよみがえらせる人種が存在する。生存のための戦いの遺産、進化の過程において殺す必要があった祖先の模倣。同じように、ジョルジア・ノーニを殺した連続襲撃犯は、新たな楽しみを見出した。彼のなかにどんなものが芽生えたのか、マルクスには見当もつかなかった。

だが、ひとつだけ確かなことがあった。彼はふたたび殺人を犯すだろう。

電話がつながった。相手がすぐに出ることを期待して、受話器をあごにはさむ。マルクスはヴィラ・グローリ公園から近い避難所にいた。

やっとのことで、年老いたツィーニの声が聞きとれる。「もしもし……」

「思ったとおりです」マルクスはさっそく切り出した。

元警察官は何やらつぶやいてから、マルクスに尋ねた。「どれくらい時間が経過している？」

「一カ月、あるいはもっとたっているかもしれません。断言はできません。ぼくは法医学者ではないので」

ツィーニはそのことについて考えた。「今回、わざわざ死体を隠すなどという面倒なことをしているなら、すぐにまたやるだろうな。警察に知らせたほうがいい」

「もう少し調べてみましょう」マルクスは自分の知っていることも不安も、すべて彼に打ち明けたかった。発見したものは、裁きを行なうためには役立たない。ツィーニに匿名のメールを送って、掘る地点を示すためにヴィラ・グローリ公園にスコップを置いた人物は、フェデリコ・ノーニに復讐を果たすきっかけを与えた。あるいは、そのきっかけは、ジョルジアが殺される前に襲われた三人の女性の誰かに与えられたのかもしれない。時間はあまり残されていない。最悪の事態を阻止すべく、他の被害者に連絡を取るために、警察に知らせるべきだろうか。マルクスは、何者かがすでに本当のフィガロの手がかりを得ていると確信していた。

「ツィーニ、ひとつ訊きたいことがあります。あなたが受け取ったメールの前半部分です。〝彼はおまえとは違う〟——これはどういう意味ですか？」

「さっぱりわからない」

「ごまかさないでください」

盲目の元警察官は、しばらく黙りこんだ。「わかった。今夜遅く、わたしの家に来てくれ」

「いえ、いま教えてください」

「それは無理だ」そして、ツィーニは一緒に家にいる誰かに声をかけた。「紅茶を淹れていてくれ。すぐに行く」

「誰がいるんですか？」

ツィーニは声を低めた。「警察官だ。ニコラ・コスタについて訊きたいそうだが、何かを隠している」

厄介な状況になった。あの死体で見つかった女性は誰なのか？　解決したと思われていた事件に、急に関心が集まっているのはなぜか？　自分はいったい何を捜しているのか？

「早く追いかえしてください」

「だが、いろいろ知っているようだ」

「それなら引きとめて、あなたに会いに来た本当の目的を訊き出してください」

「承知してもらえるかどうかはわからないが、きみにはやるべきことがあると思っている。ひとつ忠告しても構わないか？」

「わかりました。聞きましょう」

十七時七分

サンドラは紅茶をたっぷりと注ぐと、カップを手に持って、ぬくもりを味わった。キッチンからは玄関で電話をしているツィーニの背中が見えたが、何を話しているかまでは聞こえなかった。

ここへ来る前にシャルバーを説得し、インターポールのゲストハウスで待たせている。慎重を期して、年老いた元警察官にはひとりで会いに行くほうがいいと判断したのだ。協力関係を解消するつもりはないものの、フェデリコ・ノーニのときの失態を繰り返すのはごめんだった。ツィーニは正式な捜査ではないことに気づき、あれこれ質問してくるかもしれない。それに、警察官というのは、概してインターポール捜査官に好意を抱いていない。ツィーニがドアを開けたとき、サンドラは単にミラノでフィガロ事件と似ているケースを調べているとだけ説明した。年老いた元警察官はその言葉を信用した。

電話が終わるのを待ちながら、サンドラはツィーニから受け取ったファイルに目をやった。ニコラ・コスタの正式な捜査報告書をコピーしたものだった。どこで手に入れたのかは尋ねなかったが、彼のほうから、現役時代には書類をコピーして保管しておく習慣があったと説明した。

「いつ、どこで事件の解決に結びつく考えが思いつくか、わからないだろう」ツィーニはそう弁解した。「だから、つねにあらゆるものを手もとに置いておく必要がある」

ページをめくりながら、サンドラはツィーニが几帳面な男だと気づいた。あちらこちらに注意書きが記されている。だが、最後のほうの調書は、明らかに急いで作成されていた。あたかも失明が迫っていることを知っていて、時間を無駄にはできないと言わんばかりに。一部の記述、とりわけコスタの自白に関しては、あやふやな部分があった。矛盾点が残され、本人が罪を認めることもなく、証言は紙でできた城のごとく崩壊していた。

サンドラは調書を飛ばして、鑑定結果のページを開いた。さまざまな犯行現場において、写真分析官が撮影した写真が掲載されている。最初は襲撃現場、続いて殺害現場。三人の被害者は自宅にひとりでいるときに襲われた。いずれも夕刻だ。犯人は被害者をはさみで何カ所も突き刺している。傷は致命傷になるほどではなく、胸、脚、恥骨のあたりに集中していた。

精神分析医の説明によれば、襲撃は性的な暴力のカモフラージュということだった。だが、無理強いによって満足感を得られる一部のサディストとは異なり、犯人の目的はオルガスムに達することではなかった。フィガロには別の意図があった——被害者の女性たちが、もはや他の男性の欲望の対象となることを阻止しようとしたのだ。

おれがおまえたちを手に入れることができないのなら、誰にもそれを許さない。

それが傷の伝えるメッセージだった。そうした行動は、まさしくコスタの人格と合致した。口唇裂のせいで異性が彼を拒んだ。それゆえ暴行には及ばなかった。力ずくの肉体関係において反発は必至で、彼にとっては拒絶の体験を繰り返すことになる。だが、はさみはうってつけの妥協策だった。好意を示すことができると同時に、ずっと恐れていた女性と一定の距離を置くことも可能だからだ。彼女たちが苦しむ姿を見る喜びが、男性としてのオルガスムに取って代わった。

だが、シャルバーが主張するように、ニコラ・コスタがフィガロでないとすれば、犯行の精神分析を一から見直す必要がある。

サンドラはジョルジア・ノーニの殺害現場の写真を見た。遺体には、犯人が他の被害者に残したのと同じ傷が明らかに見てとれる。だが、彼女の場合は死に至らしめるほど傷つけられた。

それまでと同様に、犯人は彼女の家に忍びこんだ。ただし、そのときは第三者もその場にいた。フェデリコだ。彼の話によれば、殺人犯はパトロールカーのサイレンを聞くなり、裏口から逃げたという。

その際のフィガロの足跡が庭に残っている。

写真分析官は、靴の跡を近距離から撮影していた。それを見て、サンドラはなぜかダヴィドが海岸でジョギングをしている女性と出会ったことを思い出した。

ただの偶然よ。

直感に導かれて、謎の人物の正体を突きとめるために、夫は砂の足跡を追った。ふいに、サンドラにはその行動が意味のあることのように思えた。この足跡を残した人物が誰かは、まだわからないとしても。そう考えるうちに、ツィーニが電話を終えてキッチンに戻ってきた。

「必要なら、持って帰っても構わない」彼はファイルを指して言った。「わたしが持っていても、もう役に立たないからな」

「ありがとうございます。では、そろそろ失礼します」

元警察官はテーブルに腕を置いて、彼女の向かいに腰を下ろした。「ちょっと待ってくれ。近ごろはめっきり訪ねてくる人もいなくなったから、よかったら少し話でもしないか」

電話の前は、ツィーニはいかにも早く厄介払いをしたいと言わんばかりの態度だった。ところが、いまは引きとめようとしている。単なる親切心で言っているようには見えない。ここは言われるとおりにして、彼が何を企んでいるのか確かめる必要がある。

シャルバーなら、もう少しくらい待たせても構わないだろう。「わかりました。では、お言葉に甘えて」ツィーニを見ていると、サンドラはデミチェリス警部を思い出した。手が大きくて、そのせいで木のように見えるこの人物は、どことなく信用できるような気がした。

「紅茶はどうだったかね？」

「おいしかったです」

ティーポットの中身はすでに冷めかけていたが、盲目の元警察官は自分のカップにも紅茶を注いだ。「いつも妻とこうしていた。毎週日曜日、ミサから帰ってくると、彼女が紅茶を用意して、ふたりでここに座って話をしたものだ。それが夫婦の約束ごとだった」そう言って、ツィーニはほほ笑んだ。「二十年の結婚生活のあいだ、たぶん一度も欠かしたことはないはずだ」

「どんな話をなさったんですか？」

「なんでもだ。とくに決まった話題というのはなかった。どんなことでも分かちあえるとわかっているのはすばらしい。ときには言い争いもしたが、それすら思い出しては、折に触れてふたりで笑ったものだ。残念ながら子宝に恵まれなかったために、日々、立ち向かわなければならない恐ろしい敵がいることにも気づいていた。沈黙だ。沈黙は、ともすればわれわれの前に立ちはだかる。それを遠ざける術を知らないと、互いの関係の隙間に忍びこみ、裂け目を広げる。そして、気がつかないうちに、いつのまにか距離が生まれる」

「わたしは少し前に夫を亡くしました」その言葉は考える必要もなく、自然と口をついて出た。「結婚して、まだ三年目でした」

「それは気の毒に。さぞつらかったことだろう。わたしの場合は、妻に先立たれたが、幸運だったと思っている。スージーは理想的な最期だった。ある日とつぜん逝ったんだ」

「ダヴィドが死んだと知らされたときのことを思い出

します」サンドラはそのことを考えたくなかった。

「あなたはどうやって知ったんですか？」

「ある朝、妻を起こそうとした」ツィーニはそれ以上は何も言わなかったが、それでじゅうぶんだった。

「自分勝手だと思われるかもしれないが、病気というのは、残される者にとってはありがたい。最悪の事態を覚悟できる。それに対して、こんなふうに……」

　サンドラには彼の言いたいことがわかった。とつぜんの空虚、けっして元には戻れない現実、すべてが決定的になる前に、それについて話したい、せめて抗議したいのにできないもどかしさ。何ごともなかったふりをしたい、無謀な衝動。「あなたは神を信じていますか？」

「何が訊きたいんだ？」

「言葉どおりの質問です」サンドラは答えた。「ミサに通っていたということは、カトリック教徒ですね。そんなことがあったら、もう神を信じたくないと思いませんか？」

「神を信じるのは、無理に愛することではない」

「どういう意味ですか？」

「神とわれわれ人間の関係は、死後の世界に何かがあるという信念のみに基づいている。だが、永遠の命がないとしたら、自分を生み出した神を愛せるだろうか。何の代償も約束されていなければ、ひざまずいて神を賛美できるか？」

「あなたは？」

「創造主の存在は信じているが、死後の世界があるとは思っていない。だから、個人的には神を憎むことも許されていると考えているんだ」ツィーニは大声で苦々しげに笑った。「この街には教会があふれている。逃れられない運命、みずからの失敗に逆らおうとする人間の試みを表わしたものだ。しかし、どの教会にも秘密があり、伝説がある。わたしの好きなのは、サクロ・クオーレ・デル・スッフラージョ教会の伝説だ。

知っている者はほとんどいないが、煉獄《れんごく》の博物館があるんだ」ツィーニの口調が翳《かげ》りを帯びる。彼は何か重要なことを打ち明けるように身を乗り出した。

「この教会では、建設からわずか数年後の一八九七年に火事があった。炎が燃え広がるなか、何人かの信者が、祭壇の壁に煤で描かれた人間の顔が浮かびあがっているのに気づいた。そして、その絵は煉獄の魂を描いたものだという噂が広まった。この不可解な出来事に、ヴィットーレ・ジュエ神父は想像力をかき立てられて、天国へ行こうとしながらも、この世で苦悩を抱えてさまよう死者の痕跡をほかにも探そうとした。そして、見つけたものをその博物館に集めたんだ。写真分析官なら、ぜひ一度、見てみるといい。すぐ近くだ。神父はどんなものを見つけたと思う？」

「教えてください」

「魂がわれわれに語りかけようとするときには、音ではなく光を用いるんだ」

　サンドラはダヴィドがライカに残した写真を思い出し、身震いを覚えた。

　彼女が何も言わないので、ツィーニは詫びた。「怖がらせるつもりはなかったんだ。すまなかった」

「いいえ、大丈夫です。ぜひ見に行ってみます」

　元警察官はふいに真顔になった。「それなら急いだほうがいい。その博物館は、毎日、晩禱の終わりの一時間しか開いていない」

　その口調から、サンドラはツィーニが単にすすめているだけではないことに気づいた。

　マンホールから水があふれかえる様子は、あたかも街の胃袋がもういっぱいになったようだった。三日間降りつづいた激しい雨は、排水システムにとっては厳しい試練となった。だが、ようやく雨はやんだ。

　そして、今度は風の番だった。風は何の前触れもなく吹き出し、中心街の通りを一掃しはじめた。そして大きな音とともに、勢いよくローマじゅうの路地や広場に侵攻した。

サンドラは、まるで押し寄せてくる亡霊の群れをかき分けるように、見えない群衆のなかをゆっくりと進んだ。風は進む方角を変えようとしたが、彼女はちっとも動じずに歩きつづけた。ふと、しっかりと小脇に抱えたバッグの中で携帯電話が震えているのに気づいた。必死に電話を取り出そうとしながら、シャルバーからだと確信して、どう弁解すべきかを考える。ゲストハウスに残るように説得するのはひと苦労だっただけに、すぐに戻って、ツィーニと対面した結果を報告しなかったことに対する苦情は想像がついた。だが、すでに言い訳は用意してあった。

バッグの中身を引っかきまわして、ようやく携帯電話をつかみ出すと、サンドラは画面を見た。シャルバーではなく、デミチェリスからだった。

「ヴェガ、そのすさまじい音は何だ？」

「ちょっと待ってください」サンドラは通りがかりの建物の入口に身を潜め、嵐から逃れて電話を続けた。「これで聞こえますか？」

「少しはましになった。そっちはどうだ？」

「いろいろおもしろいことがありました」今朝、何者かに襲撃されたことは黙っておこう。「いまはくわしいことは話せませんが、少しずつわかってきました。ダヴィドはローマでとんでもないことを発見したようです」

「あまり気を揉ませないでくれ。いつミラノに戻ってくるんだ？」

「あと二、三日は必要です。ことによったら、もう少し」

「それなら休暇を延長しよう」

「ありがとうございます、警部。助かります。それで、そちらのほうでは何かわかりましたか？」

「トーマス・シャルバーの件だ」

「調べてくださったんですね」

「もちろんだ。以前インターポールにいて、いまは年金生活を送っている古い知り合いに話を聞いた。同僚のことを訊かれると、向こうは警戒するものだ。だから、あからさまに尋ねるわけにはいかない。それで、こちらの意図に気づかれないように昼食に招かなければならなかった。早い話が、えらく時間がかかったよ」

デミチェリスの悪い癖は、細部にこだわるあまり話が進まないことだ。サンドラは先を促した。「それで、何がわかったんですか？」

「友人は直接彼を知っているわけではないが、インターポール時代に、シャルバーは頑固者だという噂を耳にしたことがあると言っていた。友人は多くなく、単独行動をとるせいで、上層部には気に入られていないそうだ。だが、結果は出す。石頭で、性格も悪いが、誰もが裏表のない奴だと口をそろえる。他人の顔色をうかがったりはしない。二年前、彼は内部で行なわれている収賄行為について、徹底的に調べたそうだ。いまさら言うまでもないが、こういった件では、下手をすれば出世の道が閉ざされるものだ。だが、シャルバーは麻薬の密売人から利益を得ているグループを摘発した。まさしく聖人君子というわけだ」

デミチェリスの誇張をともなう皮肉っぽい表現に、サンドラは考えこんでしまった。そんな捜査官が、いったい教誨師とどう関係しているのか。実際、シャルバーの経歴を聞くと、明らかに不正が行なわれていると思われる事件に関心を持っても不思議はない。だが、世の中のために使命を果たし、誰も傷つけるようなことはしていないはずの神父を執拗に追っているのは、どういうわけなのだろうか。

「警部は、シャルバーをどう思いますか？」

「話を聞くかぎり、強情な厄介者という印象を受けたが、まあ信用はできそうだな」

デミチェリスの言葉を聞いて、サンドラは安心した。

「ありがとうございます。覚えておきます」

「また何かあれば、いつでも電話してくれ」

勇気づけられて通話終了のボタンを押すと、彼女はふたたび見えない風の川を遡りはじめた。

ピエトロ・ツィーニの家を出る際に、予言めいたことを言われた――煉獄の魂の博物館を訪れるのを躊躇してはいけない。何が待ち受けているのかはわからなかったが、サンドラは目の見えない元警察官の言葉を信じて疑わなかった。

そこには何かがある。それを自分の目で確かめなければならない。一刻も早く。

やがて、サンドラはサクロ・クオーレ・デル・スッフラージョ教会の前にたどり着いた。建設されたのは十九世紀末だが、ネオゴシック様式の建物はミラノ大聖堂を思わせた。内部では、晩禱を締めくくる洗礼の祈りとともに光の儀式が行なわれていた。参列者はそれほど多くなかった。風が扉にたたきつけ、隙間から中に入りこんで、ひゅうひゅうと音を立てながら身廊のあいだを過ぎ去っていく。

サンドラは煉獄の魂の博物館の案内板を見つけ、矢印のとおりに進んだ。

やがて、聖具保管室へ続く廊下にぽつんと置かれたケースに、奇妙な遺物のコレクション――少なくとも十はある――が詰めこまれるように並んでいるのを見つけた。それだけだった。焼け焦げた跡が残された品々。古い祈禱書は、死者のものとおぼしき五本の指の影がついたページが開かれている。あるいは、一八六四年に苦しみながら死んだ修道女が枕カバーに残した痕跡。一七三一年に司祭の霊が訪れた尼僧院長の聖職服やスリップに残された跡。

肩に手の重みを感じても、サンドラは驚かなかった。むしろ、ピエトロ・ツィーニがここへ来るように、しきりにすすめた理由を瞬時に理解した。振りかえると、やはり彼がいた。

「きみはなぜぼくを捜しているんだ？」こめかみに傷跡のある男が尋ねた。

「わたしは警察官よ」サンドラはとっさに答えた。

「それだけではないはずだ。正式な捜査ではない。きみは単独で行動している。サン・ルイジ・デイ・フランチェージ教会で会ったときにわかった。ゆうべ、きみはぼくを逮捕するのではなく、撃とうとした」

サンドラは反論しなかった。そのとおりだったからだ。「あなたは本当に神父なのね」

「そうだ」男はふたたび認めた。

「わたしの夫はダヴィド・レオーニ。その名前に聞き覚えはない？」

彼はしばらく考えてから答えた。「ない」

「夫は報道カメラマンだった。でも数カ月前に建物から転落して死んだわ。殺されたの」

「それがぼくとどういう関係が？」

「彼はあなたたち教誨師について調べていた。ある犯罪現場で、あなたの写真を撮っているわ」

サンドラの口からはっきり〝教誨師〟という言葉が出たので、彼はびくりとした。「それだけで殺されたのか？」

「わからないわ」サンドラは間を置いてから続ける。「さっき、ツィーニと電話で話していたのはあなたでしょう。なぜ、もう一度わたしに会おうとしたの？」

「これ以上、詮索しないように頼むためだ」

「それはできない。何よりもダヴィドが殺された理由を突きとめて、犯人を捜し出さなければならないから。協力してもらえないかしら？」

男は悲しげな青い目を廊下のケースに向けた——十字架の焼き印が押された小さな木の板に。「いいだろう。だが、ぼくの写っている写真を破棄してもらわなければならない。それから、教誨師に関してきみの夫が発見したものも残らず」

「すべてが解決したら、すぐにそうするわ」

「ほかに、われわれのことを知っている者は？」

「いないわ」サンドラは嘘をついた。シャルバーとインターポールのことを打ち明ける勇気はなかった。みずからの秘密が脅かされていると知ったら、この教誨師は永久に姿を消してしまうような気がしたからだ。

「ぼくがフィガロについて調べていると、どうしてわかったんだ？」

「警察もその件について捜査中で、あなたたちが話しているのを盗聴したのよ」こんな言い逃れで納得してくれればよいが。「大丈夫。向こうは誰が関わっているかは突きとめてないわ」

「だが、きみは突きとめた」

「わたしは、どうやって捜せばいいか知ってたからよ。ダヴィドが手がかりを残してくれたの」

彼はうなずいた。「これ以上、話すことはなさそうだ」

「どうしたらあなたに会えるの？」

「ぼくがきみを捜す」

彼は背を向けて、立ち去ろうとした。だが、サンドラは呼び止めた。「あなたに騙されていないと、どうしてわかるの？　あなたが誰かも、何をしているのかも知らないのに、どうやって信用しろというの？」

「それを知りたがるのは、単なる好奇心だ。好奇心を持つ者は、傲慢の罪を犯す」

「ただ理解しようとしているだけよ」サンドラは弁解した。

神父は非現実的な遺物を収めたガラスケースに顔を近づけた。「これらは迷信にすぎない。人間がみずからの次元とは異なる世界をのぞき見ようとした結果だ。自分の命が終わりを迎えたら、どんなことが起きるのか、誰でも知りたいと望んでいる。ところが、答えを得るたびに新たな疑念がわくことには気づかない。だとしたら、ぼくのしていることを説明しても、きみは満足しないだろう」

「だったら、せめてその理由だけでも……」

教誨師はしばし黙りこんだ。「光の世界が闇の世界と接する場所がある。そこでは、ありとあらゆることが起きる。影におおわれた領域は、すべてが希薄で、混沌として、不確かだ。われわれは、その境界を守るために置かれた番人だ。だが、ときには何かがすり抜けることもある」神父はサンドラに向き直った。「わが務めは、それを闇に追いかえすことだ」

「フィガロの件では、手を貸せると思うわ」彼女はとっさに言った。神父は次の言葉を待っているようだった。そこで、ツィーニから渡されたファイルをバッグから出して、差し出した。「役に立つかどうかはわからないけれど、ジョルジア・ノーニの殺害に関して、ひとつ気づいたことがあるの」

「聞かせてくれ、頼む」

思いのほか丁寧な口調に、サンドラは驚いた。「事件の唯一の目撃者、フェデリコ・ノーニの話によれば、犯人は妹を襲う手を止めずに、パトカーのサイレンが聞こえてからようやく逃げた」彼女はファイルを開いて、一枚の写真を見せた。「これは、フィガロが家から逃げるときの足跡よ。裏口から出た彼が庭の土に残したの」

神父は身を乗り出して、花壇の足跡の写真をじっと見た。「何か不審な点でも？」

「フェデリコ・ノーニと妹のジョルジアは、とても不幸な身の上だった。母親は子どもたちを捨てて、父親はふたりを残して世を去った。フェデリコの事故では、医者はまた歩けるようになると請けあったにもかかわらず、いまだに彼は歩けない。挙句の果てにジョルジアが殺された。これ以上、悲惨な話はないわ」

「それがこの足跡とどんな関係があるというんだ？」

「ダヴィドがよくする話があったの。彼は偶然というものを信じていた。あるいは、ユングの言うところの〝共時性〟をね。あるとき、信じられないほど不運な出来事が続いて、その結果、彼は海岸へたどり着いたの。そして、砂浜でジョギングをしていた女性の足跡を見つけて、追いかけた。彼は、自分の身に起きた悪いことはすべて、この結果のための過程にすぎなかったと確信していたわ。その女性こそ、運命の相手にちがいないと」

「とてもロマンチックだ」

その言葉は皮肉ではなく、真剣だった。神父の目つきを見ればわかった。そこでサンドラは話を続けた。

「ダヴィドが間違えたのは最後の部分だけ。あとは全部そのとおりだった」

「何が言いたいんだ？」

「最近、この話を思い出さなければ、たぶんあなたが興味を持つような答えは示せなかった……警察官のご多分にもれず、わたしはそう簡単には偶然を信じないわ。だから、ダヴィドからこの話を聞くたびに、あらゆる方法で反論しようとした。いかにも警察官らしい質問で。〝その足跡が若い女性のものだって、どうして断定できたの？〟とか、〝なぜ彼女がジョギングをしていたとわかったの？〟といった具合に。彼の答えは、その足跡は男のものにしては小さすぎた、あるいは、少なくともそう見えたと……それに、かかとよりつま先のほうが深いから、走っているにちがいないと」

その最後の言葉を聞いて、サンドラの期待どおり神父は何かに気づいたようだった。彼はあらためて庭の写真を見た。

その足跡は、かかとのほうが深かった。

「逃げてはいない……歩いていた」

彼の意見も同じだった。やはりサンドラの考えたとおりだった。「可能性はふたつ。警察が来て犯人が逃げたというフェデリコ・ノーニの証言は嘘だった……

…」

「……あるいは、殺害のあとで、何者かが警察のために時間をかけて犯行現場をつくりあげた」

「この足跡は故意に残された。その意味することは、ただひとつ……」

「……フィガロはあの家から出ていない」

二十時三十八分

急がなければならない。公共の交通機関を使っていては間に合わない。そこでマルクスはタクシーに乗り、ヌオーヴォ・サラリオ地区のだいぶ手前で降りて歩いた。

歩きながら、彼はあの警察官の言葉を思い出していた。自分をこの謎の解明へと導いた彼女の洞察力を。間違いであってほしいと願いつつも、すでに、真相はまさしく自分が考えているとおりであると確信していた。

風が周囲の紙くずやビニール袋を巻きあげ、彼とともに目的地まで連れていく。

フェデリコ・ノーニの家の前には誰もいなかった。

屋内の電気は消えている。レインコートの前をしっかり合わせ、しばらく待ってから、マルクスは中に入った。

家じゅうが静まりかえっていた。静かすぎる。

ペンライトは使わず、マルクスは奥へ進んだ。

音はおろか、何の気配もない。

居間に入る。ブラインドは下ろされていた。ソファの横のランプをつける。最初に目に飛びこんできたのは、部屋の真ん中に乗り捨てられた車椅子だった。

これで、ここで何が起きたのかがはっきりわかってきた。彼の才能は、物の中に入りこんで、それらの無言の心と一体化し、見えない目で過去を見ることだ。

この部屋の光景を見て、マルクスはツィーニの受け取った匿名メールの文を思い出した。

〝彼はおまえとは違う〟

あれはフェデリコのことにちがいない。彼はおまえと同じように障害を負っているわけではないと言いたかったのだ。あの青年はふりをしているだけだ。

それにしても、フィガロはいまどこにいるのか？

フェデリコが世捨て人のような生活をしているのなら、玄関から堂々と家を出るわけにはいかない。近所の住民に姿を見られてしまうからだ。では、どうやって誰にも気づかれずに外に出て、女性たちを襲っていたのか。

様子をうかがいながら、マルクスは階段のほうへ近づいた。そして、階段の下にあるドアの前で足を止めた。ドアは開いていた。中には洞窟のような暗闇が広がっている。中に入ったとたん、低い天井からぶら下がっているものにぶつかった。電球だ。マルクスは紐を引いて明かりをつけた。

そこはナフタリンのにおいがする狭い物置だった。古い服が二カ所に収納されている。左側には男物、右側には女物の服がかけられていた。モデルがいない痛ましいファッションショーだ。おそらくフェデリコの両親のものだったのだろう、とマルクスは考えた。ほかにもシューズボックスと、棚に高々と積みあげられた箱もあった。

　ふと見ると、青いワンピースと赤い花模様のワンピースがハンガーから床にすべり落ちていた。誰かが落としたのかもしれない。並んでかかっているハンガーのあいだに手を差しこんでみると、はたしてそこには扉があった。

　この物置が抜け道にちがいない。

　マルクスは扉を開けた。ポケットからペンライトを取り出してスイッチを入れると、ところどころ漆喰が剝がれ、湿気で染みができた短い廊下が見えた。そのまま進むと、大きな箱や、もはや使われなくなった家具が押しこまれている場所に突き当たった。ペンライトの光がテーブルの上に置かれたものを照らし出す。

　一冊のノート。

　マルクスは手に取って、ぱらぱらとめくった。最初のほうは子どもの描いた絵だった。どの絵にも同じものが描かれていた。

　女性、傷、血。そして、はさみ。

　よく見ると、一ページ抜けている。明らかに切り取られた跡があった。マルクスは思い出した――同じような凄惨な子どもの絵が、ジェレミア・スミスの屋根裏部屋の壁にかけられていた。これでパズルのピースがすべてはまった。

　しかしノートの続くページは、この残酷な想像が幼年時代では終わっていないことを示していた。その後も、少しずつ正確かつ成熟した表現となり、時とともに進化し、完成されていくのがわかった。女性の姿はよりはっきりとし、傷はより生々しくむごたらしいものとなった。歪んだ病的な空想とともに怪物が成長していく証だ。

　フェデリコ・ノーニは、頭の中でつねにこの死の夢をふくらませていたが、一度として実現したことはなかった。おそらく恐怖が彼を押しとどめていたのだろう。刑務所に入れられること、あるいは周囲から怪物扱いされることが怖かったのだ。彼は優秀な陸上選手、好青年、やさしい兄の仮面をかぶっていた。あるいは、本当にそうだったのだろう。

　そして、バイク事故。

　それをきっかけに、たがが外れた。ついさっき、あの警察官から聞いた話では、フェデリコ・ノーニは医師から回復するとはっきり言われている。ところが、その後、彼はリハビリを続けることを拒んだ。

　そのままの状態が恰好の隠れ蓑だったからだ。やっとのことで本性を現わすことができたのだ。

　ノートの最後に古い新聞の切り抜きがはさまっていた。広げてみると、一年以上前の記事で、フィガロの三度目の襲撃を伝えたものだった。そこに、黒いサインペンで殴り書きがしてある――〝全部知っている〟。

　ジョルジアだ、とっさにマルクスは思った。だから彼女は殺されたのだ。そして、そのときフェデリコは、もっとおもしろいゲームを発見した。

　襲撃はバイク事故の直後に始まった。最初の三回は準備だった。いわば練習、訓練というわけだ。だが、フェデリコはそのことを自覚していなかった。彼は別の楽しみを求めていた。より満足できるもの――殺人を。

　まさか妹を殺すことになるとは思わなかったが、そうせざるをえなかった。すべてを知っているジョルジアは、邪魔者どころか危険な存在だった。フェデリコは、みずからの純粋な世界を汚されることも、世を忍ぶ仮の姿に異論を唱えられることも許せなかった。そのため彼女を殺した。それと同時に悟った。

　命を奪うほうが、単に襲うだけよりも、はるかに欲求が満たされると。

　だから我慢できなかった。その結果がヴィラ・グローリ公園の死体だ。だが、彼はより慎重になっていた。

前回の経験で学んで、死体を埋めたのだ。

　フェデリコ・ノーニは世間を欺いた。手始めに、あの盲目になりつつあった老警察官。彼に対しては、嘘八百を並べ立てた証言を、さも本当らしく語るだけでよかった。そうすれば、犯人は怪物に決まっているという先入観に基づいて、満足な捜査は行なわれないと踏んだのだ。

　そのとき、マルクスは棚の後ろに何かがあるのに気づいてノートを置いた。大きな鉄の扉だった。歩み寄って開けてみる。

　とたんに激しい風が狭い部屋になだれこんできた。外に出てみると、その向こうに門があり、人気《ひとけ》のない狭い通りに続いていた。ここから出入りすれば誰にも気づかれないだろう。おそらく長年使われていなかったが、フェデリコ・ノーニが用途を見出したにちがいない。

　彼はいま、どこにいるのか？　どこへ行ったのか？　またしても、その問いがマルクスの頭の中でこだまする。

　扉を閉めると、マルクスは急いで家の中に戻った。ふたたび居間へ行って、手当たり次第に捜索する。捜しまわった跡が残っても構わなかった。ただ手遅れになることを恐れていた。

　マルクスは車椅子に目を向けた。片側に物入れがついている。手を突っこむと、携帯電話が入っていた。抜け目のない奴だ、彼はつぶやいた。たとえ電源を切っていたとしても、持ち歩いていれば警察に居場所を特定される可能性がある。だから、わざと置いていったのだ。

　つまり、フェデリコ・ノーニは行動を開始するために出かけたということだ。

　マルクスは通話履歴を確認した。一時間半前に着信が一件ある。見覚えのある番号だった。というのも、今日の午後に自分がかけた番号だったからだ。

ツィーニ。

リダイヤルボタンを押して、盲目の元警察官が応答するのを待つ。だが、彼は出なかった。呼び出し音が虚しく響く。マルクスは電話を切ると、恐ろしい胸騒ぎとともに家を飛び出した。

二十一時三十四分

インターポールのゲストハウスの浴室で鏡を見つめながら、サンドラは、その日の午後、教誨師と出会ってからのことを思い返していた。

一時間近く、風に吹かれるまま、さまざまな考えを巡らせてローマの街を当てもなくさまよった。朝、狙撃手に狙われて以来、身に迫りつつある危険は気にもとめなかった。人の多い場所にいるかぎりは、安全に思えた。そして、気がすむまで歩きまわると、ようやくシャルバーのもとに帰った。呼び鈴を押す前に、思わず階段の上で立ち止まり、待ち受けるひと悶着を先延ばしにしようとした。これほど長いあいだ連絡を入れなかったのだから、非難や不満は覚悟のうえだった。

ところがドアが開いたとたん、シャルバーの顔に安堵の表情が浮かぶのがわかった。まさか心配してくれているとは思わなかったので、サンドラは心底驚いた。「よかった、無事だったのか」彼が口にしたのは、それだけだった。

サンドラは言葉を失った。てっきりあれこれ訊かれるものと思っていたのだ。ところがシャルバーは、ピエトロ・ツィーニの訪問に関するごく手短な報告だけで満足した。元警察官から受け取ったフィガロ事件のファイルを渡すと、彼は教誨師と関連がありそうな部分だけを拾って読んだ。

だが、これほど帰りが遅くなった理由については、いっさい尋ねなかった。

シャルバーは彼女に手を洗うように言った。もうじき夕食の準備ができるからと。そしてキッチンへ戻って、ワインの栓を抜いた。

サンドラは洗面台の蛇口をひねったまま、ふたたび鏡に映った自分の姿に見入った。目の下にくっきりと隈ができ、緊張すると噛む癖があるせいで唇はひび割れている。くしゃくしゃの髪を手で梳《す》いてから、棚を開けて櫛《くし》を探した。見つけたブラシには、長い栗色の女性の髪が絡まっていた。それを見て、サンドラは今朝、ここの寝室のひじ掛け椅子の背にブラジャーがかかっていたことを思い出した。シャルバーは、このアパートメントにはさまざまな人間が出入りすると言い訳をしていたが、サンドラは彼の困惑を見逃さなかった。その下着が誰のものかは、容易に想像がついた。彼女が目覚めたベッドに、他の女性が寝ていたなどとは、もちろん言えないだろう。ことによったら、わずか数時間前に。癪《しゃく》に障るのは、まるで彼女が気にするとでも言うように弁解しようとしたことだ。

その瞬間、サンドラは自分がばかみたいに思えた。嫉妬しているのだ。それ以外に説明のしようがない。

彼女は世の中の男女がセックスをするという考えに耐

えられなくなった。だが、たとえ心の中ででも、その言葉を発音すると、いくらか気分が楽になった。セックス、サンドラは繰り返した。たぶん、自分にはその可能性が閉ざされているからだ。これといった支障があるわけではない。けれども、心のどこかでそのことに気づいていた。またしても母の声が聞こえるような気がした――〝未亡人とベッドに行きたがる男なんて、いると思うの？〟。実際、サンドラには、それはある種の背徳のように思えた。

またも自分が情けなくなる。いったい、いつまでこんなことを考えているつもり？　しっかりするのよ。ずっとバスルームにこもったきりで、シャルバーが変に思っているかもしれない。早く戻らないと。

神父との約束は守るつもりだった。ダヴィドを殺した犯人を捜すのに協力してもらえれば、教誨師に関する手がかりはすべて廃棄する。

いずれにしても、当面は安全な場所に保管しておくに越したことはない。

サンドラはバスルームに持ちこんだバッグを取り、便器の上にのせた。そして携帯電話を取り出すと、カメラ機能のメモリがじゅうぶんに残っているかどうかを確認する。ペニャフォールの聖ライムンドの礼拝堂で撮った写真が表示された。彼女はそれらを削除しかけて、手を止めた。

この場所で、何者かがわたしを殺そうとした。この写真は、相手の正体を突きとめるのに役立つかもしれない。

次に、サンドラはライカで撮影された写真をバッグから取り出した。シャルバーには見せていない、こめかみに傷跡のある神父の写真もある。全部を棚に並べて、一枚ずつ携帯のカメラに収めた。念のために、バックアップを持っていたほうがいいだろう。彼女はファスナーのついたクリアケースを出して、そこに五枚の写真を入れると、トイレのタンクのふたをずらして、水の中にクリアケースを沈めた。

アパートメントの小さなキッチンに座って、サンドラはかれこれ十分近く、食事の用意が整ったテーブルと、コンロの前で忙しく立ち働くシャルバーの姿をながめていた。彼はシャツの袖をひじまでまくりあげ、腰にエプロンを巻き、片方の肩に布巾をかけている。そして、楽しそうに口笛を吹いていた。ふいに彼が振り向いたので、ぼんやりしていたサンドラは驚いた。

「バルサミコ風味のリゾット、メバルの紙包み焼き《カルトッチョ》、トレビスと青リンゴのサラダ」シャルバーが次々と料理を出す。「好みに合うといいが」

「ええ、もちろんよ」サンドラは困惑しながら答えた。

今朝も彼は朝食を用意してくれたが、スクランブルエッグ程度では、もちろん料理とは言えない。ところがいまは、たしかにおいしい食卓への熱意が感じられる。サンドラはすっかり感心した。

「今夜はここで眠るんだ」きっぱり言われ、反論の余地もなかった。「ホテルへ戻るのは賢明とは言えない」

「もう大丈夫よ。それに、荷物も向こうに置きっぱなしだし」

「明日の朝、取りに寄ろう。別の部屋に、最高に寝心地のいいソファがあるんだ」シャルバーは笑みを浮かべて言い張る。「もちろん、ぼくが犠牲になるよ」

そして彼はリゾットを皿に取り分け、ふたりはほとんど黙って食べた。魚料理もおいしかった。ワインのおかげで、サンドラはリラックスすることができた。いつもとは違って。ダヴィドを亡くして以来、夜になると、ひとりで家に引きこもり、眠気に屈するまで、ひたすら赤ワインを飲みながら気を紛らわせる毎日だった。だが、今夜は違った。また、誰かときちんとした食事をともにできるようになるとは思ってもいなかった。

「誰に料理を教わったの？」

　シャルバーは食べ物を飲みこんで、ワインをひと口飲んだ。「独身だと、いろいろやることを覚えるものだ」

「結婚しようと思ったことはないの？　電話ではじめて話したときには、寸前までいったことは何度かあると言ってたけど……」

　彼はかぶりを振った。「結婚は性に合わない。遠近法の問題だ」

「どういう意味？」

「誰にでも人生の計画がある。将来設計が。それがどういう仕組みになっているか、考えたことがあるか？　まさしく絵と同じだ。いくつかのものは前景に描かれて、残りは背景だ。後者は、少なくとも前者と同じくらい必要だ。そうでないと、遠近法が成り立たずに、ただの平面図となってしまう。つまり、写実的とは言えない。そして、ぼくの人生において、女性は隅に控えている。必要な存在だが、最前列に出るには値しない」

「それで、その絵には誰が描かれているの……もちろん、あなたのほかに？」サンドラはからかうような口調で探りを入れた。

「娘だ」

　思いがけない答えだった。うろたえて黙りこむサンドラを見て、シャルバーはにやりとした。

「見るか？」彼は財布を取り出して、写真を探しはじめた。

「まさかあなたが、愛娘の写真をポケットに入れて持ち歩くパパだったなんて。冗談でしょう、シャルバー？　あなたには本当に驚かされるわ」皮肉っぽい口調だったが、実際にはサンドラは心が温まるのを感じた。

　シャルバーは、自分と同じくアッシュ・ブロンドの髪をした女の子の写真を差し出した。緑の目も父親譲りだ。

「いくつ？」

「八歳だ。かわいいだろう？　マリアというんだ。バレエが大好きで、クラシック・バレエの学校に通っている。毎年、クリスマスや誕生日に子犬をねだられてね。今年こそ願いを叶えてやるつもりだ」

「よく会うの？」

シャルバーの顔が曇った。「彼女はウィーンで暮らしている。母親とぼくは、あまりうまくいっていない。ぼくが結婚を拒んだから、腹を立てているんだろう」そう言って、彼はほほ笑んだ。「でも、時間があるときにはマリアを連れ出して、乗馬に行ってる。ぼくが教えているんだ。ぼくが同じ年のころに、父から教わったようにね」

「すてきね」

「だが、毎回別れるときには、もう二度とそんなふうに一緒に過ごせないんじゃないかと怖くなる。ぼくがいないあいだに、結びつきが薄れてしまうのではないかと。いまはまだ小さいからいいが、そのうち友だちと行きたがるようになったら？　ぼくは彼女の重荷にはなりたくない」

「そんなことないわ」サンドラは慰めた。「娘の場合、たいてい、そういう態度は母親に向けるものよ。わたしも妹も父親が大好きだったもの。もっとも、父は仕事が忙しくて、あまり一緒にいられなかったけど。というよりも、そのせいで父に幻想を抱いていたのかもしれない。毎日、父が帰ってくる時間になると、家の中が不思議と明るくなったわ」

　その言葉に安心したように、シャルバーはうなずいた。サンドラは立ちあがって食器をシンクに運ぼうとしたが、彼に止められた。「もう寝たらどうだ？　ぼくが片づけておこう」

「ふたりでやれば、あっという間よ」

「いや、ぼくに任せてくれ」

サンドラはためらった。どうにも落ち着かなかった。誰かがまた自分に思いやりを示してくれた。こんなことは、もう二度とないと思っていたのに。「最初に電話をもらったときは、あなたのことが大嫌いだったわ。その二日後に、まさか一緒に食事をして、しかもわたしのために料理までしてくれるなんて夢にも思わなかった」

「つまり、ぼくのことはもう嫌いではないと？」

サンドラは困惑で顔を赤らめる。シャルバーは我慢できずに笑い出した。

「からかわないで、シャルバー」彼女はぴしゃりと言った。

シャルバーは降参のしるしに両手を上げた。「そんなつもりはなかった。謝るよ」

それは心からの言葉に聞こえた。これまで彼に対して抱いていた不愉快なイメージとは、かけ離れていた。

「なぜ、そうまでして教誨師を追っているの？」

シャルバーは真顔になった。「きみまで過ちを犯すべきではない」

「〝きみまで〟？」

言い方が悪かったと思ったのか、彼は別の言葉で言い直した。「すでに説明したはずだ。彼らの行為は法に背くものだ」

「悪いけど、不法行為の話は信じられないわ。それだけじゃないはずよ。いったい何が隠されているの？」

シャルバーは明らかにためらっている。その慎重な態度は、教誨師に関して、今朝の説明がすべてではないことを裏づけていた。

「いいだろう……それほど驚きはしないだろうが、いまから話すことは、きみの夫が死んだ理由を説明することになるかもしれない」

サンドラは身をこわばらせた。「続けて」

「じつのところ、教誨師というのは、もはや存在していないはずなんだ……第二ヴァチカン公会議のあと、教会は彼らの身分を廃止した。六〇年代に内赦院の組織が改革され、新たな規律と監督者のもとに、犯罪記録保管所は機密扱いとなったんだ。それにともなって、犯罪を調査していた神父は活動を中止した。彼らの一部は元の位階に復帰したが、なかにはその決定に逆らい、職務停止の処分を受けた者もいた。そして、どうしても譲らない者は破門となった」

「それなら、どうして……」

「待て。最後まで聞いてくれ」シャルバーが遮る。

「歴史上は忘れ去られたかのように思われていたが、教誨師はふたたび姿を現わした。ずいぶん前のことだ。ヴァチカン内では、彼らのほとんどが水面下で活動を続けるために、教皇の命令に従うふりをしているのではないかという疑惑が持ちあがった。実際、そのとおりだった。その少数グループを率いていたのは、一介のクロアチア人神父、ルカ・デヴォクだった。彼が新たな教誨師を訓練し、命令を下していたんだ。あるいは、ふたたび教誨師を任命すると決めたのは、より高位の人物で、彼はそれに従っていただけかもしれない。いずれにしても、彼はすべての秘密を把握している唯一の人間だった。たとえば、彼だけが教誨師全員の正体を知っていた。彼らは、ただデヴォクの命令どおりに行動して、仲間が誰かも知らなかった」

「どうして過去形で話すの？」

「ルカ・デヴォクは死んだからだ。一年ほど前のことだった。プラハのホテルの部屋で撃たれた。それをきっかけに、真実が明るみに出た。だが、厄介で危険な状況となる前に、ヴァチカンはすぐさま先手を打ったんだ」

「驚くことじゃないわ。スキャンダルを隠すために介入するのは、教会の常套手段だもの」

「それだけじゃない。それまで高位の枢機卿がデヴォクの後ろ盾となっていたという噂だけで、誰もが震えあがった。教皇の命令に反するということは、教会が決定的に分裂するという意味だからな。わかるか?」

「だとしたら、どうやって事態を収拾したの?」

「まさしくそこだよ」シャルバーは感心したように言った。「どうやら組織の力学がどう機能するのかがわかってきたようだな。デヴォクの遺志を継いだのは、信頼の厚いポルトガル人のアウグスト・クレメンテ神父だった。まだ若いが、経験豊富な青年だ。教誨師は全員がドミニコ会だが、クレメンテはイエズス会の修道士だ。きわめて実践的で、できるだけ感情を排する会派だと言える」

「それで、その神父が内赦院の新たな責任者というわけね」

「だが、デヴォク神父によって叙階された教誨師を残らず特定して、教会に報告することも彼の任務だ。いまのところ、発見したのはただひとり――きみがサン・ルイジ・デイ・フランチェージ教会で会った男だ」

だが、サンドラはまだ腑に落ちなかった。「それで、ヴァチカンの最終的な目的は、規律に対する違反はなかったことにするということなの?」

「そのとおり。ヴァチカンでは、たえず分裂を防ごうとする動きが見られる。たとえば、超保守派として知られるルフェーブル大司教の一派は、和解を目指して、長年、教会と対話を行なってきた。同じことが教誨師たちにも言える」

「よき司牧者の義務は、迷える羊を見捨てずに小屋に連れ戻すことというわけね」サンドラは皮肉を言った。

「それにしても、どうしてそんなことを知っているの?」

「ぼくだけでなく、ダヴィドも知っていた。だが、互いに考え方が異なっていたせいで口論になった。〝きみまで〟教誨師に対して寛容になるという過ちを犯さないでほしいと頼んだのは、まさにダヴィドのことがあったからなんだ」

「なぜあなたが正しくて、彼が間違っていると言えるの？」

　シャルバーは頭を掻いてから、ため息をついた。

「なぜなら、彼は何かを突きとめたために殺されて、ぼくはまだ生きているからだ」

　これまでに何度となく耳にしてきた、夫を侮辱するような言葉ではなかった。サンドラは、それが真実であると認めざるをえなかった。そして、その事実に対する見方に納得した。そのうえで、彼女は後ろめたさを覚えた。こうして心地よいひとときを過ごすうちに、すっかり緊張がほぐれた。シャルバーのおかげだった。彼が心を開いて、個人的なことを話したからだけではない。何も訊かずに、ただこちらの疑問に答えてくれた。自分は、またしても教誨師と会ったことを隠しているというのに。

「ツィーニを訪ねてから、ここに戻ってくるまでに時間がかかった理由をどうして訊かないの？」

「言ったはずだ。ぼくは嘘が嫌いだ」

「わたしが本当のことを言わないとでも？」

「質問は嘘つきに言い訳の機会を与える。ぼくに言うことがあるなら、自分から言ってほしい。無理強いはしたくない。ぼくを信用してもらうほうがいい」

　サンドラは目をそらすと、シンクの前に立って蛇口をひねり、水の音で沈黙を満たした。一瞬、何もかも話してしまいたい衝動にかられた。シャルバーはすぐ後ろにいる。食器を洗っていると、彼が近づいてくるのがわかった。包みこむような影が、自分の影と重なる。彼の手が腰に回され、背中に胸を押しつけられ、抱きすくめられた。サンドラは逆らわなかった。心臓が早鐘を打ち、思わず目を閉じそうになる。閉じたら、もうおしまいだわ――彼女は心の中でつぶやいた。怖かった。けれども、拒むだけの力はなかった。彼がおおいかぶさるように、うなじの髪を払いのける。肌に熱い息を感じた。サンドラは思わず振り向いた。彼を受け入れようとするかのように。両手は流れる水の下に差し出したままだった。無意識のうちに、そっとつま先立ちになる。まぶたが心地よい麻痺状態に屈した。目を閉じて、震えが走るのを感じつつ、サンドラは彼の唇を求めて身を預けた。

この五ヵ月、彼女は思い出とともに生きてきた。けれどもいま、はじめて自分が未亡人であることを忘れた。

二十三時二十四分

開け放たれたドアがばたばたと音を立てている。悪い予感がした。

マルクスはラテックスの手袋をはめると、ドアを押し開けた。ツィーニの猫たちが新たな客を出迎える。盲目の元警察官がなぜ猫を同居人に選んだのかがわかった。

暗闇で一緒に暮らしていけるのは、猫だけなのだ。

マルクスは嵐を外に締め出した。激しい音が遠ざかり、静寂が訪れるものと思っていた。ところが、どこか近くから耳障りな電子音が断続的に聞こえてきた。

彼は音のするほうへ進んだ。ほどなく、冷蔵庫の横の充電器の上に置かれたコードレス電話が見えた。音を発していたのは、その電話だった——バッテリーが切れかけているのを警告している。

　フェデリコ・ノーニの家からかけたときに、いつまでも呼び出し音が鳴りつづけていた電話だ。だが、そのせいで電池を消耗したわけではないだろう。送電線が切断されたのだ。

　いったい、フィガロは何の目的があって盲人の家から光を奪ったのだろうか。

「ツィーニ！」マルクスは叫んだ。だが、返事はない。

　そこで、奥の部屋へと続く廊下を進む。真っ暗で、ペンライトがないと何も見えなかった。明かりをつけると、いくつかの家具が行く手を阻んでいるのが見えた。あたかも追っ手を妨害するかのように。

　ここで追走劇が行なわれたのだろうか？

　マルクスは出来事を再現しようとした。失明によって、ピエトロ・ツィーニは真実に目覚めた——元警察官は気づいたのだ。あの匿名メールをきっかけに、ツィーニは真相解明への道をたどりはじめた。おそらく昔の疑念がよみがえって。

　彼はおまえとは違う。

　そしてツィーニは、ヴィラ・グローリ公園の死体で確証を得た。そこでフェデリコ・ノーニに電話をかけた。おそらく口論となり、元警察官はフェデリコに告発してやると脅したのかもしれない。

　それにしてもなぜ、わざわざ相手がここまで自分を殺しに来る時間を与えたのか。

　ツィーニは家から逃げ出そうとしたが、言うまでもなくフェデリコは——元陸上選手で老人より力が強く、何よりも目が見える——逃がさなかった。

　この家のどこかで誰かが死んでいるのを、マルクスははっきりと感じた。

　猫たちに導かれるように、彼は書斎へ向かった。中に入ろうとして、猫が次々と何かを飛び越えるのに気づいた。ペンライトを向けると、床から数センチのところで何かが光った。

ナイロンロープがぴんと張られている。暗がりでは猫にしか見えない。

いったい、なぜこんなものがここにあるのか。訳がわからないまま、マルクスはロープをまたいで部屋に入った。

外では風が吹き荒れ、隙あらば家の中に入りこもうとしている。ペンライトの光が部屋じゅうを飛びまわり、家具の下に逃げこもうとする影を引っ張り出した。ひとつを除いて。

だが、それは影ではなかった。床に横たわった男だった。片手にはさみを持ち、もう一方の手で首を押さえている。片側の頬は、どす黒い血におおわれていた。

マルクスは、じっとこちらを見つめるフェデリコ・ノーニの上にかがみこんだ。その目は無表情で、口は作り笑いを浮かべたように歪んでいた。その瞬間、彼はこの部屋で実際に何が起きたか理解した。

ツィーニ——正義の世界の人間——は復讐を選んだのだ。

マルクスにあの女性警察官に会うようにすすめたのはツィーニだった。そして、マルクスが煉獄の魂の博物館にいるあいだに、計画を実行に移した。フェデリコ・ノーニに電話をかけ、真実を知っていると告げた。そうやって誘い出したのだ。その罠に、フェデリコはみごとにはまった。

彼が来るのを待ちながら、ツィーニは廊下に家具を置き、ナイロンロープを張った。そして送電線を切断して、不利な状況を覆した。これだけ暗ければ、誰も相手の顔は見えない。

元警察官は猫のように行動した。フェデリコは、獲物となるネズミだった。

ツィーニのほうが大きく、暗闇のなかだったら彼のほうがすばやい。しかもこの場所を知り尽くしているので、自由に動きまわれる。こうして、ツィーニは相手よりも優位に立つことができた。計画どおりフェデリコをつまずかせると、はさみで突き刺した。まぎれもない報復。

　処刑。

　マルクスはその場に留まったまま、まるで催眠術にかかったような死体の視線を受けとめた。またしてもミスを犯した。今回も復讐のきっかけを与えてしまった。

　部屋を出ようとして、彼は猫たちが小さな野菜畑に出るフレンチドアの前に集まっていることに気づいた。外に何かがある。

　ドアを開け放つと、風が室内になだれこんできた。猫はデッキチェアの周囲に群がった。そこには、この家にはじめて訪れたときと同じように、ピエトロ・ツィーニが寝そべっていた。

　ペンライトを向けると、ぼんやりとした目が浮かびあがった。黒い眼鏡はかけておらず、その顔にはあきらめたような表情が浮かんでいた。片手を膝に置き、手のひらには、みずからの口に向けて発射した拳銃が握られたままだった。

　ツィーニに対して腹を立てるべきだった。結局のところ、自分は彼に利用され、おまけに間違った方向に誘導されたのだから。

　あの青年――フェデリコ・ノーニ――は、すでにじゅうぶん苦しんでいた。彼が脚を使えなくなったのは、何年も前のことだった。よりによって陸上選手だった彼が。たとえば、きみがわたしの年齢で目が見えなくなったとしても、受け入れるのにそれほど抵抗はないだろう。それから、彼の妹が惨殺された。目の前と言えるぐらい間近で。こんなことは想像もつくまい。自分の無力さを思い知らされるのが、どれだけつらいことか。何ひとつ悪いことはしていなくても、罪の意識を感じるのも無理はない。

　ツィーニは事件の真相を明らかにしてフェデリコ・

ノーニを告発し、レジーナ・チェーリ刑務所に収容されている無実の人間の容疑を晴らすこともできたはずだ。だが、彼はニコラ・コスタがいまにも〝とんでもないこと〟をしでかすと確信して、それを阻んだ。コスタは虚言癖があるだけでなく、精神を病んだ危険人物だった。逮捕されて注目を浴びることで、彼の中に潜んでいる衝動がやわらいだ。だが、それはあくまで一時的にすぎない。彼の中には複数の人格が存在する。ナルシストのコスタが、残忍な彼に対していつまでも優勢でいることはないだろう。

　そしてツィーニにとっては、自尊心の問題でもあった。フェデリコ・ノーニは、みずからの無力さを訴えながら、心の中では彼をあざ笑っていた。失明の危機を迎えていた警察官は、その青年に共感した。同情が判断を狂わせた。どんな相手も疑ってかかるというのが、警察官としての初歩的な心得だったにもかかわらず。

　おまけに、フェデリコは妹を殺すという冒瀆的な罪を犯した。いったい、どんな人間が愛する者に襲いかかったりできるのか。だが、彼を止めることは不可能だった。だからツィーニは、自身の掟において彼を処刑したのだ。

　マルクスは、その光景に幕を下ろすようにフレンチドアを閉じた。書斎の中で真っ先に目に入ったのが、ブライユ点字ディスプレイを接続したパソコンだった。停電しているにもかかわらず、パソコンは立ちあがっている。発電装置から電源を得ているのだ。

　これは何かを意味しているにちがいない。

　今日の午後、音声合成ソフトのインストールされた機器を用いて、ピエトロ・ツィーニが数日前に受け取ったばかりの匿名メールの内容を聞いた。だが、マルクスはメッセージにはまだ続きがあり、機械が残りを読みあげる前に元警察官が中断したのだと確信していた。

そこでマルクスは、割り当てられたキーを探してソフトを起動させた。冷たい無表情な電子音声が、ふたたび謎めいた言葉をはっきりと読みあげる。だが、いまはその意味がわかった。

〝カ-レ-ハ-オ-マ-エ-ト-ハ-チ-ガ-ウ……ヴィ-ラ-グ-ロ-リ-コ-ウ-エ-ン-ヲ-サ-ガ-セ〟

これはすでに聞いた部分だ。案の定、声は続いた。

〝オ-マ-エ-ヲ-ア-ザ-ム-イ-タ-セ-イ-ネ-ン……ス-グ-ニ-ヤッ-テ-ク-ル〟

このくだりは、直接的にはフェデリコ・ノーニの訪問を予言したものだが、暗にマルクスのことをツィーニに告げているとも解釈できる。

だが、マルクスに衝撃を与えたのは、コンピューターによる単調な歌の最後の一節だった。

〝サ-キ-ニ-アッ-タ-コ-ト-ハ……マ-タ-ア-ト-ニ-モ-ア-ル……c-g-9-2-5-3-1-0-7-3〟

預言めいた言葉――〝先にあったことは、また後にもある〟。そして別の事件を示すコード番号――〝925-31-073〟。だが、何よりも驚いたのは、番号の前につけられた二文字だった。

重要犯罪《culpa gravis》。

マルクスは悟った――光の世界が闇の世界と接する場所がある。そこでは、ありとあらゆることが起きる。影におおわれた領域は、すべてが希薄で、混沌として、不確かだ。われわれは、その境界を守るために置かれた番人だ。だが、ときには何かがすり抜けることもある……わが務めは、それを闇に追いかえすことだ。

犠牲者の家族や殺し屋に接触した人物は、自分と同じく教誨師にちがいない。

一年前　キエフ

「不本意ながら、われわれが完璧な体制を断念したときに、偉大なる夢は終わった。われわれは期待とともに眠りにつき、目覚めたときには、名前も思い出せない娼婦が横にいたというわけだ」

その言葉で、ノルジェンコ博士はペレストロイカ、ベルリンの壁の崩壊、ソ連の解体、さらには石油やガソリンで財を成した富裕層にいたるまでの長い話を締めくくった。経済および政治における新たな寡頭制について――要は、二十年間のソヴィエトの歴史である。

「ここを見てくれ……」そう言って、博士は《ハリコウスキー・クリエル》紙の最初のページにある目次を指さした。「すべてが粉砕されたのに、彼らは何と言っているか？　何も言わない。それでは、いったい自由は何の役に立っているというのか？」

ニコライ・ノルジェンコは、うなずく客を横目で見た。関心を示しているように見えるが、期待していたように自分と口をそろえて現体制を批判することもなかった。博士は包帯の巻かれた客の手に目を向けた。

「あなたはアメリカからいらしたと聞いたが、フォスター教授？」

「生まれはイギリスです」ハンターはそう答えて、メキシコシティの病院でアンジェリーナに噛みつかれた傷から相手の注意をそらそうとした。

そのオフィスは、キエフ西部にある国立児童福祉センターのこぢんまりとした建物の二階にあった。大きな窓からは、早くも秋の色に染まった樺に囲まれた公園を見わたすことができる。室内は、机から壁まで、どこもかしこも合成樹脂の化粧板でおおわれていた。そして壁には、黒っぽい長方形の跡が三つ、くっきりと残っている。そこにはかつて、建国の父であるレーニンとスターリン、それに職務中のソヴィエト共産党書記長の肖像画が飾られていたにちがいない。部屋には煙草の淀んだにおいが充満し、ノルジェンコの目の前の灰皿は吸殻であふれていた。まだ五十そこそこにもかかわらず、くたびれた姿と、しばしば話を途切れさせる不健康な咳のせいで、かなり老けて見える。カタル症状とともに、彼の中には恨みと屈辱の入り混じったものもくすぶっていた。サイドテーブルに置かれた写真の入っていないフォトスタンドと、革張りのソファの端に折りたたまれた毛布は、破綻した結婚生活を連想させた。共産主義時代にはさぞ尊敬されていたにちがいない高名な博士も、いまは清掃員ほどの給料しかもらっていない国家公務員の哀れなパロディにすぎなかった。

心理学者は、つい先ほどハンターが訪ねてきたときに見せた偽の身元証明書を手に取って、あらためてながめた。

「ここには、ケンブリッジ大学で法廷心理学の雑誌の編集長を務めているとあるが、まだ若いのに感心ですな、フォスター教授」

ハンターは相手がその部分にかならず目をとめるとわかっていた。ノルジェンコの傷ついた自我をくすぐる作戦は、どうやらうまくいきそうだ。博士は満足げに紙を置いた。「奇妙なものでね……今日まで、ディーマのことを尋ねにきた者は誰もいなかった」

ノルジェンコにたどり着いたのは、メキシコシティでフロリンダ・ヴァルデスに見せられた、ある論文がきっかけだった。一九八九年に心理学の専門誌に掲載されたもので、ディミトリ・カロリスツィン、通称ディーマという少年について取りあげていた。ウクライナ人の心理学者は、この研究が新たなキャリアの扉を開くと期待していたにちがいない。ところが、非情にも彼の牙城《がじょう》が崩れ、状況は一変した。そして、このテーマは彼の希望や野心とともに、この瞬間まで埋もれたままだった。

それが、ふたたび日の目を見ようとしている。

「ノルジェンコ博士、あなたはディーマに会ったことがあるんですか？」

「もちろんだ」心理学者は両手で三角形を作りながら、遠くを見るように記憶をたぐり寄せた。「最初は、ほかの子どもと変わらないように見えた。勘は鋭いが、極端におとなしかった」

「いつのことですか？」

「一九八六年の春だ。当時は、このセンターがウクライナにおける児童教育の最前線だった。あるいは、ソヴィエト連邦全体において言っても過言ではないだろう」ノルジェンコは満悦の表情を見せた。「われわれは世界じゅうの孤児に未来を保証していた。西側諸国の児童養護施設とはちがい、ただ彼らの世話をするだけではなかった」

「誰もがここのやり方を知っていて、手本としていました」

そのお世辞に、ノルジェンコは満更でもない様子で続けた。「チェルノブイリの原発事故のあと、政府の命令で、被爆による病気で親を亡くした子どもを受け入れた。彼らにも症状が現われる可能性は大いにあった。われわれの役割は、一時的に子どもたちを世話しながら、養子に迎えてくれる家庭を探すことだった」

「ディーマもそのときに来たんですか？」

「わたしの記憶が確かならば、事故の半年後に、あちこちの施設をたらいまわしにされた挙句にやって来た。プリピャチに住んでいたんだ。発電所から近いせいで避難区域に指定されて、逃げてきた。当時、八歳だった」

「ここには長くいたんですか？」

「二十一カ月だ」ノルジェンコは言葉を切ると、眉間にしわを寄せ、やがて立ちあがってファイルの棚に歩み寄った。そして、すぐにベージュの表紙のファイルを持って戻ってくると、ぱらぱらとページをめくりはじめた。「プリピャチの子どもがみんなそうだったように、ディミトリ・カロリスツィンも夜尿症や情緒不安定に悩まされていた。ショックと、強制隔離の影響だ。そのため心理学者のチームが経過を見守ることになった。面談で、彼は家族について話した。母親のアーニャは主婦で、父親のコンスタンティンは原発技師だった。彼は家族で過ごした日々のことを語った……そして、あとから実際にそのとおりだと判明した」彼は最後の部分を強調するように言った。

「何があったんですか？」

答える前に、ノルジェンコはシャツの胸ポケットに入れた箱から煙草を一本取り出して、火をつけた。

「ディーマには、生きている親戚がひとりしかいなかった――父親の弟のオレグ・カロリスツィンだ。さんざん捜しまわって、ようやくカナダで暮らしていることがわかった。彼は喜んで甥を引き取ろうとした。だが、コンスタンティンから送られた写真でしか顔を見たことがないというから、確認のために、こちらから最近の写真を送ったんだ。われわれとしては、単なる手続きのようなつもりだった」

「ところが、オレグはその少年が甥ではないと断言した」

「そのとおり……それでもディーマは、叔父に会ったことはなかったものの、父親との子ども時代のエピソードなど、いろいろなことを知っていた。それに、毎年誕生日に送ってくれるプレゼントのことも覚えていた」

「それで、どう考えたんですか？」

「最初は、オレグの気が変わって、ディーマの面倒を見たくなくなったのだと思った。だが、念のために彼が兄から送られたという写真を取り寄せたところ、疑惑が生じた……結局、われわれのところにいた少年は別人だった」

しばらくのあいだ、部屋は困惑に満ちた沈黙に包まれた。ノルジェンコはハンターの表情を冷静に読み取って、自分が頭がおかしいと思われていないかどうかを確かめ、相手が口を開いたのでほっとした。

「それまで気づかなかったんですね……」

「当センターに来る前のディーマの写真は一枚もなかった」心理学者は両手を上げて、きっぱりと言いきった。「プリピャチの住民は急いで家を出ていくことを余儀なくされた。持ち出したのは、必要最低限のものだけだ。その少年は、着の身着のままでここにやって来たんだ」

「それで？」

ノルジェンコは深々と煙を吸いこんだ。「言えることは、ただひとつ――あの少年は、どこからともなく現われて、ディーマになりすました。だが、まだある……あれは単なる入れ替わりではない」

ノルジェンコが目をきらめかせ、稲妻のごとく鋭い視線を向けた。そこに浮かんでいるのは、まぎれもない恐怖だった。

「ふたりの少年は、単に〝似ている〟わけではなかった」心理学者は解説する。「本物のディーマは近視で、もう一方もやはり近視だ。そして、ふたりとも乳製品アレルギーだった。オレグの話によれば、彼の甥は中耳炎の治療に失敗して右耳が遠くなった。そこで、そのことは伏せたまま、ここに来た少年に聴力検査を行なった。すると、彼もやはり聴覚に欠陥があった」

「聞こえないふりをしていたのではないんですか？　聴力検査の結果は、受ける側次第でどうにでもなりますから。ここにいたディーマはそれを知っていたのかもしれない」

「あるいは……」それに続く言葉は、ノルジェンコのロにのみこまれた。彼は困惑していた。「その一ヵ月後に、少年はいなくなった」

「逃げたんですか？」

「というより……消えたんだ」心理学者は顔を曇らせた。「一週間、捜しまわった。警察の協力を得て」

「それで、本物のディーマは？」

「彼については何の手がかりもない。彼の両親のこともだ。わかっているのは、われらがディーマから聞いて、ふたりとも死んでいるということだけだ。あの混乱期には、確かめるすべもなかった。チェルノブイリに関することは、すべて機密扱いだったんだ。どうということのない情報さえも」

「その直後に、あなたはそのことについて論文を書いた」

「だが、誰にも信用してもらえなかった」ノルジェンコは苦々しくかぶりを振り、みずからを恥じているかのように目をそらした。だが、すぐに自信を取り戻して、ハンターの目を見つめながら言った。「あの少年は、単に他人になりすまそうとしていただけではない。いいか、あの年齢では理路整然と嘘をつくことは無理だ。つまり、彼は自分の頭の中では本物のディーマだったんだ」

「姿を消したとき、その子は何も持っていかなかったんですか？」

「ああ。だが、あるものを置いていった……」

ノルジェンコは身をかがめ、机の引出しを開けた。そして、しばらく引っかきまわしてから小さな人形を取り出して、客の前のテーブルに置いた。

ウサギのぬいぐるみ。

その青いウサギは薄汚れ、あちこち擦り切れていた。誰かが尻尾を縫い直した跡があり、片目は取れている。呑気そうな、それでいてどこか不吉な笑みを浮かべていた。

ハンターはそのぬいぐるみをじっと見つめた。「何かの手がかりには見えませんが」

「わたしも同じ意見だ、フォスター教授」ノルジェンコは認めてから、まだ何かを隠しているかのように目をきらめかせた。「だが、これがどこで見つかったのか、あなたは知らない」


日が暮れつつある公園の隅を横切ると、ノルジェンコは客をセンターの別棟へと案内した。

「ここにはかつて、おおぜいの子どもが寝泊まりしていた」

上階ではなく、地下へ向かう。ノルジェンコがいくつかのスイッチを入れると、明かりが広い空間を照らした。壁は湿気で黒ずみ、天井を縦横無尽に走る管は、ほとんどが摩耗し、間に合わせの修理が施されている。

「少年が失踪して、しばらくたってから、清掃係が見つけたんだ」ノルジェンコは何も説明せず、その場所に着いた若き研究仲間が驚くのを楽しみにしていた。

「わたしは、そこをぬいぐるみを見つけたときの状態のままにしておいた。理由は訊かないでくれ。ただ、いずれ真実を理解するのに役立つかもしれないと考えただけだ。それに、わざわざここまで来る者もいない」

ふたりは天井が高く狭い廊下を進んだ。鋼鉄の扉を通り過ぎるたびに、ボイラーの鈍い音が聞こえてくる。やがて、次の部屋に着いた。どうやら古い家具の保管場所らしく、朽ちかけたベッドやマットレスが置かれている。ノルジェンコはその隙間を抜けるようにして通り、ハンターに手招きをした。

「もうすぐだ」博士は告げる。

角を曲がると、そこは風通しの悪い狭い物置だった。暗かったが、ノルジェンコは煙草に火をつけるのに使っているオイルライターであたりを照らした。

小さな炎の琥珀色の光のなか、目の前のものをいぶかりつつもハンターは一歩前に出た。

巨大な虫の巣のように見える。

　彼はかすかに身震いしたが、近づいてみると、それは無数の小さな木片の塊で、さまざまな色の布の切れ端、ロープ、クリップ、色とりどりの画鋲《がびょう》、それに水に濡らして貼りつけられた新聞紙で補強されていた。すべてが驚くほど几帳面に組み立てられている。

　子どもが遊びで作る、はぎ合わせの隠れ家だ。

　彼自身、幼いころに似たようなものを作ったことがある。だが、目の前のものはそれとは何かが違う。

「人形はこの中にあった」ノルジェンコは言って、客が狭い入口のほうに身をかがめ、中に手を入れて何かに触れる様子を見つめた。肩ごしにのぞきこむと、彼は輪っか状の小さな黒い染みを調べていた。

　ハンターにとって、それは衝撃的な事実だった。

　乾いた血。パリで見つけた手がかりと同じものだ。ジャン・デュエの家で。

偽ディーマは生物変移体だった。

　だが、あまり興奮をあらわにしてはいけない。そこで彼は、ごまかすように尋ねた。「この染みが何だかわかりますか?」

「いや、さっぱり……」

「調べるために、サンプルを持ち帰っても構いませんか?」

「もちろん」

「それから、あのぬいぐるみもお預かりしたいのですが。ひょっとしたら、偽のディーマの過去と何か関連があるかもしれません」

　ノルジェンコはためらった。若き研究者は本当にこの話に関心を抱いているのだと、自分に言い聞かせている。おそらく、これがみずからの存在意義を取り戻す最後のチャンスだろうと。

「これは、いまなお科学的に注目すべきケースだと思います。研究を続ける価値はあるでしょう」ハンターはだめ押しした。

その言葉に、心理学者の目は無邪気な希望に輝いた。だが、同時に無言の助けも求めている。「では、こうするのはどうだろう——新たな論文を書く。できれば、われわれの共同執筆という形で」

まさにその瞬間、ノルジェンコは、よもや自分が死ぬまでこのセンターで過ごすはめになろうとは夢にも思っていなかったにちがいない。

ハンターは心理学者に向き直り、ほほ笑みかけた。

「もちろんです、ノルジェンコ博士。今夜じゅうにイギリスに戻って、できるだけ早くご連絡します」

実際には、彼は別の行き先を考えていた。すべてが始まった場所へ行く必要がある。プリピャチへ、ディーマの足跡を追って。

二日前

六時三十三分

死体は声をあげた。「やめろ」

その叫びは、ひと晩じゅう、夢とうつつのあいだをさまよっていた。過去の叫びが現在にもよみがえる。ふたつの世界をつなぐ門が閉ざされ、マルクスがふたたび慎重に行動しはじめるまでの一瞬の隙を突いて。

断固とした口調だったが、冷徹な銃口を目の前にして、恐怖もにじみ出ていた。いまや無駄だとわかっていた。銃を突きつけられたら、誰もがそうであるように。これが最後の言葉なのだ。避けられない運命に対する、何の役にも立たない防壁。もはや救われることのない祈り。

ベッドのわきの壁に夢の断片を書きとめるためのサインペンをすぐに探そうともせずに、マルクスはじっと考えた——心臓が肋骨に打ちつけられ、息も切れ切れのまま。今回はなぜ、夢の中で目にした光景がまぶたに焼きついて離れないのか。

自分とデヴォクに銃を発射した顔のない男の姿が、ありありと目に浮かぶ。これまでの夢では、よく見ようとすると、決まって煙のように消えてしまった。ところが今回は、殺人者の重要な特徴をつかんだ。拳銃を握っている手を見た。

左利きだった。

わずかだが、マルクスは希望がわいてくるのを感じた。ひょっとしたら、いつか突き出された腕の付け根までたどって、自分にみずからの素性を求めてさまようことを余儀なくさせた男の顔が見えるかもしれない。いま残っているのは、生きている感覚だけだから。それ以外には、何もなかった。

マルクスは、フェデリコ・ノーニと、彼の家で見つけたノートに描かれた絵のことを思い返した。あの絵は怪物の誕生を物語っている。フェデリコの血にまみれた空想が幼少期に遡ることに、マルクスは困惑を覚えずにはいられなかった。もつれた糸を解きほぐそうとする過程で、どうするべきかわからない一本の赤い糸があった。善人なのか悪人なのか、悪意があるのか憐み深いのか、はたまた生まれつきそうだったのか、徐々にそうなったのか。どうしたら子どもの心がこれだけ明確な悪を培養し、その悪が猛威を振るうままにさせておくことができたのか？

　母親に捨てられたことや、父親の早すぎる死など、フェデリコの心に長く深い溝を掘りこんだ一連の出来事のせいにする者もいるかもしれない。だが、それではあまりにも短絡的で根拠に欠ける。幼いころに悲惨な体験をした人間はいくらでもいるが、だからといって、彼らはかならずしも成長して殺人者になるわけではない。

　さらには、その疑問が自身に深く関わっていることをマルクスは自覚していた。記憶喪失によって記憶はリセットされたが、過去は失われていない。現在より前に、いったい何があったのか。ひょっとしたら、フェデリコのノートに手がかりが隠されているかもしれない。どんな人間にも、生まれつき持っているものがある。意識も、積み重ねた経験も、受けた経験をも超えるもの。名前や顔よりも、一人ひとりを識別する閃《ひらめ》きが。

　訓練の初期に、マルクスは外見によって与えられる錯覚に左右されないよう教えこまれた。そして、クレメンテに言われてテッド・バンディの事件について調べた。ハンサムな好青年の仮面をかぶった連続殺人犯だ。バンディには婚約者がいて、友人たちは彼のことを気さくで寛容な男だと口をそろえていた。にもかかわらず、二十八人もの女性を殺した。だが、冷酷非情な殺人鬼として知られる前は、池で溺れた少女を助けて表彰されたこともある。

　われわれはつねに戦いの真っ只中にいる、マルクスはそう言われた。その言葉を、彼は自分の置かれる立場は選べないということだと解釈した。そして、その都度、前向きであろうと後ろ向きであろうと、自身の考えに従うか、それとも無視するかを最終的に決定するのは本人しかいないということだと。

　それは犯人にも当てはまるが、一方では被害者にも当てはまる。

　この三日間は、そうした視点のおかげで多くを学んだ。モニカ――ジェレミア・スミスに殺された女性の姉――、ラッファエーレ・アルティエーリ、ピエトロ・ツィーニ。彼らは分岐点に立たされ、みずから道を選択した。真実を突きつけられると同時に、赦すか復讐するかを決断するチャンスも与えられた。モニカは前者を選び、ほかのふたりは後者を選んだ。

　それから、夫を殺した犯人を捜している女性警察官。彼女は何を求めているのか――苦しみから解放されるための真実か、それとも罰を与える機会か。ダヴィド・レオーニという名前には聞き覚えがなかった。妻の話では、教誨師について調査していて殺されたという。その謎を解くのに協力すると約束した。なぜ、そんな約束をしたのか？　だが、彼女までもが、あの復讐の絵に描かれてしまうのが怖かった。まだ手段はわからないにしても。とにかく、いまのうちに動かなければならない。彼女にも、ほかの関係者と共通する何かがあるはずだ。

　これまでの関係者は、ひとり残らず、みずからの人生を永久に変えてしまう過ちを犯している。悪は彼らに襲いかかるだけでなく、その過程で胞子を撒き散らした。ときには根を張り、彼らの存在を毒した。寄生虫のごとく、いつのまにか憎しみと怨念の転移によって増殖し、宿主の姿を変えてしまう。そうして変形を完了させるのだ。他人の命を奪うなどと考えたことのない者が、暴力による死にショックを受け、時がたつにつれて、今度は死をもたらす側となる。

しかしマルクスは、真実に満足して前に進むかわりに、罰を与えることを選んだとしても、心のどこかで彼らを非難する気にはなれなかった。なぜなら彼自身、そうした人々と通ずるところが多いからだ。

マルクスは折りたたみベッドのわきの壁に向き直ると、プラハのホテルでの出来事について、これまでに書きとめた言葉のうち、最も新しいふたつを読みあげた。

「粉々のガラス」「三発の銃声」そして新たに書き加える。〝左利き〟

いま、デヴォクを殺した犯人が目の前にいたらどうするのか。自分を殺そうとして、記憶を奪い去った男が。とても公正な判断が下せるとは思えない。はたして人は、みずからの過ちを償っていない相手を赦すことができるのだろうか。そう考えると、被害に対する救済手段として犯罪に手を染める者を、一方的に咎める気にはなれなかった。

一連の事件の関係者は無限の力を受け取った。そして、その力を彼らに与えたのは教誨師だった。

その事実が明らかになってからというもの、マルクスは相反する感情の板挟みとなっていた。それが裏切り行為のように思える反面、この闇に埋もれた能力を持つのが自分ひとりではないと知って、大いに慰められた。仲間の教誨師を突き動かしている動機は、まだはっきりしなかったが、一つひとつの事実の裏で聖職者が行動しているかもしれないと考えると、ラーラに対する希望もわいてきた。

彼女を死なせるものか、マルクスは心の中で誓った。にもかかわらず、捜査の糸が自分の手から逃げていくように思えてならなかった。最も優先すべきは、ジェレミア・スミスに連れ去られた学生の行方を突きとめることだったはずだ。ところが、気がつくとそれを忘れていた。今回の筋書きに彼女の件も関わっているにちがいないと考えながら、ひたすら目の前の出来事を追っている。だが、その瞬間、マルクスの脳裏に謎の教誨師からのメッセージがよみがえった。ピエトロ・ツィーニに宛てられたメールの最後の部分だ。

〝先にあったことは、また後にもある〟

仮に、こうした事態となったのが、もう少しでラーラを解放できるところまで迫りながら、失敗したせいだとしたら？ そうであれば、自分は永久に自責の念を抱えて生きていくことになる。ただでさえ過去の記憶がないというのに、それではあまりにも過酷だ。

何としてでも最後までたどり着かなければならない。選択の余地はない。ただし、事が起きる前に到達する必要がある。そうしないかぎり、彼女の命は救えないだろう。

だが、とりあえず先のことは考えまい。差し迫った危険に対処するほうが先決だ。

c.g.925-31-073。

いまだ裁かれていない罪があることを告げるメール。その最後に記されていたコード番号。誰も代償を払うことなく、血が流された。いまこの瞬間にも、どこかで誰かが決断を下そうとしている――被害者のままでいるか、あるいは死刑執行人となるか。

訓練を始めて二カ月が過ぎたころ、マルクスは記録保管所のことをクレメンテに尋ねた。何度も話を聞かされていたので、いつになったら訪れる機会が来るのかを知りたかったのだ。ある日、夜も更けたころ、セルペンティ通りの屋根裏部屋のドアの前にクレメンテが現われて、彼に告げた。「いよいよだ」

マルクスは何も尋ねずに、導かれるままローマの街に出た。途中で車に乗り、降りてからふたたび歩いた。やがて、中心街の古い建物に着いた。クレメンテのあとについて地下へ下り、フレスコ画の描かれた廊下を進むと、小さな木の扉があった。持っていた鍵で扉を開けるクレメンテを、マルクスは不安な面持ちで見守っていた。この最後の境界を目の前にして、彼は心の準備ができていなかった。おまけに、こんなにあっけなくここまでたどり着いたことが信じられなかった。はじめてその存在を耳にしたときから、彼は記録保管所に対して畏敬の念を抱いていた。何世紀にもわたって、この場所はさまざまな——暗示的、あるいは不吉な——名前で呼ばれてきた。悪の図書館。悪魔の記録。漠然と、歩廊が網目のように交差して、冊子がぎっしり並んだ棚がところ狭しと並んでいる場所を想像していた。すぐに迷ってしまう、あるいはそこに保管された記録のせいで理性を見失いそうな、巨大な迷路を。ところがクレメンテが扉を開けると、マルクスは中を見て呆然とした。

　そこは窓のない、むき出しの壁の小さな部屋で、中央にテーブルと椅子が一脚ずつ置かれているのみだった。テーブルの上に、一冊のファイルがあった。

　クレメンテは腰を下ろしてファイルを読んでみるように言った。それは、十一人の人間を殺した男の告解だった。被害者はすべて少女。最初の殺人は二十一歳のときで、それ以来、病みつきになった。少女に死をもたらす際に、どのような陰惨な力が手を動かしていたのかはわからないという。男の中には、残忍な行動を繰り返さざるをえない説明不能な衝動が存在した。

　マルクスはとっさに連続殺人犯を連想し、彼が殺人をやめることができたのかどうか、クレメンテに尋ねた。

「やめることはできた」彼は安心させるように答えた。ただし、それは千年以上も昔の話だった。

　マルクスは、てっきり連続殺人犯とは現代社会の産物だとばかり思っていた。近世になって、人々の倫理観や道徳心はめざましく向上した。連続殺人犯の登場は、進歩の代償のひとつだと考えていたのだ。だが、その告解を読んで、彼は考えを改めざるをえなかった。

その日から毎晩、クレメンテはマルクスをその小部屋へ連れていっては新たな事件を提示するようになった。マルクスはすぐに疑問を抱いた。なぜ彼は自分をこの場所へ連れてくるのか。屋根裏部屋にファイルを持ってくるわけにはいかないのか。だが、答えは単純だった。自分の力で大切な教訓を理解するには、この隔離された状況が必要なのだ。

「記録保管所は、ぼく自身なんだろう？」ある日、彼はクレメンテに確かめた。

するとクレメンテは、具体的な悪の証拠が保管されている秘密の場所を別にすれば、教誨師自身が記録保管所なのだと認めた。おのおのが異なる記録を教えられ、それをもとに世の役に立つのだと。

だが、デヴォクが死んでからツィーニの家を訪れる晩まで、マルクスはずっと自分はひとりだと思いこんでいた。

そう考えて胸騒ぎを覚えながら、彼はユダヤ人居住区内の狭い通りを抜けて、大きなシナゴーグの先にあるポルティコ・ドッタヴィアへと向かった。古代ローマでは、ここに女神ユーノーと、その後、主神ユピテルを祀《まつ》った神殿も建てられていた。こうした遺跡は、フラミニオ地区を一望できる展望台として知られる、鋼鉄と木のテラスからは見ることができない。

クレメンテは欄干に両手をついていた。謎の教誨師の存在について、マルクスはすでに彼に報告ずみだった。

「彼の名前は？」

その問いに身をこわばらせて、若き聖職者は振り向かずに答えた。「わからない」

マルクスは意味のない答えに満足できなかった。

「なぜきみたちに教誨師の素性がわからないんだ？」

「デヴォク神父だけが全員の名前と顔を知っていると言ったのは、嘘ではない」

「だったら、何が嘘だったのか？」クレメンテの罪悪感を察して、マルクスは問いつめた。

「すべては、ジェレミア・スミスのはるか以前に始まったことだ」

「だから、何者かが記録保管所の秘密保持に違反していたことを、きみたちは知っていた」もっと早く気づくべきだった。

「〝先にあったことは、また後にもある〟。この言葉が何か知りたいか？『伝道の書』の第一章九節だ」

「いつから秘密が漏れているんだ？」

「数カ月前からだ。おおぜいが命を落とした。教会にとっては、好ましい事態とは言えない」

クレメンテの言葉に、マルクスは落胆せずにはいられなかった。すべての努力はラーラのためだと信じていた。ところが、それ以外の何かに従わなければならないのだ。「つまり、きみたちの目的はひとつ――記録保管所の秘密流出を止めて、何者かがみずから裁きを下しはじめたことがわれわれの手落ちだと知られないようにする。だからラーラの件は、単なる不測の事態というわけか？彼女が助からなかったら、避けられなかった付随事件として片づけるつもりなのか？」マルクスは激高した。

「きみが呼ばれたのは彼女を救うためだ」

「違う」マルクスは言下に否定した。

「教誨師の活動は、教会の上層部の決定に反してきた。きみたちの位階は廃止されて、いわば保留の身分だったんだ。だが、ある者が復活させようとした」

「デヴォクだろう」

「彼は、活動を停止するのは間違っていると主張した。教誨師には、果たすべき根本的な役割があると。記録保管所から得た悪に関する知識は、世の中の平和のために役立てるべきだ。それがみずからの使命だと、彼は信じていた。きみと、その仲間は、その無謀な試みを引き継いだ」

「きみはなぜ、ぼくを捜しにプラハまで来たんだ？あそこで何をしていた？」

「ぼくは何も知らない。本当だ」

マルクスは、あちこちに点在するローマ帝国の名残に目を走らせた。自分の本当の役割がわかりかけてきた。「秘密がひとつ暴かれるたび、その教誨師は仲間のために痕跡を残している。止めてほしいんだ。ぼくがあらためて訓練を受けたのは、もっぱら奴を見つけるためだった。ぼくは利用されていた。ラーラの失踪は、ぼくに何の疑いもなく調査を始めさせるための口実だった。実際には、きみたちにとって彼女の命は何の意味もないんだ……そして、ぼくの命も」

「何を言い出すんだ。なぜ、そんなふうに断言できるんだ？」

マルクスはクレメンテの目を見つめながら歩み寄った。「記録保管所が危機的な状況になければ、ぼくは記憶を失ったまま、あの病院のベッドに放置されたはずだ」

「違う。前に進めるように、やはり記憶を授けていただろう。ぼくがプラハへ行ったのは、デヴォクが死んだからだ。彼が撃たれたとき、一緒にいた人物がいると知らせを受けた。誰だかは見当もつかなかった。わかっていたのは、その男が病院にいて、記憶喪失の状態だということだけだった」

最初のころ、マルクスはその話を何度も自分に繰り返して、みずからの素性を信じこもうとした。クレメンテはホテルの部屋を探し、偽の身分で作成した教皇庁の外交旅券とメモ帳を見つけた。そのメモは日記のようなもので、万が一死亡した場合に、名前のない死体となることを恐れて、マルクスは自分についての情報をぎっしり書きこんでいた。いずれにしても、その日記を見て、クレメンテは彼の身元を推測した。だが、はっきりとわかったのは、退院後に、ある犯罪現場に連れていったときだった。そのときマルクスは、起きたばかりの事件の経緯を驚くほど正確に描写することができたのだ。

「あのとき、ぼくはきみを見つけたことを上層部に伝えた」クレメンテは続ける。「彼らは何もなかったことにしようとした。だが、ぼくはきみが適任だと考えて、食い下がった。そして彼らを説得した。心配いらない。きみはけっして利用されているわけではない。われわれにとって、きみはチャンスなんだ」

「裏切った教誨師を見つけ出したら、ぼくをどうするつもりだ？」

「きみは自由だ。わからないか？　そして、それは他人がそう決めるからではない。いまでも、もしそうしたければ手を引いて構わない。すべては、きみの一存だ。きみを縛りつける義務はない。だが、ぼくにはわかる。心の底では、きみは自分が本当は誰なのかを知りたいと思っているはずだ。そして、いまきみのしていることは、たとえ気づいていなくても、きっとその手がかりとなるだろう」

「すべてが終わったら、教誨師はふたたび歴史上の存在となる。そして、きみたちは永遠に安泰だ」

「位階が廃止されたのには、それなりの理由があるんだ」

「どんな？」挑むような口調になった。「ぜひ聞きたいものだ」

「きみにもぼくにも理解できないことはある。上からの命令には、要求どおりに応えなければならない。われわれ聖職者の義務は、上の人間が最善の選択をしたと信じて、疑問を抱くことなく仕えることだ」

　鳥の群れが古代の円柱のあいだを飛びまわり、朝の肌寒い空気のなか、同じハーモニーを繰り返し歌っている。一日は日の出とともに始まったが、その輝きはマルクスの心の中までは届かなかった。けれどもさまざまな葛藤のなかで、まったく別の人生が待っていると考えると、少しは気が楽になった。みずからの能力に気づいて以来、どうしてもある種の義務感から逃れられなかった。あらゆる悪に対する答えが、自分の中にあるような気がした。けれどもクレメンテはいま、出口の扉を開け放している。ただし、それには理由があった。自分のしていることが彼の役に立っているからだ。ラーラを見つけて、裏切り者の教誨師を止めれば、晴れてこの任務から解放されるかもしれない。そうすれば、自分自身を受け入れることもできるのではないか。

「ぼくは何をすればいいんだ？」

「女子学生の居場所を突きとめて、まだ生きていたら救い出すんだ」

唯一の方法は教誨師の痕跡をたどることだと、マルクスにはわかっていた。「相手は、記録保管所で未解決に分類されている事件を解決している。みごとだと言わざるをえない」

「それはきみも同じだ。でなければ、ここまでたどり着けなかっただろう。つまり、きみの力は彼に匹敵するということだ」

そう言われて安堵すべきか、それともぞっとするべきか、マルクスは決めかねた。だが、とにかく前に進むしかない。彼はやっとのことで言った。「今度のコード番号は、c.g.925-31-073だ」

「きみは気に入らないだろうが」クレメンテは先にそう言って、レインコートの内ポケットから封筒を取り出した。「ある男が死んだが、誰だかはわからない。犯人は犯行を認めたが、その犯人の名前も明らかになっていない」

クレメンテの手からファイルを受け取るなり、マルクスはそれがあまりにも軽くて薄いことに気づいた。封筒を開けてみると、中には手書きの紙が一枚入っているだけだった。

「これは？」

「ある自殺者の罪の告解だ」

七時四十分

頬を撫でられて起こされた。隣にシャルバーがいると思って目を開ける。ところが、サンドラはひとりだった。だが、たしかに撫でられたような気がした。

奇妙な晩をともに過ごした相手は、すでに起きていた。シャワーの湯が流れる音が聞こえてくる。サンドラはほっとした。彼女の顔をまともに見られる自信がなかった。いまはまだ。もう少し時間が必要だった。このベッドの中での出来事とはまったく異なる現実が、まざまざとよみがえってきた。彼女の恥じらいにはお構いなしに、太陽の光がブラインドから射しこみ、床に散らばった服や下着、ベッドの足もとでくしゃくしゃになったカバーをあらわにして、彼女の裸体を照らしている。

「わたし、裸なんだわ」自分に言い聞かせるように口にする。

とっさにワインのせいにした。だが、それは単なる言い逃れだと思い直した。ばかなことを考えないで。女は行きずりのセックスはしない。だけど、目の前にチャンスがあれば飛びつくのが男。女にはいろいろ準備が必要だ。肌の手入れもしたければ、香りも身にまといたい。一夜限りのアバンチュールを楽しんでいるように見えても、実際には用意周到に計画している。最近は、そうした出会いがあるとは思っていなかったものの、サンドラは女を捨てたわけではなく、体を磨くことは忘れなかった。苦悩に打ち負かされたくない気持ちもあった。それに、母の言葉も無関係ではない。ダヴィドの葬儀の前に、母は娘を別室に呼んで髪を整えた。「女というのは、どんなときも髪を梳かす時間は作るものよ」。たとえ悲しみに打ちひしがれ、息を吸うことすらままならないときでも、とサンドラはつけ加えた。美しさや外見がどうこうということではない。あくまで自分らしくあるためだ。こんなときに身なりを気にするなど、男にとっては無駄で愛らしい努力にすぎないだろうが。

しかしいま、サンドラは恥ずかしさでいっぱいだった。簡単に体を許す女だと思われたかしら。シャルバーの目が気になった。自分のことではなく、ダヴィドについて。未亡人の自分が喜んで別の男とベッドへ行くとわかって、シャルバーはダヴィドに同情しているだろうか。

そのとき、ふいにサンドラは自分がシャルバーを憎む理由を探していたことに気づいた。にもかかわらず、ゆうべの彼は思いやりを見せてくれた。それはあふれるような情熱ではなく、腹立たしいほどのやさしさだった。言葉もなく、ただ強く抱きしめられていたことを覚えている。ときおり額にキスをされて、彼の熱い息を感じた。

サンドラは最初から彼に惹かれていた。だから怒りを覚えていたのかもしれない。ふと〝喧嘩するほど仲がいい〟という言葉を思い出した。これでは、まるで十五歳の小娘のようだ。もう少しで新たな恋人とダヴィドをくらべるところだった。それは大げさにしても、そんなふうに考えた自分に嫌気がさして、サンドラはどうにか身を起こした。ショーツを拾いあげ、シャルバーがシャワーから出てきたときに無防備な姿を見せないように、急いで身に着ける。

サンドラはベッドに座り、バスルームが空いて、熱い湯に身をさらすのを心待ちにした。彼が出てきたときに服を着ていたら、妙に思われることは言うまでもなくわかっていた。シャルバーは、いまさら心変わりしたと解釈するかもしれない。けっして後悔しているわけではなかった。てっきり泣きたくなると思っていたが、思いがけずこみあげる喜びを抑えきれなかった。

もちろん、いまでもダヴィドを愛している。

しかし、まさにその〝いまでも〟という言葉が変化を象徴していた。時間の落とし穴を隠していた。少し前から、サンドラの気づかないうちに、その語がダヴィドに対する気持ちに割りこんできて、いつのまにか中心を占めていた。現に昔といまを区別して、自分に都合のいいように未来を予想していた。あらゆるものは変わり、いつまでも同じままでいることはない。遅かれ早かれ、そうした気持ちも変わるだろう。二十年後、あるいは三十年後には——そのとき自分が生きていたとして——ダヴィドに対してどう感じているのかしら？ わたしはまだ二十九歳。たとえ彼が足を止めても、ひとりで先に進まなければならない。後ろを振りかえるたびに、夫の姿はどんどん遠くなる。そしていつか、水平線の彼方に消えて見えなくなるだろう。あれだけ一緒に過ごしたのに、自分たちを待ち受けていた未来はこんなにも異なるものだった。

ダヴィドを忘れてしまうのが怖かった。だから、必死に思い出にしがみついていた。

けれどもいま、こうしてクローゼットの横の鏡に自分の姿を映してみると、そこにいるのはもはや未亡人ではなく、あいかわらず男性にエネルギーと情熱を注ぎこむことができる、ひとりの若い女だった。ダヴィドとベッドをともにした数えきれない夜のことが、走馬灯のごとく脳裏によみがえる。とりわけ印象的だった二度のセックスが。

一度は、やはり最初のときで、もっともロマンチックな雰囲気に欠けるものだった。三回目のデートのあと、車に乗って、心地よいベッドの待つ家へ向かっていたときのことだ。付き合いはじめたばかりのふつうのカップルのように、睦まじく触れあうつもりだった。ところが、ふたりは路肩に車を停めると、文字どおり後部座席に飛びこんだ。一瞬たりとも互いの唇を離さなかった。順番に、剥ぎ取るように服を脱いだ。あたかも早すぎる別れを予感していたかのように、ひとつになりたい衝動に抗えなかった。

それに対して、二度目はそれほどあからさまではなかった。最後のセックスではない。最後のときのことは、漠然と覚えているだけだった。それでも思い出すと、悲しくなる代わりに笑みが浮かんだ——大切な人を失ったとき、残された者にとって最後の思い出は拷問の道具ともなる。こう言えばよかった、ああすればよかったと悔やんで。だが、彼女もダヴィドも思ったことはすぐに口にするタイプだった。彼はどれだけ妻を愛しているかをわかっていたし、サンドラもそうだった。あのことは、けっして後悔していない。それでも、罪悪感はあった。それは、まさしくあの家で愛しあったときを境に生じた。ダヴィドが殺される数カ月前のことだ。あらゆる点で、いつもとまったく変わらない晩だった。例のごとく求愛の儀式を行ない、彼が甘い言葉をささやくことになっていた。ゆっくりと近づく夫に対して、サンドラは最後まで首を縦に振らない。毎日、繰り返していても、けっして省くことはない習慣だった。ゲーム感覚で気分を盛りあげるためだけではない。当たり前だと思わないという約束を確かめあう目的もあった。

ところが、あの日は別だった。ダヴィドは数カ月ぶりに出張から帰ってきた。留守中に起きたことを知る由もなく。サンドラも何食わぬ顔をしていた。そして嘘はつかずに、ひと晩じゅう、何ごともなかったようなふりをしていた。ひたすら日課を繰り返すことで得られる妥協策だった。ふだんと何ひとつ変わらないように。セックスの手順も含めて。

あのことは誰にも話さなかった。考えないようにもしていた。ダヴィドはまったく気づかなかった。いつか本当のことを打ち明けたら、きっと彼は去っていくにちがいないと思っていた。それを言い表わす言葉はあるものの、実際に口にしたことはなかった。

「過ち」サンドラは鏡に映った自分に向かってつぶやいた。

あの教誨師なら赦してくれただろうか。だが、言葉にしても、自己嫌悪の気持ちがやわらぐわけではなかった。

サンドラは閉まったままのバスルームのドアを見やった。これからどうなるのかしら、と自分の心に問いかける。わたしはシャルバーと愛を交わした。それとも、ただの体の関係？　自制すべきだったの？　だけど、あのときは何も考えられなかった。それに、いまさら考えても手遅れだろう。彼に主導権を握られるのは嫌だった。正直なところ、これっきりにもしたくなかった。ふいに彼女は困惑した。たとえ冷たくあしらわれても、失望を顔には出したくない。かといって、毅然と振る舞える自信もなかった。堂々巡りの考えを打ち切るように、サンドラは時計を見た。目が覚めてから二十分になるが、シャルバーはまだバスルームから出てこない。あいかわらずシャワーの音は聞こえる。そのときになって、彼女は音がずっと変わらないことに気づいた。強弱はいっさいなく、シャワーの下で体を動かしている気配は感じられない。ただ湯が流れつづけているかのように、音は一定だった。

サンドラはぱっと立ちあがると、バスルームに駆けつけた。ドアの取っ手はわけなく下がり、胸騒ぎが恐ろしい現実になりつつあった。バスルームの中は湯気でおおわれていた。それを手でかき分けるようにして、シャワー室をのぞく――くもりガラスの向こうに人影はなかった。彼女は扉に近づいて開け放った。

湯は流れているが、その下には誰もいなかった。

シャルバーがこのようなトリックを考える動機は、ひとつしかない。サンドラはとっさに振りかえった。トイレの前に行き、タンクのふたを持ちあげてみると、中に隠したクリアケースはまだあった。手に取って、中身を確かめる。だが、そこにはダヴィドの写真の代わりに、ミラノ行きの列車の切符が入っていた。

　サンドラは頭を抱えて水滴におおわれた床に座りこんだ。まさに泣きたい気分だった。大声で泣きたかった。そうすれば、いくらかは救われただろう。だが、彼女は泣かなかった。昨夜の愛情は嘘だったのかと自問しつつ、すべてを頭から追い払おうとした。そして、ダヴィドに隠しごとをしながら愛を交わしたときのことを思い出した。いままでずっと、その秘密を解き放とうとしてきた。けれども、もはや良心の呵責を抑えることはできなかった。

　そう、わたしは罪人だわ——サンドラはついに認めた。ダヴィドの死は、その罰なのだと。

　シャルバーの携帯にかけてみた。だが、何度かけても、現在通話はできないと告げるメッセージが流れるばかりだった。彼が連絡を断っているのかどうかは判断がつきかねた。いずれにしても、文句を言ったり、自分がミスを犯したのかどうかを考えたりしている暇はない。とにかく行動を起こす必要がある。

　ダヴィドの撮った写真は破棄すると、こめかみに傷跡のある神父と約束をした。だが、シャルバーが写真を手に入れたのなら、神父を捜し出すのもはるかに容易になるだろう。あの神父が捕まったら、サンドラにとってはすべてがおしまいだ。夫を殺した犯人の捜索は、あの真っ暗な写真のせいで壁に突き当たっている。あの教誨師こそが残された唯一の希望なのだ。

　手遅れにならないうちに、彼に知らせなければならない。

　だが、どうやって連絡を取っていいかもわからなければ、約束どおり向こうから接触してくるのを待つだけというわけにもいかない。何か方法を考える必要がある。

　部屋の中を歩きまわりながら、サンドラは一連の出来事についてもう一度思い起こした。腹を立ててもしかたがない。冷静にならなければ。インターポール捜査官に対しては、心の中でさまざまな感情が渦を巻いていた。だが、怒りは必死に抑えた。

もう一度、フィガロ事件について調べるべきかもしれない。

昨晩、煉獄の魂の博物館で、妥当と思われる推理を神父に話した。彼は耳をかたむけてから、急がなければならないと言って足早に立ち去った。手遅れにならないうちに、と。何も説明はなく、サンドラもそれ以上尋ねることはできなかった。

何らかの進展があったのかどうかを知りたい。テレビを見れば情報が得られるかもしれない。そう考えた彼女は、キッチンへ行って、棚の上の小さなテレビをつけた。チャンネルを替えて、ニュース特報を見つける。ヴィラ・グローリ公園で身元不明の若い女性の遺体が発見されたと、アナウンサーが伝えた。続いて別の事件に移り、フェデリコ・ノーニとピエトロ・ツィーニの名前が読みあげられる。トラステーヴェレで発生した殺人および容疑者の自殺でニュース番組は終わった。

サンドラは信じられなかった。この劇的な結末で、あの教誨師はどんな役割を果たしたのか。ふたりの死に、多少なりとも関与しているのだろうか。だが、サンドラは事件の詳細を知ると、彼は無関係だと結論づけた。時間が合わない。これらの出来事が起きていたあいだ、彼は自分と会っていたのだ。現場にいることはありえない。

とはいうものの、これでフィガロ事件が解決したとしても、教誨師に連絡を取ることはできなかった。

サンドラは苛立ちを覚えた。どこから手をつけていいのか、わからない。

ちょっと待って、彼女はふと考えた。彼らがフィガロ事件を調べていたことを、シャルバーはいったいどうやって知ったのかしら。

事件について、インターポール捜査官から聞いた話をまとめてみる。何度も思い返すうちに、はたと思い当たった。シャルバーは盗聴器を仕掛けて、教誨師たちの会話の内容を把握していた。電波を傍受したのは、警察が家宅捜索を行なっていたローマ郊外の家だった。

誰の家？　インターポールはなぜそこをマークしていたの？

もう一度バッグから携帯電話を出すと、サンドラは着信履歴から、前日の最後の通話相手に電話をかけた。六回目の呼び出し音で、デミチェリスが出た。

「今度は何だい、ヴェガ？」

「警部、また力をお借りしたいんですが」

「お安いご用だ」上機嫌な口調だった。

「最近、警察がローマで家宅捜索を行なった件について、ご存じですか？　何か大事件に関連した場所のはずなんですが」サンドラは、シャルバーが確信を持って盗聴器を仕掛けたことから推測した。

「新聞を読んでいないのか？」

彼女は不意を突かれた。「何があったんですか？」

「連続殺人犯を取り押さえたんだ。世間はその話題で持ちきりだぞ。知らないとは驚きだ」

さっきのニュース番組で報道されていたにちがいないが、どうやら見逃したようだ。「くわしく教えてください」

「あまり時間はないんだが」デミチェリスの周囲でがやがや声が聞こえていたが、すぐに警部は人の少ない場所に移動した。「ええと、ジェレミア・スミス、六年間に四人を殺害している。三日前の夜に心臓発作を起こして、救助された際に連続殺人犯だと判明した。そっちの病院に運ばれて、一件落着というわけだ」

サンドラはしばし考えこんだ。「わかりました。お願いがあるんですが」

「またか？」

「今度は、もっと厄介なことです」

デミチェリスは何やらぶつぶつつぶやいてから言った。「話してみろ」

「本件の捜査に加われるように、職務命令を出してください」

「冗談だろう？」

「許可なく捜査を始めるほうがいいですか？　わたしがそれくらいやりかねないことは、ご存じのはずですが」

デミチェリスは一瞬、黙りこんだ。「いつか、ひとつ残らず説明してもらえるんだろうな？　でないと、きみを信用したことを後悔することになる」

「約束します」

「わかった。一時間後に、ローマ県警宛てに職務命令をファックスする。もっともらしい理由を考えないといけないが、さいわい想像力は旺盛なんでね」

「感謝の言葉を聞きたいですか？」

デミチェリスは笑った。「とんでもない」


電話を切ると、サンドラは新たに闘志がこみあげるのを感じた。シャルバーの仕打ちは忘れたかった。とりあえず、彼が写真の代わりに残した列車の切符に怒りをぶつけて満足した。切符は紙吹雪となって、ゲストハウスの床に舞い落ちた。おそらくシャルバーがここに戻ってきて、この光景を目にすることはないだろう。それどころか、もう二度と顔を合わせることもないという予感がした。そう思うと、少し胸が痛んだ。だが、彼女は考えないようにした。しばらくは忘れようと決めた。やるべきことは、ほかにある。まずはローマ県警へ行って職務命令を受け取ってから、ジェレミア・スミスに関する捜査書類のコピーを入手する必要がある。直感を働かせて、もう一度、最初からこの件を洗い直そう。教誨師が動いているのなら、まだ事件は解決していないはずだ。

八時一分

マルクスは〈カリタス〉の食堂の長いテーブルに座っていた。壁には十字架のキリスト像がかけられ、神の御言葉を記したポスターも貼ってある。食堂には、スープや炒めた野菜のにおいが充満していた。朝のこの時刻になると、いつも施しを求めてやって来るホームレスたちは出ていき、昼食の準備が始まる。毎朝、彼らは五時から列を作って朝食にありつき、七時ごろにはふたたび通りに散らばる。ただし、雨が降っていたり、寒かったりすると、ここに残る者もいる。しかしその多くが――大部分でないのは確かだが――狭い空間で過ごすことには耐えられず、たとえひと晩だけでも、共同体や寮などの宿泊所から逃げ出す。とりわけ刑務所や精神科の施設での生活が長かった者は、その傾向が顕著だ。また、一時的に自由を奪われることによって、方向感覚を失い、もはや自分がどこから来たのか、家がどこにあったのかもわからなくなるのだろう。

ドン・ミケーレ・フエンテは、そうしたホームレスたちを心からの笑顔で迎え入れ、温かい食事と愛情を与えていた。新たに苦しみに喘ぐ人々がいつやって来てもいいように、ドン・ミケーレが慈善団体のスタッフに準備を怠らないよう命じる様子を、マルクスはじっと見つめていた。この司祭や、彼が使命に没頭している姿を目の当たりにすると、聖職者としての未熟さをあらためて思い知らされる。記憶からだけでなく、心からも多くが失われてしまったようだ。

やるべきことを終えたドン・ミケーレがやって来て、マルクスの向かいに腰を下ろした。「あなたが来ることはクレメンテ神父から聞いているが、やはり司祭だということしか知らされていない。名前で呼んではいけないと」

「あなたさえ、それでよければ」

「構わない」ドン・ミケーレは答えた。小太りで、ふっくらした頬はつねに赤らみ、裾の長い司祭服はパンくずや油の染みだらけだ。年のころは五十、小さな手に、くしゃくしゃの髪。黒縁の丸い眼鏡をかけ、手首につけたプラスチックの腕時計にしきりに目をやり、形の崩れたナイキのスニーカーを履いている。

「三年前、あなたはある告解を受けました」マルクスは言った。問いかけたわけではない。

「その後も数えきれないほどの告解があった」

「ですが、思い出してほしいんです。自殺志願者の告解は、めったにあるものではないでしょう」

ドン・ミケーレは驚いた様子は見せなかったものの、その顔から温厚な表情が消えた。「慣習に従って、わたしはその告解者の言葉を書き写して、教誨師に伝えたよ。わたしにはその告解者が無罪だとは思えなかったのだ。彼の打ち明けた罪は、それほど恐ろしいものだった」

「報告書は読みました。でも、もう一度、あなたの口から聞きたいんです」

「なぜだ？」訴えるような口調だった。その話を蒸しかえされるのが、明らかに迷惑そうだった。

「その告解を聞いた最初の印象が必要なのです。やりとりのあらゆるニュアンスを知りたいんです」

ドン・ミケーレは納得したようだった。「あれは夜の十一時、ちょうど戸締まりをしているときだった。通りの向こう側に、男が立っていたことを思い出した。その男は、夕方からずっとそこにいた。それで、わたしは気づいた――彼は中に入る勇気を奮い起こそうとしているのだと。食堂から最後の人が出てくると、やっと決心がついたのか、まっすぐわたしのところにやって来て、告解をしたいと申し出た。はじめて見る顔だった。分厚いコートに帽子姿で、話しているあいだもずっと脱がなかった。まるで急いでいるかのように。実際、話も慌ただしかった。彼は慰めも理解も求めていなかった。ただ罪が軽減されることだけを望んでいた」

「どんなことを打ち明けたんですか、具体的に？」

司祭は、手入れをしていない染みのような灰色のひげを掻いた。「何かとてつもないことをするつもりだと、すぐに察した。仕草にも声にも、苦悩が表われていた。それで彼が本気だとわかったんだ。行動を起こそうとしているかぎり、赦しはないと知っていた。だが、まだ犯していない罪から逃れるために来たわけでもなかった」ドン・ミケーレはそこで息をついた。「自分から命を捨てるという罪の赦しを求めていたのではない。彼が来たのは、むしろ自分が奪った命のためだった」

路地裏に生きる社会の疎外者たちに手を差し伸べる〝路傍の司祭〟として、ドン・ミケーレ・フエンテはつねに世界じゅうの醜さに接してきた。マルクスには、彼が迷惑そうなそぶりをすることを責められなかった。何しろ、大罪の告解を聞いているのだ。「その男は誰を殺したんですか？　動機は？」

ドン・ミケーレは眼鏡を取ると、司祭服で拭きはじめた。「それについては、何も言わなかった。尋ねても、はぐらかされた。そんなふうに口が重い理由については、知らないに越したことはない。でないと危険な目に遭うからな。彼はただ罪を赦してほしいだけだった。だが、その罪のあまりの重さに、一介の神父では赦すことができないと告げると、がっかりした様子だった。そして礼を述べると、それ以上何も言わずに立ち去った」

ドン・ミケーレの報告書は内容に乏しく、要領を得ず、何の手がかりももたらさなかったが、いまのマルクスが手に入れられる情報はそれがすべてだった。内赦院の記録保管所では、殺人の告解は専用の場所に分類されている。はじめてそこに足を踏み入れたとき、クレメンテはただひとつだけ忠告した。「覚えておくといい。いまからきみが読むものは、警察のデータベースに保存されている調書とは異なる。警察では、客観性が防護壁のような役割を果たしている。だが、われわれの場合、出来事に対する視点は主観的だ。つねに殺人犯の口から語られているからだ。ときには自分のことのように思えるだろう。だが、悪に欺かれてはいけない。それはあくまで幻想だということを忘れるな。でないと危険だ」それらの記録を読みながら、マルクスは驚きを禁じえなかった。その内容には、つねに文脈から外れるような部分があった。たとえば、ある殺人犯は被害者の赤い靴を細かく覚えていて、神父もそのことを逐一報告書に記している。重要な部分は何ひとつなく、裁判に影響を与えることもない。次々と恐怖や暴力が語られるなかで、それはある種の逃げ道、あるいは非常口のような役割を果たしていた。赤い靴——色のついた小道具は、しばし話を中断させ、読む者に息をつく間を与える。しかしドン・ミケーレの報告書には、そうした部分がなかった。マルクスには、その報告があくまで部分的なものに思えてならなかった。「あなたはその告解者が誰なのかを知っている。違いますか？」

　神父の長すぎる躊躇は、そのとおりだと認めたも同然だった。「数日後に知った。新聞でだ」

「けれども、報告書には名前を記さなかった」

「司教に相談したら、素性は省略するように言われたからだ」

「なぜですか？」

「誰もが彼を善人だと信じていた」簡潔な答えだった。「彼はアンゴラに大きな病院を建てた。世界でも、とりわけ貧困が深刻なアフリカの国に。司教は、偉大な慈善家の功績を汚す必要はない、このまま模範的な存在としておくほうがよいと、わたしを説き伏せた。なぜなら、彼に対する裁きは、すでにわれわれの手を離れていたから」

「彼の名前は？」マルクスは食い下がる。

神父はため息をついた。「アルベルト・カネストラーリ」

ほかにもまだ隠していることがあると気づいたが、無理強いはしたくなかった。マルクスは黙って彼を見つめ、彼のほうから口を開くのを待った。

「じつは、まだあるんだ」ドン・ミケーレ・フエンテは恐る恐るつけ加えた。「新聞によれば、彼は自然死だった」

アルベルト・カネストラーリは国際的に名高い外科医だったばかりか、医学の大家であり、医学界の革新者でもあった。そして、何よりも慈善家だった。ルドヴィージ通りにある彼の診療所の壁には、その数々の功績を物語る写真が飾られていた。そのほかにも、額に入った新聞や雑誌の記事では、外科技術の進歩に寄与した数多くの発見が報じられたり、みずからの技量を第三世界の国々へ輸出した寛大さが称賛されたりしている。

最も偉大な業績は、アンゴラに大きな病院を建設し、みずから赴いて手術を行なったことだった。

まさにその人物を褒め称えた新聞が、とつぜんの彼の自然死を報じていた。

マルクスは、かつて救急診療所だった場所――ヴェネト通りからほど近い大きな建物の三階――に忍びこむと、そうした過去の栄光に目を走らせ、さまざまな人物と一緒に儀礼的に写真におさまった、五十歳の医師の笑顔をじっと見つめた。なかには患者とともに写っているものもある。彼らの多くはとても貧しく、この医師のおかげで健康を取り戻し、ときには命も救われた。その様子は、まるで大きな家族のようだった。

自身のすべてを医療に捧げたために、外科医は生涯独身だった。

　この壁にちりばめられた言葉から判断するかぎり、カネストラーリは敬虔なキリスト教徒と言わざるをえなかった。だが、それは単なる見せかけかもしれない。これまでの経験から、マルクスは判断には慎重を期すように心がけていた。死の数日前の告解で彼が口にした言葉を考えれば、なおさらだった。

　表向き、アルベルト・カネストラーリは自殺したことにはなっていなかった。

　だが、自殺を宣言したあとに、都合よく自然死が訪れるようなことが本当にあるのだろうか。マルクスにはにわかに信じがたかった。何か裏があるにちがいない。

　救急診療所には、広い待合室と患者に応対する受付、それに、マホガニー製の大きな机の周囲に医学書――ほとんどが上製本――がぎっしり並んだ部屋があった。引き戸を開けると、そこは小さな診察室になっており、診察台、いくつかの医療機器、薬品棚が備えられている。だが、マルクスはカネストラーリの部屋で足を止めた。革張りのソファが置かれた小さな応接間に、回転式のひじ掛け椅子がある。新聞記事によれば、そこで外科医の遺体が発見された。

　なぜ、ここだったのか？

　カネストラーリが本当に殺人を犯したのなら、この問題はすでに解決ずみで、いまさら案じる必要もない。犯人は死に、いくら謎の教誨師とて、さすがに今度は復讐をそそのかすことはできないだろう。だが、もし自分がここまで導かれたのだとしたら、真実はそれほど単純ではない可能性もある。

　順を追って調べよう、マルクスは自分に言い聞かせた。まずは事実を確かめる。最初に解明すべき異変は、彼の自殺だ。

　カネストラーリには妻も子どももおらず、彼の死後、甥や姪たちのあいだで相続を巡ってひと悶着起きた。そのため、法的な争いの対象となったこの診療所は、三年間、手つかずのままだった。窓は閉めきられ、部屋の中にあるものにはどれも分厚い埃が積もっている。扉のあいだから射しこむ細い光を浴びて、そうした埃がきらめく霧のごとく宙を漂っているのが見えた。だが、たとえ当時の状態が保たれていたとしても、ここは犯罪現場には見えなかった。マルクスは考えた——いっそのこと凄惨な殺人事件なら、推理を導く痕跡に事欠かなかっただろうに。悪に生み出された混乱状態のほうが、手がかりとなる異変は容易に見つかる。それに対して、このように一見、何ごともなかったような場所は厄介だ。今回は、まったく異なる角度からアプローチする必要がある。アルベルト・カネストラーリと一体化しなければならない。

　わたしにとって最も大事なものは何か、マルクスはカネストラーリになりきって考えた。有名になることも捨てがたいが、かならずしも必要ではない。あいにく、人助けや慈善行為だけでは有名人になれない。それでは、仕事だろうか。だが、この才能は、自分よりも、むしろ他人にとって重要だ。だから、それも心から求めているものではない。

　外科医を称賛する壁を見つめているうちに、答えはおのずと浮かんできた。わたしの名前——本当に大事なのは、それだ。評判こそ、あらゆるもののなかで最も価値がある。

　なぜなら、わたしは間違いなく善人だからだ。

　マルクスはカネストラーリのひじ掛け椅子に腰を下ろすと、あごの下で手を組み、ただひとつの根本的な疑問について考えた。

　どうすれば、自然死と見せかけて自殺することができるのか？

　外科医が最も恐れていたのはスキャンダルだ。後世に汚辱を残すことには耐えられなかった。だから、そのための方法を考える必要があった。答えはすぐそばにあると、マルクスは確信していた。

「手の届くところに」彼はつぶやくと、ひじ掛け椅子を回して、背後の本棚に向き直った。

自然死を装うことは、生命の秘密を知り尽くした者にとっては訳ないはずだ。単純かつ疑う余地のない方法があるにちがいない。誰も調べず、誰も検証しない。なぜなら、単に非の打ちどころのない人物が息を引き取っただけだから。

マルクスは立ちあがると、棚に並んだ本の題名に目をやりはじめ、少しして、役に立ちそうなものを見つけた。彼はその本を手に取った。

自然界に存在する、あるいは人工的な有毒物質をまとめたものだった。

さっそくページをめくる。精油、毒素、鉱酸、植物ホルモン、苛性アルカリに分類され、砒素《ひそ》から、アンチモン、ベラドンナ、ニトロベンゼン、フェナセチン、クロロフォルムまで、あらゆる種類の毒物が記載されている。有効成分の致死量や用途、副作用を調べるうちに、答えにつながるものを見つけた。

スキサメトニウム。

麻酔中に使用される筋肉弛緩薬だ。外科医のカネストラーリなら、よく知っているにちがいない。解説文によると、南米で狩猟に用いられるクラーレという毒物に似ていて、手術のあいだに患者を麻痺させ、痙攣や不注意な動きといった危険を防ぐ効果があるという。

その特性を読むうちに、マルクスは、カネストラーリにとっては、一ミリグラムで呼吸筋を止めるのにじゅうぶんだという結論に達した。数分で窒息する。永遠とも思えるあいだ、激しい苦痛に襲われ、けっして安らかな死を迎えられるわけではないが、その一方で、ひとたび体が麻痺すると元には戻らないため、確実に死ぬことができる。注射したら最後、考え直すチャンスはない。

だが、外科医がこの方法を選んだのには、別の理由もあった。

マルクスが驚いたのは、スキサメトニウムの主要成分はコハク酸およびコリン――人間の体内にも存在する物質――であるため、どんな毒物検査をもってしても検出されないということだった。したがって死因は発作と判断され、法医学者は、たとえば足の指のあいだに注射器による極小の穴を探すようなことはしないだろう。

そして、カネストラーリの評判に傷がつくこともない。

「そうにちがいない……だとしたら、注射器は？」遺体のそばで発見されれば、自然死の偽装は見破られる。これだけ用意周到な計画にはそぐわない。

マルクスは記憶をたぐり寄せた。クレメンテの書類を受け取りに行く前に、インターネットで、外科医の遺体は翌朝、看護師が救急診療所を開ける際に発見されたことを読んだ。自然死ではないことを示す証拠を処分したのは、ひょっとしたら彼女かもしれない。

いや、その可能性は低い、とマルクスは考え直した。彼女はそんなことはしないだろう。それでも、カネストラーリは注射器が手もとに残らないと確信していた。なぜか？

マルクスは、高名な医師が命を絶とうと決意した場所を見まわした。彼の人生は、この救急診療所を中心に回っていた。だが、それが理由でここを選んだのではない。誰かがみずからの計画を完了させてくれるとわかっていたのだ。注射器を処分することに関心がある人物が。

カネストラーリがここで命を絶ったのは、観察されていることを知っていたからだ。

マルクスは勢いよく立ちあがるなり、部屋じゅうを捜しまわった。どこに仕掛けたのか？ 答えは照明装置の中だった。

すぐさま壁のスイッチに駆け寄る。近くで見ると、プレートに小さな穴が開いているのに気づいた。プレートを取り外すには、机の上のペーパーナイフが役に立った。ネジを緩めてから、文字どおり壁から引っこ抜く。

ひと目で、コードが絡みあった伝送器が埋めこまれているのがわかった。

こんなところにマイクロカメラを仕掛けるとは、抜け目ない人物にちがいない。

だが、カネストラーリが自殺したときに、たとえ何者かが診療所を監視していたとしても、なぜ三年たったいまも装置が残されたままなのか？　その瞬間、マルクスは危険が身に迫っていることに気づいた。自分が診療所にいることは、すでに知られているにちがいない。

診療所に忍びこんだ者の正体を突きとめるために、相手は様子をうかがっていた。いまごろはここへ向かっているだろう。

すぐにここを出なければ。出口へ向かおうとしたとき、廊下から物音が聞こえた。耳を澄ましながらのぞくと、上着とネクタイ姿の大男が、なるべく音を立てずに歩こうと苦労しながらゆっくりと近づいてくるのが見えた。マルクスは気づかれないうちに顔を引っこめた。もはや逃げられない。唯一の逃げ道は、あの巨体に塞がれている。

とっさに部屋を見まわすと、診察室の引き戸が目に入った。あそこに隠れよう。男が部屋に入ってきても、捕まらないように逃げる隙間はあるはずだ。自分のほうがすばしこく、走ることもできる。

男が入口にたどり着いて立ち止まり、中に入ろうとした。猪首《いくび》の上で、ゆっくりと頭が回る。点のような小さな目が暗がりのなかを捜すが、何もない。と、隣の部屋へ続く引き戸に気づいた。男は近づいて、大きな手を隙間に差しこむ。そして乱暴に開けると、診察室に踏みこんだ。中に誰もいないことに気づいたときには、手遅れだった——背後の戸がすばやく閉まった。

　マルクスは胸を撫で下ろした。土壇場で計画を変更して、カネストラーリの机の下に身を潜め、男が罠にかかるなり、彼を閉じこめて外に飛び出したのだ。だが、みずからの機転に満足したとたん、戸の鍵が回らないことに気づいた。男の体当たりで引き戸が揺れはじめる。マルクスは手を放して走り出した。廊下に出ると、診察室から出てきた男の足音が聞こえた。追跡者を手間取らせるために背後のドアを閉め、どうにか階段の上までたどり着いたが、相手はすぐに追ってくるだろう。階段を下りようとして、ふいに男は仲間を連れてきたかもしれないと思い当たる。ひょっとしたら入口で見張っている可能性もある。そう考えたとき、非常口が目にとまった。マルクスはそこから出ることにした。階段は狭く、踊り場までの距離は短いため、飛び降りたほうが早そうだ。だが、大男も予想以上に早く飛び出してきて、いまにも追いつかんばかりの勢いだった。三階から地上までが果てしなく感じられる。ようやく最後のドアにたどり着いた。ところがドアを開けると、そこは地下の駐車場だった。人の姿は見当たらない。だだっ広い空間の奥にエレベーターがあり、ちょうど扉が開くところだった。しかし、それはあいにく新たな逃げ道とはならず、上着とネクタイ姿のふたり目の男が現われ、マルクスに気がつくと猛然とダッシュしてきた。ふたりの追っ手が迫っているとあっては、もはや逃げられまい。息が苦しくなりはじめ、いまにも倒れそうだった。車用のスロープを見つけて上っていくと、反対方向から下りてくる車とすれ違う。クラクションを鳴らしながら、すぐわきを通り抜ける車もあった。おもてに出たときには、もう少しで追いつかれるところだった。ところが、男たちはとつぜん行く手を遮られた。

　ふたりの目の前に、中国人の団体観光客が人間バリケードを作った。

その隙にマルクスは追っ手をまいた。物陰からそっとのぞくと、ふたりは狼狽しながらも、息を切らして、苦しそうに体を折り曲げている。

あのふたりは誰なのか。誰が彼らを送りこんだのか。やはり、アルベルト・カネストラーリの死には第三者が関わっているのだろうか。

十一時

サンドラは、ジェレミア・スミスの家の門の前に立っている警察官に胸もとの警察バッジを見せ、デミチェリスが送ってくれた職務命令をこれ見よがしに示した。彼女の身分証明書を確認しながら、警察官たちは互いに意味ありげに目配せしていた。どうやら、とつぜん世の中の男たちが自分に関心を示しはじめたようだ。サンドラには、その理由もわかっていた。シャルバーと一夜を過ごしたおかげで、体じゅうに染みついていた悲しみがすっかり消えたのだ。苛立ちとあきらめの入り混じった気持ちで、手続きが終わるのを待つうちに、警察官たちは手間取ったことを詫びつつサンドラを通した。

　彼女は玄関へ続く小道を進んだ。庭は荒れ放題だった。大きな石のプランターは伸びきった雑草におおわれている。妖精や美しい女性の像がそこかしこに置かれ、なかには手足の欠けたものもあったが、それでも優雅な佇《たたず》まいで彼女にほほ笑みかけていた。噴水には蔦《つた》がはびこり、淀んだ緑色の水がたまっている。石造りの家は歳月のせいで黒ずんでいた。玄関前の階段は下の部分が広く、上るにつれて狭くなっており、あたかも家を支える台座のように見えた。

　サンドラは、ところどころひびの入った階段を上った。玄関に入ると、ふいに太陽の光が消え、長い廊下の暗がりに吸いこまれた。奇妙な感覚だった。何もかものみこんでしまう真っ暗な洞窟。ひとたび足を踏み入れると、二度と出てこられないような。

　科学捜査班は引き続き鑑識作業を行なっていたが、山は越えたようだった。いまは家具を調べている。引出しを残らず引っ張り出して、中身を床に空け、一つひとつ丁寧に見る。あるいはソファの張り地をすべて剝がし、クッションの中綿を出す。聴診器を壁に当てて、何かを隠している空間がないかどうかを調べている者もいた。

　派手な色のスーツを着た長身で痩せた男が、警察犬班の捜査員たちに庭へ出るよう指示していた。男はサンドラに気づくと、待っていてくれと合図した。彼女はうなずいて、入口に立っていた。捜査員たちが外に出ると、犬は率先して庭のほうへ向かった。それを見届けてから、男はこちらに歩いて来た。

「分署長のカムッソだ」そう言って、手を差し出す。紫色の上下に、同色のストライプのシャツ、極めつきは黄色のネクタイ。みごとなまでの伊達男だ。

　サンドラはその思いきった服装には惑わされなかった。陰鬱な雰囲気の漂う現場で、目の保養——そして気晴らし——になるとは思いつつも。「ヴェガです」

「きみのことは聞いている。歓迎するよ」

「捜査の邪魔にならないといいのですが」

「心配いらない。ここでやるべきことは、ほとんど終わっている。午後には閉幕だ。芝居を鑑賞するには、少々遅かったようだな」

「ジェレミア・スミスは身柄を確保されて、四人の被害者に結びつく証拠も見つかったのに、これ以上、何を捜しているんですか？」

「奴の〝ゲームセンター〟がどこだかわからないんだ。被害者たちは、ここで殺されたわけではない。いずれも一カ月にわたって監禁されただけだ。性的な暴行もなかった。縛られてはいたが、遺体に拷問の跡はなかった——三十日たってから、奴は彼女たちの喉を掻き切って殺した。それだけだ。とはいっても、彼女たちを自由に弄《もてあそ》ぶ場所が必要だ。その牢獄につながる手がかりを捜しているというわけさ。で、きみは何を？」

「上司のデミチェリス警部の命令で、連続殺人犯に関する詳細な報告書を作成することになったんです。こうした事件はめったにありませんから。わたしたち科学捜査官にとっては、経験を積む絶好のチャンスです」

「なるほど」分署長は、彼女の話が本当かどうかを確かめるつもりもないようだ。

「警察犬班は何をしているんですか？」

「念のため、もう一度庭を調べている。ほかにも遺体が見つかるかもしれないからな。これまでにそういったケースもある。だが、このところの雨でコンディションはよくない。犬たちがにおいを嗅ぎ分けられるかどうか、怪しいものだ。地面が湿っているせいで、いろんなにおいが混じっている。犬は酔っ払いも同然で、自分がどこにいるかもわからないだろう」分署長はファイルを持ってきた部下に手を上げてみせた。「これをきみに渡しておこう。ジェレミア・スミスの事件について、詳細が記されている。捜査報告書、犯人と四人の被害者のプロフィール、そしてもちろん必要な写真もそろっている。コピーを取るとなると、管轄の役人に申請しないといけない。だから、終わったら返してくれ」

「わかりました。それほど時間はかからないと思います」サンドラはそう言って、書類を受け取った。

「ほかに何かあるか？　ここは自由に見てもらって構わない。ガイドは必要ないだろう？」

「ひとりで大丈夫です」

分署長はシューズカバーとラテックスの手袋を差し出した。「では、楽しんでくれたまえ」

「実際、ここを歩きまわっていると、わくわくしてきます」

「そうだろう。墓場でかくれんぼをする子どものような気分だ」

カムッソが立ち去るのを待ってから、サンドラは家の写真を撮るつもりで携帯電話を取り出した。そしてファイルを開いて、最新の報告書にざっと目を通した。そこには連続殺人犯の特定に至った経緯について記されていた。けれども読むうちに、彼女は信じがたい思いにとらわれた。

そこで、苦しんでいるジェレミア・スミスを救急隊員が見つけた部屋へ向かった。

居間の鑑識作業は、ずいぶん前に終了しており、捜査官の姿はなかった。サンドラは部屋を見まわして、そのときの様子を頭に思い描いた。救急隊員が到着し、床に仰向けに倒れている男性を発見する。蘇生させようとするが、きわめて危険な状態だ。どうにか容態を落ち着かせようとしているとき、ひとり――救急車に同乗していた医師――が部屋に落ちていたあるものに気づいた。

金色のバックルがついた、片方の赤いローラースケート靴。

彼女の名前はモニカ、六年前に連続殺人犯に誘拐されて殺された被害者の姉だ。ローラースケート靴は、その双子の妹のものだった。もう一方は妹の遺体のそばで発見された。モニカは目の前の男が犯人だと気づく。一緒にいる看護師も、そのほかの病院関係者と同じく事情を知っている。サンドラには想像がついた。警察でも変わらなかった——職場の同僚たちは、あたかも家族のようになる。それが、毎日、目の前に立ちはだかる苦しみと不平等な現実に向きあうための唯一の方法だからだ。その絆から、新たな規律や揺るぎない関係が生まれる。

だから、そのときモニカと看護師はジェレミア・スミスを苦しんだまま放置することもできた。彼はそれだけのことをしたのだから。どのみち絶望的な状況で、誰も責めたりはしなかっただろう。ところが、ふたりは彼を生かすことにした。それどころか、モニカは彼を助けたのだ。

それが真相だと、サンドラは疑わなかった。この家を捜索した捜査官たちも、同じだろう。たとえ言葉にしなくても。

この家で驚くべき運命のいたずらが起きた。まさに偶然の巡り合わせとしか言いようがない。こうしたことは計画してできるものではない、彼女はそう思った。けれども、どうしても腑に落ちない点がある。

ジェレミア・スミスのタトゥー。

彼の胸には〝オレを殺せ〟という言葉が彫られていた。ファイルには、その写真とともに筆跡鑑定書が添付され、本人の字であることが確認されている。背徳的なサドマゾヒズムの象徴と解釈できなくもないが、モニカに発見される前に、このような挑発的な言葉を選んだのは、はたして偶然だったのだろうか。

サンドラは、ひととおり居間の写真を撮った。ジェレミア・スミスのひじ掛け椅子、床に落ちて割れた牛乳のカップ、旧型のテレビ。撮り終えると、ふいに圧迫されるような息苦しさを覚えた。現場の凄惨な光景には慣れているものの、こうしたごく身近なものに囲まれていると、死がより明瞭で汚らわしいものに感じられたのだ。

サンドラは我慢できなくなった。いますぐ、この家から出ていかなければならないほどに。

生の世界には、死と結びついたものが存在する。それを見つけて、解放してやらなければならない。

髪を結うリボン、珊瑚のブレスレット、マフラー…
…そして、ローラースケート靴。

サンドラは、ジェレミア・スミスの家宅捜索で発見された性欲対象物《フェティッシュ》のリストに目を通した。いずれも彼と被害者を関連づけるものだ。それどころか、これらのものをきっかけに、殺された四人の女性の身元が判明したとも言える。

庭に出た彼女は、石のベンチの前で立ち止まって息をついた。並み居る捜査官たちの前を急ぎ足で通り抜け、彼らの視線から逃れるように屋外へ出てきたところだった。こうして朝の陽ざしを浴びながら、さっと吹き抜ける風に揺れる木々に囲まれているのは心地よかった。葉のかさかさ鳴る音が笑い声に聞こえる。

六年間に四人の犠牲者——サンドラはあらためてつぶやいた。四人とも頸動脈を切断されている。ナイフで首にほほ笑みのような形の傷をつけられて。

モニカの妹はテレーザといった。二十一歳で、ローラースケートが大好きだった。いつもと変わらない日曜の午後に、彼女は姿を消した。実際のところ、ローラースケートは口実にすぎず、好意を寄せる青年に会いにいくのが目的だった。だが、テレーザはどれだけリンクで彼を待っていたのだろう。というのも、その日、彼は現われなかったからだ。おそらくジェレミアは、ひとりぼっちで売店の前のテーブルに座っている彼女を見て、目をつけたにちがいない。さりげなく近づいて、彼女に飲み物をおごった。鑑識の結果、オレンジジュースのグラスからガンマ《G》ヒドロ《H》キシ酪酸《B》が検出された——通称ルーフィー、悪名高いデートレイプ薬だ。一カ月後、ジェレミアは死体を川岸に捨てた。彼女が姿を消した日とまったく同じ服装のまま。

　ファストフード店の常連は皆、メラニア——二十三歳——が輝くような金髪を束ねていた青いつややかなリボンを覚えていた。ウエートレスの制服はありきたりのものだったが、彼女は少しでも魅力的に見せようとして、五〇年代のヴィンテージ風に作り替えた。連れ去られたのは、午後、職場へ向かう途中だった。バスを待っている姿を目撃されたのを最後に、彼女は行方不明になった。一カ月後、ある駐車場で遺体が発見された。服を着たまま殺されていた。だが、髪のリボンはなくなっていた。

　十七歳のヴァネッサはスポーツジムを予約していた。毎日、バイクエクササイズをするために通っていたのだ。どんなに体調がすぐれなくても、一日もトレーニングを欠かしたことはなかった。姿を消したとき、彼女は風邪を引いていた。母親は、そんな日ぐらい休ませようとして説教した。けれども娘の意志が固いと見てとると、少しでも厚着をさせようとウールのマフラーを渡した。ヴァネッサは言われたとおりにマフラーを巻いた。そのピンクのマフラーでは、待ち受ける危険から娘を守るには不十分だということを、母親は知る由もなかった。今度は、スポーツドリンクのボトルに催眠薬が混入されていた。

　クリスティーナは珊瑚のブレスレットが大嫌いだった。けれども、そのことは妹にしか打ち明けていなかった。死体安置所で遺体に対面したときに、彼女がブレスレットをしていないのに気づいたのも妹だった。婚約者からの贈り物で、いつも身に着けていた。ふたりとも二十八歳で、近いうちに結婚を予定していた。そのせいで、ちょっぴりナーバスになっていたのだろう。準備しなければならないことは山のようにあるのに時間が足りず、クリスティーナは手っ取り早く気持ちを落ち着かせる方法を探しはじめた。そして、アルコールに頼るようになった。朝から夜まで、一度に少量ずつ、けっして深酔いすることはなかった。周囲の者は誰も気づかなかった。だが、ジェレミア・スミスは見逃さなかった。バーへ行く彼女のあとをつけて、ほかの女性よりも簡単に誘い出せると見抜いた。

クリスティーナが連続殺人犯の最後の犠牲者だった。

これらのエピソードは、両親や友人、恋人などの証言に基づいている。それぞれが語った言葉は、そっけない事実の羅列に彩りを添えた。四人の女性が少しでも実像に近づくように。

物ではなくて人なんだわ、とサンドラは考えた。そして、人と同じ意味を持つ物。髪のリボン、珊瑚のブレスレット、マフラー、ローラースケート靴は、それらを気に入っていた人物の代わりだった。

だが、被害者のプロフィールを読むうちに、彼女はある矛盾に気づいた。四人の女性は孤独ではなかった。家族や友人に囲まれて規則正しい生活を送る、いわば模範的な存在だ。にもかかわらず、ジェレミア・スミスのようなつまらない男を近づけた。五十歳で、どう見てもハンサムとは言えない男が、彼女たちに飲み物をおごって、まんまと言いなりにした。女性はなぜ彼の誘いを受け入れたのか。太陽の光のもと、ジェレミアは堂々と彼女たちの信用を得た。いったい、どんな手を使ったのだろうか？

その答えは、これらの物には隠されていないと、サンドラは考えた。ファイルを閉じて顔を上げ、頬を撫でるそよ風を感じる。彼女自身、しばらくダヴィドをある物と同一視していた。

趣味の悪い明るいグリーンのネクタイ。

思い出すと、自然と口もとがほころんだ。先ほど応対してくれた分署長の黄色いネクタイよりもひどかった。ダヴィドはおよそおしゃれとは縁がない男性で、服装に気を遣うことはなかった。

「燕尾服を着ないと」そう言って、サンドラはよくからかったものだった。「タップダンサーはみんな一着は持ってるわよ、フレッド」それで、やっとあのネクタイを一本だけ買った。葬儀場の係員からダヴィドを棺に入れるための服を訊かれて、サンドラは愕然とした。二十九歳という若さで、そんなことをしなければならないとは夢にも思わなかった——ダヴィドの最後の服を選ぶはめになるとは。そして、彼のワードローブを引っかきまわして、サファリジャケットと青いシャツ、チノパン、スニーカーを選び出した。彼の定番だった服装だ。けれども、彼の死を嘆き悲しんでいるあいだに、ふと例の明るいグリーンのネクタイがないことに気づいた。どこを捜しても見つからなかったが、それでもあきらめずに家じゅうを引っくり返した。ある種の強迫観念にかられていた。自分でもどうかしてしまったように感じたが、ダヴィドを失ったうえに、これ以上、何かを断念することには耐えられなかった。たとえ、趣味の悪い明るいグリーンのネクタイでも。

　そしてある日、そのネクタイがどうなったかをはっきり思い出した。ほかのことを考えていて、にわかに記憶がよみがえったのだ。どうして忘れていたのだろう。

　あのネクタイは、自分が夫に嘘をついたことを示す、唯一の証拠だった。

　ジェレミア・スミスの家から少し離れたところで、サンドラは温かい陽ざしも、やさしいそよ風も、いまの自分には身に余るように思えてきた。なかば閉じていた目を開くと、天使の石像の視線を感じた。その微動だにしない像を見つめるうちに、自分には赦しを請うべき過去があることを思い知らされた。歳月はかならずしも過ちを正す機会を与えてはくれないことを。

　ペニャフォールの聖ライムンドの礼拝堂で発砲してきた狙撃手に殺されていたら、どうなっていただろう。

良心の咎めを抱えたまま死んでいたら。残された家族や友人は、自分のことをどんなふうに思い出すのか。たとえ口が裂けても、彼らに真実を話すことはできない。自分はダヴィドに愛される資格はなかったと。なぜなら、彼を裏切ってしまったから。

ジェレミアに誘拐された女性たちは、まさか危険が身に迫っているとは思わなかったにちがいない、とサンドラは考えた。あの教会に入る前の自分のように。だから、彼女たちは死んだ。生きて帰ることを願い、そのせいで自分の身に起きていることを理解できなかったから、ジェレミアは彼女たちを殺すことができたのだ。

天使の石像の向こうに、犬を連れて庭を巡回している捜査員の姿が見えた。カムッソの言ったとおりだった。地面から立ちのぼるにおいのせいで、犬たちは方角がわからなくなっているようだ。先ほど、分署長は形式的な捜索の理由を説明した。手を尽くさなかったら良心の呵責にさいなまれるからだと。〝ほかにも遺体が見つかるかもしれないからな。これまでにそういったケースもある〟と彼は言った。だが、それは単なる言い訳にすぎないことにサンドラは気づいていた。それは、何かを見落としていることを恐れ、状況が一変する前に警察官が講ずる予防措置のようなものだった。

そのとき、当のカムッソ分署長が背後に現われた。

「大丈夫か？」彼は尋ねた。「さっき、きみが慌てて出ていくのが見えて――」

「ちょっと外の空気が吸いたくなっただけです」サンドラは遮った。

「何かおもしろいものは見つかったかね？　手ぶらで上司のもとに帰すのも気が引けるからな」

分署長は親切心で言っているだけだったが、サンドラはそのチャンスを逃さなかった。「おそらく。それが、ちょっと妙なんです。お力を貸していただけると助かるんですが……」

分署長は驚いて彼女を見つめる。「話してくれ」

その目が不安で翳るのを、サンドラは見逃さなかった。彼女はファイルを開くと、ジェレミア・スミスの四人の被害者のプロフィールを見せた。「犯人は平均して十八カ月ごとに犯行に及んでいます。彼を発見したときには、前回の犯行から十八カ月が過ぎていたこと、そして被害者たちが別の場所に連れていかれたことを考えると、彼が次の犯行を計画していなかったとは言いきれません」サンドラは真顔になった。「ご存じのように、連続殺人事件では、犯行の間隔が重要となります。それぞれの期間を潜伏、計画、実行の三段階に区切るとすると、発作を起こした時点で、ジェレミアは第三段階の最中だったにちがいありません」

分署長は何も言わなかった。

サンドラは、なおもたたみかけた。「つまり、いま、この瞬間にも、どこかでわたしたちの救出を待っている女性がいるのではないかと」

その最後の言葉を耳にすると、カムッソは明らかに顔を曇らせた。

「そうかもしれない」彼は言葉を絞り出すように答えた。

サンドラは、相手も同じように考えていると気づいた。「ほかにも行方不明の女性がいるんですか？」

カムッソは顔をこわばらせた。「わたしも素人ではない、ヴェガ捜査官。些細な情報のせいで捜査の結果が大きく変わってしまう危険があることは承知している」

「何を恐れているんですか？　マスコミからの圧力ですか？　世論ですか？　上司ですか？」

分署長は黙りこんだ。そして、この女性捜査官が簡単に引き下がらないことに気づき、ついに認めた。

「建築学科の女子学生が、一カ月ほど前から行方不明になっている。当初は、自発的な失踪だと考えられる条件がそろっていた」

「何てこと」信じがたいことに、悪い予感が的中した。

「きみの言うとおりだ――時期が一致する。もっとも、確たる証拠はない。あくまで疑惑だ。だが、われわれがどれだけ混乱しているかわかるだろう。何しろ、ジェレミア・スミスが現われるまでは、それほど一大事だとは考えていなかったんだ」

　サンドラには同僚たちを非難するつもりはなかった。警察官とて、重圧を受けて過ちを犯すこともある。ただし、彼らに過ちは許されない。当然だ。警察官というのは、つねに求められているからだ——確実な答え、裁きを下すための揺るぎない根拠を。

「目下、彼女を捜索中だ」カムッソはすぐにつけ加えた。

　捜索しているのはあなたたちだけではないわ。この一連の出来事における教誨師の役割を、サンドラはようやく理解したような気がした。

　天使の石像が分署長に影を投げかけている。

「その女子学生の名前は？」

「ラーラだ」

十一時二十六分

　ローマ南部のアルバーノ丘陵に、面積がわずか一・五キロ平方メートルほどのネーミ湖がある。

　もともとは噴火口にできた、ため池のようなもので、何世紀にもわたって、ローマ皇帝カリギュラの命で建設された巨大な二艘の豪華船——まさしく水上に浮かぶ宮殿——の残骸が底に沈んでいるという言い伝えが語られてきた。長いあいだ、地元の漁師の網にはさまざまな証拠品が引っかかっていた。二十世紀になって、ようやく部分的に水を抜く試みが何度か行なわれたのち、二艘の船は引きあげられて博物館に展示されたものの、第二次世界大戦中に放火された。犯人はドイツ兵だとされたが、確かな証拠はなかった。

これらの話は観光客向けのパンフレットに記載されていた。日ごろ、書類のやりとりに用いる郵便箱にクレメンテが入れておいたものだ。そのパンフレットに、外科医アルベルト・カネストラーリに関する短いエピソードも紹介されていた。とりたてて重要なことではなかったが、どうしても気になる点があり、マルクスはローマ郊外まで足を延ばさずにはいられなかった。路線バスに乗って湖畔を走りながら、彼はこの場所と炎の奇異な因縁について考えを巡らせた。

歴史遺物の災難を彷彿《ほうふつ》とさせるように、カネストラーリがネーミに開いていたクリニックは放火によって閉鎖に追いこまれた。

バスは黒い煙を吐き出しながら、湖を見わたす狭い坂道を上っていく。やがて、車窓から火事で黒ずんだ建物が見えた。眺望は昔とちっとも変わらないにちがいない。

空き地のそばでバスを降りると、マルクスは建物へ向かって歩き出した。門のわきにはクリニックの看板が取りつけられたままだったが、蔦におおわれて読めなかった。林のあいだの小道を抜ける。草木は伸び放題で、びっしりと生い茂っていた。クリニックは地上二階と地下があった。かつては別荘だった建物を、あちこち改築したようだ。

ここはアルベルト・カネストラーリの小さな王国だったにちがいない、煤のせいで見る影もなくなった建物をながめながらマルクスは考えた。みずからを善人だと思いこんでいた男は、ここで満ち足りた人生を送っていた。

マルクスは壊れた鉄の扉を通って建物に足を踏み入れた。中も外と同じく荒れ果てている。火事で焼けた玄関の周囲の柱は、いまでも円天井の重みを支えているのが不思議なくらいぼろぼろだった。床はあちこちめくれあがって、隙間から土が入りこんでいる。天井には穴が開いていて、そこから二階が見えた。目の前には、二股に分かれた腐りかけの階段があった。

マルクスは二階から見てまわることにした。どの部屋もホテルのシングルルームのようで、必要なものはすべてそろっていた。残っている家具から、かなり豪華な部屋だったことがうかがえた。カネストラーリのクリニックは、よほど儲かっていたにちがいない。続いて手術室が三つ並んでいたが、そのあたりの燃え方が最も激しかった。まるで酸素を送りこまれる溶鉱炉のように、あらゆるものが炎に熔かされている。残っているのは、耐火性のある手術器具や、そのほか金属製のものばかりだ。一階も二階と同じ状態だった。炎は部屋という部屋に燃え広がり、その跡がうっすらと壁に残されていた。

出火当時、クリニックには誰もいなかった。カネストラーリの死後、患者は寄りつかなくなった。結局のところ、彼らがここまで足を運んでいたのは、ひと握りの希望と、外科医の名声に対する絶対的な信頼のおかげだったのだ。

マルクスは、心の中で頭をもたげていた疑念に対して確信を強めた。外科医の自殺後に何者かがこのクリニックに火を放ったのだとしたら、その人物を危険にさらす何かがここに隠されていると考えたからにちがいない。それは、おそらく救急診療所にマイクロカメラが仕掛けられ、今朝、自分がふたりの男に執拗に追いかけられたのと同じ理由だろう。あのふたりはただのチンピラではない。きちんとした黒いスーツに身を包み、いかにもそうしたことに手慣れた様子だった。誰かに雇われたのは間違いない。

だが、燃え残ったものもあるとマルクスは知っていた。そうにちがいないと直感が告げている。でなければ、これまで調べたことがすべて無駄になってしまう。

相手が真実を突きとめたのなら、自分にも不可能ではないはずだ。

地下の部屋は、ドアの上の札によると、クリニックのゴミを保管する場所のようだった。ここから近くの処理施設に運ばれて焼却されていたのだろう。中に入ると、並んだ容器の一部は熱で熔けていた。床には青いマヨルカ焼きのタイルが貼られているが、多くが熱のせいで剝がれており、そうでないものも黒ずんでいた。

一枚を除いて。

マルクスは四つん這いになって、よく見た。誰かが取り外して、きれいにしてから、もともとあった部屋の隅に戻したように見える。そのタイルは貼りつけられていないので、手で簡単に持ちあげられることに気づいた。

すると、それほど深くないくぼみが現われ、壁の下に続いていた。彼はそこに手を差しこんで、少し探ってから、金属製の小箱を取り出した。長辺の長さは三十センチほどだ。

南京錠も鍵もかかっていない。ふたを開けたが、目の前にあるものが何なのか、マルクスはすぐに理解できなかった。箱の中に入っている細長く白っぽいものが骨だと気づいたのは、しばらくたってからのことだった。

マルクスはその骨を両手で取りあげ、じっくりながめた。形や長さから、どうやら人間の上腕のようだ。見覚えがあるように思えてならなかったが、自分のどんな過去とつながりがあるのかはわからなかった。だが、いまはそのことはどうでもよかった。というのも、その骨について、もうひとつの事実に気づいたからだ。

石灰化の状態から判断して、骨の持ち主は成人に達していない。

つまり、アルベルト・カネストラーリがやましいと感じていた人生は、子どもに関わりがあるということなのだろうか。恐ろしさのあまり、マルクスは息が止まり、手が震えた。とても耐えられそうになかった。神がどのような試練を与えているにせよ、自分はそれに値しないように思えた。思わず十字を切ろうとして、ふと、あることに気づいた。

その骨には、先の尖ったもので小さな文字が刻まれていた。名前だ――アストル・ゴヤシュ。

「残念だが、それは渡してもらおう」

はっと振り向くと、男の手に拳銃が握られていた。その男には見覚えがあった。数時間前に、カネストラーリの救急診療所で襲いかかってきた、例のスーツとネクタイの大男だ。

まさか、またしても顔を合わせるとは思ってもいなかった。この状況――中心街から何キロも離れた、誰もいない林の真ん中――では、どう考えても不利だ。マルクスは死を覚悟した。

だが、もう二度と死にたくはなかった。

ふいに、以前どこかでこれと同じ場面に出くわしたような気がした。拳銃を突きつけられる恐怖を味わったことがある。プラハのホテルの部屋で、デヴォクが殺されたときに。その瞬間、あのときの感情とともに、マルクスは当時の出来事を断片的に思い出した。

自分と師は単に傍観していたわけではなかった。格闘となって、自分は第三の男に立ち向かった――左利きの殺し屋に。

マルクスは腕の骨を差し出すと同時に、ぱっと身を起こして男に飛びかかった。まったくの不意を突かれた男は反撃することができず、とっさに後ずさりして、ゴミの容器にぶつかった。そして床に倒れた拍子に、拳銃を手放した。

マルクスはすかさずそれを拾いあげると、男に向かって構えた。自分の中に、これまで感じたことのない新たな感情が脈打っていた。抑えることはできなかった。それは憎しみだった。マルクスは男の頭に狙いを定めた。自分でも何をしているのかわからなかった。ただ、引き金を引きたい衝動にかられた。彼を押しとどめたのは、相手の言葉だった。

「銃を下ろせ！」男が叫ぶ。

今朝見かけた仲間が階上《うえ》にいることはわかっていた。

マルクスは階段を見やった――時間はない。骨は男のそばの床に落ちていた。拾うのは危険だ。そのあいだに無防備となりかねない。いずれにしても、すでに発砲する力は残っていなかった。マルクスは逃げた。

階段を一気に駆けあがり、建物の裏側へ向かう。外に出てから、握りしめている拳銃をちらりと見やった。彼はそれを投げ捨てた。

唯一の逃げ道は丘陵の尾根だった。木々が姿を隠してくれることを祈りつつ、マルクスは斜面を這いあがりはじめた。聞こえるのは、みずからの荒い息づかいだけだ。ほどなく、彼は誰も追いかけてこないことに気づいた。だが、その理由を考える間もなく、頭からわずか数センチの枝に銃弾が当たった。

完全に標的となっていた。

マルクスは灌木の陰に身を潜めながら、ふたたび進み出した。足が地面に沈みこんで、いまにも転げ落ちそうだった。

山道まであと数メートル。手をついて、必死によじ登る。またしても銃撃。すぐそこだ。木の根につかまって体を引きあげると、やっとのことでアスファルトの細い道に出た。見つからないように、腹這いのまま進む。ふと見ると、右のわき腹から血が出ているのに気づいた。だが、弾は逸れたにちがいない。それほど痛みは感じなかった。ぐずぐずしていたら追いつかれてしまうだろう。

そのとき、マルクスはふいに目がくらんだ。車のフロントガラスに反射した太陽の光だった。近づいてくる車の運転席に、よく知っている顔が見えた。

古いフィアット・パンダを運転しているのはクレメンテだった。マルクスの前に車が停まる。「乗るんだ、早く」

マルクスは助手席に乗りこんだ。「どうしてここへ？」

「救急診療所で襲われかけたと聞いてから、いつ何が起きてもいいように備えることにしたんだ」クレメンテはアクセルを踏みこんだ。「クリニックのそばに不審な車が停まっているのを見て、警察に通報しようと思ったところだ」そう言ってから、クレメンテはマルクスのわき腹の傷に気づいた。

「大丈夫だ」マルクスは先に言って、彼を安心させた。

「本当に？」

「ああ」嘘だった。大丈夫ではなかった。だが、体をかすめた銃弾のせいではない。またしても死に直面して生き延びた。しかし、あいにく今度は記憶喪失にはならなかった。そのせいで恐ろしい事実に気づいてしまった――自分も人を殺すことができるということに。

マルクスはとっさに話題を変えた。「クリニックで腕の骨を見つけた。おそらく子どものものだ」

クレメンテは何も言わなかったが、驚いている様子だった。

「急いで逃げたから持ち出せなかった」

「気にするな。何よりも自分の命を守ることが大事だ」

「骨には名前が刻まれていた」マルクスは言った。「アストル・ゴヤシュ。遺体を捜し出す必要がある」

クレメンテは彼を見つめた。「捜し出すのは遺体ではなくて、行方だ。彼はまだ生きている。もちろん、もう子どもではない」

十三時三十九分

サンドラ・ヴェガが学んだ最初の教訓は、家はけっして嘘をつかないということだ。

それに従って、彼女はコロナーリ通りにあるラーラのアパートメントを自分の目で見てみることにした。こめかみに傷跡のある教誨師にも、もう一度会う必要がある。女子学生のラーラが本当にジェレミア・スミスの五人目の被害者なのかどうかを知りたかったからだ。

ラーラはまだ生きている可能性がある、とサンドラは考えた。だが、いま、この瞬間にも起きているかもしれないことを想像する勇気はなかった。だから、まったく別のことに意識を集中させた。現場写真の撮影だ。

あいにく一眼レフは持ってこなかったので、またしても携帯電話のカメラで我慢しなければならない。だが、何もないよりはましだ。考え方の問題だろう。

わたしはレンズを通してあらゆる物を見る。

ペニャフォールの聖ライムンドの礼拝堂で撮影した写真を消去して、カメラのメモリを確保しようと考えた。この場所は事件に関係ない。保存しておいても役には立たないだろう。だが、サンドラは考え直した――死の恐怖が迫った日の記念になるかもしれない。二度と罠にはまらないための貴重な体験だ。

コロナーリ通りのアパートメントに足を踏み入れるなり、こもったにおいと湿気がまとわりついた。じゅうぶんな換気が必要だ。入るのに鍵はいらなかった。女子学生の家族が失踪届を出した時点で、ドアは警察によってこじ開けられていた。ラーラが忽然《こつぜん》と姿を消す前に、最後にいたとされる場所では、とくに変わったことは発見されなかった。少なくとも、失踪した晩に彼女を送った友人たちの証言と、二十三時までに自宅から二件の電話をかけたことを示す通話記録によって、ラーラが直前までここにいたことが明らかになっている。

　サンドラはその点をしっかり頭に刻みこんだ。誘拐されたとしたら、それ以降、つまり深夜だ。つねに昼間に行動を起こしていたジェレミア・スミスの手口とは相容れない。ラーラに対しては犯行手順を変えたのだろう、と彼女は考えた。それには理由があるはずだ。

　サンドラは床にバッグを置いて携帯電話を取り出すと、カメラを起動させて撮影の準備をした。教科書に書かれていたとおり、まずは、ヘッドホンマイクをつけているつもりで事件の概要を述べる。続いて日付と場所について。記録として残すために、目にしたものを正確に描写する。

「アパートメントはメゾネットタイプ。一階はキッチンのついた居間。家具は質素だけど、しっかりしている。いかにも地方出身の大学生らしい部屋。ただし、整理整頓は行き届いている」必要以上に、という印象を受けた。

　サンドラは部屋全体の写真を撮りはじめた。そして、玄関のドアにカメラを向けようとしたときに、あることに気づいて愕然とした。

「鍵は二カ所。ひとつはドアチェーンで、かけ外しは内側からのみ可能、これも引き抜かれている」

　現場検証を行なった捜査官は、なぜ気づかなかったのかしら？　ラーラは家の中にいたまま姿を消した。そんなことがありうるだろうか。

　サンドラは、この謎を解き明かしたくてたまらなかったが、いまはほかに集中すべきことがある。ドアチェーンをカメラに収めると、彼女は上階へと向かった。

　サンドラ・ヴェガが学んだふたつ目の教訓は、家も人間と同じく死ぬということだ。

でもラーラは死んでいない、と彼女は自分に言い聞かせた。

サンドラはすぐに気づいた。女子学生が眠っているあいだに連れ去られたとしたら、ジェレミアはわざわざベッドを直したうえに、リュックサックと服を数着、それに携帯電話まで持ち出したことになる。自分から姿を消したと考えるほうが、一見、筋が通っているように思えた。ただし、ドアチェーンがかけられていなければ。犯人は時間をかけて、侵入した証拠を消し去ったにちがいない。だが、内側からドアがロックされている状態で、どうやって出入りしたのだろうか。サンドラには、そこがわからなかった。

彼女は手早く撮影を続けた。枕のあいだにあるクマのぬいぐるみ、両親の写真を飾ったナイトテーブル、勉強机と、その上に置かれた未完成の橋の設計図、本棚に並んだ建築書。

この部屋はあまりにも整頓されすぎている。だが、建築家を志す者なら当たり前かもしれない。あなたが何かを隠しているのはわかっているわ、サンドラは心の中でラーラに語りかけた。犯人があなたを選んだとしたら、それは彼があなたを知っていたから。わたしを彼のもとへ導く手がかりはどこにあるの？ わたしの考えが正しいという証拠を示して。あなたを見つけるために警察を動かすだけの証拠を。

ラーラに訴えながらも、サンドラは目についたものを片っ端からはっきりと声に出していった。だが、とくに気づいたことがあるわけではなく、いつもの習慣で、そうせざるをえなかったのだ。そして、何かが目にとまることを期待して、撮ったばかりの写真をもう一度、見直した。

机の下に、使用済みのティッシュでいっぱいのゴミ箱があった。

きちんと片づけられた部屋を見るかぎり、ラーラはかなり細かいことにこだわる性質のように思えた。融通がきかない――サンドラの頭にその言葉が浮かんだ。サンドラの妹も、まさにそういうタイプだった。日常生活において、どうしても譲れないことがある。たとえば、車のシガーライターは、つねに煙草の絵が横向きになっていなければ気がすまないとか、家具の上の置物はかならず小さい順に並べるとか。何かにとりつかれたようなその固執ぶりは、あたかも人類の将来がそれにかかっているかのようだ。きっとラーラもそうにちがいない。部屋が極端に整頓されているのも偶然ではないだろう。それだけに、ゴミ箱が空になっていないのは奇妙に思えた。サンドラは携帯電話を置くと、身をかがめて、ゴミ箱の中身を確かめた。使ったティッシュや古いメモに混じって、くしゃくしゃに丸めた紙が入っていた。広げてみると、薬局のレシートだった。

〝十五ユーロ九十セント〟とあるが、商品名は記されていない。日付はラーラが失踪した数週間前だった。

サンドラは写真撮影の手を止めると、引出しを残らず開けて、彼女が購入したと思われる薬を捜した。だが、見つからなかった。そこで、レシートを握りしめたまま階段を下りてバスルームへ向かった。

中には箒や洗剤の入った小さな棚があった。鏡の裏も、ちょっとしたキャビネットになっている。そこを開けると、薬と化粧品が分けて収納されていた。それらを全部取り出して、容器に貼られた値札を確かめ、終わったものから戻していく。

十五ユーロ九十セントのものは見当たらない。

だが、サンドラはこの手がかりが重要だと確信していた。必要に迫られてというよりは、苛立ちから手を速める。すべてを確認し終えると、彼女は陶器の洗面台の縁に両手をついて、焦る気持ちをなだめようとした。ところが、大きく息を吸ったとたん、気分が悪くなり、すぐ息を吐き出した。バスルームの中は、ほかの部屋よりも湿っぽいにおいが強烈だったのだ。トイレはきれいに見えたが、念のため、ボタンを押してたまった水を流してから、ふたたび上階へ戻ろうとした。そのとき、ドアの裏側に貼られたカレンダーに気づいた。

女性がトイレにカレンダーを必要とする理由は、女性にしかわからない。

サンドラはカレンダーをドアに留めている釘から外すと、過去に遡ってページをめくってみた。どの月も、数日間続けて赤い丸で囲まれている。毎月、おおよそ一定の間隔だった。

ところが、最後の月には印がついていなかった。

「やっぱり」サンドラは思わず声をあげた。

最初からわかっていた。あらためて確認するまでもなかった。ラーラは薬局のレシートをゴミ箱に捨てたが、ゴミ箱を空にするだけの気力はなかった。その理由は、レシートやティッシュと一緒に捨てられていたはずのものが示していた。女子学生にとって特別な意味を持つもの、そう簡単には逃げられない現実。

妊娠検査薬。

でも、ジェレミアがラーラもろとも持ち去った、とサンドラは考えた。髪のリボン、珊瑚のブレスレット、ピンクのマフラー、ローラースケート靴に続いて、それも彼のフェティシズムの対象だったの？

サンドラは携帯電話を手に居間へ向かった。このことをカムッソ分署長に知らせるつもりだった。ラーラが妊娠していたとわかれば、捜査に新たな進展がもたらされるかもしれない。だが、彼女はふと手を止めた。まだ何かを忘れている……。

内側からチェーンをかけられたドア。

その事実だけが、何者かがラーラをアパートメントから連れ去ったという仮説が成り立つのを妨げていた。女子学生が自分から姿を消したのではないことを確実に証明できれば、彼女はジェレミア・スミスの五人目の被害者だと認定されるだろう。

何か見落としていることがあるはずだわ。

サンドラが学んだ三つ目の教訓は、家にはにおいがあるということだ。

この家のにおいは？　湿っぽい、とっさにそう思って、玄関のドアを開けて最初に鼻をついた臭気を思い出した。だが、よく考えてみると、とくにバスルームでそのにおいを強く感じた。排水の問題かもしれない。漏水はしていないのに、強烈だった。サンドラは小さなバスルームに戻ると、明かりをつけて中を見まわした。シャワーと洗面台の排水口を確かめ、もう一度トイレを流してみる。とくに問題はないようだ。

においが下のほうから来ることに気づいて、彼女は身をかがめた。足もとにはめこまれたタイルをよく見ると、一枚の端が欠けている。まるで何かを梃子《てこ》代わりに差しこんで、そのタイルを動かそうとしたかのように。サンドラは周囲を見まわして、棚にあったはさみを手に取ると、その先を割れ目に差し入れた。すると驚いたことに、床の一部が持ちあがった。彼女はそれをずらして中をのぞきこんだ。

そこには石の揚げ戸があり、開いたままになっていた。

悪臭の元はそこだった。石段が地下のトンネルへと続いている。だが、ジェレミアがここを通ったとは言いきれない。それを示すには、さらなる証拠が必要だ。それを入手する方法は、ただひとつ。

サンドラは勇気を出して石段を下りた。

下りきったところで、ポケットから携帯電話を取り出すと、ディスプレイの明かりを懐中電灯代わりにして周囲の状況をうかがう。左右を照らしてみたが、どうやら右側から空気が流れてくるようだ。それとともに鈍い音が響いてくる。

サンドラは足の置き場に気をつけながら歩き出した。足もとはすべりやすかった。こんなところで転んだら大変なことになる。誰もここまで捜しにきてはくれない、と自分に言い聞かせて細心の注意を払う。

二十メートルほど進むと、出口らしきところから、わずかな光が射しこんでいるのが見えた。目の前はテヴェレ川だった。連日の雨で水嵩《みずかさ》が増し、泥だらけの水にさまざまな物の破片が勢いよく流されている。だが、がっしりした鉄格子に阻まれて、そこから外に出ることはできなかった。ジェレミアにしては、やや手がこんでいる。つまり、進むべき方向は逆だということだ。ふたたび携帯電話の明かりを頼りに来た道を引き返し、バスルームへ続く石段を過ぎて反対側へ進むと、ほどなくサンドラはトンネルの迷路に迷いこんだことに気づいた。

彼女は携帯の電波が届いていることを確認して、ローマ県警に連絡を入れた。しばらくすると、カムッソ分署長の電話につながった。

「例の女子学生のアパートメントに来ています。やはり恐れていたとおりでした。彼女を誘拐したのはジェレミアです」

「証拠は？」

「彼女を人目につかずに連れ出せる秘密の通路を発見しました。バスルームの床に揚げ戸が隠されていたんです」

「どうやら今度はじゅうぶんに計画を練ったようだな」犯人を褒めるような口調だった。だが、サンドラの気乗りしない様子に、分署長はまだ何かあることに気づいた。「ほかには？」

「ラーラは妊娠しています」

カムッソは黙りこんだ。サンドラには彼の考えていることがわかった。ますます警察の責任が重くなった――いまや救出すべき人間がふたりとなったのだ。

「お願いがあります。ただちに救援を送っていただけますか？」

「わたしが行こう」分署長は答えた。「待っていてくれ」

サンドラは電話を閉じると、引き返そうとした。だが、来たときのように足場の悪い地面に携帯の明かりを向けて、はっとした。先ほどは考えながら歩いていたせいで、ぬかるみに残された別の足跡に気づかなかった。

自分以外の誰かがここにいる。

何者かはわからないが、この先の迷路に身を潜めているのかもしれない。サンドラは背筋が凍るのを感じた。トンネルの冷たい空気に、いまにも吐いた息が凝結して水滴になりそうだった。拳銃に手をかけたが、すぐに気づく――この状況では、自分のほうがいとも簡単に標的となるだろう。相手が武器を持っていたとしたら。

きっと持っている。サンドラにはわかっていた。何しろ、一度狙撃される目にも遭っている。そうだ、あの男にちがいない。

向きを変えて石段まで走るか、それとも暗闇のなか、相手は撃ってこないと想定して狙いを定めずに発砲するか。どちらを選ぶことも可能だが、危険なことには変わりなかった。そうしているあいだにも、こちらを見つめるふたつの目の視線を痛いほど感じる。そこには、いっさいの感情が含まれていなかった。ダヴィドを殺した犯人が『チーク・トゥ・チーク』を歌う声をＩＣレコーダーの録音で聞いたときと、まさしく同じ感覚だった。

だが、それも長くは続かなかった。

「ヴェガ捜査官、そこにいますか？」背後で声が響きわたる。

「ええ、ここよ」サンドラは大声で叫んだ。恐怖のあまり声が裏返って、自分でも情けなくなる。

「警察です。この近辺をパトロールしていて、カムッソ分署長にここへ急行するよう命じられました」

「悪いけど、ここまで来てくれるかしら」無意識のうちに、訴えるような口調になっていた。

「いまバスルームにいます。すぐに下りていきます」

　そのとき、サンドラはたしかに耳にした――何者かがトンネルの逆方向へ遠ざかっていく足音を。凍りつくような見えない視線は消えた。

十四時三分

　ふたりは内赦院が自由に利用できる〝避難所〟へ向かった。教皇庁がローマ市内に所有する数多くの不動産のひとつだ。アパートメントには救急箱と、インターネットに接続されたパソコンが備えられていた。

　クレメンテは服の着替えと、体力を回復するためにサンドイッチを買った。そのあいだに、マルクスはバスルームの鏡の前で上半身裸になって、縫合用の針と糸で傷口を縫った――これも自覚のない能力のひとつだ。いつものように鏡に映った自分の顔からは目をそむけ、ひたすら手もとに集中する。

　すでにこめかみに傷跡があるが、このわき腹の傷がふたつ目というわけでもなかった。

ほかにもあちこちに跡が残っている。記憶喪失で頭の中が空白となったいまは、体に刻まれた記憶をたどるほかはなかった。過去の小さな傷の跡——たとえばくるぶしのピンク色の切り込み、あるいはひじの内側の刻み目。幼いころ、自転車で転んだときのものだろうか。それとも、もう少し大きくなってから、日常生活でちょっとしたアクシデントがあったのか。いずれにせよ、思い出すきっかけにはならなかった。過去を持たないというのは悲しいことだ。だが、あの骨の持ち主の子どもには、未来がなかったかもしれない。どちらにしても、ふたりとも死んだも同然だった。違うのは、マルクスにとって、死は予想外の形をとったということだけだ。

カネストラーリのクリニックから避難所へ向かうあいだ、クレメンテからアストル・ゴヤシュに関して説明を受けた。

ブルガリア人のブローカー、七十歳、二十年前からローマ在住。建設業から売春までを手広く手がける。けっして好ましい人物ではなく、犯罪組織のボスとして、マネーロンダリングを行なっている。

「そんな人間が、アルベルト・カネストラーリにどう関わっていたんだ？」マルクスはまたしても尋ねた。クレメンテの話を聞いたあとも、どうしても腑に落ちなかったのだ。

ガーゼと消毒薬を差し出しながら、クレメンテは諭すように言った。「まずは、あの骨をあそこに置いた人物を突きとめるのが先決だ。そう思わないか？」

「謎の教誨師だ」マルクスはきっぱりと言った。「カネストラーリの告解を知って、その件について調べているうちに、あのゴミの保管室で子どもの遺体を見つけた。おそらく外科医は罪の意識にさいなまれて、始末するのをためらっていたんだろう。だが、さいわいにも教誨師が証拠を残すために腕の骨を隠して、アストル・ゴヤシュの名を刻みこんだ。そうでなければ、アスクリニックの火事で焼失していただろう」

「事の経緯を整理してみよう」クレメンテが提案する。

「よし……カネストラーリが子どもを殺した。殺人には大物犯罪者も関わっていた――アストル・ゴヤシュだ。だが、理由はまだわからない」

「ゴヤシュはカネストラーリを信用していなかった。精神的に衰弱した状態で、へまをやらかす恐れがあった。だからゴヤシュは彼を見張らせていた。救急診療所に仕掛けられたマイクロカメラが、その証拠だ」

「ゴヤシュにとって、外科医の自殺は、自分の身に危険が迫ることを示す警鐘だったにちがいない」

「だから、その直後に彼の部下がクリニックに火を放った。万が一、子どもを殺した証拠が残っていた場合に、確実に隠滅するために。そして、カネストラーリが自殺に使った注射器も救急診療所から持ち去った。警察の捜査の手が及ぶのを恐れて」

「そんなところだろう」マルクスはうなずいた。「だが、肝心な点がひとつ残っている。世間に名を知られた慈善家が、なぜ犯罪者と手を組んだのか?」

　クレメンテの顔に曖昧な表情が浮かぶ。「正直なところ、接点はわからない。きみの言うとおり、ふたりはまったく別世界の人間だった」

「だが、彼らを結びつける糸がかならずあるはずだ」

　クレメンテは説き伏せるように言った。「いいか、マルクス。ラーラに残された時間は、もうほとんどない。この件は忘れて、彼女の捜索に専念するべきじゃないのか」

　その言葉にマルクスは何か違和感を覚えた。そして、傷の手当てに集中するふりをしながら、鏡でクレメンテの表情をちらりとうかがった。「おそらく、きみの言うとおりだ。今日、そのことをつくづく実感したよ。幸運にも、きみがクリニックに来てくれたが、もしぼくをあそこから連れ出してくれなかったら、いまごろあのふたりに殺されていただろう」

それを聞くなり、クレメンテは目を伏せた。

「きみはぼくを監視していた。違うか？」

「何を言うんだ？」クレメンテは憤慨しようとする。

それには騙されずに、マルクスは振り向いて彼を見つめた。「何が起きているんだ？　ぼくに何を隠している？」

「何も隠してなどいない」

弁解するような口調だった。マルクスはその理由を当ててみた。「ドン・ミケーレ・フエンテは自殺を望んでいたアルベルト・カネストラーリの告解を報告したが、司教の指示で、告解者の名前を伏せた。きみたちは何を守ろうとしている？　上層部の誰が、沈黙を貫きたがっているんだ？」

クレメンテは答えなかった。

「ぼくにはわかっている」マルクスは言った。「カネストラーリとアストル・ゴヤシュを結びつけているのは金だ。そうだろう？」

「外科医は金に困っている様子はなかった」クレメンテは反論したが、説得力はなかった。

マルクスは、すかさずたたみかける。「カネストラーリが何よりもこだわっていたのは、名声だ」そして、つけ加えた。「彼は自分を善人だと思いこんでいた」

クレメンテはこれ以上、隠しとおすことは無理だと悟った。「カネストラーリがアンゴラに建てた病院は、大赤字で存続が危ぶまれている」

マルクスはうなずいた。「建設費はどこから出たんだ？　ゴヤシュの金だろう？」

「わからない」

「そう考えるのが妥当だ」マルクスは混乱と同時に怒りを覚えた。「ひとりの子どもの命と引き換えに、おおぜいの命を救うということか」

クレメンテはそれ以上何も言わなかったが、マルクスはすでに理解していた。

「われわれは、より小さな罪を選ぼうとする。それはつまり、外科医が無慈悲にも子どもの命を犠牲にした理屈を正当化することになるんだ」

「そんな理屈は関係ない。大事なのは、おおぜいの人間の命だ」

「それなら、あの子どもは？　あの子の命は大事ではなかったのか？」マルクスは語を切って、怒りをこらえた。「いったい、どんな神の名のもとで、こうしたことに判断を下すというんだ？」そして、クレメンテの目を見つめる。「あのたったひとつの命のために、誰かが復讐を果たすだろう。謎の教誨師が予想したように。われわれの取るべき道はふたつにひとつだ——このまま様子を見て何かが起きるのを待つか、あるいは何らかの行動を起こすか。前者の場合は、殺人の共犯も同然だ」

　まさしくそのとおりだとわかっていたものの、クレメンテはためらっていた。しばらくしてから沈黙を破った。「アストル・ゴヤシュに、三年たったいまもカネストラーリの救急診療所を監視する必要性があるとすれば、この件に巻きこまれることを恐れているからだ」そうきっぱり言ってから、クレメンテはつけ加えた。「つまり、彼が殺人に関わった証拠が存在するということになる」

　マルクスはにやりとした。やはりクレメンテは味方だ。自分を見捨てることはあるまい。「まずは、殺された子どもの身元を突きとめる必要がある」マルクスはすかさず言った。「その方法については心当たりがある」

　ふたりはパソコンの置いてある隣の部屋へ行った。そしてインターネットに接続すると、マルクスは国家警察のサイトを検索した。

「どうやって捜すんだ？」背後からクレメンテが尋ねる。

「謎の教誨師は、家族に復讐の機会を与えている。だとしたら、幼い被害者も犯人と同じローマに住んでいたと考えるのが妥当だろう」

　行方不明者のページを開いて、〝未成年者〟をクリックすると、子どもや少年少女の顔が表示された。その数は驚くほど多かった。もっとも、両親の離婚によるトラブルに巻きこまれて、どちらかの親に連れ去られたケースがほとんどだ。したがって解決策は明らかで、その子たちの名前はじきにリストから消去されるだろう。同じくらい多いのが家出だが、彼らも数日で家に戻り、説教されるぐらいで事なきを得るにちがいない。だが、なかには何年も行方が知れない未成年者もいる。そういう場合は、その身に何が起きたのかが判明するまで、このページに名前が掲載されたままとなる。ピントのぼけた写真や、ものすごく古い写真のなかで、子どもたちはほほ笑んでいた。その純真な目は、どこか汚されているようだった。ときには、その写真をもとに、彼らの成長した顔を想像してモンタージュ写真が作成されることもある。だが、そうした子どもたちがまだ生きている望みは、きわめて薄い。このサイトの写真は、しばしば彼らを忘れないための墓碑代わりとなっていた。

　該当しない者を次々と除外しながら、マルクスとクレメンテは三年前にローマで行方不明になった未成年者のリストに目を凝らした。そして、最終的にふたりに絞りこんだ。少年と少女がひとりずつ。マルクスたちは彼らの記録を読んだ。

　フィリッポ・ロッカは、ある日の午後、学校の帰りにとつぜん消えた。一緒にいた同級生たちは何も気づかなかった。十二歳、前歯の欠けた口で陽気に笑う。ジーンズにオレンジ色のセーター、青いポロシャツの上から、通っていたミッション系の学校指定のスモックを着て、スニーカーを履いていた。小さなリュックにはボーイスカウトのバッジと、応援するサッカーチームのワッペンがつけられていた。

アリーチェ・マルティーニは十歳、金髪の長い三つ編みに、ピンクのフレームの眼鏡をかけていた。家族——父、母、弟——と一緒に公園にいるときに姿を消す。バッグスバニーの顔がプリントされた白いスウェットシャツにショートパンツ、それにキャンバスシューズを履いていた。最後に彼女を目撃したのは風船売りだった。トイレのそばで中年の男と話していた姿を見ている。だが、ほんの一瞬のことで、その男の特徴を警察に説明することはできなかった。

このふたりの失踪を報じた新聞のサイトをチェックしながら、マルクスはその他の情報を集めた。どちらの両親も、事件を風化させないように世間に訴えかけ、トークショーに出演し、インタビューも受けた。だが、結局は何の手がかりも得られなかった。

「このふたりのどちらかが、われわれの捜している子どもだと思うか?」クレメンテが尋ねた。

「おそらく。だが、どちらかに絞る必要がある。あいにく、ぼくたちは遅れをとっている。謎の教誨師は、いまに至るまで入念に計画を立てて、連日の復讐劇の幕を開けた。最初は、ジェレミア・スミスの犠牲者の姉が、自宅で倒れている彼を見つけて真実に気づいた。その次の晩には、ラッファエーレ・アルティエーリが、二十年前の母親の殺人事件の主犯だった父親を殺した。昨日はピエトロ・ツィーニがフェデリコ・ノーニを殺害した——彼は連続襲撃事件の犯人で、そのうえ口を塞ぐために妹のジョルジアを殺し、ヴィラ・グローリ公園にも女性の遺体を埋めている。ラッファエーレとツィーニの事件では、復讐者に対して、教誨師のメッセージが絶妙のタイミングで届いていることに気づいたか? われわれには、その仕掛けが動き出したことを知って復讐を阻止しようとするまでに、毎回数時間しか残されていなかった。今回だけが例外だとは思えない。だから、急がなくてはならない。誰かが今夜じゅうにアストル・ゴヤシュを殺そうとしている」

「彼に近づくのは、そんなに簡単なことではない。たえずボディガードが付き添っているのを、きみも見ただろう」

「いずれにしても、きみの力が必要だ、クレメンテ」

「ぼくの？」彼は驚きを隠さなかった。

「ぼくだけでは、行方不明になった子どもたちの家族を両方とも見張ることはできない。ふたりで分担することが必要だ。ボイスメールで連絡を取りあおう。どちらかが何かを発見したら、すぐにメッセージを残す」

「担当は？」

「きみはマルティーニ家の所在を突きとめてくれ。ぼくはフィリッポ・ロッカの両親を見張る」

　エットーレとカミッラ・ロッカは、オスティアの海岸沿いにある平屋の住宅に暮らしていた。蓄えをはたいて購入した立派な家だ。


いたって平凡な家族だった。

　〝平凡な〟という形容詞に、マルクスはこれまで何度となく、もっと広い意味を割り当てようとしてきた。小さな夢と、時とともに高まる期待——人生に生じうる困難に対して鎧の役割を果たすもの——が合わさっただけでなく、正真正銘の幸福を手に入れる計画をも意味する言葉だと。なかには、波風の立たない、来る日も来る日も同じ平穏無事な生活を続けることを夢見る者もいるだろう。それは、いわば運命との暗黙の了解であり、状況は日々変わっていく。

　エットーレ・ロッカはみずから商売を手がけており、しばしば家を空けていた。妻のカミッラは、貧困家庭や苦労している若者を支援するセンターでソーシャルワーカーとして働いている。みずからも支援を必要とする立場であるにもかかわらず、他人に尽くしているのだ。

　夫婦が海岸地域での暮らしを選んだのは、オスティアが静かで物価が安いからだった。ふたりは毎日ローマまで通勤していたが、それくらいは我慢できた。

その家に入りこんだとき、マルクスははじめて侵入者の気分を味わった。ドアや窓には格子が取りつけられていたが、主錠は難なく開いた。中に入ってからふたたび施錠する。そこはキッチンと居間を兼ねた空間で、ほとんどが白と青で占められていた。わずかな家具は、どれも船内を思わせるようなものばかりだ。食卓は船板のような素材で作られ、その上には釣り用のランプが置かれている。壁には時計をはめこんだ古い舵が掛けられ、棚の上には貝殻がきれいに並んでいた。

隙間風が砂を運びこみ、靴の下でじゃりじゃり音を立てる。マルクスは危険を覚悟で、教誨師につながる手がかりがないかどうかを調べた。手始めに冷蔵庫へ向かう。扉にカニの形のマグネットで留められた紙が見えたからだ。それはエットーレ・ロッカから妻に宛てたメッセージだった。

〝十日後に会おう。愛している〟

夫は出張で留守だったが、妻のために嘘をついている可能性もある。ひょっとしたら、ゴヤシュを殺す準備をしているのかもしれない。危険を予想して、妻を守るために関わらせたくないのだろう。そして一週間、郊外のモーテルに閉じこもって、復讐に備える。しかしいまのところ、それは推測の域を出なかった。確証が必要だ。最初の部屋を見てまわり、少しずつ調べるうちに、マルクスは何かが欠けていることに気づいた。ここにある物には悲しみが感じられないのだ。

てっきりフィリッポの失踪によって、両親の生活にひびのようなものが生まれたはずだと単純に考えていた。たとえるなら、自分の体ではなく、何か別の物にある傷のような。ちょっと触れただけで血が流れるような。ところが、あの十二歳の少年は、この部屋からも消えていた。写真もなければ、思い出の品もない。だが、悲しみは、ほかならぬその無の中に存在するのかもしれない。あいにく、マルクスにはその悲しみを感じ取れなかった。それは父親と母親だけに見えるものだからだ。そして、彼は理解した。国家警察のサイトで、フィリッポ少年や、ほかの子どもたちの顔を見ていたときに、家族たちはどうやって前に進むことができたのかがわからなかった。子どもに先立たれるのとは違う。失踪の場合、猜疑《さいぎ》心と戦わなければならない。猜疑心はどこにでも忍び寄り、気づかぬうちに周囲のあらゆるものを侵食する。時間が、日々が費やされる。そして、答えの出ないまま年月だけが過ぎる。それにくらべれば、息子が殺されたと知るほうがはるかにましだと、マルクスは考えていた。

死は、楽しいものも含めて思い出をさらい、悲しみの種を蒔いて記憶を耐えがたいものにする。そうやって死は過去を支配する。だが、猜疑心はさらにたちが悪い。なぜなら未来を奪うからだ。

マルクスはエットーレとカミッラの部屋に入った。ダブルベッドの枕の上に、それぞれのパジャマが置いてある。しわひとつないベッドカバー、ペアのスリッパ。あらゆる物が、あるべき状態にある。あたかも苦悩による狂気や、悲劇の生み出す混乱にきちんと備えているかのように。周囲をすべて手なずけ、一つひとつの物に正常という茶番を教えこんだかのように。何も問題はないと、慰めの言葉を繰り返し言い聞かせることによって。

そして、のどかな田園風景のなかに、マルクスはついにフィリッポを見つけた。

小さなフォトスタンドから、両親とともにほほ笑みかけている。忘れられたわけではなかった。彼の場所も、ちゃんと残されていた——鏡の下の、チェストの上。だが、部屋を出ようとしたときに、ある物が目にとまり、マルクスは自分が間違っていたことに気づいた。

カミッラの側のベッドわきにあるナイトテーブルに、

ベビーモニターが置いてあった。

こんなものが置いてある理由は、ひとつしかない。眠っている赤ん坊の様子を見守るためだ。

驚いたマルクスは、隣の部屋へ向かった。ドアを開けるなり、そこはかつてフィリッポの部屋だったことがわかった。彼のベッドの横に、揺りかごが置かれている。部屋のスペースは均等に分けられていた。サッカー・アニメ『ハングリーハート』のポスターや勉強机がある一方、反対側のスペースにはおむつ交換台やベビーチェア、乳幼児向けのおもちゃの山もある。そして、小さなミツバチの回転オルゴール。

フィリッポは知らないが、彼には幼い弟か妹がいるのだ。

悲しみを癒やす唯一の薬は新たな命だ、とマルクスは思った。そして、ロッカ夫妻が猜疑心の霧を突き破り、ふたたび未来を手にするきっかけをどうやって見つけたのかを理解した。だからこそ、彼は納得できなかった。この一家は、取り戻しつつある平穏とも言うべき暮らしを犠牲にしてまで、本当に復讐を果たすだろうか。長男が死んだことを知ったら、どう反応するのか。もっとも、フィリッポがカネストラーリの真の犠牲者だとすればの話だが。

カミッラ・ロッカの働く支援センターへ行って、仕事帰りの彼女を尾行しようと家を出かけたとき、マルクスはエンジンの音に気づいた。窓のカーテンをめくると、一台の軽自動車が小道に停まったところだった。運転席にソーシャルワーカーの顔が見える。

不意を突かれて、外に出られなくなったマルクスは、慌てて隠れる場所を探した。そして、アイロンがけと物置代わりに使われている部屋を見つけた。彼はドアの陰の隅に身を潜めて、様子をうかがった。錠を開ける音が聞こえる。続いて、カミッラが入ってきてドアを閉める。棚に鍵を置く音。床にこつこつ響くヒール。彼女が靴を脱いで放り出す。片方ずつ。マルクスはドアの隙間からのぞいた。彼女は裸足のまま、紙袋を持って歩いてきた。買い物をして、予定よりも早く帰宅したのだ。だが、息子——あるいは娘——は一緒ではなかった。カミッラはアイロン室に入ると、買ってきたばかりの服をハンガーにかけた。そのあいだは一度も振り向かない。ふたりを隔てているのは、薄い木のドア一枚だけだった。彼女がドアを引けば見つかってしまう。だが、そうはせずにバスルームへ向かって中に入った。

シャワーが勢いよく流れる音が聞こえてくる。マルクスは隠れていた場所から出ると、閉じたドアの前を通って居間に戻った。テーブルの上にプレゼントの包みが置かれていた。

何らかの方法によって、この家では日常生活がふたたび始まっていた。

だが、そう考えて安心するどころか、マルクスはかえって狼狽した。そして不安とパニックに襲われる。

「クレメンテ」彼はつぶやいた。自分たちの捜していた家族は、おそらく友人が見張っているほうだ。

カミッラ・ロッカがシャワーを浴びている隙に、マルクスはキッチンの壁に据えつけられた電話の受話器を取って、ボイスメールの番号を押した。クレメンテからのメッセージが入っていた。興奮した口調だった。

「すぐに来てくれ。アリーチェ・マルティーニの父親が車に荷物を積んでいる。どうやら街を出るようだ。それだけじゃない。彼は不法に拳銃を所持している」

十七時十四分

ラーラの家の地下トンネルで身に危険を感じたことは、駆けつけた警察官には黙っていた。カムッソ分署長にも話さなかった。これはあの女子学生には関係ない、サンドラはそう自分に言い聞かせた。わたしとダヴィドだけの問題だわ。

もはや怖くはなかった。あの追跡者には別の目的があることがわかったからだ。自分を殺すつもりはない。少なくとも、もう二度と。あのトンネルで、電話で救援を呼ぶまでに、いくらでも殺す機会はあった。相手はそのチャンスを無駄にしたのではない。故意に見送ったのだ。

あの男はわたしを監視している。

だが、カムッソは彼女の様子がおかしいことに気づいた。どこか落ち着かないように見えたが、サンドラはあくまで疲労と空腹のせいだと言い張った。そこで、洒落男の分署長は彼女を〈ダ・フランチェスコ〉に誘った。フィーコ広場にある典型的なローマ料理のトラットリアだ。夕方、ふたりは店の外の小さなテーブルで、街の空気やざわめきを味わいながらピザを食べた。周囲は石畳の通りに、ざらついた壁の建物、蔦の絡まったバルコニーと、いかにもローマらしい光景だ。

食事を終えたふたりは、その足でローマ県警へ向かった。カムッソはガイドよろしく、幸運にも自分の職場である美しい建物を案内した。サンドラは、ここに一度来ているとは言い出せなかった——記録保管室の担当者を騙して調べ物をしたときに。

少ししてから、ふたりは分署長のオフィスに入った。やはり天井にフレスコ画が描かれた部屋だったが、インテリアには彼の奇抜な趣味は見られなかった。きわめて簡素で、余計なものはいっさいなく、色のついた染みのように部屋を動きまわるカムッソには似つかわしくない部屋だ。だが、彼がデスクの後ろのひじ掛け椅子に紫色の上着をかけたとき、サンドラはシャツの袖口にトルコ石のカフスボタンがついていることに気づいて、思わず苦笑した。

「ラーラが妊娠しているというのは確かなのか？」

そのことについては、すでにトラットリアで話した。けれどもカムッソは、女性がある種のことに対して第六感が働くという考えを受け入れようとはしなかった。いくらサンドラが、その説を立証するのに恰好の材料を示しても無駄だった。

「なぜ信じていただけないんですか？」

カムッソは両腕を広げた。「友人や大学の同級生に話を聞いたが、恋人の存在どころか、男と出かけたといったことさえ誰も口にしなかった。電話やメールの履歴を調べてみても、交際相手は見つからなかった」

「妊娠するのに、かならずしも交際相手は必要ありません」サンドラはごく当然のように言った。もっとも、分署長が躊躇する気持ちも理解できた。ラーラは一夜限りの関係を楽しむようなタイプには思えない。「ジェレミア・スミスについて、どうしても気になっていることがありました。今回を除いて、彼は決まって昼の明るい時間に被害者に近づいて、飲み物をご馳走していました。彼のような男が、いったいどんな手で女性たちを魅了したんでしょうか？」

「この連続殺人事件の捜査を始めて六年になるが、一向にわからない。どんな手口にせよ、驚くほど効果的な手だったはずだ」カムッソは目を伏せて、かぶりを振った。「毎回、同じことの繰り返しだった――女性が姿を消し、われわれは一カ月しか猶予がないことを知りつつ、あらゆる手段を尽くして捜す。一カ月間、家族や報道陣、世論に向けて台本を読みあげる。いつも決まりきったセリフ、決まりきった嘘。そうして時間切れとなり、遺体を発見する」そう言うと、長いあいだ黙りこんだ。「あの晩、例の昏睡状態の男が犯人だとわかったときには、思わず安堵の息をついた。うれしかったんだ。どういうことか、わかるか？」

「いいえ」

「ほかの人間が死にかけているのが、うれしくてたまらなかったんだ。そのあとで、こう思った――いったい、わたしはどうなってしまったんだ。あの男は、とんでもないことをやってくれた。何しろ、われわれはいまや奴と同類になってしまったのだから。人の死を喜ぶ怪物に成り下がったんだ。わたしは自分に言い聞かせようとした。奴が死ねば、ほかの女性が助かることになる。だから、奴の死は彼女たちの命を救うのだと。だが、それなら、われわれはどうなる？　人の死を喜ぶ自分たちを、いったい誰が救ってくれるのか？」

「つまり、こう言いたいんですか――誘拐された女性がもうひとりいると判明して、むしろほっとしたと？」

「ラーラがまだ生きていれば、もちろんだ」カムッソは苦々しい笑みを浮かべた。「これも、じゅうぶんひどい話だろう？　誰かが誘拐されて、ほっとするなんて」

「たぶん」サンドラはうなずいた。「ジェレミア・スミスが目覚めることで、あなたが救われるとでも言わんばかりですね」

「あの男はおそらく死ぬまで植物状態だろう」

「医者は何と？」

「奇妙なことに、よくわからないんだ。最初は心臓発作だと思われた。ところが精密検査の結果、その可能性は外された。いまは神経の損傷が疑われているが、現時点では断定できない」

「薬物の作用かもしれません。たとえば毒とか」

カムッソは認めざるをえなかった。「目下、血液中の成分を分析しているところだ」

「でも、だとしたら第三者が関わっていることになります。彼を殺そうとした人物が」

「あるいは、犠牲者の姉に彼を殺させようとした……」

それを聞いて、サンドラはとっさにフィガロ事件を思い出した。フェデリコ・ノーニが殺された方法と、ジェレミア・スミスの身に起きたことには共通点がある。あたかも処刑のようだ。どちらも自身の罪を罰せられた。あるいは報いを受けた、と彼女は心の中でつぶやいた。

「待ってくれ。見せたいものがある」

考えに没頭するあまり、サンドラは一瞬、分署長が誰に話しかけているのかわからなかった。

カムッソは鞄からノートパソコンを取り出すと、電源を入れて、彼女の前に置いた。「ラーラが失踪する一週間前に、建築学科で学位授与パーティが開かれた。晴れて建築家となった学生の父親が、一部始終をビデオで撮影している」カムッソはビデオをスタートさせた。「これがラーラの失踪前の最後の姿だ」

サンドラはディプレイに身を乗り出した。画像はぶれていた。話し声や笑い声が聞こえる。カメラが教室全体を映し出した。出席者は三十人ほどで、なかにはダンスの衣装のようなドレスを着た女性もいる。それぞれが数人ずつ輪になって話をしていた。教壇には飲み物が用意され、ほとんどがグラスを手にしている。ケーキもあったが、半分ほどしか残っていなかった。撮影者が出席者たちのあいだを回って、ビデオカメラに向かって何かしゃべるように促す。手を振る者や、おどけてみせる者。ひとりの青年が、大学での苦労を大胆にも皮肉っぽい口調で語り、周囲の友人たちの笑いを誘う。その背後に、ひとりの女性が映っていた。周囲から浮いた様子で、腕を組んで机にもたれ、ぼんやりと宙を見つめている。ちっとも楽しそうではない。

「この女性だ」分署長に言われるまでもなかった。

サンドラはその姿を食い入るように見つめた。かかとをついて体を揺らし、唇を噛んでいる姿は、何かに悩んでいるようだった。

「おかしいと思わないか？　マスコミが事件の被害者の写真を公表するたびに考えずにはいられない。そうした写真は、決まって彼らの身に起きたこととはまったく無関係のときに撮影されたものだ。結婚式、旅行、誕生日。本人たちも、撮られたときには、まさかその写真が新聞やテレビで使われる日が来るとは夢にも思っていなかっただろう」

過去の写真から笑いかける死者たち。場違いなお祭り騒ぎに放りこまれた感覚がどういうものだか、サンドラにはよく理解できた。

「生きていたときには、自分が有名になるなどとは考えもしなかった。ところが、ある日とつぜん命を落とし、私生活の何から何までが世間に知れわたる。これはいったい、どういうことなんだ？」

カムッソが考えにふけっているあいだに、サンドラはラーラの表情の些細な変化に気づいた。写真分析官の直感が働く。

「戻してください」

分署長は彼女を見つめ、何も訊かずに言われたとおりにした。

「スロー再生でお願いします」サンドラは固唾をのんだ。またしても驚くべき事実が明らかになるかもしれない。

ラーラの口に言葉が浮かぶ。

「何かしゃべっている」カムッソは驚いて言った。

「ええ、しゃべっています」サンドラはうなずいた。

「何て言ったんだ？」

「もう一度、見せてください」

分署長が映像を繰り返し巻き戻すあいだに、サンドラはどうにか一音節ずつ読み取った。

「〝卑怯者〟と言っています」

カムッソは困惑顔を向けた。「確かか？」

サンドラは分署長を見る。「たぶん」

「誰のことだ？」

「男にちがいありません。続きを見て、正体を確かめましょう」

分署長はふたたびビデオをスタートさせた。撮影の仕方はかなりずさんで、出席者の誰にもゆっくり焦点が合わせられていない。と、カメラがふいに右方向に向いた。あたかもラーラの視線を追っているかのようだ。そう思ったとたん、サンドラは気づいた。ラーラはぼんやり宙を見つめていたのではない。誰かを見つめている。

「ちょっと止めてもらえますか？」サンドラはディスプレイを指さして分署長に頼んだ。

カムッソは言われたとおりにした。「どうしたんだ？」

画面には、女子学生たちに囲まれて笑っている男が映っていた。青いシャツを着て、ネクタイを緩めている。自信たっぷりの顔つき、栗色の髪、明るい色の目——いかにも魅力的な男性だ。彼は女子学生のひとりの肩に手を回していた。

「これが卑怯者か？」分署長が尋ねる。

「おそらく」

「つまり、この男が赤ん坊の父親だというのか？」

サンドラはカムッソを見つめた。「ビデオでは確かなことは言えません」

分署長はみずからの失言に気づき、機転をきかせて取り繕おうとした。「女の第六感は侮れないと、つねづね思っていたよ」

「そうでしょうか」サンドラは不満顔を装った。「でも、この男と話してみれば、捜査の役に立つかもしれません」

「待ってくれ。名前を教えよう」カムッソはデスクを回って、ファイルで何かを確認しはじめた。「念のために、パーティの出席者を記録しておいたんだ」

サンドラはローマ県警の手際のよさに驚いた。

リストに目を通してから、分署長は得意げに言った。

「クリスティアン・ロリエーリ、美術史の助手だ」

「話は聞いたんですか?」

「彼はラーラとは接点がない。だから、事情聴取を行なう法的な根拠も捜査上の必要性もなかった」カムッソはサンドラの考えを見抜いた。「たとえ彼がラーラのおなかの中の子の父親で、本人もそれを知っていたとしても、警察に話すとは思えない。彼は既婚者だ」

サンドラは考えるように言った。「あるいは、何らかの反応を引き出せるかもしれません」そして、にやりとする。

カムッソは興味を惹かれたようだった。「どうするつもりだ?」

「まずは写真を印刷しましょう」

建築学科の廊下は多くの学生が行き来していた。専攻の同じ学生どうしが、いつのまにか似てくる現象が、サンドラには昔から不思議でたまらなかった。あたかも、所属グループを特定して類似の特徴を際立たせる遺伝コードを持っているかのように。たとえば、法学部の学生は規律を守らず、競争心が強い。医学部の学生は厳格で、ユーモアのセンスに欠ける。哲学科の学生は暗い雰囲気で、サイズの大きな服を着ている。それに対して建築学科は、ぼさぼさ頭の空想家の学生が多い。

守衛にクリスティアン・ロリエーリの研究室を教えてもらうと、サンドラはドアのわきにかけられたプレートを見ながら彼の名前を探した。ローマ県警本部では携帯電話のメモリに保存していた写真を印刷してきた。ジェレミア・スミスの家の写真だけでなく、ダヴィドのライカで撮影された写真のコピーもあった。インターポールのゲストハウスのトイレで、念のために写しておいたものだ。そしてラーラのアパートメントや、ペニャフォールの聖ライムンドの礼拝堂の写真。一度は必要ないと考えて消去しかけたが、ひょっとしたら役に立つかもしれない。

美術史の助手の研究室はドアが開いていた。ロリエーリは机に両脚をのせて座り、熱心に雑誌を読んでいる。ビデオで見たとおり、ハンサムだ。髪の乱れた芸術家風の四十男は、さぞ女子学生にもてるにちがいない。その人となりの本質は、彼の履いているコンバースのオールスターが物語っていた――平和的なメッセージで革命を訴えるタイプの人間だ。

サンドラは笑みを浮かべてドアをノックした。

助手は雑誌から目を上げた。「試験は来週に延期された」

部屋のくつろいだ雰囲気に乗じて、サンドラは許可を待たずに中に入った。「口頭試問のために来たわけじゃないんです」

「面談なら月、水、金だ」

「わたしは学生ではありません」彼女はつけ加えて、警察官バッジを見せた。「国家警察のサンドラ・ヴェガと申します」

ロリエーリは驚いた様子も見せず、差し出された手を握りかえすために身を乗り出すこともしなかった。その代わり、最低限の礼儀として机から脚を下ろした。

「こういう場合には、〝何かお役に立てますか、捜査官？〟と尋ねるべきなんでしょうね」そう言って、如才なく笑みを浮かべる。

サンドラはシャルバーを思い出し、この男に反感を覚えた。自分の魅力のせいで不利な立場に立たされようとは、哀れな助手は夢にも思っていないにちがいない。「じつは、ある事件の捜査で歴史学者の見解が必要となったので、お訪ねした次第です」

クリスティアン・ロリエーリは驚いて机にひじをつ

いた。「本当ですか？　で、どんな事件なんです？　新聞に載っているような？」

「あいにく、それは秘密です」サンドラはウインクしてみせた。

「なるほど、わかりました」ロリエーリはそれ以上は尋ねなかった。「どうぞ、何でも訊いてください」そして、またしてもにっこりほほ笑む。

次はその顔に銃を突きつけてやるから、サンドラは心の中でつぶやいた。「これを見てください。この場所がどこだか、おわかりになりますか？」彼女はペニャフォールの聖ライムンドの礼拝堂の写真を置いた。

「容疑者のポケットから発見したんですが、どこで撮ったものかわからないんです」

ロリエーリは眼鏡をかけると、写真を確認しはじめた。一枚ずつ手に取っては、目の前に掲げてじっくりながめる。「墓碑があるということは、礼拝堂にちがいない。おそらく、どこかの教会の中ですね」

サンドラは、その瞬間の反応を見逃すまいと、じっと彼の様子をうかがっていた。

「さまざまな様式が混在しているから、特定するのは難しいでしょう」十枚ほど見たところで、ラーラのアパートメントの写真が現われた。「まったく関係ないものも――」ふいに言葉が途切れる。二枚目、三枚目と見るうちに笑みが消えた。「どういうつもりですか？」ロリエーリは尋ねたが、サンドラの顔をまともに見ることはできなかった。

「あなたはこの家に行ったことがありますね？」

彼は写真の束を置くと、身を守るように腕を組んだ。

「一度だけだ。あるいは二度」

「では、三度ということにしておきましょう。それ以上は行かなかった。それでいいですね？」サンドラは先手を打った。

ロリエーリは黙ってうなずく。

「ラーラが姿を消した晩も行ったんですか？」

「いや、あの晩は行っていない」彼は力説した。「その数週間前には、彼女から解放されたんだ」

「解放された？」サンドラは驚いて問いかえした。

「いや、その……つまり、わかるだろう？　ぼくは結婚している」

「それはわたしに言っているんですか？　それともご自身に？」

　助手は立ちあがると、ブラインドの下りた窓に歩み寄った。そして、片手で苛立たしげに髪をかきあげた。

「彼女が行方不明になったと聞いたときは、警察へ行こうと思った。だが、よく考えてみたら、ぼくだけではなく、妻も、学長も、大学の関係者も、根掘り葉掘り訊かれるだろう。そうなれば、もはや隠しとおすことはできない。ぼくのキャリアも、家族もおしまいだ。きっとただの気まぐれだ、ラーラはぼくの気を引こうとしただけで、そのうち戻ってくるだろう、そう考えたんだ」

「あなたに逃げられたせいで、発作的に姿を消したとは考えなかったんですか？」

　ロリエーリは彼女に背を向けた。「もちろん考えたとも」彼は認めた。

「もう一カ月近くたつというのに、あなたはずっと黙っていた」サンドラは一語一語に嫌悪感をこめて、はっきり発音した。

　助手は追いつめられていた。「彼女に手を貸すと言ったんだ」

「中絶の？」

　ロリエーリは観念した。「ほかにどうしろというんだ？　あれは一夜限りの関係だった。ラーラもわかっていたはずだ。一緒に出かけたこともなければ、電話もしたことがない。電話番号だって知らなかった」

「彼女が失踪したのに黙っていた。それでは殺人容疑は免れません」

「殺人？　どういうことだ？」ロリエーリは取り乱し

た。「遺体が見つかったのか？」

「その必要はありません。動機があります。場合によっては、それだけで起訴もできますから」

「ちくしょう、ぼくは誰も殺してなんかいない」いまにも泣き出しそうだった。

　奇妙にもサンドラは胸が痛むのを感じた。これまでずっと、優秀な警察官としての掟を貫いてきた――けっして相手を信用しないと。だが、この助手は本当のことを言っているような気がした。やはりラーラを誘拐したのはジェレミア・スミスだ。自宅のアパートメントから連れ去る計画は、あまりにも巧妙すぎる。ロリエーリが彼女を殺すつもりだったら、別の場所に連れ出すだけでじゅうぶんだ。ラーラは言われるままについていっただろう。それに、たとえ彼女の家で口論となって、衝動的に殺してしまったとしても、殺人の痕跡が残っているはずだ。

　死は細部に潜んでいる、サンドラは思い出した。そして、ラーラの死を物語るものは、何もない。

「どうか落ち着いて、座ってください」

　ロリエーリは赤い涙目でサンドラを見た。「大丈夫だ、落ち着いている」彼はふたたび腰かけると、思いきり鼻をすすった。

　サンドラには、この臆病な浮気男に同情するだけのじゅうぶんな理由があった。人のことは言えない。わたしも夫を裏切った、と彼女は心の中でつぶやいた。とたんに、あの明るいグリーンのネクタイが脳裏によみがえる。

　だが、その話をロリエーリに打ち明けるつもりはなかった。

　代わりにサンドラは言った。「ラーラは既成事実を突きつけるようなことはしたくなかった。妊娠したと告げることで、あなたにチャンスを与えようとしていたんだわ。もし無事に戻ってきたら、ちゃんと話を聞いてあげてください」

ロリエーリは言葉に詰まったが、サンドラは机の上の写真を手早くかき集めた。一刻も早く、ここから出ていきたかった。だが、写真をまとめてバッグに入れようとして、うっかり落としてしまった。写真が床に散らばり、助手も一緒にかがんで拾おうとした。

「手伝おう」

「けっこうです、お気遣いなく」サンドラは急いで集めようとして、それらのなかに、例のこめかみに傷跡のある神父の写真も混ざっていたことに気づいた。

「教誨師」

聞き違いかと思って、サンドラはロリエーリを振りかえった。「この男性を知っているんですか？」写真を指さして尋ねる。

「そうではなくて……これのことを言ったんだ」彼は一枚の写真を拾って、サンドラに見せた。「ペニャフォールの聖ライムンド。あなたは本当に礼拝堂のことが知りたかったのか？　それとも、ただの口実だったのか？」

サンドラは写真を見つめた。ドミニコ会修道士を描いた祭壇画を写したものだ。「教えてください、お願いします」

「といっても、くわしくは知らないが――これは十七世紀に描かれた絵で、サンタ・マリア・ソプラ・ミネルヴァ教会に飾られている」

「そうではなくて、その聖人についてです」

ロリエーリは立ちあがると、本棚のところへ行った。ずらりと並んだ本を見まわして、迷わず一冊を取り出す。そしてページをめくって、その絵をサンドラに見せてから説明を読みあげた。「〝内赦院は教皇庁の機関で、一貫して罪に関する問題を扱ってきた。ライムンド神父は、そのなかでも権威のある存在だった。十三世紀に、告解に関する手続きを簡素化するために、良心の問題を分析した原典を作成するように命じられて、『良心問題大全』を執筆した。この本は、その後の絶対的な評価基準となり、あらゆる罪に対して明確な贖罪《しょくざい》が割り当てられた〟」

サンドラは礼拝堂について調べなかったことを悔やんだ。ホテルの部屋のドアの下に〝フレッド〟の署名が入った宗教画を差しこんだ人物は、単に自分を罠にはめようとしていただけではなかった。

その場所に意味があったのだ。

狙撃手に殺されかけた場所をふたたび訪れるのは気が進まなかったが、やはりその場所の意味を突きとめる必要がある。

十八時二十二分

クレメンテの才能は情報を収集することだった。この数日間で、マルクスはそのことを身をもって実感した。具体的な手段について尋ねたことはない。おそらく記録保管所で入手しているのだろうが、それだけではないようだ。彼の上には秘密の組織があって、ニュースを収集したり、盗聴を行なったりしているにちがいない。歴史的に見ても、教会は世俗の機関や、みずからにとって脅威となりうる組織に難なく入りこんでいる。一種の自衛というわけだ。

クレメンテがしばしば口にするように、ヴァチカンはつねに冷静で、用心を怠らない。

だが、今回はクレメンテの能力の限界を超えていた。

ふたりは、窓からマルティーニ家の玄関を監視できるビンゴホールにいた。賭博場は混雑していたが、誰もが自分のゲームに夢中だった。

「アリーチェの父親は、大きなスーツケースをふたつ車に積んだ」そう言って、クレメンテは通りの反対側に停められたフィアット・ムルティプラを指さした。「とても興奮した様子だった。一週間の休暇を取って、銀行からかなりの額の金を引き出している」

「逃亡の準備だろうか？」

「じゅうぶん怪しい行動だと思わないか？」

「拳銃は？　どうして所持しているとわかったんだ？」

「去年、彼は公園で遊んでいた子どもたちをおびき寄せようとしていた男に発砲した。さいわい警察が駆けつけて、殺すには至らなかった。彼は逃げたが、その場に居合わせた人間は誰も彼に不利な証言をしようとしなかった。結局、家宅捜索でも拳銃が見つからずに、立件は見送られた。もちろん所持許可証は持っていない。したがって不法に入手したにちがいない」

　彼の名はブルーノ・マルティーニといった。マルクスは、ブルーノの娘がまさに公園で姿を消したことを思い出した。「みずからの手で死刑を執行する」彼はかぶりを振った。「それが目的だろう。何てことだ」

「事件のあと、妻はもうひとりの子どもを連れて家を出た。彼はアリーチェのことをけっしてあきらめなかった。三年間、警察と衝突を繰り返しながら自力で捜査を続けてきた。昼間はバスの運転手として働き、夜になると娘を捜しにいく。かならず見つかると信じて、小児性愛者が集まる場所や違法の売春宿に乗りこんでいるんだ」

「おそらく納得のいく答えを求めているんだろう」マルクスは、ブルーノの置かれた状況をロッカ夫妻のそれとくらべてみた。フィリッポの両親は、闇を前にしても屈しなかった。ドアを大きく開け放って、闇に人生を支配されることを許さなかった。わが身に降りかかった災難に対して、報復を試みることはしなかった。

「ブルーノ・マルティーニは命を落とすはめになるにちがいない」

クレメンテも同じ意見だった。アストル・ゴヤシュに近づくことは不可能も同然だ。ブルーノが撃つ前に、ボディガードの銃が火を噴くだろう。直後に逃亡する計画は、いわば砂上の楼閣だ。

マルティーニが家から出てくるのを待つあいだに、クレメンテは、その日に仕入れた新たなニュースを伝えた。「警察がラーラの捜索を開始した」

マルクスはすぐには信じなかった。「いつから？」

「彼女の失踪をジェレミア・スミスの事件と結びつけたんだ。しかも、ミラノから来た女性警察官も捜査に協力している」

マルクスは、自分が約束を交わした女性のことだと直感したが、そのことについては黙っていた。だが、いずれにしても朗報だ。

「まだある。ジェレミアは心臓発作ではないことが判明した。医者は毒を盛られたと考えて、目下、薬毒物検査を行なっている。やはり、きみの考えたとおりだ」

「毒物の正体もわかっている」マルクスはつけ加えた。「スキサメトニウムだ。筋肉を麻痺させて、心臓発作に似た状態を引き起こす。しかも血液には何も残らない」彼は満足げににやりとした。「謎の教誨師は、おそらく外科医のカネストラーリの自殺からヒントを得たんだろう」

クレメンテは感心した。愛弟子は試練にぶつかるたびに、みごとに乗り越えている。「この件が一段落したら、どうするか決めているのか？」

マルクスには、あの〈カリタス〉の路傍の司祭のように他人に尽くし、人々と触れあいたい気持ちがあったが、こう答えるにとどめた。「いまは考えないようにしている」そして、さらに続けようとしたが、クレメンテが彼の腕に触れて注意を促した。

「出てきたぞ」

窓越しに見ると、ブルーノ・マルティーニが車へ向かっているところだった。

クレメンテはフィアット・パンダのキーをマルクスに渡して言った。「幸運を祈る」

夕食の時刻のせいか、市内はがらがらで、フィアット・ムルティプラは速度を落とすことなく走っていた。マルクスは気づかれないように、うまく一定の距離を置いて追跡した。

マルティーニは郊外へ向かっている。道程を示す標識から、マルクスはそう判断した。だが、その前にマルティーニはATMに立ち寄った。マルクスは不審に思った。彼が昼間に銀行から金を引き出したと、クレメンテは言っていたはずだ。マルティーニは車に戻ると、ふたたび発進した。ところが十分ほどして、またしても止まった。今度は、サッカーの試合を観戦する常連であふれたバールでコーヒーを飲むためだった。ブルーノ・マルティーニには知った顔がいないようだった。誰にも挨拶せず、彼に気づく者もいない。コーヒーを飲み終えると、彼は代金を支払ってドライブを続けた。そして、そのまま交通規制が行なわれている区域へ向かう。電光掲示板に通行禁止の文字が表示されていたが、マルティーニは罰金をものともせず、ナンバープレートを撮影する監視カメラの下を通り過ぎた。マルクスもあとに続かざるをえなかった。やがて、マルティーニはローマ北部の郊外へ向かう環状道路に入った。高速道路の料金所でチケットを受け取り、数分後、給油のために三たび車を停めた。マルクスは給油機を過ぎたところの待避所で待ち、彼がゆっくりとポンプでガソリンを補給して、クレジットカードで料金を支払う様子をバックミラーで見守った。ほどなくマルティーニは再度出発し、速すぎもせず遅すぎもせず、一定の速度で走りつづけた。

どこへ行くつもりなのか？　この先、何が起きるのか、マルクスはだんだん不安になってきた。何かを見落としているにちがいない。

マルティーニはフィレンツェの方角に車を向けたが、十キロほど走ると、またしてもサービスエリアで停まった。今度は、マルクスは中まであとをつけてみることにした。車を停めてレストランに入る。ブルーノ・マルティーニは煙草をひと箱買って、二杯目のコーヒーを注文していた。マルクスは雑誌を読むふりをしながら、売店の陰から彼がカウンターでコーヒーを飲む姿を見つめた。飲み終えると、マルティーニは奇妙な動きを見せた。一瞬、マルクスはそれをどう解釈していいのかわからなかった。

レジの上に取りつけられている防犯カメラのレンズを見あげ、しばらくそのままじっとしている。

カメラに自分の姿を映しているのだ、とマルクスは考えた。

そしてマルティーニはカップを置くと、二階のトイレへ通じる階段を上っていった。マルクスもあとに続く。ばね式のドアを通って、ほかに誰もいないことを確かめると、彼は手を洗っているマルティーニに近づいた。そして、ひとつ間を置いた洗面台の前に立って蛇口をひねった。マルティーニは鏡越しに彼をじろりと見たが、とくに関心は示さなかった。

「アリバイ作りですか、マルティーニさん？」

その言葉に、マルティーニはぎょっとした。「言いがかりをつけているのか？」

「ＡＴＭ、給油機、サービスエリア。どの場所もテレビカメラで監視されている。試合の観戦のためにバールに集まったサポーターのなかには、あなたに気づいた者もいるかもしれない。罰金を払うというのは、じつに巧妙なアイディアだ。それから高速道路のドライブ──料金所で入退場が記録される。あなたは痕跡を残そうとしている。行く先々で姿をさらして。でも、いったいどこへ向かっているんですか？」

マルティーニが脅すように歩み寄る。その目には、まんまと見破られたことへの怒りがこみあげていた。

「何が目的だ？」

マルクスは、ひるむことなく彼を見つめかえした。

「あなたに協力したいだけです」

相手はいまにも殴りかかってきそうだったが、どうにかこらえていた。怒らせた肩はもちろん、勢いよく動く手も短気な性格を物語っている──その様子は、いまにも襲いかかろうとしているライオンのようだった。「警察官か？」

マルクスは答えずに、そう思わせておいた。「アルベルト・カネストラーリ、アストル・ゴヤシュ。このふたりの名前に心当たりがありますか？」

マルティーニは無反応だった。身じろぎひとつせず、ただ当惑しているようだ。

「知っていますか、それとも知らないんですか？」

「いったい全体、おまえは誰なんだ？」

「あなたは逃げようとしているだけだ。違いますか？　あなたもわたしと同じです──誰かに協力している。それは誰ですか？」

ブルーノ・マルティーニは愕然とした表情で後ずさりをした。「言えない」

「教えてください。でないと、すべてが無駄になります。その人物には裁きを下すことはできない。今夜、死ぬでしょう」マルクスは彼に詰め寄って、繰り返した。「誰なんですか？」

マルティーニは洗面台にもたれて、額に手を当てた。

「昨日、訪ねてきたんだ。行方不明の息子は死んでいる、犯人を見つけられるかもしれないと言われた」

「カミッラ・ロッカですね？」マルクスは相手の言葉を待たなかった。

マルティーニはうなずいた。「三年前に互いの家族に起きたことが、おれたちを引きあわせたんだ。姿が消えてから、アリーチェとフィリッポはきょうだいのようになった。カミッラとは警察署で知りあって、それ以来、悲しみによって結ばれてきた。妻が出ていったときも、カミッラはそばにいてくれた。おれのただひとりの理解者だ。だから、銃を貸してほしいと言われて断われなかった」

マルクスには信じられなかった。運命に抗う方法を知っていた家族。前に進んでいる証拠として新たに生まれた子ども。それらは、みんな幻想だった。マルクスはカミッラの計画を理解した。何食わぬ顔で夫を出張に送り出す。何かがあった場合には、どちらかが家に留まって子どもの世話をしなければならないため、夫には知らせなかったのだ。だから今日、彼女は子どもを連れていなかった。おそらく誰かに預けたのだろう。

「カミッラは、あなたが不法に入手した拳銃の存在を知っていた。あなたはそれを彼女に貸して、自分はアリバイを作ろうとした。予定外の事態となって、拳銃からあなたの身元が割り出されるのを恐れて。あなたはかつて、みずから裁きを下そうと考えて銃を使った前科があるから」マルクスは彼を追いつめた。もはやマルティーニは真実を否定しようともしない。「カミッラはどうするつもりなんですか？」

「何日か前に電話があったそうだ。相手は名乗らずに、今夜、あるホテルの部屋に行けば、息子のフィリッポを殺させた人物を見つけることができると彼女に告げた。殺人を命じた男の名は、アストル・ゴヤシュだと」

「どの部屋だ？　どこのホテルです？」マルクスは問いつめた。

マルティーニは足もとを見つめたまま答えた。「おれはどうするべきかを考えた。それが事実かどうかはわからない。たちの悪い冗談ではないという保証はどこにもない。だが、猜疑心というやつはどんなことでも本当だと思いこませる。あのぞっとするような静寂には耐えられない。何でもいいから、大きな音を立てたくなる。まわりの奴らは誰も感じないのに、自分にとっては拷問なんだ。頭がおかしくなりそうだ」

「銃弾ではそれを止めることはできません……教えてください、カミッラ・ロッカはいまどこにいるんですか？　お願いです」

「ホテル・エクセドラ、三〇三号室だ」

二十時

朝方にくらべて温度は大幅に下がり、街灯がごく薄い靄《もや》をオレンジ色に染めている。まるで火事の現場に駆けつけた気分だった。サンドラは、いまにも火の手が上がるのではないかと思ったほどだ。

　象の背中にオベリスクがそびえている広場には、ミサを終えて出てきた信者たちがたむろしていた。彼らをかき分けるようにして、サンタ・マリア・ソプラ・ミネルヴァ教会に入る。前に訪れたときとは違い、そこかしこに人の姿があった。観光客や、あるいは単なる信者が教会の中を歩きまわっている。それを見て、サンドラは胸を撫で下ろした。そして、すぐさまペニャフォールの聖ライムンドの礼拝堂へ向かう。そこに何があるのか、突きとめたかった。

　質素な祭壇の正面まで来ると、彼女は聖人が描かれた絵と向きあった。右側には、『最後の審判』のフレスコ画が奉納の蠟燭をはじめ、無数の蠟燭に囲まれている。これらの蠟燭は、はたしてどんな祈りのために燃えているのか。あの小さな炎の中で、どのような罪が贖《あがな》われているのだろうか。サンドラはいまになって、周囲にあるものの意味を理解した。これらは裁きを行なう場所の象徴なのだ。

　魂の裁判所――その言葉がサンドラの脳裏に浮かんだ。

　教会に飾られた他のものとくらべ、この礼拝堂の簡素さは、まさしく厳正な場にふさわしいと言えた。そして、この絵の配置は、ほかならぬ審判の過程を示している――ふたりの天使に付き添われたキリストが唯一の裁判官であり、聖ライムンド――教誨師――はあくまで状況を説明する立場にすぎないと。


　サンドラは思わず笑みを浮かべた。最初にここへ来たときは、偶然に導かれたわけではないと確信していた。弾道の計算といった専門的なことについてはくわしくなかったものの、冷静に考えてみると、昨日の朝の狙撃は単なる威嚇だった可能性もある。あのときは銃声が教会内に響きわたって、狙撃手がどこから撃ってくるのかがわからなかった。だが、ラーラのアパートメントの地下トンネルでの出来事を機に、何者かが本気で自分を殺そうとしているとは思えなくなった。トンネルの中は、狙撃手にとって絶好のチャンスだったはずだ。なのに、みすみすその機会を逃したのだ。教会での狙撃手と地下トンネルにいた誰か、そのふたりの人物が別人である可能性はないと、サンドラの直感が告げていた。

　わたしをこの教会におびき寄せたのは、わたしがどこまで知っているのかを確かめるためだった。なぜなら、ダヴィドがこの場所に関する何かを発見したから。

ある人物にとって未知の情報、どんな手段を使ってでも入手したい情報を。最初は、自分の命が狙われているとわたしに信じこませると同時に、夫との友情を装って、わたしを利用した。それから、ある目的のためにわたしを裏切った——わたしを罠にして教誨師を捕らえるために。だから、あのトンネルまで追ってきたのだ。サンドラが振り向くと、はたして信者の集団のなかに彼がいた。

　シャルバーだ。彼はその場を動かず、じっとこちらを見つめていた。もはや隠れる理由はなかった。

　サンドラはスウェットシャツの下に隠しているホルスターに手をやった。一歩でも動いたら容赦しないと理解させるために。彼は両腕を広げると、敵意は感じさせずにゆっくりと近づいてきた。

「何しに来たの？」

「どうやら、やっとわかったようだな」

「何をしに来たの？」サンドラは断固とした口調で繰り返した。

　シャルバーはキリストの審判の絵に目を向けた。

「弁解をしに」

「わたしを撃ったのは、あなただったのね」

「ホテルの部屋のドアの下に宗教画を差しこんで、きみをここにおびき寄せた。ダヴィドの撮った写真が欲しかったからだ。だが、きみがぼくの携帯を鳴らしたときに、ひと芝居打とうと決めた。でないと、すべてを失うと気づいたんだ。それで、とっさにああいう行動に出たというわけさ」

「夫はこの場所に関する何を突きとめたの？」

「何も」

「だから命の恩人のふりをして、わたしの信頼を得て、夫との関係について嘘八百を並べ立てた」そして、わたしをベッドに連れこんで、これは本物の愛情だ、もう一度抱かれたいと思わせた——それは叶わなかったけれど。「すべては、こめかみに傷跡のある神父の写真を手に入れるために」

「たしかに、ぼくはきみを騙していた。だが、それはお互いさまだろう。きみが嘘をついているのはわかっていた。ぼくに見せていない写真があることは。忘れたかもしれないが、ペテン師の相手なら慣れている。きみはあの神父と何らかの取り決めをした。違うか？　ダヴィドを殺した犯人を突きとめるのに役立つと考えて」

　サンドラは猛烈な怒りを覚えた。「それで、わたしを尾行していたのね。もう一度、彼に会うかどうかを確かめるために」

「きみを守るためでもあった」

「やめて」辛辣な口調だった。その顔には怒りだけでなく、憎悪の表情も現われていた。「これ以上、嘘は聞きたくないわ」

「ひとつだけ言っておこう」シャルバーの口調も険しかった。「きみの夫を殺したのは、教誨師のひとりだ」

　サンドラはショックを受けたが、それを顔には出したくなかった。「ずいぶん得意顔だけど、わたしがそんなことを信じると思ってるの？」

「ヴァチカンがなぜ、ある時期を境に教誨師の位階を廃止することにしたのか、疑問に思わなかったのか？　きわめて深刻な事態が発生したせいで、教皇はそうした判断に迫られたんだ。それまでにない事態が。教誨師の活動の、いわば……副作用が」

　サンドラは黙ったままシャルバーが続けるのを待った。

「内赦院の記録保管所では、つねに悪についての研究、解明、分析が行なわれていた。だが、それぞれの教誨師は一部の書類しか閲覧できないように定められていた。もちろん秘密を守るためだが、罪悪について、必要以上に知ることは誰にも耐えられないという理由もある」サンドラが真剣に耳をかたむけているのを意識しながら、彼は続けた。「あらゆる罪を網羅した、いわば世界一の判例集を作成すれば、人類史上において世に表出した悪をすべて理解できるというのは、まったくの幻想にすぎなかった。それらを分類して、無理やり特定のカテゴリーに振り分けたとしても、悪はあらゆる構図、あらゆる予測可能性から逃れるだけだった。そこにはつねに異変――些細な不備が存在した。だが、ときにはそれが正しいことも事実だった。そのため教誨師たちは、単なる研究者兼記録保管者から、裁きの過程に直接関わる捜査官となったわけだ。記録保管所の最大の教訓は――神父たちが重んじているのは――〝生み出された悪は新たな悪を生み出す〟ということだ。ときには抑えられない伝染病のごとく、のべつまくなしに人間を腐敗させる。しかし教誨師たちは、自身も人間であるかぎり、いつか巻きこまれるかもしれないと考えていた」

「時がたつにつれて彼らが道を踏み外したというの？」

シャルバーはうなずいた。「たえず闇の世界と接していれば、影響から逃れることはできまい。たとえ、それぞれの教誨師に記録保管所の全容が知らされなくても、何世紀ものあいだに、彼らの信念が揺らぐ動機はある」そして、ふいに親しげな口調になる。「考えてごらん、サンドラ。きみは警察官だ。カメラを手に犯罪現場を調べまわって目にしたことを、つねに日常生活からうまく切り離すことができるか？　それとも、その悲しみ、苦しみ、悪意を何らかの形で家まで持ち帰ることはないのか？」

ダヴィドの明るいグリーンのネクタイが脳裏によみがえる。シャルバーの言うとおりかもしれないと、サンドラは気づいた。

「そのせいで何人の同僚が屈するのを見てきたか。どれだけの警察官が寝返ったと思うのか？　非の打ちどころのない経歴を持つ捜査官が、ある日とつぜん麻薬密売人に買収される。警察官が自白させるという口実で、容疑者を激しく殴りつけるようになる。職権濫用、腐敗——屈服するのが人間だ。それでも、どうすることもできないとわかっているのが。過ちを正そうとするかぎり、つねに悪が勝つんだ」

「例外もあるわ」

「わかっている。ぼくも警察官だ。しかし、だからといって、それがわが身に起きないことにはならない」

「それで、教誨師の身に起きたということ？」

「デヴォク神父はその考えを認めようとしなかった。そして、ひそかに聖職者たちに任務を与えつづけた。かならず秩序を保つことができるはずだと考えていたんだ。だが、その純粋な信念のせいで命を落とすはめになった」

「つまり、具体的に誰がダヴィドを殺したのかは知らないのね。例のこめかみに傷跡のある神父かもしれない」

「そうだと言いたいところだが、正直、何と答えていいのかわからない」

それが本音かどうか探ろうと、サンドラは彼をじっと見つめた。そして、おかしそうにかぶりを振った。

「何てばかなのかしら。またしても騙されるところだったわ」

「信じないのか？」

サンドラは嫌悪の目を向けた。「いまのところ、あなたがわたしの夫を殺した可能性も否定できないわ」

彼とダヴィドは、あくまで立場が違うことを強調するかのように、〝わたしの夫〟という言葉に力をこめる。ともに過ごした夜は、自分にとって何でもなかったと言わんばかりに。

「どうすれば、そうではないと納得してもらえるんだ？　犯人を見つけるのに協力しろとでも？」

「それでもいいけど、もっと簡単な方法があるわ」

「わかった。話してくれ」

「一緒に来てほしいの。カムッソという分署長がいるんだけど、彼は信用できるわ。彼にすべてを話して、手を貸してもらうのよ」

シャルバーは無表情のまま、しばらく考えてから言った。「いいだろう。いまから行くのか？」

「時間を無駄にすることはないわ。でも、ここから出るときは、わたしの前を歩いてちょうだい」

「それできみが安心できるのなら」そう言って、彼は身廊を歩きはじめた。

教会は扉を閉めようとしているところで、信者たちは中央の出口に集まっていた。サンドラは二メートルほどあいだを開けて、インターポール捜査官のあとに続いた。彼はときおり振りかえっては、サンドラの居場所を確かめる。そして、彼女がついてこられるようにゆっくりと歩いた。ほどなくシャルバーは、正門の前にできた小さな人だかりにのみこまれた。けれどもサンドラは目を離さなかった。シャルバーはまたしても振り向いて、やむをえないというそぶりを見せる。やがて彼女も流れに合流した。雑踏にシャルバーの頭が見える。ふと、前を歩いていた人が転んで、自分を押した相手に向かって怒鳴った。その様子を見ていたサンドラは、やっとのことで群衆をかき分けて進んだ。だが、もはやインターポール捜査官の首筋は見えなかった。ひじで周囲を押しのけながら、強引に突き進む。ようやく正面の柱廊にたどり着いて、あたりを見まわした。

シャルバーの姿はなかった。

二十時三十四分

カミッラ・ロッカに行動を起こさせるには、一本の電話で事足りた。証拠も証言も必要ない。

ついに名前がわかった——アストル・ゴヤシュ。それだけでじゅうぶんだ。

ホテル・エクセドラは、かつて弧状柱廊《エゼドラ》広場だった場所に建てられた。広場が半円形なのは、広大なディオクレティアヌス浴場を模したからで、すぐ近くにあるこの浴場の遺跡は、いまでも見学することができる。この広場は十六世紀から〝共和国広場〟となったが、ローマ人は名前が変わったことに慣れず、いつまでたっても昔の名で呼んでいる。

その高級ホテルは大きなナイアディの泉の正面、広場の左側にあり、高速道路からは三十分で着いた。取り返しがつかなくなる前に、マルクスは何とかカミッラを止めたかった。

だが、いったい何が待ち受けているのかはまだわからなかった。フィリッポ少年が殺された理由も不明だ。今回、仲間の教誨師によって示されたヒントは、それほど明確ではない。〝きみは彼に劣らず優秀だ。きみは彼と似ている〟とクレメンテは言ったが、それは違う。いま、自分の前任者がどこに身を潜めているのかは見当もつかない。だが、この瞬間にも、離れたところからこちらの一挙一動を監視しているにちがいない。そして、やがて姿を現わすだろう。マルクスには確信があった。最後には対面することになるだろうと。一部始終を説明するために。

制服を着てシルクハットをかぶったドアマンの前を通ってホテルに入る。クリスタルのシャンデリアの光が高級な大理石に反射し、調度品はどれも豪華なものばかりだ。マルクスは宿泊客を装ってロビーで足を止め、どうやったらカミッラを捜し出せるのかを考えた。その場所からは、夕食のために着飾った若い人々が次から次へと入ってくるのが見えた。マルクスはとっさに身を隠した。その人波のなかから、赤いリボンのかかった大きな包みを持った配達人がフロントに歩み寄った。

「アストル・ゴヤシュ様宛てです」

コンシェルジュがロビーの奥を指さす。「誕生パーティの会場はテラスです」

カミッラ・ロッカの家で見たプレゼントの意味と、彼女が新しいワンピースを買った理由がようやくわかった――周囲の注意を引かずにホテル・エクセドラに忍びこむためだったのだ。

配達人は、屋上に直通のエレベーターの前に並んでいる招待客の列に加わった。ふたりの男がエレベーターに乗る人間をチェックしている。カネストラーリの救急診療所とクリニックで追跡してきた大男たちだ。

今夜、アストル・ゴヤシュはここに来る。だが、これだけ厳重な警備をかいくぐって近づくのは不可能だ。にもかかわらず、謎の教誨師はカミッラに別の方法を示した。

彼女よりも先に三〇三号室へ行かなければならない。

そのときホテルのドアが開いて、玄関がボディガードの一団で埋め尽くされた。その中央に、それほど背の高くない――百七十センチほどの――男が見えた。白髪交じりの髪、くっきりとしわが刻まれた日焼けした顔、氷のような目。

アストル・ゴヤシュだ。

いまにもカミッラが現われるのではないかと思い、マルクスは周囲を見まわした。だが、彼女の姿は見当たらない。ゴヤシュはボディガードに付き添われて、別のエレベーターに乗りこんだ。扉が閉まると、マルクスは急がなければならないことに気づいた。少し離れたところの監視カメラに自分の姿が映っていたのだろう。不審に思ったホテルの警備員が、その場所にいる理由を確かめるために、用心深く近づいてきた。マルクスはコンシェルジュに向き直ると、ついさっきブルーノ・マルティーニの携帯電話で予約した部屋のチェックインを頼んだ。宿泊カードの記入を求められて、訓練を始める際にクレメンテから与えられた、ヴァチカンの紋章入りの偽の外交旅券を提示する。

「カミッラ・ロッカさんは到着していますか?」

コンシェルジュは、教えてもいいものかどうかためらいながら彼を見つめた。マルクスが視線をそらさずにいると、相手はついに観念して、彼女が一時間前にチェックインしたことだけを認めた。それさえ聞けばじゅうぶんだ。マルクスは礼を述べて、カードキーを受け取った。部屋は二階だった。彼は、ゴヤシュのボディガードの目が届かない別のエレベーターの列に並んだ。そしてエレベーターに乗りこむなり、三階のボタンを押した。

扉が開くと、目の前に長い廊下があった。周囲を見まわしたが、ボディガードの姿は見えない。どうも奇妙だ。部屋の番号を確かめながら、マルクスは三〇三号室へ向かった。角を曲がって十メートルほど行くと、部屋の前に着いた。見張りはいない。彼はまたもや違和感を覚えた。たぶんゴヤシュと一緒に部屋の中にいるのだろう。電子錠のパネルには〝起こさないでください〟のランプが点灯している。迷った挙句に、マルクスはドアをノックした。二十秒ほど待ってから、

〝誰?〟と尋ねる女性の声が聞こえた。

「ホテルの警備の者です。お休みのところ、お邪魔して申し訳ありません。この部屋の煙感知器から警報が発信されたので、点検に参りました」

錠がかちゃりと外れてドアが開いた。驚いたことに、目の前に立っていたのは金髪の少女で、せいぜい十四歳にしか見えなかった。半裸の体にシーツを巻いて、

麻薬の摂取者のように目の焦点が定まっていない。

「煙草を吸ったの。まさかこんな大ごとになるなんて思わなかった」少女は弁解した。

「落ち着いて。ちょっと確認させてもらいます」マルクスは返事を待たずに、彼女を押しのけるようにして部屋に入った。

そこはスイートルームだった。手前は居間で、床は黒い寄せ木張り。巨大なプラズマテレビと移動式のバーカウンターの前に、ちょっとしたサロンがある。隅にはプレゼントが山と積まれていた。マルクスはひととおり見てまわった――どうやら少女のほかは誰もいないようだ。

「ゴヤシュ氏はここに？」

「バスルームよ。何なら呼ぶけど」

マルクスはそれには答えずに隣の部屋へ向かった。

少女はドアを閉めるのも忘れて、不機嫌な様子で彼を追いかけた。「ちょっと、どこ行くの？」

大きなベッドは乱れていた。ナイトテーブルには、鏡の上に細長く伸ばされたコカインの粉末と、丸められた紙幣の束がある。テレビがついていて、大きな音でミュージックビデオが流れていた。

「すぐに出てって」非難するような口調だった。

マルクスは片手を口に当てて彼女を見つめ、いまは文句を言っている場合ではないことを伝えた。少女は静かになったが、今度は怯えている様子だった。マルクスはバスルームのドアに歩み寄ると、少女に向かって指を差してみせた。彼女はうなずいた――ゴヤシュは中にいる。だが、テレビのせいでドアの向こうの音は聞こえなかった。

「銃を持っているのか？」

少女は首を横に振った。ブルガリア人の老ブローカーが一時的にボディガードから離れたのは、この未来ある少女が理由だったのだ。誕生パーティの前の、セックスとコカインのささやかな贈り物。

少女に出ていくように言おうとして、マルクスが振りかえると、部屋の入口にカミッラ・ロッカが立っていた。足もとには開けられたプレゼントの箱。手に拳銃が握られている。その目は陰鬱な憎しみのきらめきを放っていた。

マルクスはとっさに手を差し出して、彼女を制しようとした。少女が悲鳴をあげたが、耳をつんざくようなロック音楽にかき消される。マルクスが手を引くと、十四歳の少女は恐れおののいてベッドの陰に逃げこんだ。

カミッラは大きく息を吸いこんで勇気を奮い起こした。「アストル・ゴヤシュ？」目の前にいるのが七十歳の男には見えないため、明らかにとまどっている。

マルクスは平静を保ちつつ、彼女を説得しようとした。「あなたの身の上は知っています。でも、こんなふうに解決するべきではない」

カミッラはバスルームのドアの下から漏れている明かりに気づいた。「中にいるのは誰なの？」そして、ドアに向けて拳銃を構える。

ドアが開いた瞬間に撃つつもりなのだ。「ぼくの話を聞いてください。生まれたばかりの赤ちゃんのことを考えてください。名前は何というんですか？」マルクスは時間稼ぎを試みた。彼女の心にためらいを生じさせるものに注意を向けようとする。少なくとも、一瞬でも決心を揺るがせるものに。だが、カミッラはそれには答えず、片時もドアから目を離さない。マルクスは、たたみかけた。「ご主人はどうなるんですか？ ふたりを残して、あなたまでいなくなったら……」

そのときはじめて、カミッラの目に涙がこみあげてきた。「フィリッポほどやさしい子はいなかったわ」

マルクスは容赦しない。「引き金を引いたらどうなるか、わかりますか？ そのあとにどう感じると思いますか？ ぼくが代わりに答えましょう——何ひとつ変わらない。すべてがいまと同じままだ。あなたは慰めを期待してはいないが、いずれにしても慰められることはない。それなら、何が手に入るというのですか？」

「ほかに裁きを下す方法はないわ」

　まさにそのとおりだと、マルクスにはわかっていた。アストル・ゴヤシュとカネストラーリをフィリッポに結びつける証拠はない。唯一の証拠――クリニックで見つけた骨――は、ブルガリア人の部下に奪われた。

「裁きを下すことなど永遠にできません」断固とした、それでいて話しかけるような口調には、心なしかあきらめも現われていた。最悪の事態は避けられないかもしれないと危惧していたからだ。「復讐は、あなたに残された唯一の可能性ではない」彼女の目は、ラッファエーレ・アルティエーリがずっと疑いを抱いていた父親に銃を向けたときと同じだった。フェデリコ・ノーニを告発する代わりに、みずから裁きを下したピエトロ・ツィーニの決然とした目。だから、今回もいくら止めても無駄だろう。バスルームのドアが開いたら、カミッラは引き金を引くにちがいない。

　ドアの取っ手が下がる。中の明かりが消え、ドアが大きく開いた。少女がベッドの陰から悲鳴をあげる。標的がドア枠の中に姿を現わした。真っ白なバスローブをはおった彼は、たちまち不安顔で銃身を見つめた。氷のような目が一瞬にして溶ける。だが、そこにいるのは七十歳の老人ではなかった。

　どう見ても十五歳くらいの少年だ。

　部屋にいる者は、一様に面食らって困惑していた。マルクスがカミッラを見やると、彼女は少年をじっと見つめていた。「アストル・ゴヤシュはどこ？」

　彼はか細い声で答えたが、誰にも聞こえなかった。

「アストル・ゴヤシュはどこなの？」銃を振りまわしながら、カミッラは怒りもあらわな口調で問いつめた。

　少年は「ぼくだよ」とだけ言った。

「違う、あなたじゃない」カミッラは言い張る。たとえそれが事実でも、信じたくないと言わんばかりに。

「だったら……たぶん、おじいちゃんかも……上でぼくの誕生パーティをやっているんだ。そこにいるよ」

　カミッラは自分の間違いに気づいて、思わずよろめいた。その隙にマルクスは彼女に近づいて拳銃に手を置き、ゆっくりと下ろさせた。打ちのめされた目が、武器とともにうつむく。「行きましょう」彼は声をかけた。「もうここですべきことはない。彼の祖父が、何らかの事情であなたの息子さんの死に関わったというだけで、この少年を殺させるわけにはいきません。復讐に手を染めるなど、まったく無意味だ。無駄な残虐行為にすぎない。ぼくにはわかります――あなたにそんなことはできません」

　カミッラはじっと彼の言葉に耳をかたむけて、しばらく考えこんでいたが、ふいにはっとした。何かに気づいたのだ。

　その視線を追うと、カミッラはあらためて少年を見つめていた。バスローブの前がはだけた、ちょうど胸の部分を凝視している。カミッラが近づくと、少年は後ずさりしたが、やがて壁に阻まれた。彼女がタオル地の端をやさしく押しひらくと、胸骨に沿って長い傷跡があった。

　マルクスは長らく息を止めたまま、身を震わせた。何ということだろう。

　アストル・ゴヤシュの孫は、三年前、フィリッポ・ロッカと同い年だった。外科医のアルベルト・カネストラーリは、心臓を手に入れるように頼まれて殺人を犯したのだ。

　だが、カミッラがその事実を知っているはずはない、とマルクスは考えた。にもかかわらず、彼女の中の何か――胸騒ぎ、母性本能、第六感――によって、この行為に駆り立てられた。おそらく本人も、その理由ははっきり理解していないだろう。

カミッラは少年の胸に手を当てたが、彼は抗おうとはしなかった。少年のものではない心臓から力強く生み出される鼓動を、彼女はじっと感じていた。別の場所、別の命から送られてくる響きを。

カミッラと少年は見つめあった。この母親は、少年の瞳の奥に、自分の息子が放つ光を探し求めているのだろうか。それとも、この瞬間にフィリッポも何らかの方法で自分を見つめていると、直感的に気づいたのか？

マルクスにはわからなかったが、老アストル・ゴヤシュをフィリッポの死と結びつける唯一の証拠は、孫の胸に埋められてしまったことに気づいた。心筋生検を行なって、DNAをフィリッポの親族と比較すれば、動かしがたい事実は判明するだろう。だが、この苦悩に満ちた哀れな母親にとって、はたして裁きは慰めとなるのか。おそらく彼女は絶望のどん底に突き落とされるだろう。だからこそ、マルクスは黙っていることにした。ただカミッラをこの部屋から連れ出したかった。この女性には、目を向けるべき子どもがもうひとりいるのだ。

マルクスは勇気を出して、カミッラと若きゴヤシュの触れ合いを遮った。そして、彼女の肩を抱いて出口へ促そうとした。

名残を惜しむかのように、少年の胸からそっと手のひらを離すと、カミッラはくるりと背を向けた。

そして、マルクスとともにドアへと歩き出した。ホテルの廊下をエレベーターのほうへ向かっていると、とつぜんカミッラは自分を助けてくれた相手の顔を見た。あたかもはじめて見ると言わんばかりに。「あなたを知っているわ。神父でしょう？」

不意を突かれたマルクスは、何も言い返せなかった。ただ黙ってうなずいて、続きを待つ。

「彼があなたのことを話していた」彼女が続ける。

マルクスは謎の教誨師のことだと気づいて、じっと耳をかたむけた。
「一週間前、電話で知らせてきたの。ここであなたと会うことになるだろうと」カミッラは奇妙な表情でうつむくと同時に目を伏せた――その様子は何かに怯えているようだった。「伝言があるわ。〝すべてが始まった場所で会おう。だが、今度は悪魔を探さなければならない〟」

二十二時七分

サン・シルヴェストロ広場のターミナルから五二番のバスに乗って、パイシエッロ通りのそばで降りる。そこから九一一番でエウクリーデ広場まで行った。そして、地下にある鉄道の駅に下りて、ヴィテルボからローマに到着した列車に乗る。ローマの北部と中心街を結ぶこの路線は、最後の区間が地下に潜っていた。ひと駅でフラミニオ広場に着く。そこで地下鉄に乗り換えて、アナニーナ方面へ向かった。そしてフリオ・カミッロ駅で降り、ふたたび地上に出てタクシーを停めた。

乗り換えは毎回すばやく行ない、行き先はまったくの気まぐれだ。すべては、監視しているかもしれない追跡者をまくためだった。サンドラはシャルバーを信用していなかった。あのインターポール捜査官は、もののみごとに自分の行動を予測する。サンタ・マリア・ソプラ・ミネルヴァ教会の出口で、うまい具合に姿をくらましたとはいえ、どこか近くに身を潜ませ、ふたたび尾行する機会をうかがっているにちがいない。追跡を振りきる根拠は、直感だけでじゅうぶんだった。今夜はホテルに戻る前に、まだやるべきことがある。

ある人物を訪ねるのだ。

タクシーは大きな総合病院の正面玄関前でサンドラを降ろした。案内板に従って歩くと、やがて総合手術部のこぢんまりとした建物にたどり着く。

だが、ジェメッリ病院で働く者のあいだでは、そこは〝国境〟と呼ばれていた。

最初の引き戸を開けると、そこには隣どうしくっついたプラスチックの椅子が四列並んでいる。どれも周囲の壁と同じく青色だ。それだけでなく、スチーム暖房も、医師や看護師の制服も、そしてウォーターサーバーまでもが同じ色だった。この単調な色彩感覚は、サンドラにはまったく理解できなかった。

次のドアには入室制限がかけられている。建物の中心部——集中治療科——に入るには、電子ロックを解錠する専用のバッジが必要だ。見張りの警察官も立っている。それだけで、すでに危険はないとはいえ、ここに重要な容疑者が収容されていることをあらためて思い知らされる。サンドラが警察官に身分証を提示すると、看護師が入館手続きを指示した。それに従って、シューズカバーと滅菌処理された防護服、髪をまとめるキャップを身に着けると、看護師はドアのセキュリティ装置を操作して、彼女を中に入れた。

目の前に伸びる長い廊下は水族館を思わせた。ダヴィドと何度か訪れたジェノヴァの水族館を。サンドラは魚が大好きだった。群れをなして泳ぐ光景に魅了され、何時間見ていても飽きない。いまも前方に水槽が並んでいるように見えたが、実際には蘇生室を仕切るガラスだった。照明は落とされ、奇妙な静寂が全体を支配している。けれども耳を澄ませば、その静けさはさまざまな音から成っているのがわかった。低く物悲しい呼吸や、水底から聞こえてくるような一定のリズムを刻む鼓動。

あたかもこの場所が眠っているようだった。

リノリウムの床を進むと、途中に小部屋があり、薄暗いなか、ふたりの看護師がコンソールテーブルの前に座っていた。彼らの顔には、ここに収容されている患者のバイタルサインを表示するモニターの光が反射している。ふたりの背後で、若い医師がスチール机に向かって書き物をしていた。

看護師ふたりと医師——それが夜間のこの病棟を管理するのに必要な人員だった。サンドラは名乗って用件を告げ、彼らの指示を仰いだ。

人間の形をした魚を閉じこめた水槽の前を通り過ぎながら、ベッドにじっと横たわって静寂の海を泳ぐ彼らの姿をながめる。

目指すは突き当たりの部屋だった。やがて近づくと、サンドラは誰かがガラス越しに中をのぞいているのに気づいた。白衣を着た小柄な女性で、自分と同年代にも見える。サンドラは彼女の横に並んだ。部屋の中にはベッドが六台あるが、使われているのは一台のみだった。そのベッドに、ジェレミア・スミスがいた。彼は口から気管チューブを挿入され、胸は一定のリズムで上下している。実年齢の五十歳よりも、はるかに上に見える。

ようやく女性がこちらに顔を向けた。その顔を見て、サンドラは既視感にとらわれた。だが、すぐにどこで見たかを思い出し、思わず身震いする。この怪物の枕もとに被害者の幽霊が現われたのだ——。

「テレーザ」サンドラはつぶやいた。

女性がほほ笑む。「モニカよ。双子の姉の」

目の前の女性は、ジェレミアに殺された気の毒な娘の姉であるだけでなく、ジェレミアが発作を起こした際に救急車に同乗して、彼の命を救った医師でもあった。

「わたしはサンドラ・ヴェガ。警察官よ」そう言って、手を差し出した。

女性がその手を握りかえす。「ここに来たのははじめて？」

「どうしてわかったの？」サンドラは驚いて尋ねた。

「彼を見ていた様子からよ」

サンドラはあらためてジェレミア・スミスに目を向けた。「どんなふうに？」

「よくわからないけれど、言ってみれば水槽の中の金魚を見ている感じかしら」

サンドラは、にやりとしてかぶりを振った。

「何か変なことを言った？」モニカがいぶかる。

「いいえ。心配しないで」

「わたしは毎晩ここに来ているわ。夜勤に入る前や、日勤を終えたあとに。十五分だけいてから帰るの。どうしてかはわからないけど、とにかくそうしたいの。それだけよ」

サンドラはモニカの勇気に感服した。「なぜ彼を助けたの？」

「まったく、どうして誰も彼も同じことばかり訊くのかしら」だが、彼女は怒っているわけではなかった。「正しい質問はこうよ――〝なぜ彼を死なせなかったのか？〟このふたつは違うわ。わかる？」

サンドラは考えたこともなかった。

「いま、彼を殺したいかどうか訊かれたら、結果を懸念することがなければ殺すと答えるわ。でも、何も手を出さずに死なせることに、どんな意味があるというの？　それじゃあ、ふつうの人が臨終を迎えて自然に死ぬのと同じよ。彼は、ほかの人とは違う。そんなふうに死ぬ資格はないの。妹はその機会を奪われたんだから」

サンドラは考えざるをえなかった。これまでダヴィドを殺した犯人を捜し、真相を突きとめるためだと繰り返し自分に言い聞かせてきた。夫の死に意味を与えるため。裁きを下すためだと。けれどもモニカの立場だったら、どう行動していただろう？

彼女が続ける。「いいえ、もっと冷酷な復讐は、あのベッドに横たわっている彼を見ること。裁判も行なわれなければ、陪審員もいない。法律も、都合のよい解釈も存在しない。精神鑑定も、情状酌量も。そんな状態で、彼自身が囚われの身となっていると知ることが真の報復なのよ。この牢固たる刑務所からは、けっして出られない。それを毎晩見にきて、この目で確かめて、裁きが下されたと自分に言い聞かせるの」モニカはサンドラに向き直った。「他者の悪意によって大事な人を失った者のなかに、この特権を行使できる人がどれだけいると思う？」

「たしかに、そのとおりだわ」

「心臓マッサージを行なったのはわたしよ。胸に手を当てて、あのタトゥーの上に……〝オレを殺せ〟のね」モニカは嫌悪感をこらえた。「白衣には彼の糞尿のにおいがつくし、手は唾液まみれになった」いったん語を切る。「この仕事をしていると、いろいろなものを目にするわ。病気は、それまでの人生を清算する。でも実際のところ、わたしたち医師は誰も救ったりはしない。人はみんな自分で自分を救うの。もっと自分に合った人生、より適切な道を選んで。どんな人にも、糞尿にまみれる瞬間は来る。その日まで、自分の本当の姿がわからないとしたら、何だかやりきれないわ」

その思慮深さに、サンドラは驚きを隠しきれなかった。自分と同年代で、しかも、どこかはかない印象を受けるというのに。もう少し彼女の話を聞きたかった。だが、モニカは時計を見た。「引きとめて、ごめんなさい。そろそろ行くわ。これから夜間診療だから」

「会えてよかったわ。今夜は、おかげでいろいろ勉強になった」

モニカはにっこりした。「〝逆境に勝る教師はいない〟というのが父の口癖なの」

右手の廊下に立ち去る彼女の姿を見送るうちに、サンドラの脳裏にまたしてもある考えが浮かんだ。だが、ふたたび頭から追い払う。彼女は、夫を殺したのがシャルバーだと確信していた。けれども、自分は彼とベッドに行った。あのときは、どうしても彼のぬくもりが必要だった。きっとダヴィドもわかってくれるだろう。

サンドラは蘇生室のドアに歩み寄ると、滅菌容器からマスクを取り出してつけた。そして、ただひとりの罪人が囚われた小さな地獄に足を踏み入れた。

歩数を数えながらジェレミア・スミスのベッドへ近づく。六歩。いいえ、七歩。サンドラは彼に目を向けた。金魚は手の届くところにいる。冷ややかな無関心に囲まれて、目を閉じている。この男は、もはや何ひとつできない。恐怖を与えることも、同情を買うことも。

ベッドの横に小さな椅子があった。サンドラは腰を下ろすと、膝の上にひじをついて手を組み、彼のほうに身を乗り出した。ジェレミアの頭の中を読みたかった。何が彼を悪へと駆り立てたのかを知りたかった。しかし結局、それこそが教誨師の任務だった。人間の心を隅々まで探り、あらゆる行動に秘められた動機を解明することが。それに対して、彼女は写真分析官として外側から証拠を観察する。悪がこの世に残した傷を。

ふと、ライカのフィルムに残された真っ暗な写真が脳裏によみがえった。

わたしの力はここまでだわ、とサンドラはつぶやいた。写真が手もとになければ――ちょっとした気の迷いで永久に失った――ダヴィドの示した経路をたどることもできない。

あの写真には、いったいどんな意味がこめられていたのだろうか。

サンドラにとって、外側は情報源であると同時に障壁でもあった。ひとたび自分を内側から見つめれば、うまくいくだろうことはわかっていた。そして、赦しを求めてすべてを吐き出す。少なくとも告白は解放をもたらすにちがいない。気づいたときには、彼女はジェレミア・スミスに向かって語りかけていた。「明るいグリーンのネクタイの話を聞いてほしいの」なぜ、そんなことを言い出したのかはわからなかった。ただ言葉が口をついて出た――それだけだった。「あれは、わたしの夫が何者かに殺される数週間前のことだった。ダヴィドが長い出張から帰ってきたの。あの晩も、いつも久しぶりに顔を合わせたときと、ちっとも変わらなかった。楽しい時間を過ごしたわ、ふたりきりで。ほかのものは、いっさいドアの外に締め出して、あたかも地上に生存する人類は自分たちだけだというように。何が言いたいのか、わかるかしら？　あなたには経験がある？」サンドラはにやりとして、かぶりを振った。「もちろん、あるはずがないわね。とにかく、あの晩は、ふたりが出会って以来はじめて、彼を愛しているふりをしなければならなかった。ダヴィドは、いつもと同じように尋ねたわ。〝やあ、どうだい？　元気だったかい？〟毎回、同じことを尋ねあっていたから、お互いに相手が真面目に答えるなんて思っていなかった。だけど、そのときの〝元気だったわ〟という答えは、ただの決まり文句ではなかった――嘘だったの……。その数日前に、わたしは病院で中絶手術を受けていた」サンドラは涙がこみあげるのを感じたが、どうにかこらえた。「わたしたちには、理想的な両親になるための条件がそろっていた――お互いに愛しあっていたし、信頼しあってもいた。でも、彼は戦争や革命、大量虐殺の写真を撮る報道カメラマンとして、つねに世界じゅうを飛びまわっていた。そして、わたしは科学捜査班に所属する警察官。身の危険がつきまとう仕事をしているかぎり、子どもを産むわけにはいかないわ。事実、ダヴィドは命を落とした。それに、わたしが日々、犯罪現場で目にせざるをえないものを考えたら、どうしても無理だった。数えきれないほどの暴力、計り知れないほどの恐怖。子どもにとって、いい影響があるはずがないもの」その確信に満ちた口調に、後悔は微塵もにじみ出ていなかった。「それがわたしの罪。墓場まで持っていくつもりよ。だけど、どうしても自分を許せないのは、ダヴィドの意見をいっさい聞かなかったこと。彼が留守なのをいいことに、わたしが独断で決めたの」サンドラの口もとに悲しげな笑みが浮かぶ。「手術を終えて家に帰ってきたとき、バスルームで妊娠検査薬を見つけたわ。ひそかに試したものよ。わたしの息子、つまり、体から掻き出したものは――わずか一ヵ月では、どんな状態だか想像もつかないけれど――病院に残してきた。あの子がわたしの中で死ぬのがわかったわ。それなのに、ひとりぼっちで置き去りにした。ひどいでしょう？　いずれにしても、せめてお葬式くらいは挙げようと考えた。だから箱を用意して、その中に妊娠検査薬と、あの子のパパとママのものをいくつか入れた。そのなかに、あのダヴィドの一本しかないネクタイも入っていたわ。明るいグリーンの。そして、ミラノから車でテッラーノまで行った。ふたりでバカンスを過ごしたリグーリア州の小さな町。そこで、すべてを海に投げこんだ」息を継ぐ。「いままで誰にも話したことはなかった。なのに、よりによってあなたに打ち明けているなんて、何だかばかげているわね。でも、ここからが厄介な話なの。自分の行為の結果については、わたしが責任を取ればすむと思っていた。ところが、いつのまにか取り返しのつかないことになっていた。それに気づいたときには手遅れだった。子どもに感じていたであろう愛情と一緒に、ダヴィドに対する愛情も捨てていたの」サンドラは涙を拭った。「ほかにどうすることもできなかった。彼にキスをして、肌に触れて、愛を交わして、それでも何も感じなかった。生きつづけるために、あの子がわたしの中に掘っていた穴が、空洞になった。もう一度、夫を愛するようになったのは、彼が死んでからのことよ」

　サンドラは背中を丸めて、胸の前で腕を組んだ。そして、その窮屈な姿勢のまま、むせび泣いた。涙がとめどなくあふれたが、それは救いの涙だった。どうやっても止まらなかった。数分間、泣きつづけてから、鼻をかんで落ち着きを取り戻そうとして、ふいにばかばかしくなって笑った。疲れきっていた。けれども、どういうわけか、この場所は居心地がよかった。あと五分、サンドラはつぶやいた。五分だけ。ジェレミア・スミスの胸につながれた心電計の規則正しいリズムと、彼を生かしている人工呼吸器のカデンツァが眠気と解放感をもたらす。少しだけ目を閉じるつもりが、気がつくと眠りに落ちていた。夢の中で、ダヴィドに再会した。彼のほほ笑み、くしゃくしゃの髪、やさしいまなざし。下唇を突き出して小首をかしげながら、ふいに見せる、どこか悲しげで物思いにふけった渋面。ダヴィドは両手で頬を包みこんで彼女を引き寄せると、いつものようにゆっくりと唇を押し当てた。「大丈夫だ、ジンジャー」サンドラは安心してほほ笑む。そして夫は手を挙げると、タップダンスのステップを踏んで、ふたりの歌を歌いながら去っていった。『チーク・トゥ・チーク』。ダヴィドの声のように聞こえたものの、夢の中でサンドラは、別人の声かもしれないと考えていた。そのとおりだった。

　部屋で、誰かがその歌を口ずさんでいた。

二十二時十七分

わが子の心臓を受け継いだ少年の胸に手を置くという、カミッラ・ロッカのまったく予想外の行為に手を貸してから、マルクスはみずからの存在に働きかける目に見えない、哀れみ深い力をはじめて実感した。広大な宇宙において、人間はちっぽけな存在にすぎず、われわれは自分たちを見守る神の恩恵に与《あずか》る資格はないと、彼はつねづね思っていた。だが、いまは考えが変わりつつあった。

〃すべてが始まった場所で会おう〃

ついに敵との対面が叶う。ラーラを救い出すことができるのだ。

すべてが始まったのは、ジェレミア・スミスの家だった。

マルクスはフィアット・パンダを門の前に停めた。警備のパトロールカーはすでに見当たらず、科学捜査班は少し前に引きあげていた。その場所は、おそらく秘密が明らかになる前と同じように陰鬱で打ち捨てられていた。彼は家へ向かった。満月だけが闇の支配に逆らっている。

玄関へ続く小道におおいかぶさる木々が、冷ややかな夜のそよ風に揺れ動いた。葉のざわめきは、あざけるような笑い声となってわきを走り抜け、背後で消える。荒れ放題の庭に飾られた像が、虚ろな目でこちらを見つめていた。

玄関に着いた。ドアや窓はすべて封印されていた。マルクスは教誨師がここで待っているとは思っていなかった。それは伝言の命令からも明らかだった。

〃今度は悪魔を探せ〃

これが最後の使命だ。無事に果たすことができれば、ずっと求めていた答えを得られるだろう。

それにしても、これは何か超自然的なものを探せという意味なのか？ だが、教誨師というのは悪霊の存在には関心を持たないものだ、とマルクスは考えた。むしろ教会内では、そうしたものを疑う異例の一派だ。悪魔や悪霊といったものは、人間がみずからの過ちの責任から逃れ、己の本質の欠点を許すために生み出した、都合のいい口実と考えているのだ。

悪魔が存在するのは、ひとえに人間に悪意があるからだ。

マルクスはドアの封印を剝がして家に入った。月の光は入口に留まり、中まで追いかけてはこない。音も、人の気配もなかった。

ポケットからペンライトを取り出して、壁にはさまれた暗い廊下を進む。最初に訪れて、絵の裏に記された番号の迷路をたどったときのことを思い出した。だが、教誨師が自分をもう一度ここに呼び寄せたということは、何かを見落としていたにちがいない。マルクスは、ジェレミア・スミスが倒れているのが見つかった部屋へ向かった。

もはや悪魔はここには住んでいない、彼は心の中でつぶやいた。

前回とくらべ、なくなっているものがあった。引っくり返ったサイドテーブル、牛乳の入ったカップの破片、ビスコッティのかけらが科学捜査班によって片づけられている。救急隊員が蘇生措置に使用したもの――滅菌手袋、ガーゼ、注射器、気管カニューレ――も見当たらない。怪物が若き犠牲者たちの霊を呼び起こすのに用いていた性欲対象物《フェティッシュ》――髪を結うリボン、珊瑚のブレスレット、ピンクのマフラー、ローラースケート靴――もなかった。ジェレミアにとって、それらは果てしない孤独な夜をともに過ごす友だった。

だが、そうしたものがなくても、疑問が消え去ることはなかった。

ジェレミア・スミス――引っ込み思案で、非社交的で、何ひとつ魅力がない男――が、いったいどうやって女性の信用を得たのか？　彼女たちを殺す前に、一カ月のあいだ、どこに閉じこめていたのか？　ラーラはどこにいるのか？

彼女がまだ生きているのかどうかは考えないようにした。この任務には全身全霊を注いできた。したがって、努力が水の泡となるような結果は、とても受け入れられないだろう。

マルクスは部屋を見まわした。異変。痕跡は超自然的なものではない。だが、聖職者にしかわからないこともある。いまは、日増しに衰えを感じる才能に頼るしかない。

この部屋の正常を乱すものを求めて、彼は視線を走らせた。別の次元に存在する、わずかな亀裂。悪がはびこるための通り道。

〝光の世界が闇の世界と接する場所がある……ぼくは、その境界を守るために置かれた番人だ。だが、ときには何かがすり抜けることもある〟

ふと窓に目がとまった。ガラスの向こう側で、月が何かを照らし出していた。

翼を広げ、じっとこちらを見ている。天使の石像が呼んでいる。

天使は、ほかの像とともに庭の真ん中にたたずんでいた。聖書には、ルシファーは堕落する前は神の寵愛を受ける天使だったと記されている。それを思い出し、マルクスは外に飛び出した。

彼は青白い光に照らされた背の高い像の前で立ち止まった。

天使の足もとの土を観察して、警察は何も気づいていないと判断する。この下に何かが埋まっていたら、警察犬がにおいを嗅ぎつけるはずだ。だが、ここ数日のあいだ降りつづいた雨のせいで、地面の発するさまざまなにおいが犬の嗅覚を混乱させたにちがいない。

　マルクスは像の足の部分に両手を当てて、押してみた。すると天使は動き、その下に鉄の揚げ戸が現われた。鍵はかかっていない。取っ手を持ちあげるだけで開いた。

　中は真っ暗で、強烈な湿気臭が、この穴の生ぐさい息のごとく立ちのぼってくる。マルクスはペンライトを向けた。底までは六段。だが、声も物音も聞こえなかった。

「ラーラ」彼は呼んでみた。続けて、さらに三度。もう一度。けれども返事はない。

　マルクスは、しっかりつかまりながら段を下りはじめた。

　ペンライトの光が狭い空間を順々に照らす——低い天井、一部が深くなったタイルの床。かつてはプールだったところを、誰かが秘密の隠れ場所としたのだ。

　ペンライトが人間の姿を捜しまわる。マルクスは、すでに口のきけなくなった人間の体が見つかるのではないかと恐れていた。だが、ラーラは見当たらなかった。

　そこにあったのは、一脚の椅子だけだった。

　警察犬が何も嗅ぎつけなかったのも当然だ。だが、ジェレミアが女性たちを連れてきたのは、ここにちがいない。ひと月のあいだ、この穴に彼女たちを閉じこめた挙句に殺した。拷問のゲームを楽しむために壁に吊るした鎖もなければ、サディズムを発散する装置も、性的な関係を結ぶための寝室もなかった。虐待も暴行もいっさいなかったことを、マルクスは思い出した——ジェレミアは女性にはいっさい触れなかった。ただこの椅子に座っていた。彼女たちを縛るためのロープと、その喉を切り裂く刃渡り二十センチのナイフをのせたトレーを横に置いて。あの怪物の倒錯した空想は、すべてここで生まれた。

　椅子に近づいたマルクスは、その上に封筒が置いてあるのに気づいた。手に取って、封を開けてみる。中には、ラーラのアパートメントの間取りの原図が入っていた。バスルームに隠されていた揚げ戸も含まれている。それから、ラーラの一日の行動を時間ごとに記した表もあり、そこに砂糖に催眠剤を混入させる計画がメモされていた。そして最後に、ほほ笑みを浮かべた女子学生の写真。その顔に、赤いクエスチョンマークが記されている。ぼくをからかっているのか、マルクスは心の中で教誨師に問いかけた。封筒の中身は、ジェレミアが実際にラーラを連れ去ったという証拠だった。

だが、彼女に関しては何の手がかりもない。そして、自分をここまで導いた謎の教誨師についても。

マルクスはまたしても怒りを覚えた。まったく無責任な教誨師だ。相手をののしると同時に、自分自身ものののしる。悪ふざけには、もう我慢できない。これ以上一瞬たりとも、この場所にいたくなかった。だが、向きを変えて段を上ろうとした拍子に、ペンライトが手からすべり落ちた。ライトは転がりながら彼の背後を照らし出した。

隅のほうに、誰かがいる。

マルクスはじっと目を凝らした。まったく動かない。ペンライトの光では、かろうじて片方の腕の輪郭が見える程度だった。黒い服を着ている。マルクスは身をかがめてペンライトを拾うと、ゆっくりと光を相手に向けた。人ではない。ハンガーにかけられた司祭服だった。

ふいに謎が解けた。ジェレミア・スミスは、これを利用して女性に近づいたのだ。彼女たちは怪しまなかったはずだ。何しろ相手は凶悪犯ではなく、聖職者だったのだから。

司祭服の片方のポケットがふくらんでいた。近づいて手を差し入れると、薬の小瓶と皮下注射用の注射器が入っていた——スキサメトニウムだ。

間違いない。だが、このポケットに入っているということは、まったく別の可能性を示している。すべてはジェレミアが単独で行なった。

あの晩、犠牲者のひとりの姉が救急当番医で、重症患者の場合には救急車に同乗することを知っていた。だから、救急コールセンターに電話して心臓発作の症状を訴えた。そして、救急隊員の到着を待って、みずから毒物を注射した。注射器は部屋の隅か、家具の上にでも転がしておいたのだろう——興奮状態にある救急隊員は気づくはずもなく、警察の科学捜査班は、医師と看護師が病院へ戻る際に置きっぱなしにしたと思いこんだ。

ジェレミアは神父に変装していたのではない。本物の神父なのだ。

手始めに、約一週間前、ヴァレリア・アルティエーリの殺人事件の関係者に匿名の手紙を送りつけた。次に、ピエトロ・ツィーニにフィガロ事件の真相を告げるメールを準備した。そしてカミッラ・ロッカに電話をかけ、数日後にアストル・ゴヤシュがホテル・エクセドラに現われることを知らせた。

謎の教誨師の正体はジェレミアだった。

いままでずっと、自分たちは彼を目の前にしながら、その正体に気づかなかった。外科医のアルベルト・カネストラーリと同じく、ジェレミアはスキサメトニウムを用いて自然死を装おうとした。いくら毒物検査を行なっても検出されないだろう。わずか一ミリグラムで呼吸筋の動きを止めるのだから。数分後には窒息死するはずだった。カネストラーリのように。スキサメトニウムは瞬時に体を麻痺させる。考え直す余地はない。

だが、カネストラーリは救急隊員に助けられることを見越していなかった。しかしジェレミアは違う。

警察の目にはどう映っているのか？　もはや何の危険もない連続殺人犯。医師の目には？　昏睡状態の患者。そして、自分の目には？

異変。

遅かれ早かれ、スキサメトニウムの作用は切れるだろう。ジェレミア・スミスはいつ目を覚ましてもおかしくない。

二十三時五十九分

何かが動く音。中断。戻る音。もう一度、動く音、中断、戻る音。

集中治療科の青一色の待合室には、耳につくような音がひたすら鳴り響いていた。マルクスは周囲を見まわした。誰もいない。彼は用心深く音のするほうへ向かった。

集中治療科に入るための電子錠が取りつけられたドアが閉まり、そのまま動かないかと思うと、ふたたび開く。ドアは、その同じ動作を飽きずに何度も繰り返して、完全に閉まることはなかった。何かがはさまっているのだ。マルクスは近づいて確かめた。足だった。見張りの警察官が床にうつ伏せになっている。その体をよく見ると――両手、紺色の制服、ゴム底の靴――足りないものがある。頭だ。警察官には頭がなかった。至近距離からの発砲で、頭蓋骨が吹き飛んでいる。

　これはひとり目の犠牲者にすぎない、とマルクスは考えた。

　警察官の上に身をかがめると、ベルトに取りつけられたホルスターが空になっているのが見えた。マルクスは彼のために短く祈り、立ちあがった。規則的な歩調で、廊下の左右に並んだ蘇生室に目を向けながら、リノリウムの床をまっすぐ進む。患者たちは仰向けにされ、一様に身動きひとつせずに眠っていた。装置が彼らの代わりに呼吸をしている。そこでは何ひとつ変わらないように見えた。

　この世のものとは思えない静寂のなか、マルクスはひたすら歩いた。ふと、地獄はこんなふうにちがいないと考える。危うい平衡を保つ場所。そこでは生命はもはや失われているが、死んでいるわけでもない。一縷の望みを抱いたまま、宙ぶらりんの状態に置かれる。まるで奇術師のトリックのようだった。幻覚の底にあるのは、そうした患者たちを見て抱く疑問だった。彼らはいま、どこにいるのか？　体はここにあるのに、なぜそこにいるのか？

　ナース・ステーションまで来ると、三人の姿が見えた。彼らは、自分たちが世話をする患者たちとは違って、幸運に恵まれなかった。あるいは、見方を変えれば幸運だったのかもしれない。

　看護師のひとりは、医療機器の置かれたテーブルに仰向けになっていた。喉を深々と切り裂かれ、モニターは彼女の血にまみれている。ふたり目はドアの横に倒れていた。逃げようとしたが、間に合わなかったのだ――銃弾が胸を貫通している。そして奥の小部屋に、白衣を着た男性が椅子に沈みこむように座っていた。両腕はぶら下がり、頭をのけぞらせて天井のどこかを凝視している。

ジェレミア・スミスが収容されていた部屋は、廊下の突き当たりにある。だが、そこへ行ってもベッドは空にちがいない。

「そのまま前に進め」低くかすれた声が彼に命じた。三日間、口からチューブを挿入されていた人物のような声が。「おまえは教誨師だな？」一瞬、マルクスは動くことができなかった。そして、自分を待っている開いたドアに向かって、ゆっくりと歩き出した。仕切りガラスの前を通ると、カーテンは引かれていたが、それでも部屋の中に人影が見えた。ドアの横の壁に身を寄せて、待ち伏せしているにちがいない。

「入れ。心配いらない」

「銃を持っているだろう」マルクスは言い返した。

「わかっている。警察官のホルスターが空だった」

沈黙。と思いきや、入口から何かが足もとにすべり出てきた。拳銃だ。

「確かめてみろ。弾は入っている」

不意を突かれて、マルクスはどうすべきか判断できなかった。なぜ銃をよこしたりするのか？ 降伏する様子は感じられない。これはゲームなのだ、ふと彼は思い出した。選択の余地はない。自分も参加しなければ。「つまり、降参ということか？」

ふいに銃声が耳をつんざいた。説得力のある答えだった。

「ぼくが中に入ったとたんに撃ってこないと、どうして断言できる？」

「入ってこなければ、彼女は助からない」

「ラーラはどこにいるんだ？」

笑い声が響く。「勘違いするな。ラーラのことではない」

またしてもマルクスは身をこわばらせた。彼と一緒にいるのは誰なのか？ 確かめようとして、一瞬、中をのぞいたが、その場に留まった。

ジェレミア・スミスは丈の短い病衣を着てベッドに

座っていた。まばらに生えたまっすぐな髪は乱れている。起き抜けのピエロのような風貌だ。彼は片方の手で腿を掻きながら、もう一方の手に持った拳銃を目の前にひざまずいた女性のうなじに向けていた。

一緒にいるのは、あの女性警察官だった。

相手から差し出された銃は受け取らずに、マルクスは足を前に踏み出した。

サンドラは手錠をはめられていた。ジェレミアが見張りの警察官を撃ち殺して奪ったものだ。すっかり油断して眠りこんでしまった。目覚めたのは、立て続けに三度、爆音を耳にしたときだった。目を開けて、銃声だとわかった。すぐにホルスターに目をやったが、拳銃はなかった。

そのときはじめて、ベッドが空なのに気づいた。

次の瞬間、四発目の銃声が轟き、みずから一眼レフで写真を撮影しているかのように、サンドラは目の前で繰り広げられる光景を残らずとらえた。ジェレミアが立っている。自分から奪った拳銃を持って。彼はナース・ステーションの前を通り過ぎる。冷たくなった看護師と当直の医師の前を。出入口で見張っていた警察官が銃声に気づく。彼が電子錠を解除するあいだに、ジェレミアはドアの前に立つ。ドアが開いた瞬間、至近距離から警察官を撃つ。

銃がないにもかかわらず、サンドラはジェレミアを止めるべく廊下に飛び出した。たとえ無駄だとわかっていても、疲労に屈して用心を怠ったことに多少なりとも責任を感じていた。だが、たぶんそれだけではない。

なぜわたしを生かしておくの？

廊下にジェレミアの姿はなかった。サンドラは出入口のほうへ急いだ。薬剤室の前を通ると彼がいた。その部屋から、ジェレミアは忌まわしい笑みを浮かべてこちらを見つめている。サンドラは思わずぞっとした。

するとジェレミアは彼女に銃身を向けて、手錠をかけた。

「待ってろ。いまにおもしろいことになる」

確信に満ちた口調だった。いったい何が起きるのだろう。

そしていま、サンドラは部屋の床から、こめかみに傷跡のある神父をじっと見あげ、自分は大丈夫だ、心配いらない、と訴えようとした。神父はうなずいて、そのメッセージを理解したことを彼女に伝えた。

ジェレミアがふたたび笑い声をあげた。「どうだ？　おれの顔を見て満足したか？　おれはずっと教誨師の仲間に会いたいと願っていた。長らく教誨師は自分だけだと思っていたんだ。おまえもそうだろう？　名前は何という？」

だが、マルクスは譲歩したくなかった。

「答えろ」ジェレミアは促した。「おまえはおれの名前を知っている。だから、おれを見つけるほど優秀な相手の名前を知らなければ、不公平というものだろう」

「マルクスだ」名乗ってから、彼は後悔した。「その人を放せ」

ジェレミアは真顔になった。「残念ながら、マルクス、彼女は計画に含まれている」

「どんな計画だ？」

「じつを言うと、彼女が訪ねてきたのはうれしい誤算だった。最初は看護師のひとりを人質に取る予定だったが、そこへ彼女が現われた……おれたちはどうやって彼女を呼び寄せたんだ？」ジェレミアは人さし指を唇に当て、わからないふりをして上を見た。「ああ、そうだ——異変か」

マルクスは黙ったまま、否定も肯定もしなかった。

「この若い女が現われたことで、われわれの説が正しいことが証明された」

「何のことだ？」

「〝生み出された悪は新たな悪を生み出す〟。聞いたことがないか？」咎めるような渋面になる。「もう彼女に会うことはないだろうと思っていた。彼女の夫を知ったのは、しばらく前のことだった」

　サンドラはジェレミアを見つめた。

　ジェレミアが続ける。「ダヴィド・レオーニは、言うまでもなく有能な報道記者だった。彼は教誨師の歴史を明らかにした。おれはこっそり尾行して、彼からいろいろなことを学んだ。彼の私生活のあらゆる面を知るのは……じつに有益だった」そして、サンドラを見ながらつけ加えた。「おまえの夫がローマにいるあいだに、おれはミラノへ行って、おまえについて調べた——家に忍びこんで、おまえたちのものを物色した。それでも、おまえはまったく気づかなかった」

　サンドラは、ダヴィドのＩＣレコーダーに録音された殺人者の声による歌を思い出した。『チーク・トゥ・チーク』。これほど個人的なことを、この男はなぜ知りえたのだろうか。

　ジェレミアは彼女が何を考えているのかを見抜き、こう認めた。「そうだ。あの廃れた建設現場におまえの夫を呼び出したのは、おれだ。あの愚か者は警戒していたが、内心ではおれを信用していた。神父というのは、結局のところ善人ばかりだと思いこんでいたからだ。おそらく、地面に激突する直前に考えを改めただろう」

　それまでシャルバーを疑っていたサンドラは、真相を知って衝撃に打ちのめされた。そして、ダヴィドの死について的外れの辛辣な言葉を投げつけられ、激しい怒りがこみあげた。ついさっき、ずっと心の奥底に秘めていたことを、よりによって夫を殺した犯人に打ち明けてしまったのだ。彼は昏睡状態などではなかった。サンドラの中絶の話と、それに対する呵責の念をすべて聞いていた。ただでさえ、あらゆる状況を把握されていたというのに、自分とダヴィドのさらなる秘密まで握られてしまった。

「あいつは教誨師の記録保管所も突きとめた。マルクス、おまえならわかるだろう。だから、あいつを生かしておくわけにはいかなかったんだ」ジェレミアはみずからの行為を正当化した。

サンドラは、ようやく夫が殺された理由を理解した。そして、自分の首に銃を突きつけている男が教誨師だとしたら、シャルバーの考えが正しかったことに気づいた。彼はダヴィドを殺したのが教誨師のひとりだと言ったのに、自分は信じなかった。シャルバーの言うとおり、年月とともに教誨師は悪に蝕《むしば》まれていたのだ。

「いずれにしても、あいつの妻は仇を討つためにローマへやって来た。もっとも本人は認めていないがね。そうだろう、サンドラ？」

彼女は、ありったけの憎しみをこめて殺人者をにらみつけた。

「あのまま事故だと思わせておくこともできた」ジェレミアは言った。「だが、真実を知って、おれを見つけ出すためのチャンスをおまえに与えたんだ」

「ラーラはどこだ？」マルクスは遮った。「元気なのか？　まだ生きているのか？」

「最初にすべてを計画した時点で、おまえがあの秘密の地下室までたどり着いたら、ここに来て、まさにそのことを訊くだろうと予想していたよ」ジェレミアはそこまで言うと、にやりとして彼を見つめた。「なぜなら、おれはあの娘の居場所を知っているからだ」

「それなら教えてくれ」

「時機が来たら教えてやろう。だが、今夜のうちに、おまえがおれの計画に気づかなかったら、このベッドから起きあがって、永久に姿をくらますつもりだった」

「おまえの計画は見抜いた。これで、お互い対等の立場だ。こうなった以上、その女性を放して、ラーラを引き渡したらどうだ？」

「そう簡単にはいかないな。おまえは選ばなければならない」

「何を？」

「おれは拳銃を持っていて、おまえも拳銃を持っている。今夜、どちらが死ぬのかを決めろ」ジェレミアは銃口でサンドラの頭に触れた。「おれはこの警察官を撃つ。おまえが邪魔をしなければ、ラーラの居場所を教えてやろう。だが、おれを殺して、この警察官の命を救ったら、あの女子学生がどうなったかは一生わからないままだ」

「なぜ、ぼくにおまえを殺させようとする？」

「まだわからないのか、マルクス？」

そう問いかける彼の口調と目つきは、意外にも辛抱強いものだった。まるで、相手に、もっとよく理解するべきだと諭しているようだ。

「説明しろ」マルクスは言い返した。

「あのいかれた老いぼれのデヴォク神父は、教誨師の教訓をばか正直に実践していた――悪を阻む唯一の手段は、悪そのものだと信じていたんだ。だが、何という思い上がりだろう？　悪を知るためには、その闇の世界に深く入りこんで、徹底的に知り尽くし、一体化する必要があるんだ。だが、なかには道に迷って戻ってこられない者もいた」

「おまえ自身がそうだろう」

「おれの前にも、何人かいた」ジェレミアはつけ加えた。「デヴォクに声をかけられたときのことを、いまでも覚えている。おれの両親は熱心な信者だったから、神父になるのは、いわば必然だった。おれは十八歳で神学校に通いはじめた。デヴォク神父はおれを手もとに置いて、世の中を悪の目で見ることを教えた。そして、おれの存在を消し去り、永久にこの陰鬱な海へ追いやったんだ」ひと筋の涙が彼の頬をすべり落ちた。

「どうして人を殺すようになったんだ？」

「自分は、ずっと善人の側にいると信じていた。だからこそ他人よりも優れた人間であると」皮肉っぽい口調だった。「ところがやがて、そう考えているだけではだめだと思い知らされた。それを証明するには、自分に試練を与えるしかないと。そこで、ひとり目の女性を誘拐して、秘密の地下室に閉じこめた。おまえも見ただろう。拷問の道具はいっさいない。自分のしていることに喜びを見出せなかったからだ。おれはサディストではない」その自己弁護は、どこか打ちのめされているようにも聞こえた。「彼女を生かしたまま、解放するためのきっかけを探していた。だが、一日一日と先送りした。彼女は泣いて、絶望に打ちひしがれ、自由にしてくれと懇願した。決断するのに一ヵ月かかった。そして結局、自分が相手にいっさい同情していないことに気づいたんだ。だから殺した」

テレーザだわ。サンドラはモニカ――ジェレミアにとっては、逆に命の恩人となった医師――の妹の名を思い出した。

「だが、それだけでは満足できなかった。その後も犯罪や犯罪者を割り出して、内赦院での任務を果たしていたが、デヴォクは何も気づかなかった。おれはふたつの顔を持っていた。正義の世界に生き、同時に罪の世界に生きていた。しばらくして、ふたり目の女性でさらなる試練に挑んだ。そして三人目、四人目……。毎回、彼女たちからある物を奪った。言ってみれば記念品だ。いつの日か、自分の犯した罪を理解して認めるのに役立つことを期待して。だが、結果はいつも同じだった――哀れみを感じることはいっさいなかった。

悪に慣れきってしまったせいで、いつのまにか調査で明らかになったことと、自分自身のしたことを区別できなくなっていたんだ。この話のばかげた結末を知りたいか？　おれはますます悪の世界にはまりこみ、どんな悪も暴くことができるようになった。それ以来、おれはたくさんの命を助け、数えきれないほどの犯罪を阻止してきた」ジェレミアは苦々しく笑った。

「つまり、いまおまえを殺せば、この女性は救えるが、ラーラの命はない」マルクスにはようやくわかりかけてきた。「逆に殺さなければ、おまえは女子学生の居場所を教えてから、この警察官を撃つ。いずれにしても、ぼくにはもう打つ手はない。おまえの本当の狙いは、ぼくを破滅させることだ。その証拠に、ぼくはどちらを選ぶこともできない――悪に手を染めることによってのみ善を為しうる、おまえはそう言いたいのか？」

「善には、つねに対価が存在する。しかし悪は無償だ」

　サンドラはひどく動揺していた。だが、とにかくこの不条理な状況を黙って見ていることには耐えられなかった。「この男にわたしを殺すように言って」彼女は叫んだ。「そしてラーラの居場所を聞き出すのよ。彼女は妊娠しているわ」

　ジェレミアは拳銃のグリップで彼女を殴った。

「彼女に手を出すな」マルクスは凄みをきかせた。

「そうだ、それでいい。おまえの反応が見たい。怒りは最初の一歩だ」

　ラーラが妊娠しているのは予想外だった。マルクスは動揺を隠せなかった。

　ジェレミアはマルクスの心中を読んだかのように言った。「目の前で人が殺されるのと、ここから離れた場所で死にかけている者がいると知りながら何もできないのと、どちらが耐えがたいか？　この警察官か、ラーラと彼女の腹の中にいる子どもか。決めるんだ」

　時間を稼ぐ必要がある。警察がこちらへ向かっているかどうかも、マルクスにはわからなかった。このままでは、どうなるのか？　ジェレミアには失うものは何もない。「仮に警察官を撃たせたとして、おまえがラーラの居場所を教える保証はどこにもない。それどころか、ふたりとも殺す恐れさえある。そうなれば、ぼくは怒り狂って、おそらく報復せずにはいられないだろう。つまり、おまえの勝ちということになる」

　ジェレミアは満足げににやりとした。「おまえに対しては、われながらじつにみごとな手口だった。何も言うことはあるまい」

　マルクスには理解できなかった。「どういう意味だ？」

「考えてみろ。おまえはなぜ、おれのところに来た？」

「アルベルト・カネストラーリが自分に注射したスキサメトニウムだ。おまえは彼の自殺に着想を得た」

「それだけか？　本当に？」

　マルクスは、あらためて考えざるをえなかった。

「おいおい、おれをがっかりさせるな。おれの胸に刻まれた言葉を考えろ」

〝オレを殺せ〟——いったい何を言おうとしているのか？

「ヒントをやろう。少し前に、おれは未解決のままとされている事件の家族や友人に、記録保管所の秘密を明かしてやろうと決めた。未解決といっても、実際にはおれが事件を解決し、調査結果を彼らに渡したのだが。しかし考えてみれば、おれ自身も罪人だ。そこで、自分が苦しめた人間にも同じチャンスを与えるべきだと考えた。それで心臓発作を装って、わざと救急車を呼んだというわけだ。もし、あの若い医者がおれを助けずに見殺しにしていたら、借りを返せたはずだった。

ところが、テレーザの姉はおれを生かすことを選んだ」

結果的に、よい選択ではなかったわ、とサンドラは心の中でつぶやいた。モニカが手を染めることを避けた悪は、姿を変えてふたたび現われた。そのせいで自分たちはいま、ここにいる。彼女が善人だったから。何て理不尽なのかしら。

「それでも、おれがすべてを仕組んだのは間違いない。それをはっきりさせるために、おれは背中にも文字を彫った……だが、誰も正しく読むことはできなかった。何か思い当たることはないか？」

マルクスは必死に頭を働かせた。「ヴァレリア・アルティエーリの殺人事件……ベッドの横の壁に血で書かれた文字。〝ＥＶＩＬ〟」

「そのとおり」ジェレミアは満悦の表情を見せた。「誰もが壁に書かれていたのは〝ＥＶＩＬ〟、つまり悪だと考えたが、実際には〝ＬＩＶＥ〟だった。カーペットに被害者の血で残した三角形の記号を見て、警察はカルト集団の犯行を疑った。誰もビデオカメラのことなど思いつかなかった。答えはつねに目の前にある――〝オレを殺せ〟。だが、誰にも見えない。見たいとも思っていない」

マルクスは、この途方もない計画の発端となった出来事を見抜いた。「フェデリコ・ノーニの事件だ。誰の目にも車椅子に乗った青年が映っていた。まさか彼が妹を殺した犯人だとは、おまけに歩けるなどとは夢にも思っていなかった。おまえの場合もそうだ――一見、無害の昏睡状態の男。見張りは警察官ひとりだけ。心臓発作ではないと判明したものの、どの医者も原因を特定できなかった。だが、実際にはスキサメトニウムが効いていただけだった。効果の長続きしない薬が」

「われわれの目を狂わせるのは哀れみだ、マルクス。ピエトロ・ツィーニがフェデリコ・ノーニに哀れみを抱いていなければ、すぐに逮捕できたはずだ。この警察官も、おれに哀れみを感じなければ、子どもを堕ろしたことなど話さなかっただろう。そして今度は、ラーラの妊娠を案じているときた」ジェレミアは軽蔑したように笑った。

「何を言うの？　わたしはあなたに哀れみなんて、これっぽっちも感じていなかったわ」無理な体勢で腰に痛みを覚えながらも、サンドラは何とか逃げ出す算段を立てていた。ジェレミアが注意をそらした一瞬の隙を突いて、彼に飛びかかる。そうすれば、マルクスが――この神父がそういう名前だったと、はじめて知った――彼の拳銃を奪うチャンスが生まれる。あとは、ラーラの居場所を白状するまで痛めつければいい。

「おまえから学んだことなど何ひとつない」マルクスは言いきった。

「そうかな？　無意識のうちにそうした教訓を実践して、ここまでたどり着いたのではないのか？　いまやその先へ行くかどうかは、おまえ次第だ」ジェレミアは彼を真顔で見つめた。「おれを殺せ」

「ぼくは殺人者ではない」

「本当にそう言えるのか？　悪を認識するには、悪に染まらなければならない。おまえはおれと同類だ。自己を見つめてみればわかる」ジェレミアはまっすぐサンドラの頭に銃身を向け、もう片方の腕を軍人よろしく背後に回した。準備の整った死刑執行人のように。

「いまから三まで数える。時間はないぞ」

マルクスはジェレミアに向けて拳銃を構えた――文句なしの標的だ。この距離なら間違いなく命中するだろう。だが、その前に彼はもう一度サンドラを見た。ジェレミアから逃れるチャンスをうかがっている。彼女が行動を起こすのを待てば、ジェレミアを殺さずにすむかもしれない。

「――」

サンドラはジェレミアに数える暇を与えなかった――ぱっと立ちあがったかと思いきや、彼の手の拳銃に肩から体当たりする。ところが、マルクスのほうへ足を踏み出した瞬間、背中に痛みが走った。撃たれた、と思ったが、どうにかマルクスのもとへ駆け寄って、彼の後ろに隠れた。だが、窮地に立たされながらも、銃声を耳にしなかったことに気づいた。とっさに背中に手をやると、背骨のあいだに何かが刺さっている。

サンドラははっとした。

「何てこと」

それは注射器だった。

ベッドの端に座ったまま、ジェレミアは体を揺らして笑った。「スキサメトニウムだ」勝ち誇ったように言う。

マルクスは、ジェレミアが背後からとつぜん引き抜いた手を呆然と見つめた。彼も女性警察官の行動を予測していたのだ。

「病院では驚くようなものも手に入る。そうだろう?」ジェレミアはにやりとした。

見張りの警察官を殺してから準備していたにちがいない。だから彼は薬剤室の前にいたのだ。だが、いまさら気づいても後の祭りだった。最初に手足にしびれを感じた。そして、たちまち喉まで広がる。頭は動かず、脚が崩れた。サンドラは床に倒れた。体がひくひく痙攣するが、自分ではどうすることもできない。やがて息が苦しくなってきた。まるで部屋の空気が尽きたようだった。本物の水族館みたいに――この場所に足を踏み入れたときに感じたことを思い出す。だが、周囲に水はない。酸素を奪われたのは自分だった。

マルクスはサンドラにおおいかぶさった。苦しげにもがき、皮膚や唇がだんだんと青紫色になっていく。どうしたら助けられるのか、彼にはわからなかった。

ジェレミアがベッドの横にあったゴムの管を手にした。「彼女を助けたかったら、これを喉に挿入する必要がある。あるいは医者を呼ぶか。だが、おれを殺すのが先だ。でなければ、どちらも許さない」

マルクスは彼が床に置いた拳銃に目をやった。

「残り時間は、わずか四分、せいぜい五分だ。最初の三分が過ぎると、脳の損傷は致命的となる。思い出すんだ、マルクス。善と悪の境界には鏡がある。それをのぞくと真実に気づく。なぜなら、おまえも――」

一発の銃声がその言葉を遮った。ジェレミアは腕を広げて後ろに倒れ、ベッドの反対側にだらりと頭を垂らした。

ジェレミアにも、引き金を引いて握りしめたままの拳銃にも関心を払わずに、マルクスは懸命にサンドラを励ました。「頼む、がんばってくれ」そしてドアに駆け寄り、火災時の非常レバーを押した。助けを呼ぶには、それが最も手っ取り早い方法だった。

サンドラは自分の身に何が起きているのか理解できなかった。少しずつ感覚がなくなっていく。肺が燃えるように熱く、動けもせず、叫ぶこともできなかった。すべてが自分の内部で完結していた。

マルクスはひざまずいて彼女の手を取ったが、どうすることもできずに、彼女の無言の戦いをながめるばかりだった。

「どいて」

有無を言わさぬ声が背後から聞こえた。言われたとおりにすると、白衣を着た小柄な女性がサンドラの腕をつかんで、最も近い空きベッドへ運んだ。マルクスは足を持って手伝い、そっと彼女を横たわらせた。

女性は救急カートから喉頭鏡を取り出すと、サンドラの喉に入れ、管を挿入して人工呼吸器に接続した。そして、聴診器を胸に当てた。「鼓動は正常に戻りつつあるわ」彼女は言った。「どうやら間に合ったようね」それから、ジェレミア・スミスの生気のない体を振りかえり、こめかみに開いた銃弾の穴を見つめた。続いて、マルクスのこめかみの傷跡にも目をやり、その特異な共通点に驚きを隠さなかった。

そのときになって、マルクスはようやく気づいた。彼女はモニカだ。テレーザの姉の。そして今度は、この警察官の命を救った。

「ここから出ていって」若い医師は彼に言った。

だが、マルクスはすぐに立ち去るつもりはなかった。

「いま行けば」彼女は言い張る。「彼が撃たれた理由は誰にもわからないわ」

マルクスはためらった。

「あとはわたしに任せて」医師がつけ加えた。

サンドラに向き直ると、とりあえず顔に血の気が戻っていた。大きく開いたその目がわずかにきらめくのを、マルクスは見逃さなかった。サンドラもそうすべきだと思っている。マルクスは彼女に軽く触れると、病棟の出口へと向かった。

一年前　プリピャチ

　チェルノブイリの地平線に、夕焼けがまだら模様を描いていた。

　川のそばにひっそりとたたずむ原子力発電所は、休火山だった。一見、静まりかえって無害なようだが、実際には、かつてよりもすさまじい威力で活動しており、今後一世紀にわたって死と奇病を拡散しつづけるだろうと言われている。

　道路からは原子炉が見え、史上最悪の原子力事故を引き起こした四号炉は、いまは、かろうじて鉛とセメントで補強された脆弱《ぜいじゃく》な石棺におおわれていた。

　アスファルトは穴だらけで、古いボルボが跳ねあがるたびにサスペンションが軋みをあげる。車は、鬱蒼とした森が広がる果てしない土地をひたすら走りつづけていた。事故のあと、放射能の風によって木々の色が変わった。当時、まだ事実を知らされていなかった住民たちは、〝赤い森〟と呼んだ。無言の大災害は一九八六年四月二十六日、午前一時二十三分に始まった。

　当初、政府は無謀にも情報を公表せずに、重大な事故ではないと世間に思わせようとした。人々の安全よりも、ニュースが広まることを恐れたのだ。ようやく住民が避難しはじめたのは、事故発生から三十七時間後のことだった。

　プリピャチの街は、原子炉からわずかしか離れていなかった。幽霊のように浮かびあがった輪郭を、ハンターはフロントガラス越しに見つめた。発電所とともに建てられた高層ビルには、明かりも人影もいっさい見当たらない。住民たちが避難した年の人口は四万七千。カフェやレストラン、映画館、劇場、スポーツセンター、それに設備の整った病院がふたつもある近代的な街だった。国内の他の街にくらべても、生活水準は高かった。

だが、いまは白黒の絵葉書のような大地が広がるばかりだ。

そのとき、一匹の小さなキツネが道路を横切って、ハンターは衝突を避けるべくブレーキを踏まざるをえなかった。自然は人間がいなくなったのをいいことに好き放題に振る舞い、多くの種類の動植物がかつての棲息環境を取り戻して、皮肉なことに、この一帯はいわば地上の楽園と化している。だが、いまだに続く放射能汚染の影響で、将来がどうなるのかは誰にも予測できない。

助手席に置いたガイガーカウンターは、一定の間隔の電子音をひっきりなしに鳴らしつづけていた。まるで別次元からの暗号メッセージのように。あまり時間がない。ウクライナの役人に金を渡して、やっとのことで立入禁止区域の通行許可証を入手した。立ち入りが制限されている範囲は半径三十キロに及び、その中心点は、ほかならぬすでに運転が停止された発電所だった。夕暮れの薄暗い時間を利用して、調査を終えなければならない。まもなく、あたりは闇に包まれるだろう。

やがて、道路の両側に乗り捨てられた軍の輸送手段が見えはじめた。その数は何百にものぼる。トラック、ヘリコプター、装甲車など、まさにあらゆる種類の乗り物の墓場だ。緊急事態に対処するために出動した軍隊が利用したものだが、事故の処理が終わるころには放射能に汚染され、置き去りにすることが決定された。

錆びついた看板に、キリル文字で〝中心街へようこそ〟と記されていた。

街の外れには、事故の翌日も子どもたちが楽しんでいた遊園地がある。ここは、最初に放射能雲におおわれた場所だった。大きな観覧車があるが、その骨組みは酸性雨ですっかり錆びている。

プリピャチへの進入を防ぐために、車道の中央にコンクリートのブロックがいくつか置かれていた。有刺鉄線には危険を知らせる札が下がっている。その先は歩いていくつもりで、ハンターは車を停めた。トランクから袋を取り出して肩に担ぐ。そしてガイガーカウンターを手にすると、いよいよゴーストタウンに足を踏み入れた。

ハンターを出迎えたのは鳥のさえずりだった。その響きは、建物にはさまれた大通りを歩く彼の足音とともに消えていく。冷え冷えとした太陽の光は刻々と薄れ、それとともに寒さが増した。ときおり、人気《ひとけ》のない通りで、鬼ごっこをする子どもたちの声が聞こえるような気がした。幻聴か、それとも、もはや時間が意味を持たない場所に永久に閉じこめられた過去の音なのかもしれない。

オオカミが何頭か、廃墟をうろついていた。鳴き声が聞こえたり、灰色の薄汚れた姿が垣間見えたりする。いまのところ近づいてはこないが、じっとこちらの様子をうかがっていた。

ハンターは持ってきた地図を確かめてから、周囲を見まわした。建物という建物には、正面に白いペンキで大きく数字が描かれている。彼が目指していたのは、集合住宅の一〇九号棟だった。

その十一階に、かつてディーマ・カロリスツィンが両親とともに暮らしていた。

すべてのハンターは心得ていた。調査は、連続殺人の最後ではなく、最初の事件から始めるべきであると。なぜなら、犯人はまだ経験から学んでおらず、ミスを犯している可能性が高いからだ。最初の犠牲者は、いわば〝ひな形〟で、そこから犯人は抑えがたい一連の破壊行動を始め、それによってハンターたちは連続殺人犯について多くを知ることが可能となる。

このハンターが知るかぎり、ディーマは生物変移体が最初に一体化を試みた対象だった。当時、ディーマは八歳、キエフの児童養護施設へ送られる前のことだ。

エレベーターを動かす電力が止まっているため、階段を上らなければならなかった。もっとも、皮肉にも放射線に関してはこの場所は飽和状態だった。ガイガーカウンターが線量の最高値を更新する。屋内は屋外よりもはるかに危険だということを、ハンターは知っていた。放射能はとりわけ物体に蓄積する傾向がある。

上るにつれて、居住者のいないマンションの状態が明らかになる。略奪者に荒らされることのなかった部屋は、避難によって中断された日常の光景をそのまま再現していた。食べかけの昼食。決着がつくことのなかったチェスの試合。暖房器具の上に広げて乾かしていた服。乱れたベッド。この街は、とつぜん逃げ出した住民がそれぞれの思い出を委ねた、いわば巨大な集合的記憶なのだ。アルバム、個人的な物、貴重品、家宝――どれもが持ち主のもとへ戻るのを虚しく待っている。すべてが中途半端だった。劇が終わり、役者たちがフィクションだったことを告げて袖に下がってから、あとに残された虚しい舞台のように。時間の嫌がらせのように。生と死が一緒くたになった、悲しい寓意物語。すでに存在しないものについての。

専門家によれば、人類は、もはや半永久的にプリピャチに足を踏み入れることはできないとのことだった。

カロリスティン家のアパートメントに入ると、ハンターは、そこがほとんど手つかずの状態だと気づいた。狭い廊下を進むと、部屋が三つとキッチン、バスルームがある。壁紙はあちこちが剝がれ、湿気で黒ずんでいる。埃があらゆる物を透明の布のごとくおおっていた。ハンターは、ひと部屋ずつ見てまわることにした。

コンスタンティンとアーニャの寝室は、きちんと整理整頓されていた。クローゼットには服がきれいにかけられたままだ。

ディーマの小さな部屋には、子ども用ベッドの横にキャンプ用のベッドが置いてあった。

キッチンのテーブルには四人分の食事の用意。

居間にはウォッカの空き瓶がいくつもあった。ハンターは、その理由を知っていた。街で事故が明らかになったとき、保健省はアルコールが体内の放射線量を下げるという誤った情報を流した。実際には、住民の意欲を削いで暴動を封じこめるための姑息な手段にすぎなかった。ハンターは、サイドテーブルにグラスが四つあるのに気づいた。またしても四だ――その数が意味することは、ただひとつ。

カロリスツィン家には客がいた。

彼は家具の上にきれいに飾られたフォトスタンドに歩み寄った。中には家族の写真――女性、男性、子ども。

だが、いずれも顔が消されていた。

帰り際、玄関のドアのわきに靴が四足あるのに気づいた。男もの、女もの、そして子ども用が二足。

これらの状況から考えると、生物変移体は、おそらく原発事故の発生直後にこの家に来たにちがいない。相手の正体を知らないカロリスツィン夫妻は、温かく迎えた。あの恐怖と混乱に包まれたときには、ひとりぼっちで怯えている子どもを、とても役人の手に託す気にはなれなかったのだろう。

自分たちがどんな怪物を家に迎え入れていたのかは、想像もつかなかったはずだ。だから温かい食事を用意し、ディーマと一緒に寝かせた。その後、何かが起きたにちがいない。おそらく夜のあいだに。カロリスツィン一家は忽然《こつぜん》と消え、生物変移体はディーマに為り変わった。

遺体はどうしたのか？　それよりも、その子どもはいったい誰なのか？　どこからやって来たのか？

闇が街の目の前まで迫っていた。ハンターは集合住宅を後にするつもりで、袋から懐中電灯を取り出した。明日、もう一度、同じ時刻に来てみよう。この場所で夜を過ごすのはまっぴらだ。

だが、階段を下りかけて、ふいに別の疑問がわいた。

なぜカロリスツィン一家だったのか？

これについては、いままで考えたことがなかった。

生物変移体は、何らかの理由があってこの家族を選んだのだ。偶然ではない。

なぜなら、彼は遠くからやって来たのではなかったから。どこだかわからない場所ではなく、むしろすぐ近くから来た。

　ハンターは、懐中電灯の光をカロリスツィン家の隣のアパートメントに向けた。ドアは閉まっていた。

　真鍮の表札に〝アナトリー・ペトロフ〟という名が記されている。

　ハンターは時刻を確かめた。外はすでに暗く、立入禁止区域の境界で監視しているウクライナの警備隊に気づかれないよう、いずれにしてもヘッドライトを消して運転しなければならない。もう少しここに留まっても、同じことだ。答えに近づいていると考えただけで興奮がこみあげ、思わず警戒心を忘れる。

　アナトリー・ペトロフが怪しいという直感が正しいかどうかを、確かめなければならない。

昨日

四時四十六分

死体は泣いていた。

いまは枕もとのランプもつけていない。セルペンティ通りの屋根裏部屋の壁に新たな言葉を記すためのサインペンも持っていない。静寂と闇に包まれたまま、夢で見たことに意味を与えようとしていた。

プラハのホテルの部屋で起きたことについて、夜な夜な思い出す断片的な手がかりを整理する。

粉々のガラス。三発の銃声。左利き。

これらの順序を逆にしたときに、彼は答えにたどり着いた。

ジェレミア・スミスの最後の言葉はこうだった――

〝善と悪の境界には鏡がある。それをのぞくと真実に気づく〟

鏡に自分の姿を映すことが、なぜあれほど嫌いだったのか、やっとその理由がわかった。銃声はそれぞれに対して一発ずつ、自分と、デヴォクと。だが、殺し屋は左利きではなかった。あれは鏡に映った自分の姿だった。一発目の弾は鏡を壊した。

第三の男など、いなかった。ふたりだけだったのだ。

そのことに気づいたのは、〈ジェメッリ〉の集中治療科で起きた出来事の終わりに、ためらうことなく引き金を引いたときだった。だが、はっきりと確信したのは、最後の場面をよみがえらせた夢を見てからだった。なぜプラハにいたのかも、なぜデヴォク師が一緒だったのかもわからなかった。ふたりの会話の内容も、どんなことを言ったのかも知らなかった。

わかっているのは、つい数時間前に自分がジェレミア・スミスを殺したことだけだった。けれども、それ以前に、自分はデヴォクに対しても同じことをしていた。

　夜明けにまたも降りはじめた雨が、街角から夜を消し去った。レーゴラ地区の路地をうろついていたマルクスは、アーケードの下に避難した。空を見あげたが、すぐにやみそうな気配はない。マルクスはレインコートの襟を立てて、ふたたび歩きはじめた。

　ジュリア通りに出て、教会に入る。一度も来たことのない教会だった。クレメンテが待ち合わせ場所にこの地下聖堂を指定したのだ。石段を下りながら、彼はすぐさまそこがただの聖堂ではないことに気づいた。地下は墓所となっていた。

　ナポレオンの命令によって衛生に関する規律が定められ、死者が生きている者から離れた場所に埋葬されるようになる以前は、どこの教会にも墓地があった。だが、ここは他の場所とは異なった。調度品——枝付き燭台、装飾物、彫刻——は、すべて人骨で作られていた。壁に埋めこまれた骸骨が、聖水盤に指を浸す信徒を出迎える。骨は部位ごとに分けられ、きちんと壁《へき》龕《がん》にまとめられていた。その数は何千にも及ぶ。それでも、不気味というよりは、どこか不思議な場所に感じられた。

　クレメンテは背中の後ろで手を組み、たくさんの頭蓋骨の下に置かれた墓碑をのぞきこんでいた。

「なぜここで？」

　クレメンテは振り向いてマルクスを見た。「ゆうべ、きみがボイスメールに残したメッセージを聞いて、この場所がふさわしいと思ったんだ」

　マルクスは周囲を指さした。「どういう場所なんだ？」

「十六世紀の終わりごろ、死者のための祈禱信心会が慈善事業を始めた。目的は、ローマの街角や田園地帯で発見されたり、テヴェレ川岸に打ちあげられたりした名前のない遺体に、きちんとした埋葬場所を与えることだった。自殺者、殺された者、あるいは単に貧困で死んだ者。ここには、およそ八千もの遺体が詰めこまれている」

　クレメンテは意外なほど落ち着きはらっていた。マルクスはメッセージに前夜の出来事を簡潔にまとめて吹きこんでおいたが、それを聞いても、クレメンテはちっとも動揺していないようだった。「きみがぼくの話をまるで気にかけていないように見えるのは、なぜなんだろう？」

「それは、すでにわれわれがあらゆることを知っているからだ」

　その当然のような口調が、マルクスの気に障った。

「誰なんだ？　きみはいつも〝われわれ〟という言い方をするが、それが誰のことなのかは教えてくれない。きみの上にいる人物は誰だ？　ぼくには知る権利がある」

「わかっているはずだ。それは言えない。だが、彼らはきみに非常に満足している」

　苛立ちがつのる。「何に満足しているというんだ？　ぼくはジェレミアを殺さなければならなかった。おかげで、ラーラの居場所はわからずじまいだ。そして昨夜、一年間の空白を経て、ぼくははじめて記憶を取り戻した……ぼくはデヴォクを撃ったんだ」

　クレメンテは少し間を置いてから言った。「ある重警備刑務所に、ひとりの死刑囚がいる。彼は恐ろしい罪を犯して、もう二十年も刑の執行を待っている。五年前、彼は脳腫瘍の診断を受けた。そして腫瘍を摘出する際に、記憶を失った。彼は何もかも最初から覚えなければならなかったんだ。手術のあとで、彼は、犯したことも覚えていない罪で刑務所に入れられているのはおかしいと考えるようになった。いまは、自分は何人も殺した殺人犯とは別人だと主張している。というよりも、人の命を奪うようなことはできるはずがないと。彼は恩赦を要求し、認められなければ、無実の人間が処刑されることになると言い張っている。精神科医は、彼が本気だと診断した。死刑を免れるための策略ではないと。だが、問題は別のところにある。個人の行動の責任は本人が取るべきだとしたら、その罪はどこにあるのか？　肉体に、魂に、あるいは持って生まれた人格か？」

その瞬間、マルクスはすべてを理解した。「きみたちは、ぼくがプラハで何をしていたのかを知っていた」

クレメンテはうなずいてから、つけ加えた。「デヴォクを殺したことは大きな罪だ。しかし、覚えていないのであれば、告解できない。告解しなければ、罪は赦されない。だが、同じ理由で、きみは罪を犯さなかったとも言える。だからきみは赦されたんだ」

「それで、ぼくに何も話さなかったのか」

「教誨師がつねに口にする言葉があるだろう？」

マルクスは、みずからも覚えた連禱を思い返した。

「光の世界が闇の世界と接する場所がある。そこでは、ありとあらゆることが起きる。影におおわれた領域は、すべてが希薄で、混沌として、不確かだ。われわれは、その境界を守るために置かれた番人だ。だが、ときには何かがすり抜けることもある……わが務めは、それを闇に追いかえすことだ」

「その線の上で、つねに危うくバランスを保ちながら、致命的な一歩を踏み出してしまった教誨師もいた——彼らは闇にのまれ、二度と戻ってこなかった」

「つまり、ジェレミアの身に起きたことが、そうと気づかないうちに、ぼくにも起きていたと言いたいのか？」

「きみではない。デヴォクにだ」

マルクスは言葉を失った。

「彼はホテルの部屋に拳銃を持ちこんだ。きみはそれを取りあげて、自分の身を守ろうとしただけだ。その際に揉み合いになって発砲した」

「どうして知っているんだ？　きみたちは、あの場にいなかったはずだ」マルクスは異を唱えた。

「プラハへ行く前に、デヴォクは自分の罪を打ち明けた。重要犯罪《culpa gravis》785-34-15。教皇の規定に逆らって、教会に対する背信行為を行なった。その過程で、教誨師の秘密の一派の存在が明らかになった。おそらく彼はすでに何かがおかしいことに気づいていたんだろう。記録保管所に何者かが侵入し、四人の女性が誘拐されて、喉を切り裂かれて殺され、調査はたえず間違った方向へ誘導される。デヴォク神父は部下たちに疑いを抱きはじめた」

「教誨師は何人いるんだ？」

クレメンテはため息をついた。「それはわからない。だが、われわれはいずれ誰かが堂々と姿を現わすことを期待している。告解では、デヴォクは具体的な名前は挙げようとしなかった。ただ、こう言っただけだった。〝わたしは過ちを犯したから、償いをしなければならない〟と」

「なぜ、ぼくのところに来たんだろう？」

「おそらく、きみたちを残らず殺すつもりだったのではないか。手始めに、きみを」

マルクスは、ようやく事のいきさつを理解したが、容易には信じられなかった。「デヴォクがぼくを殺す？」

クレメンテは彼の肩に手を置いた。「残念だが――きみには知ってほしくなかった」

マルクスは墓所に保管された無数の頭蓋骨のひとつに顔を向け、その虚ろな目を見つめた。あれは誰だったのか？　どんな名前で、どんな顔だったのか？　誰かに愛されたことはあったのか？　どんなふうに死んだのか？　なぜ？　善人だったのか、それとも悪人だったのか？

もしデヴォクに殺されていたとしたら、自分の死体を見て、誰かが同じような疑問を抱いたかもしれない。なぜなら、教誨師が皆そうであるように、自分は誰でもないのだから。

ぼくは存在しない。

「ジェレミア・スミスは死ぬ前にこう言った。〝おれはますます悪の世界にはまりこみ、どんな悪も暴くことができるようになった〟と。ぼくにはわからない。なぜぼくは自分の母親の声を思い出せないのに、悪を探し出すことができるのか？　ほかのものはいっさい忘れてしまったのに、なぜその力は残っているのか？　人間は誰しも善と悪を持って生まれるのか、それとも、それぞれの人生でたどる道によって決まるのか？」マルクスは友人に目を向けた。「ぼくは善人なのか、それとも悪人なのか？」

「いま、きみは自分が大きな罪を犯したことを知っている――デヴォクに続いて、ジェレミアを殺した。だから告解を行なって、魂の裁判所によって裁かれなければならない。だが、ぼくはかならず免罪になると信じている。なぜなら、悪と関わりを持つことによって、誰でも道を踏み外すことはあるからだ」

「だが、ラーラはどうなる？　ジェレミアは秘密を抱えたまま死んだ。あの哀れな娘はどうなるんだ？」

「きみの任務はこれで終わりだ、マルクス」

「彼女は妊娠している」

「助けることはできない」

「彼女の子どもにも望みはないというのか。そんなことは認めない」

「ここを見ろ」クレメンテは納骨所を指さした。「この存在意義は、哀れみの一語に尽きる。名もない者をキリスト教徒として埋葬する。どんな人間だったか、あるいは存命中にどんなことをしたかにかかわらず。今日、ここを指定したのは、きみに対して、いくぶん哀れみを感じていたからだ。ラーラは死ぬだろう。だが、きみのせいではない。だから自分を責めるのはやめろ。みずからを赦せなければ、魂の裁判所による免罪は何の役にも立たない」

「それで、ぼくはお役御免というわけか？　ぼくが思い描いていたのは、こんな結果ではない。これじゃあ納得がいかない」

「じつは、きみにもうひとつ任務がある」クレメンテはにやりとした。「おそらく、これで少しは気が楽になるだろう」そう言って、記録保管所のファイルを差し出す。

マルクスは受け取って、表紙に目をやった。c.g.294-21-12。

「きみはラーラを助けられなかった。だが、ひょっとしたら、彼女のほうはまだ間に合うかもしれない」

九時二分

集中治療科では、およそ日常とはかけ離れた光景が繰り広げられていた。警察官や科学捜査班の鑑識官たちが、多重殺人の現場を再現するべく、通常の現場検証を始めている。だが、すべては、その場から動かすことができない昏睡状態の患者の目と鼻の先で行なわれた。彼らは捜査を妨げる恐れはないため、こういう事態となったのだ。その結果、どういうわけか捜査官たちは慎重に振る舞い、まるで誰かを起こすのを恐れているかのように、声をひそめて話していた。

その様子を廊下の椅子でながめながら、サンドラは自分が情けなく思えてかぶりを振った。医師からは入院して経過を観察する必要があると言われたが、無理やり退院してきた。自分ではたいしたことはないと思っていたものの、無性にミラノへ戻って、以前の生活を取り戻したかった。そして、一からやり直したかった。

マルクス——こめかみに傷跡のある教誨師の名を思い起こす。もう一度、彼に会って話を聞きたい。息も絶え絶えで死を覚悟したときに、彼は苦境を乗り越えるのに必要な勇気を与えてくれた。そのことをどうしても伝えたかった。

ジェレミア・スミスの遺体が黒い袋に入れて運び去られる。目の前を通り過ぎても、サンドラはその男に対して何も感じないことに気づいた。昨晩、彼女はいわば臨死体験をした。いざ死を目の前にすると、ただ憎しみ、恨み、復讐への欲求から自分を解放するだけでよかった。なぜなら、あの瞬間、ダヴィドがすぐそばにいるのを感じたから。

モニカが勇敢な医師としての知恵を振りしぼって、じゅうぶんに信憑性のある結末を考え出した。そして現場に駆けつけた警察官に対して、マルクスの代わりに自白をした。ジェレミアを撃った罪をかぶったのだ。拳銃についた指紋を消して、自分の指紋を押しつけるという念の入れようだった。けっして復讐ではなく、あくまで正当防衛だ。誰もが彼女の言葉を疑わなかった。

延々と続いた尋問を終えて、モニカがこちらへ向かって廊下を歩いてくるのが見えた。彼女は疲れた様子はなく、むしろ晴れ晴れとした表情をサンドラに向けた。

「その後、どう?」

「問題ないわ」サンドラは明るい声で答えた。挿管チューブのせいで、いまだ声がかすれ、全身の筋肉が悲鳴をあげていたが、体が麻痺する恐ろしい感覚は消え失せた。麻酔専門医の処置のおかげで、スキサメトニウムの作用は徐々に弱まっていた。まるで生きかえったような気分だった。「逆境に勝る教師はいない、たしかあなたのお父さんの口癖だったわね」

モニカはにっこりした。昨夜、彼女が夜間診療を終えて集中治療科へ戻ってきたのは、単なる偶然だった。その理由について、サンドラは尋ねなかった。モニカによれば、なぜだかわからないが自然と足が向いたということだった。「ひょっとして、その少し前にしたおしゃべりのせいかしら？」

その巡り合わせ、あるいは運命に感謝すべきなのか？　サンドラにはわからなかった。それとも、ものごとがうまくいくように、誰かがときおり天から目配りしているのか。それが神であれダヴィドであれ、彼女にとっては大差なかった。

モニカは身をかがめてサンドラを抱きしめた。言葉はいらなかった。しばらく、そのままでいる。それから、若い医師は彼女の頬にキスをして立ち去った。

サンドラは、その後ろ姿をぼんやりとながめていた。

そのせいで、カムッソ分署長が近づいてくるのに気づかなかった。

「じつに勇敢な女性だ」彼はきっぱりと言った。

サンドラは分署長を見あげた。全身、青ずくめだった。上着もズボンもシャツもネクタイも。おそらく靴下も青にちがいない。唯一の例外は、白いモカシンシューズだった。もし頭と足がなければ、カムッソは集中治療科の壁や備品に紛れて、カメレオンのように姿を消していただろう。

「きみの上司のデミチェリス警部と話したよ。ミラノからきみを迎えにくるそうだ」

「そうなんですか？　なぜ止めてくれなかったんですか？　今夜、出発する予定だったのに」

「きみのことで、じつに感服する話を聞いた」

とたんにサンドラは警戒する。

「どうやら、きみの推理は正しかったようだ、ヴェガ捜査官。みごとだよ」

彼女はぽかんとした。「何のことですか？」

「ガスストーブと一酸化炭素の件だ。夫がシャワーのあとで妻と息子を撃ち殺して、バスルームに戻って気を失い、頭を打って死んだ事件だ」

申し分のない要約だったが、結末はまだ明らかになっていないはずだ。「法医学者がわたしの説を認めたんですか？」

「認めただけではない。支持している」

信じられなかった。よりによって、こんなときに事件が解決するとは。けれども、人はつねに真実に慰められるものだ。ダヴィドのことにしても。彼を殺した犯人がわかったいま、ようやく彼のいない現実を受け入れられるような気がした。

「この病院の科はすべて、防犯カメラで監視されている。知ってたか？」

カムッソがだしぬけに強い口調で言い出したので、サンドラはびくっとした。そんなことは考えもしなかった。ということは、モニカが証言して、彼女が裏づけた〝事実〟が危機に瀕している。マルクスが危機に瀕している。「映像はご覧になったんですか？」

分署長は顔をしかめた。「どうやら、ここ数日の嵐のせいで、集中治療科のビデオ監視装置がいかれてしまったらしい。事件の記録は存在しない。まったく、何てついていないんだ」

サンドラは安堵の表情をこらえた。

だが、カムッソはさらにつけ加えた。「〈ジェメッリ〉はヴァチカンの付属病院だと知っていたか？」

何気ない言葉ではなく、含みのある言い方だったが、サンドラは無視した。

「どうしてそんなことを？」

分署長は肩をすくめて彼女をちらりと見やったが、そのことについて掘り下げるのはあきらめた。「ただの好奇心だ」

その話を蒸しかえされないうちに、サンドラは椅子から立ちあがった。「ホテルまで送ってもらえるように、どなたかに頼んでいただけますか？」

「わたしが送ろう」カムッソは申し出た。「ここにはもう用はない」

サンドラは落胆を精いっぱいの作り笑いでごまかした。「ありがとうございます。でも、その前に寄りたい場所があるんです」

分署長の車は古いランチア・フルヴィアで、コンディションも申し分なかった。その車に乗りながら、サンドラはどこか懐かしいような気分になった。車の中は、まるでディーラーから届いたばかりの新車のようなにおいがした。おまけに、雨はひっきりなしに降りつづいていたものの、車体は驚くほどきれいだった。

カムッソはサンドラの指示した住所へ向かった。走っているあいだ、六〇年代のヒット曲ばかりを流すラジオに耳をかたむける。車がヴェネト通りに入ると、サンドラはフェリーニの『甘い生活』の時代に戻ったような錯覚に陥った。

アナクロニズムなツアーは、インターポールのゲストハウスがある建物の前で終わった。

階段を上りながら、サンドラはシャルバーに会いたいと心の底から願っていた。ここにいるかどうかはわからないが、とにかく行ってみなければならない。話すことが山のようにある。それに、彼にも何かを言ってもらいたい。たとえば、無事でよかった、とか。たとえ自分を見失ったことが彼の側の手落ちだったとしても。もし昨晩、彼が〈ジェメッリ〉まで尾行していたら、おそらく違った結果となっていただろう。結局のところ、シャルバーは自分を守ろうとしていただけなのだから。

だが、何よりも彼の口から聞きたかったのは、これからも会えればうれしいという言葉だった。ふたりは愛を交わした。自分はこのとおり生き残った。だから、彼を失いたくなかった。いまはまだ素直に認められないものの、彼に惹かれはじめていた。

階段を上りきると、ドアは開いていた。期待に胸をふくらませて足を踏み入れる。キッチンから物音が聞こえてきたので、そちらへ向かった。ところが中に入ってみると、目の前にいたのは、紺のスーツを上品に着こなした、まったく別の男性だった。

サンドラは「こんにちは」と言うのが精いっぱいだった。

男性は驚いて彼女を見た。「ご主人は一緒ではないんですか？」

サンドラには訳がわからなかったが、とりあえず誤解を解こうとする。「じつは、トーマス・シャルバーを捜しているんですが」

男性は考えてから言った。「たぶん、その方はもう引っ越したかと」

「あなたの同僚だと思います。ご存じありませんか？」

「ここの販売を請け負っているのはわが社だけです。それは間違いありませんよ。それに、当社にはそのような名前の社員はおりませんが」

サンドラはおぼろげながら状況を理解しはじめた。

「不動産会社の方ですか？」

「入口の張り紙を見ませんでしたか？」澄ましたような口調だった。「このアパートメントは売りに出されています」

自分が悲しんでいるのか、それとも驚いているのか、サンドラには区別がつかなかった。「いつからですか？」

販売員は当惑した様子だった。「もう半年以上、ここには誰も住んでいませんが」

何と言ったらいいのか、わからなかった。頭に思い浮かぶ説明は、どれも説得力に欠ける。

男性は愛想のよい顔で近づいてきた。「見学希望のお客さまを待っていたところです。いらっしゃるまで、もし部屋をご覧になりたければ……」

「いえ、けっこうです」サンドラは断わった。「わたしの勘違いでした。すみません」くるりと向きを変えて、立ち去ろうとすると、背後から販売員がなおも声をかけてくる。

「家具がお気に召さなければ、無理にお引き取りいただく必要はありません。その分の価格を差し引きますから」

一階まで一気に階段を駆け下りたサンドラは、めまいを覚えて壁にもたれた。そして、少ししてから通りに出て、カムッソの車に乗った。

「ずいぶん顔色が悪いな。病院に戻るか？」

「大丈夫です」だが、それは嘘だった。激しい怒りを感じていた。またしてもシャルバーに騙された。ひょっとして、あの捜査官の言ったことは何もかも嘘だったのかしら。ふたりで過ごした夜は、いったい何だったの？

「この建物に、誰を訪ねたんだ？」分署長が尋ねた。

「インターポールで働いている友人です。でも、ここにはいませんでした。どこに行ったのかもわかりません」

「よかったら捜してみるが。ローマ駐在の捜査官たちに尋ねてみよう。彼らのことならよく知っているし、向こうも、調べたからといって謝礼を要求したりもしないからな」

この件に関しては、納得のいくまで突きつめる必要があるとサンドラはわかっていた。疑いを抱いたままミラノへ戻るわけにはいかない。自分と同じ気持ちを、シャルバーがほんのわずかだけでも抱いているかどうかを知りたかった。「お言葉に甘えてもいいですか？とても大事なことなんです」

十三時五十五分

ブルーノ・マルティーニは、住んでいる建物の中庭にある車庫にこもっていた。そこを、いわば作業場にしていたのだ。彼の趣味はちょっとした修理だった。家電製品を直したり、大工仕事や機械を組み立てたりするのだ。マルクスは開いたシャッターの奥に彼の姿を見つけた。ちょうどスクーターのエンジンと格闘しているところだった。

マルクスが近づいても、アリーチェの父親は気づかなかった。雨の幕が視界を閉ざし、マルクスが間近に来て、ようやく幕は開いた。

マルティーニはスクーターの横にひざまずいたまま目を上げ、マルクスの顔を見てはっとした。「まだ何か用か？」つっけんどんに尋ねる。

どんな人生の困難にも立ち向かえるほどがっしりした体つきだったが、娘の失踪を前にしては無力だった。倒れずに踏ん張るためには、とげとげしい態度を取るしかないのだろう。だとしたら、彼を咎める気にはなれなかった。「話があります」

マルティーニは少し考えてから言った。「入れ。ずぶ濡れじゃないか」

マルクスが中に入ると、彼は立ちあがって、油で汚れた作業着で手のひらを拭った。「今朝、カミッラ・ロッカと話した」マルティーニは言った。「もう二度と裁きを下すことができないと知って動揺していた」

「今日は、そのことで来たのではありません。残念ながら、もう彼女のためには何もできません」

「ときには、何も知らないほうがいいこともあるからな」

マルティーニの口からそのような言葉を聞いて、マルクスは驚いた。ひたすら娘を捜すことに尽力し、不法に銃を入手して、法に背いてまで死刑執行人になろうとしていたのに。はたして、ここに来てよかったのかどうか、彼は不安を覚えた。「そういうあなたはどうなんですか？　アリーチェの身に起きたことについて、いまでも真実を知りたいとは思わないんですか？」

「この三年間、ずっとあの子は生きていると信じて捜してきた。それと同時に、死んだと思って泣いていた」

「それでは答えになっていない」マルクスは負けじと強い口調で言い返したが、その一方でマルティーニがやや警戒心を緩めたようにも感じていた。

「つまり、自分が死ぬこともできないということだ。わかるか？　しかたなく生きつづけているんだ。不死の人間のように。まったく、何という罰だ。とにかく、アリーチェがどうなったかわかるまで、おれは死ねない。ここにいなければならない。苦しみに耐えながら」

「なぜ、そんなに自分に腹を立てているんですか？」

「三年前は、まだ喫煙の悪習があった」

それが何の関係があるのか、マルクスには理解できなかったが、黙って耳をかたむけた。

「あの日、公園で、おれが煙草を吸いにいっているあいだにアリーチェは姿を消した。母親もいたが、おれは目を離すべきではなかった。おれは父親なんだ。見守るのが義務だった。ところが注意を怠ってしまった」

その答えだけでじゅうぶんだった。マルクスはポケットに手を入れて、クレメンテから渡されたファイルを取り出した。

c.g.294-21-12。

マルクスはファイルを開き、一枚の紙を手に取った。

「いまから、ある事実を知らせます。ただし、条件がある——ぼくがこの情報をどうやって入手したのかは訊かないでください。そして、ぼくから聞いたということを誰にも言ってはなりません。いいですか？」

　マルティーニはいぶかしげな面持ちでマルクスを見た。「いいだろう」彼の口調には、いままでにない響きが含まれていた。それは期待だった。

　マルクスは続ける。「言っておきますが、これから耳にするのは、かならずしも喜ばしいことではありません。それでも聞きたいですか？」

「ああ」かすれたような声だった。

　マルクスは慎重に切り出した。「三年前、アリーチェはある男に誘拐されて、国外へ連れ去られた」

「どういうことだ？」

「いかれた男です——死んだ妻があなたの娘に生まれ変わったと思いこんでいる。だから連れ去ったんです」

「ということは……」マルティーニは、にわかには信じがたい様子だった。

「ええ、彼女はまだ生きています」

　マルティーニの目に涙がこみあげ、大男はいまにもその場にくずおれそうだった。

　マルクスは手に持っていた紙を渡した。「ここに、彼女を捜し当てるのに必要なことがすべて記されています。ですが、けっしてひとりで行動してはいけません。約束してください」

「約束する」

「いちばん下に、失踪人捜索の専門家の電話番号が書いてあります。とくに少年少女を捜し出すのを得意としています。彼女に連絡してください。どうやら優秀な警察官のようです。名前はミーラ・ヴァスケス」

　マルティーニは紙を受け取ると、言葉を失ったままじっと見つめた。

「用件はそれだけです」

「待ってくれ」

マルクスは足を止めたが、相手が話のできない状態であることに気づいた。言葉のないすすり泣きに胸を締めつけられる。彼の頭にどんなことがよぎっているのかが手に取るようにわかった。アリーチェのことだけではない。マルティーニははじめて、ばらばらになった家族がふたたび集まる光景を思い描けるようになった。娘の失踪に対する夫の態度が原因で家を出た妻が、息子を連れて戻ってくる。そして、かつてのように仲よく暮らすのだ。

「カミッラ・ロッカには知られたくない」マルティーニはきっぱりと言った。「少なくとも、いまはまだ。彼女の息子のフィリッポが二度と戻ってこないのに、アリーチェに希望があると知ったら、さぞショックを受けるだろう」

「彼女に知らせるつもりはありません。いずれにしても、あの女性にはこれからも家族がいる」

マルティーニは顔を上げ、驚いて彼を見た。「家族？　夫は二年前に彼女を捨てて、別の女と人生をやり直している。子どもも生まれた。だから、おれと彼女のあいだに絆が生まれたんだ」

マルクスは無意識にカミッラの家で見たメモを思い出した。カニの形のマグネットで冷蔵庫に留めてあったメモ。

〝十日後に会おう。愛している〟

いったい、いつからあそこにあるのだろう。だが、マルクスには別に気がかりなことがあった——何だかは思い出せなかったが。「もう行かないと」マルクスはマルティーニに告げた。そして、相手が礼を述べる前に背を向けると、ふたたび雨の幕をかき分けて進んだ。

土砂降りのせいで道路が渋滞し、オスティアまでは二時間近くかかった。海岸通りのロータリーで路線バスを降りると、マルクスはそこから歩いた。

カミッラ・ロッカの軽自動車は小道に停まっていなかった。それでも豪雨のなか、マルクスはしばらく家の様子をうかがって、誰もいないことを確かめた。それから玄関まで行き、ふたたび家に忍びこんだ。

前日に訪れたときと、何ひとつ変わっていなかった。船内のようなインテリアも、靴の下でじゃりじゃり音を立てる砂も。だが、キッチンのシンクは蛇口がしっかり締まっておらず、水が滴り落ちていた。そのひっきりなしに続く音は静寂にのみこまれ、おもてで勢いよくたたきつける雨の音に溶けこんでいる。

マルクスは寝室へ向かった。枕の上には、ふた組のパジャマが置かれていた。記憶違いではない。よく覚えている。女性用と男性用がひと組ずつ。家具の上の置物や、それ以外の物も、あいかわらずきちんと並んでいた。最初に足を踏み入れたときには、恐怖から逃れるために整頓されているのだと思った。息子の失踪によって生じた混乱から抜け出すために。何もかもが、あるべき場所にあるように見えた。すべてが完璧だった。異変——彼は捜すべきものを自分に言い聞かせた。

フィリッポの笑顔の写真がチェストの上からこちらを見つめている。マルクスは導かれるように近づいた。ベッドのカミッラが寝ている側のナイトテーブルに、ベビーモニターがある。新たに生まれた赤ん坊の眠っている様子を見守るために、彼女が使っているにちがいない。それを見て、マルクスは隣の部屋を思い出した。

そして、かつてフィリッポの部屋だった場所に足を踏み入れた。いまはきっちりふたつに仕切られている。彼の目は、おむつ交換台とぬいぐるみの山、揺りかごに釘づけになった。

いまだ見ぬこの赤ん坊は、どこにいるのか？　この演出には、どんなトリックが隠されているのだろうか？

ふいにブルーノ・マルティーニの言葉が脳裏によみ

がえる。〝夫は二年前に彼女を捨てて、別の女と人生をやり直している。子どもも生まれた〟

カミッラはさらなる苦しみに耐えなければならなかった。愛することを選んだ男性は、彼女を捨てた。もっとも、彼の裏切りはほかに女性がいたという事実ではなく、新たに子どもが生まれたということだった。フィリッポの身代わりが。

本当につらいのは、息子を失ったことではない、とマルクスは考えた。それにもかかわらず生きていかなければならないことだ。そしてカミッラ・ロッカは、母親でありつづけることを望んでいた。

それを理解するなり、マルクスは異変に気づいた。今度は、ふだんと変わったことがあるのではなかった。そうではなくて、あるべきものがないのだ。

揺りかごの横には、もうひとつのベビーモニターがなかった。

受信機がカミッラの部屋にあるのなら、送信機はどこにあるのか？

マルクスは寝室に戻って、ナイトテーブルのわきのダブルベッドに腰を下ろすと、受信機に手を伸ばしてスイッチを入れた。

ザーザーいうノイズがひっきりなしに聞こえる。あたかも理解できない闇の声のようだった。マルクスは耳を近づけて、何かを聞きとろうとした。だが、だめだった。音量を最大まで上げる。雑音が部屋に響きわたるなか、彼は息を凝らして待った。ざわめきの海の底に耳をかたむけ、どんな些細な変化も、ほかとは異なる調子の音も聞き漏らすまいとする。

やがて、それは聞こえた。スピーカーから舞いあがる灰色の埃の奥に何かがある。別の音が。抑揚のある。人工的な音ではなく、生きている。呼吸だ。

マルクスはベビーモニターをつかんで両手で持つと、その音の発信源を捜して家の中を回りはじめた。それほど遠くはないはずだ、と彼は推測した。この程度の機械なら、通信距離はせいぜい数メートルだろう。だとしたら、どこにある？

ドアを残らず開けて、部屋を片っ端から確かめた。裏口の前まで来ると、網戸越しに荒れ放題の庭と物置小屋がぼんやりと見えた。

外に出て最初に気づいたのは、周囲の家はどこも離れており、敷地を取り囲む高い松の木々がカーテン代わりとなっていることだった。まさしくうってつけの場所だ。マルクスは砂利道を歩いて薄板の小屋へ向かった。一歩ごとに足が濡れた砂利にめりこみ、雨は絶え間なくたたきつけ、目に見えない力が行く手を阻むかのように向かい風が吹きつける。それでも、やっとのことで目的地にたどり着いた。扉は閉まっており、ずっしりした南京錠がかかっていた。

マルクスはあたりを見まわし、すぐに必要なものを見つけた——排水のために地面に鉄の杭が打ちこまれている。彼はベビーモニターを置くと、両手で杭をつかんで、ありったけの力で引き抜いた。そして南京錠のところへ戻り、狙いを定めて、それと同時に怒りをこめて杭をたたきつけた。しばらくすると、鋼鉄の輪がはじけ飛んで、扉が数センチ開いた。マルクスはすかさず大きく開け放った。

わずか数平方メートルの空間にかび臭い光がなだれこみ、床一面に散らばったゴミと、一台の電気ストーブを照らし出した。ベビーモニターの送信機は、床に投げ出されたクッションの横にあり、その上にはぼろ布がこんもり盛りあがっている——だが、それは動いていた。

「ラーラ……」呼びかけてから、マルクスは長いこと待ったが、返事はなかった。「ラーラ？」今度は、もっと大きな声で呼ぶ。

「はい」用心深い声が聞こえた。

マルクスは彼女に駆け寄った。ラーラは汚らしい毛布の下で体を丸めていた。ぐったりして、肌は垢まみれだったが、それでも生きていた。「安心しろ。きみを捜していたんだ」

「助けて、お願い」助けが来たことには気づかずに、彼女は泣きながら訴えた。

ラーラを抱きしめ、雨のなか外に連れ出して、短い砂利道を歩くあいだも、マルクスは慰めの言葉をかけつづけた。だが、家の中に入ったとたん、彼は足を止めた。

廊下に、カミッラ・ロッカがずぶ濡れで立っていた。手には鍵束と買い物の袋を持っている。彼女は凍りついていた。「彼が連れてきたのよ。わたしがその人の赤ちゃんを育てられるようになって……」

ジェレミア・スミスのことを言っているのだ。

彼女はマルクスを見て、次にラーラを見た。「彼女は産みたくなかったから」

〝生み出された悪は新たな悪を生み出す〟——ジェレミアはそう言った。カミッラは、いわば人生の被害者だ。だが、苦しみに耐えてきたからこそ、いまの彼女がある。そして、殺人犯からの贈り物を受け取った。マルクスには、自分が欺かれた理由もわかった。カミッラはまったく別の世界をつくりあげていた。それが彼女にとっての現実だった。けっして役を演じているのではなく、本気なのだ。

マルクスはふたたび歩き出し、ラーラを抱きかかえるようにして、カミッラのわきを通り過ぎた。すれ違いざまに、何も言わずに、その手から軽自動車のキーを奪う。

カミッラはその場に立ち尽くしたままふたりを見つめていたが、やがて床に崩れ落ちた。そして、消え入りそうな声で、ひたすら同じことを繰り返しつぶやいていた。「彼女は産みたくなかったから……」

二十二時五十六分

デミチェリス警部はコーヒーの自動販売機に硬貨を詰めこんだ。その機械の正確な動きに、サンドラは思わず見入った。これほど早くジェメッリ総合病院に戻ってくるとは思っていなかった。

カムッソから電話があったのは一時間前、ちょうどホテルを出発して、迎えに来た上司とともにミラノ行きの列車に乗るために荷造りをしている最中だった。てっきりシャルバーの情報を得たのかと思ったが、分署長は引き続きインターポールに問い合わせ中だと請けあってから、ジェレミア・スミスの事件に新たな展開があったことを伝えた。それを聞くなり、サンドラとデミチェリスは、みずからの目で確かめるために病院に駆けつけた。

ラーラが生きていた。

だが、発見された状況は不明な点が多かった。建築学科の女子学生は、ローマ近郊のショッピングセンターの駐車場に放置された軽自動車の中にいた。警察に匿名の通報があったのだ。現時点での情報は断片的で、ラーラが検査のために収容された病院の外には伝わってこなかった。

サンドラが把握しているのは、カムッソ分署長が数名の部下を引き連れて、容疑者を逮捕するためにオスティアへ向かったということだけだった。ラーラが通ってきた道を伝え、しかも自動車の登録書類に、その海岸地域の小さな町の住所が記されていたからだ。ジェレミア・スミスがどんな形で関わっているのかはわからなかったものの、事件解決の裏にはマルクスの活躍があったはずだと、サンドラは信じて疑わなかった。

彼に間違いないわ、と心の中で繰り返す。ラーラは、こめかみに傷跡のある謎の人物に助けてもらったと証言するにちがいない。だが、はたして取調官は教誨師の存在を突きとめることができるのだろうか。サンドラはそうならないよう祈った。

　女子学生が解放されたというニュースが広まると、たちまちマスコミが病院に殺到した。記者、撮影クルー、カメラマンたちが正面の公園に陣取っている。ラーラの両親は、南部から出てくるのに時間がかかるため、まだ到着していない。その一方で、友人たちが彼女の容態を尋ねるために少しずつ訪れはじめた。そのなかにクリスティアン・ロリエーリの姿があるのをサンドラは見逃さなかった。例の美術史の助手で、ラーラのおなかの中の子の父親だ。ほんの一瞬、視線を交わしたが、それだけで千の言葉以上の意味があった。彼がここに来たということは、わざわざ大学へ出向いて話をした甲斐があったというわけだ。

　いまのところ、サンドラが受け取っているのは、医師による簡単な報告が記された紙一枚のみだった。それによると、ラーラを担当する医師団は全力を尽くしており、彼女はストレスを受けてはいるものの、胎児は無事だということだった。

　デミチェリスがプラスチックのカップを手に、ため息をつきながら近づいてきた。「今度こそ、きちんと説明してくれるだろうな？」

「もちろんです。でも、コーヒー一杯では足りないかと」

「どのみち明日の朝までは出発できない。おそらく今夜は、ここで夜を明かすことになるだろう」

　サンドラは上司の手を取った。「友人として聞いてください。この話に警察官は関わってほしくないんです。それでもいいですか？」

「というと、もうお巡りの顔は見たくないということか？」デミチェリスはからかったが、サンドラの真剣な表情を見て口調を変えた。「ダヴィドが死んだときには、きみのそばにいてやれなかった。だから、せめていまのわたしにできるのは、話を聞くことくらいだ」

　それから二時間、サンドラは自分がつねにその誠実さを手本としてきた相手に対して、すべてを打ち明けた。ときおり質問をはさむ以外は、デミチェリスはじっと耳をかたむけていた。ようやく話し終えたときには、彼女は驚くほど心が軽くなっていた。

「教誨師と言ったな？」

「ええ」サンドラはうなずいた。「聞いたことはありませんか？」

　デミチェリスは肩をすくめた。「この仕事をしていると、どんなことにも驚かなくなるものだ。タレコミや、説明できない偶然がきっかけで解決する事件もある。だが、警察の裏で捜査を行なう人物がいるとは、考えもしなかった。知ってのとおり、わたしは信心深い人間だ。この世には、理屈に合わない、それでいて信頼できるすばらしいものが存在すると考えたい。何しろ、来る日も来る日も、ひどいものを目の当たりにして、うんざりしているんだ」

　デミチェリスはサンドラにそっと触れた。マルクスが蘇生室から、そして彼女の人生から姿を消す前にそうしたように。そのとき警部の背後で、ネクタイと背広姿のふたりの男が捜査官に何やら尋ねているのが見えた。捜査官はこちらのほうを示している。やがて、ふたりが近づいてきた。

「あなたがサンドラ・ヴェガですか？」一方が問いかけた。

「ええ、そうです」彼女は答えた。

「少しお話しできませんか？」もうひとりが尋ねる。

「もちろんです」

　彼らは内密の話であることをほのめかし、サンドラを離れた場所へと促しながら身分証を提示した。「インターポールの者です」

「何かあったんですか？」

　年上のほうが答えた。「今日の午後、カムッソ分署長から、われわれの同僚について問い合わせがありました。あなたが情報を求めていると言って。名前はトーマス・シャルバー。彼をご存じですか？」

「はい」

「最後に会ったのはいつですか？」

「昨日です」

　ふたりは顔を見あわせた。そして、今度は若いほうが尋ねた。「それは確かですか？」

　サンドラは苛立ちを感じはじめる。「自信を持って断言するわ」

「あなたが会ったのは、この男ですか？」

　差し出された写真をよく見ようと、サンドラは身を乗り出した。「よく似ているけど、この人じゃないわ。この人は知りません」

　ふたりはまたも顔を見あわせた。今度は何やら気がかりな表情だった。「あなたが会った男の人相を、モンタージュ写真の専門家に説明していただけないでしょうか？」

　もはや我慢の限界だった。いったい何が起きているのか知りたかった。「わかりました。それで、おふたりのうち、どちらが説明してくれるんですか？　うまく事情がのみこめないんですが」

　若いほうが年上の男の同意を目で求めてから、意を決して話しはじめた。「最後に連絡してきたときには、トーマス・シャルバーは、ある事件で潜入捜査を行なっていました」

「どうして過去形なんですか？」

「彼はとつぜん姿を消したんです。もう一年以上、消息がつかめません」

　寝耳に水だった。サンドラは頭が真っ白になった。

「すみません、あなたたちの言う捜査官がこの写真の人物で、どうなったかわからないというのなら、わたしが会ったのは誰なんですか？」

一年前　プリピャチ

人気《ひとけ》のない通りでは、オオカミたちが真っ暗な空に向かって吠えながら互いに呼びあっていた。いまやプリピャチは、すっかり彼らの街だった。

その遠吠えを聞きながら、ハンターは集合住宅一〇九号棟の十一階の廊下で、アナトリー・ペトロフの部屋のドアをこじ開けようとしていた。

オオカミは侵入者がまだ街にいると知っていて、その姿を捜し求めている。

日が昇るまでは外には出られまい。寒さで手がかじかみ、思いどおりに動かなかった。だが、やっとのことで錠が外れた。

アパートメントは隣と同じ広さだった。荒らされている様子はない。

窓という窓は、隙間風を通さないように、ぼろ布と絶縁テープでぴたりと塞がれている。原発事故が起きたあと、アナトリーはただちに放射線の侵入を防ぐために予防措置を取ったのだろう。

玄関にかけられた発電所の制服に、写真入りの身分証が留められていた。年齢は三十五歳くらい。まっすぐな金髪で、前髪が額をおおっている。フレームの太い近視用の眼鏡の下から、虚ろな青い目がのぞいていた。うっすらと金色のひげがかぶさった薄い唇。職種は〝タービン技術者〟だった。

ハンターは周囲を見まわした。室内は質素だった。居間には花柄のビロードのソファとテレビ。隅にガラスのケースがふたつあったが、何も入っていない。そして壁をおおい隠すほどの本棚。彼は近づいて、本の背表紙に目を走らせた。動物学、人類学、それに多くの動物行動学の本が並んでいる。著者はダーウィン、ローレンツ、モリス、ドーキンスなど。動物の習得的行動や種の環境条件に関する論文、本能と外的要因との関係についての学術書。タービン技術者の仕事とはまったく関係のないものばかりだ。いちばん下には十冊ほどのノートが並び、すべてに番号が振られていた。

　はたして、これはいったい何を意味するのか、ハンターは判断しかねた。しかし最も重要なのは、アナトリー・ペトロフがひとり暮らしだったとわかったことだ。家族の存在を示すようなものは何ひとつない。あるいは子どものものも。

　一瞬、彼は落胆を隠せなかった。ここで夜を明かさねばならない。燃焼によって放射線の値は上昇するため、火をつけることもできない。食料はなく、持っているのは水だけだ。毛布と、缶詰か何かを見つける必要がある。探しまわるうちに、寝室のクローゼットには服が一枚もなく、食器棚も空っぽだということに気づいた。そこから、アナトリーはチェルノブイリ原発事故の直後、集団避難が始まる前に、プリピャチを脱出するための準備に余念がなかったことがうかがえた。他の住民たちのように、すべてを置き去りにして逃げたのではない。おそらく、前代未聞の緊急事態にもかかわらず、家に留まるよう繰り返すばかりの政府の勧告を信用していなかったのだろう。

　ハンターは、ソファのクッションとキルトを利用して仮のベッドをこしらえた。そして、持参した水で顔や手を洗って、放射能を含んだ埃を少しでも流そうと考えた。袋から水筒を取り出した拍子に、かつて偽のディーマのものだったウサギのぬいぐるみも一緒に出てきた。せっかくだから、この理不尽な状況に付き合ってもらおうと、彼はそれをガイガーカウンターと懐中電灯の隣に置いて、にやりとした。

「手を貸してくれよ、おんぼろウサギ」

ぬいぐるみは片方しかない目で彼をじっと見つめるばかりだった。ハンターはばかばかしくなった。
ふと、何とはなしに本棚に並べられたノートに視線を向ける。そのなかから、たまたま目についた一冊――№6――を手に取ると、とりあえず目を通してみようと思い、即席ベッドに腰を下ろした。
見出しはなく、手書きだった。細かくて几帳面なキリル文字が記されている。彼は最初のページを読んだ。
それは日記だった。

二月十四日
№68の実験は再度行なうが、次回はアプローチ方法を大幅に変更するつもりだ。目的は、刷り込みの対象を大きく変えた場合に、環境条件が行動に影響を与えると証明すること。そのために、今日は市場で試しに白いウサギを二羽買ってきた……

ハンターはとっさにウサギのぬいぐるみを見やった。奇妙な偶然だ。そして、彼は偶然というものを素直に信じられなかった。

二月二十二日
二羽の被験動物は別々に飼育され、じゅうぶんに成熟している。今日は一方の習慣を変えてみよう……

ハンターは部屋の隅にあるガラスケースを見た。アナトリー・ペトロフは、あの中で実験動物《モルモット》を飼っていた。居間はいわば飼育小屋だったのだ。

三月五日
餌を与えずに電極を使用したほうのウサギは、より攻撃的になった。穏和な気質は徐々に原始的な本能へと変わりつつある……

ハンターには理解できなかった。アナトリーは何を証明しようとしていたのか？　なぜそんな行為に没頭していたのか？

三月十二日

二羽の被験動物をひとつのケースに入れた。空腹状態および攻撃性の増加による成果が現われた。一方が他方に襲いかかり、致命的な傷を負わせた

……

背筋が凍るのを感じて、ハンターはベッドから立ちあがると、本棚のところへ行って別のノートを選んだ。なかには、くわしい説明書きを記した写真が添えられたものもある。被験動物は本来の性質とは異なる行動を強いられていた。長時間にわたる餌や水の不投与、暗闇もしくは過度に明るい状態、ちょっとした電気ショック、向精神薬の投与など、あらゆる実験が行なわれた。ウサギたちの目には、狂気の入り混じった恐怖が浮かんでいた。実験は毎回、残酷な方法で終わっていた。というのも、被験動物の一方が他方を殺すか、アナトリー自身が両方とも殺害していたからだ。

ハンターは、最後のノート――№９――にまだ続きがあることに気づいたが、本棚には見当たらなかった。おそらく、アナトリー・ペトロフが持ち出して、あまり重要ではないと判断したものをここに残したのだろう。

最後のページには、とりわけ衝撃的なメモが鉛筆で記されていた。

……自然界に生息するあらゆる生物は他者を殺す。

しかし人間だけが、必要性だけでなく、純粋なサディズムから相手を殺す――すなわち、苦しみを

与える喜びだ。善意や悪意は、単なる道徳的な規準ではない。ここ数年、それぞれの種の遺伝を無効にして、いかなる動物にも殺意を植えつけられることを証明してきた。だとしたら、なぜ人間だけが例外となりうるのだろうか？……

読みながら、ハンターは寒気がした。ふいに、ウサギのぬいぐるみの執拗な視線に耐えがたくなる。手を伸ばしてどけようとした拍子に、手が水筒にぶつかり、水筒は引っくり返って床に水が流れた。水筒を拾おうとしたとき、彼は水が本棚の腰板の下に吸いこまれているのに気づいた。もう一度、水を流してみる。すると、やはり同じ部分に吸いこまれた。

壁を観察し、部屋のおおよその広さを測るうちに、本棚の後ろに何かがあるという結論に達した――おそらく空洞だろう。

さらに、本棚の前の煉瓦の床に円形の引っ掻き傷を発見した。ハンターは身をかがめ、顔を近づけて見た。両手をつき、溝に沿って息を吹きかけ、長年のあいだに積もった埃を払う。すべて終えると、彼は立ちあがって、あらためて床を見た。引っ掻き傷は、きっかり百八十度の半円を描いていた。

本棚が扉になっていて、使いつづけるうちに床に跡がついたのだ。

ハンターは棚板をつかんで手前に引いてみた。だが、重くてびくともしない。そこで本を取り出すことにする。数分かけて床に本を積みあげてから、ふたたび試してみると、本棚が蝶番を基点に動くのを感じた。しばらくして、扉は開いた。

奥にはさらに小さな扉があり、二カ所にかんぬきが取りつけられている。

中央にのぞき穴があり、扉の横にスイッチがあったが、電気が止まっていては役に立たないだろう。案の定、スイッチを入れても明かりはつかなかった。やむをえず、暗がりのなか扉を開けようとする。金属は古びて劣化していたため、彼はかんぬきを動かしてみた。
やっとのことで扉が開くと、目の前には真っ暗な通路が伸びていた。あまりの悪臭に思わず後ずさりする。ハンターは片手を口に当て、懐中電灯を取り出して洞窟に向けた。

広さは二平方メートル、天井の高さは一メートル半ほどだった。

扉の内側と壁は、防音材に使われるスポンジのような、黒っぽいやわらかな素材でおおわれていた。金属の格子のシェードがついた小さなランプがある。隅にはボウルがふたつ。壁の表面は、動物が閉じこめられていたかのように傷だらけだった。

洞窟の奥で、何かが懐中電灯の光に当たってきらめいた。ハンターは四つん這いになると、その小さなものを拾いあげて見た。

プラスチックの青いリストバンド。

違う、ここにいたのは動物ではない——そう考えて、彼はぞっとした。

リストバンドにはキリル文字が彫りこまれていた。

〝キエフ国立病院　産科〟

ハンターは立ちあがった。これ以上、この空間に留まることはできなかった。吐き気がこみあげて廊下に転がり出る。暗がりのなか、彼はいまにも卒倒しそうになって壁にもたれた。必死に心を落ち着かせようとして、やっとのことで息ができるようになった。その間に、ある仮説が頭に思い浮かんだ。いかなる場合も明白かつ論理的な動機が存在する。そのことに、彼は嫌気がさしていた。にもかかわらず、その説を認めざるをえなかった。

アナトリー・ペトロフは科学者ではなかった。病的なサディスト、精神病質者《サイコパス》だった。彼の実験には強迫観念が潜んでいた。石でトカゲを殺す子どもたちと同じように。実際、彼らの場合も単なる遊びではない。暴力による死に突き動かされる、奇妙な好奇心が存在しているのだ。自分でも気づかないうちに、はじめて残酷さのなかに喜びを見出す経験をする。無益な生物から命を奪いながらも、誰にも叱られないとわかっている。だが、アナトリー・ペトロフは早々にウサギに飽きたにちがいない。

　だから、新生児をさらってきた。

そして、モルモットと同じように幽閉したまま育てた。何年間にもわたって、それが自然な状態となるように、ありとあらゆる苦しみを与えつづけた。そして、その子どもの中に殺意をかき立てようとした。はたして殺意は芽生えたのか？　善人となったのか、それとも悪人となったのか？　これが、答えを探し求めていた問いだった。

　これぞまさしく生物変移体の正体だ――彼は実験の結果、生まれたのだ。

　原子炉の爆発によって、アナトリーは急いで街をあとにした。タービン技術者だった彼は、きわめて深刻な事態だとわかっていた。だが、その子どもを連れていくことはできなかった。

　おそらく殺そうと思ったにちがいない、とハンターは考えた。ところが何らかの理由で計画を変更せざるをえなかった。ひょっとしたら、いずれ自分の生み出したものが世の中で力を発揮すると考えたのかもしれない。うまく生き残れば、自分は真の成功を手にすることができると。

　そこで、当時すでに八歳になっていたモルモットを解放することにした。その少年は家の中をさまよい、やがて自分の正体を知らない隣人の家に逃げこんだ。なぜなら、アナトリー・ペトロフが想定していないことがあったからだ――彼はその子どもにアイデンティティを与えるのを忘れた。その結果、真の自己を理解するための生物変移体の企てがディーマを皮切りに始まり、いまもなお続いている。

ハンターはどうにか重苦しい気分を追いやった。彼の獲物は他者に対してどんな共感も抱くことができない。人間の基本的な感情がすべて排除されている。その習得能力は並はずれているが、結局のところは、ただの白紙、中身のない貝殻、役に立たない鏡にすぎない。唯一、彼を導くのは本能だ。

本棚の奥の牢獄は――おおぜいの住民が暮らす建物の、周囲とまったく変わらぬアパートメントの中にありながら、誰ひとり気づかなかった――彼の最初の巣だった。

考えを巡らせながら、ハンターはふと視線を落とした。薄暗い廊下に目が慣れて、玄関のドアのわきの床に黒っぽい染みがあるのに気づく。

またしても床に血が垂れていた。小さな滴。彼は身をかがめて手を触れた。キエフの児童養護施設やパリでもそうしたように。

けれども今度は、血は乾いていなかった。

今日

ホテルで前日にやりかけたままだった荷造りを終えながら、サンドラはインターポールのゲストハウスだと思いこんでいた場所で、トーマス・シャルバーを名乗る男と過ごした夜のことを思い返していた。彼の用意してくれた食事、互いに打ち明けた身の上話を。彼が娘のマリアだと言った少女の写真も。なかなか思いどおりに会うことがかなわない少女の。

あれは……とても嘘には思えなかった。

本物のインターポール捜査官ふたりの前では、この数日間、自分が一緒にいたのは誰だったのかという疑問が頭を巡っていた。だが、いまになって思うのは別のことだった。

あの晩、わたしは誰と愛を交わしたの？

その問いに答えられないのが腹立たしかった。あの男性は、さまざまな役を演じて自分の人生にうまく入りこんだ。最初は、夫に対して疑いを抱かせようとする、いまいましい電話の声にすぎなかった。かと思えば、狙撃手に殺されかかった自分をすんでのところで助けて、命の恩人に扮した。そして信用を得るために誘惑して、意のままに操った。その挙句に、自分を騙してライカの写真を持ち出した。

ジェレミア・スミスによれば、ダヴィドは教誨師の秘密の記録保管所を突きとめた。そのため、殺されるはめになった。

偽のシャルバーも記録保管所を捜していたのだろうか。だとしても、あの最後の真っ暗な写真を前に、あきらめざるをえなかったにちがいない。そして、あの写真にこそ答えが隠されているはずだ。だが、あいにくもう手もとにはない。

あのとき、シャルバーは懸命にマルクスを捜し出そうとしていた。なぜなら、ダヴィドが撮った教誨師の写真が彼に残された唯一の手がかりだったからだ。だが、その後、彼はふたたびサンタ・マリア・ソプラ・ミネルヴァ教会に現われた。ペニャフォールの聖ライムンドの礼拝堂の前で、自分があのような方法で行動している理由を説明するためだけに。そして、ふたたび姿を消した。結局、マルクスを見つけることができずに。

それなら、いったい何の目的で？

一連の出来事を論理的に結びつけようとすればするほど、それぞれの行動の意味がわからなくなる。彼が味方なのか、それとも敵なのか、サンドラには判断がつきかねた。

善人なのか、悪人なのか。

ダヴィド——サンドラはつぶやいた。あなたは自分が誰と何をしていたのかわかっていたの？　彼はシャルバーの電話番号を知っていた。ホテルのバスルームの鏡の前でライカで撮った写真とともに、不完全な番号を残したのは彼だった。夫は入手した手がかりを渡すほど、あの男を全面的に信用しているわけではなかった。にもかかわらず、接触をはかろうとしていた。

なぜ？

さまざまな推理を巡らせるうちに、サンドラはまたしても困惑を覚えた。彼女は荷造りの手を止めると、ベッドに腰を下ろしてじっくり考えた。わたしはどこで間違えたのかしら？　一日も早くすべてを忘れてしまいたかった。心に思い描いている新たな人生の計画を台無しにしないためにも、そうするべきだ。けれども、その一方で、これらの疑問を抱えたまま生きていくのは無理だとわかっていた。とても正気でいられそうにない。

鍵を握っているのはダヴィドだと、サンドラは信じていた。夫はなぜこんなことに身を投じたのだろうか。たしかに彼は優秀な報道カメラマンだった。でも、この件は明らかに彼の仕事とは関係がない。彼はユダヤ人で、自分とは違って、一度も神の話をしたことがなかった。祖父はナチスの強制収容所からの生還者で、あれほど恐ろしいことは、ユダヤ民族を破滅させるためではなく、信仰を放棄させるために企てられたというのがダヴィドの意見だった。ひとたびユダヤ人に神など存在しないと納得させれば、彼らを抹殺するのはたやすいことだろうと。

一度だけ、いつもより少しばかり真剣に宗教の話をしたことがある。あれは、結婚してしばらくたってからのことだった。

ある日、シャワーを浴びている最中に、サンドラは胸にしこりを見つけた。ダヴィドの反応は、いかにもユダヤ人らしかった——からかいはじめたのだ。

彼女は、その態度を性格的な弱さによるものと見なした。自分の健康問題が物笑いの種にされ、冗談となったのは、ただダヴィドがみずからの手に負えないことに後ろめたさを感じているからだと。思いやりにあふれている反面、何の助けにもならなかった。そうやって、彼はずっとからかいながら、一緒になって、ああでもないこうでもないと言うばかりだった。サンドラは、そんなことをしても不安は消えないと彼に伝えた。それどころか、内心ではひどく不愉快で、とにかくやめてほしかった。けれども、それがダヴィドの物ごとに対する向き合い方だった。彼女はそれをうまく受け入れられる自信がなかった。そのことについては、いずれ話しあう必要があったが、口論になるのは目に見えていた。

検査の結果が出るまでの一週間、ダヴィドはずっとその耐えがたい態度を貫いた。サンドラは我慢できずに、すぐにでも話をしようと考えたものの、取り乱してしまうのが怖かった。

結果を聞きにいく前日の深夜、ふと目を覚まして、隣で寝ているはずのダヴィドのほうに手を伸ばした。けれども、彼はいなかった。ベッドから出てみたが、どの部屋にも明かりはついていない。探しながらキッチンの入口まで来たときに、彼を見つけた。こちらに背を向け、縮こまって座っている。そして、低い声で何やらつぶやきながら体を揺らしていた。妻がいることには気づかなかった。気づいていれば、祈るのをやめていただろう。彼女はベッドに戻って、泣いた。

さいわいにも、しこりは良性だと判明した。だがサンドラは、この問題についてダヴィドにはっきりさせておくことが必要だと痛感した。今後の結婚生活でも、さらなる難問が待ち構えているだろう。それらを乗り越えるためにも、単にからかうのでなく、何らかの形で力になってほしかった。じつはあの晩、あなたが祈っているのを聞いたの、サンドラがそう伝えると、ダヴィドはやや気まずい顔で、彼女を失うと考えただけで怖くてたまらなかったことを認めた。ダヴィド自身は死ぬことを恐れていなかった。前線で仕事をするうちに、死ぬかもしれないという考えがいつのまにか消えていたのだ。しかしサンドラのこととなると、どうしていいのかわからなかった。ただひとつ考えついたのは、それまでずっと避けてきた神に助けを求めることだった。

「ほかに頼る手段がないときに、唯一残っているのは、信じていない神への信仰なんだ」

それはサンドラにとって、無条件の愛の宣言に等しかった。しかしいま、ホテルの部屋で、荷物を詰めかけのスーツケースの横に座りながら、彼女は疑問に思わずにはいられなかった。夫がローマで死を覚悟していたとしたら、どうしてわたしに対して、別れのメッセージのように捜査の手がかりを残そうとしたの？　正確には写真を。それはたぶん、職業柄、写真が彼にとっての言葉だったから。それにしても、どれだけ妻を大事に思っていたかを伝えるために、たとえばビデオを用意することもできたはずだ。でも彼は、手紙も、メモの一枚も書き残してくれなかった。それだけ愛していたのなら、なぜ最後にわたしのことを考えなかったの？

「それは、万が一、自分が死んだ場合に、わたしにいつまでも悲しみに打ちひしがれていてほしくなかったから」サンドラは口に出して言った。そして、ようやくわかった。

ダヴィドはわたしに残りの人生をプレゼントしてくれた。誰か別の男性に愛されて、家庭を築いて、子どもを産むチャンスを。未亡人ではない暮らしを。何年もたってからではなく、いますぐに。

彼に別れを告げる方法を見つけなければならない。ミラノの家へ戻ったら、思い出の品を片づけて、クローゼットに入っている彼の服を処分して、部屋という部屋から彼のにおいを消さなければ――アニスの香りの煙草も、安っぽいアフターシェーブ・ローションも。

けれども、すぐにできることもある。携帯の留守番電話に保存してある、自分をローマまで導いたダヴィドの最後のメッセージを消去することだ。でも、その前にもう一度聞きたい。二度と夫の声を耳にすることはないのだから。

「もしもし。何度もかけたんだけど、ずっと留守電になっていた……あまり時間がないから、手っ取り早く、いまぼくが恋しいと思っていることを挙げる……ベッドに入ってきたときに、毛布の下でぼくを探すきみの冷たい足。冷蔵庫の中のものが腐っていないかどうか、味見させられること。夜中の三時に、こむら返りを起こしたと言って大声でたたき起こされること。それから、信じてもらえないだろうけど、きみがぼくの剃刀で脚の毛を剃って、それをぼくに黙っていること……とにかくオスロは寒くてたまらない。一日も早く帰りたいよ。愛してる、ジンジャー」

サンドラは迷わず消去ボタンを押した。「あなたのことは忘れないわ」涙がとめどなく頬を流れた。彼をフレッドと呼ばなかったのは、ずいぶん久しぶりのことだった。

それから、ライカの写真のコピーをかき集めた。元の写真は、まだ偽シャルバーが持っている。例の真っ暗な写真をいちばん上にして、それらを重ねた。ひと思いに破って忘れようとして、ふと手を止める。

ダヴィドの撮った写真に、ペニャフォールの聖ライムンドの礼拝堂は含まれていなかった。それでも、あのドミニコ会の修道士も、かつては教誨師だった。いまにして思えば、ホテルの部屋のドアの下に宗教画を差し入れて、自分をあの教会へ導いたのはシャルバーだった。そのことをサンドラはこれまで深く考えていなかった。彼はなぜ、あんな手を使ってまで自分にあの場所を知らせようとしたのか。

真っ暗な写真。

あの写真が教誨師の記録保管所の謎に対する答えだと、彼が考えていたとすれば、それはあの簡素な礼拝堂に隠されているにちがいない。ただし、シャルバーは手がかりを見つけられなかった。

サンドラはあらためて写真をながめた。てっきり撮り損ないだと思っていたが、そうではなかった。ダヴィドは真っ暗になるように意図して撮ったのだ。

ほかに頼る手段がないときに、唯一残っているのは、信じていない神への信仰なんだ。

ミラノへ戻る前に、もう一度サンタ・マリア・ソプラ・ミネルヴァ教会へ行く必要がある。

ダヴィドが残した最後の手がかりは、信仰の試みだった。

一年前　プリピャチ

ハンターは、ここでひとりではなかった。このゴーストタウンで暮らしている者がいる。

ここに。

生物変移体は、身を潜めるのに、およそ人間の暮らすことができない場所を選んだ。ここなら誰も捜しに来ることはあるまい。

彼は家に帰ってきた。

ハンターは彼の存在に気づいた。床に垂れた血の滴は、まだ完全に乾いていなかった。

すぐそばにいる。

どうするべきか、瞬時に決断しなければならない。麻酔銃の入った袋は居間のランプの横に置いてきた。だが、取りに戻っている暇はない。

こちらを見ている。

とにかく、アナトリー・ペトロフのアパートメントから逃げ出したかった。助かるには車まで戻るしかない。ボルボは、車両進入防止のために道路の真ん中に置かれたコンクリートブロックの手前に停めてある。だが、そこまではかなりの距離があった。しかもオオカミがうろつきまわっているなか、走らなければならない。作戦などない。ひたすら逃げるのみだ。

彼は玄関のドアへ向かって走り出すと、一気に階段を下りはじめた。靴の裏には何の感触もなく、ただ段をかすめているだけだった。暗くて足もとが見えない。転倒したらおしまいだ。脚が折れてこの建物に閉じこめられ、敵に気づかれるのを怯えながら待つはめになるだろう。それでも彼は、慎重になるよりも危険を冒すことを選んだ。ときおり瓦礫の山をよけて一度に数段を飛び下りる。息が切れ、汗で背中が凍りつく。足音が階段の吹き抜けに鳴り響く。

　息も絶え絶えに十一階分の階段を駆け下りて、通りに出た。

　周囲には影しか見えなかった。無数の虚ろな目でこちらを見つめる建物、クロバエのごとく、いまにも寄り集まってきそうな車、彼を捕まえようと、脆《もろ》い骸骨さながらの枝を突き出している木々。かかとが触れると、足もとで世界が崩れるかのようにアスファルトが砕けた。だんだんと不安が胸にこみあげ、肺が炎に包まれる。息をするたび胸部に激痛が走る。自分に危害を加えようとしている相手から逃げるのがどんな心境か、はじめて理解した。

　いまやハンターは獲物となった。

　どこにいる？　おまえがそこにいて、じっとこっちを見ているのは知っている。絶望に陥ったぼくを笑っているんだろう。そうして、いまにも姿を現わそうとしている。

　角まで行くと、大通りに出た。その瞬間、彼は自分がどこから来たのか思い出せないことに気づいた。方角がわからない。立ち止まって考え、緊張のあまり思わず身をかがめる。その拍子にメリーゴーラウンドの錆びた骨組みが見えて、遊園地の近くに来ていることがわかった。ボルボまで、あと五百メートル足らず。そこまで行けば、もう安心だ。

　かならず逃げてみせる。

　苦痛も疲労も、寒さも恐怖も無視して、彼は勢いよく走り出した。ところが、視界の隅に最初のオオカミが映った。

　野獣は横に並び、ともに走りはじめる。少し行くと、二匹目が現われた。そして三匹目。いずれも距離を置きつつ、あとについてくる。スピードを緩めれば、たちまち襲いかかってくるだろう。

一瞬でも足を止めてはいけない。せめて袋に入った麻酔銃を取りに戻る時間があったら……。

やがてボルボが見えた。停めたときのままの状態だ。安堵するのもつかの間、ひょっとしたら壊されているかもしれないと不安になる。だとしたら、それ以上の悪質ないたずらはない。だが、ここまで来てあきらめるわけにはいかなかった。あと数メートルのところで、一匹のオオカミが襲いかかってきた。彼は蹴り飛ばして、取り囲まれないように威嚇しながら距離を保った。

車は幻ではない。本物だ。

もし無事に逃げられたら、さまざまなことが変わるだろう。そう考えたとたん、彼は自分の命がいかに大事かということに気づいた。死ぬのが怖いわけではない。ただ、この場所で、想像さえつかない方法で死ぬと考えるのが恐ろしかった。

こんなふうに死ぬのは嫌だ。助けてくれ。

車にたどり着いたのが信じられなかった。ドアを開け放ってから振りかえると、オオカミたちは興奮がおさまっていた。攻撃しても無駄だとわかって、闇の潜窟へ引き返そうとしている。彼はダッシュボードに差しっぱなしのキーに慌てて手を伸ばした。キーを回した瞬間は、車が動かないのではないかと思った。だが、無事にエンジンがかかった。ハンドルを切って車をバックさせる。どこも問題はない。あいかわらずアドレナリンが全身を駆けめぐってはいたものの、彼はじわじわと疲労を覚えはじめた。乳酸が発生して関節が痛んだ。緊張が解けてきた証拠だろう。

もう一度だけバックミラーを見た——いまだ恐怖に怯えた目、遠ざかるゴーストタウン。そして、後部座席から現われる人影。

しかし状況を把握しないうちに、ハンターは苦悶に満ちた闇に包まれた。

彼の目を覚ましたのは水の音だった。岩から小さな雫が滴り落ちている。目を開けなくても、そこがどんな場所だか想像ができた。見たくなかった。だが、ついに彼は目を開けた。

木の台に横たわっていた。天井から吊るされた小さな三つの電球から、弱々しい明かりが注がれている。発熱したフィラメントが震え、それらに電気を流している発電機のうなる音が聞こえた。

体は動かせなかった。縛られている。だが、いずれにしても動かしたいとも思わなかった。このほうが楽だった。

ここは洞窟なのか？　いや、地下室だ。かびのにおいが充満している。だが、それだけではない。金属臭もする。はんだ付けの。亜鉛。それから、間違いなく致死性の有毒ガス。

やっとのことで頭を動かして、よく見る。そこは地下聖堂だった。壁には緻密なモザイクが施されている。その光景は、美しいと同時に忌まわしいものだった。

それらは骨でできていた。

一本ずつ積み重ねられたり、はめこまれたりしている。大腿骨、尺骨、肩甲骨。棺にめっきをする亜鉛ではんだ付けすることで、この部屋を汚染から守っていた。

まさにうってつけの隠れ場だった。じつにうまく考えられている。あらゆるものが放射能に汚染された場所で、唯一、毒を含まないのは死者だ。そこで彼らを墓から掘り起こして、避難壕を組み立てるのに利用したにちがいない。

ふと目をやると、歳月を経て黒ずんだ頭蓋骨が三つ、陰からこっそりこちらを見つめていた。大人ふたりと子ども。本物のディーマと両親にちがいない。

そのとき、彼が近づいてくるのを感じた。顔を向けるまでもなかった。ハンターにはわかっていた。

落ち着いた規則的な呼吸が聞こえる。彼が手を伸ばし、汗で額に張りついた髪を払いのける。そっと撫でるように。それから周囲を回って、目と目が合う位置まで来た。ミリタリーパンツに、擦り切れた赤いタートルネックのセーター。顔は目出し帽でおおわれ、無表情な目と伸びたあごひげだけがのぞいていた。

それだけでは、いっさい感情は透けて見えない。ただ好奇心を抱いているようだった。子どもが何かを知りたいときにそうするように、小首をかしげ、問いかけるような視線を向けている。その姿を見て、ハンターはもはや逃げられないことを悟った。

彼は哀れみを知らない。それは悪人だからだろうか。いずれにしても、誰にも教えられなかったからだ。

彼は両手でウサギのぬいぐるみを握りしめていた。その小さな頭を無造作に撫でる。そして、その場を離れた。ハンターは彼を目で追った。隅に、毛布とぼろ布で作った間に合わせのベッドがある。そこにウサギを置くと、彼は腰を下ろして脚を組み、ふたたびこちらを見つめた。

訊きたいことがたくさんあった。ハンターはみずからの運命を思い描いた――ここから生きては出られまい。だが、それよりも耐えがたいのは、答えがわからないことだった。これまで狩りに、持てるだけの力を注いできた。だから、自分には答えを知る権利がある。いわば名誉の勲章だ。

いかにして変移を遂げたのか？　他人のアイデンティティを奪うたびに、血の滴――ある種の署名――を残す必要があったのはなぜなのか？

「頼む、話してくれ」

「頼む、話してくれ」彼は繰り返した。

「何でもいいから」

ハンターは笑い出した。彼も笑った。

「からかうのはやめろ」

「からかうのはやめろ」

その瞬間、ハンターは理解した。彼はからかっているのではない。練習をしているのだ。

彼は立ちあがり、それと同時にズボンのポケットから何かを取り出した。長くて光るものを。最初は何だかわからなかった。やがて彼が近づくにつれ、鋭い刃が見えた。

彼はメスをハンターの頬に当てると、ゆっくりと線を描き、少しして、今度はもう少し力をこめて、その線を逆からなぞりかえした。皮膚に危険なむずがゆさを覚える。心地よく、それでいてぞっとする。

この世にあるのは地獄のみだ、とハンターは考えた。まさしく、ここに。

生物変移体は、ただ殺そうとしているのではない――じきにハンターである自分が獲物となるのだ。

だが、その前にそれが姿を現わした。答えが。男が目出し帽を取り、はじめて顔をあらわにした。ふたりの距離はそれほど近くはなかったが、ついにこの時が訪れた。ハンターは目的を達した。

しかし、その顔には何かが表われていた。ともすれば見逃してしまいそうな何かが。

署名だと考えていたものの由来を、ハンターはようやく理解した。

それは彼の脆さの証だった。目の前にいるのは怪物ではなく、ひとりの人間なのだ。そして、他の人間と同じように、生物変移体にも特徴があった。たとえ多種多様な人格に潜むのが得意だとしても、彼を独自の存在とするものが。

ハンターは死を目前にしていた。だが、その瞬間、彼は不安から解放された。

まだ敵を思いとどまらせるチャンスはある。

現在

雨は夜の葬式のごとくローマを包みこんでいた。暗いのか昼間なのか、わからないほどだった。

サンドラは製作者不明のファサードを抜けて、間違いなくローマで唯一のゴシック建築の教会に足を踏み入れた。豪華な大理石、高い天井、みごとなフレスコ画――サンタ・マリア・ソプラ・ミネルヴァ教会には誰もいなかった。

右手の身廊に足音の響きが吸いこまれる。サンドラはいちばん奥の礼拝堂の祭壇へ向かった。最も小さくて、最もみすぼらしい礼拝堂へ。

そこで、ペニャフォールの聖ライムンドが待っていた。いままでは気づかなかったが、ふたりの天使にはさまれて最後の審判を下すキリストに対して、みずからの罪を告白しているように見える。

魂の裁判所。

フレスコ画の周囲には、あいかわらず信者によって奉納の蠟燭が置かれ、床に蠟が垂れていた。教会内のほかの礼拝堂とは違って、そうした蠟の塊ができているのはここ――最もみすぼらしい礼拝堂――だけだった。隙間風が吹きこむたび、小さな炎は健気にもいっせいに頭をかたむけてから、ふたたびまっすぐになる。

これらの炎が灯されているのは、どのような罪のためなのか、ここに来るたびにサンドラは疑問に思っていた。だが、いまは答えがわかっている。あらゆる人間の罪のためだ。

ライカで撮影された最後の写真をバッグから取り出すと、彼女はじっと見つめた。その写真に写っている闇には、信仰の試みが隠されている。ダヴィドの残した最後の手がかりは、最も謎めいていると同時に、最も多くを物語っていた。

神の声を聞くには、外に対して耳を澄ますのではなく、みずからの心に耳をかたむけなければならない。

この五カ月間、サンドラは、ダヴィドがいまどこにいるのか、彼の死の意味は何なのかを突きとめようとしてきた。そして、数々の疑問を前に途方に暮れていた。写真分析官である彼女は、細部に死の原因を見つけ出し、そうやってすべてが説明できると信じていた。

わたしはカメラのレンズを通して物ごとを見る。どんな些細なこともおろそかにしない。それで事実が明らかになるから。でも、教誨師については、見ただけでは理解できない何かがある。真実ではあるけれど、カメラでは捉えることのできない何かが。だから、ときには謎に屈することも必要だ。世の中には解明できないこともあると認めなければならない。

万物の存在という大いなる疑問を前にしたとき、科学者は悩み、信心深い者は立ち止まる。その瞬間、サンドラはこの教会で、自分がまさに境界線上に立っていると感じた。教誨師の言葉を思い出したのも偶然ではなかった――〝光の世界が闇の世界と接する場所がある。そこでは、ありとあらゆることが起きる。影におおわれた領域は、すべてが希薄で、混沌として、不確かだ〟。

マルクスは、はっきりとそう言った。けれども、いままでサンドラには理解できなかった。本当に危険なのは闇ではなく、どちらでもない状態なのだ。光が人を惑わす場所。善と悪が入り混じり、まったく区別がつかない場所。

悪は闇には潜んでいない。陰に隠れている。

そこでは、物ごとが歪んで見える。怪物は存在しない。恐ろしい犯罪に手を染める、ごくふつうの人間だけだ。だから闇を恐れるべきではない、とサンドラは考えた。結局のところ、そこにすべての答えがあるから。

闇の写真を手にしたまま、彼女は奉納の蠟燭の上に身をかがめた。そして、一本ずつ息を吹きかけて消しはじめた。蠟燭はかなりの数にのぼり、しばらく時間を要した。炎が消えるにつれて、闇が潮のごとく満ちる。周囲のものは徐々に消え失せた。

すべてを消し終えると、サンドラは一歩下がった。もはや何も見えず、言い知れぬ不安がこみあげたが、あとは待つだけだと繰り返し自分に言い聞かせた。そうすれば、やがて答えがわかる。幼いころもそうだった。眠りに落ちる前、ベッドの中で暗がりが怖くてたまらなかった。けれども目を閉じると、すぐに暗いのも平気になり、いろいろなものがまた魔法のように現われて——おもちゃでいっぱいの部屋も、人形も——すやすやと眠ることができた。サンドラの目が少しずつ新たな環境に慣れる。光の記憶が消え、ふいに新たな何かが見えることに気づいた。

周囲の人物がふたたび現われはじめた。祭壇画には、きらめきを放つペニャフォールの聖ライムンドの姿。審判を下すキリストとふたりの天使も、それぞれきらびやかな光をまとっていた。煤で灰色になった壁の粗雑な漆喰にも、さまざまな形が浮かびあがる。フレスコ画だ。信仰や悔悛だけでなく、赦しの場面も描かれている。

サンドラは目の前に現われた奇跡を信じられなかった。豪華な大理石も帯状装飾もない、最もみすぼらしい礼拝堂が、驚くほど美しい場所となった。

むき出しの壁から、またも新たな光が浮き出てターコイズブルーの象眼細工を組み立て、アーチ形の天井まで照らし出した。光輝く細い糸が抜け殻のような柱を這いあがる。すると、礼拝堂全体が静かな海の底のごとく青い微光に包まれた。あいかわらず暗かったが、目のくらむような暗さだった。

サンドラはほほ笑んだ——夜光塗料だわ。

たとえ論理的な説明が存在するとしても、そこに行き着くまでの思考回路はちっとも筋が通っていなかった。それは単なる放棄、みずからの限界の容認、計り知れないことや理解できないことに対する甘美なる降伏だった。すなわち信仰だ。

これがダヴィドの最後の贈り物なのだ。妻に宛てた愛のメッセージ。自分たちの身になぜこんな運命が降りかかるのかなどと思わずに、ぼくの死を受け入れてほしい。そうすれば、きみはもう一度幸せになれるはずだ。

サンドラは顔を上のほうへ向けて、彼に感謝した。

「ここには記録保管所はないわ。唯一の秘密は、このうえない美しさだけ」

背後から足音が近づいてきた。振り向くと、マルクスが現われた。

「夜光塗料の発見は十七世紀に遡る。あるボローニャの靴職人が小石を拾ってきて、それを炭で焼いてみたら、奇妙な現象を発見したんだ——太陽の光に当てておくと、暗がりでも何時間も光を発しつづけた」彼は周囲を示した。「きみが見ているのは、そのわずか数十年後に完成された無名の画家の手によるものだ。彼は靴職人の小石を用いて礼拝堂に絵を描いた。当時の人々はさぞ驚いたことだろう。何しろ、こんなものは見たことがなかったから。だが、現在ではそれほど驚くことではない。ぼくたちは、なぜこうした現象が起きるのかを知っている。いずれにしても、ローマの数ある風変わりな名所と見なすか、ある種の奇跡と見なすかは人それぞれだ」

「奇跡と見なすことができたら、どんなにいいかしら。心からそう思うわ」一抹の寂しさとともに、サンドラは認めた。「だけど、残念ながら理性が勝った。その理性が、神は存在しない、ダヴィドが永遠に天国で幸せに生きつづけているというのも嘘だと、わたしに告げている。でも、できることならそう信じたい」

マルクスはちっとも動じなかった。「その気持ちはわかる。最初にここに連れてこられたときに、ぼくはこう言われた――記憶喪失になって、自分が聖職者だと知らされてから抱いた疑問に対して、答えを見つけることができると」彼はこめかみの傷跡に触れた。

「ぼくにはわからなかった。自分が本当に神父だとしたら、信仰はいったいどこにあるのか」

「その答えは何だったの？」

「信仰はただ与えられるわけではない。つねに自分から探すべきものだと」そう言って、マルクスは目を伏せた。「ぼくは悪の世界で探している」

「運命は不思議ね。わたしたちはどうして出会ったのかしら。あなたは失った記憶に対して、わたしはあり余るほどのダヴィドの思い出に対して、けりをつけるべく戦っている。わたしは忘れられない状況に追いこまれて、あなたは忘れることを余儀なくされた」サンドラはそこで言葉を切って、彼を見つめた。「これからも続けるの？」

「まだわからない。だが、いつか自分が堕落することを恐れているかどうか尋ねているのなら、答えはひと言、〝イエス〟だ。はじめのうちは、悪の目で世界を見るのは忌まわしいことだと考えていた。だが、ラーラを発見したことで、自分の能力に意義を見出した。過去の自分がどんな人間だったのかを覚えていなくても、いまやっていることのおかげで、現在の自分がどんな人間なのか、ようやく理解できた」

サンドラはうなずいたが、まだ気になることがあった。「あなたに伝えなければならないことがあるの」彼女は時間をかけて言葉を選んだ。「ある男があなたを捜しているわ。てっきり記録保管所を発見するためだと思っていたけれど、さっきの光景を目にして、彼の目的は別にあると気づいた」

マルクスは困惑する。「なぜだ？」

「わからない。でも、彼は嘘をついていた。インターポールの捜査官を名乗っていたけれど、実際には違ったわ。本当は誰なのかは見当もつかない。だけど、あなたの身に危険が差し迫っているような気がするの」

「ぼくを見つけることはできない」

「いいえ。彼はあなたの写真を持っているわ」

マルクスは考えを巡らせた。「仮に見つけたとして、ぼくをどうするつもりなんだ？」

「あなたを殺すのよ」

サンドラがきっぱり言いきっても、彼は動揺しなかった。「なぜそう言える？」

「警察官ではなくて、あなたを逮捕するつもりでもなければ、残る目的はただひとつよ」

マルクスはほほ笑んだ。「ぼくはすでに一度、死んでいる。もはや何も怖くはない」

その落ち着きはらった態度に、サンドラはそれ以上反論するのをやめた。彼を信じてもいいような気がした。あらためて、病院でやさしく触れられたことを思い出す。マルクスと一緒にいると、不思議と気持ちが和んだ。「わたしは罪を犯して、自分を赦すことができないの」

「誰にでも赦しは与えられる。たとえ大罪を犯した者でも。だが、求めるだけではだめだ。その罪を誰かと分かちあわなければならない——はっきりと口に出すことが、解放されるためのはじめの一歩なんだ」

それを聞いて、サンドラは頭を垂れ、目を閉じて、少しずつ心を開きはじめた。そして語った。中絶のこと、一度失ってから取り戻した愛のこと、ずっと自分を責めてきたことを。ごく自然に話した。言葉が心の奥底からあふれ出た。てっきり肩の荷が下りたときと同じように感じるものだと思っていた。けれども、むしろ逆だった。生まれなかった子が心身に開けた穴が、ふたたび塞がれた。ずっとつきまとっていた不安が、かさぶたとなった。自分の中で何かが変わりつつあるのを感じた。新たな人間に生まれ変わるのを。

「ぼくも、ある重い罪について自責の念にかられている」マルクスはついに口を開いた。「ぼくは他人の命を奪った。きみとまったく同じように。だが、それだけでぼくたちは殺人者となるのか？　人間は、やむにやまれず人を殺すことがある。誰かを守るためや、恐怖にかられて。そうした場合には、また別の裁きの基準が必要となるだろう」

　その言葉に、サンドラは救われたような気がした。

「一三一四年に、フランス南部のアルデシュでペストが大流行して、おおぜいの命を奪った。それに乗じて、山賊の一団が略奪や強姦、虐殺を繰り返した。人々は恐怖に陥り、もはや生き延びる希望を失った。そこで、山間の村々の神父たちが、そうした経験がまったくなかったにもかかわらず、山賊に立ち向かうために集まった。彼らは銃を手に取って戦った。そして、ついに勝利をおさめた。神の僕《しもべ》がたくさんの血を流したんだ。だが、どうして彼らを責めることができよう？　それぞれの教会に戻った神父は、救世主として称えられた。彼らが守ってくれたおかげで、もはやアルデシュでは犯罪が起きることはなかった。そのときから、人々はそれらの神父を〝闇の狩人《ハンター》〟と呼ぶようになった」マルクスは大きな蠟燭を取ると、マッチで火をつけてサンドラに差し向けた。「だから、ぼくたちの行為に対する裁きは、みずから決めるものではない……ぼくたちにできるのは、赦しを求めることだけだ」

　サンドラも蠟燭を取ると、マルクスの蠟燭から火をもらって灯した。そして、ふたりで審判を下すキリストの足もとに置かれた蠟燭に残らず火を点けた。無数の炎がふたたび輝きを取り戻すにつれ、まさしく教誨師が予言したように、サンドラは解放されるのを感じた。くすんだ大理石の床に、蠟燭はふたたび蠟を垂らしはじめた。心が穏やかになり、満たされて、サンドラは家に帰ろうという気持ちになった。夜光塗料は光を失いはじめていた。まばゆいフレスコ画も、きらびやかな帯状装飾も消えていく。礼拝堂は徐々に元の侘しく名もない場所に戻った。点火の儀式が終わりかけたとき、サンドラは何気なく床に目を落とし、垂れた蠟のなかに赤っぽいものが混じっているのに気づいた。

その褐色の染みは小さな輪を作っていた。蠟ではない。血だ。

マルクスを見あげると、鼻から血が出ていた。

「大丈夫？」本人は気づいていない様子だったので、サンドラは声をかけた。

マルクスは顔に手をやって、血のついた手を見つめた。「ときどき、こうなるんだ。でも、すぐにおさまる。いつものことだ」

サンドラはバッグの中からティッシュを見つけて、差し出した。彼はそれを受け取った。

「ぼくにはわからないことがある」マルクスは首をかしげて言った。「新たなことに気づいて驚くたびに、以前は不安になるばかりだった。鼻血もそうだ。原因はわからない。でも、それもぼくという人間の一部なんだ。だから、自分にこう言い聞かせている――いつか、ひょっとしたら、これも過去の自分を思い出すきっかけになるかもしれないと」

サンドラは身を乗り出して、マルクスを抱きしめた。

「幸運を祈ってるわ」

「さようなら」彼は答えた。

一年前　プラハ

誰も捜しにこないことを確かめるために、あれから数カ月、プリピャチに留まった。最新の獲物と入れ替わるための作業には、時間と労苦を要した。これまでは、何時間か苦痛を与えれば、すべてを白状したが、今回はそうはいかなかった。うまく彼に為り変わるために、何日もかけて、無理やり話をさせよう、自身のことを語らせようとした。どういうわけか、最も苦労したのは名前を聞き出すことだった。

生物変移体は鏡を見つめてつぶやいた。「マルクス」気に入った。

三日前に街に着いて、ホテルに部屋を取った。古い建物で、窓からプラハの家々の黒い屋根をながめることができる。

金には不自由していなかった。これまでに生活を乗っ取った相手からたんまり盗んだ。そして、今回の獲物から奪ったヴァチカンの外交旅券は写真を貼り替えた。旅券に記載されている身分は、すでに偽装されていた。強引に白状させたものとは異なっていたからだ。その理由は簡単だった。

ハンターは存在していなかったのだ。

生物変移体にとっては、うってつけの状況だった。誰も知らない人物になれば、正体を見破られる危険もない。だが、まだ安心するわけにはいかなかった。待たなければならない。そのために、ここにいるのだ。

彼はプリピャチで書きとめたメモにもう一度、目を通した——新たな人格の簡単な経歴だ。どうしても必要なことだけを記し、それ以外は頭にたたきこんだ。

そのとき、部屋のドアが開いた。

入口に、黒い服に身を包んだ老人が現われた。顔はやつれ、疲れた雰囲気を漂わせている。彼は拳銃を手にしていた。だが、すぐには撃たずに、部屋に入ってドアを閉めた。決然と、落ち着きはらっているように見える。

「やっと見つけたぞ」老人は言った。「わたしは過ちを犯した。それを埋めあわせるために来た」

生物変移体は何も言わなかった。けっして狼狽しているわけではなかった。彼は読んでいたメモ帳をそっとナイトテーブルに置くと、いたって冷静な表情を浮かべた。恐怖は感じず——それが何なのかも知らず、誰も教えてくれなかった——ただ好奇心があるだけだった。この老人は、なぜ涙を目に溜めているのだろう？

「わたしは自分よりも優秀な弟子におまえを追跡させた。だが、おまえがここにいるということは、マルクスは死んだにちがいない。すべてはわたしの責任だ」

拳銃がまっすぐ向けられる。生物変移体は、これほど死を間近に感じたことはなかった。みずからの本能で、つねに生き延びるために戦ってきた。殺されるのはまっぴらだった。「待ってくれ」彼は言った。「いけない、こんなのは間違っている、デヴォク」

老人は躊躇した。その顔には、ただ驚きの表情だけが浮かんでいた。ためらったのは、いまの言葉を聞いたからでも、彼が自分の名前を知っていたからでもなかった。そうではなくて、それらを言ったときの声のせいだった。

生物変移体はマルクスの声でしゃべっていた。

老人はすっかり困惑した。「おまえは誰だ？」驚いて尋ねる。

「どういうことだ？　ぼくを覚えていないのか？」彼は訴えるように話しかけた。なぜなら、生物変移体の武器——唯一必要で、かつ最も効果的なもの——は幻覚だからだ。

老人の目の前で、理解できないことが起きていた。彼はある種の変移を目の当たりにしていた。「ありえない。おまえは彼ではない」理性を失ったわけではないと知りつつも、何かがデヴォクを思いとどまらせた。それは弟子に対する愛情だった。もはや彼には引き金を引くだけの力は残っていなかった。

「あなたはぼくの先生で、人生の師だ。ぼくの知っていることは、すべてあなたから教わった。それなのに、ぼくを殺すというのか？」話を続けながらも、彼は近づいた。一歩ずつ。

「おまえなど知らない」

「光の世界が闇の世界と接する場所がある」彼はそらんじた。「そこでは、ありとあらゆることが起きる。影におおわれた領域は、すべてが希薄で、混沌として、不確かだ。われわれは、その境界を守るために置かれた番人だ。だが、ときには何かがすり抜けることもある。わが務めは、それを闇に追いかえすことだ」

老人は身を震わせていた。降参寸前だった。生物変移体は、すでに銃を奪えるほどの距離に迫っていた。そのとき、彼はカーペットに垂れた最初の一滴に気づいた。鼻から血が出ていた。これだけはどうすることもできなかった。すべてが借り物のなかで、ただひとつ生来の性質だった。おおぜいの他人の姿に埋もれた真のアイデンティティは、この特徴が示していた。

幻覚が砕け散り、老人は騙されていることに気づいた。「おのれ」

生物変移体は拳銃を持った手に躍りかかり、すんでのところで取りあげた。そして、仰向けに転んだ老人に銃を向けた。

老人は、カーペットに横たわったまま大声で笑い出し、彼の鼻血がついた手をシャツで拭った。生物変移体は屈辱を味わった。

「なぜ笑うんだ？　怖くないのか？」

「ここに来る前に、わたしは罪を告白した。だから、もはや自由の身だ。死ぬ覚悟はできている。ところがおまえは、わたしを殺せばすべての問題が解決すると考えている。実際には始まったばかりだというのに。それをどうして笑わずにいられよう」

　これは罠だ。ここでつまずくわけにはいかない。

「黙ったほうが身のためだ。そう思わないか？　何も言わずに死ぬほうがいい。そうすれば威厳が保てるというものだ。ぼくが殺した奴らは、例外なく自分の死を愚かな言葉で汚していた。哀れみを求めて懇願した。そうすることで、もはやほかに言い残すことはないと判断されるとは知らずに」

　老人はかぶりを振った。「哀れな奴だ。すでに、わたしより優れた神父がおまえを追っている。彼はおまえと同じ能力を持っている――誰にでも為り変わることができるのだ。ただし、彼は生物変移体ではないし、誰も殺したりはしない。姿を消した人間の人格をみごとに引き継ぐ。いまはインターポール捜査官で、あらゆる警察の捜査に介入することが可能だ。おまえを見つけるのも時間の問題だろう」

「そいつの名前を教えるんだ」

老人はまたしても無遠慮に笑った。「わたしを拷問にかけても無駄だ。教誨師に名前はない。言っておくが、彼らは存在しないのだ」

　単なる虚勢かもしれない、生物変移体がそう考えて注意をそらした隙に、老人が力を振りしぼって飛びかかってきた。拳銃をつかんで下方へ向け、思いがけず機敏な動きを見せる。彼は老人を振り払おうとするが、今度は相手も手を放そうとしない。

　鏡に向けて弾が発射され、生物変移体は、みずからの姿が粉々になるのを目にした。だが、どうにか銃を相手に向けて引き金を引いた。老人は驚いたように顔を歪ませて硬直する。目は見開かれ、口が大きく開いている。銃弾は心臓を貫いた。だが、彼は仰向けに倒れるのではなく、前のめりになり、相手もろとも崩れこんだ。床にぶつかった拍子に三発目の銃声が響きわたる。銃弾がみずからのこめかみに突き刺さる前に、生物変移体は、目の前をつかの間の幻影のごとくよぎる影が見えたような気がした。

カーペットに横たわって死が訪れるのを待ちながら、砕けた鏡の無数の破片に映る自分の姿を見つめる。そこには、他人から奪い取った人格、顔が、すべて映し出されていた。あたかもこめかみの傷によって、心の牢獄から解放されたかのように。

彼らはじっとこちらを見つめていた。少しずつ、生物変移体は彼らのことを忘れはじめる。

そして息が絶える前に、もはや自分が誰なのかがわからなくなった。

七時三十七分

死体は目を開けた。

著者の覚書

この物語は、わたしにとって忘れがたいふたつの特別な出会いによって生まれた。

最初は、五月のある午後、ローマでひとりの風変わりな聖職者と出会った。ジョナサン神父とは、日没の時刻にチンクエ・ルーネ広場で落ちあう約束だった。言うまでもなく、時間と場所を指定したのは彼のほうだった。そして、わたしが〝日没の時刻〟をもう少しはっきりしてほしいと頼むと、彼は穏やかにこう答えた。「日が沈む前です」言葉に詰まったわたしは、しかたなく、かなり余裕を持って行くことにした。

ところが、彼はすでに待ち合わせ場所に来ていた。

それから二時間、ジョナサン神父は内赦院について、罪の記録保管所について、そして世界じゅうの教誨師の役割について語ってくれた。そのあいだじゅう、わたしはいままで誰もこの話をしなかったことに驚きを禁じえなかった。われわれはひたすらローマの路地を歩き、最後に、サン・ルイジ・

デイ・フランチェージ教会にあるカラヴァッジョの『聖マタイの殉教』の前にたどり着いた。この絵は、司祭に対して犯罪心理分析の訓練を行なった初の試みとも言うべき作品だ。

多くの場合、聖職者は警察官と連携している。イタリアでは一九九九年以降、いわゆる〝悪魔の犯罪〟の理解を深めるために、国家警察の付属機関として〝ス《S》クアードラ・ア《a》ンティ・セ《S》ッテ〟が活躍してきた。といっても、彼らは悪魔を捜し出すのではなく、一部の犯罪者——とりわけ殺人犯——が事件を起こす原因となった悪魔的な意味を見出すのが目的だ。その解明とは、すなわち残酷な犯罪の動機を明らかにし、捜査に役立つ調査書を作成することにほかならない。

はじめて会ってから二カ月間にわたって、わたしはジョナサン神父からみっちり教育された。彼はみずからの特異な職務について説明し、ローマに数ある不思議な場所の秘密を教えてくれ、実際にふたりで訪れもした（ときには息切れを起こした）。それらの場所は、この作品にも登場する。神父の講義は、美術や建築、歴史における事件から夜光塗料の起源に至るまで、とにかく多岐にわたった。信仰や宗教に関する問題については、わたしの困惑を笑顔で許し、批判を率直に受けとめてくれた。そして、すべてが終わると、わたしは自分がいつのまにかスピリチュアルな旅を終え、それによって書くべき物語の構想がはっきり具体化されていることに気づいた。

現代社会では、〝スピリチュアル〟というと、しばしばばかにされたり、教養のない人間の心の拠りどころだと思われたり、はたまた〝ニューエイジ〟の思想にもなったりしている。人々は善と悪の区別を見失い、その結果、原理主義者や過激派、そして風刺画家に神を与えることとなった（熱狂的な無神論者というのは、熱狂的な宗教信者とさほど変わらない)。

これらはすべて、倫理や道徳の面で――そして、はからずも〝ポリティカル・コレクトネス〟の面で――われわれから自己を見つめる力を奪い、個々の行動を見定めて評価する本質的な二分法を曖昧にした。

すなわち善と悪、陰と陽である。

そしてある日、ジョナサン神父はわたしに対して物語を書く準備ができたと告げ、わたしが〝つねに光のなかにいる〟ことを願い、再会を約束して立ち去った。それ以来、わたしたちは一度も会っていない。彼を捜したが連絡は取れず、この小説をきっかけに再会できることを願ってやまない。もっとも、心のどこかに、もう二度と会えないかもしれないという思いがあるのも確かだ。なぜなら、お互いに話すべきことはすべて話したから。

次なる出会いの相手は、十九世紀から二十世紀初めまで生きたN・Nである。

史上初の(そして、これまでのところ唯一の)生物変移型の連続殺人犯で、犯罪学において、きわめて興味深い事件を引き起こした。

N・Nというのは名前のイニシャルではなく、ラテン語の〝Nomen Nescio〟の頭文字だ。これは、昔から身元不明者を示すのに使われている言葉である(英語圏では〝ジョン・ドゥ〟という仮り名が割り当てられている)。

一九一六年、ベルギーのオステンドの海岸で、三十五歳くらいの男性の遺体が発見された。死因は溺死だった。スーツ姿で書類を持っていたことから、二年前にリヴァプールで行方不明になった会社員と断定された。ところが、イギリスからはるばるやって来た両親は、遺体を見るなり、これは息子ではない、別人だと言い張った。

家族の提出した写真を見るかぎり、N・Nとイギリス人の会社員の顔は似ていた。しかも、それだけではない。ふたりともプディングと赤毛の売春婦を好み、どちらも肝臓病の調合薬を服用し、さらに注目すべきことに、右足を軽く引きずっていた（溺死者については、法医学者は靴底のすり減り具合と、右足側面にできたたこ——正しくない姿勢のせいで体重が集中してかかっていた証拠——から推測した）。

これらの共通点以外にも、N・Nの自宅からは、ヨーロッパのさまざまな国籍の人物が所有していた書類や持ち物が数多く発見された。さらに捜査を進めると、全員が何の痕跡も残さずにとつぜん失踪していることが判明した。おまけに、それらの失踪者は年齢順に並べることができて、徐々に年齢が上がっていることも明らかになった。

そのことから、N・Nは相手に為り変わる目的で標的を選んでいたと考えられた。

被害者の遺体は発見されなかったものの、N・Nが彼らのアイデンティティを奪う前に殺したことは容易に推測できた。

当時はまだ捜査技術が発達しておらず、科学的な証拠を欠いたために、この事件は棚上げされた。

そしてふたたびスポットライトを浴びたのは、一九三〇年代に、クールボンとフェイルがフレゴリ症候群――変装が得意なイタリアの人気俳優の名に由来――に関する初の精神医学の研究成果を発表し、それに伴い、〝カプグラ症候群〟として知られる精神疾患についての論文が注目されたときだった。N・Nの事件と比較すると、どちらの病気も逆の症状が現われる――患者は目の前の人物が他人による変装だと思いこむのだ。だが、これをきっかけに、カメレオン症候群といった他の疾患も同一群と見なす科学的な研究が盛んに行なわれるようになった。ちなみに、ベルギーの一件はこのカメレオン症候群にきわめて近いと言える（この疾患は、ウッディ・アレンの名作『カメレオンマン』が製作されるヒントにもなった）。

　N・Nの事件を発端に、法科学に新たな分野が生まれた。それが、犯罪の動機を遺伝的または生理学的な原因に帰する研究を行なう〝法神経科学〟である。こうした技術によって、科学的に解明され、認識された犯罪もある。たとえば、ある殺人犯は前頭葉に障害があり、遺伝子地図で暴力的な傾向が示されたために減刑となった。また、ナイフで恋人を虐殺した男は、二十五年間、ベジタリアンの食事を続けたせいでビタミンB12が欠乏した結果、犯行に及んだことが証明された。

　いずれにしても、N・Nの能力は独自のものであり、現在にいたるまで報告されている類似の事例は、作品中でも取りあげた『鏡の中の少女』の一件のみに留まっている。このメキシコ人の少女は、N・Nとは違って殺人を犯してはいないものの、実在の人物であり、本書では便宜的に名前を〝アンジェリーナ〟としたことを言い添えておく。

N・Nの遺体は、いまなお海辺の小さな墓地に埋葬されており、その墓碑には次のように刻まれている――〝身元不明の溺死者の亡骸《なきがら》　オステンド――一九一六年〟。

ドナート・カッリージ

謝辞

編集者のステファノ・マウーリ。あふれんばかりの情熱と、ありがたき友情に。彼とともに、〈ロンガネージ〉社と、海外でわたしの作品を刊行している出版社に感謝する。出版に至るまでに、わたしの小説に注がれた時間とエネルギーに。

ルイジ、ダニエラ、ギネヴラ・ベルナボ。わたしのための助言と気配りと愛情に。あなたたちのチームの一員となれて、心からうれしい。

ファブリツィオ・コッコ――（わたしの）小説の秘密を知る人物――もの静かな献身と、その正体不明の佇まいに。

ジュゼッペ・ストラッツェーリ、この大胆な出版計画に意気込みとまなざしを注いでくれて。

ヴァレンティーナ・フォルティキアーリ、根性と愛情に（それがなかったら、どうなっていたことか）。

エーレナ・パヴァネット、楽しいアイデアに。

クリスティーナ・フォスキーニ、太陽のような存在に。

ジュゼッペ・ソメンツィ、たゆまぬ営業努力に。

書店のみなさん、何としてでも読者に本を届けようとする熱意に。世界中で行なわれている、すばらしい仕事に。

この物語が生まれたのは、おおぜいの人による無意識の――そして、しばしば意図的な――貢献のおかげでもある。以下、順不同に名前を挙げる。

ステファノとトンマーゾ、きみたちがいま、ここにいてくれることに。クララとガイア、わたしに与えてくれる喜びに。ヴィート・ロ・レ、信じられないほどすばらしい音楽に、そしてバルバラに出会ったことに。オッターヴィオ・マルトゥッチ、気の利いた皮肉に。ジョヴァンニ・〝ナンニ〟・セリオ、なぜなら彼がシャルバーだからだ！　ヴァレンティナ、わたしを家族の一員のように感じさせてくれる。偉大なるフランチェスコ・〝チッチョ〟・ポンゾーネ。心やさしき悪人、フラヴィオ。マウロ、戻ってきてくれたことに。マルタ、もう無理はしないで。アントニオ・パドヴァーノ、生きる楽しみを教えてくれて。フランカおばさん、いつもそばにいてくれて。マリア・〝イア〟、クイリナーレの丘でのすばらしい午後に。ミケーレとバルバラ、アンジェラとピーノ、ティツィアナ、ローランド、ドナートとダニエラ、アッズッラ、マリアーナ。エリザベッタ、この物語には彼女が何度も登場する。わたしの自尊心を満たしてくれたキアーラ。両親には精いっぱい親孝行をしたい。

わがヒーロー、レオナルド・パルミザーノ。きみのことは、けっして過去形では話すまい。けっして忘れまい。

アキッレ・マンゾッティ——一九九九年に、ドン・マルコという名の神父の話を書くようにすすめて、わたしがこの奇妙な作品を手がけるきっかけを与えてくれた。主人公をマルクスという名にしたのは、この偉大なるプロデューサーの才能と、狂気と、とりわけ脚本家の力を見抜く直感に対するささやかな贈り物だ。

訳者あとがき

二〇〇九年に出版された『六人目の少女』（邦訳刊行は二〇一三年）によって、ヨーロッパのミステリ界に彗星のごとく現われたドナート・カッリージ。人間の心に巣くう悪をみごとに描ききった作品で、彼の名をご記憶の読者も少なくないだろう。本書は、その後イタリアで二〇一一年に発表されたカッリージの二作目である。

地名や国名だけでなく、通貨単位までも排除して、完全なる〝無国籍〟の舞台を作りあげた前作とは対照的に、本作品はカトリックの総本山であるヴァチカン市国を内包するローマが舞台となっている。そのうえ、一八九一年創業の老舗〈カフェ・デッラ・パーチェ〉をはじめ、歴史的に重要なアンジェリカ図書館、街で唯一のゴシック建築であるサンタ・マリア・ソプラ・ミネルヴァ教会、フェデリコ・フェリーニの映画『甘い生活』で有名なヴェネト通りなど、実在の場所がいくつも登場するばかりか、これらはいずれも作中で重要な役割を果たしている。したがって、映画のワンシーンのごとく鮮やかに思い浮かぶ場面も多々あるのではないだろうか。

物語は、不気味な前奏に続き、連続殺人犯と被害者の姉がはからずも出会うスリリングな導入部を経て、雨に包まれた陰鬱なローマの街で幕を開ける。

常連客が思い思いに過ごす早朝のカフェの隅で、人目を憚《はばか》るように話している男がふたり——ある事件をきっかけに記憶を失ったマルクスと、彼を助けた指南役のクレメンテである。マルクスは、物が発する声に耳をかたむけ、それらが置かれた場所の過去を読み取るという特殊な能力を有する。その力を駆使して、一カ月前から行方不明になっている女子学生を捜し出す。それが、クレメンテが彼に与えた任務だった。

同じころ、ローマから五百キロ離れたミラノでは、五カ月前に夫を事故で亡くした若き女性警察官サンドラのもとに、ある晩、インターポール捜査官を名乗る男から電話がかかってきた。夫の死に不審な点があるというのだ。愛する夫に対して疑念を抱かざるをえない状況に苦悩しつつも、警察官として、そして妻として真相を突き止めるべく、サンドラは夫の死んだローマへ向かう。そこで、彼女は報道カメラマンの夫が死ぬ直前まで教誨師について調べていたことを知る。

些細な手がかりの小片が徐々に組み合わさるうちに、それぞれまったく別の世界で生き、本来なら接することさえなかったはずのマルクスとサンドラの運命が交わり、やがてふたりの目の前に予想外の事実がモザイク画のように姿を現わす——。

教誨師というのは、通常は刑務所で受刑者に対して説教を行ない、精神的、倫理的、宗教的な支えとなり、自己洞察や更生の契機を与えたり、あるいは死刑囚の最後の場に立ち会ったりする聖職者を指すが、本書においては、その役割はやや異なり、諜報員さながらの活躍を見せている。もちろん、これはあくまでフィクションであるが、「著者の覚書」にもあるとおり、実際に警察と手を組んで犯罪捜査に協力する聖職者がいるというから、あながちまったくの作り話とは言いきれない。

　地球上でおよそ十一億八千万人とも言われる信者を擁するカトリックの最高機関であると同時に、世界最小の独立主権国家のヴァチカンでは、ローマ教皇が立法、行政、司法の全権を行使することが定められている。そのうちの司法については、ゆるしの秘跡上の問題や免償を扱う内赦院、上訴受理のために教皇によって設けられた通常裁判所に当たるローマ控訴院、そして、最高裁の機能以外に教会行政権に関して裁決する使徒座署名院最高裁判所の三つの機関が設置されている。この物語に登場する教誨師は、組織上は内赦院に属し、一般の司祭とは異なる特別な任務を負っているという設定だ。

〝ゆるしの秘跡〟とは、罪を赦す恵みの手段としてイエス・キリストが定めた通常の方法であり、この秘跡を受けるためには痛悔と回心が不可欠で、そのうえで罪の告白（告解）および償いが求められる。本書の原題である〝Il tribunale delle anime〟は、本文中にも登場するように「魂の裁判所」を意味するが、人間の行為のみならず、心までも裁くという考えは、キリスト教における終末思想、すなわち最後の審判に基づく概念であることを理解する必要がある。

　前作に引き続き、本作品のテーマもやはり〝悪〟であることには変わりない。「悪魔が存在するのは、ひとえに人間に悪意があるからだ」という前提のもとに、著者は連続殺人犯に「善には、つねに対価が存在する。しかし悪は無償だ」と語らせている。しかしながら、不穏な空気を漂わせて終わった前作と比べて、今回は明らかな救いが用意されている。それによって善と悪との対比がいっそう際立ち、読者はそこに著者の明確なメッセージを読み取ることができるだろう。

ちなみに、『六人目の少女』で活躍した失踪人捜索エキスパートのミーラ・ヴァスケス捜査官が、名前だけではあるが今回も登場し、あいかわらずの健在ぶりがうかがえるのは、ささやかな朗報だ。ひょっとしたら、ミーラがシングルマザーとして奮闘する続篇をいつか読むことができるのではないかと期待させる、心憎い演出であると思うのは、おそらく訳者だけではあるまい。

最後に、ドナート・カッリージ渾身の力作をふたたび訳す機会を与えてくださった早川書房と株式会社リベルに心より感謝の意を捧げる。

二〇一四年五月

HAYAKAWA POCKET MYSTERY BOOKS No. 1884

清《し》水《みず》由《ゆ》貴《き》子《こ》

上智大学外国語学部卒,
英米文学・イタリア文学翻訳家
訳書
『六人目の少女』ドナート・カッリージ
『コンプリケーション』アイザック・アダムスン（以上早川書房刊）
他多数

この本の型は，縦18.4センチ，横10.6センチのポケット・ブック判です.

〔ローマで消《き》えた女《おんな》たち〕

2014年6月10日印刷　　2014年6月15日発行

著者　ドナート・カッリージ
訳者　清水由貴子
発行者　早川浩
印刷所　星野精版印刷株式会社
表紙印刷　株式会社文化カラー印刷
製本所　株式会社川島製本所

発行所　株式会社　**早川書房**
東京都千代田区神田多町2－2
電話　03-3252-3111（大代表）
振替　00160-3-47799
http://www.hayakawa-online.co.jp

（乱丁・落丁本は小社制作部宛お送り下さい
送料小社負担にてお取りかえいたします）

ISBN978-4-15-001884-9 C0297
Printed and bound in Japan
JASRAC 出1406300-401